MICHAEL NAST

#EGOLAND

ROMAN

Edel Books
Ein Verlag der Edel Germany GmbH

Copyright © 2018 Edel Germany GmbH,
Neumühlen 17, 22763 Hamburg
www.edel.com
2. Auflage 2018

Projektkoordination: Gianna Slomka
Lektorat: Judith Schneiberg
Umschlagfoto: Steffen Jänicke
Satz und Layout: Datagrafix GmbH, Berlin
Umschlaggestaltung: Groothuis. Gesellschaft der Ideen und Passionen mbH |
www.groothuis.de
Druck und Bindung: optimal media GmbH, Glienholzweg 7
17207 Röbel / Müritz

Alle Rechte vorbehalten. All rights reserved. Das Werk darf – auch teilweise – nur mit
Genehmigung des Verlages wiedergegeben werden.

Printed in Germany

ISBN 978-3-8419-0596-3

Here we are now, entertain us.

NIRVANA, SMELLS LIKE TEEN SPIRIT

Dies ist eine wahre Geschichte. Die in ihr dargestellten Ereignisse fanden im Jahr 2016 in Berlin statt und wurden im darauffolgenden Jahr aufgeschrieben. Auf Wunsch der Überlebenden sind die Namen geändert worden. Aus Respekt vor den Toten wird die Geschichte genau so erzählt, wie sie sich zugetragen hat.

(Frei nach Ethan und Joel Coen)

PROLOG

Als Andreas Landwehr starb, saß ich neben meinem Bruder in der Dresdner Semperoper, genoss das Intermezzo in Pietro Mascagnis Oper *Cavalleria rusticana* und war glücklich. Es war der Abend des 16. Januars, ein Samstag, und ich ahnte nichts, aber als ich später die Zeiten verglich und die Geschehnisse rekonstruierte, schien es ein beinahe prophetischer Umstand, dass ich gerade diese Oper sah, in der Liebe, Leidenschaft und Tod so intensiv dargestellt werden, während Andreas als letzte Konsequenz seiner Taten auf dem Pflaster der Berliner Karl-Marx-Allee sein Leben beendete. In genau dieser Stunde erlebte ich einen wunderbaren Augenblick, eine Woge melancholisch-schönen Glücks, die mir beinahe die Tränen in die Augen trieb, vielleicht auch, weil ich an die Frau dachte, die ich mit dieser Melodie verbinde.

Ich hatte vor, eine Woche bei meinem Bruder zu verbringen, aber als ich am Nachmittag des folgenden Tages den Anruf erhielt, dass Andreas gestorben war, dass er Selbstmord begangen hatte, reiste ich sofort ab. Ich nahm den ersten Zug nach Berlin. Auf der zweistündigen Fahrt dachte ich über Andreas nach, über unsere eigentlich längst beendete Freundschaft. Ich machte uns Vorwürfe, dass wir unser Verhältnis nicht gepflegt, dass wir kaum telefoniert und uns nur selten gesehen hatten. Zuletzt waren wir uns zufällig im vergangenen Sommer im Berliner Pratergarten begegnet. Wir hatten kurz miteinander gesprochen, aber er schien merkwürdig abwesend. Er beteiligte sich mit höflicher Teilnahmslosigkeit an den Gesprächen, lächelte und nickte an den richtigen Stellen, aber sah seine Gesprächspartner nicht wirklich an. Er blickte durch sie hindurch, als wären sie kaum vorhanden und nur unscharfe Skizzen einer Person. Erst viel später, als ich seinen Nachlass sichtete, als ich die Zusammenhänge und damit das ganze

Ausmaß seines Vorhabens verstand, begriff ich auch, wie tief er an diesem Sommertag schon in seine grauenvolle Idee verstrickt gewesen war.

Wir kannten uns aus Köpenick, wo wir beide aufgewachsen sind. Er war drei Jahre jünger als ich. Mit Anfang zwanzig wurden wir zu besten Freunden. In den Gesprächen, die wir auf unseren stundenlangen Spaziergängen führten, prägten wir einander, und es überraschte niemanden, als wir beide den Entschluss fassten, Schriftsteller zu werden. Es war eine Entscheidung, die letztlich aber auch das Ende unserer Freundschaft einleitete. Wenn man so will, löste sie sich proportional zu unseren Karrieren auf. Erfolg wird einem nur selten verziehen, dieser Gedanke ist nicht neu, er trifft allerdings unter Schriftstellern viel stärker zu, weil man sich in diesem Beruf sehr wichtig nehmen muss, um überhaupt produzieren zu können. Eine wirkliche Freundschaft kann es deswegen zwischen ihnen nicht geben. Man beobachtet sich eher aus der Ferne, kann sich einem Konkurrenzdenken nicht entziehen, vergleicht, freut sich insgeheim über die Misserfolge des anderen und versucht, sich dessen Erfolge so zu erklären, dass sie weniger mit Talent als mit glücklichen Zufällen zu tun haben. Ein ähnliches Prinzip griff auch zwischen Andreas und mir, ein Prinzip, das zwei Freunde im Laufe der Zeit zu entfernten Bekannten gemacht hatte.

Unsere Leben waren bereits auseinandergedriftet, aber als sein Roman erschien, der Andreas zu einer Art – ja, man kann schon sagen – literarischem Rockstar machte, brach unser Kontakt vollends ab. Ich weiß nicht, ob Neid ein zu starkes Wort ist, um zu beschreiben, was ich empfand, als sich sein Buch in den Buchhandlungen stapelte. Es war eher das Gefühl, aufschließen zu wollen. Wenn man selber schreibt, blättert man gerne mal in den aktuellen Bestsellern, allerdings nur um festzustellen, dass man es besser kann. Andreas' Buch war angreifbar, wie ich fand, es war nicht schwer zu verreißen, aber es schien tatsächlich ein Lebensgefühl zu beschreiben, das dem vieler nahekam und seinen Erfolg ausmachte. Es war Andreas große Zeit.

Als bald darauf mein Buch erschien, stand Andreas dessen Erfolg vollkommen verständnislos gegenüber, wie ich später aus seinen Aufzeichnungen erfahren sollte. Auch weil die Sammlung meiner Kolumnen als Ratgeber missverstanden wurde und er diese Kultur, die sich in den letzten Jahren so stark etabliert hatte, ablehnte. Er war der Auffassung, dass man in einem guten Roman mehr über das Leben erfährt als in irgendwelchen Ratgebern.

Andreas' Erfolg war jetzt vier Jahre her. Ein langer Zeitraum in einer Branche, in der man schnell vergisst. Man könnte annehmen, dass einem Autor das Schreiben im Laufe seiner Karriere und mit der Zeit leichter fällt, aber genau das Gegenteil ist der Fall, gerade wenn man ein so erfolgreiches Buch geschrieben hat wie er. Die Ansprüche, die man an sich selbst stellt, steigen, man verliert die Unbefangenheit, aus der heraus die frühen Texte entstanden sind. Ich wusste, dass Andreas an einem Roman geschrieben hatte, an seinem Opus magnum, wenn man den Zeitraum berücksichtigte und die vagen Geschichten, die man überall hörte. Er starb, bevor er es verwirklichen konnte.

Auf Andreas' Beerdigung begegnete ich dann zum ersten Mal seit Jahren seinen Eltern. Sie freuten sich trotz der tragischen Umstände aufrichtig, mich wieder zu sehen, und luden mich ein, sie einige Tage darauf zu besuchen. Sie wollten mich um einen Gefallen bitten, sagten sie, aber die Beerdigung sei ein unangemessener Rahmen für ihre Bitte. Wir müssten uns unbedingt ungestört unterhalten. In ihrem Haus tauchten wir vier Stunden lang in Andreas' Vergangenheit ein. In Anekdoten seiner Kindheit und Jugend, in denen sich seine Eltern wohler zu fühlen schienen als in den letzten Jahren, die unser Gespräch nur selten berührte. Bevor ich aufbrach, baten sie mich schließlich, die Arbeit ihres Sohnes zu sichten, er hatte doch jetzt schon seit Jahren an seinem Roman geschrieben und sie kannten niemanden außer mir, dessen Urteil sie vertrauen wollten. Niemanden, der ihrer Meinung nach geeigneter wäre, seine Arbeit einzuschätzen. Nach kurzem Zögern stimmte ich zu. Ich ahnte nicht, dass dieses Einverständnis die nächsten zwei Jahre meines Lebens bestimmen sollte.

Nur einige Tage darauf betrat ich zum ersten Mal die Wohnung, in die Andreas vor fünf Jahren eingezogen war. Sie wirkte leer, es gab nur wenige Möbel, schlichte Möbel, denen man ansah, dass sie nicht billig gewesen waren. Die Einrichtung war auf eine kühle Art elegant – keine Bilder, keine einzige Pflanze, nur diese Designklassiker, die ein Vermögen kosten. Ich ahnte, dass man sich in dieser Wohnung sehr einsam fühlen konnte. Es gab hier nichts, was ich mit Andreas verband. Es war die Wohnung eines Fremden.

Ich fand keine Notizen oder beschriebenen Blätter, seine Arbeit schien sich ausschließlich auf seinem Rechner zu befinden, auf den ich nicht zugreifen konnte, weil er passwortgeschützt war. Ich rief einen Freund an, den ich immer anrufe, wenn ich Probleme mit technischen Geräten habe. Der war allerdings verreist. Weil vor seiner Rückkehr meine Lesetour begann, dauerte es drei Monate, bis ich auf Andreas' Dateien Zugriff hatte. Rückblickend war das ein glücklicher Umstand, er verlängerte die Zeit, in der ich mich an Andreas erinnern konnte, wie ich mich an ihn erinnern wollte.

Es fällt schwer, mir einzugestehen, dass Andreas ein schlechter Mensch gewesen ist. Trotz des abgebrochenen Kontakts hatte ich immer noch angenommen, ihn zu kennen, aber als ich seine Notizen las, begriff ich, wie groß der Abstand zwischen uns war, wie wenig ich von dem Menschen wusste, zu dem er geworden war. Er hatte sich zwar nie an die üblichen Normen gebunden gefühlt, dessen war ich mir auch vorher bewusst gewesen, in seiner Obsession war er jedoch noch weiter gegangen: Er hatte sich seine eigenen Werte geschaffen, seine eigene Moral, die ausschließlich seiner Idee verpflichtet war.

Die unzähligen Textfragmente, in denen sich lose und unzusammenhängende Charakterisierungen, tagebuchartige Aufzeichnungen und fragmentarische Szenen abwechselten, als Rohfassung eines Romans zu bezeichnen, wäre zu weit gegriffen. Es waren Recherchen, Anfänge, Vorbereitungen. Es gab überhaupt keine Struktur. Mit der eigentlichen Umsetzung hatte er noch nicht begonnen. Als ich dann einen Ordner mit Audiodateien offensichtlich heimlich aufgenommener Mittschnitte von Gesprächen entdeckte, wurde mir klar, was ich bisher nur vage geahnt hatte, dass sich hier nicht – wie in den meisten fiktiven Werken – Dichtung und Wahrheit unauflöslich durchdrangen, sondern dass die dargestellten Ereignisse *wirklich* passiert und die Figuren real existierende Menschen waren.

Alles war Realität. Das war der Moment, der alles änderte.

In den folgenden Monaten habe ich oft daran gedacht, abzubrechen und Andreas' Arbeit zu vernichten, aber letzten Endes konnte und wollte ich mich wohl ihrem verführerischen Sog nicht entziehen. Vielleicht weil mir die dargestellten Ereignisse viel mehr über mich und meine eigenen Abgründe erzählten, als ich mir eingestehen wollte. Das Schreiben dieses Buches gab mir die Möglichkeit, in Andreas Landwehrs tiefste Gedanken vorzudringen, in seine Abgründe zu sehen. Er ist kein Mensch, mit dem ich gerne Zeit verbracht hätte. – Dieser kalte Blick, mit dem er alles und jeden bewertete. Doch in gewisser Weise war er ein Spiegel, der mich zwang, mir bisher ungestellte Fragen zu stellen. Fragen, die mir halfen, auch Neues, Unerwartetes und sogar Beunruhigendes über mich herauszufinden. Wir haben alle etwas zu verbergen. Hinter einer Maske verstecken wir sorgfältig unsere dunklen Seiten, oft sogar vor uns selbst. Andreas' Aufzeichnungen halfen mir, hinter diese Maske zu blicken.

Ich habe Andreas also kennengelernt, besser, als ich es erwartet und wohl auch gehofft hatte. Er hatte als Schriftsteller eine Grenze überschritten, die ich nie zu übertreten gewagt hätte. Vielleicht löste genau das den unwiderstehlichen Reiz aus, den die Idee, von der er besessen war, auch auf mich ausübte. Ich beschloss, seine Arbeit zu vollenden. Ich beschloss, den Roman zu schreiben, den Sie jetzt in Ihren Händen halten. Diesen vergifteten Text, aus einer Idee entstanden, der drei Leben zum Opfer fielen, einschließlich jenes seines auf so grausame Weise fehlgeleiteten Schöpfers.

VORBEMERKUNG

Natürlich habe ich mich nicht nur auf Andreas' Aufzeichnungen verlassen, um die folgende Geschichte zu erzählen. Die Geschehnisse nur aus seiner Sicht zu zeigen, hätte sie verzerrt. Nach der Durchsicht der Dokumente habe ich mich mit allen tragenden Figuren der Handlung getroffen. Die ergänzenden Gespräche mit Leonie, Julia und Christoph waren wichtig und notwendig, um ein umfassendes Bild zu bekommen, vor allem, weil sie die Missverständnisse zwischen ihnen erkennbar machten. Der Umgang zwischen den Menschen setzt sich förmlich aus Missverständnissen zusammen, wird von ihnen bestimmt, und ist vielleicht eine der tragischsten Klammern, die dieses Buch umschließen.

ERSTER TEIL

DIE BESETZUNG

BERLINICATION

»**Vielleicht solltest du mal wieder** mit einer Frau schlafen, die du magst«, hatte Stephan gesagt, und dann, ungefähr einen Gin Tonic später: »Vielleicht würde es dir gut tun, mal wieder einer Frau gut zu tun.«

Ich stelle mir vor, wie Andreas' Gedanken durch die Unterhaltung mit Stephan treiben. Wenn man eine Geschichte erzählen will, stellt sich die Frage, wann sie beginnt, man sucht nach dem richtigen Moment, um in die Geschichte einzutauchen. Ich habe in den vergangenen Wochen, den Wochen des Sortierens, der Sichtung und Auswertung der unzähligen Dokumente, die sich auf Andreas' Laptop sammeln, oft darüber nachgedacht.

Jetzt, im Licht dieser Sätze, taucht vor meinen Augen eine Szene auf: Ich sehe Andreas klar vor mir, wie er an einem Freitagvormittag den Balkon seiner Wohnung betritt, strahlendes Sonnenlicht, eine Zigarette in der Hand. Er tritt aus dem vorgefertigten Bild heraus, das ich in Gedanken von ihm gezeichnet, mit dem ich ihn festgelegt hatte. Erst jetzt, als er sich die Zigarette anzündet, während die Wärme der Sonne unter seine Haut dringt, wird der Mensch sichtbar, und ich begreife, dass ich ihn gefunden habe. Den richtigen Moment. Den richtigen Ausschnitt aus einem Leben. Den Anfang der Geschichte.

Es war ein wundervoller Frühlingstag, an dem ein leichter Wind wehte und Berlin unter einem weiten, wolkenlosen Himmel strahlte, als wäre es eine andere Stadt. Eine Stadt, die am Meer liegt. Berlin am Meer, dachte Andreas. Es war ein Sehnsuchtsbild, das sich vor ihm ausbreitete und ihn daran erinnerte, wie oft er sich in letzter Zeit vorgenommen hatte zu reisen. Er wollte Italien sehen, diese Landschaften, die er nur aus Filmen kannte, und die alten Ortschaften, die George Clooney in dem Film *The American* besuchte, in denen eine Langsamkeit herrschte, nach der er sich so sehnte.

Sein Blick ging über die Passanten auf der Promenade sieben Stockwerke unter ihm. Das war es, was er am Berliner Frühling so mochte, sobald es warm wurde, wirkte die Stadt, als hätte jeder frei. Der Frühling veränderte die Gesichter der Leute. Sie wirkten, als würde in ihrem Leben alles genau so laufen, wie sie es sich immer erträumt hatten. Es war einer dieser Tage, an denen man sich wünschte, verliebt zu sein, dachte er mit einem Lächeln, als würde es dieses Gefühl nur geben, weil es solche schönen Frühlingstage gab.

In einem offenen Fenster des gegenüberliegenden Hauses fiel ihm die Silhouette eines Mannes auf. Aus irgendeinem Grund hob Andreas leicht die Hand, und der Mann hob ebenfalls die Hand, als wolle er ihm ein Zeichen geben. Zwei Männer, die sich am ersten schönen Frühlingstag des Jahres eine Auszeit nahmen, im Einverständnis miteinander. Dann fiel ihm auf, dass an dem Mann irgendetwas seltsam war. Er schien Andreas' Bewegungen nachzuahmen. Zunächst hielt er es für einen Irrtum, aber irgendwann begriff er, dass der Mann seine Gesten kopierte. Er ahmte sogar detailliert nach, wie er rauchte. Das war beunruhigend. Er dachte an Susanna, die immer wieder betont hatte, dass Berlin voller Freaks und Psychopathen war. Ihm selbst fielen sie nicht mehr auf, er hatte sich an sie gewöhnt. Plötzlich hatte er ein Bild vor Augen, in dem der Mann in einer Wohnung stand, die genauso eingerichtet war wie seine, bis ins kleinste Detail, dass er nicht nur seine Gesten nachahmte, sondern sein Leben, die Einrichtung seiner Wohnung und seinen Kleidungsstil. Er fixierte den Mann auf der anderen Seite und wünschte sich ein Fernglas, um seine Züge erkennen zu können, und erst jetzt sah er, dass er in einen Spiegel blickte, der in der anderen Wohnung angebracht war. Er atmete tief ein, während ihm wieder einmal auffiel, wie sehr er von den Filmen, die er gesehen hatte, sozialisiert war. Er blickte noch einmal zu seinem Spiegelbild. Es war ein seltsames Gefühl, es aus dieser Distanz zu sehen. Als würde er aus großer Entfernung auf sein Leben blicken.

Wie beschrieb man ein Leben?, fragte er sich plötzlich. Wie fasste man es zusammen? Wenn er sein Leben überblickte, es in die wichtigen Momente, Personen und Ereignisse zerlegte und dann nach Verbindungen suchte, nach dem Geheimnis, das alle Teile verband, entstand vielleicht nur eine Skizze, eine Andeutung davon, wie man sein Leben eigentlich beschreiben sollte. Eine Art Biografie. Aber was war seine wirkliche Biografie?

Eine Biografie war eine Auswahl von Ereignissen, die man in seinem Leben für bedeutend hielt, dachte Andreas. Allerdings hielten die meisten Menschen Ereignisse ihres Lebens für bedeutend, weil sie von anderen für bedeutend gehalten wurden. Jeder Lebenslauf bewies das. Er hatte Lebensläufe immer als etwas dem Leben künstlich Hinzugefügtes empfunden. Eine Zusammenstellung von Geschehnissen, die mit dem Leben, dem wirklichen Leben, nichts zu tun hatten. Wahrscheinlich beruhte das Drama im modernen Menschen auf diesem großen Missverständnis, dachte er; den Unterschied zwischen beruflichem Erfolg und privatem Glück nicht zu erkennen oder genauer: beruflichen Erfolg mit Glück zu verwechseln. Es war das vermeintliche, das künstliche Glück der Angepassten, die sich nach den Regeln richteten, welche die Gesellschaft vorgab. Die meisten beurteilten ihr Leben nach ihren beruflichen Erfolgen, nach ihrer Karriere, und vielleicht war genau dieses Missverständnis das Fundament ihrer inneren Zerrissenheit.

Andreas selbst ging es nicht anders, wenn er sich über den Grund und die Art der Zerrissenheit auch bewusst war. Vor anderen sortierte er seine Vergangenheit nach beruflichen Abschnitten und Erfolgen, für sich selbst sortierte er es nach den Frauen, nach den erfüllten und den unerfüllten Lieben seines Lebens.

Sein Blick zog über das gegenüberliegende Gebäude, das das Licht dieses strahlenden Himmels reflektierte. Vielleicht gab es ja auch aus diesem Grund so schöne Frühlingstage, dachte er, damit man sich darauf besinnen konnte, worauf es im Leben ankam, also wirklich ankam.

Er vergegenwärtigte sich das Zimmer in seinem Rücken, den langgezogenen Schreibtisch, der eigentlich ein Esszimmertisch war, und die Sechzigerjahre-Deckenlampe, die eigentlich für ein Schlafzimmer gedacht war. Zweckentfremdung war sein Stilmittel. Er hatte den

Großteil der letzten beiden Jahre in diesem Raum verbracht. Der Erfolg seines letzten Romans und die damit verbundene finanzielle Sorglosigkeit gaben ihm die Freiheit, die er sich so oft gewünscht hatte. Bereits nach der ersten Lizenzabrechnung des Romans hatte er ausgerechnet, dass er zehn Jahre seinen Lebensstil halten konnte, ohne irgendein Einkommen zu haben. Ihm war die Besonderheit dieser Umstände bewusst, die meisten Schriftsteller, die er kannte, waren Hartz-IV-Empfänger. Seit zwei Jahren arbeitete er an dem neuen Buch. Die Tage verbrachte er in seiner Wohnung, um zu schreiben. Er sah tagelang keinen Menschen, sein soziales Leben fand fast ausschließlich an den Abenden statt, auf Dates oder auf Partys, und war immer mit Alkohol verbunden.

Er hatte schon darüber nachgedacht, sich ein kleines Büro zu mieten, das ihn zwingen würde, die Wohnung zu verlassen, in der sich die Tage zu sehr ähnelten, in der sie ineinander übergingen wie die Songs in den langen Nächten einer dieser Electro-Partys, die klangen, als hätte der DJ die ganze Nacht dasselbe Lied gespielt. Manchmal hatte er den Eindruck, jeder Tag wäre derselbe, als wäre er in einer Art Zeitschleife gefangen, einer ständigen, aus Gewohnheiten zusammengesetzten Wiederholung, in der es keine Impulse gab, die das Alltägliche durchbrachen. Eine endlos kreisende Bewegung. Als wäre – diesen Eindruck hatte er tatsächlich – seine Existenz auf nahezu gar kein Leben reduziert. Das war aus dem Traum geworden, nach dessen Erfüllung er sich so gesehnt hatte. Bevor er sich umwandte, um wieder in die Wohnung zu gehen, warf er noch, mit dem Gefühl, als würde er sich an ein Leben erinnern, das er nie gelebt hatte, einen letzten Blick über die Stadt, die wirkte, als läge sie am Meer.

Im Wohnzimmer stellte er wieder einmal fest, wie sehr er seine Wohnung mochte, das Fischgrätparkett, die rohen Wände und natürlich die Flügeltüren, die den Räumen eine Weite gaben, die ihn immer noch beeindruckte, obwohl er schon vor vier Jahren eingezogen war. Er bewegte sich immer noch sehr bewusst durch die Zimmer. So hatte er es sich immer vorgestellt. Die Kulisse für sein Leben. Ein richtiges Leben. Ein Leben, in dem irgendwann eine Frau und Kinder vorkamen.

Er ging in die Küche, um sich einen Kaffee zu machen. Die geöffnete Kühlschranktür gab den Blick auf einen Obstsalat, eine Flasche

Eistee und drei Packungen Milch frei. Der Kühlschrank war von Bosch und hatte ihn 1 600 Euro gekostet. Er dachte an den Eames Lounge Chair in seinem Wohnzimmer, der ihn 6 900 Euro gekostet hatte, eine Castiglioni-Bogenleuchte für 1 700 Euro, deren schweren Marmorfuß er manchmal behutsam berührte wie einen Schatz. Er besaß teure Möbel und lebte in einer Wohnung, die seine gelegentlichen Gäste beeindruckte. Wenn ihn seine Eltern besuchten und wieder einmal feststellten, dass es hier aussah wie in einem dieser Möbelkataloge, deren Preise sie nicht verstanden, hatte er das Gefühl, alles richtig gemacht zu haben. Die Kulisse stimmte. Da übersah man schnell, dass er eigentlich ein asoziales Leben führte, dachte er. Dass sein Kühlschrank immer leer war und dass er manche Küchengeräte nur gekauft hatte, weil sie gut aussahen, obwohl er keine Ahnung hatte, wie man sie benutzte. Aber teure Möbel und schöne Wohnungen waren wie beruflicher Erfolg ein guter Halt, ein Argument, um sich der Illusion hinzugeben, im Leben alles richtig gemacht zu haben.

Er nahm die angebrochene Packung Milch aus dem Kühlschrank und leerte sie in die gleiche Kaffeetasse, aus der auch Kiefer Sutherland in der Serie *24* seinen Kaffee trinkt. Er nahm einen Schluck, bevor er durch seine Wohnung ging, als würde er sie besichtigen. Es waren diese Momente, in denen er spürte, dass etwas fehlte, dass sein Leben unvollständig war. Eine Unvollständigkeit, die sich nicht mit Dingen füllen ließ, die man kaufen konnte. Vielleicht hatte Stephan recht, dachte er. Vielleicht war eine Frau die Antwort. Vielleicht war die Liebe zu einer Frau die Chance, auszubrechen, seinem Leben endlich wieder einen neuen Impuls zu geben.

Im Badezimmer blickte er in den Spiegel und betrachtete sein Gesicht. Der Mann, den er sah, gefiel ihm. Er passte ins Bild. Er passte zu dem Menschen, für den ihn die anderen halten wollten. Sie setzten praktisch voraus, dass jede seiner Lesungen mit einer Orgie im Hotelzimmer endete. Ein Leben, das von maßlosem, unverbindlichem Sex bestimmt und mit einer nicht unsympathischen Tragik gewürzt war. Dass es auf Tour vor allem darum ging, genug Schlaf zu bekommen und mit dem Alkohol aufzupassen, gehörte nicht in das Bild. Ihre Klischees hatten nichts mit ihm zu tun, das wusste er natürlich, aber er hatte auch festgestellt, dass er dieser vorgefertigten Figur immer ähnlicher wurde. Dass er immer mehr dem Bild entsprach, das die anderen von ihm entworfen hatten. Dass er inzwischen das Schriftstellerleben einer amerikanischen Serie führte. Er war zu einer Art Hank Moody geworden, dem Protagonisten der Serie *Californication*, der in jeder der zwanzigminütigen Folgen mit mindestens drei Frauen schlief, er war die Hauptfigur von Berlinication, wie sein Freund Mirko Schaffer sein Leben einmal zusammengefasst hatte.

»Berlinication«, sagte er in das leere Bad. Das Wort war verführerisch und schmeichelnd. Ein Wort, in dem er sich wohl fühlte.

Er dachte an die Momente, in denen sein flüchtiger Blick unvorbereitet auf sein Spiegelbild fiel, in einem Schaufenster zum Beispiel, und für einen kurzen Moment jemanden sichtbar machte, der seinem Bild nicht gerecht wurde, bevor er wieder den Blick aufsetzte, mit dem er immer in den Spiegel sah, den Ausdruck, der ihn so aussehen ließ, wie er sich gern sah und wie er gesehen werden wollte.

Er betrachtete sein Spiegelbild, sein Gesicht, seine Augen, und empfand nichts. Als würde er einen Fremden ansehen. Einen Fremden, den er nicht einschätzen konnte. Schnell verließ er das Bad, um sich von diesem Gefühl abzulenken.

Auf dem Balkon nahm er sich Zeit für zwei Zigaretten. Danach sah er auf sein Handy, die Uhr zeigte zehn nach zwölf. Er drückte hastig die Zigarette aus. In zwanzig Minuten war er mit Stephan verabredet, mit dem er gelegentlich zu Mittag aß. Er musste in fünf Minuten los, wenn er nicht zu spät kommen wollte. Als er die Balkontür hinter sich schloss, war er in Gedanken bereits damit beschäftigt, welches Jackett zu diesem Tag und zu seiner Stimmung passte.

Es war der neunte April, ein Freitag, kurz vor vierzehn Uhr, und Berlin leuchtete unter einem weiten, wolkenlosen Himmel, als wäre es eine andere Stadt.

DIE VERSION EINES LEBENS

Am späten Nachmittag dieses strahlenden Tages saß Christoph zurückgelehnt an seinem Schreibtisch in der siebzehnten Etage eines fünfundzwanziggeschossigen Plattenbaus in der Leipziger Straße. Die Aussicht war atemberaubend, man fühlte sich privilegiert, wenn man durch die hohen Fenster über die Stadt blickte. Er ließ den Ausblick noch einen Moment lang auf sich wirken, bevor sein Blick wieder auf den Tiefpunkt seiner Karriere fiel, der auf dem Bildschirm des iMac schimmerte; harmlos aussehende Entwürfe, die vor seinen Augen verschwammen, als würden sie ihm die Nutzlosigkeit, Tragik und Bedeutungslosigkeit seines neunjährigen Arbeitslebens vorwerfen. Seine eigene Arbeit lachte ihn aus, dachte er, wie ein Kind, das den Respekt vor seinen Eltern verloren hatte.

Er hob den Blick erneut zum Fenster und dachte daran, wie groß seine Pläne einmal gewesen waren, damals, während des Studiums, als ihm die Zukunft wie ein Abenteuer erschien, das sich aus Kampagnen für Adidas, Apple oder Universal zusammensetzte. Es hatte sich mit den Jahren in Kampagnen für Einkaufscenter, Broschüren für Autohäuser und Websites für Immobilienmakler aufgelöst, in viele kleine Kompromisse, die seinen Alltag zu einem großen Kompromiss gemacht hatten.

Mit diesem bedrückenden Gedanken tauchte er wieder in das Gespräch mit Karnowski ein, der seit zwanzig Minuten auf ihn einredete. Seitdem Karnowski das Büro betreten hatte, hatte Christoph nur drei Worte gesagt, inklusive Begrüßung. Seitdem umspülte ihn Karnowskis Redestrom, ohne ihn zu berühren, es hatte etwas Einschläferndes. Freitag war der Tag, an dem Karnowski seine Rolle als Geschäftsführer verließ, um seinen Mitarbeitern als Mensch zu begegnen, auch wenn er sie gestern noch zusammengeschrien hatte. Sein sozialer Tag gewissermaßen, vielleicht die Idee seines Analytikers. Er suchte Karnowskis Blick, doch der hatte die Angewohnheit, seinem Gegenüber nicht in die Augen zu sehen, weder in Gesprächen noch wenn er ihm die Hand gab.

Er atmete den süßlich stechenden Geruch ein, der Karnowski umgab. Der Mann benutzte so viel Parfum, dass sich ein Raum praktisch in eine andere Klimazone verwandelte, wenn er ihn betrat. In eine, in der schnell mit Kopfschmerzen zu rechnen ist. Er spürte bereits einen leichten Druck hinter den Augen, als Karnowski noch in der Tür stand. Heute trug er Boss Bottled. Christoph verstand nicht, wie man einen Duft tragen konnte, der sich schon seit zehn Jahren auf den oberen Plätzen der Herrenparfum-Verkaufscharts befand, und dann fragte er sich, wie es dazu kommen konnte, dass er sich in den oberen Plätzen der deutschen Herrenparfum-Verkaufscharts so gut auskannte. Es lag wohl daran, dass er das verhängnisvolle Talent hatte, sich überflüssige Dinge zu merken. Es überraschte ihn manchmal selbst, was er sich gelegentlich so erzählen hörte, als hätte er die Rubrik »Unnützes Wissen« aus der Neon auswendig gelernt. Manchmal dachte er, er sei wie diese Rubrik, wahrscheinlich beschrieb sie ihn am besten.

Während Karnowski sprach, fiel Christoph auf, dass er sich in einer ungewohnt melancholischen Stimmung befand, was vielleicht an diesem gerade heute so überwältigendem Ausblick lag oder daran, dass er morgen dreiunddreißig Jahre alt wurde.

Plötzlich stellte Karnowski die erste Frage der Unterhaltung. Es war der erste Satz, der Christoph einbezog, und er war vollkommen ahnungslos, worum es ging. Er hatte ja schon vor Minuten den Faden verloren, einem Zeitraum, in dem das Gespräch in ganz andere Zusammenhänge geglitten sein konnte.

»Klar«, sagte er schnell und nickte mit einem zustimmenden Lächeln, bevor er begriff, dass das Wort »Führerprinzip« in der Frage vorgekommen war.

Scheiße, dachte er. Er hatte keine Ahnung, was er da gerade bestätigt hatte. Er hoffte, dass es nicht um Politik ging, vielleicht hatte Karnowski gefragt, ob er bei den letzten Wahlen rechts gewählt hatte. Er musste die Situation retten, er musste herausfinden, worum es ging.

»Das darf man jetzt natürlich nicht falsch verstehen«, sagte Karnowski. »Ich will die Company hier ja nicht mit dem Hitlerregime vergleichen. Wär jetzt auch zu weit hergeholt. Eine – ich sag mal – zu brachiale Assoziation.«

Die Frage, dachte Christoph verzweifelt, verdammt noch mal, was war die Frage.

»Also was ich eigentlich meine«, fuhr Karnowski fort, »Agenturen – oder Unternehmen im Allgemeinen – funktionieren ja schon wie Diktaturen. Nach dem Führerprinzip, sozusagen. Ich meine, wenn Unternehmen wie Demokratien funktionieren würden, dann könnten sie einpacken. Dann würden sie nicht aus dem Arsch kommen. Sieht man ja auch an den aktuellen politischen Entwicklungen.«

Christoph machte erleichtert eine Geste, die alles bedeuten konnte, auch eine abschließende Geste, weil er das Gefühl hatte, dass ihr Gespräch gerade in eine falsche Richtung lief.

»Aber wenn man das jetzt mal weiterspinnt«, fuhr Karnowski fort, »wären Sie auf der Gottbegnadetenliste der Company«, und brach in ein dröhnendes Lachen aus, das Christoph zusammenzucken ließ, bevor er sich zu einem Lächeln zwang. Christoph fragte sich, was Karnowski wohl wählte, aber eigentlich wollte er es gar nicht wissen. »Sie sind doch unser bester Mann«, dröhnte es.

Christoph wiederholte die Geste, die alles bedeuten konnte, und fügte der Liste von Menschen, mit denen er auf keinen Fall über Politik reden wollte, eine weitere Person hinzu. Jetzt gab es drei: Berliner Taxifahrer, Erik und Karnowski.

»So«, sagte Karnowski nach einem Blick auf die schwere, goldglänzende Uhr an seinem Handgelenk, die wahrscheinlich so viel gekostet hatte wie ein Kleinwagen, »ich muss dann mal, ich hab gleich noch ein Essen. Im Borchardt.«

»Wo sonst«, lachte Christoph, dem sein eigenes Lachen gerade viel zu meckernd und anbiedernd erschien.

Bevor er das Büro verließ, nickte ihm Karnowski zu und hob seine Faust – mit erhobenen Daumen. Die Schlagersängerautogrammkartengeste. Christoph erwiderte sie ungeschickt und kam sich jetzt wirklich wie der Arschkriecher der Agentur vor. Es brauchte eine Weile dieses Gefühl mit Karnowskis Parfum in der Nase, – dem Nachhall seiner Präsenz sozusagen, wieder loszuwerden.

Sein Blick fiel noch einmal auf das Projekt, das so harmlos auf seinem Monitor leuchtete und mit dem er endgültig das Gefühl verband, eine Grenze überschritten zu haben. Er entwarf die Kampagne für ein Altenheim, das im Umland von Berlin gebaut wurde. Ein Umstand, der an sich schon deprimierend genug war, noch deprimierender war allerdings, dass es bereits seine achte war.

Es war ein wachsender Markt. »Alt geworden wird immer«, vergaß Karnowski in den Montagsmeetings nie zu erwähnen. Er dachte an die Artikel, die schon lange vor der Überalterung warnten, in die die Gesellschaft hineintaumelte. In einigen Jahren würde die Hälfte der Berliner über fünfzig sein. So gesehen gab es für ihn noch viel zu tun.

Fünfzig, dachte er. Bis dahin hatte er noch 17 Jahre und – er warf einen Blick auf die Uhr – gute sechs Stunden Zeit. Die Hälfte hatte er schon seit acht Jahren hinter sich. Vielleicht sollte er mit diesen Zahlenspielen aufhören.

Acht Altenheime, dachte er. Das klang wie der Titel einer Til-Schweiger-Komödie, in der Dieter Hallervorden vorkam. *The Hateful Eight* hätte besser gepasst. Es war das bisher zynischste Projekt seiner Karriere. Das Grundstück, auf dem das Gebäude entstand, grenzte direkt an einen Friedhof. Im Erdgeschoss gab es eine Blumenhandlung und ein Bestattungsinstitut. Man wartete praktisch auf die zukünftige Kundschaft, die in den oberen Etagen untergebracht wurde. Die Balkone der Appartements befanden sich an der Rückseite des Gebäudes, der Ausblick der alten Menschen bestand nur aus Gräbern. Ein Blick in die unmittelbare Zukunft gewissermaßen. Man könne auf den Balkonen die Ruhe genießen, so würde es in der Werbebroschüre zu lesen sein, die offensichtlich von Leuten geschrieben wurde, denen Menschen egal waren. Dann fiel ihm ein, dass es ja seine Firma war. Dass er einer dieser Leute war.

Als er aufsah, lehnte Malte im Türrahmen.

»Na, wie war's?«, grinste Malte.

»Na ja.« Christoph zuckte mit den Schultern. »Er hatte leider keine Zeit, mir die ganze Welt zu erklären.«

»Verstehe«, lachte Malte.

Malte verstand sich als ironischer Spötter der Agentur und nutzte jede Gelegenheit, das auch zu beweisen. Einer dieser Beweise war seine WhatsApp-Gruppe, in die er auch Christoph aufgenommen hatte und über die er nahezu täglich Bilder oder Videos verschickte, die einen zum Lachen bringen sollten, die aber teilweise so sexuell grenzwertig waren, teilweise ekelhaft sexuell grenzwertig, dass Christoph bei einigen den Impuls spürte, das Display seines Handys mit Sterilium zu säubern, von dem Julia immer ein Fläschchen in der Tasche hatte, bevor er sie schnell löschte.

»Alter«, hörte er Malte sagen, »was ist denn hier für eine Luft. Ich mach mal das Fenster auf.«

Er mochte Malte, aber er musste mal mit ihm reden, ihm auf behutsame Weise beibringen, dass er nicht unbedingt seine Zielgruppe war, wenn man das so sagen konnte. »Und, was geht am Wochenende?«, fragte Malte.

»Ach, das ist schnell erzählt«, erwiderte er. »Nichts.«

Im Büro wusste niemand von seinem Geburtstag, und ihm wäre es lieber gewesen, wenn auch außerhalb des Büros niemand davon gewusst hätte. Am liebsten hätte er den Abend nur mit Julia verbracht. Wenn sich das Wetter bis zum Abend hielt, vielleicht sogar schon auf der Terrasse. Ein harmonischer Abend, gefüllt mit Gesprächen und ein paar Gläsern Wein, der unaufgeregt in seinen Geburtstag mündete. Ein Abend, der ihnen gutgetan hätte. Aber Julia hatte eine Party geplant, die er so gern bereits hinter sich gehabt hätte. Es war schon merkwürdig, er dachte an seine Geburtstagsparty wie an eine Verpflichtung, als würde er Carina und Erik, Hauke und Melanie und natürlich Julia mit seiner Anwesenheit einen Gefallen tun, und genau genommen tat er das ja auch. Die Party, die Gäste und das Essen passten eher zu ihr als zu ihm. Zumindest war es so in den letzten Jahren gewesen, und es sah nicht unbedingt danach aus, als würde diesmal mit überraschenden Wendungen zu rechnen sein. Ganz kurz stellte er sich vor, Karnowski und Malte würden auch kommen, aber das hätte es auch nicht unbedingt besser gemacht. Eher schlimmer.

Vorsichtshalber hatte er schon vergangene Woche eine Kiste Rotwein gekauft, im *La Tienda del Toro*, dem kleinen spanischen Weinladen, der nur wenige Meter von ihrer Wohnung entfernt lag. Der Wein würde ihm helfen, den Abend durchzustehen, zumindest hoffte er das.

Ihm kam der Gedanke, dass er seinen Geburtstag nur ungern feierte, weil es ja eigentlich nichts zu feiern gab. Jahrelang hatte er sich vorgestellt, an welcher Stelle im Leben er an seinem nächsten Geburtstag stehen würde, wie viel sich im zurückliegenden Jahr verändert hätte. Allerdings war er immer wieder enttäuscht, denn nichts veränderte sich, alles blieb, wie es war. Es gab keine erwähnenswerten Brüche. Sogar den Umzug in die Wohnung in der Bänschstraße, nach der sie ein Jahr lang gesucht hatten, hatte er nur kurz mit dem Gefühl verbunden, das er erwartet hatte.

Sein Blick fiel auf seinen Bauch, der sich an der Tischplatte staute. Er musste gerade sitzen, auf seine Haltung achten, und er musste unbedingt etwas für seinen Körper tun. Vielleicht sollte er wieder anfangen zu joggen, das nahm er sich inzwischen schon seit ihrem Einzug vor. Mittlerweile war das ein Jahr her. Ein langer Anlauf für eine kleine Änderung in seinem Leben. Und Christoph brauchte eigentlich eine große Veränderung, das spürte er. Er musste eine radikale Entscheidung treffen, oder zumindest einen spontanen Entschluss. Mit einer energischen Bewegung schloss er das Dokument auf seinem Bildschirm, dachte einen kurzen Moment lang ernsthaft darüber nach zu kündigen, verwarf den Gedanken erst einmal, bevor sein Blick auf die Uhr am rechten, oberen Rand des Bildschirms fiel. Es war 16:37 Uhr. Knappe zwei Stunden musste er noch durchhalten, bis er nach Hause fahren konnte, um dort dann weitere fünf oder sechs Stunden durchzuhalten. Aber nachher konnte er sich zumindest an den Rotwein halten.

»Na dann«, sagte Malte. »Ein geruhsames Wochenende. Ich geh heute ins King Size.«

»Ja, danke, und viel Spaß«, sagte Christoph.

»Den werd ich haben«, sagte Malte bedeutungsschwanger und zog die Tür hinter sich zu.

»Danke«, flüsterte Christoph und betrachtete dankbar die geschlossene Tür, bevor er das Wort »Gottbegnadetenliste« in die Suchmaske eingab. Bei Wikipedia las er, dass die Liste die wichtigsten Künstler des »Dritten Reichs« umfasste, von Hitler und Goebbels persönlich zusammengestellt. Personen, an die er in seiner empfindlichen Stimmungslage eigentlich nicht denken wollte. Zumindest war es wieder eine Information, die sein unnützes Wissen vollständiger machte. Vielleicht sollte er sich bei einer dieser Quizshows bewerben, die im Vorabendprogramm liefen und die seine Mutter so gern sah, oder bei *Wer wird Millionär?*.

Er erhob sich und trat an das geöffnete Fenster. Sein Blick zog über das Häusermeer, das weit hinten in einem Dunstschleier versank. Ein Moloch, wäre ihm normalerweise in den Sinn gekommen, aber jetzt dachte er, dass der Verkehr tief unten auf der sechsspurigen Straße mit nur etwas Fantasie wie eine Brandung klingen könnte. Er schloss die Augen, lauschte und wartete ab. Nach einer knappen Minute gab er es auf. Es funktionierte nicht, die Verkehrsgeräusche der Leipziger Straße wurden einfach kein Meeresrauschen.

DATING GAMES

Während Leonies Blick auf dem unberührten Glas ruhte, dessen Inhalt das gedämpfte Licht der Odessa Bar reflektierte, entfernte sich seine Stimme immer weiter von ihr. Eine Stimme, die Dinge erzählte, die sie bereits unzählige Male gehört zu haben schien. Sie dachte an das abwesende Lächeln der attraktiven, blonden Kellnerin, die ausschließlich Englisch sprach, kein Wort Deutsch verstand und ihnen gerade ihr zweites und sein drittes Glas Moscow Mule serviert hatte, um dann doch noch an den Mann zu denken, der ihr gegenübersaß.

Ihre Leben hatten sich vor einer knappen Stunde berührt, es war ihr erstes Date, und so wie es aussah, auch ihr letztes. Schon nach den ersten Minuten war für sie klar, dass es nie zu einem zweiten Date kommen würde. Vielleicht redete er deshalb so viel, weil er ihre Begegnung mit möglichst viel Inhalt füllen wollte, in der verzweifelten Hoffnung, in ihrem Leben zumindest irgendeine Spur zu hinterlassen, bevor sie aus seinem verschwand. Ihm selbst fiel es aber wahrscheinlich nicht einmal auf, es war wohl eher eine Verzweiflungstat seines Unterbewusstseins, Leonie hatte ihm schließlich seit Minuten nicht mehr in die Augen gesehen.

Sie wünschte sich, hier jetzt mit dem Mann zu sitzen, der sich in den vergangenen Wochen aus seinen Fotos auf Instagram, seinen Nachrichten auf Facebook und den Google-Suchen nach seinem Namen in ihrem Kopf zusammengefügt hatte. Leider hatte das nichts mit dem Menschen zu tun, der ihr gerade gegenübersaß.

Leonie dachte an verschiedene Dinge auf einmal. Sie dachte daran, dass er sie vor zwei Wochen auf Instagram entdeckt und sofort begeistert hatte, und daran, wie sie sich jeden Abend stundenlang Nachrichten geschrieben hatten. Sie dachte an die Vertrautheit, die da war, bevor sie überhaupt ihre Stimmen kannten. Sie dachte daran, wie sie gegenseitig ihre Fotos geliket und kommentiert hatten, um dem anderen zu zeigen, dass sie gerade aneinander dachten. Sie dachte an ihr Lächeln, wenn sie einen Blick auf ihr Handy geworfen und eine Nachricht von ihm auf dem Display geleuchtet hatte, und sie dachte daran, dass er Teil ihres Lebens geworden war, bevor sie sich überhaupt begegnet waren, und dann dachte sie noch, dass das alles eine Illusion war, dass diese makellose Version eines Mannes in ihren Gedanken viel mehr mit ihr zu tun hatte als mit ihm selbst. Das waren die Liebesgeschichten unserer Zeit, dachte sie, sie fanden in den Köpfen statt, aus der Ferne einer virtuellen Distanz, und sie endeten, wenn man sich in der Wirklichkeit begegnete, sie endeten, bevor sie überhaupt beginnen konnten.

Es lag wohl daran, dachte sie, dass man bei jedem Date aus der leuchtenden Projektion heraustrat, aus diesem künstlichen Zauber, den man so sorgfältig um sich selbst entworfen hatte. Wenn sie ihr morgendliches Spiegelbild mit den vorteilhaft fotografierten Porträtbildern verglich, die sie selbst auch postete, fragte sie sich, ob einen das Leuchten noch umgab, wenn man sich traf, ob es für den anderen überhaupt noch wahrnehmbar war oder ob derjenige sich plötzlich in der Gegenwart eines farblosen Menschen wiederfand, der nur noch aus blassen Resten dieser strahlenden Figur bestand. Wenn man sich zum ersten Mal in der Wirklichkeit begegnete, war das immer ein Kampf gegen das Bild, das man von sich gezeichnet hatte. Der Mann ihr gegenüber hatte diesen Kampf verloren, dachte Leonie.

Vielleicht lag es ja an der Odessa Bar, in der sie sich immer mit ihren Dates traf, dachte Leonie, oder an den Moscow Mules, die sie immer tranken, als wäre es ein ungeschriebenes Gesetz, bei Dates in der Odessa Bar Moscow Mule zu trinken.

Er hieß Paul und sah aus, wie sie gerade alle aussahen. Ein hübsches, unrasiertes Gesicht, dazu ein ausgewaschenes T-Shirt, dessen weiter Kragen eine unbehaarte Brust freilegte und auf dem das Cover des Joy-Division-Albums *Unknown Pleasures* abgebildet war, von dem Paul wahrscheinlich noch nie etwas gehört hatte; dazu Converse-Schuhe und diese unvorteilhaft geschnittenen Jeans, die jetzt alle trugen. Sein volles Haar wirkte störrisch und ungepflegt, aber so oft, wie er sich ein wenig zu bewusst durch sein Haar fuhr, war offenbar auch diese vermeintliche Nachlässigkeit Teil eines ästhetischen Gesamtkonzepts.

Paul fand alles »mega«, und er war in der Lage, das Wort in jedem zweiten Satz unterzubringen, was in seiner Konsequenz schon beeindruckend war. Das Wort wirbelte in Leonies Kopf, während Paul von Bars, Clubs und Partys erzählte und davon, auf welchen Gästelisten er stand. Es klang alles so bekannt, so austauschbar, als hätte er sich mit ihren Dates der letzten Wochen und Monate abgesprochen. So gesehen hätte Paul auch Frederick, Jakob oder Raphael heißen können, so hießen die Männer, mit denen sie sich vor ihm getroffen hatte. Sie wurden sich immer ähnlicher, ihr Aussehen, die Dinge, die sie erzählten, als wären sie geklont. Variationen desselben Themas. Abziehbilder. Sie musste an ihre Freundin Alena denken, die auf Facebook ihre Dates der letzten Zeit mit dem Post »tired of meeting the same people in different bodies« zusammengefasst hatte.

Sie hörte Pauls Gerede zu, wie man einem belanglosen Popsong im Radio zuhört. Ein harmloses Plätschern, dem man keine Aufmerksamkeit schenken musste, konturlos und nichtssagend – ein Hintergrundrauschen, um das anhaltende Gefühl des Alleinseins zu betäuben. Da saß sie nun vor Pauls hübschem, leerem Gesicht Paul und stellte sich vor, jemand würde ihn einfach austauschen, während sie auf der Toilette war. Man nahm den einen einfach weg und setzte einen anderen dafür hin. Wahrscheinlich würde sie es nach ihrer Rückkehr nicht einmal bemerken, sie würde weiterhin an den richtigen Stellen nicken und weiterhin interessiert wirken.

»Alles gut?«, hörte sie Paul fragen, der auch Frederick, Jakob oder Raphael heißen konnte.

Alles gut! Eine Floskel, die sie hasste, vielleicht weil sie gerade alle benutzten, als hätten sie sich abgesprochen. Die neue deutsche Floskel, auf die sich alle einigen konnten. Eine Floskel, die oft in einem hastigen, abwesenden Tonfall ausgesprochen wurde, der erzählte, dass gar nichts gut war, und dass es auch nicht unbedingt so aussah, als würde sich das in nächster Zeit ändern, eher, dass es schlimmer werden würde. So gesehen war »Alles gut« die passende Metapher, sie fasste alles zusammen.

»Alles gut, alles gut«, sagte sie schnell und zwang sich zu einem Lächeln. Paul zündete sich eine Parisienne an, die Zigarettenmarke, die in Berlin jeder rauchte, der sich für kreativ oder intellektuell hielt. Sie war von Klischees umgeben, dachte sie, griff nach dem Glas und nahm einen großen Schluck, während Paul so bewusst an seiner Zigarette zog, wie er sich durchs Haar fuhr, und einen kurzen Moment lang war Leonie sich wirklich nicht sicher, ob er nicht doch Frederick, Jakob oder Raphael hieß. Alles gut, dachte sie dann noch einmal. Es war niemals alles gut. Leute wie dieser Paul waren das beste Beispiel.

Seine Geschichte hatte in seinen Nachrichten so schön geklungen, aber jetzt klang sie einfach nur belanglos und austauschbar. Er war ausgebrochen, aus der Enge eines vernünftigen Lebens, in dem man tat, was von einem erwartet wurde. Er war hierhergekommen, um sich neu zu erfinden und ein Leben auszuprobieren, das ihm näher war. Das war ein Gedanke, der ihr gefallen hatte, vielleicht weil sie Berlin ebenfalls mit diesem Gefühl verband, zumindest damals, ganz am Anfang. Auf den Rat seiner Eltern hin hatte er, weil er so gut mit Zahlen umgehen konnte, zuvor eine Ausbildung zum Bankkaufmann begonnen und auch abgeschlossen. Dann aber war er gegen den Willen der Eltern nach Berlin gezogen, um sich seiner Musik zu widmen. Dass das alles zum Klischee verkommt, könnte natürlich an Paul liegen, dachte sie, dem Einzelkind, und daran, dass ihm seine Eltern trotz ihrer Vorbehalte viel Geld überwiesen, damit er seinen Traum verwirklichen konnte, und sicherlich auch daran, wofür er ihr Geld ausgab, seitdem er sich in der Berliner Feierszene verfangen hatte. Ihm ging es wie vielen, die von dem hedonistischen Sog des Berliner Nachtlebens erfasst worden waren, die Ziele verschoben sich, reduzierten sich. Der Tag wurde zu der unbedeutenden Zeit zwischen den Nächten. Sie nahmen Speed, Ketamin oder Liquid Ecstasy, diesen ganzen Dreck, für jedes Jahr eines solchen Lebenswandels konnte man wohl gut fünf Jahre Lebenszeit abziehen. So gesehen würde ihre Generation nicht alt werden. Sie trugen das Geld ihrer Eltern in die Stadt, die keine Ahnung hatten, was für ein Leben sie da finanzierten. Die meisten wurden DJs, die nie auflegten, oder sie arbeiteten an den Bars, Kassen oder Garderoben irgendwelcher Clubs, um das Gefühl zu haben, irgendwie mitzumachen. Paul war einer dieser DJs.

Leute wie er gingen am Freitagabend in irgendwelche Clubs, die sie am Dienstagmorgen wieder verließen. Sie hatte das nie verstanden.

Keine zwei Nächte hielt sie durch, nicht mal in ihrem Alter, obwohl sie im Kater Blau schon eine Nacht erlebt hatte, in der sie beinahe in eine andere Zeitebene geglitten war. Am Sonntagnachmittag, der für sie gefühlt ja noch ein Samstagabend gewesen war, hatte sie das Gelände dann schnell verlassen. Grund war ein Mann, der sie mit weit aufgerissenen Augen gefragt hatte, ob heute Freitag sei. Auf ihre Antwort hin, dass es Sonntagnachmittag war, hatte er verzweifelt gelacht und war Richtung Spreeufer gerannt, hoffentlich nicht, um Selbstmord zu begehen, ein Gedanke, der gar nicht so abwegig war, wenn man seinen Zustand berücksichtigte.

Das war das Gefährliche an dieser Stadt, dachte sie dann. Man konnte jeden Tag ausgehen, jeden Tag feiern und seine Ziele aus den Augen verlieren. Sie alle kamen in die Stadt mit dem Gefühl, sie zu erobern, und irgendwann stellten sie fest, dass die Stadt sie erobert hatte.

»So«, sagte Paul und leerte sein Glas, bevor er aufstand. »Bin gleich wieder da. Wo ist denn hier die Toilette?«

»Ich glaub, in die Richtung«, sagte sie, obwohl sie es wusste.

»Okay, bis gleich.«

Leonie nickte lächelnd. Als er verschwunden war, hatte sie das Gefühl, endlich wieder frei atmen zu können. Sie griff nach ihrem Handy und wünschte sich mit einer Flasche Rotwein zu Annelie auf ihren gemeinsamen Balkon, von dem man diesen atemberaubenden Blick über den Helmholtzplatz hatte.

Vielleicht sollte sie die Drinks variieren, um zukünftigen Dates etwas mehr Besonderheit zu verleihen, um ihnen etwas hinzuzufügen, was sie voneinander unterschied. Sie spürte den Impuls, schon jetzt den nächsten Drink zu bestellen, gewissermaßen auf Vorrat, Alkohol konnte helfen, etwas in ihm zu sehen, was ihr Interesse weckte. Das hatte bei Frederick und Jakob ja auch funktioniert. Es war schon ernüchternd, Alkohol war das Fundament ihres Liebeslebens, dachte sie, aber irgendwie musste man sein Zärtlichkeitsdefizit doch ausgleichen. Bei Paul würde es allerdings nicht dazu kommen, da war sie sich sicher. Ihr Blick fiel auf die rauchende Zigarette, die er in den Aschenbecher gelegt hatte. Einen Moment lang dachte sie daran zu gehen, einfach einen Zwanzig-Euro-Schein auf den Tisch zu legen und abzuhauen.

Sie sah auf, als Paul mit zwei neuen Gläsern an den Tisch trat. Er setzte sich, schlug die Beine übereinander und betrachtete sie.

»Du studierst also Psychologie«, sagte er, als hätte er sich die Frage zurechtgelegt.

»Stimmt«, sagte sie.

»Die meisten Psychologen sollen ja selbst persönlichkeitsgestört sein.« Er lachte, es war wohl seine Art Humor. Es war ein Humor, der nicht für ihn sprach, aber das war inzwischen auch nicht mehr wichtig.

»Nicht nur die meisten Psychologen«, sagte sie deutlich, aber die Spitze schien nicht durchzudringen.

Sie musste an ihren Therapeuten denken. Paul hatte unbeabsichtigt die Wahrheit berührt, aber das würde sie sich nicht anmerken lassen. Sie studierte Psychologie und ging zum Psychologen, dachte sie, manchmal passte ein Leben in einen Satz.

»Ich hab ja damals bei der Commerzbank gearbeitet, in Frankfurt«, sagte er in die entstandene Stille.

»Ich weiß, hast du mir geschrieben«, sagte sie dankbar dafür, nicht über sich reden zu müssen und versuchte, sich Paul in einem Anzug vorzustellen. Es funktionierte.

»Geschäftskundenbereich«, sagte er.

»Oh«, sagte sie und versuchte, so beeindruckt wie möglich auszusehen.

»Ich bin ja ein mega Zahlenmensch«, fuhr er fort. »Ich kann mir zum Beispiel nur ganz schlecht Namen merken. Wenn ich Kunden sehe, verbinde ich ihre Gesichter gar nicht mit einem Namen, sondern mit ihrer Kontonummer.«

»Oh«, sagte sie noch einmal, und jetzt war sie wirklich beeindruckt, auf eine groteske Art.

Zwei Gläser Moscow Mule später nahm Paul diesen Faden wieder auf und erzählte, dass sie die Nummer 84 wäre, wenn sie miteinander schlafen würden. Wie bitte?, dachte sie. Der Alkohol schien zu wirken. Es war eine Zumutung. Sie suchte den Blick der Kellnerin und wollte zahlen, wollte hier raus, weg von diesem Paul. Er hob sein Glas in ihre Richtung mit einem viel zu intimen Lächeln. Er war widerlich. Dieser Mensch würde sie nie berühren dürfen.

Es war so schwer, in Berlin einen zurechnungsfähigen Mann kennenzulernen, dachte sie, obwohl die Stadt voll von Männern war. Die Auswahl war da, zumindest theoretisch, praktisch war Berlin einfach nur voller Gestörter. Sie überschlug, wie viele Dates sie gehabt hatte, seitdem sie vor zwei Jahren hergezogen war. Es waren zu viele.

Am liebsten würde sie jetzt mit ihren Freundinnen im Volkspark Friedrichshain in der Sonne liegen, dachte sie, ihre letzten Dates auswerten und schlecht über Männer reden. Darüber, warum es mit ihnen nicht lief. Einfach, weil Männer grundsätzlich gestört waren. Eine neue Geschichte, um diese These zu veranschaulichen, hatte sie ja jetzt. Ihre Freundinnen würden sie erst mal mit ungläubigen Mienen ansehen, bevor sie gemeinsam alles detailliert auswerteten. Ein Gesprächsthema für eine Stunde, vielleicht auch für zwei. Sie würden sich versichern, dass man Männern nicht vertrauen konnte, würden das ewige Paradoxon ihrer Leben bearbeiten, dass sie schlecht über Männer dachten, sich aber doch nach ihnen sehnten. Sie waren wie eine Selbsthilfegruppe in fortdauernder Gruppentherapie. Das war ihre Gemeinsamkeit, die Erfahrungen mit Männern, seitdem sie nach Berlin gezogen waren. Vielleicht konnte man Freundschaft ja so definieren. Sie verband mehr als sie voneinander trennte. Eine simple Gleichung. Das war der Unterschied zu Paul. Sie trennte definitiv mehr als sie verband.

»Also, ich muss jetzt los, muss ja morgen früh raus«, sagte sie nach einem Blick auf ihr Handy.

»Ich zahl die Rechnung.« Paul hob die Hand, um der Kellnerin ein Zeichen zu geben. Dann sagte er: »Ausnahmsweise.«

»Bitte?« Sie warf ihm einen fragenden Blick zu.

»Eigentlich lass ich ja immer die Frauen zahlen«, sagte er. »Die können schließlich froh sein, dass sie mit mir Zeit verbringen dürfen.«

Leonie wartete auf ein Lächeln, auf einen ironischen Blick, auf irgendeinen Anhaltspunkt, der diesen Satz auflöste, vielleicht war es ja wieder diese Art Humor, den man nicht verstand. Dann begriff sie, dass das Pauls Art war, Komplimente zu machen.

Gott, dachte sie, sie saß hier an einem Stammtisch. Wahrscheinlich fand dieser Typ sich selbst so unwiderstehlich, dass er eine Erektion bekam, wenn er nackt vor dem Spiegel stand. Sie würde ihrem Therapeuten von ihm erzählen. Das war hier alles Realsatire, als wären sie Figuren in einer dieser schrecklichen Doku-Soaps, die auf RTL 2 liefen.

»Klar«, sagte sie, weil es so einfacher war.

Plötzlich entstand in ihr ein Bild. Sie fühlte sich wie in einem Casting für eine Daily Soap, in der immer wieder dieselbe Szene durchgespielt wurde. Immer wieder, schlecht gespielt, durchschaubar und nichtssagend.

»Hier sind gute Schwingungen«, sagte Paul, als sie die Torstraße betraten. Er sah das offensichtlich anders.

»Wie bitte?«

»Zwischen uns, das fühlt sich gut an.«

»Klar«, sagte sie. Es schien ihre Standardantwort zu sein.

»Wir schreiben«, sagte Paul und umarmte sie unangemessen vertraut. Hoffentlich hielt er diesen Moment nicht für den Moment vor dem ersten Kuss. Vorsichtshalber klopfte sie ihm während der Umarmung ein paar Mal leicht auf die Schulter. Das war die Kumpelgeste, sie hoffte, dass er sie verstand. Leider verstand er sie nicht. Als er sie auf den Hals küsste und dann auf das Haar, entwand sie sich unbeholfen seiner Umarmung.

»Hey«, sagte er erstaunt. »Diese Spannung zwischen uns, die hast du doch auch gespürt.«

Wieder eine Floskel. Sie fragte sich, wie oft er das schon zu einer Frau gesagt und wie oft es funktioniert hatte. Und dann fragte sie sich noch, wie vielen Frauen er die wohlformulierten Nachrichten schon geschrieben hatte, die er ihr geschrieben hatte. Er sammelte sie vermutlich in einem Word-Dokument.

»Da ist doch was zwischen uns«, hörte sie Paul sagen, »was Besonderes.«

Sie wich einige Schritte zurück. Er machte es immer schlimmer, aber das war jetzt wohl auch egal, er war inzwischen sowieso an einem Punkt, an dem er es nur noch schlimmer machen konnte.

»Was auch immer das zwischen uns ist«, erwiderte sie deutlich. »Es ist auf jeden Fall nichts Besonderes.«

»Aber spürst du's nicht, dass da was ist zwischen uns. Wie kostbar dieser Moment ist.«

»Oh, ich bitte dich«, sagte sie. Es war unglaublich, und es war so würdelos. Sie spürte, dass sich jetzt auch noch seine sexuelle

Attraktivität verlor, was tragisch war, sie war schließlich alles, was er hatte.

»Wie war dein Name nochmal?«, fragte sie, um diese Farce abzukürzen, dieses armselige Spiel, das sich aus durchschaubaren Routinen zusammensetzte, um eine Frau auf dem schnellsten Weg ins Bett zu kriegen. Das schien eine weitere Konstante ihrer Dates, neben der Odessa Bar und den Moscow Mules natürlich.

»Paul?«, sagte er und sah gerade wirklich so betroffen aus, dass er ihr sogar ein bisschen leidtat.

»Stimmt«, sagte sie. »Paul. Also, wir schreiben, ja?« Es klang wie das »Wir melden uns« nach einem gescheiterten Bewerbungsgespräch, und so sollte es auch klingen. Sie hoffte, dass er es verstand.

Paul schien es zu verstehen, er wandte sich ab und ging zielstrebig die Torstraße Richtung Rosa-Luxemburg-Platz hinunter, ohne sich noch einmal umzudrehen. Sie wartete kurz, bevor sie die Torstraße langsam in die entgegengesetzte Richtung hinunterging. Ganz kurz fiel ihr Andreas Landwehr ein, den sie sogar in Gedanken immer beim Vor- und Zunamen nannte. Bei ihm war es anders gewesen war, bei ihm war es kein Spiel. Doch sie hatten nicht einmal einen Monat miteinander verbracht, bevor sie spürte, dass sie sich nicht auf ihn einlassen konnte. Aus Gründen, die auch damit zusammenhingen, dass sie an ihn nur mit Vor- und Zunamen dachte, dass aus Andreas Landwehr nie Andreas geworden war, aus dem Schriftsteller nie der Mensch. Ihr fiel ein, dass auch er Parisienne geraucht hatte.

Die Torstraße leuchtete. Sie passierte die überfüllten Bars, vor denen sich die Menschen sammelten, sie blickte in die leeren, hübschen Gesichter, die ihr entgegenkamen, und merkte, wie egal ihr diese Menschen waren, dass sie nichts mit ihnen verband, dass sie nichts mit ihnen verbinden durfte, gleichzeitig ergriff sie das Gefühl, dass sie ihnen viel ähnlicher war, als sie immer angenommen hatte. Ganz plötzlich spürte sie die grausame Gewissheit, dass sie sich nicht von ihnen unterschied, dass sie in derselben Leere und Seelenlosigkeit gefangen war wie die anderen.

UNTER FREUNDEN

Christoph verschwand, als er mit einer langsamen und irgendwie auch endgültigen Bewegung die hohe Glastür zuschob, die auf die Terrasse führte und ihn nun mit einem leichten Ploppen von den Menschen in seinem hellerleuchteten Wohnzimmer trennte. Von seinen Geburtstagsgästen. Seinen Freunden gewissermaßen. Von Hauke und Melanie, Erik und Carina, und natürlich von Julia. Sie sahen ihn nicht mehr, die Sonne war ja schon vor Stunden untergegangen. Er war der Mann hinter Glas, dachte er, er existierte praktisch nicht mehr. Es fiel nicht auf, dass jemand fehlte.

Er zündete sich die erste Zigarette des Tages an und inhalierte genussvoll, bevor er sich abwandte und auf die Bänschstraße hinunterblickte. Sie war eine der wenigen schönen Straßen des Stadtteils, vielleicht sogar die schönste, was sicherlich auch daran lag, dass sie aussah, als hätte sie sich in der Gegend geirrt. Früher hatte er gedacht, Friedrichshain würde eine ähnliche Entwicklung wie Prenzlauer Berg nehmen, was ihm gefallen hätte, jetzt wo er hier wohnte, aber irgendwie hatte der Bezirk den Anschluss verpasst. Er war immer noch verstaubt und versifft und voller Hundekacke. Er hatte einige Monate nach ihrem Umzug festgestellt, dass man mit der Zeit einen natürlichen Hundekackeausweichinstinkt entwickelt, wenn man hier lebte. Man musste gar nicht mehr zu Boden sehen. Er dachte kurz darüber nach, dass Hauke vorhin behauptet hatte, in Berlin würden deswegen so viele Hunde halten, weil sie sich einsam fühlten.

»In dieser anonymen Stadt«, hatte Hauke gesagt, der vor drei Jahren aus Münster hierhergezogen war. Er war offensichtlich noch nicht angekommen.

Hauke war der Freund von Melanie, die Julia von der Arbeit kannte. Woher sie Carina kannte, war ihm gar nicht so klar, ihm war nur klar, dass es dem Abend gut getan hätte, wenn sie ohne Erik gekommen wäre, der jedes Gespräch an sich riss, sobald er einen Raum betrat.

Er blickte zu Erik, der eindringlich auf Hauke einredete, als würde er über die Lösung des Welthungers referieren. Christoph verstand nicht, was er sagte, er war ja der Mann hinter Glas, aber nach Haukes Gesichtsausdruck zu urteilen, schienen Eriks Worte an ihm vorbeizugleiten oder durch ihn hindurch, ohne Spuren zu hinterlassen, wie eine Adaption des Nachmittags im Büro mit Karnowski. Er hätte jetzt gern gewusst, wo Hauke mit seinen Gedanken war. Vielleicht sollten sie sich mal auf ein Bier treffen, ohne die anderen. Sie kannten sich eigentlich nur in der Gruppe.

Julia, Melanie und Carina sprachen offensichtlich über seine Geschenke, die Julia nach dem Auspacken kunstvoll auf dem Sideboard drapiert hatte. Hin und wieder warfen sie zufriedene Blicke dorthin, wie es Menschen tun, die sich gegenseitig bestätigen, alles richtig gemacht zu haben.

Seine Gedanken wanderten von Melanie zu Hauke und dann wieder zurück. Es überraschte ihn immer wieder, wie selbstverständlich die beiden miteinander umgingen, nach allem, was passiert war. Er glaubte nicht, dass sie Hauke verziehen hatte, es sah eher nach einem Arrangement aus. Vielleicht empfanden sie Berlin als den falschen Ort für eine Trennung, diese anonyme Stadt. Sie fürchteten sich, in ihrer allgegenwärtigen Anonymität allein zu sein.

Die Frauen tranken Weißweinschorle. Viel zu helle Weißweinschorlen. Sie hielten sich seit Stunden an einer Flasche Wein auf, zu dritt, und die Flasche war noch halbvoll. Das war keine Geburtstagsparty, dachte er, das war ein Pärchenabend. Genau genommen sogar ein Pärchen-Sit-in. Die Flasche Wodka kam ihm in den Sinn, die seit ihrem Einzug unangetastet im Eisfach lag. Wäre mehr Zeit gewesen, hätte er sie aufgemacht. Der Alkohol hätte diesen verspannten Abend gelockert. Sie hätten sich mal wieder so richtig schön besaufen können. Aus dem Sit-in wäre eine Party geworden. Er hätte gern mal wieder die knisternden Platten aufgelegt, die doch für eine bedeutende Zeit seines Lebens standen, für ihn gewissermaßen. Es waren seine Hymnen. Sie hätten getanzt und mitgesungen. Er hatte doch eine gute Stimme und er war immer noch textsicher. Sie besaßen immerhin diesen sündteuren Plattenspieler, den er nie benutzte. Seit dem Umzug war er zu einem gutaussehenden Accessoire geworden, das einmal pro Woche von Natascha abgestaubt wurde. Die Platten bewahrte er im Keller auf. In einer der vielen Kisten, in denen sie die Dinge lagerten, die es nicht in die Wohnung geschafft hatten. Eigentlich war er sich gar nicht sicher, ob sich sein Musikgeschmack mit dem der anderen deckte. Franzi hatte ja leider abgesagt. Und die Frauen mussten auch bald los.

»Mallorca«, sagte er leise in die Nacht.

Jedes Jahr machten Julia und ihren Freundinnen Urlaub am Meer, ohne die Männer, das war eine ihrer Traditionen. Sie stimmten ihren Urlaub auf die Osterferien ab, weil Julia als Lehrerin nur in den Ferienzeiten verreisen konnte. Diesmal reisten sie für eine Woche nach Mallorca. Julia hatte die Reise schon im August gebucht, vor acht Monaten, ihren roten Rollkoffer hatte sie am letzten Wochenende gepackt, das war jetzt eine Woche her, das Taxi zum Flughafen hatte sie am Vortag bestellt. Die Frauen hatten einen sehr billigen Flug bekommen, was ganz natürlich war, wenn man ihn eine knappe Schwangerschaftslänge früher buchte und er um drei Uhr morgens von Schönefeld ging. Seine Geburtstagsfeier würde noch eine knappe Stunde dauern.

Er hörte, wie sich die Terrassentür hinter ihm öffnete.

»Schahaatz?«, hörte er Julia rufen. Es war ihre Stimme, aber irgendwie war sie es auch wieder nicht. Sie klang zu schrill. Wenn sie Gäste hatten, änderte sich der Ton, in dem sie sprach. Sie klang dann immer ein bisschen zu durchdringend, zu schnell und zu affektiert. Viel zu überdreht. Als hätten ihre Freundinnen sie sozialisiert.

»Ja«, sagte er, ohne sich umzudrehen.

»Was machst du denn hier draußen?«

Er hätte ihr jetzt gern gesagt, dass er auf einer Reise war, auf einer Art Kurzurlaub, aber dann dachte er an die anderen und sagte: »Nichts weiter, ich rauch eine.«

»Klar«, sagte sie, und es klang wie: »Darüber hatten wir doch gesprochen.«

»Du weißt doch, wenn ich Alkohol trinke«, sagte er mit einer entschuldigenden Geste. Er hatte vor einem Jahr aufgehört zu rauchen, eigentlich, außer wenn er Alkohol trank, oder Kaffee, oder wenn er gestresst war. »Ich komm gleich«, fügte er hinzu.

»Klar«, sagte Julia und schob die Terrassentür zu, und jetzt klang sogar das Ploppen wie ein Vorwurf.

Er warf die aufgerauchte Zigarette in die Nacht, sein Blick folgte dem glühenden Punkt, bis er funkenstiebend auf dem Kopfsteinpflaster der Bänschstraße aufschlug. Als er die Terrassentür öffnete und das

Wohnzimmer betrat, verstummte das Gespräch an dem langen Tisch. Alle sahen ihn an, als hätten sie nicht mehr mit ihm gerechnet.

»So«, sagte er ein bisschen zu gutgelaunt, »da bin ich wieder.« Er setzte sich zu Julia, Erik hustete auffällig und Julia flüsterte: »Du stinkst total nach Rauch.«

»Du weißt doch, wenn ich Alkohol trinke«, wiederholte er.

Julia erhob sich und verschwand auf der Toilette.

»Und, worüber habt ihr gerade gesprochen?«, fragte er, während sein Blick die Geschenke streifte, die sich so nahtlos in das Konzept des Abends fügten. Sie passten eher zu ihnen als zu ihm. Es gab ein sehr dickes, veganes Kochbuch, das er nach dem Auspacken unschlüssig in der Hand gehalten hatte.

»Oh, ein Buch«, hatte er gesagt.

»Freu dich doch mal«, hatte Carina gerufen, sie sang es fast.

»Ich freu mich doch«, sagte er und blätterte hilflos in dem Buch. Es waren sehr viele Rezepte. Sie reichten für ein Leben. Ein veganes Leben.

Julia hatte ihm einen Gutschein für ein Rauchentwöhnungsseminar geschenkt. Als er den Gutschein ausgepackt hatte, musste er sich praktisch zwingen, nicht zu sagen »Oh, ein Gutschein.« Stattdessen entschied er sich für ein überraschtes »Ah«, das wie ein Aufatmen klang.

Hauke und Melanie schenkten ihm ein kompliziert aussehendes Gerät, das er anfangs gar nicht zuordnen konnte. Darum fiel es ihm einen Moment lang schwer, sich für einen passenden Ausruf zu entscheiden. Ihm gelang ein Strahlen, wie er es von Julia in Gegenwart ihrer Freunde kannte, dann sagte er: »Das kann nur von Melanie und Hauke sein«, was auch immer er damit ausdrücken wollte.

»Eine Mühle«, rief Julia freudestrahlend.

»Eine Getreidemühle«, präzisierte Erik.

Was um Gottes willen sollte er denn mit einer Getreidemühle anfangen?, dachte Christoph hilflos, während er versuchte, sein Strahlen zu halten. Abgesehen von ihm, schien die Mühle ja alle glücklich zu machen.

»Die war nicht billig«, sagte Melanie, zu der es auch gepasst hätte, das Preisschild auf der Packung kleben zu lassen, um das zu veranschaulichen.

»Danke«, sagte er wie in Trance.

Letztlich, dachte er, als er den Blick vom Sideboard abwandte, ließen sich die Geschenkideen wohl folgendermaßen zusammenfassen:

Sie waren für einen Menschen bestimmt, der er nicht war. Ein Gedanke, der ihn daran erinnerte, dass sein Glas leer war. Als er nach dem Wein griff, um sich nachzuschenken, sagte Melanie: »Über Cathrin Berger.« Er sah sie an, der Satz war offenbar an ihn gerichtet.

Er musste nachfragen, weil ihm nicht mehr einfallen wollte, auf welche seiner Fragen das die Antwort war.

»Wir haben über Cathrin Berger gesprochen«, sagte Melanie.

»Über die Schlagersängerin?«

»Über die tote Schlagersängerin«, präsisierte Erik gnadenlos.

»Oh«, sagte Christoph betroffen, der nun wirklich nicht wusste, was er dazu sagen sollte. Sie unterhielten sich über eine Schlagersängerin. Da konnte man sich durchaus mal fragen, was hier passiert war.

»War ja auf allen Titelblättern.«

»Na ja«, Hauke lachte bitter. »So lange eine Schlagersängerin auf allen Titelbildern ist, ist mit unserer Welt alles in Ordnung.«

»Sei mal nicht so ein Arschloch.« Melanie sah ihn tadelnd an. »Die Frau ist gestorben.«

Sie schien mit den Tränen zu kämpfen, Bergers Tod schien ihr sichtlich nahe gegangen zu sein. Christoph war sich nicht einmal sicher, ob er ihr einen Song zuordnen konnte. Prominententode gingen ihm nicht nah, was ihn in Carinas Moralverständnis wahrscheinlich zu einem Monster machte. Ihm war nur aufgefallen, dass in den letzten Jahren auffallend viele gestorben waren.

»Tragisch«, sagte er.

Obwohl es alle wussten, weil die Nachrichten in den letzten Tagen voll davon waren, erklärte Erik noch einmal, dass Cathrin Berger vor einer Woche bei einem Autounfall gestorben war. Postum war ein Interview mit ihr erschienen, das letzte große Interview, in dem sie sich überraschend intellektuell geäußert hatte.

»Hochphilosophisch«, sagte Erik. »Auch was sie zur aktuellen politischen Lage gesagt hat, hochinteressanter Blickwinkel, sehr universell.« Carina und Melanie nickten ernsthaft, als hätten sie das Interview auswendig gelernt. »Das ist das Hemingway-Phänomen«, fügte Erik hinzu und blickte bedeutungsvoll in die Runde, um den Satz wirken zu lassen. Christoph sah ihn ratlos an. »Seine letzte Veröffentlichung zu Lebzeiten war ja *Der alte Mann und das Meer*«, dozierte Erik. »Also eine Novelle, nicht mal ein Roman. Und nachdem die erschienen war, musste Hemingways gesamtes Werk neu bewertet werden.« Wieder eine Kunstpause. »Und so ähnlich ist es auch bei der Berger. Durch das Interview öffnen sich ganz neue Bedeutungsebenen. Auch in Bezug auf ihr Werk.«

Was redete der Mann da?, dachte Christoph. Es klang, als hätte er gerade den Verstand verloren.

»Aber wir reden hier immer noch über eine Schlagersängerin«, sagte er vorsichtig.

»Also ich kenn nur einen Song ihres ›Werks‹ – wie du sagen würdest«, sagte Hauke. »›Und morgen früh küss ich dich wach‹.« Er sprach den Titel des Liedes sehr akzentuiert aus.

»Wer küsst wen wach?«, fragte Julia, die gerade von der Toilette zurückkehrte.

»Morgen früh!«, rief Carina, als hätte Julia eine Blasphemie begangen. Offenbar war sie Cathrin-Berger-Fan.

»Was ist denn morgen früh?«, fragte Julia erschrocken.

»Ist doch egal«, sagte Hauke. »Worüber reden wir hier eigentlich?«

Bevor ihm Christoph einen dankbaren Blick zuwerfen konnte, zuckte er zusammen, als es an der Wohnungstür klingelte. Ein schneidender Ton, an den er sich immer noch nicht gewöhnt hatte, er war einfach zu schreckhaft.

»Oh«, rief Carina. »Das Taxi.«

»Jetzt schon?«, fragte Christoph. »Es ist noch nicht mal halb eins.«

»Jahaaa, wir sind gleich unten, zwei Minuten!«, rief Erik in die Gegensprechanlage, als wäre er hier zu Hause. Christoph leerte sein Glas in einem Zug.

Als sie sich verabschiedeten, umarmte ihn Julia abwesend, sie war in Gedanken schon weiter, auf der Treppe oder im Taxi, die Wohnungstür war innerlich bereits hinter ihr ins Schloss gefallen. Er war praktisch nicht mehr da, schon wieder.

»Schönen Urlaub«, sagte er.

»Danke, danke«, sagte Julia hastig und wandte sich zu den Frauen. »Okay, habt ihr alles?«

»Na dann«, sagte Hauke und gab ihm die Hand. »Schönen Geburtstag noch.«

»Danke, danke«, sagte er.

»Bis bald dann mal wieder«, sagte Erik, der leicht nach Allure Homme roch.

Christoph stand wie zurückgelassen in der Wohnungstür. Als ihre Schritte verhallt waren und die Haustür dumpf ins Schloss fiel, lauschte er noch ein bisschen in die sich ausbreitende Stille, bevor er ins Wohnzimmer zurückging, um sein Glas nachzufüllen. Er trank einen Schluck und stellte sich vor, wie er auf der Terrasse stand, das Glas in der einen und eine Zigarette in der anderen Hand. Es war ein Bild, das passte. Er ging ins Schlafzimmer und zog sein Lieblingsjackett an, denn auch das passte irgendwie, ehe er zurück auf der Terrasse ein Großraumtaxi unten auf der Bänschstrasse anfahren sah. Er wusste nicht einmal, ob sie in dem Taxi saßen, trotzdem folgte er dem Wagen, bis er an der Ecke zur Proskauer abbog und verschwand. Er zog an der Zigarette, inhalierte den Rauch, blies ihn aus und trank einen Schluck Wein. Er war vor etwas mehr als zwanzig Minuten dreiunddreißig geworden. Eine Schnapszahl. Vielleicht war das ja ein Zeichen.

Sein Blick glitt über die liebevoll restaurierten Gründerzeitfassaden auf der gegenüberliegenden Straßenseite, nur vereinzelte Fenster waren erleuchtet.

Die Nacht war mild und für einen Freitag in Friedrichshain ungewohnt ruhig, obwohl die Rigaer Straße nur einige hundert Meter Luftlinie entfernt war. Er setzte sich auf den Liegestuhl, auf dem sich Julia so gern sonnte, und während er rauchte und Wein trank, spürte er eine Ruhe, die sich langsam in ihm ausbreitete. Aus der Ferne waren undeutliche Geräusche zu hören, die er nicht einordnen konnte. Er nickte kurz ein und schreckte auf, als sein Kopf vornüberkippte. Dann betrachtete er das leere Glas, und plötzlich spürte er ein ungewohntes Gefühl. Das Gefühl, etwas zu verpassen, wenn er jetzt nicht noch ausging.

Er musste hier raus.

DIE TRISTESSE DER MITTELMÄSSIGKEIT

Die Nacht machte den Frühlingstag zu einem milden Herbstabend, Leonie zog ihren Mantel enger. Sie spürte das Vibrieren ihres Handys in der Manteltasche, als sie die Pappelallee hinunterlief. Es war eine Facebook-Nachricht von Paul.

»Danke für den wirklich schönen Abend«, stand da. »So ein Gefühl hatte ich seit Jahren bei keiner Frau. Ich glaub, das kann etwas ganz Großes werden.«

Sie lachte ungläubig. Was stimmte mit den Leuten nicht? Offensichtlich hatten sie verschiedene Abende erlebt. Er hatte nichts verstanden. Ihr Blick flog noch ein paar Mal über die Sätze, mit einem warmen Gefühl. In den Zeilen entdeckte sie ihn wieder. Den Mann, den sie erwartet hatte, als sie sich mit ihm traf. Er existierte offensichtlich nur in einer überzeichneten Wirklichkeit, zusammengeschoben aus Nachrichten und Fotos.

Zwanzig Minuten später überquerte sie den Helmholtzplatz, bog in die Raumerstraße ein und stieg die Stufen hinauf, die zu der Wohnung führten, in die sie vor zwei Jahren mit Annelie gezogen war.

»Na du«, rief Annelie, die im Flur kniete und ihre Schuhe anzog. »Bin grad auf dem Sprung.«

Sie war immer auf dem Sprung, dachte Leonie. Sie musste immer von Menschen umgeben sein, immer rastlos, es gab keine Langsamkeit in ihrem Leben. Sie war zu sehr damit beschäftigt, nicht allein zu sein.

Leonie sah auf die Uhr, die über dem Türrahmen zum Wohnzimmer hing. Sie zeigte zehn Uhr. Sie hatte den Eindruck, es wäre viel später, kurz nach Mitternacht, aber jetzt fiel ihr ein, dass sie sich mit Paul schon um 19 Uhr getroffen hatte. Es war schon ein Wunder, dass sie es drei Stunden ausgehalten hatte. Die drei Stunden waren ihr offenbar wie ein Arbeitstag vorgekommen. Sie war einfach zu weich, sie saß die Dinge aus. Annelie brach Dates, bei denen klar war, dass sich nichts ergeben würde, nach zwanzig Minuten ab.

»Ein Date? Um die Uhrzeit?«, fragte Leonie, um einen Übergang zu diesem schrecklichen Paul zu schaffen, sie musste einfach jemandem davon erzählen.

»Nee, kein Date«, sagte Annelie. »Ist 'ne Party, irgendwas Illegales, komm doch mit? Haste Lust? Heute werden alle Klarheiten mal so richtig schön mit Sambuca beseitigt.« Sie lachte dieses erfrischende Lachen, um das Leonie sie manchmal beneidete, während sie ebenfalls zur Uhr über dem Türrahmen blickte. »Mist, das wird hier schon wieder alles viel zu knapp.« Sie stand auf, um Leonie zu umarmen.

»Wo ist denn das?«, fragte Leonie.

»Wedding.«

Oh, dachte sie, willkommen im sozialen Brennpunkt, und man sah es ihr wohl auch an.

»Wird bestimmt lustig«, sagte Annelie.

»Bestimmt«, lachte Leonie, »aber nee, lass mal. Ich komm gerade von einem Date. Mit Paul.« Sie sprach seinen Namen sehr akzentuiert aus. »Das muss ich erst mal noch verarbeiten.«

»Ach ja, stimmt, wie war's denn?«, sagte Annelie.

»Wie immer.« Leonie lachte bitter.

»Wie immer. Na ja, nur Idioten in der Stadt hier, Berlin zieht solche Leute an. Meine letzte Beziehung hatte ich ja auch, bevor ich hergezogen bin.«

»Auf 'ner illegalen Party im Wedding wirst du um drei Uhr morgens aber auch nicht den Richtigen finden.«

»Wer sagt denn, dass ich auf 'ner illegalen Party im Wedding den Richtigen *suche*. Ich muss echt mal wieder vögeln.« Sie erhob sich, um ihren Mantel anzuziehen. »Guter Körper, aber nur definiert, nicht zu muskulös. Einer mit so 'nem leeren Blick, dann kann ich mir einreden, er ist ein trauriger, tiefsinniger Mensch, der unter seinem Schicksal leidet oder so. Das gibt ihnen so was Tragisch-Intellektuelles, da steh ich voll drauf.«

»Er darf nur nicht anfangen zu reden«, lachte Leonie.

»Stimmt, aber nach dem vierten Moscow Mule ist das dann auch egal. So, ich hau ab. Machst du noch was?«

»Ja«, Leonie lächelte, »ich mach mir noch 'ne Flasche Wein auf.«

»Sehr gut, na dann. Entspann dich.« Annelie umarmte sie und küsste Leonie über die Schulter ins Leere. Als die Wohnungstür hinter ihr ins Schloss fiel, fiel auch die ganze Ruhelosigkeit, die Annelie produziert hatte, von Leonie ab. Annelie war so energiegeladen, es war anstrengend, als würde sie einem mit ihrer Energie alle eigene Energie entziehen. Annelie war ein Phänomen, dachte sie. Dieser ganze obligatorische Optimismus, den sie ausstrahlte. Sie sah immer alles so positiv, genau das hasste Leonie an ihr, obwohl sie sie auch darum beneidete. Manchmal hörte man um 8 Uhr morgens ihr lautes Lachen in der Küche, eine Uhrzeit, zu der Leonie mit guter Laune noch nicht umgehen konnte. Sie musste nach dem Aufwachen sanft in den Tag gleiten, sie brauchte keine abrupten Brüche, und Annelie war die personifizierte Aneinanderreihung abrupter Brüche. Es war so wohltuend, jetzt allein zu sein. Es war fast so, als wäre man von allem befreit.

Leonie zündete die dicken Kerzen an, die auf Fensterbrett standen. Sie stellte ein Rotweinglas auf den Wohnzimmertisch, nahm die angebrochene Flasche Wein aus dem Kühlschrank und setzte sich in den weichen Sessel, in dem man fast versank. Die Kerzen verbreiteten ein warmes Licht. Sie schenkte sich ein, trank einen Schluck Wein und schloss die Augen. Eine angenehme Müdigkeit breitete sich in ihr aus, sie nickte fast ein.

In diesem Moment hörte sie Musik. Es war eine sanfte und melancholische Musik. Jemand spielte in einer der Nachbarwohnungen Klavier. Die Melodie war ihr vertraut, sie konnte sie aber nur vage zuordnen. In dieser Variante gefiel sie ihr in jedem Fall besser. Sie schloss die Augen und stellte sich eine junge Frau vor, die in dieser Frühlingsnacht bei weit aufgerissenen Fenstern Klavier spielte, sie stellte sich Vorhänge vor, die sich im Wind bewegten, und dann stellte sie sich vor, wie vereinzelte Bewohner der Nachbarwohnungen jetzt genauso lauschten wie sie, ganz ruhig und mit geschlossenen Augen. Die Musik verband sie, sie waren ein unsichtbares Publikum, jeder für sich und doch in stillem Einverständnis miteinander. All das malte sie sich aus, versank mit der Musik in ihren Gedanken und dachte, dass sie sich seit langer Zeit nicht mehr so zu Hause gefühlt hatte, dass dies einer jener seltenen Momente war, in denen man spürte, nicht nur die Illusion eines Lebens zu leben, und jetzt fühlte sie, wie dringend sie jemanden brauchte, der sie verstand, der sie wirklich verstand.

Plötzlich brach eine Stimme in ihre Gedanken, eine schroffe Männerstimme, deren Grobheit in Sekundenbruchteilen die kostbare Stimmung zerriss.

»Ruhe da drüben!«, pöbelte der Mann. »Haste mal jekiekt, wie spät es is? Jibt ooch noch Leute, die morgen arbeiten müssen.«

Die Musik verstummte erschrocken, und auch Leonie saß ganz still und erstarrt, als wäre sie ertappt worden. Das war Berlin. Ein kleinstädtisches Provinznest, das von Proleten bevölkert war. Darum wurde Berlin nie wie Paris, London oder New York, wie es sich ja so viele wünschten. Sie war von Bauern umgeben, dachte sie verächtlich, von Bauern in der Stadt, und sie erschrak über ihren Hass.

Eine Weile war es ganz still. Während sie in die Dunkelheit lauschte, stellte sie sich den Mann vor, zu dem die Stimme gehörte. Sie sah einen fettleibigen, ungepflegten Menschen, jemand, der einem in Unterwäsche die Wohnungstür öffnete, jemand mit teigiger Haut, der Kette rauchte, Schlagermusik hörte und Probleme mit Ausländern hatte. Es war ein Klischee, und wahrscheinlich wäre sie überrascht, wenn sie den Mann wirklich sähe. Vielleicht war er ein großer und schlanker junger Mann in einem hellen Hemd, dessen Ärmel hochgekrempelt waren, aber das andere Bild gefiel ihr besser, es hielt ihre Welt geordneter.

Ganz unerwartet begann die Musik wieder zu spielen, anfangs ganz zaghaft, und dann immer eindringlicher und hingebungsvoller. Sie schwoll an, war schön und klar. Man hörte, dass da jemand seine ganze Auflehnung hineinlegte, als wäre jeder Anschlag ein Rebellieren gegen die Mittelmäßigkeit, gegen die fürchterliche Tristesse der Mittelmäßigkeit.

Niemand unterbrach die Musik mehr. Sie schloss wieder die Augen und hörte zu, bis sie einnickte und sich die Musik in einem Traum verlor, an den sie sich später nicht mehr erinnerte.

GENERATION BEZIEHUNGSFÄHIG

Es war eine Phase, dachte Julia. Es war nur eine Phase.

Sie sank in die weichen Polster des Großraumtaxis, während ihr Blick über die vom Glas der abgedunkelten Scheiben gedämpfte Bänschstraße zog, als wäre es eine andere Wirklichkeit. Dasselbe behütete Gefühl verband sie mit ihrer Wohnung, eine gemütliche, beherrschbare Insel, abgeschottet von der unruhigen Welt, die sie umbrandete.

Sie saß auf der Rückbank und spürte den Druck, als der Wagen anfuhr. Sie mochte es, in die Rückenlehne gepresst zu werden, und freute sich schon auf den Start des Flugzeugs, den Druck, der sie davontrug, in eine andere Wirklichkeit, auch wenn es nur die mallorquinische Wirklichkeit eines Hotelkomplexes war, einer Gegend ohne Altbauten, in der sich deutsche Touristen darüber beschweren, wenn Einwohner der Insel nicht deutsch sprachen.

Sie hätte gern eine kleine Pension im bergigen Westen der Insel gebucht, aber dem Argument ihrer Freundinnen, dass es zu weit zum Strand wäre, gab es nichts entgegenzusetzen. Sie sah es in ihren Blicken.

Sie mussten nach Schönefeld, fuhren aber über Charlottenburg, um Erik nach Hause zu fahren, ein dreißigminütiger Umweg, mindestens. Anfangs hatte sie seinen Vorschlag für einen Scherz gehalten, das konnte er nicht ernst meinen, aber so war Erik nun mal. Rücksicht war noch nie seine Stärke gewesen. Wahrscheinlich hatte er deshalb das höchste Einkommen ihres Bekanntenkreises, er achtete nicht so sehr auf andere. Hauke war nach Hause gelaufen, er wirkte nachdenklich in letzter Zeit, nachdenklicher als sonst, das hatte auch Melanie gesagt. Er war in seiner nachdenklichen Phase, wie Christoph.

Erik saß auf dem Beifahrersitz und beschrieb dem Fahrer detailliert, wie er genau zu fahren hätte.

»Sie werden's nich glooben, aber ick kenn den Weg«, sagte der Mann.

»Dette hab ick schon oft jenuch jehört«, erwiderte Erik in diesem imitierten Berlinisch, dem man anhörte, dass er nicht aus Berlin kam. Es war einfach nur peinlich. Sie musste mal mit ihm darüber reden, oder mit Carina.

»Ick kann ooch dit Navi anmachen«, sagte der Fahrer.

Erik machte eine wegwerfende Geste. Er war vor zehn Jahren nach Berlin gezogen und das Leitthema seiner Berliner Jahre war es, jedem zu zeigen, wie gut er die Stadt kannte. Ein überassimilierter Niedersachse, der allen ungefragt beweisen wollte, dass er ein Berliner geworden war. Ein ewiger Kampf, obwohl Berliner in seinem Umfeld kaum vorkamen. Aber vielleicht wollte er seinen Freunden nur zeigen, dass er weiter war als sie.

Während draußen die leere Stadt vorbeizog, entfernte sich Eriks Stimme immer weiter von Julia. So ähnlich hatten die Stimmen ihrer Eltern geklungen, damals, auf den langen Autofahrten zu ihren Großeltern, wenn sie als Siebenjährige auf der Rückbank kurz davor war einzuschlafen. Sie befand sich in einer Blase, die Welt war gedimmt, eine andere Realität, in der gerade der Alexanderplatz vorbeiglitt.

Es waren immer nur Phasen, dachte sie, und sie würden auch diese überstehen. In schlechten Beziehungen trieben Probleme die Paare auseinander, in guten schweißten sie sie zusammen. Und ihre Beziehung war gut, da war sie sich sicher. Vor allem, wenn man sie mit den Phasen verglich, in denen sich Carina und Melanie mit ihren Freunden befanden.

»Jetzt links! Links!«, hörte sie Erik panisch rufen, als wäre er ein Fahrlehrer, der die Kontrolle über seinen Schüler verlor.

»Alles gut, Erik«, rief Julia hektisch. Sie musste unbedingt mit Carina reden.

Der Fahrer bog ab und machte die Musik ein bisschen lauter, noch ein Zeichen, das Erik nicht verstand.

Carina, die sich gerade in ihrer weißen Phase befand, wenn man von der Einrichtung ihrer Wohnung ausging, blickte zu ihrem Freund, als wäre er nicht da. Als würde sie eine leere Leinwand betrachten, um festzustellen, dass es nichts zu entdecken gab. So gesehen war auch Erik Teil ihrer weißen Phase, vielleicht sogar die personifizierte weiße Phase.

Julia folgte Carinas Blick und betrachtete Eriks Hinterkopf. Sie würde nicht so weit gehen zu sagen, dass er alles verkörperte, was sie hasste, aber sie fragte sich, wie Carina es mit ihm aushielt. Oder wie lange sie es noch mit ihm aushalten würde. Ihr wäre es nicht möglich, mit jemandem zusammen zu sein, dem es immer nur darum ging, andere von seiner Meinung zu überzeugen. Sie mochte ihn nicht besonders, aber durch Melanie war er nun mal da, und jetzt musste man das Beste daraus machen. Die Verwandtschaft und die Partner seiner Freundinnen konnte man sich schließlich nicht aussuchen. Wenn Carina sich nicht von ihm löste, würde sie sich irgendwann in eine dieser Frauen verwandeln, die ihren Mann nach zwanzig Ehejahren ohne einen von außen ersichtlichen Grund mit einem stumpfen Gegenstand erschlugen, um bei den anschließenden Vernehmungen mit ruhiger Stimme zu erklären, sie habe seinen Anblick und vor allem sein Gerede einfach nicht mehr ertragen.

Eriks Art machte es einem einfach, ihn nicht zu mögen, auch wenn sie sonst keinen Einblick hätte, wäre das so. Aber natürlich kannte sie die Geschichten. Bei Hauke war es anders, da wünschte sich Julia, nicht so viel über ihn zu wissen. Sie verstanden sich gut. Sie hätte ihn wirklich gemocht, wenn dieser Abend im vorletzten Sommer nicht gewesen wäre, der alles verdorben hatte. Der Abend, der seine Beziehung immer noch bestimmte, und natürlich auch ihr Bild von ihm. Sie war schließlich Melanies Vertraute. Es war der Abend, an dem er Melanie betrogen hatte. Es war ein Ausrutscher, das war ja inzwischen klar, obwohl das natürlich keine Rechtfertigung war.

Zwei Jahre, dachte sie. Das war jetzt schon fast zwei Jahre her. Es war unglaublich, wie die Zeit verging.

Das Sommerfest seiner Firma hatte für Hauke um drei Uhr morgens in einem Hauseingang der Palisadenstraße geendet, mit einer Kollegin, mit der er, wie er behauptete, in den drei Jahren, in denen er bisher dort gearbeitet hatte, kaum ein Wort gewechselt hatte. Beide mussten sehr betrunken gewesen sein. Ein Anwohner hatte die Polizei verständigt, weil er wegen der Lustschreie von Haukes Kollegin annahm, hier finde gerade ein Kapitalverbrechen statt. Sie schickten drei Wagen. Die Sirenen unterbrachen die beiden noch nicht, aber als die Wagen am Straßenrand hielten, um sie praktisch einzukesseln, ließen sie voneinander ab. Die Beamten trugen Kampfmontur, nahmen ihre Personalien auf und kündigten eine Anzeige wegen Erregung öffentlichen Ärgernisses an, bevor sie sie nach Hause schickten. Melanie fand es heraus, als der Brief einige Wochen darauf zugestellt wurde. Sie wohnten zusammen, seit Jahren schon, es war selbstverständlich für sie, dass sie seine Briefe öffnete.

»Wie Tiere müssen die übereinander hergefallen sein«, hatte Melanie verächtlich gefaucht, als sie Julia den Brief mit zitternden Händen überreicht hatte. »Gefickt müssen die haben, wie die räudigen Hunde.« Es war das erste Mal, dass sie das Wort »Ficken« aus Melanies Mund gehört hatte. Seit diesem Sommer war es zu einem festen Bestandteil ihres Wortschatzes geworden.

Julia kannte die Geschichte inzwischen so gut, als wäre sie in dieser Nacht dabei gewesen, als hätte sie die beiden gefilmt, so oft hatte sie es in Gedanken durchgespielt. Sie musste sich immer, wenn sie Hauke sah, vorstellen, wie er in diesem Hauseingang diese Nina fickte. Sie wusste sogar, wie sie aussah, seitdem sie mit Melanie ihre Fotos auf Instagram gesichtet und natürlich ausgewertet hatte. Seitdem wusste sie auch, dass sie Nina hieß.

Sie hatte den Brief natürlich gelesen, alle ihre Freundinnen hatte ihn gelesen, und Melanies Kolleginnen. Sie wollte gar nicht wissen, wem Melanie den Brief noch gezeigt hatte. Hauke war zu einem Gesprächsthema geworden, öffentlich gedemütigt. Vogelfrei. Julia wusste nicht, ob das Hauke überhaupt bewusst war. Mit ihm hatte sie nie darüber gesprochen. In seiner Gegenwart wurde das Thema nicht berührt. Er ließ sich auch nichts anmerken. Sah man die beiden in der Öffentlichkeit, wirkte es, als wäre alles in Ordnung. Aber sie wusste natürlich, wie sehr die beiden immer noch litten. Sie wusste, dass Melanie von ihm verlangt hatte, dass er ihr die Straße zeigte, in der es passiert war. Sie hatte den Hauseingang besichtigt, ihm Fragen gestellt, jedes kleinste Detail wissen wollen. Es musste schrecklich gewesen sein, für beide. Sie wusste auch, dass Melanie danach noch zweimal allein dort gewesen war, und dann noch einmal mit ihm. Man sagt ja, dass man sein Leiden auch genießen konnte, vielleicht traf das auf Melanie zu. Es schien ihr selbstauferlegtes Martyrium zu sein.

Julia hatte ein schlechtes Gewissen, wenn Hauke ihr Bücher empfahl oder sie sich länger unterhielten. Sie war schließlich Melanies Freundin, Julia war auf ihrer Seite. Aber es ging doch darum, wieder in eine Normalität zu kommen. Auch wenn klar war, dass Melanie die Normalität nur spielte.

Manchmal fragte sie sich, warum sich die beiden das antaten. Die Wunde schloss sich nur langsam. Und es war nicht sicher, ob sie sich überhaupt schließen würde. Wie sollte Melanie es auch verarbeiten, wenn sie jeden Tag den Grund für ihr Leiden sah. Und dann waren da noch die Gedanken an Nina. Hauke sah sie schließlich jeden Tag, sie war praktisch Teil seiner Wirklichkeit. Eigentlich hätte er die Firma wechseln müssen, dann würde es vielleicht schneller gehen.

Aber sie konnte das alles natürlich nicht wirklich einschätzen, sie war noch nie betrogen worden. Es war ein Schmerz, den sie nicht kannte. Wahrscheinlich hätte sie sich getrennt. Sie hätte es nicht ausgehalten. Sie fragte sich, ob sie es wissen wollen würde, wenn Christoph sie betrog. Ja. Die Wahrheit war ihr lieber, obwohl sie durch Melanie und Hauke mitbekommen hatte, was die Wahrheit anrichten konnte.

Sie wusste, wie sehr Hauke Melanie monatelang in verzweifelten Gesprächen beteuerte, wie sehr er sie liebte. Was die beiden da kultivierten, wusste Julia nicht, aber mit Liebe hatte das ihrer Meinung nach inzwischen nichts mehr zu tun. Nicht mehr. Vielleicht war es doch keine so gute Idee, dass Hauke mit Christoph mal ein Bier trinken ging.

Sie dachte an die stundenlangen Spaziergänge, die sie mit Christoph unternommen hatte, als sie noch in Weißensee gewohnt hatte und er in der Greifswalder. Sie waren durch die Stadt und die Parks gelaufen, hatten sie neu entdeckt. Als wäre ihre Liebe nicht für die Öffentlichkeit bestimmt, hatten sie sich nur verhalten berührt. Die Blicke anderer hätten den zerbrechlichen Zauber eines Kusses oder einer liebevollen Berührung womöglich verderben können. Auch heute noch fühlte sie sich beobachtet, wenn sie sich in der Öffentlichkeit küssten, als würde sie ihre Gefühle vor Voyeuren ausstellen, sie beweisen müssen und ihnen damit ihren Wert nehmen. Ihre Gefühle waren zu wertvoll, sie waren nur für sie beide bestimmt. Ein Publikum machte sie profan, banal und austauschbar. Sie spürte ein warmes Gefühl. Ihre Probleme, wenn man sie überhaupt Probleme nennen konnte, waren einfach zu unbedeutend, um das zu trüben. Auf jeden Fall waren es keine Probleme, die wie bei Erik und Carina mit einer Trennung zu lösen waren.

Christoph brauchte Luft zum Atmen, vielleicht mehr als andere, ihre Kurzurlaube mit Franzi, Carina und Melanie waren ihr Mittel, sie ihm zu verschaffen. Als Lehrerin konnte sie nur in den Ferien verreisen, darum hatte sie die Woche schon im Herbst gebucht, genauso wie die zwei Wochen im Sommer. Er sprach nun mal selten über seine Probleme. Er machte die Dinge mit sich selbst aus, auch in Bezug auf seine Arbeit. Sie war eine andere, unbekannte Welt, die ihre Wirklichkeit kaum berührte, aber sie vermutete, dass es der Job war, der ihn belastete, und das strahlte auf ihre Beziehung. Wenn er die Arbeit gar nicht mehr erwähnte, war das immer ein Zeichen. Er brauchte eine Veränderung, das spürte sie.

Der Geburtstag war ein guter Anfang, ein erster Schritt, auch wenn der Abend natürlich nicht optimal verlaufen war. Er war zu kurz gewesen und sie hätte gern mal jemanden von Christophs Freunden eingeladen. Ihr gemeinsamer Freundeskreis setzte sich mittlerweile nur noch aus Leuten zusammen, die sie einbrachte.

Aber auf die Geschenke war sie sogar ein bisschen stolz, sie hatten die Mängel des Abends ausgeglichen. Es waren Geschenke, bei denen sie mitgedacht hatte. Sie hatte darauf geachtet, was Christoph beschäftigte. Sie hatte auf Nebensätze geachtet, auf seinen Blick, wenn er sich im Restaurant gegen das Gericht entschied, was er eigentlich essen wollte. Er wollte sich gesünder ernähren, er wollte wieder Sport machen, und er wollte aufhören zu rauchen. Er ließe sich gehen, hatte er gesagt. Er brauchte nur einen Impuls. Ein gesünderes Leben war immer ein guter Impuls.

Carina und Melanie schwiegen wie sie. Ihr Schweigen würde sich lösen, wenn sie nachher mit den beiden im Flugzeug saß. Mit neuen Geschichten würden sie ihr Bild von Erik und Hauke zementieren. Sie war nicht mehr in der Lage, unvoreingenommen mit Erik und Hauke umzugehen. Aber Carina war der Auffassung, Freundinnen wären dazu da, dass man mit ihnen schlecht über ihre Männer reden konnte. Ihr kam der Gedanke, dass Erik vielleicht der Mann war, den sie verdiente. Franzi fiel ihr ein, die diesmal leider nicht dabei war, und Julia spürte schon jetzt, wie sehr sie sie vermisste, wie sehr sie ihr fehlte.

Ihr Blick traf noch einmal Eriks Hinterkopf und wanderte dann von Carina zu Melanie, die immer noch schweigend neben ihr saßen. Die hatten Probleme, wirkliche Probleme, nicht Christoph und sie.

Julia dachte an Christoph und an den Abstand zwischen ihnen, der immer größer wurde. Wenn sie wieder zurück war, mussten sie wieder einmal miteinander reden. Richtig miteinander reden. Sie könnten im Brot und Rosen einen Tisch reservieren, als hätten sie ihr erstes Date.

Sie würden es hinbekommen, dachte sie.

ZWEITER TEIL

INCEPTION

DIE WAHRHAFTIGKEIT DES MOMENTS

Die Stille der Bänschstraße verlor sich, als Christoph in die Proskauer Straße einbog. Er wandte sich nach links und überquerte zwei Kreuzungen, bis er die Frankfurter Allee erreichte. Er hasste die Kreuzung, an der aus der Proskauer die Niederbarnimstraße wurde, die Kreuzung mit dieser unmöglichen Ampelschaltung, deren kurze Grünphasen Passanten nur erlaubte, die sechsspurige Straße in zwei Etappen zu überqueren. Die Hierarchien waren festgelegt, die Autofahrer siedelten höher in der Rangordnung.

Wie immer fluchte er leise, als er den Mittelstreifen erreichte und die Ampel auf Rot sprang. Während er wartete, beobachtete er kopfschüttelnd eine Fahrradfahrerin, die auf dem gegenüberliegenden Bürgersteig vorüberfuhr. Er verstand manche Leute nicht, die Frau trug zu einem Fahrradhelm eine dieser schrecklichen reflektierenden Westen, die man immer häufiger in der Stadt sah und in denen sie wirkten, als würden sie bei der Stadtreinigung arbeiten. Wenn sie wenigstens schneller gefahren wäre, dann hätte er es verstanden, aber ihr Fahrstil bot nicht einmal irgendeinen Ansatz von Risiko. Sie würde keinen Unfall vermeiden können, weil es keine Möglichkeit gab, einen Unfall zu verursachen. Sie hätte das Fahrrad auch schieben können, es hätte keinen Unterschied gemacht. Er war auch schon Leuten in diesen Westen beim Einkaufen begegnet, sie schienen im Begriff zu sein, die Stadt zu übernehmen.

Der Wein wirkte. Er lief wie betäubt die belebte Niederbarnimstraße hinunter, als wäre er in einer anderen Zeitebene, in der ihn niemand wahrnahm. Er wusste nicht, was sein Ziel war, er hatte keinen Plan. Wenn er nach einer Empfehlung gefragt wurde, wo man in Friedrichshain ausging, wusste er nicht, was er antworten sollte.

Er lebte hier, aber er ging in der Gegend nicht aus. Er ging ja generell kaum noch aus. Die Empfehlungen, die ihm einfielen, waren Touristenattraktionen, so wie der Simon-Dach-Kiez, der für Touristen entworfen zu sein schien. Leute, die seit einem Jahr in Berlin lebten, kannten die Stadt besser als er, Leute wie Erik, aber so war es ja immer, die Zugezogenen waren immer die begeistertsten Berliner.

In der Simon-Dach-Straße verlangsamte er seine Schritte und blickte in die großen Fenster der Restaurants, in denen Menschen zu sehen waren, die seine These bestätigten. Die Straße war voller Betrunkener. Er bog in die Grünberger Straße ein, um vor ihnen zu fliehen.

Ich werde nie Christophs Blick vergessen, als er mit mir zum ersten Mal über den Abend sprach, als er sagte, dass, wenn er sich später erinnerte, die Zeitabläufe rekonstruierte und die Zusammenhänge verstand, er diese Szene vor Augen gehabt habe: wie er an der belebten Kreuzung nach links abbog. Hätte er sich entschieden, nach rechts zu gehen oder eine Kreuzung weiter in die Krossener Straße einzubiegen, wäre er ihm nie begegnet, sein Leben wäre nicht derart aus den Fugen geraten, es würde ihm zwar nicht gut gehen, aber zumindest gut genug. Und nichts wünschte er sich mehr, als er nur einige Monate darauf auf die Trümmer seines zerfallenen Lebens blickte.

Christoph hätte das schlichte Schild, auf dessen rotem Grund in weißen Buchstaben das Wort »Bar« leuchtete, fast übersehen, und darum ging es wohl auch. Er zog an der Tür, die sich überraschend schwer öffnen ließ, und betrat einen langen, schmalen Raum, dessen linke Seite von einem langgezogenen Tresen eingenommen wurde, an dem sich die Gäste drängten. Der Raum war überfüllt und die Luft voller Zigarettenqualm. Unzählige Gespräche mischten sich zu einem breiten, unentwirrbaren Strom, überlagert von viel zu lauter elektronischer Musik.

Fast wäre er wieder umgekehrt, aber dann fiel ihm etwas auf, das ihn zurückhielt. Dieser Raum wirkte, als habe er sich in der Gegend geirrt, er passte nicht nach Friedrichshain, und auch die Gäste unterschieden sich von den Leuten, die in den anderen Restaurants und Bars saßen. Er drängte sich durch die Menge, trat an den Tresen und versuchte, über die Köpfe der Gäste hinweg den Blick von einem der drei Barkeeper zu fangen. Niemand achtete auf ihn, als wäre er nicht da. Er begriff, dass er hier stehen konnte, so lange er wollte, seine Anwesenheit würde unbemerkt bleiben. Normalerweise hätte ihn das gestört, aber während sein Blick über die Gäste glitt, spürte er, wie er es genoss, in diesem überfüllten Raum allein zu sein, zu beobachten und sich vorzustellen, worüber die anderen sprachen.

Es gibt Menschen, die auf den ersten Blick unser ganzes Interesse wecken, ganz unvermittelt, bevor überhaupt ein Wort gewechselt wurde. Diesen Eindruck machte auf Christoph ein Gast an der Stirnseite des Tresens, der sich mit einem der Barkeeper unterhielt, einem großen, muskulösen Mann mit Glatze, der nebenbei Cocktails mischte und dessen schallendes Lachen gerade durch den langen Raum dröhnte. Der Mann im dunklen Jackett war ungefähr fünfunddreißig Jahre alt. Sein blasses Gesicht mit der hohen Stirn unter dem kurz geschnittenen blonden Haar besaß eine eigenartige Anziehungskraft. Er trug ein dunkles Jackett zu einem schwarzen T-Shirt und rauchte eine Zigarette nach der anderen. Christoph stellte sich neben sie und hörte ihnen ein bisschen zu, während er auf einen Drink wartete, den er noch gar nicht bestellt hatte. Wieder ein Gedanke, der ihm gefiel. Als er sich neben sie stellte, nickte ihm der Unbekannte zu, als würden sie sich kennen. Dann wandte er sich zum Barkeeper, um das unterbrochene Gespräch wieder aufzunehmen.

»Ich weiß gar nicht, wann ich zum letzten Mal auf 'nem Konzert war«, sagte er.

»Ich war ja letztens bei einem Secret Gig von Prinz Pi, ziemlich cool, im Lido war das«, sagte der Barkeeper, während er sehr viel Russian Standard in ein Cocktailglas goss. Er drapierte ein Stück Limone an den Rand des Glases und stellte es auf eine der quadratischen Servietten, die vor einem Mann und einer Frau lagen, die wirkten, als hätten sie gerade ein Date. Sie wechselten ein paar Worte, die von dem dröhnenden Lachen des Barkeepers unterbrochen wurden.

»Ich find das ja immer so krass bei den Konzerten«, knüpfte der Barkeeper nahtlos an, als er zurückgekehrt war. »Wenn man mit seinem Bier so hinten an der Bar steht und zur Bühne guckt und alle ihre Handys hochhalten, um Fotos zu machen. Du hast nur die Handy-Displays gesehen, so ein leuchtendes Meer aus Handy-Displays. Das war unglaublich, das hab ich noch nie gesehen. So krass ist es mir jedenfalls vorher noch nie aufgefallen. Man hat Prinz Pi kaum noch gesehen, der war irgendwie nur noch im Hintergrund.«

»Hast du *Das erstaunliche Leben des Walter Mitty* gesehen?«, fragte der Unbekannte.

Der Barkeeper verzog schmerzvoll das Gesicht: »Mit Ben Stiller? Na ja, hab ich nach 'ner halben Stunde ausgeschaltet. Bin da irgendwie nicht reingekommen.«

»Aber«, sagte der Mann und hob die Hand, »da gibt's diese Szene, die ist gut, die ist wirklich gut, die einzige Szene mit Sean Penn. Er ist ja dieser Fotograf, der das perfekte Foto machen will.«

»Soweit bin ich gar nicht gekommen.«

»Okay, ist ja auch egal. Jedenfalls will er den perfekten Moment festhalten, ja? Also er sitzt in dieser Gebirgslandschaft und wartet, und dann, als der Moment dann da ist, drückt er nicht auf den Auslöser.« Er machte eine Pause, bevor er fortfuhr. »Und weißt du, warum? Weil er den Moment nicht versauen will. Er sagt, wenn ihm ein Moment gefällt, dann will er nicht, dass ihn die Kamera irgendwie ablenkt. Dann will er ihn einfach nur genießen.« Er überlegte kurz. »In ihm verweilen, sagt er. ›Dann will ich einfach nur in dem Moment verweilen.‹« Den letzten Satz sprach er mit einer gewissen Würde aus, er schien es zu genießen, diese Worte auszusprechen. »Eigentlich traurig, die Leute haben verlernt, die Momente zu genießen, weil sie zu sehr damit beschäftigt sind, sie zu dokumentieren.«

»Ich muss das nicht filmen, ich erinnere mich an die Dinge lieber auf meine Art«, hörte er den Barkeeper nach einer Pause sagen.

»*Lost Highway*«, sagte der Mann im dunklen Jackett.

Der Barkeeper nickte. »Cooler Film.«

»Stimmt, sollte man allerdings nicht bei 'nem Date gucken.«

Der Barkeeper lachte wieder dieses dröhnende, viel zu laute Lachen.

Nach einer kurzen Pause, in der sich der Unbekannte eine Zigarette anzündete, sagte er: »Es geht auch gar nicht um den Moment. Der Moment ist nur noch Nebensache, wie dieser Rapper im Lido.«

»Und worum geht's dann?«

»Es geht um einen Beweis. Sie wollen beweisen, wie aufregend ihr Leben ist. Die wollen beweisen, dass sie glücklich sind. Das Konzert ist nur ein Mittel, um der Welt zu zeigen, wie aufregend ihr Leben gerade ist.«

»Muss ja schließlich auf Instagram gepostet werden«, sagte der Barkeeper. »Da haste nun auch wieder recht.«

Warum er etwas sagte, konnte Christoph sich, auch wenn er später daran zurückdachte, nicht erklären. Er hatte sich noch nie in die Unterhaltung Fremder eingemischt, aber er ging ja auch ungern allein in Bars oder Restaurants, und jetzt war er hier.

»Die Frage ist nur, ob man wirklich glücklich ist, wenn man unbedingt beweisen muss, wie glücklich man ist«, hörte er sich sagen.

Die beiden Männer wandten sich zu ihm, der Barkeeper lächelte ein unverbindliches Lächeln, als versuche er ihn zuzuordnen oder einzuschätzen. Der Unbekannte sah ihn aufmerksam an. Christoph spürte einen leichten, inneren Widerstand, bevor er weitersprach. »Wenn man postet, wie glücklich man ist, setzt es nicht voraus, dass man glücklich ist. Eher das Gegenteil.«

»Mit anderen Worten«, sagte der Unbekannte, »jeder, der sein Leben zur Schau stellt, kompensiert letztendlich, dass das nicht der Fall ist?«

»So gesehen, ja«, antwortete Christoph nach kurzem Zögern. Sein Gegenüber sah ihn an. »So gesehen sind wir also alle unglücklich.«

»Darüber denkt doch keiner nach, wenn er was postet«, sagte der Barkeeper.

»Vielleicht ist genau das das Problem«, gab er zurück. »Vielleicht sollten sie mal darüber nachdenken.«

Als er sich eine neue Zigarette angezündet hatte, hielt er die Schachtel in Christophs Richtung. Einen Moment lang wollte er ablehnen, es war die Routine eines Rauchers, der sich und anderen einreden wollte, ein Nichtraucher zu sein, aber heute war er ja offensichtlich dabei, seine Routinen hinter sich zu lassen. Er betrachtete den Schriftzug auf der Packung.

»Parisienne. Kenn ich gar nicht«, sagte er und fischte sich eine Zigarette aus der Schachtel, nahm das Feuerzeug, das auf dem Tresen lag und zündete sie sich an. Sie war leichter als er erwartet hatte.

»Andreas«, sagte der Mann im dunklen Jackett und gab ihm die Hand.
»Christoph«, sagte Christoph.
»Was trinkst du?«, fragte der Barkeeper.
Sein Blick fiel auf Andreas' Glas.
»Gin Tonic«, sagte Andreas, der seinem Blick gefolgt war.
»Ich nehm einen Gin Tonic.« Christoph zeigte auf das Glas. Der Barkeeper nickte, als hätte er die richtige Wahl getroffen, als wäre ein Gin Tonic genau der Drink, der zu ihm passte.
»Hier, setz dich doch.« Andreas wies auf den unbesetzten Barhocker neben ihm, der Christoph erst jetzt auffiel. Der Barkeeper legte eine dunkelblaue, quadratisch gefaltete Serviette auf den Tresen neben ein goldfarbenes Metallschild, auf das das Wort »Reserviert« graviert war.
Als Christoph sein Jackett an einen der Haken unter dem Tresen gehängt und sich gesetzt hatte, sagte Andreas: »Wusstest du, dass Brecht die Menschen in zwei Gruppen eingeteilt hat.«
»Wer?«
»Bertolt Brecht.«
»Ah, Brecht«, sagte Christoph, als würden in seinem Alltag ständig Brecht-Zitate fallen. »Und in welche?«
»In die, mit denen er reden, und die, mit denen er nicht reden würde«, sagte Andreas.
Christoph lachte. »Klingt nach 'nem guten Ansatz.«
Der Barkeeper schien zustimmend zu nicken, als er den Gin Tonic servierte.

Drei Stunden später spürte Christoph, dass etwas in ihm aufgebrochen war. Er konnte sich nicht erinnern, wann er zum letzten Mal so viel geredet hatte. Er hatte Andreas sein Herz ausgeschüttet, was sicherlich auch daran lag, dass man sich Fremden ja am ehesten öffnete. In Gesprächen mit ihnen war man von den Konsequenzen seiner Aufrichtigkeit befreit, man würde sich nie rechtfertigen müssen, weil das Gegenüber keine Verbindungen zu dem erzählten Leben hatte. Man bewegte sich in einer Welt ohne Folgen. Und daran lag es wohl, dass er Andreas alles erzählt hatte. Andreas wusste nun von Julia, der Wohnung in der Bänschstraße, er wusste von Karnowski, Hauke und

Erik. Christoph hatte ihm sogar von seiner Band erzählt, die sie aufgelöst hatten, als er Mitte zwanzig war, vielleicht weil es der erste Traum war, den er aufgegeben hatte.

Andreas hatte ebenfalls sehr viel geredet, allerdings auf eine Art, die nicht vereinnahmend war. Christoph mochte die Dinge, die er erzählte, und er mochte, wie er sie erzählte. Sie beschäftigten sich mit den gleichen Dingen, dachte er, auf verschiedene Weise beschäftigten sie sich mit den gleichen Dingen, die sie durch die Folien ihrer Leben betrachteten. Es gab sogar ganz kurze Momente, in denen er davon überzeugt war, dass ihre Seelen verwandt waren, was daran liegen konnte, dass er den Eindruck hatte, dass Andreas ihm zuhörte, also wirklich zuhörte, oder auch am Alkohol – er konnte sich schließlich nicht erinnern, wann er zum letzten Mal so viel getrunken hatte.

Er wusste jetzt, dass sie praktisch Nachbarn waren. Andreas lebte in der Karl-Marx-Allee, diesen mächtigen Gebäuden, die Christoph immer ein wenig einschüchterten. Und er wusste nun auch, dass Andreas einen Roman geschrieben hatte, dessen Name ihm sogar ein Begriff war, weil Erik bei einem ihrer Abendessen über das Buch referiert hatte, als hätte er den Autor entdeckt. Jetzt war Erik nur eine Person von dem Autor entfernt, der ihn so beeindruckt hatte, dachte er. Er war die Verbindung, dachte Christoph mit einem nicht unangenehmen Gefühl, ein Insider sozusagen.

Es kam immer mal wieder zu kurzen Unterhaltungen mit anderen Gästen, die Andreas darauf ansprachen, wie er mit seinem Buch vorankam, als wäre es eine Begrüßungsfloskel. Andreas antwortete mit einer gewissen Routine, wie gut sich die Dinge entwickelten, aber wenn sie wieder unter sich waren, begannen seine Augen zu leuchten, wenn ihr Gespräch den Roman berührte. Als würde er Christoph mehr erzählen wollen, als er den anderen bereit war preiszugeben. Es war angenehm, ihm zuzuhören, wie er über die Figuren des Buches sprach, als wären sie Teil seines Freundeskreises, wie er erzählte, dass von einer Figur nur das Allgemeine blieb, das, worin sich der Leser wiedererkannte. Es war ein Großstadtroman, eine Mischung aus einem psychologischen und natürlich einem Liebesroman, erzählte Andreas. Ein Buch über den Zustand der Gesellschaft, deren sittlicher Verfassung. »Der große

Spiegel«, sagte Andreas mit einem Lächeln. »Natürlich nur, wenn ich es so hinkriege, wie ich mir das vorstelle.«

Ihr Gespräch glitt in immer neue Zusammenhänge, aber es gab ein Thema, dass stets aufkam, als wäre es der Fixpunkt ihrer Unterhaltung, das Zentrum gewissermaßen, der Ausgangspunkt, aus dem sich alle Themen ergaben: die Frauen. Er ahnte, dass Andreas eine unerfüllte Liebe noch nicht abgeschlossen hatte. Er hatte sie nicht erwähnt, nicht einmal angedeutet, aber wenn ein Gespräch die Liebe so oft berührte, setzte das praktisch unerfüllte Liebe voraus. Die Liebe war das Thema der unglücklich Verliebten, dachte er. Sie waren zwei Männer mit Liebeskummer, das verband sie, obwohl er ja eigentlich gar keinen Liebeskummer hatte, es war wohl nur ein Gedanke, der ihm gefiel.

»Der oder die Geliebte ist nicht das Entscheidende, wenn es um die wahre Liebe geht«, sagte der Barkeeper gerade.

»Klingt nach Kundera«, sagte Andreas.

»Ist es auch«, der Barkeeper nickte.

»Also ganz ehrlich, ich verstehe nicht, warum so viele Frauen *Die Unerträgliche Leichtigkeit des Seins* so toll finden. Genau genommen ist das Buch doch nichts anderes als ein Argument dafür, dass Männer fremdgehen dürfen.«

»Da hast du nun auch wieder recht«, lachte der Barkeeper. »Aber Weltliteratur.«

»Es ist manchmal besser, wenn die Dinge in der Unschärfe bleiben«, sagte Andreas.

»Inwiefern?«

»Wenn mich meine Freundin betrügt, will ich das nicht wissen.«

»Ich auch nicht«, sagte der Barkeeper.

Andreas sah Christoph an: »Wenn dich deine Freundin betrügt, würdest du das wissen wollen?«

»Kommt drauf an«, sagte Christoph.

»Worauf?«

Christoph dachte an Hauke und stellte sich vor, wie Melanie den Brief in der Hand hielt, ihn öffnete, den Moment, in dem ihre Züge entgleisten, ein Moment, in dem sich ein Schatten auf ihre Beziehung legte, und ganz kurz hatte er das Gefühl, als würden sie über die beiden reden, obwohl sie sich ja gar nicht kannten.

»Wenn's ein Ausrutscher ist, will ich das nicht wissen«, sagte er.

»Genau. So seh ich das auch«, sagte der Barkeeper. »Manche Dinge sollten lieber unausgesprochen bleiben.«

»Frauen haben Geheimnisse«, sagte Andreas. »Menschen haben Geheimnisse. Also jetzt mal ganz ehrlich. Ich meine, wen kennt man denn wirklich im Leben? Wenn du wüsstest, wie deine Julia über dich denkt, also wie sie *wirklich* über dich denkt, wärt ihr doch gar nicht mehr zusammen. Und umgekehrt wär's genauso.«

»Na ja.« Christoph machte eine abwehrende Geste, obwohl er es schon erschreckend fand, dass Andreas' Worte so viel Sinn ergaben.

»Das find ich ja auch so schlimm heutzutage«, wechselte Andreas das Thema. »Wenn man jemanden kennenlernt, durchforstet man erstmal das Internet nach ihm oder man befreundet sich bei Facebook oder folgt dem anderen bei Instagram oder was weiß ich, was es noch so alles gibt inzwischen. Man versucht, ein Geflecht vermeintlicher Verbindungen zu schaffen, die nur einen Nutzen haben: schnellstmöglich so viel wie möglich über den anderen herauszufinden. Als versuche man, ihm alle Geheimnisse zu entreißen.«

»Nimmt einem auf jeden Fall die Unvoreingenommenheit«, sagte Christoph.

»Genau, die Leute lernen sich doch nicht mehr unbefangen kennen. Ich meine, ich mach's ja auch.«

»Jeder macht das.«

»Wir sind alle Voyeure«, sagte Andreas. »Wir sind Spanner, und wenn wir Gefühle entwickeln, werden wir zu Stalkern.«

»Aber so sind die Leute«, sagte der Barkeeper. »Darum gucken sich auch alle diese Reality-Formate an.«

»Du meinst die, die sich eigentlich niemand anguckt«, sagte Christoph.

»Genau.« Andreas grinste. »Die sich eigentlich niemand anguckt.«

Nachdem sie angestoßen und Andreas an seiner Zigarette gezogen hatte, sprach er davon, dass das Leben wie ein Gewebe war, dessen Fäden sich an unzähligen, unerwarteten Stellen kreuzten, die einem meistens verborgen blieben.

Er sagte, dass er sich manchmal wie jemand fühlte, der so nah vor einem impressionistischen Gemälde stand, dass er nichts sehen konnte, und dass er sich gelegentlich wünschte, er könnte einen Schritt zurückgehen, um das Bild zu erkennen, um zu verstehen, wie alles zusammenhing. Aber dann, sagte er, hätte er begriffen, dass er das doch gar nicht wollte. Es waren schließlich die Geheimnisse, die uns antrieben. Die Neugier. Wenn man alles wüsste, wenn es keine Neugier mehr geben müsste, wäre das das Ende.

»Es ist eine allgegenwärtige Transparenz, aus der eine Welt ohne Geheimnisse entsteht!«, rief Andreas eindringlich. »Absolute Transparenz ist die Apokalypse unserer Zeit.«

»Ganz ehrlich«, sagte Christoph, der inzwischen wirklich betrunken war, »ich kann dir nicht mehr folgen.«

»Ganz ehrlich«, lachte Andreas, »ich mir auch nicht.« Er dachte einen Moment lang nach, bevor er fortfuhr. »Aber kennst du diese Paare, die man manchmal im Restaurant sieht? Die sich gegenüber sitzen, ohne ein Wort zu wechseln?«

»Die haben's verstanden«, lachte der Barkeeper. »Da wird nicht mehr diskutiert, da wird nur noch drüber geschwiegen.«

»Und diese Leute, das ist meine Theorie, das sind Leute, die alles besprochen haben. Die schweigen, weil alles gesagt ist. Sie haben das Interesse aneinander verloren, weil es nichts mehr am anderen gibt, was sie überrascht, weil es keine Geheimnisse mehr gibt, und wenn man alles über einen weiß, gibt es nichts mehr zu besprechen. Inzwischen können sie auf ihr Handy sehen, um das zu kaschieren, aber das ist eigentlich noch tragischer.«

»Keine Liebe überlebt die Sprachlosigkeit«, sagte der Barkeeper, wahrscheinlich mal wieder ein Kundera-Zitat, dachte Christoph und nahm sich vor, irgendwann mal etwas von ihm zu lesen. Dann wiederholte er den Satz noch einmal in Gedanken, bevor er mit einem Kopfnicken den nächsten Drink bestellte: Keine Liebe überlebt die Sprachlosigkeit.

Als Christoph vor der Morgendämmerung auf die Toilette flüchtete, waren er und Andreas keine Fremden mehr. Mit jedem neuen Drink kannten sie sich besser. Andreas' Leben hatte sich in den letzten Stunden vor ihm aufgefächert, und Christoph blickte sehnsüchtig darauf wie auf das grünere Gras auf der anderen Seite des Gartenzauns. Er beschrieb das, was Christoph sich wünschte, kein Nine-to-five-Leben, ein Leben jenseits der Festanstellung. Er war niemandem verpflichtet, nur sich selbst. Er hatte natürlich das Glück, dass sich sein letztes Buch so gut verkaufte und damit das Glück, davon leben zu können.

»Die meisten Schriftsteller, die ich kenne, sind Hartz IV-Empfänger«, hatte Andreas gesagt.

Christoph wusste nun auch von dem Druck, der dadurch auf Andreas lastete, von den Ansprüchen, die er an sich selbst stellte, dass das Schreiben mit der Zeit nicht leichter wurde, sondern immer schwerer fiel. Ihre Leben schoben sich übereinander, bildeten Schnittmengen, jeder neue Drink legte neue, tiefere Schichten frei, so schien es Christoph. Andreas hatte über die Dinge nachgedacht, die er nur als Grundgefühl, als eine Ahnung, die er noch nicht in Worte gefasst hatte, wahrnahm. Als würde er Fragen beantworten, die Christoph noch nicht gestellt hatte. Das hatte er bisher nur in Songs von Bands erlebt, die ihm etwas bedeuteten, eher auf einer emotionalen als auf einer intellektuellen Ebene. Die letzten Stunden waren wie im Flug vergangen war. Der Lufthansa-Pilot, mit dem er sich kurz unterhalten hatte, als er zum ersten Mal auf der Toilette war, war gegen vier gegangen, nach dem elften Cuba Libre, weil er am nächsten Tag um zehn Uhr dreißig fliegen musste, also drei Stunden später. »Wenn ich mich mal irgendwo festgesoffen habe, bekommt mich da keiner mehr weg«, hatte er zum Abschied gesagt. Christoph hatte gelacht, obwohl er es eher beängstigend fand. Mit solchen Sätzen begannen Katastrophenfilme, hatte er gedacht, als er dem Piloten die Hand gab.

Als Christoph von der Toilette in den Barraum zurückkehrte, waren Andreas und er mittlerweile die letzten Gäste und Andreas und sein Freund hinter der Theke in ein Gespräch vertieft, für das seine Kondition nicht mehr reichte, um einzusteigen.

»Ich steh gar nicht so auf große Brüste«, sagte der Barkeeper gerade.

»Ich auch nicht«, sagte Andreas. »Frauen mit großen Brüsten sind auch meistens scheiße im Bett.

»Stimmt«, sagte der Barkeeper. »Hab ich auch schon festgestellt.«

»Und weißt du, was *ich* festgestellt habe?« Der Barkeeper machte eine Kunstpause. »Psychopatinnen sind am besten im Bett. Meine

Ex-Freundin, also die war ja wirklich schwer psychotisch, du kennst ja die Storys ... Aber: der beste Sex, den ich je hatte.«

Andreas nickte, als wüsste er genau, was er meinte.

»Hast du deine Irre mal wieder gesehen?«, fragte der Barkeeper. »Oder ist die immer noch in der Klinik?«

»Immer noch, sie ist doch drei Monate drin. Die hat mir vorgestern geschrieben, dass sie totale Lust auf Drogen hat, aber gleich wäre ja Tablettenausgabe.«

»Oh Mann«, sagte der Barkeeper.

»Ich weiß«, sagte Andreas. »Man hat ja immer diese Bilder im Kopf, aus diesen amerikanischen Horrorfilmen.«

»Also was du immer für Frauen kennenlernst.«

»Wer ist denn die Irre?«, fragte Christoph.

»Die ist nicht irre. Eher eine traurige, verwundete Seele«, sagte Andreas mit einem gewissen Pathos.

»So kann man's natürlich auch sagen.« Der Barkeeper lachte. »Und was ist aus dieser Johanna geworden? Die war doch sympathisch.«

»Wer ist denn Johanna?«

»Oder wie hieß die? Oh Mann, bei dir blick ich inzwischen gar nicht mehr durch. Diese Halbchilenin mein ich.«

»Ach, Hannah hieß die.«

»Genau, Hannah, die war doch sympathisch.«

Andreas verzog schmerzvoll das Gesicht.

»Aber war mal wieder kompliziert, oder was?«, grinste der Barkeeper. »Nach zwei Wochen wird's bei dir immer kompliziert. Ist dir das schon mal aufgefallen?«

»Die hat immer drei Tage gebraucht, um eine Nachricht zu beantworten.«

»Also das ist richtig nervig.« Der Barkeeper schüttelte den Kopf. »Diese Spielchen. Wenn das schon so anfängt. Manchmal frag ich mich wirklich, was mit den Leuten los ist.«

»Als hätten sie eine Gebrauchsanweisung gelesen, um interessanter zu wirken«, sagte Andreas. »Die falsche Gebrauchsanweisung.«

»Oder die richtige. Eigentlich musst du das in Gedanken nur umkehren. Wie reagierst du denn, wenn die Frau schon nach dem ersten Date schreibt, dass ihr Seelenverwandte seid.«

»Stimmt«, sagte Andreas.

»Wenn einem die Frau egal ist, macht man alles richtig. Du musst die Frauen, die dir etwas bedeuten, genauso behandeln wie die, die dir egal sind.«

»Ich weiß.«

»Du bist einfach immer zu schnell zu begeistert.«

»Verliebtheit ist Überhöhung«, sagte Andreas bestimmt, »und wenn ich mich verliebe, bin ich wieder ein unbeholfener Teenager, alle Erfahrungswerte zählen nicht mehr.«

»Die Frage ist, ob es Verliebtheit ist. Bei dir klingt das alles eher nach Projektion. Du suchst keine Liebe, du suchst ein Ebenbild.«

»Kannst du mal aufhören, mich zu analysieren?«, lachte Andreas.

»Ein guter Barkeeper ist auch ein Psychologe«, sagte der Barkeeper grinsend. »Wenn du mit einer Frau schreibst, musst du mit einer Antwort immer einen Tag länger brauchen als sie, das ist die Regel. Aber ich kannte mal eine, die hat sich nie von selbst gemeldet. Ich hab die Fragen gestellt, sie hat drei Tage später geantwortet. Das war unerträglich. Ständig habe ich mein Handy überprüft, ob sie geschrieben hat. Ich hab dann ihre Nummer gelöscht und unseren WhatsApp-Chat, um nicht in Versuchung zu geraten, mich doch zu melden oder betrunken irgendwelche Nachrichten zu schreiben.«

»Die du später bereust«, sagte Andreas. »Das kenn ich.«

Christoph betrachtete die beiden Männer, die sich unterhielten, als wäre er nicht mehr vorhanden, und die über Probleme sprachen, die ihn mit Anfang zwanzig beschäftigt hatten. Er stellte fest, wie froh er war, sich nicht mehr mit so etwas auseinandersetzen zu müssen.

»Männer und Frauen sind nun mal natürliche Feinde«, sagte der Barkeeper abschließend.

»Ja, manchmal hab ich tatsächlich den Eindruck«, erwiderte Andreas. »Aber bei Hannah hat das sowieso nicht gepasst. Die war so verspannt, die war so …« Er suchte nach den passenden Worten. »Die war so leidenschaftslos.«

»Leidenschaftlich sind eben nur Psychopatinnen«, sagte der Barkeeper. »Darum sind die ja auch am besten im Bett.«

Christoph lächelte, obwohl er schon fand, dass das eine erschreckend zynische Verallgemeinerung war, aber er nahm das Gespräch gar nicht mehr richtig wahr und war inzwischen auch zu erschöpft und zu müde, um sich mit diesem Gedanken noch in das Gespräch einzubringen. Eigentlich wollte er ja seit einer Stunde aufgestanden sein, um endlich mal wieder Joggen zu gehen. Er hatte es im Laufe des Abends immer weiter verschoben, nach jedem Blick auf die Uhr um eine weitere Stunde, bis er es irgendwann verworfen und auf Sonntag vertagt hatte, obwohl an den Sonntagen die Parks von den zahllosen Läufern praktisch kolonisiert wurden.

Er dachte noch einmal an die Diktiergerätgeschichte, die Andreas irgendwann zwischen drei und fünf Uhr morgens erzählt hatte. Als er an seinem letzten Roman gearbeitet hatte, hatte er heimlich Gespräche mit Freunden oder auch Dates mitgeschnitten, um authentische Dialoge für das Buch verwerten zu können. An einem Abend war er mit zwei Freunden ausgegangen, das Diktiergerät in der Tasche seiner Jeans, das externe Mikrofon am Gürtel, gleich neben der Gürtelschnalle, weil es so am wenigsten auffiel. In seiner Erinnerung war es ein entspannter Abend unter Freunden. Sie hatten über die Arbeit gesprochen, über gemeinsame Freunde und über Frauen. Am nächsten Nachmittag rief ihn einer der beiden trotz seines Katers an, um ihm zu versichern, wie gelungen der gestrige Abend gewesen war. Sie nahmen sich vor, das bald zu wiederholen. In Wirklichkeit konnte sich Andreas ab einem bestimmten Zeitpunkt an nicht mehr viel erinnern. Das Diktiergerät hatte aber auch seine verlorenen Stunden dokumentiert. Als er nach dem Gespräch die Aufnahme auf seinen Laptop kopierte, war sie fast zehn Stunden lang. Eine Nacht, lang wie ein Arbeitstag, inklusive zweier Überstunden. Als er sich einige Tage darauf den Mitschnitt anhörte, um die Abschrift zu machen, habe er immer wieder den Kopf geschüttelt, als wäre der Abend einem anderen passiert. Der Mann, der auf dem Mitschnitt zu hören war, der Mann, der mit seiner Stimme sprach, war ihm nicht sympathisch, er fand ihn sogar ziemlich unsympathisch, hatte Andreas gestanden. Und er berlinerte auch ziemlich stark. Er hatte sich vorgenommen, unbedingt an seinem Hochdeutsch zu arbeiten, man müsse sich ja nicht so gehen lassen. Eigentlich war er davon ausgegangen, dass sie kultivierter wirken würden. Aber sie waren Mitte dreißig und klangen wie Jugendliche aus der brandenburgischen Provinz, deren Abendgestaltung an Tankstellen im Umland von Berlin stattfand. Eigentlich fehlten nur noch die falschen Komparative. Man erwarte sie praktisch in jedem Satz. Es sei erschreckend gewesen, hatte Andreas gesagt. Er habe die Abschrift abgebrochen. Für seine Texte sei kein Satz, der in den zehn Stunden gefallen war, verwendbar gewesen.

Es konnte ziemlich aufschlussreich sein, einmal bewusst neben sich zu treten und mit einem objektiven Blick, gewissermaßen als Unbeteiligter, auf sich selbst zu blicken, war Andreas fortgefahren. Wenn man die Perspektive ändere, könne man Dinge sehen, die einem nicht gefallen, aber man fände Wahrheiten über sich heraus, die einem gar nicht bewusst waren. Unangenehme Wahrheiten, aber sie seien eine Chance, sich zu verbessern. »Es ist immer gut, die Perspektive zu ändern«, hatte Andreas mit einem merkwürdigen Unterton abschließend gesagt, als würde in diesem Satz eine tiefere Bedeutung liegen, dessen Sinn sich aus einem Zusammenhang ergab, der sich Christoph nicht erschloss.

Sie schwiegen jetzt schon seit einigen Minuten. Der Barkeeper säuberte den Tresen, blickte hin und wieder zu ihnen hinüber, wirkte aber nicht ungeduldig.

»Was ist von der Liebe zu halten, wenn man sie nach ihren Konsequenzen beurteilt?«, hörte Christoph Andreas fragen.

»Gute Frage«, sagte der Barkeeper.

Andreas schwieg, als hätte er sie sich schon oft gestellt, ohne eine zufriedenstellende Antwort gefunden zu haben.

»Stimmt«, lachte er dann bitter. »Eigentlich zu gut, um sie mit einer Antwort zu verderben.«

Es war ein abschließender Satz. Sie mussten nach Hause. Schlafen.

Als sie gingen, bestand Andreas darauf, die Rechnung zu bezahlen. Sie verabschiedeten sich mit einer Umarmung und tauschten Telefonnummern, bevor sie sich trennten, um wieder in ihre Leben zu verschwinden. Christoph sah Andreas noch lange nach, als der sich entfernte. Zwischen die Häuser fiel das Licht der aufgehenden Sonne, als Christoph in die Bänschstraße bog, und er dachte daran, wie der Barkeeper zum Abschied die Hand gehoben hatte, bevor er die Tür hinter ihnen verriegelte.

Er hieß Martin, das wusste er jetzt.

GREIGE

Andreas blinzelte träge, bevor er widerwillig in das schwache Licht blickte, das durch die notdürftig geschlossenen Vorhänge seines Schlafzimmers drang. Er versuchte, seine Gedanken zu ordnen, irgendwie zu denken oder sich wenigstens zu erinnern, unter welchen Umständen er nach Hause gekommen war. Es gab nur Fetzen und Momentaufnahmen, die sich noch nicht zu einem plausiblen Ganzen zusammenfügten, dafür schien es noch zu früh zu sein. Er beobachtete die Staubteilchen, die durch das schwache Sonnenlicht schwebten, und spürte, wie sehr er diesen Zustand kurz nach dem Erwachen mochte, diesen angenehmen Schwebezustand zwischen Traum und Wirklichkeit, selbst in seiner Verfassung. Diese Momente, in denen er an nichts Bestimmtes dachte und in denen die Gedanken noch schemenhaft waren, versuchte er so lange wie möglich zu halten. Als die Gedanken klarer wurden, setzte er sich abrupt auf, blickte neben sich, auf die andere Seite des Bettes und atmete auf. Glücklicherweise lag da niemand. Auch wenn er abrundete, wie viel er gestern getrunken hatte, hätte da keine Frau gelegen, mit der er noch gern gefrühstückt oder einen Kaffee getrunken hätte. Er tastete auf der Kommode nach den Zigaretten, nach dem zweiten Zug schüttelte ihn das brüchige Husten eines alten Mannes. Er ahnte, dass wenn er später das erste Selbstgespräch des Tages führen würde, seine Stimme die eines Fremden sein würde. Bei der Vorstellung, wie er hier gerade vollkommen fertig im Bett rauchte, war er froh, dass es im Schlafzimmer keinen Spiegel gab.

Andreas griff nach seinem Handy. Es war sechzehn Uhr. Er blickte zu den Vorhängen und dachte daran, dass die Parks voller Menschen waren, die die Sonne genossen, die Zeit miteinander verbrachten, und er allein in seiner Wohnung lag, hinter zugezogenen Vorhängen, durch die nur wenige Lichtstrahlen ihren Weg fanden. Das Leben fand woanders statt, dachte er. Das war der Moment, der ihm deutlich machte, dass er jetzt einen Kaffee brauchte.

Neben dem Bett stehend spürte er, wie sehr er noch auf Restalkohol war. Er hatte noch keinen Kater, dafür ging es ihm allerdings schon ziemlich schlecht, wie er fand. Die Wohnung würde er heute nicht mehr verlassen. Er ging in die Küche, öffnete das Fenster und betrachtete den wolkenlosen Himmel, der mit seiner tiefblauen Farbe unwirklich aussah, was ihn aus irgendeinem Grund an Leonie erinnerte. Er fühlte sich unsauber, er musste jetzt dringend duschen. Nach dem Duschen stand er nackt vor dem Badezimmerspiegel und sah in sein in der letzten Nacht um zehn Jahre gealtertes Gesicht.

Er war achtunddreißig. Der Mann im Spiegel sah wie gelebte fünfundvierzig aus. Es war ein kurzer, beunruhigender Moment, in dem er sich so alt fühlte, wie er aussah. Eigentlich fühlte er sich jünger, als er war, obwohl es inzwischen auch immer häufiger vorkam, dass er von Gedanken überrascht wurde, die die Gedanken eines Mittdreißigers, eines fast Vierzigjährigen waren.

Er war gegen acht Uhr morgens in einen unruhigen Schlaf gefallen und immer wieder schweißgebadet aufgewacht. An seine Träume konnte er sich nicht erinnern, es mussten Albträume gewesen sein, zumindest fühlte er sich so. Er versuchte das erste Lächeln des Tages und warf seinem Spiegelbild einen aufmunternden Blick zu. Sein Gegenüber verzog gequält das Gesicht. Zumindest wusste er jetzt, wie seine aufmunternden Blicke am Morgen wirkten.

Er würde bis zum nächsten Tag brauchen, um sich wieder zu erholen. Seine Augen waren gerötet. Die Farbe seiner Haut mischte sich aus grau und beige. Es war ein Greige, wenn man das so sagen wollte.

»Greige«, sagte er in sein leeres Bad. Es war das erste Wort, das ihn heute verließ. Ein Wort, das passte, denn seine Stimme klang ja auch irgendwie greige.

Der Gedanke an seinen Roman, an dem er seit zwei Jahren arbeitete, ließ ihn tief ein- und ausatmen, und dann musste er wieder an Susanna denken, mit der er vier Jahre seines Lebens verbracht hatte. Mirko Schaffer, der Musikproduzent war, hatte mal erzählt, dass ihn jedes bedeutende Album, das er produziert hatte, eine Beziehung kostete. Andreas ging es ähnlich. Auch seine letzte Beziehung hatte seinen ersten Roman nicht überlebt. Rückblickend konnte man wohl sagen, dass Susanna drei Jahre gebraucht hatte, um sich von ihm zu trennen.

»Du hast dich verändert«, hatte sie gesagt, als die Diskussionen ihre Beziehung zu bestimmen begannen.

»Ich hab mich nicht verändert«, hatte er entgegnet. »Du hast mich nur besser kennengelernt.«

Eine Antwort, die seine Haltung in ihrer Beziehung gut beschrieb, wie er sich heute, aus der Ferne, eingestehen musste. Er war nie bereit gewesen, sich zu ändern, und so hatte er ihre dreijährige Trennungsphase eingeleitet.

Dabei war sie die erste Frau, die er geliebt hatte, wirklich geliebt. Als sie ihn dann verließ, traf ihn das hart, gerade weil sie es in der Überzeugung tat, dass er sie nie geliebt hätte. Sie warf ihm vor, dass er ihre Beziehung zum Material für seine Texte degradiert hatte, genauso wie ihre Freunde, die Familie und deren Leben. Es ginge ihm nur um die Geschichten und nicht um die Menschen dahinter. Dass er sie enttäuscht und sie ihn überschätzt habe, menschlich überschätzt, sagte sie damals, dass er offensichtlich seine innere Balance verloren habe und dringend zum Therapeuten müsse. Und sie hatte ja recht gehabt. Wenn man so wollte, dachte er in publizistischen Kategorien, wenn er Menschen kennenlernte oder ihm Schicksale erzählt wurden. Er war nicht an den Menschen interessiert, sondern an ihrer Verwertbarkeit, er passte sie in Texte ein, charakterisierte sie mit einem Satz oder entwarf aus Anekdoten zusammengeschobene Bilder von ihnen und verwendete sie in Gedanken bereits in einem Text, während er ihnen mit ergriffenem Gesichtsausdruck zuhörte. Genau genommen beschrieb das einen Soziopathen. Vielleicht sollte er wirklich mal mit einem Therapeuten sprechen, einfach so, ganz unverbindlich, um einen zweiten Blick auf sein Leben werfen zu lassen, einen professionellen Blick.

Und ja, Susanna hatte recht. Er befand sich auf Recherche. Sein Leben bestand aus Recherche, er war nicht mal mehr in der Lage, Bücher einfach nur zum Vergnügen zu lesen. Aus jedem guten Halbsatz, jeder Formulierung konnte eine Folge von Gedanken entstehen, Figuren, die er daraus entwickelte – er hatte viele Figuren, aber er scheiterte daran, ihre Geschichten zu Ende zu erzählen.

Die Trennung war hart gewesen, unglaublich, dass sie schon sechs Jahre her war. Sechs Jahre, eine Ewigkeit, die viel zu schnell vergangen war. Inzwischen war Susanna zweifache Mutter. Sie war mit diesem Markus zusammen gekommen, dem stillen Ex-Freund ihrer Kollegin Anna, deren Beziehung sie oft geringschätzig mit den Worten »Anna

Berkowitz und ihr Hund« umschrieben hatte. Jetzt war dieser Hund der Vater ihrer Kinder. Andreas hatte oft darüber nachgedacht. Vielleicht hatten sich Susannas Prioritäten mit dem Alter verschoben, vielleicht passte Markus ja irgendwann zu dem Leben, das sie sich so wünschte. Vielleicht war auf ihn Verlass, zumindest mehr als auf ihn. Aber vielleicht gab er ihr auch einfach das Gefühl, bedingungslos geliebt zu werden, denn Hunde liebten schließlich bedingungslos, was immer man ihnen auch antat.

Die verlorenen Tage auf Restalkohol verursachten in ihm oft einen melancholischen Wunsch nach den Varianten seines Lebens, die er hätte führen können. Nachher würde er möglicherweise in den alten Fotoalben blättern, die Susanna ihm nach der Trennung überlassen hatte, als hätte sie ihm die Erinnerungen an ihre gemeinsame Zeit überlassen. Sie war an Anhaltspunkten nicht interessiert. Sie hatte einen Schlussstrich gezogen, ihn in ihre Vergangenheit einsortiert und die Verbindungen gekappt. Seit ihrer Trennung waren sie sich nie wieder begegnet. Keine seiner Ex-Freundinnen war noch Teil seines Lebens. Er kannte eigentlich nicht wenige Leute, die auch nach der Trennung ein freundschaftliches Verhältnis pflegten. Es mochte wohl daran liegen, dass in keiner seiner Beziehungen Freundschaft entstanden war.

Er hustete, und als er wieder in den Spiegel sah, waren seine Augen noch geröteter. Eigentlich wäre sich wieder ins Bett zu legen und den Tag zu ignorieren, bis es ihm besser ging, die beste Idee, aber er hörte sogar hier das gnadenlose Vogelgezwitscher, das durch die geöffneten Küchenfenster drang. Er putzte sich die Zähne, nahm Augentropfen und ging wieder in die Küche, um Kaffee aufzusetzen. Während der Kaffee durchlief, versuchte er noch einmal zusammenzuzählen, wie viel er gestern getrunken hatte, aber irgendwann gab er es auf.

Dann fiel ihm Christoph ein – den hatte er gestern kennengelernt, jetzt erinnerte er sich wieder. Er war ihm nicht unsympathisch gewesen, obwohl sein Leben eine komplizierte Verflechtung von Kompromissen war, eingestandenen und uneingestandenen. Vor allem aber uneingestandenen. Die unvollendeten Pläne, deren Umsetzung er immer wieder aufgeschoben hatte, bis sie immer unschärfer wurden, um sich langsam in den halbherzigen Rechtfertigungen aufzulösen, mit denen er anderen die Schuld für seine Lage gab. Vor allem seiner Freundin.

Andreas bemerkte, dass er von der Begegnung und Christophs Beschreibungen seines Alltags erstaunlich viel abgespeichert hatte, wahrscheinlich weil auch das ein erschreckend gutes Material war für eine irgendwie tragische Geschichte. Es gab keinen Müßiggang in Christophs Leben. Keine Unbeschwertheit. Sein Alltag war mit Erledigungen vollgepackt, als hätte er eine ungeschriebene To-do-Liste, die er täglich abarbeiten müsste, er hastete von einem Punkt zum anderen, hakte ihn ab und begann, die nächste Aufgabe zu erfüllen. Alles war minutiös geplant. Christoph war immer in Bewegung, wie auf der Flucht, so schien es Andreas. Er konnte nur nicht richtig einordnen, wovor. Wahrscheinlich flüchtete er davor, mit seinen Gedanken allein zu sein und es herauszufinden. Die Gedanken an diesen Typen erschöpften Andreas aus irgendeinem Grund. Wahrscheinlich war er ihm nur in seiner Tragik sympathisch gewesen, dachte er.

Mit seinem Kaffee setzte er sich ins Wohnzimmer an den großen Esszimmertisch, den er als Schreibtisch nutzte, und betrachtete den Laptop, auf dem sich zahllose Dokumente mit ausgearbeiteten, umgearbeiteten und wieder verworfenen Szenen sammelten, die er dann doch nicht gelöscht hatte. Er hatte sich in den Anfängen verfangen. Es gab viele vage Ideen, aber keine entsprach dieser einfallsreichen, interessanten und gut erzählten Geschichte, die er sich so wünschte. Eine Geschichte, die alles enthielt, was er erlebt, gesehen und begriffen hatte. Manchmal dachte er, es sei gar nicht so unwahrscheinlich, dass er nicht voran kam, weil er bisher einfach zu wenig erlebt, gesehen und begriffen hat – mit der Betonung auf *begriffen*.

Er hatte den Fehler gemacht, in den letzten Jahren einfach zu viel über den Roman gesprochen zu haben, mit jedem hatte er sich darüber unterhalten, ihre interessierten Blicke genossen, die seine Eitelkeit befriedigten. Das hatte ihm den Schwung genommen, denn das Projekt, über den Roman zu reden, hatte das Projekt, den Roman zu schreiben, ersetzt. Es war ein Berliner Prinzip, dass ja auch auf Martin zutraf, der an der UdK Bildende Kunst studiert hatte und eigentlich Gemälde malte, aber seit acht Jahren vorübergehend als Barkeeper arbeitete. Eine Zwischenlösung, die zu einem Dauerzustand geworden war. Inzwischen hatte er sich in diesem Übergang eingerichtet. Er hatte die Karriere gewechselt, ohne dass es ihm aufgefallen war. Wenn ein Übergang acht Jahre dauert, ist er zu einem Leben geworden. Manchmal hatte Andreas den Eindruck, dass Martin die Metapher für sie alle war. Adaptiert traf es ja auf sie alle in allem zu, in der Liebe, im Job, im Leben. Sie hatten sich auf dem Weg zu einer perfekten Idee eines Lebens verfangen und die Dinge aus den Augen verloren, die ihnen einmal wichtig waren. Indem sie über sie redeten, klammerten sie sich an ihre Illusionen, doch in Wirklichkeit waren sie ihnen längst entglitten.

Sein Blick fiel auf die iTunes-Wiedergabeliste, die Leonies Namen trug, auf das Mixtape, dass er begonnen hatte, für sie zusammenzustellen. Sie war eine dieser Frauen, der man ein Mixtape zusammenstellen wollte, so banal das auch klingen mochte, aber letztlich ließ sich seine tiefempfundene, rauschhafte Begeisterung für eine Frau nicht treffender zusammenfassen. Solchen Frauen begegnete man nur ein paar Mal im Leben. Oder nur einmal. Dieses Mixtape mit Songs, die ihm wichtig waren, war eine unvollendete Liebeserklärung, ein nie zu Ende geführter Entwurf. Er hatte ihn nie gelöscht, weil es sich irgendwie nie ergeben hatte, obwohl es schon drei lange Jahre her war.

Plötzlich spürte er, wie sehr er Leonie vermisste, Leonie und das Leben, dass sie hätten führen können. Noch eine Illusion, die er später ein wenig pflegen würde, streicheln, liebkosen und vielleicht sogar beweinen. Seine Stimmung kippte langsam ins Selbstmitleid, wie er bemerkte, aber auch das konnte man genießen. Weinen kam ja nicht mehr so oft vor, und er genoss es schon sehr, als würde man loslassen, die Kontrolle abgeben, sich in sich selbst auflösen, was auch immer. Er wusste, dass die Sehnsucht und das Selbstmitleid mit dem schwindenden Kater ebenfalls schwinden würden, aber in dem Zustand, in dem er gerade war, kam alles wieder hoch. Er versuchte abzuwägen, ob es seine Verfassung zuließ, am Abend noch ins Kino zu gehen. Er ging in letzter Zeit oft ins Kino, vielleicht, weil die Bilder auf der Leinwand den Gedanken in seinem Kopf glichen, vielleicht auch, weil er die emotionalsten Momente seines Lebens erlebte, wenn er Kinofilme sah.

Der Kaffeeduft füllte den Raum, der Geruch eines Sonntagmorgenfrühstücks an einem Samstagnachmittag. Er befand sich praktisch in einer anderen Zeitebene.

Er überlegte kurz, joggen zu gehen, um den Alkohol auszuschwitzen, ging dann aber ins Schlafzimmer, wo er sich aufs Bett fallen ließ. Als er auf dem Rücken lag, mit leerem Blick zur Zimmerdecke starrte, begriff er erst wirklich, wie erschöpft er eigentlich war. Seine Hand suchte nach der Fernbedienung. Er wollte Stimmen hören, es war ihm egal, was sie sagten, es war nur wichtig, das unbestimmte Gefühl zu haben, nicht allein zu sein. Bevor er einschlief, versuchte er sich zu erinnern, mit wie vielen Frauen er in den letzten zwei Monaten geschlafen hatte. Es waren zehn. Nur einer konnte er noch einen Namen zuordnen.

Dann fiel er in einen tiefen, traumlosen Schlaf.

EIN BLICK HINTER DIE FASSADE

Als Christoph mit mäßiger Geschwindigkeit den asphaltierten Weg hinunterjoggte, der im Volkspark Friedrichshain am Schoenbrunn vorbeiführte, fragte er sich, wo er jetzt, genau in diesem Moment, sein würde, wenn sein Leben anders verlaufen wäre, wenn er andere Entscheidungen getroffen hätte. Weisere Entscheidungen. Es war eine Frage, die ihn anzog, in letzter Zeit immer häufiger. Eigentlich war sie müßig, weil sich ja jede winzige Entscheidung nachhaltig auf sein Leben auswirken konnte. Das wusste er, er hatte den Film *Butterfly Effect* schließlich vier Mal gesehen, obwohl er fand, dass Ashton Kutcher eine Fehlbesetzung war. Er hätte Julia nie kennengelernt, wenn er sich an diesem Nachmittag vor vier Jahren nicht durchgerungen hätte, joggen zu gehen. Oder wenn er sich zwei Minuten später dazu durchgerungen hätte. Oder wenn er die Strecke anders gewählt hätte. Oder wenn er in dem Moment, in dem er sie passierte, auf sein Handy gesehen hätte, um seine Werte zu überprüfen. Er hätte sie nicht wahrgenommen, ihre Leben hätten sich nie berührt. Die Dinge waren von so vielen Zufällen abhängig, von so vielen Verästelungen von Eventualitäten, dass ihm schwindlig wurde, wenn er sich zu sehr darauf konzentrierte.

Es war später Nachmittag, bleierne, bedrohlich aussehende Wolken türmten sich über dem Park, der in mattes Herbstlicht getaucht war, obwohl es Sommer war. Es war Joggingwetter, so wie der ganze Sommer fürs Joggen entworfen zu sein schien. Ein Sommer, der eher ein Frühherbst war. Im Biergarten des Schoenbrunn saßen vereinzelte Gäste, die tapfer Kleidung trugen, die eigentlich zu leicht für diese Temperaturen war, als wollten sie damit den Sommer überzeugen, ein richtiger Sommer zu werden.

Er warf einen Blick auf die Jogging-App seines Handys, mit der er jeden Lauf katalogisierte wie Julia ihr Essen. Im April hatte er wieder begonnen, regelmäßig zu joggen, der Park war ja nicht so weit. Durch den Sport fühlte er sich frischer und wacher, und er hatte drei Kilo abgenommen. Das war ein Anfang, ein Schritt in die richtige Richtung.

Er passierte ein junges Paar, das trotz des Wetters eng umschlungen auf der Wiese saß. Er versuchte sich vorzustellen, dass sie dieses Paar wären, Julia und er. Es klappte nicht. In der Öffentlichkeit gingen sie nicht vertraut miteinander um, manchmal hielten sie sich an den Händen, aber nur kurz, es schien immer irgendwie unpassend. Er fragte sich, was das über ihre Beziehung aussagte, und ob es überhaupt etwas darüber aussagte. Er war nicht sicher, ob er jetzt darüber nachdenken wollte, aber auch dieser Gedanke zog ihn an. Es sah nach Regen aus, aber er konnte noch nicht nach Hause, wo Julia sich mit Franzi, Carina und Melanie zu ihrem wöchentlichen Brunch traf, zu dem die Männer nicht eingeladen waren. Der Brunch fand jede Woche in einer anderen Wohnung statt, die Männer wurden vertrieben, und diesmal vertrieben sie ihn.

Einmal war er zu früh nach Hause gekommen. Die Gespräche waren erstorben, als er die Küche betreten hatte, alle hatten ihn vorwurfsvoll angesehen, so als hätten sie über Dinge gesprochen, die nicht für seine Ohren bestimmt waren, obwohl sie ihn betrafen. Über Wahrheiten seiner Beziehung, von denen er nichts wusste. Er war schnell ins Bad gegangen. Als er mit geschlossenen Augen unter der Dusche stand und das dampfende Wasser auf seinen Körper prasselte, formte sich zum ersten Mal der Gedanke, der alles ändern sollte. Er stellte sich die Frauen in der Küche vor und dann sich selbst als unsichtbaren Beobachter, der still in der Küchentür stand, während die Frauen offen und unbefangen ihre Beziehungen auswerteten. Es war ein reizvolles Bild, die Möglichkeit, den Blickwinkel zu ändern und ihre

Beziehung mit den Augen seiner Freundin zu betrachten. Er musste an Mel Gibson denken, der in dem Film Was Frauen wollen die Gabe besaß, die geheimsten Gedanken von Frauen zu hören. Während das heiße Duschwasser über seinen Körper rann, war ihm Andreas wieder eingefallen, der ihm bei ihrer ersten Begegnung, an die er sich nur noch verschwommen erinnerte, erklärt hatte, dass es eine Beziehung kosten könne, wenn beide Partner wüssten, was sie wirklich voneinander dachten. Und die Geschichte, die Andreas ihm erzählt hatte, fiel ihm auch wieder ein: dass er mit einem Diktiergerät heimlich Gespräche mit Freunden aufgezeichnet hatte, um sie in seinem Roman zu verwenden, und plötzlich begriff Christoph, dass ein Diktiergerät seine Möglichkeit war, wie Mel Gibson herauszufinden, was die Frauen dachten. Dieser Gedanke war so verführerisch, dass er förmlich an ihm zerrte. Er schob ihn schnell weg, bevor er das Wasser abdrehte, denn er spürte auch, wie gefährlich er war. Zwei Wochen später aber hatte er sich dann in der Büroartikelabteilung des Media-Marktes in diesem schrecklichen Kaufhaus wieder gefunden, das vor einigen Jahren am Alexanderplatz gebaut worden war, im Gespräch mit einem Mitarbeiter, der ihm die Vorzüge des D1000 erläutert hatte.

»24 Stunden können Se damit aufnehmen«, sagte der Mann. »Mindestens.«

Sein knallrotes Media-Markt-Hemd wirkte hypnotisierend, vielleicht eine Taktik der Konzernleitung, die Kunden willenlos zu machen, damit sie alles kauften. Christoph konnte sich gut vorstellen, dass sie Psychologen beschäftigten, die solche Dinge herausfanden. Möglich war es, möglich war schließlich alles.

»24 Stunden«, wiederholte er wie in Trance.

»Mindestens«, sagte der Mann mit Nachdruck. »Da wird dann ein mp3 jeschrieben, dit können Se dann janz einfach auf ihren Rechner überspielen.«

»Aha«, entgegnete Christoph abwesend, weil er langsam zu verstehen begann, dass er gerade im Begriff war, den ernstzunehmendsten Vertrauensbruch seiner Beziehung einzuleiten.

»Dit is dit beste, wat Se momentan kriejen können. Also im Consumerbereich.«

Zwei Mal »dit« in einem Halbsatz, hatte Christoph auf eine gewisse Weise beeindruckt gedacht, bevor er fragte, was es kosten sollte.

»158 Euro«, sagte der Mann mit einer Selbstverständlichkeit, die einem praktisch keine Chance gab, den Preis in Frage zu stellen.

»Verstehe«, Christoph wog das Diktiergerät in seiner Hand. Es war fast schon zu leicht, um 158 Euro wert zu sein.

Einen kurzen Moment lang hatte er sich gewünscht, dass Julia da wäre, was natürlich auch etwas zynisch war, wenn man die Zusammenhänge berücksichtigte. Sie hätte jetzt zu handeln begonnen, das war ihre Gabe. Er konnte das nicht, es war ihm unangenehm. Wenn sie auf dem Flohmarkt begann, sich mit den Verkäufern einen Schlagabtausch zu liefern, stellte er sich an den nächsten Stand, als würde er nicht dazugehören. Im Gegensatz zu ihr war er den Verkäufern und ihren Preisvorstellungen gnadenlos ausgeliefert. Bei ihm brauchten sie keine roten Hemden einzusetzen. Er war auch so gefügig. Der perfekte Konsument.

Langsam nickte er, als würde er den Kauf noch einmal abwägen, obwohl die Entscheidung ja schon gefallen war, dann sagte er: »Gut, ich nehm's.«

»Jute Entscheidung«, sagte der Mann.

Christoph war sich nicht sicher gewesen, ob er damit richtig lag, ob es wirklich eine so gute Entscheidung war, aber der Verkäufer kannte ja nicht die ganze Geschichte. Einen Moment lang hatte Christoph den Impuls gespürt, ihm alles zu erzählen, aber er hatte sich schon dem nächsten Kunden zugewandt, einem älteren Herren in einer sandfarbenen Jacke, der während des Gesprächs ungeduldig neben ihnen gestanden und ihn ganz nervös gemacht hatte.

Das Blut pumpte durch seinen Körper, er spürte, wie ihm Schweiß über die rechte Schläfe rann. Wenn das salzige Rinnsal den Augenwinkel erreichte, brannte es. Er genoss dieses Brennen, weil es ihm zeigte, dass er seinen Körper an seine Grenzen führte. Er freute sich auf die Erschöpfung, wenn er nachher die Wohnung betreten würde, außer Atem und verschwitzt, mit angeklatschtem Haar, durch das seine Geheimratsecken schimmerten, die er sonst so sorgfältig kaschierte. Er sah die belustigten Blicke der Frauen schon vor sich.

Ein Blick auf sein Handy, das mit dem Pulsmesser an seinem Handgelenk verbunden war, sagte ihm, dass sein Puls bei 180 lag und er 923 Kalorien verbrannt hatte. 1000 hatte er sich vorgenommen. Wenn er jetzt nach Hause lief, hatte er sein Tagesziel erreicht.

Einen Moment lang wünschte er sich, er hätte das Diktiergerät nie gekauft. Oder es zumindest nicht auf dem Küchenbuffet platziert, oder vergessen, es einzuschalten. Er hatte auch gezögert, bevor er es hinter den Weinflaschen versteckte, aber seine Neugier hatte an ihm gezerrt. Er dachte an die Frauen, die in der Küche ihrer Altbauwohnung seine Beziehung auswerteten, während das Diktiergerät alles aufzeichnete, was sie sagten.

Als er schwer atmend vor ihrer Wohnungstür stand, hörte er das Lachen der Frauen. Ihm war schon oft aufgefallen, dass sich Julia viel gelöster, viel lockerer gab, wenn sie mit ihren Freundinnen sprach, sie wurde praktisch zu einem anderen Menschen. Ein Mensch, der ihr selbst näher zu sein schien und mit dem er viel lieber zusammen gewesen wäre. Vielleicht lag es an ihm. Vielleicht war er der Grund für ihre verspannte Art, wie er sie nun mal empfand. Er schob den Schlüssel ins Schloss und drehte ihn langsam herum.

Bald würde er es wissen.

PSYCHO GIRLS

Die Melodie schob sich in Andreas' Träume und löste sie auf. Eine Melodie, die nicht hierher gehörte, nicht in seine Träume, nicht in seine Wohnung, nicht in sein Schlafzimmer. Es war die Melodie von Rebeccas Handy, die ihres Weckers. Sie hatte ihn auf zehn Uhr gestellt, daran erinnerte er sich jetzt wieder, leider auch, aus welchen Gründen sie ihn auf zehn Uhr gestellt hatte.

Sie hatte einen tieferen Schlaf als er. Er fühlte die Wärme ihres Körpers, der sich im gleichmäßigen Rhythmus ihres Atmens hob und senkte, die Bewegungen des Schlafes, die in die Bewegungen des Erwachens übergingen, bis sie nach dem Handy griff, um den Wecker auszuschalten. Während er sich schlafend stellte, spürte er ihren Blick. Als er hörte, wie sie behutsam die Schlafzimmertür schloss und ins Bad ging, öffnete er die Augen.

Es sollte ihr Abschied sein, inzwischen schon zum zweiten Mal, obwohl Rebecca davon natürlich keine Ahnung hatte, wie schon beim ersten Mal. Fast immer, wenn er neben einer Frau erwachte, dachte er darüber nach, wie er sie elegant dazu brachte, schnell seine Wohnung zu verlassen.

Natürlich sehnte er sich nach einer Frau, neben der er sich nach dem Erwachen nicht schlafend stellte. Eine Frau, neben der er gern aufwachte, um sich auf einen gemeinsamen Tag zu freuen. Rebecca war keine dieser Frauen. Sie hatten noch nie miteinander gefrühstückt, hatten noch keinen Tag miteinander verbracht, sie kannten sich nur aus den Nächten und den darauffolgenden von Restalkohol getränkten Morgen oder Mittagen, die sich in seinen Alltag schoben wie eine andere Wirklichkeit. Während er die Geräusche aus dem Bad hörte und sich Rebecca unter der Dusche vorstellte, lief ihre Geschichte, die ja jetzt zu Ende war, die zu Ende sein musste, noch einmal in seinem Kopf ab.

Sie hatten sich auf einer Dating-App namens Once kennengelernt, bei der er sich angemeldet hatte, nachdem er einen Artikel in der *Welt* darüber gelesen hatte. Eigentlich war er kein Freund von Dating-Apps, aber die Idee hinter Once war ein Gegenentwurf zu den Dating-App-Konzepten von Tinder, Lovoo oder wie sie alle hießen, bei denen es ausschließlich um Effizienz ging. Bei Once konnte man nach Frauen nicht suchen, sondern erhielt täglich einen Vorschlag. Innerhalb eines Tages mussten sich beide entscheiden, ob sie einander kennenlernen wollten, dann war die Person für immer weg. Es war ein bisschen wie im richtigen Leben, vielleicht gefiel es ihm deswegen. Rebecca war die erste Frau, die ihm vorgeschlagen worden war.

Auf ihrem Profilbild war eine schöne Frau zu sehen, aber das hieß ja inzwischen nichts mehr. Es war unglaublich, was man heutzutage mit Farbkorrekturen, Weichzeichnern und Verzerrungsfiltern alles machen konnte. Da saßen teilweise vollkommen andere Menschen. Alle Welt regte sich darüber auf, wie Werbekampagnen durch Retuschen die Wirklichkeit verzerrten, über die gnadenlose Diktatur von

Photoshop, die ein unerreichbares Idealbild zeichnete, dem niemand gerecht wurde, aber die sozialen Netzwerke waren voller Retuscheure. Es entstand der Eindruck, die Welt wäre mit Models bevölkert.

Als sie sich einige Tage darauf im Krüger's, einer Kneipe in der Lychener Straße, trafen, passte Rebeccas Aussehen zu ihrem Profilbild. Sie erzählte, dass sie sich wegen desselben Artikels bei Once angemeldet hatte. Eine erste Gemeinsamkeit, dachte er, was ihn daran erinnerte, dass er es eigentlich nicht mochte, die Treffen mit Frauen als Date zu bezeichnen. Dates empfand er als etwas Konstruiertes, etwas Künstliches, eine verspannte Suche nach dem Zusammentreffen von Übereinstimmungen, Gemeinsamkeiten und Verbindungen. Im Grunde genommen wollten die Leute eine Infrastruktur schaffen und verwechselten das mit Liebe. Die Bezeichnung »Begegnung« war ihm lieber. Ihm gefiel der naive Gedanke, dass sich zwei Menschen begegneten, die sich sympathisch waren, um herauszufinden, ob sie sich verstanden. Herausgehoben aus den Umständen, in einer Welt, in der es im besten Fall nur Namen gab, keine Berufe, keine Rollen, nichts, was dem Gegenüber etwas beweisen sollte, nur zwei Menschen, die sich sympathisch waren oder eben nicht.

Es war nicht klar, ob Rebecca ihre Begegnung als Date empfand. Sie beschäftigte sich unaufhörlich mit dem Display ihres Handys, es ging schon in Richtung Zwangsneurose.

Sie hatte eine behutsame Stimme, eine ausgeglichene Art, die den Dingen, die sie erzählte, etwas Harmloses gab. Und das war auch nötig, denn sie erzählte ausschließlich Dinge, die man bei einem ersten Date eigentlich nicht erzählen sollte.

Sie mochte Pornofilme, sagte sie. »Aber nur Schwulenpornos. Oder Lesbenpornos mit mindestens drei Frauen.«

Aha, hatte er gedacht.

Sie berichtete außerdem, dass sie sich seit der Trennung von ihrem Freund mit so vielen Männern traf wie nie zuvor und praktisch jede Nacht bei einem anderen Mann verbrachte. Dass sie ihre Liebschaften parallel nebeneinander herlaufen ließ, auch ein Mittel, um Verletzungen zu vermeiden, dachte er. Sie nannte ihre Liebschaften nie beim Namen. Es gab »den Alten«, »den Verrückten« und »den Kokser«. Namen, die Andreas an Kapitelüberschriften in einem Sexratgeber erinnerten. Als sie beim zweiten Bier waren, machte ihm Rebecca ein Geständnis, das zu diesem Bild passte.

»Ich hab ja den ganzen Rücken voller blauer Flecken.«

»Wie bitte?«, fragte er entsetzt. »Was ist denn passiert?«

»Na ja, ich hab letzte Woche mit einem Typen fünf Stunden lang Sex gehabt, voll auf Koks, und er hat mir immer auf den Rücken geschlagen, als er mich von hinten genommen hat. Und ich hab doch so empfindliche Haut.«

»Verstehe«, sagte er mit irritiertem Blick.

Gegen elf brachen sie auf. Es war eine laue Sommernacht, und er begleitete sie noch die Danziger Straße hinunter bis zur Greifswalder, wo sie abbiegen musste, weil sie dort seit ihrer Trennung mit ihrer Schwester in einer Einzimmerwohnung lebte. An der Kreuzung, an der die Danziger auf die Greifswalder traf, blieben sie stehen.

Sie umarmten sich, und als er sich aus ihrer Umarmung lösen wollte, spürte er ihren Widerstand. Sie schmiegte sich noch immer an ihn, er spürte ihr Abwarten, ob es die richtige Stimmung für den Moment des ersten Kusses war. Er fragte sich, aufgrund welcher Parameter ihm Once Rebecca wohl vorgeschlagen hatte. Es musste doch ein System geben, Auswahlkriterien, einen Sinn, dass gerade sie zueinander passen würden, eine tiefere Bedeutung. Er wusste nicht, ob es sich ihm heute Abend noch erschließen würde, vor allem nicht in seinem Zustand. Dann berührten sich ihre Gesichter, ihre Lippen, und er spürte, wie sich ihr Mund leicht öffnete.

»Komm doch noch mit«, sagte sie, als sie sich zehn Minuten später voneinander lösten.

Er sah ihr in die Augen. »Wir können's doch so machen«, sagte er. »Lass uns doch noch mal treffen, wenn deine blauen Flecken verheilt sind. Dann fühl ich mich nicht ganz so austauschbar.«

»Na gut«, sagte sie leichthin. »Aber das geht bei mir immer ganz schnell.«

»Schön«, sagte er ein wenig hilflos und begleitete sie noch zur Ampel.

Bevor die Ampel auf Grün schaltete, sagte sie: »Aber eins musst du mir noch sagen. Soll ich, wenn ich gleich zu Hause bin, einen Vibrator benutzen oder soll ich's mir der Hand machen? Ich denk ja dabei an dich, darum kannst du's entscheiden.«

Andreas sah sie einen Moment lang verständnislos an. Es gibt Informationen, die so unerwartet sind, dass sich etwas in einem erst darauf einstellen muss. Das war eine dieser Informationen. Es dauerte tatsächlich einige Sekunden, bis sie ihn erreichte.

Dann hörte er sich sagen: »Mit der Hand.« Das war dann doch das erotischere Bild.

»Gut«, sagte sie und gab ihm einen sanften Kuss auf die Wange, bevor sie die Kreuzung überquerte. Er sah ihr nach, und jetzt fiel ihm ihre Eleganz auf, ihre Bewegungen und ihr Trenchcoat, der in diesem Moment wirkte, als wäre er nur für Rebeccas Art zu gehen entworfen worden, um sie zu vervollkommnen. Es war beinahe so, als würde sich ihre Anmut erst erschließen, wenn sie sich von einem entfernte. Andreas war noch ein bisschen die Danziger Straße hinunter gelaufen, vielleicht auch weil er ein wenig Zeit gebraucht hatte, um die letzten Stunden zu verarbeiten. Nachdem er den Volkspark Friedrichshain passiert hatte, war er in ein Taxi gestiegen.

Aus irgendeinem Grund zog Andreas solche Frauen an, warum auch immer. Sie bevölkerten seine letzten vier Jahre, als wollte ihm eine übergeordnete Intelligenz mit seinen Liaisons deutlich machen, wie kaputt sie alle waren. Einschließlich ihm. Aber er hatte auch festgestellt, dass es eine gute Masche war, bei Dates von Frauen wie Rebecca zu erzählen.

»Oh Gott. Was lernst du denn für Psychopathinnen kennen?«, riefen die Frauen dann, in ihre Blicke mischten sich Anteilnahme und die Überzeugung, anders zu sein als sie. Bisher hätte er kein Glück mit Frauen gehabt, erzählte der Unterton in ihren Stimmen, mit ihnen würde es nun endlich anders sein.

Als Rebeccas blaue Flecke verheilt waren, hatten sie sich getroffen und miteinander geschlafen. Der Sex mit ihr war wirklich außergewöhnlich, so etwas hatte er noch nie erlebt, aber ihr erster Abend wirkte nach. Etwas in ihm entschied immer schon in den ersten Minuten einer Begegnung, ob er sich eine Perspektive mit einer Frau wünschte oder nicht. Ob es eine Frau war, die in einen Nachmittag passte. Rebecca war keine Nachmittagsfrau. Würde er ihr zufällig in seinem Alltag begegnen, wäre das mit dem Gefühl verbunden, sie in der falschen Welt zu treffen.

Er sah keine Perspektive mit ihr, und das sagte er ihr auch. Er schlug ihr vor, sich lieber nicht mehr zu sehen, bevor Gefühle entstanden und einer von beiden zu leiden begann. Rebecca stimmte zu, schrieb ihm aber schon eine Woche darauf, dass sie sich darauf eingestellt hatte und damit umgehen könnte. Sie wollte nicht auf ihren Sex verzichten, sie harmonierten ja so gut. Er stimmte zu, achtete aber darauf, dass sie sich nur alle drei Wochen trafen, kürzere Abstände wären mit der Gefahr verbunden gewesen, einander zu vertraut zu werden. Einmal trafen sie sich zwei Tage in einer Woche, und er spürte eine Verbundenheit, gegen die sich etwas in ihm stemmte, weil sie sich nicht richtig anfühlte. Eine Nähe, die ihn einengte.

Einmal schrieb sie ihm, sie wäre auf einer langweiligen Party, und fragte, ob sie sich nicht sehen wollten. Als sie zwei Stunden später als zur verabredeten Zeit eintraf, sagte sie: »Tut mir leid, dass ich so spät komme. Ich hab auf der Party noch geguckt, ob sich was Besseres ergibt.«

Danke, dachte er, aber zumindest war sie ehrlich.

»Du sagst tatsächlich, was du denkst«, sagte er.

»Machst du das nicht?«, fragte sie.

»Sagen wir's mal so«, erwiderte er, »ich denke lieber leise.«

Als sie einmal an einem Spätsommerabend auf seinem Balkon saßen, fiel ihm auf, wie trocken und rissig ihre Hände waren.

»Was hast du denn mit deinen Händen gemacht?«

»Mein Dermatologe sagt, ich wasch sie zu oft«, sagte sie. »Ich putz mir auch die Zähne zu oft, mein Zahnarzt hat mir richtig befohlen, sie nicht länger als drei Minuten zu putzen, und nicht öfter als zwei Mal am Tag, weil ich mir sonst das ganze Zahnfleisch kaputt mache.«

Scheiße, dachte er. Er war offenbar gerade im Begriff, sie besser kennenzulernen, als er eigentlich wollte.

Im Herbst, dem Tag ihres ersten Abschieds, hatte Rebecca gesagt: »Ich bin ja jetzt für drei Monate weg.«

»Ach so.« Er setzte sich auf. »Wo fährst du denn hin?«

»Na ja, meine Psychologin hat aufgegeben«, sagte sie. »Ich muss in die Klapse.«

Klapse, dachte er hilflos. Was aus ihrem Mund wieder so unerbittlich harmlos klang, hieß dann wohl geschlossene Psychiatrie.

Es war der Abend, an dem sie ihm von den wiederkehrenden Albträumen erzählte, die sie nicht schlafen ließen, dass sie nur Schlaf fand, wenn jemand neben ihr lag. Und dann erzählte sie ihm, was ihr von ihrem Vater angetan wurde, als sie ein Kind war. Während er ihr immer fassungsloser zuhörte, spürte er, wie sich sein Blick auf ihren Sex veränderte. Wie das einzige, was sie zusammenhielt, verzerrt und entstellt wurde, weil er nun von den Vergewaltigungen wusste, zu denen er ihre sexuellen Vorlieben in direkten Zusammenhang setzen konnte. Er begriff, dass er nicht mehr in der Lage war, mit ihr zu schlafen, er würde immer an ihren Vater denken müssen, an dieses Schwein, der das Leben seiner Tochter zerstört hatte.

Sie war eine traurige, verwundete Seele, dachte er, und dann dachte er, dass er seit Monaten dabei war, sie noch mehr zu verwunden.

»Du kannst mich aber besuchen, wenn du willst«, sagte Rebecca.

Gott, dachte er. Das war der Abschied. Er sagte ihr, dass er heute lieber mit ihr zusammen einschlafen würde, und als sie am nächsten Morgen die Wohnung verließ, hatte er sich zuvor geschworen, dass sie sich nie wiedersehen würden. Er sagte es ihr nicht, es war ein unausgesprochener Abschied. Wieder eine Verwundung, die er ihr zufügen würde.

Das war ein halbes Jahr her, aber gestern, als er sich mit Stephan, dem Besitzer des Haus am See am Rosenthaler Platz, getroffen hatte, schickte Rebecca ihm eine Nachricht. Sie waren schon ziemlich betrunken, und darum beantwortete er sie wohl auch. Sie verabredeten sich im Muschi Obermaier und fuhren dann zu ihm.

»Warte, ich muss noch den Wecker stellen«, hatte Rebecca gesagt, bevor sie ins Bett gingen.

»Musst du morgen arbeiten?«

»Nein, ich muss meine Medikamente nehmen. Immer um zehn. Ich vergess das sonst immer.«

Jetzt fiel ihm ein, dass Rebecca ihm einmal von dieser Partyreihe im Prince Charles erzählt hatte, von der auch Leonie oft gesprochen hatte. Engtanz. Es war ein merkwürdiges Gefühl, sich vorzustellen, dass sie sich im selben Raum aufhielten, aneinander vorbeiliefen oder einander registrierten, vielleicht sogar schon miteinander gesprochen hatten, ohne zu wissen, dass es zwischen ihnen durch ihn eine Verbindung gab.

Mit diesen Gedanken tauchte er wieder in die Gegenwart ein, in der er das Geräusch von Rebeccas nackten Füßen auf dem Parkettboden des Flurs hörte. Als sie behutsam die Schlafzimmertür öffnete, schloss er die Augen. Er hoffte kurz, sie würde sich anziehen, aber sie legte sich noch einmal zu ihm ins Bett. Er dachte noch einmal an die Frage, die er sich bei ihrem ersten Treffen gestellt hatte, als sie an der Ampel gewartet hatten, damals im Sommer. An die tiefere Bedeutung des Abends. Eine Frage, die er erst jetzt mit dem nötigen Abstand beantworten konnte. Jetzt hatte er die Antwort.

Rebecca stand für eine Phase, in der er sich seit der Trennung von Susanna befand, die nur durch Leonie unterbrochen worden war. Eine Phase, in der es zu viel Neues gab, was ihn fesselte, und zu wenig, was ihn hielt. Eine Phase, in der er jedem Impuls nachgab, was dazu führte, dass er zu keinem dauerhaften, tiefen Gefühl fähig war. Eine Phase, in der seine Liebschaften nie länger als einen Monat hielten, weil er Nachschub brauchte. Er hatte es sich in einer Gefühlskälte eingerichtet.

In dieser Phase gab es keine Dates, sondern nur Begegnungen. Und plötzlich begriff er, dass er Dates nicht, wie er sich einredete, Begegnungen nannte, um die Verspannung zu lösen, sondern dass die Bezeichnung eine Ausrede war. Der Begriff »Date« wog zu schwer, er erzeugte Druck, er war nicht von der Zukunft befreit. Jemand, der aus der Welt der Dates eine Welt der Begegnungen machte, richtete sich in einer Welt der Unverbindlichkeit ein. Auf seiner ewigen Suche nach der Frau, die besser zu ihm passte, war ihm nicht aufgefallen, dass die Suche nach Liebe durch die Suche nach Sex ersetzt worden war. Je mehr Dates man hatte, desto mehr wurden sie zur Routine, und in der Welt der Routinen gab es keine kostbaren Momente.

Vor ihm tauchten Szenen auf, in denen er mit Bekannten in Bars saß, damit sie sich gegenseitig auf ihren Handys die Fotos vergangener Liebschaften zeigen und detailliert den Sex mit ihnen auswerten konnten, als wären sie Trophäen. Er hatte festgestellt, dass er die Bedeutung, die er einer Frau gab, an seinem Schweigen über das

Liebesleben mit ihr erkannte. Von dem Sex mit Rebecca wussten alle alles.

Er war ja auch Teil einer Phase, in der sich Rebecca gerade befand, dachte er. Einer Phase, in der nur Männer mit Artikel vorkamen. Er reihte sich ein neben den Alten, den Verrückten und den Kokser. Er fragte sie, wie sie ihn nannte, vielleicht war er »der Schriftsteller« oder »der, der zu viel spricht«. Er dachte noch einmal daran, dass Rebeccas Mutter wohl gesagt hatte, dass er nicht gut für sie wäre, und so wie es aussah, hatte sie recht. Rebecca hätte auf sie hören sollen.

Ihm kam der Gedanke, dass er vielleicht nur deshalb Frauen wie Rebecca anzog, weil sie am schnellsten Argumente lieferten, die gegen eine Perspektive mit ihnen sprachen. Sein Leben war wohl eher Tinder, weniger Once. Zusammengesetzt aus Lieblosigkeit, Beliebigkeit und Austauschbarkeit, dachte er, gleichzeitig schien es ihm schon fast beunruhigend, wie gnadenlos seine Selbstbeobachtung gerade war.

Rebecca stand für eine Phase, die er hinter sich lassen musste. Er spürte, dass er sich wieder auf jemanden einlassen wollte, sich wieder verlieben, wirklich verlieben wollte. Es war Zeit für eine neue Phase, die nie endende, in der es tiefgehende Gefühle gab, die in die Substanz seiner Seele eingingen. Er musste nur der Frau begegnen, die diese Gefühle in ihm auslöste und in der er diese Empfindungen ebenfalls weckte.

Manchmal las er sich noch einmal die Nachrichten der Frauen durch, bei denen er sich nicht mehr gemeldet hatte, ihre Theorien, warum er sich verhielt, wie er sich verhielt, ihre Analyse, was er für ein Mensch war. Wenn es nach ihren Interpretationen ging, war sein Charakter von Ängsten und Neurosen durchsetzt. Eine These fand er besonders interessant: Eine der Frauen hatte ihm vorgeworfen, dass er, auch wenn er nichts empfand, die Gewissheit benötige, dass sein Gegenüber Gefühle für ihn hatte. Er brauche die Ahnung einer Perspektive, obwohl es keine für ihn gab, als würde er dessen Gefühle brauchen, um sie abzusaugen, um zu spüren, dass er lebte. Wenn sich die Frau dann in ihn verliebe, würde sie nutzlos werden und er sich auf die Suche nach der nächsten machen, nach frischen Gefühlen, die er verwerten konnte. Wie ein Vampir.

»Gott, seh ich durchgefickt aus«, rief Rebecca eine Stunde später vor dem Flurspiegel. »Was machst du denn immer mit meinen Haaren?«

Er erhob sich und griff lachend nach seinen Boxershorts, die neben dem Bett lagen. Als sie ihren Mantel angezogen hatte, öffnete er die Wohnungstür und warf einen prüfenden Blick in den Hausflur, ob keine Nachbarn zu sehen waren. Sie setzte eine große Sonnenbrille auf, bevor sie die Wohnung verließ.

Er sah ihr nach, bis sie nach einem kurzen Blick zurück die Treppe hinunter verschwand. Dann schloss er behutsam die Tür. Im Wohnzimmer schaltete er sein Handy ein. Wenn er Frauen zu Besuch hatte, stellte er es immer auf Flugmodus. Sein Handy vibrierte ein paar Mal, er hatte vier Nachrichten. Zwei waren Spontansexangebote, Booty Calls von Frauen, deren Nummern er offensichtlich schon gelöscht hatte, eine von seinen Eltern und eine von Christoph.

Bei Christophs Namen entfuhr ihm ein Seufzer.

Als er die Nachricht las, tauchte der Abend im Frühling wieder vor ihm auf. Sie hatten Nummern getauscht. Seitdem meldete sich Christoph in unregelmäßigen Abständen, um ihn um Rat zu fragen. Und auch jetzt schrieb er, dass er einen Rat bräuchte, ob sie sich treffen könnten.

Er stand am Fenster und blickte hinunter auf die Promenade vor seinem Haus, auf der gerade eine Joggerin vorbeilief, die einen Kinderwagen vor sich herschob. Das hatte er so auch noch nicht gesehen. Er sah der Joggerin und ihrem Kinderwagen nach und dachte an die Erkenntnisse, die er eigentlich schon immer gefühlt, aber in der letzten Stunde in Gedanken zum ersten Mal ausformuliert hatte.

Vielleicht war es ja ein Zeichen, dass sich Christoph, dessen Leben wirklich ein Gegenentwurf war, genau jetzt meldete. Andreas nahm sein Handy und schrieb Christoph: »Klar, können wir gern machen. Morgen Nachmittag hab ich Zeit. So ab sechzehn Uhr?«

Dann beantwortete er noch schnell die Nachricht seiner Eltern, in der sie sich erkundigten, wie es ihm ging, weil sie sich immer gleich Sorgen machten, wenn er sich mal drei Tage nicht meldete.

»Alles gut«, schrieb er. Alles gut.

POPULARITY GAMES

Annelie war noch nicht da, als Leonie das Spreegold betrat, aber sie waren ja auch erst in einer halben Stunde verabredet. Sie bestellte einen Cappuccino, setzte sich an einen der Tische am Fenster und beobachtete die vorbeieilenden Passanten auf der Schönhauser Allee. Ihr Blick blieb immer mal wieder an frisch verliebten Paaren haften, die vereinzelt vorüberschlenderten. Sie hatte nie die Entrüstung ihrer Freundinnen verstanden, denen sie vor allem an Frühlingstagen vermehrt auffielen. Letztlich war es doch nur Neid, der sich als Empörung tarnte. Leonie beobachtete die Verliebten gern. Sie bewegten sich langsamer als die anderen, sie fielen auf, weil sie, von einer gehetzten Menschenmenge umspült, die Rastlosigkeit durchbrachen. Sie wirkten, als würden sie etwas sehen, was die anderen nicht wahrnahmen. Sie dachte an das dünne Buch von diesem italienischen Schriftsteller, das Andreas ihr einmal empfohlen hatte, in dem eine der Figuren auf ihr Leben zurückblickt und sich mit dem Fahrer eines Wagens vergleicht, der immer weiter gefahren war, die Strecke eines ganzen Lebens zurücklegt hatte, und plötzlich versteht, dass er sich immer nur auf die Straße konzentriert und nie auf die Landschaft geachtet hatte. Vielleicht war es das, dachte sie. Vielleicht war das der Unterschied: Die Händchen haltenden Paare achteten in diesem Moment auf die Landschaft.

Während sich ihr Blick im Unbestimmten verlor, dachte sie an unterschiedliche Dinge, an ihre Kommilitonen und daran, dass sie seit Wochen keine Vorlesung mehr besucht hatte. Sie dachte an ihren Zensurendurchschnitt, ohne den sie nie einen Studienplatz in Berlin bekommen hätte, weil die Universitäten den Numerus clausus erhöht hatten, weil viel zu viele nach Berlin zogen, um hier zu studieren. Sie dachte, dass sie inzwischen ziemlich viel rauchte und daran, dass sie zu viel feiern ging, dass sie zu viel trank, und daran, dass sie zu viel nachdachte und dass es ihr nicht guttat, zu viel über die Dinge nachzudenken. Ihr Leben löste sich auf, davon war sie ganz plötzlich tief überzeugt, und sie erschrak über die Brutalität dieser Empfindung. Sie atmete dankbar auf, als sie Annelie mit suchendem Blick am Eingang stehen sah, weil deren Anwesenheit diesen tragischen Gedanken glücklicherweise schnell verschwinden lassen würde.

»Leonie«, rief Annelie quer durch den Raum, im gleichen Tonfall, in dem sie auch ständig »Oh mein Gott« rief, wie eine Figur aus *Gossip Girl*. Sie ging mit einem Gossip-Girl-Selbstverständnis durchs Leben, dachte Leonie, sie besaß ja auch alle Staffeln auf Blue-ray, vielleicht fühlte sie sich in der Serie wohler als im wirklichen Leben. Annelie durchquerte den hohen Raum, als würde ihr ein unsichtbares Filmteam folgen. Vielleicht wurde man so, wenn man eine Instagram-Berühmtheit war. Oder es war die Voraussetzung, so genau konnte Leonie das nicht beurteilen.

»Wer kein Instagram-Profil hat, existiert nicht«, hatte Annelie einmal sehr entschieden nach einigen Gläsern Wein zu ihr gesagt. Ein Satz, der aus ihrem Mund wie eine tiefe, unabänderliche Wahrheit klang und der sie schon ziemlich gut beschrieb, wie Leonie fand. Annelie hatte 127 000 Follower auf Instagram. Auf ihrem iPhone befanden sich 19 000 Fotos. Sie postete jeden Tag mindestens drei Bilder. Ein Fulltime-Job. Leonie hatte ein bisschen mehr als 2000 Follower, das war mit Annelies Zahlen natürlich nicht zu vergleichen, aber sie kannte das wohltuende Gefühl, wenn die Leute auf ein neues Foto reagierten, die Bestätigung, die ihr jedes Like gab. Jedes Like war ein Kompliment. Und genau genommen bekam Leonie sogar mehr Likes als Annelie, zumindest wenn man es im Verhältnis sah, auch ein Gedanke, der ein warmes Gefühl in ihr auslöste, obwohl sie ja gar nicht in Konkurrenz standen. Manchmal ertappte sie sich dabei, wie sie Annelies Fotos mit ihren Bildern verglich, um herauszufinden, was das Geheimnis ihres Erfolges war, warum sich so viele Menschen auf ihre Bilder einigen konnten. Sie konnte kein Geheimnis entdecken, eigentlich gefielen Leonie ihre eigenen Bilder sogar besser, obwohl sie sonst gerade in Bezug auf sich eine unablässige Zweiflerin war. Wahrscheinlich lag es daran, dass Annelie von den vielen Teenagern, denen ihre Bilder gefielen, als Chance wahrgenommen wurde, als Beweis, dass sie es auch schaffen konnten, aus der Menge herauszutreten, um endlich wahrgenommen zu werden, endlich Popstarversionen ihrer selbst zu sein. Denn Models waren sie ja mittlerweile irgendwie alle. Leonie hatte selbst inzwischen alle paar Wochen Shootings, mit

Fotografen oder Männern, die sich für Fotografen hielten und sie im Ritter Butzke oder im Prince Charles ansprachen. Sie hatte sogar zwei Anfragen, in Musikvideos mitzuspielen.

Als Annelie an den Tisch trat, begrüßten sie sich mit einer Umarmung, und Leonie umarmte sie besonders herzlich, möglicherweise als Entschuldigung für ihre Gedanken oder weil sie sich einfach nur nach einer warmen und herzlichen Umarmung sehnte oder vielleicht ein bisschen wegen beidem.

»Bin ich zu spät?«, sagte Annelie. »Vierzehn Uhr hatten wir doch gesagt.«

»Alles gut«, sagte Leonie. »Ich bin schon seit halb hier.«

»Zu früh ist auch unpünktlich«, sagte Annelie und lachte ein bisschen zu laut, wie Leonie fand. Sie hatte wohl registriert, dass sie jemand erkannt hatte. Man sah ihr an, wie sie die Blicke genoss, wenn andere sie erkannten.

Annelie sah sich um. »Komm, wir setzen uns dahin«, sagte sie entschieden und forderte Leonie mit einer Geste auf, sich an einen Tisch in der Mitte des hohen Raums zu setzen.

Annelie bestellte bei der vorbeieilenden Bedienung ein Glas Weißwein, obwohl sie ja wusste, dass hier eigentlich Selbstbedienung war, aber das war ihre Art, sich und anderen zu zeigen, dass sie sich von den anderen unterschied.

Sie schämte sich ein bisschen, dass sie so über Annelie dachte, sie war ja ihre beste Freundin, wenn ihre Freundschaft auch nur daraus bestand, sich gegenseitig zu bestätigen, dachte sie. Sie hatten sich in den zwei Jahren nicht einmal gestritten, und Leonie war überzeugt, dass ihre Freundschaft einen Streit nicht überleben würde. Aber vielleicht funktionierten Freundschaften heutzutage einfach so.

»Und, wie war die Party?«, hörte sie sich fragen.

»Die vorgestern? Hör bloß auf. Schlimm, ganz schrecklich. Da waren sechzig Männer und – ungelogen – acht Frauen. Ich hab das nachgezählt. Die standen dann beim Tanzen alle um uns herum. War wie beim Resteficken im Prince Charles, ganz schlimm. Aber ein Typ, der war wirklich heiß. Der kommt aus Freiburg oder so und studiert jetzt im Lette-Verein. Also überall abgelehnt, bis die

Eltern die Privatschule bezahlen. Ein bisschen schlicht, aber wie gesagt, übelst süß.«

»Und dann?«

»Wir sind dann noch zu ihm gefahren, er hatte aber keine Kondome da und meinte doch tatsächlich, dass er seit seinem letzten Test nur drei Frauen gehabt hätte und ich ›sauber‹ aussehen würde.«

»Is ja ekelerregend«, sagte Leonie.

»Fand ich ja auch. Aber er war richtig gut im Bett, das hat's dann ausgeglichen.«

»Mann, Anni, du musst echt ein bisschen aufpassen.«

Einmal, als sie in ihrer Küche zu viel Wein getrunken hatten, hatte Annelie ihr gestanden, dass sie jeden Morgen vor dem Aufstehen fünfzehn Minuten in Gedanken auf sich einredete, dass es ein schöner Tag werden würde, und sie sich jeden Tag selbst überzeugen musste, dass es sich lohnen würde, überhaupt das Bett zu verlassen. Leonie wusste nicht, ob sich Annelie überhaupt noch an diese Nacht erinnerte, wahrscheinlich nicht, sie war sehr betrunken gewesen. Jedenfalls hatten sie nie mehr darüber gesprochen, obwohl sie sich niemals näher gewesen waren als in diesem Moment, in dem Annelie mit tränennassem Gesicht in Leonies Armen gelegen hatte. Es war ihr aufrichtigster, persönlichster und intimster Moment, der Höhepunkt ihrer Freundschaft. Sie hatte Leonie auch vom gelben Himmel erzählt, ihrer ersten Erinnerung, die immer da war und die für den Zauber stand, der auf ihrer Kindheit lag, bis sie erst vor drei Jahren, mit Anfang zwanzig, von ihrer Mutter erfahren hatte, dass dieser für sie so geheimnisumwobene goldgelbe Himmel nichts weiter als eine gelbe Decke war, die ihre Eltern über das Gitterbett geworfen hatten, damit sie ruhig wäre. »Wie bei einem Vogel im Käfig«, hatte Annelie schluchzend gesagt, während Leonie behutsam über ihren Kopf gestrichelt hatte. Und dann, am Ende des Abend, als sie schon fast eingeschlafen waren, hatte Annelie gestanden, dass sie geliebt werden wollte, von allen, das war ihr Antrieb, sie wollte einfach nur von allen geliebt werden. Ein Riss zog sich in diesen Momenten für Leonie über Annelies polierte Fassade, entlang der Bruchlinien leuchtete die Ahnung des Menschen durch, den sie mit ihrer überzogenen Künstlichkeit zu beschützen versuchte. Am nächsten Morgen war die Tragik dieser Nacht hinter Annelies gutgelaunter und energiereicher Fassade verschwunden. Sie war wieder in ihrer Rolle, was alles noch viel trauriger machte.

»Apropos Feierei«, unterbrach Annelie ihre Gedanken, »was machst du eigentlich heute Abend?«

»Am Wochenende? Da kann man in Berlin nicht weggehen, da sind doch nur Idioten unterwegs.«

»Ja, aber das wird cool, also diesmal wirklich. Ist 'ne Party von Spotify, nur geladene Gäste.«

Leonie bewegte zweifelnd den Kopf, obwohl sie sich schon entschieden hatte, sie zu begleiten. Es war ein Spiel, das sie spielten, warum auch immer.

»Hauptsache Gästeliste«, sagte Leonie und lachte. Darum schien ja irgendwie alles zu kreisen, seitdem sie in Berlin lebte, darum, auf den richtigen Gästelisten zu stehen. Aber sie musste auch zugeben, wie angenehm das Gefühl war, an der Schlange vorbeizugehen und von den Türstehern hereingebeten zu werden, als würden sie sich schon ewig kennen.

»Komm«, sagte Annelie wie ein Kind. »Willst du meine plus Eins sein?«

»Das klingt so romantisch«, lachte Leonie.

»Ich bin ja auch 'ne Romantikern«, sagte Annelie, während ihr Blick überprüfte, wer gerade das Spreegold betrat.

»Aber 'ne unverbesserliche«, ergänzte Leonie mit einem Lachen, als hätte sie es nicht bemerkt. Sie hasste den ruhelosen Blick von Menschen, die sich mit einem unterhielten und in Gedanken woanders waren, bei Annelie konnte sie noch am ehesten darüber hinwegsehen, bei ihr war sie es längst gewohnt.

»Ach ja«, sagte Annelie, »weißt du, wen ich letztens bei Tinder getroffen habe?«

Getroffen?, dachte Leonie und hob ihren Blick, aber Annelie schien sich der Tragik ihrer Bemerkung nicht bewusst zu sein.

»Nee«, sagte sie dann. »Wen den?«

»Den Freund von Jule.« Annelie sah sie bedeutungsvoll an. »Diesen Wladimir.«

»Wladi? Die sind doch gerade erst zusammengezogen.«

»Vor nicht mal drei Monaten sind die zusammengezogen. Ich weiß gar nicht, wie ich damit umgehen soll, wenn ich Jule mal sehe. Oder beide. Will ich mir gar nicht vorstellen.«

»Ich hab das ja schon öfter gehabt.« Leonie setzte sich auf. »Darum hab ich mich ja bei Tinder abgemeldet. Ständig sieht man die Fotos von Männern, deren Freundinnen man kennt. Robert hat mich sogar angeschrieben.«

»Josis Robert? Scheiße, das ist richtig übel. Die sind doch das absolute Vorzeigepaar. Und, was haste gemacht?«

»Ich hab's ignoriert.«

»Hast du's Josi gesagt?«

»Nein, dann bin ich am Ende schuld, wenn die sich trennen. So läuft das doch.«

»Robert sieht aber auch übelst süß aus«, sagte Annelie verträumt, bevor sie flehend hinzufügte: »Komm mal mit heute Abend. Ich brauch dich da. Dann kannst du auch auf mich aufpassen oder mich beschützen, vor allem vor mir selbst.« Sie lachte. »Das wird cool. Wirklich.«

»Ich komm mit«, sagte Leonie und lächelte.

»Sehr schön«, sagte Annelie. »Wird ja auch Zeit, dass wir mal wieder zusammen rausgehen. Wir beide gegen den Rest der Welt.« Sie lachte wieder, und jetzt sah sie wirklich glücklich aus, unverstellt glücklich. Es war merkwürdig, dass der Mensch hinter Annelies Fassade immer in Augenblicken zu sehen war, in denen man ihn am wenigsten erwartete, dachte Leonie.

»Kannste mal ein Foto von mir machen?«, verdarb Annelie diesen schönen Gedanken und hielt ihr Handy in Leonies Richtung.

Leonie nahm das Handy und brauchte nicht einmal zehn Sekunden, um die sechzig Bilder zu machen. Ein neuer Rekord. Je mehr Bilder man machte, desto eher war das richtige dabei, das war die Regel. Annelie griff nach dem Handy und überprüfte konzentriert, welches der Fotos verwendbar war.

Leonie betrachtete sie, und jetzt fiel ihr auf, dass sie letztlich auch nichts anderes als Annelies Spiegel war, ein abgedämpftes Spiegelbild zwar, aber dennoch waren sie sich ähnlicher, als sie zugeben wollte. Beide stellten sich aus, dachte sie, Annelie im Großen und sie selbst im

Kleinen. Es war ihr persönliches Eitelkeitsprojekt, das sie schrieben, inszenierten und in dem sie die Hauptrolle spielten. Alle machten das.

»Ja, das ... das ist super«, sagte Annelie. »Jetzt noch ein Filter drauf, dann ist es perfekt.«

»Filter muss sein«, sagte Leonie lachend, aber der Satz erreichte Annelie nicht mehr, die konzentriert auf ihrem Handy herumtippte.

Die Filter hatten die Kontrolle übernommen, dachte Leonie. Sie wusste ja, wie ihre vom Make-up strapazierte Haut ungeschminkt aussah, und kannte auch den Zustand von Annelies abgeschminktem Gesicht. Das war der Preis, den sie zahlten. Sie wussten beide, dass sie zu viel Make-up benutzten. Sie wandten den Anspruch ihrer bearbeiteten Fotos auf sich selbst an und welkten hinter dem Make-up, das sie zu den Menschen machen sollte, als die sie sich darstellten. Wie Annelie verließ sie ihre Wohnung nie ungeschminkt, nicht einmal, wenn sie morgens zum Bäcker ging, der nur einige Hauseingänge von ihrer Wohnung entfernt war. Sie überprüften sich in jedem Spiegel, in Schaufensterscheiben oder mit der Selfiekamera ihres Handys.

Manchmal stellte sie sich ihre Haut als Metapher vor, das Make-up war die Fassade, ihre vom Make-up strapazierte Haut ihre Seele. Wenn sie ihr Make-up nicht benutzten, ihre Fassaden nicht mehr pflegten und kultivierten, könnten sich auch ihre Seelen wieder erholen, aber die perfekte Ästhetik ihrer Fassade würde Annelie nie gegen die Unvollkommenheit ihrer Seele tauschen. Und Leonie wohl auch nicht.

So wie es aussah, hatte Annelie recht: Ohne Instagram-Profil existierte man nicht. Einen kurzen Moment lang wünschte sich Leonie, sie würde nicht zu viel nachdenken, dann wäre sie glücklicher.

»So, ich bin mal kurz im Separee«, sagte Annelie und erhob sich.

»Na dann viel Spaß dabei.« Leonie lächelte.

»Ich werd mich bemühen«, lachte Annelie und verschwand auf der Toilette.

Leonie senkte den Blick, betrachtete ihre Hände, die ihren Milchkaffee umschlossen, und empfand eine tiefe, wohltuende Ruhe, die sich in ihr ausbreitete. Ihre durcheinanderwirbelnden Gedanken lösten sich darin auf und sie spürte vage, dass sie sich selbst wieder wahrnahm. Als wäre das Leben eingefroren, für einen kurzen Augenblick.

DIE VERNUNFT IST FEIGE

Sie waren in einem Restaurant namens Blaues Band in der Alten Schönhauser Straße verabredet, das Christoph vorgeschlagen hatte. Stephan hatte es mit den Worten »Essen recht gut, Preise recht hoch, Bedienung recht distanzlos« beschrieben, als Andreas gefragt hatte, ob er es kannte. Es stimmte, obwohl er zum ersten Mal in dem Restaurant war, begrüßten ihn die Kellnerinnen wie einen Stammgast, mehr noch, als würden sie sich schon ewig kennen. Beide waren attraktive Frauen, offensichtlich das einzige Kriterium, um in dieser Gegend eingestellt zu werden. Sie waren sicherlich Studentinnen. Gut, dass er nach einem Blick auf die Karte wusste, was er bestellen würde, sie hätten ihn sowieso nicht beraten können. Wahrscheinlich wären die teuersten Tagesgerichte ihre Empfehlungen gewesen.

Eine Wolke schob sich vor die Sonne und er spürte sofort, dass es kühler wurde. Er sah die Alte Schönhauser Straße hinunter und suchte in den Gesichtern der sommerlich gekleideten Passanten nach den Zügen von Christoph.

Der Espresso wurde serviert, auf einem kleinen Tablett mit einem Glas Wasser. Die Kellnerin war auf jedem Fall fickbar, dachte er. Er versuchte sich ihr erregtes Gesicht vorzustellen und bedankte sich höflich. Gegen halb zwölf begann sich der hohe Raum zu füllen. Die meisten Gäste waren gekleidet wie er, Journalisten, Werber und Leute, denen man ansah, dass sie in irgendwelchen Start-ups arbeiteten. Man redete über die Arbeit, die Leute aus den Start-ups am lautesten, als wollten sie beweisen, dass sie mitmachen durften. Er beobachtete sie ein bisschen, bevor er von einem Mann abgelenkt wurde, der sich an einem der Tische am Fenster mit einer sehr attraktiven Frau unterhielt. Er schien Journalist zu sein, vermutlich kein erfolgreicher, dachte er. Wenn man es schaffte, in jedem zweiten Satz das Wort Redaktion unterzubringen, schloss das, soweit er das beurteilen konnte, Erfolg ja irgendwie aus. Die Art und Weise, wie er das Wort aussprach, kannte Andreas nur aus synchronisierten amerikanischen Filmen, was ihn ziemlich beeindruckte. Er wirkte, als wäre er es gewohnt, Unterhaltungen mit Sätzen wie »Ich bin gerade aus New York zurück« zu beginnen. Andreas hätte ihn gern noch ein paar Mal das Wort Redaktion sagen hören, aber jetzt setzten sich zwei Frauen an einen der Nebentische. Er schätzte sie auf Anfang vierzig, aber sie legten sicherlich Wert darauf, geduzt zu werden. Beide redeten zu laut, und vor allem lachten sie viel zu laut. Ein unangemessenes, künstliches Lachen, und wenn er jetzt darüber nachdachte, fiel ihm auf, dass er beunruhigend viele Frauen kannte, die laut redeten und viel zu laut lachten.

Als der Himmel aufbrach, nahm er eine der ausliegenden Zeitungen vom Tresen und setzte sich an einen der Tische vor dem Restaurant. Er bestellte noch einen Milchkaffee und nach einem Blick auf den Tisch, einen Aschenbecher, legte die Schachtel Zigaretten heraus und eine Packung Streichhölzer daneben. Die Sonne schien, er spürte das angenehme Kribbeln ihrer Wärme auf der Haut.

Dann faltete er die Zeitung auseinander und begann einen Artikel über einen Mann zu lesen, der ein Jahr lang tot in seiner Wohnung gelegen, ohne dass ihn jemand vermisst hatte. Eine schreckliche Vorstellung. Er fragte sich nicht zum ersten Mal, wer ihn vermissen würde, wie viele Menschen zu seiner Beerdigung kommen würden, wie schnell er vergessen wäre. Die Bedeutung eines Menschen formt sich daraus, wie viele sich an ihn erinnerten, dachte er. Vielleicht hatte er ja darum angefangen zu schreiben. Aus Sehnsucht nach der Unsterblichkeit.

Während er in der Zeitung blätterte, genoss er die Mischung aus Verkehrsgeräuschen und Vogelgezwitscher. Manchmal drangen die Stimmen und das übertriebene Lachen der Frauen aus dem Restaurant zu ihm durch, aber das passte auch irgendwie. Es war die richtige Mischung. Die Sonne brannte auf seiner Haut, er faltete die Zeitung zusammen und schloss die Augen.

Als er die Augen wieder öffnete, war Christoph an den Tisch getreten. Er sah ein bisschen so aus, wie Andreas sich am Morgen nach einer langen Nacht voller Alkohol und Zigaretten fühlte, wenn er sein Gesicht hilflos im Badezimmerspiegel betrachtete. Oder wie ein Mann, der eine lange, komplizierte Scheidung hinter sich und seitdem Probleme mit Alkohol hatte. Christoph schien in letzter Zeit nicht gut geschlafen zu haben. Aber er sah ihn ja auch zum ersten Mal im grellen Tageslicht, vielleicht lag es daran.

Christoph war ein wenig außer Atem, als er sich setzte.

»Alles okay?«, fragte Andreas. »Du siehst müde aus.«

»Ja, danke«, erwiderte Christoph zerstreut, den die Frage nicht zu erreichen schien.

»Du siehst nicht gut aus«, sagte Andreas mit leicht erhobener Stimme.

»Nicht?« Christoph sah ihn an. »Ehrlich gesagt fühl ich mich auch nicht gut.« Er sah aus, als würde er noch etwas sagen wollen, dafür aber einen inneren Widerstand überwinden müssen, um dann erleichtert aufzuatmen, als die Kellnerin die Karten brachte.

»Ich ess nichts, ich hab keinen Hunger«, sagte Christoph und bestellte einen Milchkaffee und ein großes Glas Grapefruitsaft. Andreas nahm ein Englisches Frühstück, klappte die Karte zu und gab sie der Kellnerin.

Als sie außer Hörweite war, sagte Christoph mit belegter Stimme: »Ich hab Scheiße gebaut.«

»Okay«, sagte Andreas gedehnt.

Christoph suchte nach den richtigen Worten. »Ich weiß nicht, dieser Abend, damals im Frühling, der ist mir irgendwie nicht mehr aus dem Kopf gegangen. Also was wir besprochen haben.«

Andreas hatte keine Ahnung, was Christoph meinte, er wusste nicht mehr, was sie besprochen hatten, der Abend war nur noch verschwommen in seiner Erinnerung. Sie hatten ziemlich viel getrunken, das wusste er noch, und wenn er sich richtig erinnerte, hatte Martin irgendwann erzählt, das nur schwer psychotische Frauen in der Lage wären, wirklich leidenschaftlich zu sein – aber das war es sicherlich nicht, worum es Christoph ging.

»Wir haben damals ziemlich viel besprochen«, sagte Andreas.

»Ich meine, was du über Julia gesagt hast«, erwiderte Christoph »Was es für unsere Beziehung bedeuten würde, wenn Julia und ich wüssten, was wir wirklich übereinander denken.«

Andreas sah ihn an, als wüsste er genau, wovon Christoph sprach, aber er konnte sich nicht mehr daran erinnern, es klang nach einem Suff-Gedanken, den man zwischen zwei Drinks fallen ließ.

»Und dann die Sache mit deinen Freunden, mit deinem Diktiergerät«, fuhr Christoph fort.

Stimmt, das hatte er auch erzählt, dachte Andreas, der sich jetzt wieder an ein paar Details des Abends erinnern konnte.

»Und dann, vorletzte Woche, da war ich im Media-Markt am Alex«, sagte Christoph. »Da hab ich mir ein Diktiergerät gekauft.«

»Nee, oder?« Andreas setzte sich auf.

»Na ja, die machen immer so einen Frauen-Brunch, und ich hab das Diktiergerät in der Küche versteckt.«

»Und alles aufgenommen?« Andreas stutzte.

»Und alles aufgenommen«, wiederholte Christoph.

»Alter. Das ist jetzt nicht wahr, oder? Das ist der totale Vertrauensbruch. So was kannst du doch nicht bringen.«

»Aber das ist doch auch nichts anderes, als sich ein paar WhatsApp-Nachrichten auf ihrem Handy anzusehen.«

»Das kannst du doch nicht vergleichen. Das geht schon wesentlich weiter. Obwohl – wenn man beginnt, die Nachrichten auf dem Handy seines Partners zu lesen, wenn man ihn überwacht, gesteht man sich schon mal ein, dass die Beziehung einen Sprung hat«, sagte Andreas. »Meine Ex-Freundin hat das ja auch mal gebracht. Ich habe einmal auf meinem Laptop den Screenshot einer Nachricht gefunden, die mir eine Bekannte geschickt hatte. Susanna hat ihn offensichtlich gemacht, um den Inhalt mit ihren Freundinnen auszuwerten, und dann vergessen, ihn zu löschen.«

»Krass«, sagte Christoph mit einem Ausdruck in den Augen, als wäre sein Vertrauensbruch verglichen damit eine Lappalie.

»Anfangs fand ich das gar nicht so schlimm«, fuhr Andreas fort. »Aber dann hab ich begriffen, dass sie mir nicht vertraute. Das, und dass wir nicht mehr zusammen lachen konnten, haben dann das Ende eingeläutet. Letztlich geht es in Beziehungen doch um Vertrauen und das Talent, einander zum Lachen zu bringen. Beides hatten wir schon verlernt, als ich den Screenshot entdeckt habe.«

Sie wurden von der Kellnerin unterbrochen, die das Essen servierte.

»Pass auf«, sagte Andreas, als die Kellnerin außer Hörweite war. »Hör's dir gar nicht erst an. Lösch es ganz schnell wieder und vergiss es einfach.«

Christoph sah ihn an. »Ich hab's mir schon angehört.«

Plötzlich spürte Andreas, wie sich die moralische Entrüstung in ihm auflöste und durch das Interesse an einer neuen Geschichte ersetzt wurde. Er war wieder auf Recherche.

»Und?«, fragte er. Ihn irritierte die Gier in seiner Stimme, die Christoph aber nicht aufzufallen schien.

»Na ja, es gibt da ein paar Dinge, die Julia erzählt hat.«

»Was hat sie denn gesagt?«

»Nichts Konkretes. Mehrere Dinge, über den ganzen Nachmittag verteilt. Ich glaub, sie hat jemanden kennengelernt, keine Affäre, oder noch keine Affäre, keine Ahnung.«

»Und jetzt?«, fragte Andreas und beantwortete die Frage ansatzlos selbst. »Jetzt bist du natürlich in einem Dilemma. Wenn du sie darauf ansprichst, musst du ihr ja auch erklären, woher du das weißt. Und das, also dieser Vertrauensbruch, machen wir uns nichts vor, der kann dich die Beziehung kosten.«

Christoph sah ihn hilflos an, bevor er in die Innentasche seines Jacketts griff und einen mattglänzenden USB-Stick auf den Tisch legte.

»Ich hab mir gedacht, vielleicht hab ich das auch falsch verstanden«, sagte er und schob den Stick zu Andreas hinüber. »Und darum wollte ich dich bitten, kannst du dir den Mittschnitt mal anhören und sagen, was du davon hältst oder wie du es interpretieren würdest?«

»Also, ich weiß nicht«, sagte Andreas und nahm den metallfarbenen Stick in die Hand, als würde er ihn wiegen. Er war schwerer, als er erwartet hatte. Und plötzlich verstand er, dass er hier einen Schatz in der Hand hielt.

»Wie gesagt, ich werd nicht schlau daraus«, sagte Christoph. »Es ist alles ziemlich gut zu verstehen, also akustisch. Julia hat da ein paar Sachen gesagt, und ich weiß nicht, ob man daraus schließen kann, dass es da jemand anderen gibt.«

»Okay, sagte Andreas. »Ich hör's mir an.«

Andreas schob den Stick in die Innentasche seines Jacketts, dann fragte er: »Wie sieht Julia eigentlich aus?

Christoph suchte auf seinem Handy, hielt irgendwann das Display in Andreas' Richtung. Andreas nahm das Handy und betrachtete das Gesicht auf dem Display. Es musste ein Déjà-vu sein. Er kannte die Frau. Ein Wintermorgen tauchte vor ihm auf, an dem es so kalt war, dass man den Kopf einzog, wenn man die Straße betrat. Sie stand vor ihm in der Schlange beim Bäcker und sah fantastisch aus. Sie telefonierte, aber so, dass es niemanden störte. Wahrscheinlich sogar mit Christoph. Er fühlte sich ein wenig ertappt. Die Welt war klein, es gab zu viele Verbindungen, dachte er auch nicht zum ersten Mal. Dann sagte er nach kurzem Zögern: »Warum trennst du dich nicht von ihr? Vielleicht ist das dein Problem. Wenn man zusammenzieht, ist das immer ein Katalysator.«

Er zog an seiner Zigarette, während er Christophs Blick überprüfte, der jetzt panisch wurde. Bevor Christoph etwas erwidern konnte, fuhr er fort: »Ich hab mich mal mit einer Frau unterhalten, die hat mir erzählt, dass sie gerade umgezogen ist. Sie wirkte, als hätte sie gerade eine schwere Trennung hinter sich, und ich dachte, sie ist nach der Trennung von ihrem Freund aus der gemeinsamen Wohnung gezogen. Aber dann hat sie mir erzählt, dass sie gerade mit ihm *zusammengezogen* ist.«

»Oh«, sagte Christoph.

»Hab ich auch gedacht. Sie hat gesagt, dass sie an die vernünftige Liebe glaube.« Andreas betonte das Wort »vernünftig« mit einem merkwürdigen Unterton. »Völliger Quatsch! Ich find's ja immer wieder erstaunlich, wie sich die Leute die Dinge zurechtbiegen, um Argumente für ihr fantasieloses Leben zu haben. Liebe ist nicht vernünftig, Gefühle sind nicht vernünftig. Leute, die sich so was einreden, denken auch, man könnte beschließen, sich zu verlieben, dass man Gefühle planen könnte. Aber Gefühle sind nicht planbar. Wer sowas nicht kapiert, hat aufgegeben. Man kann nicht beschließen, sich zu verlieben, Gefühle entstehen unabhängig von unserem Willen, meistens sogar gegen ihn. Jeder, der einmal unglücklich verliebt war, weiß das.«

»Das hast du ihr aber nicht so gesagt«, unterbrach ihn Christoph.

»Nee.« Andreas setzte sich auf. »Ich hab ihr gesagt: Ein Leben, das von Vernunft bestimmt ist, ist nicht wert, gelebt zu werden.«

»Wie diplomatisch«, lachte Christoph, obwohl sein Lachen nicht zum Ausdruck seiner Augen passte.

»Dachte sie wohl auch, das war unsere Verabschiedung.« Andreas überlegte. »Na ja, das sind dann Leute, die ein Kind bekommen, anstatt sich zu trennen, um noch irgendwas zu retten.«

Christophs Blick erzählte Geschichten, man sah ihm an, dass er das Gefühl hatte, sie würden gerade über seine Beziehung sprechen, und natürlich taten sie das auch.

»Die Vernunft ist feige«, sagte Andreas.

Als der Espresso serviert wurde und er sich bei der Kellnerin bedankt hatte, wandte er sich wieder zu Christoph. »Aber weißt du was? Du musst den Kopf mal ein bisschen freibekommen. Was machst du denn heute Abend?«

»Na ja, Julia ist ja verreist.«

»War die nicht letztes Mal auch schon verreist?«

»Sie kann ja nur in den Ferien Urlaub machen.«

Andreas fragte nicht, warum sie nicht zusammen fuhren, vielleicht war die Antwort darauf ja auch auf dem Mittschnitt zu finden.

»Mit wem macht sie denn Urlaub?«, fragte er.

»Mit ihren Freundinnen, Franzi, Carina und Melanie.«

»Also mit denen auf der Aufnahme.«

»Sozusagen«, sagte Christoph. Er schwieg, als hätte ihn der Gedanke an den Mitschnitt erschöpft.

»Okay, pass auf, lass uns doch heute Abend was machen. Ich hab 'ne Einladung zu 'ner Vernissage im Soho, da können wir schon mal ein bisschen vorglühen. Danach ist noch 'ne Party im Weekend, von Spotify, das wird ziemlich cool.«

»Klingt gut«, sagte Christoph.

»Gut«, sagte Andreas.

»So, ich muss los.« Mit einem Blick auf sein Telefon erhob sich Christoph.

Andreas nickte. »Ich trink noch meinen Kaffee aus.«

»Kann ich 'ne Zigarette haben?«

»Klar.«

Andreas nahm vier Zigaretten aus der Schachtel, legte sie auf den Tisch. Christoph ging zum Tresen, um zu bezahlen. Als er zurückkehrte, legte er eine Packung Streichhölzer auf den Tisch.

»Na dann.«

»Bis nachher«, sagte Andreas. »20 Uhr geht's los, ich schick dir 'ne Nachricht mit der Adresse.«

»Okay.«

Christoph ging langsam die Alte Schönhauser Straße Richtung Hackescher Markt hinunter. Andreas sah ihm nach und wartete, bis er sich noch einmal umdrehte und die Hand hob.

Er hatte eine Inception durchgeführt, dachte er. Er hatte einen Gedanken in Christophs Unterbewusstsein gepflanzt. So gesehen war er der Leonardo DiCaprio dieser Geschichte, was ja auch kein unangenehmer Gedanke war.

Es erinnerte ihn an ein literarisches Prinzip, das Balzac benannt hatte. Ein bangloser Satz, gefallen in einem Gespräch, der für denjenigen, der ihn aussprach, ohne Bedeutung war, konnte für seinen Zuhörer jedoch eine kausale Kraft in sich bergen, die dessen Leben veränderte. So oder so ähnlich hatte er es gelesen.

Und dann war er Julia sogar schon begegnet, zumindest war sie ihm aufgefallen. Es war doch immer wieder erstaunlich, wie klein die Welt war, dachte er zum wiederholten Mal.

Er gab der Kellnerin ein Zeichen, bestellte ein Glas Wodka und verlangte die Rechnung. Die Wärme der Sonne drang ihm unter die Haut. Es war einer dieser Momente, in denen man kurz seine Probleme vergaß. Ganz kurz. Dann waren sie wieder da. Und man fühlte sich nicht besonders gut dabei. Aber noch fühlte Andreas sich gut. Es war richtig, dass er sich mit Christoph getroffen hatte. Es war, als hätte sich eine Tür aufgetan, er konnte zwar noch nicht erkennen, was sich dahinter verbarg, aber es war etwas, das die richtige Stimmung auslöste, eine Aufbruchstimmung.

Ein bisschen würde er noch sitzen bleiben, dachte er. Er hatte es nicht eilig.

DRITTER TEIL

ÜBERCLUBBING

IM SÄUREMANTEL

Christoph betrachtete das Gemälde, das er nicht verstand, jetzt schon seit fünf Minuten. Fünf Minuten, in denen er sich unwohl fühlte, was auch daran liegen konnte, dass ihn die Farben des Bildes an die graurosafarbenen Bezüge dieser schrecklichen Couchgarnituren erinnerten, die in den neunziger Jahren modern gewesen waren. Er könnte jetzt zum nächsten Bild gehen, aber das würde keinen Unterschied machen, weil ihn alle Bilder, die sie hier aufgehängt hatten, daran erinnerten. Motive waren kaum zu erkennen, genau genommen konnte er gar keine Motive erkennen. Die einen Bilder waren eher grau, die anderen eher altrosa, mehr war da nicht.

Er hoffte, dass ihn niemand ansprach, um nach seiner Meinung zu fragen. Er konnte ja nicht erzählen, dass ihn hier alles an die Wohnzimmereinrichtung seiner Eltern erinnerte. Und die Namen der Bilder hatten ihn auch nicht weitergebracht. Dieses hier hieß *Im Säuremantel*, das hätte niemanden weitergebracht. Und der Preis des Gemäldes ebenfalls nicht. Es kostete 3 500 Euro, was er unverschämt fand, aber er kannte sich mit zeitgenössischer Malerei kaum aus. Vielleicht war diese Unverschämtheit ja gerechtfertigt. Allerdings hatte er irgendwo mal gelesen, dass gute Kunst daran zu erkennen war, wie vielseitig sie interpretierbar war. Sie strahlte in jedes Leben mit einer anderen Bedeutung. Nun ja, dachte er, *Im Säuremantel* strahlte mit einem fahlen schmutziggraurosafarbenen Licht in sein Leben. Ohne Bedeutung. Es gab keine Vielseitigkeit, es war einfach nur da und kostete viel Geld.

Er war zum ersten Mal im Soho House, weil man das Hotel nur betreten konnte, wenn man hier Mitglied oder Gast eines Mitgliedes war. Er kannte niemanden, der zu diesem Kreis gehörte, außer Karnowski, und mit Karnowski verkehrte er nicht privat. Die Lobby hatte ihn wirklich beeindruckt, die Höhe des Raumes, der Sichtbeton, die Atmosphäre, eine unwirkliche Welt, die er nicht kannte. Er hatte eine aufregende Spannung in sich wachsen gespürt, ein angenehmes Gefühl, das inzwischen von der unangenehmen Spannung ersetzt worden war, keine Fehler zu machen.

Vor dem Bild, das eher rosa aussah, stand nun ein Paar. Beide komplett in Schwarz gekleidet, wie Kunsthändler in französischen Schwarz-Weiß-Filmen der Sechzigerjahre. Auf sie schienen die Bilder einen vollkommen anderen Eindruck zu machen.

»Eine erstaunliche ästhetische Reife«, sagte der Mann gerade.

Die Frau nickte bestätigend, ohne den blinzelnden Blick von dem Gemälde abzuwenden, und fügte mit einer besonderen Betonung hinzu: »Eine ästhetische Offenbarung moderner westlicher Sensibilität.«

Der Mann nickte wortlos und umfasste sein Kinn mit Daumen und Zeigefinger der rechten Hand.

Sie wirkten, als würden sie das schlecht spielen, dachte Christoph. So redete doch niemand, vielleicht hatten sie sich vorbereitet, die Dialoge zu Hause entworfen und dann auswendig gelernt. So gesehen würden sie ihn nicht in ihr Gespräch miteinbeziehen. Er war nicht vorgesehen. Bevor sie ihm das Gegenteil beweisen konnten, wandte er sich schnell ab.

Sein Kopf war noch nicht frei, vielleicht konnte der Alkohol das ändern, wie damals im Frühling. Er blickte zu Andreas, der sich gerade mit dem Maler der Bilder unterhielt. Andreas hatte sie einander vorgestellt, als sie hier eingetroffen waren. Dreyer hatte ihm ungefragt eine Visitenkarte in die Hand gedrückt, unter seinem Namen stand »Künstler«. Er fragte sich, was von jemandem zu halten war, der »Künstler« auf seine Visitenkarten drucken ließ.

Alles verunsicherte ihn hier, die Bilder, die aufgesetzten Gespräche der Leute, die ihm das Gefühl gaben, er könnte bei jedem Satz einen Fehler machen. Er sah ihre belustigten Blicke schon vor sich. Er lief ein bisschen durch die Galerie, vermied jedes Gespräch und ließ sich treiben, was ihn durchaus irgendwann in einen angenehmen Zustand versetze. Er blickte sich erneut nach Andreas um, der unterhielt sich immer noch mit Dreyer. Er sah aus, als würde er sich amüsieren. Es war erstaunlich, wie selbstverständlich er sich in dieser Welt bewegte.

Christoph dachte daran, wie Andreas vorhin das Restaurant beurteilt hatte, in dem sie sich am Nachmittag getroffen hatten. »Essen recht gut, Preise recht hoch, Bedienung recht distanzlos«, hatte er gesagt. Das war ihm bei ihrer ersten Begegnung schon aufgefallen. Diese polierten Sätze, die so druckfähig wirkten, als hätte er sie schon einmal notiert, überarbeitet und ins Reine geschrieben, bevor er sie auswendig lernte, um sie dann in Gesprächen beiläufig fallen zu lassen. So wie das Paar vor dem Gemälde, nur dass man ihm solche Sätze abnahm. Es waren Sätze, um die ihn Christoph beneidete. Er war schon oft im Blauen Band essen gewesen, aber eine so griffige und treffende Formulierung wäre ihm nie eingefallen. Er nahm sich vor, sie demnächst mal in einem Gespräch mit Erik zu benutzen, um ihn aus dem Konzept zu bringen.

Er hatte Andreas nicht erzählt, dass er sein Buch gekauft und auch versucht hatte, es zu lesen. Vielleicht weil es eine Enttäuschung für ihn gewesen war, eine fremde Welt, mit einem Blick auf Berlin von einem entgegengesetzten Standpunkt, der nichts mit ihm zu tun hatte. Es berührte ihn nicht und nichts erinnerte an Andreas, als hätte es eine andere Person geschrieben, irgendwie hatte er mehr erwartet nach ihrem Abend.

Er ging noch ein bisschen durch die Räume und tat, als wäre er in Gedanken versunken, bevor er eine offene Glastür entdeckte, die auf die Terrasse führte. Auf der Terrasse rauchte er eine, während sein Blick über die befahrene Kreuzung zog. Von hier aus konnte man den Fernsehturm sehen, das Forum Hotel, das früher mal Palasthotel geheißen hatte, die ganze Ostberliner Skyline, die merkwürdig nichtssagend war, wie er gerade feststellte. Das war die Vorstellung der DDR von Modernität, hatte Erik ihm einmal erzählt, es musste nach Plastik aussehen. Einer der wenigen Sätze, die Christoph unterstreichen konnte. Aber das was sie heute bauten, war ja auch nicht viel besser.

An einem der Aschenbecher, die sie hier aufgestellt hatten, unterhielt sich eine Frau mit einem Mann. Als er zu ihnen ging, um seine Zigarette auszudrücken, sagte die Frau: »Er kann so wunderbar über nichts schreiben.« Er wusste nicht, wen sie meinte, wahrscheinlich irgendeinen Schriftsteller, und es war wohl auch nicht so wichtig, aber er spürte, dass es ein Satz war, der das alles hier zusammenfasste.

Später, an der Bar, kam er mit einer Frau ins Gespräch, obwohl man wohl sagen musste, dass eher sie mit ihm ins Gespräch kam. Sie hieß Frauke, sah auch genauso aus und sprach davon, dass Berlin ein Gemütszustand sei.
»Verstehst du, was ich meine«, sagte sie.
»Na ja«, sagte Christoph, der in den nächsten zwanzig Minuten, in denen Frauke ununterbrochen sprach, verstand, dass er auch Ach, Oh oder Aha hätte sagen können. Wahrscheinlich hätte er ihr auch erzählen können, dass er sich hier am liebsten verpissen würde, weil es niemanden gab, der ihn interessierte, nur Leute wie Frauke oder diesen unangenehmen Künstler. Alles wären für sie die richtigen Stichworte gewesen.

Frauke war ebenfalls vollkommen in Schwarz in eine Art wallendes Gewand gekleidet, mit dem korpulente Frauen mittleren Alters ihre Körperfülle kaschierten. Frauke war keine Frau mittleren Alters, aber sie muss aus diesen Gründen so angezogen gewesen sein. Ihr Hintern wölbte sich unter dem kaschierenden Stoff, der sie umhüllte. Er war erahnbar, auf eine beeindruckende und beunruhigende Art, Christoph musste sich darauf konzentrieren, nicht immer wieder hinzusehen. Um sich von diesen Gedanken abzulenken, dachte er an die Frau an der Rezeption, die englisch mit ihnen gesprochen hatte, obwohl man hörte, dass sie eine Deutsche war. Das hatte er nicht verstanden, vielleicht sollte es weltgewandter wirken. Weltbürger unter sich, so war es sicherlich gemeint. Er fand es aufgesetzt, genauso wie dieses Anyway, However oder Nice, mit denen die Kollegen in der Agentur ihre Sätze vollpackten.

Als Frauke von dem übersexualisiertem Kontext der Gemälde sprach, ließ er seinen Blick noch einmal über die Bilder gleiten, um einen Zusammenhang zu dem Begriff *übersexualisiert* zu entdecken. Er konnte nicht mal Figuren entdecken, aber Frauke schien überall Phallussymbole zu sehen. Es war ein bisschen, als wäre die Wirklichkeit verschoben, wie ein Film, der falsch zusammengeschnitten war.

»Das ist eine sehr befremdliche, eine sehr frauenfeindliche Kunst«, sagte Frauke gerade. »Verstehst du, was ich meine.«

Leider hatte Frauke die Angewohnheit, jeden zweiten Satz mit den Worten »Verstehst du, was ich meine« zu beenden. Sie sprach die Worte sehr fordernd aus, achtzehn Mal, wenn er sich nicht verzählt hatte. Manchmal machte sie Kunstpausen, deren Sinn sich nicht erschloss, manchmal sogar zwischen zwei Wortsilben. Vielleicht war sie ja auch schon besoffen, dachte er und schaute auf das Weinglas in ihrer Hand. Dann machte Frauke wieder eine dieser sinnlosen Kunstpausen und Christoph versuchte wieder, sie so interessiert wie möglich anzusehen.

Dann sagte sie, dass sie seit fünf Jahren nicht mehr mit einem Mann geschlafen hatte.

»Wie bitte?«, sagte er.

»Ja«, sagte sie entschieden. »Ich habe generell keinen Verkehr mit meinen Partnern. Nicht mehr.«

»Ach«, fiel ihm ein, und obwohl das keine Frage war, nicht mal eine rhetorische, beantwortete sie Frauke auch gleich.

»Ich empfinde es generell als chauvinistisch, penetriert zu werden«, sagte sie. » Verstehst du, was ich meine.«

Penetriert?, dachte er verzweifelt, dann fiel ihm auf, dass »generell« ihr persönliches Lieblingswort zu sein schien, aber darauf kam es jetzt auch nicht mehr an, nachdem sie nun zum neunzehnten Mal »Verstehst du, was ich meine« gesagt hatte. Er umklammerte sein Weinglas.

»Du willst also keine Kinder«, fiel ihm ein, und er spürte, wie es ihm Schwierigkeiten bereitete, sie nicht zu siezen.

»Nein«, sagte sie entschieden. »Das darfst du jetzt nicht falsch verstehen, ich verabscheue Kinder nicht, aber sie sind eine furchtbar ermüdende Belastung.«

»Verstehe«, sagte er.

»Zu Geburten habe ich generell eine differenziertere Meinung. Manche Leute müssten psychologisch abgeklärt werden, bevor sie

Kinder bekommen.« Christoph wackelte unsicher mit dem Kopf. »Ich meine, sieh dir doch mal an, wer heutzutage alles Kinder bekommt«, fuhr sie fort. »Denen versaut von vornherein schon ihr soziales Gefüge die Zukunft. Dumme Menschen kriegen ständig und überall Kinder, die Intelligenten zweifeln, wägen ab, verschieben. Verstehst du, was ich meine.«

Er hoffte, dass er sie falsch verstand. Offensichtlich sprach Frauke gerade über Zwangssterilisation. Er nahm sich schnell zwei Gläser Sekt von dem Tablett eines vorbeieilenden Kellners, trank das erste sofort aus und machte vorsichtshalber eine Geste, die alles bedeuten konnte. So würde er weitermachen, Gesten, die alles bedeuten konnten, und hin und wieder ein interessiertes Ach, Oh oder Aha.

»Stichwort: Populationskontrolle«, hörte er Frauke sagen. »Man sollte nur denen Kinder zugestehen, die sich ethisch und intellektuell dem Wohlergehen der Welt und ihrer Bewohner stellen. Und ganz abgesehen davon: Ich denke auch, dass die Menschheit sich in Zukunft sowieso radikal auf eine Milliarde Individuen beschränken sollte.«

Christoph fiel auf, dass er auf ein »Verstehst du, was ich meine« wartete, aber es kam einfach nicht. Er dachte an Julia und an seinen Vertrauensbruch. Frauke war Teil seiner Bestrafung. Das war der Tiefpunkt, was ja insofern gut war, weil es jetzt eigentlich nur noch aufwärts gehen konnte.

»Frauke«, hörte er plötzlich Andreas' Stimme neben sich.

»Andreas Landwehr«, sagte Frauke akzentuiert. »Wie geht's? Wie geht's mit dem Roman voran?«

»Gut«, erwiderte Andreas. »Sehr gut sogar, es entwickelt sich.«

»Das freut mich, wir sind ja schon alle sehr gespannt.« Sie wies auf Christoph, als wäre er ihre Begleitung. »Ihr kennt euch?«

Das war der Moment, in dem Christoph begriff, dass er schon ziemlich viel über Frauke wusste, für seine Begriffe sogar ein bisschen zu viel, und sie hatte keine Ahnung, wer er war.

»Wir sind zusammen hier« sagte Andreas. »Christoph ist ein sehr guter Freund. Wie geht's Frank?«

»Frank?«, fragte Christoph.

»Mein Freund«, sagte Frauke.

Wie bitte? Du hast einen Freund?, dachte Christoph hilflos, aber Fraukes Blick sagte, dass er es nicht nur gedacht hatte. Er hatte es ausgesprochen. Andreas sah ihn belustigt an.

»Ja, ich habe einen Freund«, sagte Frauke deutlich. »Wir sind seit vier Jahren zusammen.«

»Er heißt Frank«, sagte Andreas.

»Dann hattet ihr also noch nie Sex?«

»Sex ist überbewertet. Frank und ich, wir sehen das ganz ähnlich. Unsere Beziehung beruht auf einer intellektuellen Basis.«

»Verstehe,« sagte Andreas mit einem leicht fassungslosem Lächeln und dann zu Christoph: »Da ist jemand, den ich dir unbedingt vorstellen muss.« Er wandte sich ab und zog Christoph in Richtung Bar. Der drehte sich im Weggehen noch einmal um und warf Frauke einen entschuldigenden Blick zu. Sie tat ihm plötzlich leid, weil sie jetzt sehr zurückgelassen wirkte.

»Danke, dass du mich da rausgeholt hast«, sagte er ein wenig atemlos.

»Mit solchen Leuten darf man sich gar nicht erst auf Gespräche einlassen. Die wirst du nicht mehr los.«

»Wer war denn das?«

»Frauke? Na ja, sie hat früher BDSM-Romane geschrieben, dann hat sie ihr Freund verlassen, sie war völlig am Boden und hat sich dann selbst eingewiesen.«

»Eingewiesen?«

»Geschlossene Psychiatrie. Ein Jahr Behandlung.« Er wies zerstreut in ihre Richtung. »Mit umstrittenem Erfolg, würd ich sagen. Eher antherapiert als therapiert.« Andreas lachte.

Christoph wartete kurz, bevor er sagte, was er schon seit einer Stunde sagen wollte. »Aber ganz ehrlich«, er fuhr sich mit der Hand über das Revers seines Jacketts, »das ist überhaupt nicht meins hier.«

»Ja, ganz schlimm«, sagte Andreas und ließ seinen Blick über das Gemälde gleiten, vor dem sie gerade standen. »Es Kunst zu nennen, ist auch ein bisschen weit hergeholt. Das ist Kunstgewerbe, das für Kunst gehalten werden will.«

Christoph überlegte, wann er zum letzten Mal den Begriff Kunstgewerbe gehört hatte, er hatte seit Jahren nicht einmal an dieses Wort gedacht, wahrscheinlich aus dem Mund seiner Eltern.

»Ich musste nur von diesem verbal inkontinenten Dreyer weg«, sagte Andreas. »Ich hab mich dreißig Minuten mit ihm unterhalten, das war die Hölle. Ich hab den ja jetzt schon auf einigen Partys erlebt – unglaublich. Der redet wirklich nur Scheiße. Da kommen nur Worte, keine Substanz, es geht nur darum, zu reden. ›Guck mal, da hinten – da haben wir das und das gemacht. War das nicht geil? Und da – da hab ich den und den getroffen, das war total schön.‹ Alter! Wer von uns ist schwuler und wer hat mit mehr Prominenten verkehrt. Unglaublich!« Er überlegte einen Moment. »Eigentlich können wir auch abhauen, oder? Ist doch scheiße hier.«

Christoph nickte dankbar.

Als sie an der Kreuzung vor dem Gebäude standen und darauf warteten, dass die Ampel auf Grün schaltete, wandte sich Andreas noch einmal um. »Wusstest du, dass das Gebäude im ›Dritten Reich‹ Hauptsitz der Hitlerjugend war?«, fragte er. »Ich hab mal ein Foto gesehen, das sah so krass aus, diese großen Buchstaben über dem Eingang.«

»Wusst ich gar nicht.« Christoph sah ihn interessiert an.

»Aber eigentlich war es ein jüdisches Kaufhaus, Jahndorf, und als der Deutschland verlassen hat, musste er seine Immobilien ganz billig verkaufen. Und seine Villa in Potsdam hat Heinz Rühmann ganz billig geschossen. Hat man Rühmann später vorgeworfen, dass er das ausgenutzt hat.« Er machte eine kurze Pause, bevor er fortfuhr. »Ich find sowas immer interessant. Die Geschichte von Gebäuden. Ich frag mich auch, wenn ich in Altbauwohnungen bin, was für Leute hier früher gelebt haben.«

Er hob seine Hand, um einem vorbeifahrenden Taxi ein Zeichen zu geben. Als es neben ihnen hielt, berührte Andreas Christophs Arm. »Die Party ist im Weekend, da können wir eigentlich auch hinlaufen.«

»Okay«, sagte Christoph.

Andreas ließ die Taxitür ins Schloss krachen. Dann überquerten sie die Torstraße, obwohl die Ampel auf Rot stand.

Vor dem Club gab es zwei Schlangen. Die eine war sehr lang, die andere war eigentlich gar keine, nur ein paar vereinzelte Leute, die sich vor dem Counter sammelten. Christoph hielt auf die kurze Schlange zu, aber Andreas hielt ihn zurück.

»Die stehen für die Gästeliste an«, sagte er und wies auf die Schlange, die sich fast bis zur Straße zog.

»Warum gibt's denn eine Abendkasse, ich denke, das ist heute geschlossene Gesellschaft.«

»Das ist zweigeteilt heute, das sind die Clubgäste, der ist in der fünfzehnten Etage. Unsere Party ist auf der Terrasse. Da oben.«

Christoph hob seinen Blick zu den Lichtern auf dem Dach des hohen Gebäudes. Es war der zweite Ort des Abends, an dem er noch nie gewesen war, obwohl er es sich gewünscht hatte. Er hoffte, dass es diesmal keine Enttäuschungen gab, auch wenn das Duftgemisch, das ihn umgab, eigentlich schon dafür sprach. Es roch nach den Parfums der Frauen, eine schwere, aufdringliche Mischung, wie man ihr auch ausgeliefert war, wenn man ein Douglas-Geschäft betrat. Ein Geruch-Overkill. Dieses ganze Parfum begrub den nur unterbewusst wahrnehmbaren Eigengeruch unter sich, den Geruch, auf den es ankam, um einander sympathisch zu sein, wenn er es richtig verstanden hatte.

Ihm fiel Julias Kollegin Stefanie ein, die vor zwei Jahren die Pille abgesetzt hatte, um mit dem Mann, den sie liebte, ein Kind zu bekommen. Danach stellte sie fest, dass die fehlenden Hormone ihn zu einem Menschen machten, in den sie sich nie verliebt hätte. Er war nicht mehr der Mann, mit dem sie Träume hatte, sich eine Zukunft wünschte, sondern jemand, dem sie gleichgültig gegenüber stand, ein Fremder, der ihr sogar unangenehm war. Sie hatte sich in seiner olfaktorischen Identität getäuscht, wie Julia sich ausgedrückt hatte. Stefanie war ein gutes Beispiel dafür, was die Pille mit dem weiblichen Körper anrichtete, welchen Schaden er nahm, hatte Julia gesagt. Frauen sollten die Pille absetzen und keine Parfums mehr tragen, entschied er in Gedanken, während er das unvorteilhafte Duftgemisch einatmete. Alles, was sie verfälschte.

»Die Gästelistenschlange ist länger als die normale Schlange«, sagte Andreas. »Auch 'ne schöne Metapher für Berlin.«

»Da stehen wir mindestens 'ne halbe Stunde.«

»Ich stell mich hier doch nicht an«, sagte Andreas nachdrücklich.

»Das können wir nicht machen«, sagte Christoph.

»Komm«, sagte Andreas und ging an den Anfang der Schlange, wobei er die Wartenden mit einer beeindruckenden Selbstverständlichkeit passierte. Es schien zu wirken, keiner der Wartenden sagte etwas, sie ernteten nicht einmal missgünstige Blicke.

Am Einlass stand eine Frau, die ein Abendkleid trug und, aus Gründen, die er nicht verstand, eine Sonnenbrille. Ihr Blick glitt unbeteiligt über die Menge, aber als sie Andreas sah, lächelte sie, nahm die Sonnenbrille ab und gab ihm ein Zeichen mit der Hand. »Kommst du?« sagte sie und umarmte ihn schließlich herzlich.

Sie musterte Christoph kurz. »Ihr gehört zusammen?« Als Andreas nickte, machte sie eine einladende Geste und fügte hinzu: »Marcus ist übrigens auch da.«

»Cool«, sagte er. »Den hab ich ja auch schon 'ne Weile nicht mehr gesehen.«

»Er ist seit letzter Woche aus Sizilien zurück.«

»Marcus reist sehr viel«, sagte Andreas zu Christoph gewandt und fügte nach einigen Sekunden hinzu: »Er scheint das Leben verstanden zu haben.«

»Da erkennt man wieder den Schriftsteller.« Die Frau lächelte, dann rief sie der Kassiererin zu: »Ist okay, sie gehören zur Familie.«

Ihm fiel auf, dass sie sanft Andreas' Arm berührte, als er sie passierte.

»Man kennt sich«, sagte Christoph mit einem Lächeln. Andreas machte eine verlegene Geste.

Auch das Mädchen an der Garderobe begrüßte Andreas herzlich. Sie erinnerte Christoph an die junge Brigitte Bardot. Ganz kurz stellte er sich vor, die Frau, die ihm da gerade zulächelte, wäre es wirklich. Er folgte Andreas zu den Fahrstühlen.

La famiglia, dachte Christoph mit einem Lächeln, als sie schweigend auf den Fahrstuhl warteten. La famiglia.

Die Fahrstuhltüren öffneten sich und gaben den Blick auf eine Lounge frei, in der vereinzelte Gäste saßen. Sie wandten sich nach rechts und bogen kurz vor der Bar noch einmal nach rechts ab, in einen Durchgang, den er fast übersehen hatte und der in einer engen Treppe mündete, die zur Dachterrasse führte.

Als sie die Treppen hinaufstiegen, machten sie der Frau von der Garderobe Platz, die sich mit einem Tablett voller Longdrinks an ihnen vorbeischob. Dabei lächelte sie nur auf eine unbeteiligt höfliche Art, als hätte sie die Anweisung, freundlich zu den Gästen zu sein. Christoph war kurz verwirrt, weil sie sie an der Garderobe doch so herzlich gegrüßt hatte. Erst als er ihr so nah kam, dass er ihr Parfum riechen konnte, während er zwei Gläser von dem Tablett nahm, sah er, dass sie nicht die Garderobiere war. Die Frauen, die hier arbeiteten, sahen alle aus wie die junge Brigitte Bardot. Sie trugen die gleichen dunkelblauen Minikleider und die gleichen Frisuren. Sie trugen sogar dasselbe Parfum. Die Farben ihrer Kleidung und ihr Make-up waren auf die Farben der Inneneinrichtung abgestimmt. Universal richtete offensichtlich eine Art *Mad-Men*-Themenabend aus.

»Ich mag die Sechziger«, sagte Andreas und sah der Frau nach. »Das letzte stilvolle Jahrzehnt.«

Christoph dachte an Sean Connery und gab ihm eins der Gläser. Andreas rührte seinen Drink kurz um, bevor er den Strohhalm zu Boden fallen ließ. Sie stießen an.

»Prost«, sagte Andreas. »Auf unseren Kater morgen.«

Als sie die Dachterrasse betraten, breitete sich das nächtliche, von unzähligen Lichtpunkten bedeckte Berlin vor ihnen aus, und wieder hatte Christoph den Eindruck, er würde in eine Schlucht sehen. Man fühlte sich privilegiert bei diesem Ausblick.

Von hier aus konnte man die Party gut überblicken. Christoph lehnte sich an die Brüstung und sah auf die elegant gekleideten Menschen, die sich hier drängten. Manche Männer hatten Bärte, die meisten trugen Anzüge, alle hatten Geschmack. Und die Frauen. Gott! Was war das hier für eine Party? Er kam sich vor wie ein Statist in der Partyszene eines Sechzigerjahre-James-Bond-Films.

Er war froh, dass er mit Andreas hier war, weil man sich hier sicher sehr einsam fühlen konnte, wenn man auf solchen Veranstaltungen allein herumstand, umgeben von den lachenden Gesichtern, die sich gegenseitig versicherten, wie bedeutend sie waren und wie gut sie sich verstanden. Er nippte an seinem Drink und blickte zu Andreas, der mit gedankenverlorenem Blick neben ihm stand, als versuche er sich an etwas zu erinnern.

»Okay«, sagte der auf einmal, er schien Christophs Blick bemerkt zu haben. »Wir gehen rein.«

DIE WELT DER VOR- UND ZUNAMEN

Andreas lächelte bereits in alle Richtungen, bevor er die letzte Stufe genommen hatte. Der Smalltalk begann. Auf der Terrasse waren sie kaum vorangekommen, weil ihn ständig Leute begrüßten. Es gab kein Händeschütteln, nur Umarmungen, obwohl er manche der herzlichen Gesichter nicht einmal zuordnen konnte. Es waren kurze Gespräche, in denen er erzählte, wie gut es ihm ging, was es Neues in seinem Leben gab und wie gut er mit seinem Roman vorankam, damit sie ihm erzählen konnten, wie gut alles bei ihnen lief.

Er war ein Blender, dachte er, und irgendwann würden sie ihn enttarnen, zumindest hatte er das einmal angenommen, aber irgendwann hatte er auch verstanden, dass niemand Interesse daran hatte, ihn zu enttarnen. Sie wollten sich täuschen lassen. Sie wollten Oberflächlichkeiten, etwas Glattes und Einfaches, das niemanden vor Rätsel stellte.

Die Gespräche, die er in den letzten zwanzig Minuten geführt hatte, waren ineinander verschlungene Monologe, die sich nicht berührten. Fremde Freunde, dachte er. In einem seiner Lieblingsromane *Erklärt Pereira* gab es den wunderbaren Satz: »Wo er doch von all seinen Bekannten niemanden kannte.« Daran musste Andreas denken. Besser hätte man es nicht sagen können. So unterhielten sich Menschen, die nichts voneinander wussten und auch nichts voneinander wissen wollten, dachte er, während ihn die Fragmente fremder Biografien umspülten. Sie verschwammen, sicherlich auch, weil sie sich zu ähnlich waren. Feiern war Arbeit in dieser Stadt, das war ein sehr wahrer Satz. Er befand sich hier auf einem Geschäftsessen, das sich als Party getarnt hatte.

Wenn er sich hier umsah, fiel ihm auf, dass sie sich mit der Gästeliste Mühe gegeben hatten. Es gab ein paar wirklich bekannte Gesichter, allerdings auch viele Y-Promis, die sich für C-Promis hielten und deren Begleitungen man ansah, dass sie Wert darauf legten, für deren Freunde gehalten zu werden. Fame Bitches nannte man das wohl.

»Wie geht's deiner Freundin, Susanne?«, fragte ein Mann, an dessen Namen er sich nicht mehr erinnern konnte.

»Susanna.«

»Ach stimmt ja, Susanna. Wie geht's ihr?«

»Keine Ahnung. Wir haben uns vor zwei Jahren getrennt.«

»Oh. Tut mir leid, ich bin wohl nicht auf dem neuesten Stand«, sagte der Mann. »Ich hab dich mal mit ihr gesehen, auf der Straße. Es hat mir gefallen, ihr habt ausgesehen, als wärt ihr glücklich.«

Andreas lächelte kühl: »Vielleicht war es einer der Tage, an dem wir es waren.«

Als der Mann in der Menge verschwand, ließ er seine Blicke über die Gesichter der Leute streifen, die hier oben saßen und versuchten, möglichst gelangweilt auszusehen. Sie unterhielten sich nicht miteinander, sie saßen nur da und musterten die eintreffenden Gäste. Ein ewiger Versuch, eine vermeintliche Gleichgültigkeit zur Schau zu stellen, hinter der sie ihre Unsicherheit verbargen.

Einige tranken Longdrinks, alle rauchten. Hier war keine Frau attraktiv, hatte er gedacht. Nicht einmal attraktiv genug. Er griff nach der Packung Zigaretten, nahm eine aus der Schachtel, zündete sie an und blickte zum DJ-Pult, hinter dem sich die Gäste drängten, die Freunde des Veranstalters, der Angestellten oder der DJs waren und das auch zeigen wollten.

Am hinteren Ende der langgezogenen Terrasse hatten sie eine Bühne aufgebaut. Es würde also noch eine Band spielen, Andreas mochte das eigentlich nicht. Es nahm dem Abend die Energie, es war ein Gesprächskiller. Er ging aus, um sich zu unterhalten. In Clubs ging er kaum noch, wo man sich anschreien musste, um die Musik zu übertönen, und trotzdem jeden zweiten Satz wiederholen musste, weil man sich nicht verstand. Er hoffte, dass die Band schon gespielt hatte.

Er blickte zu Christoph, der noch nicht frei war, das konnte man ihm ansehen. Er sah aus wie ein unentschlossener Mensch, der für einen entschlossenen Menschen gehalten werden wollte, er wirkte zu verkrampft. Andreas begann ihn mit Vor- und Zunamen vorzustellen. Er sprach den Namen akzentuiert aus, als müsste einem sein Name ein Begriff sein. Er registrierte amüsiert ihre Blicke, wie sie versuchten, ihn zuzuordnen, man sah praktisch, wie es in ihnen arbeitete, bevor sie die Entscheidung trafen, so zu tun, als wüssten sie, wer er war. Es war alles ein Spiel, eine große Show, und es war ein Spiel, das er genoss. Er war in seiner Rolle.

Während er einer Frau, deren Name ihm entfallen war, erzählte, wie gut er mit seinem Roman vorankam, entdeckte er Mirko an der Bar. Zumindest ein Mensch, den er mochte. Er hob seine Hand, als sich ihre Blicke trafen. Mirko grüßte mit einem erkennenden Lächeln zurück, eine Geste wie ein Aufatmen, vielleicht ging es ihm ja ähnlich, er musste sich immer zwingen, Einladungen zu solchen Veranstaltungen wahrzunehmen. Er sagte etwas zu der Frau, die neben ihm stand, und begann sich durch die Menge zu drängen.

»Mirko«, sagte Andreas und zeigte in seine Richtung.

»Mirko?«, fragte Christoph.

»Mirko Schaffer. Der hat die letzten beiden Alben der Ärzte produziert.«

Er sah, wie sich Christophs Blick veränderte, in dem sich jetzt Spannung mit Freude mischte. Der Satz wirkte immer.

»Na, mein Lieber, wie geht's?«, fragte Andreas, als sie sich zur Begrüßung umarmten.

»Gut ... na ja, sagen wir: sozusagen gut«, sagte Mirko und machte eine zerstreute Geste in die Menge. »Du weißt ja, wie ich sowas hier liebe.«

»Ich weiß«, lachte Andreas. »Mirko Schaffer, Christoph Schwarz.«

Als Mirko Christoph die Hand gab, stellte ihm die junge und sehr attraktive Begleitung von Mirko eine Frage, die die Gespräche des Abends zusammenzufassen schien.

»Wer bist du, was machst du?«, fragte sie mit einer Routine, als hätte sie die Frage schon sehr oft gestellt. Andreas begriff, dass die Antwort über ihr Interesse an ihm entschied. Sie wirkte nicht, als würde sie viel lesen, vielleicht hatte sie ihn deshalb nicht erkannt.

Eigentlich hätte er sich gerne mit ihr unterhalten, länger unterhalten, aber das würde ihr zu lange dauern, das sah er in ihrem Blick. Ihr ging es um kurze Antworten, er bewegte sich schließlich in einer Welt des Bewertens, Taxierens und Einordnens, in einer Welt der Dreiminutengespräche. Einer Welt der einfachen Bilder. Er hatte es nur kurz vergessen, was sicherlich an der Schönheit der Frau lag, an dem Wunsch, sie würde sich für ihn interessieren, wirklich interessieren, als Mensch. Er wünschte es sich, und er fürchtete sich davor. Dass er Schriftsteller war, machte die Dinge eigentlich einfacher, es war der effizientere Weg, obwohl dieses aufrichtige Interesse natürlich nicht ihm galt, sondern dem Mann mit den Vor- und Zunamen.

»Ich bin hier, um einem Freund einen Gefallen zu tun«, log er, und sie sah ihn einen Moment lang mit einer Mischung aus Überraschung und aufrichtigem Interesse an, vielleicht weil es eine Antwort war, die sie so nicht erwartet hatte.

»Emma Behrens, Andreas Landwehr«, sagte Mirko in das entstandene Schweigen. Erst jetzt, als er den Namen hörte, erkannte er die Schauspielerin.

»Hallo«, sagte sie, sein Name schien ihr nichts zu sagen.

Sie wandte sich ab, um einen Mann zu umarmen, der sie zu einem ihrer Filme beglückwünschte. Dann war sie weg. Wahrscheinlich um den nächsten zu fragen, wer er war und was er machte. Während ihm Mirko erzählte, woher er die Schauspielerin kannte, spürte er eine leichte Verstimmung, weil sie ihn nicht erkannt hatte.

»Letztens hat mich übrigens Lisa Wernicke angesprochen«, sagte Mirko.

»Wer?«

»Die Schauspielerin?«

»Kenn ich nicht.«

»Wenn du sie siehst, weißt du, wer das ist. Aber egal, jedenfalls war ich am Donnerstag im Soho, da hat ein Freund Geburtstag gefeiert. Und plötzlich steht die Frau vor mir und sagt: ›Wir kennen uns‹ – obwohl wir uns noch nie begegnet sind.« Er machte eine Kunstpause, bevor er fortfuhr. »Und weißt du, was sie gemeint hat? Du *musst* mich kennen. Ich bin eine Prominente. Mein Name sollte dir ein Begriff sein.«

»Nee, oder?« Andreas lachte. »Na ja, soviel zum Thema überhöhtes Ego.«

»Eigentlich tragisch«, sagte Mirko.

»Nicht nur eigentlich.«

»Peinlich. So was sagen meistens Leute, deren Wikipedia-Eintrag in drei Kapitel unterteilt ist: *Die frühen Jahre*, *Die erfolgreichen Jahre* und *Lisa Wernicke heute*.«

»Andreas Landwehr«, rief eine Stimme in ihr Lachen, die zu einer blonden Frau gehörte, die hektisch in seine Richtung winkte. Sie war unnatürlich fröhlich, genau genommen war sie sogar erschreckend fröhlich. Ihre Stimme war zu euphorisch, genauso wie ihr Lachen, das laut und künstlich klang.

»Hey«, sagte er.

Sie umarmte ihn und fragte: »Wie geht's dir?

»Gut«, sagte er. »Sogar richtig gut.«

»Schön! Ich hab dein Buch ja immer noch nicht gelesen. Aber toll.«

Was sollte man dazu sagen, dachte er und machte eine Geste, die er sich von Sean Connery in einem Bond-Film geklaut hatte und die eigentlich immer gut ankam, vielleicht weil sie viel Spielraum für Interpretationen zuließ.

Sie entdeckte jemanden und winkte euphorisch in die Menge. »Heute sind ja wirklich alle da.« Sie berührte seinen Arm. »Wir sprechen gleich noch mal, ja?«

»Auf jeden Fall«, sagte er.

»Schön, dich mal wieder zu sehen.« Sie lachte wieder ihr affektiertes Lachen, bevor sie in der Menge verschwand.

»Es geht doch nichts über ein natürliches Lachen«, sagte er und sah ihr nach.

»Die sah doch gut aus«, sagte Mirko. »Wer war denn das?«

»Ganz ehrlich: Ich hab keine Ahnung.«

»Alter, wie die dich angeguckt hat.«

»Ich weiß, aber dafür bin ich noch nicht betrunken genug.«

»*Noch* nicht«, lachte Mirko. Andreas sah auf seinen Drink. Sein Glas war fast leer, sie mussten neue bestellen.

Aus der Ferne sah er Anica, die ihren Blick hastig von ihm abwandte, als seiner sie streifte. Ihre Blicke trafen sich für den Bruchteil einer

Sekunde, bevor klar war, dass sie ihn den Abend über ignorieren würde. Sie hatten eine kurze Liaison gehabt, die er beendet hatte, indem er sich nicht mehr gemeldet und ihre Nummer geblockt hatte. Er war einfach zu konfliktscheu und ihre gemeinsame Zeit zu unbedeutend gewesen, um die Trennung in einem klärenden, unangenehmen Gespräch zu begründen, in dem er sowieso nur gelogen hätte, um sie nicht zu verletzen.

Zwei Wochen darauf hatte sie eine Liste ihrer zehn hassenswertesten Dinge bei Instagram gepostet, Punkt zehn war: »People who ghost.« Damit war wohl er gemeint gewesen, eine versteckte Botschaft, die nur er verstehen konnte, weil er gewusst hatte, an wen sie gerichtet war.

Er war ein Ghoster, dachte er.

Als er Mirko die Geschichte von Anica erzählte, sagte er: »Natürlich ist es scheiße, sich so zu verhalten. Aber jetzt mal ganz ehrlich: Das passt zu dir. Du regelst die Dinge eben auf moderne Art.«

Andreas lachte, aber Mirko fuhr mit ernstem Blick fort: »Ich hab erst vor einigen Tagen einen Artikel gelesen, in dem es darum ging, das Ghosting die ›Trennungsart‹ ist, die die stärksten Auswirkungen auf die Psyche hat. Wenn sich jemand plötzlich nicht mehr meldet und auch nicht mehr zu erreichen ist, belastet es uns am meisten, weil es uns schwerfällt, etwas zu verarbeiten, was wir nicht abgeschlossen haben. Darum ist ein klärendes Gespräch eigentlich so notwendig, aber der Ghoster lässt uns mit unseren Gedanken, Projektionen und Gefühlen allein.«

»Man stellt seine Konfliktscheue über einen anderen Menschen«, erwiderte Andreas nach kurzem Überlegen. »Man blendet ihn aus, man löscht ihn, wie man eine ›Freundschaft‹ beendet, indem man ihn ›entfreundet‹. Ghosting ist Blocken in der Wirklichkeit. Vielleicht liegt es ja daran, dass wir das Prinzip der digitalen Welt, in der Menschen zu einem Profil reduziert werden, unbewusst ins Leben übersetzen.«

»Vielleicht«, sagte Mirko. »Aber sicherlich liegt's auch daran, dass das Etikettieren die Dinge rechtfertigt. Man gibt unangemessenen oder falschen Verhaltensweisen einen Namen, indem man sie benennt. Ein Label ist ein Halt. Wenn wochenlang Artikel geschrieben werden, in denen sich ›Experten‹ zu Wort melden, die das ›Phänomen Ghosting‹ erklären und es damit sozusagen salonfähig machen, bestätigt das noch mehr, wie natürlich es geworden ist, sich so zu verhalten. Eine Anleitung zur Gewissenlosigkeit.«

»›Ich hab geghostet‹ klingt ja auch angenehmer als: ›Ich bin ein Arschloch‹«, sagte Andreas.

Dann blickte er zu Christoph, der der Unterhaltung nicht gefolgt war und die Leute beobachtet hatte. Seine Augen glänzten. Er schien angekommen zu sein, dachte er. Zumindest er.

INFLUENCER GAMES

»**Warum sehen hier eigentlich** alle Frauen wie Prostituierte aus?«, fragte Leonie und blickte irritiert einer blonden Frau nach, die sich gerade mit künstlichem Lachen an ihnen vorbeigedrängt hatte.

»Du bist ein Arsch«, lachte Annelie, während ihr Blick der Blondine folgte.

»Sorry.« Leonie zuckte mit den Schultern. »Aber die Leute hier lösen da irgendwie was aus.« Jetzt lachte sie ebenfalls.

Es war kurz nach elf. Klar tat es ihr leid für Annelie, aber sie war schon genervt, bevor sie das Gebäude betreten hatten, weil sie zwanzig Minuten in der Schlange stehen mussten, obwohl sie auf der Gästeliste standen. Am Eingang stand eine Frau mit langem schwarzem Haar, die zu einem tiefroten Abendkleid eine Sonnenbrille trug und sich den Wartenden gegenüber gab, als würde sie Sozialfaschismus für eine Tugend halten. Sie wies die Anstehenden gerade mit der Begründung ab, dass sie ein »Nein« wären. In ihrer Stimme lag höfliche Teilnahmslosigkeit. Als sie Annelie erkannte, begrüßte sie sie mit einer Umarmung, als hätte sie ihre Menschlichkeit wiederentdeckt, und versicherte ihr, dass sie sich nicht hätten anstellen müssen.

»Nächstes Mal kommt ihr einfach gleich nach vorn«, sagte sie.

»Ach komm. Ist doch nett hier.«

Kommt ganz drauf an, wie man nett definiert, dachte Leonie, und dann sagte sie es auch.

Nett, dachte sie. Auch eins dieser Worte, das man benutzte, wenn einem nicht einfiel, wie man etwas oder jemanden beschreiben sollte.

»Also ich find's gut«, sagte Annelie, die jetzt schon etwas gereizt wirkte, bevor sie jemandem zuwinkte, den Leonie nicht ausmachen konnte. Die vielen Gesichter waren schon gleich nach ihrer Ankunft zu einer gesichtslosen Masse verschwommen. Ganz kurz kam ihr der Gedanke, dass da möglicherweise auch niemand war, den Annelie kannte, dass sie einfach immer mal wieder in die Menge grüßte.

Sie machte den Eindruck, als hätte sie Leonies gute Laune abgesaugt, um sie für sich selbst zu verwenden. Aber es reichte ja, wenn eine von ihnen gut gelaunt war. Annelies positive Stimmung war ihr Halt, auch wenn sie aufgesetzt wirkte. Leonie kannte hier niemanden, Annelie hatte bereits vier Menschen begrüßt, um mit ihnen Gespräche zu führen, die sie an die Zeitschriften erinnerten, die bei ihrer Frauenärztin im Wartezimmer lagen. Wenn man sie weglegte, war es, als hätte man sie gar nicht gelesen, es gab nichts Nachhaltiges, keine Informationen, die fortwirkten. Es ging nur darum, die Wartezeit zu vergessen.

»Und die Leute hier«, Leonie blickte sich um, »hier gibt doch jeder vor, etwas anderes zu sein. Man muss gar nicht hören, was die sagen, man muss es nur sehen und weiß, worüber die reden.«

»Worüber reden sie denn?«, fragte Annelie spitz.

»Über sich selbst. Wie toll sie sind. Wie gut alles läuft«, sagte Leonie und hoffte, dass Annelie registrierte, dass das eine Hilfe zur Selbstreflexion sein sollte, sozusagen, aber in Annelies Gesicht war nichts zu erkennen.

»Solche Partys kenn ich aus Hamburg«, fügte Leonie hinzu. »Aber da sind die Leute wenigstens besser angezogen.«

»Jetzt sei mal nicht so negativ. Amüsier dich doch mal.«

Sie hatte ja recht, dachte Leonie, sie musste sich zusammenreißen, wenn man die Leute aus der richtigen Erwartungshaltung betrachtete, besäßen sie ja auch einen gewissen Unterhaltungswert.

»Sorry, ich hab heute früh zuletzt was gegessen«, log sie.

»Na toll.«

»Ich weiß, ich bin ...«

»Ja, ja, unausstehlich bist du, wenn du Hunger hast«, sagte Annelie scharf. »Ja, das weiß ich.«

»Lass uns doch abhauen und irgendwo was essen gehen.«

»Jetzt?«

»In zehn Minuten?«

»Wir sind doch gerade erst gekommen.«

Leonie sah auf ihr Handy. »*Gerade erst* vor einer Stunde? Wir können ja später noch mal wiederkommen.«

Annelie sah sie an, als hätte sie gar nichts begriffen.

Was machte sie hier?, fragte Leonie sich. Sie war auf eine Spotify-Party gegangen und war auf einer Karaokeparty gelandet. Sie waren jetzt seit einer Stunde hier, und bisher hatten sich nur zwei Leute auf die Bühne gewagt, die meiste Zeit spielte ein DJ elektronische Musik, die ihr sogar ziemlich gut gefiel. Sie wusste gar nicht, ob man überhaupt noch auf Karaokepartys ging, ob es eher peinlich war oder ob sie inzwischen wieder als cool galten – aus Vintage-Gründen gewissermaßen.

»Anni!«, schnitt eine schrille Stimme in ihre Gedanken, was auch daran lag, dass die Frau, zu der die Stimme gehörte, Annelies Namen sehr langgezogen aussprach, als würde er mit zwölf »i« geschrieben werden, und drei Silben. Mindestens.

Annelie wandte sich um, ihr Gesicht veränderte sich.

»Schahaaaatz! Wie geht's dir?«, rief Annelie fast noch ein bisschen lauter, es wirkte beinahe wie ein Freudenschrei. Sie umarmten sich übertrieben. Die ersten Köpfe drehten sich zu ihnen, sie hatten es geschafft. Die Frau zu der aufdringlichen Stimme hieß Vanessa, und ihre Lippen waren so voluminös, dass Leonie immer wieder hinsehen musste. Leonie kannte sie, zumindest hatte ihr Annelie schon zwei oder drei ihrer Videos bei YouTube gezeigt. Vanessa war eine Beauty-Bloggerin, über die Annelie sehr schlecht sprach, was wahrscheinlich auf Gegenseitigkeit beruhte. Jetzt wirkten sie, als wären sie die besten Freundinnen. Es war ein sehr schnelles Gespräch, in dem ihr wieder auffiel, wie unnatürlich sich Annelie gab. Vielleicht wurde man ja proportional zur Menge seiner Fans immer unnatürlicher.

»Siehst richtig gut aus«, rief Annelie. »So glücklich.«

»Neue Medikation«, rief Vanessa, ohne die Stimme zu senken. »Seit drei Wochen.«

»Cool«, sagte Annelie. »Steht dir.«

Sie lachten, wahrscheinlich war es eine Art Instagram-YouTube-Snapchat-Berühmtheiten-Humor.

Gott, dachte Leonie hilflos, ihre Therapeuten konnten stolz auf sie sein.

Die beiden schaukelten sich durch die Geschwindigkeit ihrer Unterhaltung in immer größere Unnatürlichkeit, bis Leonie irgendwann das sehr beunruhigende Gefühl hatte, dass die Identitäten der beiden von ihren Instagram-Profilen übernommen worden waren. Als hätten sie die Gesten und immer gleichen Gesichtsausdrücke in die Wirklichkeit übersetzt. Wenn sich Leonie durch die Fotos bei Instagram scrollte, stellte sie sich immer mal wieder vor, wie die übertriebenen Posen und überzogenen Gesichtsausdrücke wohl in der Realität aussähen. Was für Menschen entstünden, wenn die Posen lebendig werden würden. Bisher war es ihr schwer gefallen, sich das vorzustellen, aber jetzt stand sie ja hier, mit Vanessa und Annelie.

»Supernett! Supersympathisch! Superprofessionell!«, sagte Vanessa gerade, während Annelie zustimmend nickte. Sie sprachen eine fremde Sprache, von der man jedes Wort verstand, dachte Leonie. Die Sprache der unaufrichtig herzlichen Menschen. Ein Soziotop, das interessant, ekelerregend und unterhaltsam war, zumindest wenn man sich darauf einließ.

Sie sprachen ja schon, wie Annelie WhatsApp-Nachrichten schrieb, ohne Punkt und Komma. Es gab keine Satzzeichen. Ihr wurde beinahe schwindlig von den Wortkaskaden, mit denen sich die beiden überschütteten, wie in einem Wettbewerb. Manchmal hatte sie sogar den Eindruck, als würden sie miteinander kämpfen, ein Krieg, der mit einem Lächeln geführt wurde. Es war Realsatire, und sie hätte darüber gelacht, wenn es nicht so traurig gewesen wäre.

Hätten sich Annelie und Vanessa über deren Trennungen unterhalten, wäre Leonie sogar noch daran interessiert gewesen. Vanessas Ex-Freund hatte sie mit einer aufschlussreichen und auch sehr brutalen Begründung verlassen, wie Annelie ihr einmal nicht ohne Schadenfreude erzählt hatte. »Ich interessiere mich nur für Interessantes«, hatte er gesagt. Es hätte sie interessiert, wie es in Vanessa nach der

Trennung aussah, wie sie damit umgegangen ist, als klar wurde, mit welcher Art Mensch sie zusammen gewesen war. Vielleicht auch, weil es Leonie an ihren Ex-Freund erinnerte. Aber natürlich konnte sie Vanessa nicht darauf ansprechen, es war der falsche Rahmen, und sie hatten sich ja gerade erst kennengelernt, obwohl *beinahe kennengelernt* es wohl besser traf. Dann fiel ihr noch ein, dass Annelie erzählt hatte, dass Vanessa seit der Trennung nicht mehr an sich selbst dachte, wenn sie masturbierte, und war dann doch ganz froh, als Vanessa endlich nach einer übertriebenen Verabschiedung und zahlreichen »Tschüss, tschüss, tschüss, tschüss« verschwand.

Annelie sah ihr mit hochgezogener Augenbraue nach. »Erfolg ist ja auch eine optische Entscheidung«, sagte sie spöttisch.

Leonie sah sie überrascht an, zehn Minuten lang war sie ihre beste Freundin gewesen, und jetzt, Sekundenbruchteile später, war sie wieder eine Konkurrentin.

»Aber sie ist doch erfolgreich.«

»Sechzigtausend Abonnenten«, sagte Annelie skeptisch, mit einem Gesichtsausdruck, den Leonie schon einmal an ihr gesehen hatte, als sie ein benutztes Kondom, das sie neben ihrem Bett gefunden hatte, mit spitzen Fingern und möglichst viel Abstand zu ihrem Körper zum Mülleimer trug, um sich danach gründlich die Hände zu waschen. »Alles Kindergarten. Relevant ist man erst, wenn man sechsstellig ist.«

»Okay«, sagte Leonie gedehnt, und hatte dabei kurz ein unangenehmes Gefühl, das sie eigentlich nicht mit ihrer besten Freundin verbinden wollte und das glücklicherweise schnell wieder verschwand. Sie fragte sich, ob Annelie ihre Fans mochte, die ihre Fotos bewerteten, ihr folgten und sie abonnierten, weil sie mit sich selbst nichts anzufangen wussten. Wahrscheinlich nicht.

»Und hast du ihr Handy gesehen«, sagte Annelie bitter. »iPhone 6! Gott! Da krieg ich gleich so'n unangenehmes Ziehen in der Magengegend.«

»Verstehe«, sagte Leonie und spürte, wie ihre Augenbraue nach oben zuckte.

»Aber Natalie ist wirklich in Ordnung«, sagte Annelie.

»Wer?«

»Natalie.« Annelie sah sie irritiert an. »Die Frau am Einlass.«

»Na ja. Die hat irgendwie so ein chemisches Lächeln«, sagte Leonie. »Und ganz ehrlich: Sie sah aus wie 'ne optische Täuschung. In den Klamotten.«

»Ist halt ihr Stil.«

»Wie Vanessa«, sagte sie, um Annelie zu ärgern.

»Entschuldigung?« Annelie warf ihr einen verständnislosen Blick zu. »Die hält sich für 'ne Beauty-Bloggerin, sieht aber aus wie 'ne Kaufhof-Verkäuferin, die in ihrer Freizeit Pornos dreht, um sich selbst zu verwirklichen.«

»Na ja.« Leonie machte eine einlenkende Handbewegung.

»Ist doch so.«

»Aber der Ausblick ist schön«, sagte Leonie nach kurzem Schweigen, und jetzt fiel ihr ein, dass das das Argument war, wenn Leute in Plattenbauwohnungen zogen. Sie waren hellhörig, die Deckenhöhe lag bei 2,40 Metern und selbst wenn man nur ein Bild aufhängen wollte, musste man eine Bohrmaschine benutzen, weil man in die Betonwände keine Nägel schlagen konnte.

Der Ausblick war schön. Sie wusste, dass von dieser Party wohl nicht mehr bleiben würde.

EGOLAND

Christoph trieb durch die Nacht, er löste sich auf, und er genoss es. Wenn sein Drink leer war, drückten ihm Andreas oder Mirko ein neues Glas in die Hand. Die Konturen verschwammen, und auch die Realitäten, wenn man das so sagen konnte. Ganz am Anfang, noch bevor sie Mirko getroffen hatten, war ihm dieser Mann mit der furchigen Stirn aufgefallen, der einen Gin Tonic nach dem anderen trank. Er kannte ihn irgendwoher, aber konnte ihn nur vage zuordnen. Er musste immer wieder hinsehen, während er überlegte, ob sie zusammen studiert hatten, obwohl der Mann dafür zu jung war, oder ob er ihn über Hauke oder Erik kannte. Als sich ihre Blicke trafen, nickte Christoph ihm zu, als würden sie sich kennen. Der Mann musterte ihn, und einen Moment lang sah er aus, als wollte er etwas sagen und das Rätsel auflösen. Dann wandte er sich ab, was sehr endgültig wirkte. Und jetzt fiel Christoph auch ein, wer das war, er hatte ihn letztes Jahr in diesem Film gesehen, der so viele Preise gewonnen hatte. *Victoria* hieß der Film, das wusste er noch, und dass Erik über ihn geredet hatte, als hätte er am Drehbuch mitgeschrieben.

So wie mit diesem Schauspieler ging es ihm mit allen vertrauten Gesichtern hier, die natürlich nicht die ehemaliger Kommilitonen waren oder von Leuten, die er mal auf einem Geburtstag kennengelernt hatte, sondern Gesichter von Schauspielern oder Musikern. Leute, die er kannte, weil er sie irgendwann einmal im Fernsehen oder auf großflächigen Plakaten gesehen hatte. Das gab dem Abend etwas Surreales und verstärkte den Eindruck, in einem Film zu sein, genauso wie der Ausblick über die Stadt und auch, dass sein Handy hier keinen Empfang hatte, weil die Dachterrasse zu hoch lag. Sie befanden sich praktisch über den Dingen. Er hatte eine Welt betreten, die er nur aus dem Fernsehen kannte, eine Welt, aus der diese Boulevardmagazine berichteten, die *Brisant*, *Taff* oder so ähnlich hießen und die Julia gelegentlich sah.

Es war eine Welt, in der Menschen nur mit ihrem vollständigen Namen vorgestellt wurden. Hier war er nicht mehr Christoph, er war Christoph Schwarz. So hatte ihn Andreas vorgestellt, mit einem besonderen Unterton, der ihn ein wenig verwirrte. Aber er musste zugeben, dass sein voller Name gut klang, vor allem mit der Betonung, mit der ihn Andreas aussprach. Es gab dem Namen mehr Gewicht, so als wäre er ein Statement.

Er blickte sich nach Andreas um. Er war nicht mehr zu sehen, und der unrasierte Mann in der grünen, mit großen Punkten übersäten Kapuzenjacke, der sich als Mirko Schaffer vorgestellt hatte und inzwischen zu Mirko geworden war, war in ein Gespräch mit der schönen Rothaarigen vertieft, das er nicht stören wollte. Jetzt war er allein, aber er fühlte sich nicht so fehl am Platz, wie er befürchtet hatte. Seitdem er die Frau in dem tiefroten Abendkleid passiert hatte, gehörte er schließlich zur Familie.

Einen Drink, dachte er, das war es wohl, was er jetzt brauchte.

Als er an der Bar stand, roch er einen Duft, der ihm vertraut war. Es war ein Parfum, das Julia benutzte. Sie trug es so oft, dass es ihn irritierte, wenn andere Frauen danach rochen, und plötzlich war etwas in ihm überzeugt, dass Julia hinter ihm stand, obwohl ihr Flieger ja schon vor Stunden in Valencia gelandet war. Christoph spürte, wie er sich verspannte. Dann wandte er sich um und sah in das Gesicht einer Fremden.

Sie war ungefähr Mitte zwanzig und hörte geduldig einer Blondine zu, die erschreckend gutgelaunt war und ununterbrochen auf sie einredete. Sie hatte dunkles Haar, war sehr schlank und außergewöhnlich attraktiv. Sie wirkte, als hätte sie ihrer Freundin einen Gefallen getan, auf diese Party zu gehen. Er schien eine Vorliebe für Außenseiter zu haben, dachte er, und betrachtete ihr Gesicht. Es war ihm nicht vertraut, was ihn aus irgendeinem Grund freute, vielleicht weil es sie erreichbarer machte, oder ihm ähnlicher. Zwei Menschen aus der anderen Welt, in der es nicht darum ging, anderen ein Begriff zu sein. In der ein Vorname genügte, um aneinander interessiert zu sein.

Erst jetzt fiel ihm auf, dass nicht sie Julias Parfum trug, sondern die Blondine, die auf sie einredete. Irgendwie ließ ihn das aufatmen. Er wandte sich zum Tresen, als ihn jemand am Arm berührte. Es war der Barkeeper, dessen Züge ungeduldig wirkten, als hätte er schon mehrere Male versucht, seine Aufmerksamkeit zu erregen.

»Was trinkst du?«, fragte er.

»Gin Tonic.«

»Wir haben Hendrick's, Bombay oder Monkey 47«, sagte der Barkeeper, ein Satz, der Christoph überforderte, weil er mit den Namen nichts anfangen konnte, aber dann fiel ihm Martin ein.

»Welcher würde denn am ehesten zu mir passen?«, fragte er.

Der Barkeeper sah ihn an, als hätte der gerade offenbart, gern Schlagermusik zu hören, weil er ein romantischer Typ war. Oder Schlimmeres. Dann sagte er: »Ach du, dit is 'ne Geschmacksfrage, der Gordon schmeckt halt … na ja, die anderen schmecken smoother. Also die Bardrinks sind eher Monkey 47 oder Bombay, aber ick würde jetzt da nicht …«

»Also mir ist es egal«, sagte Christoph schnell, auch weil er an die Frauen hinter ihm dachte. Die Stimme der Blondine war nicht mehr zu hören, wahrscheinlich bohrten sich gerade ihre missbilligenden

Blicke in seinen Rücken. Es musste so sein, er konnte sie praktisch spüren.

»Also ick geb dir mal so'n Hendrick's. So'n ganz normalen,« sagte der Barkeeper.

»Okay.« Christoph nickte.

»Welche Sorte Eiswürfel?«, fragte der Barkeeper.

»Wie bitte?« Das hatte er nicht verstanden.

»Wir haben Evian, Voss und Fiji Water.«

»Evian«, antwortete Christoph zerstreut, weil ihm der Name am vertrautesten war. »Evian.«

»Jut.« Der Barkeeper stellte das Glas auf den Tresen, Christoph zahlte und gab ein unangemessen großzügiges Trinkgeld.

»Stimmt so«, sagte er.

»Danke«, sagte der Barkeeper. »Aber Getränke kosten hier nüscht.« Er betrachtete den Schein, bevor er ihn zurückgab. »Also bei so viel Trinkgeld hätteste auch 'nen Monkey nehmen können«, lachte er.

Christoph lachte ebenfalls, obwohl der Impuls, jetzt schnell von der Bar zu verschwinden, schon sehr intensiv war. Es war peinlich. Er hoffte, dass die Schöne nichts davon mitbekommen hatte, nahm den Drink und balancierte ihn durch die aneinandergedrängten Gäste, was gar nicht so einfach war. Er ließ sich vom Strom der Menge treiben, der ihn zum hinteren Teil der Terrasse schob, in Richtung Bühne, obwohl er eigentlich in die andere Richtung wollte, aber es hatte keinen Sinn, sich dagegen zu stellen, zumindest nicht mit einem vollen Drink. Als er erschöpft an der Glaswand lehnte, die die Terrasse umschloss, umklammerte er ihn, als hätte er ihn gerettet. Er zündete sich eine Zigarette an und versuchte, Andreas in der Menschenmenge auszumachen. Es war aussichtslos. Es war zu voll, zu viele Gesichter.

Er musste an Julia denken, was an dem vertrauten Parfumgeruch eben an der Bar liegen konnte oder daran, dass es ein Moment der Ruhe war. Christoph spürte beim ersten Schluck des dritten Gin Tonics, wie überzeugt er nun war, dass Julia eine Affäre hatte. Hass stieg in ihm hoch, das Gefühl, sie verletzen zu wollen, sich zu rächen. Er hätte in seiner sensiblen Gefühlslage nicht trinken sollen, Alkohol intensivierte die Gefühle doch nur und ließ einen noch mehr leiden. Er hatte nie verstanden, wie Männer nach einer Scheidung in den Alkohol abdriften konnten. Alkohol betäubte das Leiden nicht, er machte es greifbarer, physischer, er vergrößerte es.

Er war ganz froh, dass seine Gedanken von einer Frau abgelenkt wurden, die gerade die Bühne betrat. Sie war ziemlich betrunken und begann ein Lied zu singen, das er nicht kannte. Sie war sogar sehr betrunken, sie wankte und tat ihm plötzlich sehr leid, auch weil er sah, wie einige Gäste sie belächelten.

Während er der Frau zusah, wie sie sich um Kopf und Kragen sang, leerte er seinen Drink. Wahrscheinlich nahm ihren Auftritt gerade jemand mit seinem Handy auf, um es morgen bei YouTube hochzuladen. Es hätte gute Chancen, ein viraler Hit zu werden, die Leute mochten es ja, anderen bei ihren Peinlichkeiten zuzusehen. Morgen könnte sie ein YouTube-Star sein, dachte er und blickte zu der Frau, die gerade sehr zerbrechlich wirkte in ihrer unfreiwilligen Komik.

Auf einmal spürte er den Impuls, sich in die Liste einzutragen, den ungewohnten Drang, auch einen Song singen zu wollen. Schließlich kannte er hier niemanden oder sie hielten ihn für irgendeinen Prominenten, den sie nicht kannten, einen weiteren Vor- und Zunamen.

Eigentlich war er kein Karaoke-Freund. Dabei hatte er eine gute Stimme. Mit Anfang zwanzig hatte er in einer Band gespielt, nicht nur wegen der Mädchen. Sie hatte drei Proben überlebt und war danach einen stillen Tod gestorben. Die Todesursache waren wohl menschliche und künstlerische Differenzen gewesen, wenn man das nach drei gemeinsamen Proben sagen konnte. Eine neue Band hatte sich nie ergeben.

Er nahm einen der ausliegenden Zettel, auf dem die vorhandenen Titel aufgelistet waren. Sein Blick zog über Songtitel, die ihm alle nichts sagten. Wahrscheinlich hatte er sie schon mal im Radio gehört. Dann entdeckte er das einzige Lied, das er kannte.

»Egoland«, sagte er zu dem Mann am Mischpult.

Manchmal stellte er sich vor, wie es wäre, wenn es zu seinem Leben einen Soundtrack geben würde. Wie sein Alltag wirken würde, wenn er mit der richtigen Musik untermalt wäre, genau passend zu dem Moment.

»Egoland« war seit Wochen in seinem Kopf, sonst verkanteten sich ja meist Songs darin, die er nicht mochte. Er durfte nicht zufällig Helene Fischer im Radio hören, oder Wolfgang Petri – die schrecklichsten Lieder hielten sich tagelang in seinem Kopf, obwohl er ihre Musik hasste. Aber dieser war einer der guten Ohrwürmer. Er war sein Soundtrack der letzten Wochen.

»Da bin ich sogar textsicher«, sagte er, auch um zu überprüfen, ob er schon lallte, das Schicksal seiner Vorgängerin wollte er schließlich nicht teilen.

»Die Texte stehen dann aber auch auf dem Monitor«, sagte der Mann am Mischpult. »Du kannst gleich hochgehen.«

Als er die Bühne betrat, dachte er an die Karaokeszene aus dem Film *Lost in Translation*. An Bill Murray, der, während er beginnt, zaghaft »More Than This« von Roxy Music zu singen, den ersten Blickkontakt mit Scarlett Johansson wagt. Dann gab ihm der Mann am DJ-Pult ein Zeichen. Als der Song begann, fiel ihm ein, dass er vorher noch einen Wodka hätte trinken sollen, wie Bill Murray. Die ersten Textzeilen wurden auf der Leinwand eingeblendet. Als sich die Buchstaben verfärbten, begann er zu singen. Seine Stimme klang besser als er erwartet hatte, so durch das Mikrofon verstärkt. Er sang erstaunlich sicher, obwohl er vor vielen Leuten stand, was ihn eigentlich verunsicherte, aber es war irgendwie die richtige Stimmung. Und dann passierte etwas, was er nicht erwartet hatte, die Gespräche erstarben, die Leute drehten sich zu ihm, das Callcenter verstummte, es gab nur noch die Musik. Er konnte einige Gesichter erkennen. Einige sangen mit. Viele lächelten. Ein Paar begann zu tanzen. Es war eine pathetische, ja, sogar eine kitschige Situation. Aber er hatte den Eindruck, dass es passte. Als immer mehr Gäste begannen, zu dem Song zu tanzen, empfand er ein gutes, fast vergessenes Gefühl: Er stand im Mittelpunkt.

Und plötzlich spürte er sie. Die ungewohnte und berauschende Berührung der Freiheit. Es war, als würde sich eine Verspannung lösen.

DÉJÀ-VU

Obwohl sie ihm noch nie begegnet war, berührte sie der Mann auf der Bühne auf eine merkwürdig vertraute Art. Wie ein unbestimmtes Déjà-vu, als würden sie sich kennen, als gäbe es eine Verbindung. Leonie mochte seine Stimme, aber daran lag es nicht. Sie versuchte, seine Züge einer Erinnerung zuzuordnen, aber fand keine Anhaltspunkte. Sie blickte zu Annelie, die neben ihr stand und deren Kopf leicht im Takt wippte. Es war der erste Moment, in dem sie sich auf dieser Party nicht fremd fühlte. Und jetzt fiel ihr auch ein, was diesen Mann zu einem Déjà-vu machte, es war das Lied, das er sang. Es war die Melodie. Die Melodie, die sie kannte. Er schien seine Energie in dieses Lied zu legen, als hätte er es in dieser Frühlingsnacht ebenfalls gehört, als wäre er Teil des unsichtbaren Publikums gewesen, das sie sich in den Nachbarwohnungen vorgestellt hatte. Still lauschend, mit geschlossenen Augen und einem Glas Wein auf dem Sofa liegend, in dem Jackett, das er auch jetzt trug. Es war ein Bild, das passte. Es war merkwürdig, an diesem Abend hatte sie sich vorgenommen, herauszufinden, von wem das Lied war, aber sie hatte es nie gemacht. Vielleicht hatte sie den Zauber dieser Nacht nicht kaputt machen wollen, dadurch, dass sie den Song immer und immer wieder hörte, bis er durch die ewige Wiederholung nichts mehr in ihr auslöste, sie nicht mehr bewegte und dieser Nacht ihre Bedeutung nahm. Erst jetzt berührte die Melodie wieder ihr Leben, in genau der richtigen Stimmung, und jetzt war sie froh, nie nach dem Lied gesucht zu haben.

Als der Song zu Ende war, erhob sich ein zuerst zögernder, dann immer kraftvoller Applaus. Der Mann verbeugte sich leicht, ein wenig scheu, was ihr gefiel, bevor er die Bühne verließ, sich suchend umsah und dann in Richtung Bar ging.

»Wollen wir was trinken?«, fragte sie.

»Auf jeden Fall«, sagte Annelie nach einem Blick auf ihr beinahe geleertes Glas.

Sie schoben sich durch die Menge, was gar nicht so einfach war, weil die Gäste es als persönliche Beleidigung aufzufassen schienen, einen Schritt zur Seite zu gehen.

Gott, dachte sie. Diese Berlin-Mitte-Leute waren so unsicher.

Als Annelie die Drinks bestellte, entdeckte sie ihn. Er unterhielt sich mit einem Mann in einem dunklen Jackett, der ihnen den Rücken zuwandte und dessen Bewegungen ihr aus irgendeinem Grund ebenfalls vertraut waren. In dem Moment wandte er sich zur Seite, weil eine Frau auf die beiden Männer zutrat. Da sah sie sein Profil und spürte, wie sie sich verspannte und sich ein plötzlicher Druck auf ihren Magen legte. Einen Moment lang hoffte sie, dass es ein Irrtum war, dass dort nur jemand stand, der ihm sehr ähnlich sah, aber als sie das Lächeln sah, das sie einmal so gemocht hatte, als sie begriff, dass sie sich nicht getäuscht hatte, wurde der dumpfe, anhaltende Druck stärker. Am liebsten wäre sie jetzt sofort gegangen. Er würde ihr den Abend versauen, genau genommen hatte er das schon, obwohl sie sich seit Jahren nicht gesehen hatten. Seine Anwesenheit genügte bereits.

Annelie berührte ihren Arm und wies in seine Richtung.

»Ist das nicht dein Andreas?«, fragte sie.

»Mein Andreas?«, sagte Leonie aufgesetzter, als es eigentlich hätte klingen sollen, während ein Bild vor ihr auftauchte, an das sie seit zwei Jahren nicht mehr gedacht hatte. Das Bild ihrer Großmutter, die ein Buch in der Hand hielt und das Foto auf dessen Rückseite betrachtete. Und dann dachte sie daran, wie Sabina ihr einige Wochen zuvor den Mann auf dem Foto vorgestellt hatte, auf der Party von diesem Brillenhersteller, dessen Name ihr entfallen war, auf einem Hinterhof der Oranienburger Straße.

»Das ist Leonie«, hatte Sabina gesagt, »Und das ist Andreas Landwehr.«

»Du kannst aber auch Andreas zu mir sagen«, hatte er lächelnd mit einem nachsichtigen Seitenblick zu Sabina gesagt.

Sein Roman war erst seit einigen Wochen auf dem Markt. Sie hatte ihn nicht gelesen, aber auf einer Geburtstagsparty am Wochenende zuvor hatte es die Gastgeberin geschenkt bekommen, und es wurde den ganzen Abend darüber diskutiert. Das Buch hatte sozusagen die Party gecrasht.

Sie hatten an dem Abend ihres Kennenlernens gar nicht so viel miteinander gesprochen, obwohl sie sich gern mit ihm unterhalten hätte, aber einige Tage darauf schickte er ihr eine Freundschaftsanfrage auf Facebook. Sie schrieben, sie telefonierten, ihr erstes Gespräch dauerte sechs Stunden. Sechs Stunden, in denen der Zuname langsam verschwand und der Mensch sichtbar wurde. Erstaunlicherweise ein Mensch, der mit ihr sprach, wie noch kein Mann mit ihr gesprochen hatte. Er nahm sie ernst und schien jemand zu sein, für den nicht alles nur ein viel zu durchschaubares Spiel war, um sie ins Bett zu bekommen. An dem nächsten Abend, an dem sie sich wiedersahen, schliefen sie miteinander, was sonst gar nicht ihre Art war. Es war wie ein Rausch, in dem sich alles ganz selbstverständlich ergab, in dem die Dinge ganz natürlich ineinander griffen. Der perfekte Anfang einer Liebesgeschichte.

Dann begann seine Lesetour. Er war drei Monate unterwegs, und erst da nahm sie wahr, wie präsent er gerade war, sie wurde ständig an ihn erinnert. In den Buchläden stapelten sich seine Bücher, die Stadt war mit ihm zuplakatiert. Sie wurde mit ihm bombardiert, sah die Fotos der Lesungen bei Instagram, sah die vielen Frauen, dachte an die Theorien ihrer Freundinnen, denen zufolge Andreas nach jeder Lesung ausufernde Orgien in Hotelzimmern veranstaltete. Das machte die Frauen auf den Fotos zu einer Bedrohung, zu potenziellen Liebhaberinnen. Es waren Bilder, die sie belasteten, sie fühlte sich plötzlich einsam, schickte ihm vor jeder Lesung vorteilhaft fotografierte Porträtfotos von sich mit dem Hinweis, den Frauen nicht den Kopf zu verdrehen. Irgendwann kippte es, sie spürte, dass es sie zu sehr belastete, sie spürte, dass sie ihm nicht vertraute. Dann schrieb sie ihm, dass sie sich nicht auf ihn einlassen könne, er habe ihr einen Eindruck vermittelt, wie sie sich eine Beziehung wünsche, aber nicht mit jemandem wie ihm.

Sie hatte sich immer beobachtet gefühlt, wenn sie sich an den seltenen Tagen, an denen er in Berlin gewesen war, getroffen hatten. Es gab keine Privatsphäre. In einem Restaurant zum Beispiel, hatte sie nie gewusst, wer gerade zuhörte.

Andreas schien Allgemeingut zu sein, sie würde ihn nie für sich selbst haben können, sie wäre immer den abschätzigen Blicken anderer Frauen ausgesetzt. Sie wollte nicht mit einem Mann zusammen sein, der im Rampenlicht stand. Sie würde es nicht aushalten. Sie wünschte sich einen normalen Menschen, der ein Leben lebte, ohne Aufsehen zu erregen, jemanden, der für sie da war und nicht ständig auf Tour, sie wünschte sich jemanden, der ihr Ruhe gab, und niemanden, der ihr Leben durcheinanderbrachte.

Es war alles zu schnell gegangen, die Mauer, die sie normalerweise um sich aufgerichtet hatte und die für Männer nur sehr schwer zu überwinden war, war schon am ersten Abend in sich zusammengestürzt. Die Dinge hatten sich so schnell entwickelt, dass sie über sich selbst erschrak, und verunsichert war. Sie beendete es, bevor der Schmerz beginnen konnte.

Ihre gemeinsame Zeit war ein Rausch gewesen, aber ein Rausch war schnell vorbei. Die Dinge mussten sich langsam entwickeln, um Bestand zu haben, darum war da doch diese Mauer, die sie sonst umgab.

Durch Andreas hatte sie allerdings begriffen, dass sie wieder bereit für eine Beziehung war, aber er war nicht der Richtige, mit ihm würde sie nur leiden. Die Entscheidung hatte nicht sie gefällt, die Umstände hatten sie getroffen. Von da an ließ sie keine Gefühle mehr zu. Sie begann Argumente gegen ihn zu sammeln, und ihr Umfeld half ihr dabei. Annelie sagte, als sie ihr von der Liaison mit Andreas erzählte:

»Was will der denn mit dir?«, und dann: »Wenn du mit ihm durch bist, kannst du ihn mir mal abgeben.« Auch ihre Mutter hatte ihn gegoogelt und riet ihr ab. »Sei vorsichtig«, hatte sie gesagt, »er kann mit Worten umgehen.«

Und dann war sie mit ihrer Großmutter, die natürlich keine Ahnung von ihrer Liaison hatte, einkaufen. Sie hatte plötzlich sein Buch in der Hand, blätterte darin, drehte es um und betrachtete das Foto auf der Rückseite. Dann hielt sie das Bild in Leonies Richtung und sagte: »Der sieht doch sympathisch aus, der wär doch was für dich.«

Es war, als würden sich zwei Welten berühren. Mit ihm zusammen zu sein, hätte bedeutet, permanent der Öffentlichkeit ausgesetzt zu sein. Das war der Moment, der ihr endgültig half, sich gegen ihn zu entscheiden.

Sie hatte in einer Vorlesung gesessen, als sie schrieb, dass sie nicht zueinander passten. Er war gerade auf dem Weg nach Köln. Zwei Stunden schrieben sie miteinander. Eine WhatsApp-Trennung. Sie hätte gern mit ihm gesprochen, hatte ganz kurz sogar darüber nachgedacht, ihn ein letztes Mal zu treffen, aber wenn sie seine Stimme gehört oder ihn gesehen hätte, hätte sie ihren Vorsatz verworfen, und davor hatte sie sich gefürchtet.

Das war jetzt zwei Jahre her, es war so weit weg. Anfangs hatte sie noch gehofft, dass sie sich irgendwann einmal begegnen würden, zufällig, und sich unbefangen unterhalten könnten, als Menschen, die sich mochten, ohne weiteres Interesse aneinander. Aber als sie einen Monat nach der Trennung diese lange Nachricht von ihm erhalten hatte, diese Liebeserklärung, war klar gewesen, dass das nie geschehen würde. Es nahm Männern die Würde, wenn sie nach einer Trennung ihre Liebe gestanden und zu kämpfen begannen, wenn es schon zu spät war. Sie hatte Andreas' Text mit einem unangenehmen Gefühl gelesen, es schien ihr ein unangemessener Text. Außerdem war sie schon mit Raphael zusammen und mit ihm gerade in einem Urlaub in Paris gewesen, als sie die Nachricht erhalten hatte. Mit ihm hatte sie dann die folgenden anderthalb Jahre ihres Lebens vergeudet, was sie damals in Paris natürlich nicht so gesehen hatte, so verliebt wie sie waren. Andreas überhaupt zu antworten, hatte sie große Überwindung gekostet. Ihre lange Nachricht war eine einzige Floskel gewesen, es waren einfach nicht mehr genug Gefühle da. Sie hatte ihm keine Hoffnung machen wollen, um ihm unnötiges Leid zu ersparen. Mehr hatte sie nicht für ihn tun können. Danach hatten sie keinen Kontakt mehr gehabt. Zwei Jahre lang. Bis jetzt.

»Lass uns doch mal Hallo sagen«, sagte Annelie, und erst jetzt fiel ihr ein, dass Annelie und Andreas sich noch nie begegnet waren. »Oder ist das irgendwie komisch für dich?«

»Klar, können wir machen«, sagte sie ein bisschen zu schnell, weil sie den zunehmend unangenehmen Druck spürte. Sie würden nie unbefangen miteinander umgehen können, das wusste sie seit seiner Liebeserklärung, und der Druck auf ihrem Magen erzählte das Gleiche, aber da musste sie jetzt durch. Schließlich stand sie über den Dingen, so hatte sie die Rollen bei ihrer Trennung verteilt, und aus dieser Rolle wollte sie nicht fallen.

Sie gingen zu den drei Männern hinüber, die sich lachend unterhielten.

»Hallo«, sagte Leonie leise.

Der Mann von der Bühne und der Mann mit dem langen Seitenscheitel sahen sie an, aber sie blieben in der Unschärfe, sie sah nur Andreas, der sich wie in Zeitlupe zu ihr wandte, ein Lächeln auf den Lippen.

Während sie sich zwang, ihr Lächeln zu halten, wiederholte sie es noch einmal etwas deutlicher, bevor sich ihre Blicke trafen: »Hallo Andreas.«

»Das war gut«, hatte Mirko hab mir mal die Leute angesehen, als du auf der Bühne warst, die Gesichter. Das ist ja bei solchen Sachen das wirklich Interessante. Die waren richtig ergriffen, alle haben dir zugehört. Aber der Song ist ja an sich, wie soll ich sagen, den hast du auch gut ausgesucht, also das ist Popmusik«, sagte Mirko. »Die ist schon von faschistoider Klarheit.«

Christoph sah zu Andreas, der nickte, als wüsste er genau, was Mirko meinte.

»Friedrich«, rief Mirko und wandte sich ab, um einem Brillenträger mit jungenhaftem Gesicht zu begrüßen.

»Faschistoide Klarheit?«, sagte Christoph mit fragendem Blick. »Also ich hab gar nicht verstanden, was er gerade gesagt hat.«

»War auch nur sehr schwer zu verstehen«, sagte Andreas mit einem Lächeln. »Das folgt einer eigenen Logik.«

»Den Leuten fehlt einfach Pop-Appeal«, sagte Mirko gerade eindringlich zu Friedrich, als wollte er das bestätigen.

Christoph dachte an die Gesichter der Leute, die ihm mit anerkennendem Lächeln zugenickt hatten, als er die Bühne verlassen hatte. Ein Mann hatte ihm sogar die Hand geschüttelt. Ein ungewohntes, angenehmes Gefühl, im Mittelpunkt zu stehen. Erst durch seinen Auftritt begann er auf dieser Party zu existieren.

Er wandte sich zur Seite, als er aus den Augenwinkeln eine Bewegung sah, es waren die beiden Frauen, die hinter ihm an der Bar gestanden hatten. Sie kamen direkt auf ihn zu. Ihre Rollen hatten sich verschoben, das sah er in ihren Blicken. Die Blondine, die vorhin noch so eindringlich auf ihre Freundin eingeredet hatte, lief hinter ihr, mit einem verhaltenen Lächeln, die Schöne hatte die Kontrolle übernommen. Er spürte plötzlich, wie nervös er war, weil sie so bestimmt auf ihn zuging. Man musste nur auf einer Bühne stehen und plötzlich öffneten sich die Türen, dachte er. Er versuchte ein Lächeln, als ihn die beiden erreichten, auch die Schöne lächelte jetzt, und er wurde immer nervöser.

»Hallo«, sagte sie und sah an Christoph vorbei, als wäre er gar nicht da. »Hallo Andreas.«

Als Andreas sich umwandte und Leonies Züge erkannte, als ihr leicht gezwungen lächelndes Gesicht alles, was sie umgab, nebensächlich werden ließ, spürte er einen Stich, verbunden mit einer intensiven Taubheit, die sich auf seinen Magen legte. In Sekundenbruchteilen überfluteten ihn Gedanken, Gefühle und Erinnerungen, die er mit diesem Lächeln verband.

Leonie. Sie war es tatsächlich.

Er war ihr zum ersten Mal im Sommer vor drei Jahren auf dieser Fashion-Week-Party begegnet. Es war wieder mal eine dieser Partys gewesen, auf der man in die Welt des Smalltalks eintaucht, eine Welt, in der man das Gefühl hat, dass einem niemand wirklich zuhört, was irgendwie stört, bis man begreift, dass man selbst keinem wirklich zuhört, während der Blick über die eintreffenden Gäste tanzt, auf der Suche nach einem vertrauten Gesicht, das man begrüßen könnte.

Er erinnerte sich noch genau. Er hatte kurz mit Martin Carstensen gesprochen, und dann mit einen Kameramann, der vor allem Musikvideos und gelegentlich auch mal Pornofilme drehte. Der hatte ihm gerade geraten, mit welcher Art Frauen eine Beziehung keinen Sinn hatte.

»Prostituierte und Pornodarstellerinnen«, hatte er gesagt.

»Oh, danke für den Hinweis«, sagte Andreas in einem Tonfall, als wäre er ohne dessen Rat nie darauf gekommen.

Er war immer noch ein bisschen benommen von der Einsicht des Kameramanns, als sein Blick auf den Durchgang zum Innenhof fiel, in dem ein Counter aufgestellt war, vor dem sich eine Schlange gebildet hatte.

In der Schlange sah er Sabina, ein Gesicht, das er begrüßen konnte, und dann sah er die Frau, die in Sabinas Begleitung war. Sie hatte die Haut einer Rothaarigen, obwohl sie brünett war. Es gab nur wenige Frauen, die so attraktiv waren, dass es in ihm ein kurzes Schwindelgefühl auslöste. Das war eine dieser Frauen, bei der, wenn man sie sieht, alles in den Hintergrund tritt, einen kurzen Moment lang alles ausgeblendet wird, wie in einem Film. Wie die Schauspielerin Emma Stone, der sie ähnlich sah, die in dem Film *La La Land* auf einer Party ganz zaghaft durch eine in der Bewegung erstarrten Menschenmenge geht, bis der Zuschauer erkennt, dass sich die tanzenden Partygäste in Zeitlupe bewegen, zuerst langsam, dann immer schneller, und Emma Stone bahnt sich schüchtern, mit wachem Blick ihren Weg durch die Menge. Es war ein Bild, das sein Gefühl beschrieb. Das Gefühl, außerhalb der Zeit zu sein, geblendet von der Schönheit einer Frau.

Sie sprachen nur kurz miteinander, eigentlich begrüßten sie sich nur, während er sich mit Sabina unterhielt. Attraktive Frauen verunsicherten ihn, er wollte nichts falsch machen. In den nächsten Stunden suchte sein Blick immer mal wieder in der Menge nach ihrem Gesicht, nach ihrem Lachen und nach den Grübchen, die sich auf ihren Wangen abzeichneten, wenn sie lachte, aber wenn er sie entdeckte und sie in seine Richtung sah, blickte er schnell weg. Es war merkwürdig, wie schnell er sein Selbstbewusstsein in Gegenwart einer Frau verlor, die ihn interessierte, die ihn wirklich interessierte. Irgendwann konnte er sie nicht mehr finden, und auch Sabina war verschwunden. Als klar war, dass sie gegangen waren, und er die kalte Endgültigkeit einer verpassten Gelegenheit in sich wachsen spürte, fiel ihm Facebook ein. Er schrieb Sabina eine Nachricht, ob sie die schöne Unbekannte fragen würde, ob er sich bei ihr melden dürfe. Nicht einmal zwanzig Minuten darauf schrieb ihm Sabina, er solle sich unbedingt melden, und schickte den Link zu ihrem Facebook-Profil. Sie hieß Leonie Weber. Als er Sabinas Nachricht las, verlor er schlagartig das Interesse an der Party und verschwand ebenfalls.

Am nächsten Morgen schickte er ihr eine Freundschaftsanfrage, er wollte ja nicht zu aufdringlich erscheinen, nicht zu gierig wirken, und schrieb ihr, nachdem sie sie angenommen hatte, eine kurze Nachricht: »Mist! Hätte mich gestern gern noch mit dir unterhalten, aber du warst dann so plötzlich weg. Wenn du Lust und Zeit hast, lass uns doch mal auf einen Kamillentee oder auf einen Gin Tonic treffen. Würd mich wirklich freuen!«

Leonie schrieb sofort zurück: »Hey Andreas, das ist ja witzig! Hätte mich auch gern mit dir unterhalten, aber du warst plötzlich auch weg. Na ja... wie gut, dass es Sabina und Facebook gibt. Für Getränke bin ich auch immer zu haben. Allerdings – um mal mit der Tür ins Haus zu fallen – könnte ich nur heute. Danach bin ich nämlich erst einmal zwölf Tage weg.«

Es kam zu keinem Treffen mehr vor ihrer Abreise. Aber in den kommenden zwölf Tagen telefonierten sie jeden Tag miteinander, und wenn sie nicht telefonierten, schrieben sie sich. Ihr erstes Telefonat dauerte sechs Stunden. So lange hatten beide noch nie mit jemandem telefoniert. Als Leonie dann endlich wieder in Berlin war, trafen sie sich in seiner Wohnung, redeten, tranken Wein und schliefen am selben Abend miteinander. Von da an sahen sie sich jeden Tag. Er erfuhr, dass sie den Regen liebte und dass sie es mochte, viel zu lange zu schlafen, sie fanden heraus, dass sie dieselben Dinge hassten, und genossen die Intelligenz des anderen. Es war wunderbar. Es war der perfekte Beginn einer Liebesgeschichte, es hatte etwas Inszeniertes, als hätte es sich jemand ausgedacht, der Drehbuchautor einer romantischen Liebeskomödie: ihre stundenlangen Gespräche, den Sex, alles. Sie wurden geführt, sie ließen sich treiben. Er spürte, dass sie etwas in ihm berührt hatte, von dem er nicht einmal gewusst hatte, dass es da war. Sie deutete ihn, beurteilte ihn und schob sein Leben in neue, ungewohnte Zusammenhänge. Als er Stephan einmal ein Foto von ihr zeigte, sagte der beeindruckt: »Wenn ihr Kinder bekommt, werden das schöne Kinder.«

In dieser Zeit war sein Roman erschienen, drei Monate Lesereise hatten gerade begonnen und er war nur sporadisch in Berlin.

An einem seiner wenigen Tage in der Stadt saßen sie auf seinem Balkon und Leonie sagte, dass sie annahm, schwanger zu sein, sie hatte es irgendwie im Gefühl, sagte sie. Das war der Moment, der alles änderte. Jahrelang hatte er es aufgeschoben, die Idee, in einen neuen Lebensabschnitt zu treten, und plötzlich, mit dieser Frau, konnte er sich vorstellen, Vater zu sein. Es war der perfekte Augenblick. In nur zwei Monaten war er wieder in Berlin, dann würde er ein neues Leben beginnen, mit ihr, das Leben, das er sich gewünscht hatte. Es war ein ungewohntes, euphorisches Gefühl. Er würde glücklich sein, das wusste er, sie würden glücklich sein. Er würde diese Frau glücklich machen. Nicht einmal eine Woche darauf beendete sie vollkommen unerwartet ihre Liaison.

Unzählige Male war er später in Gedanken zu der letzten Unterhaltung mit ihr zurückgekehrt, ihrem letzten Gespräch, das nicht einmal ein Gespräch war, obwohl es um ihre Trennung ging. Es war ein dreistündiger WhatsApp-Chat. Ein unangemessener Rahmen für eine Trennung. Immer wieder las er ihre Nachrichten, immer wieder sortierte er ihre Argumente, die die verkopften Argumente einer Frau waren, die zu viel nachgedacht hatte. Und die Verkopftheit ihrer Argumente hätten ihm Hoffnung geben können. Sie hatte nicht auf ihr Herz gehört, sondern nur auf die Vernunft. Ihre Argumentation war so rational, dass ein Treffen ihre Entscheidung hätte ändern können. Er wusste, dass sie nur einmal essen gehen mussten, einen ihrer wundervollen Abende miteinander verleben mussten. Das würde die Entscheidung ändern, aber sie befanden sich in der WhatsApp-Welt, in der Welt der Distanz, und er war noch zwei Monate auf Lesetour. Er konnte nicht mehr handeln. Aus der Entfernung hatte er keine Chance.

»Nach genau so einer Frau hast du doch gesucht«, hatte Mirko damals gesagt. »Die nicht an dem Glanz des Autors interessiert ist, sondern an dir als Mensch.«

»Aber genau der hat sie ja abgeschreckt«, hatte Andreas erwidert.

»Das macht sie ja gerade sympathisch.«

Es waren diese Gespräche, durch die er sie nicht aus seinem Kopf bekam. Sie hatte sich aus seinem Leben gelöst und entfernte sich, mit ihr der kurze Teil seines Lebens, den er mit ihr verband. Ohne dass er etwas dagegen unternehmen konnte, verschwand sie in einer endgültigen, grausamen Unerreichbarkeit. Er konnte nicht mehr kämpfen, das hätte es nur noch schlimmer gemacht. In den folgenden Wochen konnte er nur noch an sein imaginäres Leben mit Leonie denken, verbunden mit einer dumpfen Taubheit, die auf seinem Magen lag. Ein resignierter, stiller und ununterbrochener Schmerz.

Er war das einzige, was ihm von ihr geblieben war, die letzte Verbindung. Dieses Gefühl war immer präsent, der dumpfe Druck, der wie ein Schatten auf dem Tag lag, während sie, zumindest fand es in seinem Kopf so statt, lachend ihr Leben weiterlebte, während sie ohne ihn glücklich war.

Unglücklicherweise waren sie bei Facebook befreundet. Er begriff zum ersten Mal, wie sehr man der brutalen Transparenz sozialer Medien ausgeliefert war. Man brauchte Abstand, um die Dinge abschließen zu können, aber es gab keinen Abstand mehr. Man hatte immer Zugriff auf das Leben des anderen, er war nur einen Klick entfernt. Jedes Like gewann eine Bedeutung, bot Interpretationsspielraum. Er zwang sich jeden Tag, nicht auf ihr Profil zu gehen, und sah sich dann doch die Gesichter der Menschen an, die die neuesten Fotos geliket hatten, er las sich die Kommentare durch, suchte nach einem Anhaltspunkt, während das Kopfkino bereits begonnen hatte. Jeder Post war indirekt an sie gerichtet. Sobald er etwas postete, flog sein Blick in Zehn-Minuten-Abständen über die Profilbilder der Leute, die seine Fotos geliket hatten, ständig auf der Suche nach ihr. Und dann dieses unfaire Gefühl, wenn einem Freunde schrieben, deren Nachrichten plötzlich so unbedeutend und nichtig waren, weil sie nicht von ihr geschrieben worden waren.

Er sprach viel über Leonie in den Monaten nach der Trennung, so viel, dass seine Freunde ihren Namen nicht mehr hören konnten, aber jedes Gespräch über sie war seine Chance, sie festzuhalten, sich mit ihr zu beschäftigen. Eine Chance, ihr noch einmal nah zu sein, ihrer vergoldeten Vergangenheit. Seine Schilderungen zeichneten ein so perfektes Bild ihres Monats, dass Fremde, denen er von ihr erzählte, ihm den Rat gaben, es unbedingt noch einmal zu versuchen, um sie zu kämpfen. Wenn man ihn über Leonie reden hörte, schien sie ja eine Frau zu sein, um die es sich zu kämpfen lohne.

Als er nach der Lesetour wieder in Berlin war, schrieb er ihr eine WhatsApp-Liebeserklärung, mehr eine Stilübung als ein leidenschaftliches Bekenntnis. Er wusste natürlich, dass es zwecklos war, und er wollte eigentlich auch gar nicht mehr mit ihr zusammenkommen, seine Leidenschaft war abgekühlt. Es ging ihm vielmehr um die Schönheit der Formulierungen, die seine Gefühle der vergangenen Monate noch einmal veredelten. Als sie zurückschrieb, dass die Gefühle einfach nicht ausgereicht hatten, antwortete er, dass er an ihr nicht als Geliebte interessiert war, sondern als Mensch. Er wusste, dass es eine Lüge war, und ahnte, dass es ihr auch klar war, denn darauf antwortete sie nicht mehr.

Er fragte sich, was er für Leonie empfunden hatte. War es Liebe gewesen? Es war schon grotesk. Wären sie richtig zusammengekommen, hätte die Beziehung vielleicht ein halbes Jahr gehalten. Ihre Unsicherheit hätte ihn genervt, dieses ständige, zwanghafte Bedürfnis nach Bestätigung, und dann diese affektierte Art, in der sie sprach. Aber sobald sie nicht mehr verfügbar gewesen war, hatte sie sich für ihn verändert. Aus der Ferne hatte er die Liebe zu ihr kultivieren können. Wenn es Liebe gewesen war, dann die Liebe zu einer Idee von Leonie. Sie war zu einer Projektionsfläche geworden, zu einem Geschöpf seiner Einbildungskraft. Die Illusion einer schönen, geheimnisvollen und außergewöhnlichen Frau, die er bis heute in sich aufbewahrte, die er pflegte und kultivierte, die wuchs und gedieh, die überhöhte Projektion eines Menschen, mit dem er sich ein Leben hatte aufbauen wollen. Ein stilisiertes Ideal, vor dem keine Frau, die er danach kennen gelernt hatte, bestehen konnte. Er verglich die Frauen, mit denen er schlief, immer noch mit einer Illusion, einem verklärten Bild. Leonie war eine Folie, auf ihr lag ein Zauber, der nichts mit der Frau zu tun hatte, mit der ihn eine zweimonatige Liebschaft verband. Er hatte die Bedeutung eines Ereignisses überschätzt. Er hatte eine Legende erfunden, in die er sich noch im Nachhinein verliebt hatte. Die »wahre« Liebe hatte nichts mit der geliebten Person zu tun. Das hatte Kundera, den Leonie so mochte, in einem seiner Romane geschrieben, und so wie es aussah, hatte er recht. Vielleicht war das ja die einzige, tiefempfundene Liebe, die er empfinden konnte. Die Liebe zu einer Illusion, die er kreiert hatte, Leonie war nur Mittel zum Zweck.

Er hatte zunächst angenommen, dass es der Anfang seiner großen Liebesgeschichte wäre, aber er hatte sich geirrt. Er hatte es sich gewünscht, er hatte es sich wirklich gewünscht, aber sie hatte ihn zu einem Nebendarsteller von geringer Bedeutung in ihrer Geschichte gemacht, oder zumindest von geringerer Bedeutung, als er zuerst angenommen hatte.

Die Vernunft war feige. Ihr nächster Freund würde eine Vernunftentscheidung sein, ein Ingenieur oder jemand, der etwas mit Wirtschaft studierte. Eine sichere Bank, etwas langweilig, aber von Bestand. Sie würde sich in einer zweitklassigen Mittelmäßigkeit einrichten, da war er sich damals sicher gewesen. Und wenn sie wirklich eine Frau gewesen wäre, um die es sich zu kämpfen gelohnt hätte, hätte er auch um sie gekämpft, aber sein Kampf hatte nur für eine Nachricht ausgereicht. Eine Nachricht nur. Der Rest hatte in seinem Kopf stattgefunden.

All diese Gedanken schoben sich in Sekundenbruchteilen übereinander, als er Leonie vor sich sah. Er hatte sich das alles so schön zurechtgelegt, aber jetzt, in diesem Augenblick, war das alles wertlos geworden. Man rückte sich die Dinge zurecht, so lange, bis man damit leben konnte, aber das schlüssige Gebilde, das er so sorgfältig konstruiert hatte, um seine Verletzung in Grenzen zu halten, war gerade dabei, in sich zusammenzufallen. Er spürte einen kurzen Moment lang, wie er aus der Souveränität seiner Rolle fiel, und versicherte sich in Christophs Zügen, dass es nicht aufgefallen war.

Leonie lächelte, aber es war kein warmes, aufrichtiges Lächeln, es war ein Lächeln, das eine Distanz andeutete. Sie hatte es noch nicht ausgearbeitet. Die Kunst lag schließlich darin, Authentizität zu vermitteln. Unfähig, ihren Blick zu ertragen, senkte er kurz den Kopf, das machte er manchmal, wenn er fotografiert wurde, es half ihm, seinen Foto-Blick aufzusetzen, bevor er ihn mit dem charmantesten Lächeln, das ihm zu Verfügung stand, wieder hob. Es schien ihm gut zu gelingen. Er spürte den Halt, er war wieder in seiner Rolle.

»Leonie«, sagte er, und es klang sogar erfreut. »Wie geht's dir?«

»Gut«, sagte sie, das Wort passte immer noch nicht zum Ausdruck ihrer Augen. »Und dir, wie geht's dir?«, fügte sie hinzu.

»Gut«, erwiderte er mit seinem aufrichtigsten Lächeln. »Eigentlich sogar richtig gut.«

»Schön«, sagte sie.

Es bereitete ihm Mühe, sein Lächeln zu halten. Eine minimale Unebenheit in seiner Fassade. Er musste glücklicher aussehen, dachte er.

Verdammt noch mal, er musste glücklicher aussehen. Leonie war eine der Tragödien, die einem im Leben widerfuhren. Monatelang hatte er das Gefühl gehabt zu fallen, jetzt war er offensichtlich aufgeschlagen, und sie durfte es nicht bemerken.

AUF DER FALSCHEN PARTY

Christoph beobachtete die Menschen, die sich zu den dröhnenden Bässen auf der Tanzfläche drängten. Der DJ spielte diese elektronische Musik, die so viele nach Berlin zog. Eine Musikrichtung, mit der er nie etwas anfangen konnte. Einmal hatte er sogar versucht zu tanzen, aber er war sich wie ein Szenetourist vorgekommen, der sich unter die Gäste mischte, um zu beweisen, dass er so war wie sie. Die Frauen auf der Tanzfläche hatten das scheinbar ähnlich gesehen, zumindest hatten ihre Blicke so gewirkt.

Er war nur hinunter in den Club gegangen, um Andreas zu suchen, der seit einer Stunde verschwunden war. Wahrscheinlich war er gegangen. Seit fünfzehn Minuten drängten ihn Gäste zur Seite. Er ging ein paar Schritte nach links, um dem Strom auszuweichen, aber es nützte nichts. Das passierte ihm ständig. Auf Partys schien er immer dort zu stehen, wo sich Laufwege bildeten. Er hatte sich schon oft gefragt, warum das so war, war aber bisher zu keiner zufriedenstellenden Antwort gekommen. Er stand immer im Weg, und das war wirklich keine zufriedenstellende Antwort. Rentner standen ja auch immer im Weg. Vielleicht lag es daran, dass er inzwischen einfach zu alt für solche Clubs war. Schon vor einigen Jahren war ihm aufgefallen, dass er nicht mehr tanzte. Er unterhielt sich lieber, wenn er ausging. Er war offensichtlich in der Barphase angekommen. Kurz überlegt er, jetzt einfach zu gehen, entschied sich jedoch erst einmal für ein Bier, das hier unten fünf Euro kostete.

Kurz nahm er an, Annelies Gesicht unter den Tanzenden zu entdecken, aber bevor er überprüfen konnte, ob ihre Freundin in ihrer Nähe war, stellte er fest, dass er sich getäuscht hatte. Trotzdem war er ganz froh über die Verwechslung, er hatte wieder einen Anhaltspunkt. Ein Thema, durch das er seine Gedanken treiben lassen konnte. Die Frauen studierten Psychologie, wie er aus dem Gespräch zuvor hatte heraushören können, bei dem er nur die Rolle des introvertierten Schweigers übernommen hatte, der sich Mühe gab, sich nicht überflüssig vorzukommen. Sie waren Kommilitonen, keine kam ursprünglich aus Berlin. Er dachte an Andreas, der sich vorhin so angeregt mit Annelie unterhalten hatte, als würden sie sich seit Jahren kennen. Christoph schien für ihn gar nicht mehr da gewesen zu sein, war unsichtbar geworden. Er fragte sich kurz, was ihre gemeinsamen Themen waren, aber eigentlich war es ja auch egal. Er fragte sich schließlich auch bei Julia, was sie mit Erik oder Carina verband, dass sich jemand, mit dem er sich gut verstand, so gut mit Menschen verstand, zu denen er keinen Zugang hatte. Als würden sie einen Aspekt ihrer Persönlichkeit ansprechen, den er nicht kannte und auch nicht kennenlernen wollte, aber darüber wollte er jetzt nicht nachdenken.

Christoph betrachtete das leere Glas in seiner Hand und überlegte zu gehen. Er stellte es auf einem der Tische ab. Als er den Kopf hob, stand plötzlich Annelies Freundin vor ihm. Sie hatte einen tragischen Zug um die Mundwinkel, was ihre Schönheit noch stärker hervorhob. Ihm fiel auf, dass er gar nicht wusste, wie sie hieß. Andreas hatte sie nicht vorgestellt und sie hatte nicht viel gesagt, das Gespräch hatte ihre Freundin übernommen, die auf Andreas eingeredet und dabei ausgesehen hatte, als hätte er gestanden, ihr seinen nächsten Roman zu widmen.

»Sag mal, hast du Anni gesehen?«, fragte sie.

»Deine Freundin?«

»Genau.«

»Nee.« Er sah sich um. »Schon eine Weile nicht mehr.«

»Mist!« Ihr Blick zog über die Tanzfläche. »Ich such sie schon die ganze Zeit.«

Er nickte, dann sagte er: »Wollen wir nochmal hochgehen? Ich wollte mir sowieso gerade ein Bier holen. Ist ja auch viel zu laut hier.«

»Klar«, sagte sie.

Als sie auf einer der Sitzgelegenheiten saßen, die sie hier überall aufgestellt hatten, wies sie zur inzwischen verwaisten Bühne, die nur einige Meter neben ihnen stand, und sagte: »Cooler Auftritt.«

»Na ja«, sagte er verlegen und machte eine abwehrende Geste.

»Nee, das war richtig gut, ich hatte 'ne richtige Gänsehaut.«

»War ja auch ein guter Song.«

»Stimmt«, sagte sie. »Guter Text. Das ist so ein Text, der einem mal wieder einen Spiegel vorhält. Und das brauchen die Leute. Manchmal brauchen sie jemanden, der ihnen bewusst macht, was sie für ein Leben führen. Und das warst du heute – hat man in den Gesichtern gesehen.«

Christoph sah sie überrascht an, vielleicht auch weil es ein Satz war, den er an diesem Abend nicht erwartet hätte.

»Was macht eine Frau wie du eigentlich auf so einer Party?«, fragte er, und er meinte das wirklich ernst.

»Ich langweile mich«, erwiderte sie mit einem ernsten Lächeln.

»Du siehst nicht so aus, als würdest du dich langweilen.«

»Vielleicht langweile ich mich ja jetzt nicht mehr.« Sie sah ihm in die Augen.

»Wie heißt du eigentlich?«

»Christoph.«

Es entstand eine Pause, in der sie ihn erwartungsvoll ansah, dann lächelte sie und sagte: »Ich bin übrigens Leonie.«

»Danach hätte ich eben fragen sollen.« Jetzt lächelte er ebenfalls. »Hallo Leonie.«

Sie mussten lachen, als sie sich ein bisschen zu förmlich die Hand gaben.

»Weißt du, warum ich mich hier gelangweilt habe?«, fragte Leonie, während ihr Blick über die Tanzfläche zog. »Hier gibt es niemanden mit Ausstrahlung, hier gibt es nur leere Gesichter.«

Christoph folgte ihrem Blick und schwieg.

»Sie sehen alle gleich aus. Die Menschen sehen sich immer ähnlicher, ist dir das schon mal aufgefallen? Als hätte sie jemand geklont.«

Die Tendenz ihrer Unterhaltung verwirrte ihn. Christoph war sich nicht sicher, ob die Leute über solche Dinge nachdachten, er dachte ja auch nicht darüber nach.

»Sie halten sich aber für außergewöhnlich«, sagte sie und wies in die Menge. »Zumindest wünschen sie sich so sehr, sich zu unterscheiden durch ihre vermeintliche Individualität.«

»Jeder hat seine Art, seine Individualität auszuleben«, sagte Christoph, nur um etwas zu sagen.

»Aber was ist ihre Individualität?« Leonie sah ihn an. »Nichts weiter als das richtige T-Shirt zu tragen, auf die richtige Party zu gehen, im richtigen Bezirk zu wohnen.«

Er betrachtete Leonie, während sie sprach. Sie gefiel ihm, und was sie erzählte, gefiel ihm auch. Er mochte die Art, wie sie die Dinge betrachtete. Ihr Gespräch passte nicht hierher. Sie waren tatsächlich auf der falschen Party. Er dachte daran, was Andreas in einem ihrer Telefonate gesagt hatte, dann wiederholte er es: »Ich hab mal gelesen, je attraktiver das Gesicht eines Menschen ist, desto durchschnittlicher ist es, je mehr sich auf seine Schönheit einigen können, desto mittelmäßiger ist es auch. Es ist die größtmögliche Schnittmenge. So gesehen wünschen wir uns nichts anderes als Mittelmäßigkeit.«

Gedankenverloren betrachtete sie das leere Glas in ihren Händen, hob ihren Blick und sagte: »Die Nacht ist eigentlich zu schön, um sie auf dieser Party zu vergeuden.« Und dann, nach einer Pause: »Ich würd jetzt am liebsten irgendwo sein, wo ich gern bin.«

»Wollen wir gehen?«, fragte er. Warum er das sagte, wusste er nicht, der Satz passte eigentlich nicht zu ihm, es war ein bisschen wie das Gefühl vorhin auf der Bühne. Es war ein befreiendes Gefühl, auch weil Leonie jetzt lächelte. Er spürte, dass er mit Leonie schlafen wollte, und er brauchte keinen Alkohol mehr dazu, eigentlich gar keinen.

»Okay«, sagte sie.

Als sie auf der Straße vor dem Club standen, fragte er: »Was machen wir jetzt?«

Leonie überlegte, dann sah sie ihm direkt in die Augen und sagte mit einem Lächeln: »Ich hab 'ne Idee.«

DIE WONNEN DER GENUGTUUNG

»**Sag mal, schreibst du auch Gedichte?**«, fragte Annelie und sah Andreas aufmerksam an.

Er hob seinen gesenkten Kopf und erwiderte ihren Blick. Sie schien die Frage tatsächlich ernst zu meinen. Er hätte jetzt sagen können, dass er nicht verstand, warum die Leute immer davon ausgingen, Schriftsteller würden Gedichte schreiben. Seine Form war die Prosa, mit Gedichten hatte er nie etwas anfangen können.

Er hätte Annelie jetzt fragen können, wer denn heutzutage noch Lyrik las. Lyrik verkaufte sich nicht, sie wurde von Autoren geschrieben, die keinen Bedarf an Lesern hatten. Lyrik wurde für die Kritiker geschrieben, damit sich die Autoren von Stipendium zu Stipendium hangeln konnten. Die wirklichen Lyriker der heutigen Zeit waren Bands. Die hatten es verstanden.

All das hätte er sagen können, aber stattdessen sagte er nachdenklich, während er versuchte, so viel Tragik wie es ihm möglich war, in seinen Blick zu legen: »Na ja, ehrlich gesagt, es ist jetzt schon ein Weile her, da war ich ziemlich verliebt in eine Frau, und der hab ich ein Gedicht geschrieben.« Er machte eine Pause, währen ihn Annelie gespannt ansah. »Es muss ziemlich gut gewesen sein. Sie hat es abgeschrieben, ihren Namen druntergesetzt und dann ihrem Freund geschenkt.«

»Oh.« Annelie, deren Augen sich während des letzten Satzes immer ungläubiger geweitet hatten, sah ihn bestürzt an. »Das tut mir leid. Wirklich.«

»Ja«, sagte er mit einem wehmütigen Lächeln. »Mir hat's auch leidgetan. Aber wie gesagt, ist ja schon eine Weile her.«

Annelie berührte seine Hand. Die Geschichte mit dem Gedicht war natürlich eine Lüge, so etwas wäre ihm nie passiert. Colin Farrell erzählte sie in dem Film *London Boulevard* einem Mann, den er kurz darauf sehr unvermittelt erschoss, was er nicht so richtig verstanden hatte – aber die Geschichte war gut. Jetzt fiel ihm ein, dass Keira Knightley ebenfalls in dem Film mitspielte. Annelie war keine Keira Knightley, aber ihre Brüste gefielen ihm, und als sie sich umdrehte, gefiel ihm auch ihr Hintern. Ansonsten war sie nicht sein Typ, aber darauf kam es nicht an, schon seit dem dritten Gin Tonic nicht mehr, und er war beim achten. Seit der Begegnung mit Leonie hatte sich seine Trinkfrequenz erhöht. Mirko hatte recht behalten, damit, dass er vorhin noch nicht betrunken genug gewesen war. Als Variante gewissermaßen, er war beim achten Drink, und die Frau mit dem künstlichen Lachen war durch eine blonde Frau mit affektierter Stimme ersetzt worden.

Er dachte an Leonie, die er jetzt schon seit einer Stunde nicht mehr gesehen hatte. Obwohl es ihm am liebsten gewesen wäre, wenn die Frauen nach ihrer Begrüßung direkt wieder in der Menge verschwunden wären. Leonie nahm wohl an, dass die Wunden, die sie ihm zugefügt hatte, inzwischen verheilt waren. Er war ja bis vor einer Stunde selbst davon ausgegangen, es war schließlich schon zwei Jahre her. Er hatte die Rolle des Mannes, der wieder über den Dingen stand, gut gespielt, auch wenn seine wahren Gefühle so unerträglich in ihm gearbeitet hatten, dass er sich gefragt hatte, wie lange er das noch aushalten würde. Das war wohl auch der Grund, aus dem er sich ausschließlich mit Annelie unterhalten hatte. Und jetzt saß er auf einmal nur noch mit ihr hier.

Annelie zeigte eine verblüffend gekünstelte Anteilnahme an ihrem Gegenüber, die unaufrichtige Herzlichkeit einer Stewardess, die einem das Gefühl gab, austauschbar zu sein. Ihre Fragen klangen, als erwarte sie, dass man sie mit Floskeln beantwortete. Es gab nichts Konkretes an ihr, dachte er. Sie war nicht greifbar.

Die Vorstellung, mit ihr zu schlafen, erregte ihn. Die glatte Maske aufzubrechen, wenn sie durch die Lust die Kontrolle verlor. Das war das Erregende beim Sex, in den vor Lust verzerrten Gesichtern der Frauen die eigene Macht zu sehen, in ihrer Ekstase einen anderen Menschen aus ihnen zu machen.

Als er Annelie küsste, gingen seine Gedanken in die Vorstellung von Leonie über, wie sie ihn in der Menge stehend beobachtete, während er ihre beste Freundin küsste. Das war das Muster der letzten Jahre gewesen, alles in einen Zusammenhang zu Leonie zu stellen, jeder Facebook-Post, jedes Interview, das er gab, jedes Plakat, das in der Stadt von ihm klebte, war in gewisser Weise an sie gerichtet gewesen, sollte ihn und ihre gemeinsame Zeit in Erinnerung rufen, ein Bedauern auslösen, eine Emotion. Aber es war nichts gekommen, irgendwann hatte er festgestellt, dass sie ihn bei Facebook gelöscht hatte. Wenn man jemanden bei Facebook entfernte, war das immer mit einer Emotion verbunden, aber es war offensichtlich nicht die Emotion, die er erwartet hatte. Und jetzt, in diesem Augenblick in diesem heißen, lauten Club, umgeben von schwitzenden Menschen, die ihn nicht interessierten, sah er seine Chance, endlich die gewünschte Emotion auszulösen. Annelie würde ihm dabei helfen. Er wollte Rache, sein Ego verlangte danach, seitdem sie sich zurückgezogen hatte, und er hatte es für unerfüllte Liebe gehalten. Als er sie vorhin gesehen hatte, war die Wunde wieder aufgebrochen, falls sie sich je geschlossen hatte. Er spürte den Wunsch nach Genugtuung. Er wollte ihr den Schmerz zufügen, den sie ihm angetan hatte, auch wenn sie nie etwas davon mitbekommen hatte. Er hatte die Rolle des Verständnisvollen gespielt, Gefühle nachgeahmt und selbst daran geglaubt. Dabei ging es wohl nie um Liebe, es ging um Bestätigung, um den Sieg. Es ging um die eine große und tiefempfundene Liebe, die zu empfinden er imstande war, die Liebe zu sich selbst, die Liebe zu dem, was er als große Liebe kannte, die Liebe zu seinem Ego. Es war immer nur das Ego, es bestimmte alles.

Das alles begriff er, während sich Annelie Zunge gekonnt in seinem Mund bewegte, diese Gedanken erhöhten ihre sexuelle Attraktivität, er ließ sich führen. Irgendwann fragte er sich aber doch, warum sie ihn, den einstigen Liebhaber ihrer besten Freundin, küsste, Leonie hinterging. Er musste an Eileen denken, mit der er Anfang des Jahres ein paar Mal geschlafen hatte und die geantwortet hätte: »Weil sie eine Frau ist.«

»Es gibt keine Freundschaft zwischen Frauen«, hatte sie ihm mal erklärt. » Also keine wirkliche Freundschaft. Da ist immer ein Konkurrenzdenken im Spiel.«

Er löste sich von Annelie, um einen Schluck von seinem Drink zu nehmen. Als er ihn absetzte, fragte er so unvermittelt, dass es ihn selbst überraschte: »Was ist eigentlich deine Lieblingsstellung?« Eine Frage, die unter anderem überprüfte, ob sie tatsächlich ihre Freundin verraten würde, eine Frage, die den Sex vorwegnahm.

»Ich hab keine Lieblingsstellung«, sagte Annelie. »Mein Sex war bisher so schlecht, dass jede Stellung scheiße war.«

Bevor er sie überrascht ansehen konnte, weil sie so gnadenlos ehrlich war, merkte Andreas plötzlich, dass er kurz davor war, sich zu übergeben.

»Wartest du kurz, ich bin gleich wieder da«, sagte er ein wenig atemlos, stand auf und ging, ohne eine Antwort abzuwarten, in die Richtung, in der er die Toiletten vermutete.

Sie waren leer, was ihn wunderte, weil der Club sehr voll war. Jemand hatte es nicht mehr bis zum Klo geschafft und in ein Pissoir gekotzt. Er sah schnell weg, ging in eine Kabine und verriegelte die Tür hinter sich. Auf den Knien versuchte er sich zu übergeben. Es klappte nicht. Er schloss die Augen. Die Dunkelheit, die ihn jetzt umgab, beruhigte ihn. Er wartete noch ein bisschen, bevor er die Kabine verließ, ging zum Waschbecken, wusch sich die Hände und trocknete sie sorgfältig ab. Dann hob er den Blick und betrachtete sein Spiegelbild.

Er sah besser aus als er sich fühlte. Es war wohl der Anzug.

MATCHING POINTS

Sie saßen schweigend auf der Rückbank des Taxis und er betrachtete durch das Fenster, wie Berlin langsam an ihm vorbeizog, das Gebäude des Berliner Verlags, die Volksbühne, die Schönhauser Allee, bis das Taxi am Helmholtzplatz hielt. Christoph bezahlte den Fahrer und stand nun mit Leonie vor einem liebevoll sanierten Haus, das ihn an die Bänschstraße erinnerte. Sie betraten einen Hausflur. Die mit einem roten Läufer ausgelegte Treppe führte sie in den vierten Stock, wo sich Leonie nach links wandte.

»Wartest du kurz?«, sagte sie, schloss die Tür auf und verschwand in einem großräumigen Flur, in dem wenige Möbel standen, die aussahen, als hätte sie sie auf einem Flohmarkt gekauft. Auf dem Klingelschild stand Grünthal/Weber. Er fragte sich, ob sie Grünthal oder Weber hieß, welcher Name besser zu ihr passen würde. Leonie Grünthal passte, ein Name, dessen Eleganz ihr Äußeres unterstrich, und auch die Dinge, die sie beschäftigten, passten irgendwie zu dem

Namen. Leonie kehrte mit einer geöffneten Flasche Wein und zwei Gläsern zurück und gab ihm die Gläser. Zwei Etagen darüber schloss sie eine Tür auf, die aussah, als würde sie in einen Wäscheboden führen. Der Raum war aber leer.

»Wir sind die einzigen im Haus, die einen Dachschlüssel haben«, flüsterte sie mit einem gewissen Stolz, bevor sie behutsam die Tür hinter ihnen ins Schloss zog und wieder verriegelte.

»Cool«, sagte er.

Sie saßen auf dem Dach, tranken Wein, rauchten und blickten schweigend über den Helmholtzplatz. Es war ein merkwürdiges, schönes Schweigen, als suchten sie nach geeigneten, der Situation angemessenen Worten. Er hörte Vogelzwitschern, obwohl es Nacht war, wenn er jetzt die Augen schloss, würde es klingen wie ein Samstagnachmittag, als wäre man in eine nicht allzu ferne Zukunft versetzt, ein Gedanke, der ihm gefiel. Christoph war plötzlich froh, in dieser Stadt zu leben, vielleicht weil nur hier solche Abende möglich waren.

»Ich bin zum ersten Mal mit einem Mann hier oben«, sagte Leonie, und er sah in ihrem Blick, dass ihr dieser Umstand wichtig war. Vielleicht hatte das Singen der Vögel etwas Ähnliches in ihr ausgelöst.

Er nickte und Leonie begann zu reden, darüber dass sie, wenn sie jemanden kennenlernte, vor ihm ihr Leben ausbreitete, mit ihm ihre Lieblingsorte besuchte, Orte, die sie mit anderen Männern, die ihr etwas bedeutet hatten, ebenfalls besucht hatte. Im Endeffekt erschien es so, als würden die Liebesgeschichten einander nachahmen. Als würden sie sich vermischen. Dabei wollte sie das Gefühl zurückholen, das sie beim ersten Mal empfunden hatte, als sie mit einem Mann an ihrem Lieblingsort war, als sie sich zum ersten Mal küssten, aber es gelang ihr nie. »Das Leben ist bestimmt von der Suche nach dem Gefühl, wie wir es zum ersten Mal erlebt haben«, sagte sie, »nach dem Gefühl der ersten Liebe, die aufregend war, weil sie neu war. Es ist nicht wiederholbar. Man wird es in dieser Intensität nie mehr erleben.«

»Wiederholungen werden nie an das erste Erleben heranreichen. Darum ist es so wichtig, so oft wie möglich Dinge zum ersten Mal zu machen,« ergänzte sie nach einer kurzen Pause.

Christoph nickte, weil er gar nicht wusste, was er dazu sagen sollte, auch weil es ein sehr existenzielles und schwermütiges Thema für diese Uhrzeit war, und vor allem für den Zustand, in dem sie gerade waren. Aber er mochte es, ihr zuzuhören, einfach nur hier zu sitzen und Worten zu lauschen, die klangen, als hätte sie schon oft darüber nachgedacht. Solche Gedanken kamen einem nicht einfach so, wenn man angetrunken um drei Uhr morgens auf einem Dach am Helmholtzplatz saß. Er mochte sie, dachte er wieder. Sie sagte Dinge, über die er nie nachdachte. Und jetzt verstand er, was sie ihm eigentlich sagen wollte: dass jede Nacht, in der sie mit anderen Männern hier oben sitzen würde, eine Nachahmung ihrer Nacht wäre. Eine Kopie von ihnen, und keine würde an sie heranreichen.

»Wie lange wohnst du eigentlich schon in Berlin?«, fragte er.

»Warte mal.« Sie dachte kurz nach. »Im Oktober werden's fünf Jahre. Fünf Jahre schon. Krass eigentlich. Kommt mir gar nicht so lange vor.« Sie dachte kurz darüber nach, bevor sie fragte: »Und du, seit wann wohnst du hier?«

»Seit achtunddreißig Jahren«, sagte er.

Sie sah ihn erstaunt an, freudig erstaunt. »Du kommst aus Berlin?«

»Ja, Mahlsdorf-Süd heißt die Gegend.«

»Ich sitze hier also gerade mit 'nem echten Berliner«, sagte sie mit einem Blick, als würde gerade alles zusammenpassen. »Kommt ja auch nicht so oft vor.«

Er nickte, obwohl Mahlsdorf-Süd eigentlich nicht mehr allzu viel mit Berlin zu tun hatte. Ein riesiges Einfamilienhausgebiet, das an den Wald grenzte. Seitdem er 18 war, wollte er der Mahlsdorf-Süd-Existenz entrinnen. Die Innenstadt hatte verheißungsvoll an ihm gezogen.

»Und woher kommst du?«, fragte er.

»Aus Bremen, also aus der Nähe von Bremen. Delmenhorst heißt der Ort, aber ich sag immer Bremen, weil's einfacher ist.«

»Verstehe«, sagte er. Delmenhorst schien das Bremer Mahlsdorf-Süd zu sein. Sie waren aus ähnlichen Gründen hier. Wieder eine Verbindung.

»Komm, wir gehen runter«, sagte sie plötzlich und griff nach der Flasche, die inzwischen leer war.

Er betrat Leonies Wohnung mit dem Gefühl, in ein anderes Leben zu schlüpfen, eine Variante seines Lebens, abgekoppelt von Vergangenheit und Zukunft, aus den Zusammenhängen gehoben. Im Wohnzimmer zündete sie drei Kerzen an, die auf dem Fensterbrett standen, setzte sich aufs Sofa und sah ihn an.

»Weißt du, das Lied, das du vorhin gesungen hast«, sagte sie. »Ist schon eine Weile her, im Frühling war das, da hat das jemand in einer der Nachbarwohnungen gespielt, auf einem Klavier. Das war ganz komisch, irgendwie unwirklich.«

Sie sah ihn an, und irgendwie hatte er das Gefühl, dass sie den richtigen Augenblick erreicht hatten, um weiterzugehen. Christoph setzte sich zu ihr. Als er ihre Hand nahm, drehte sie sich zu ihm. Ihr Gesicht war jetzt so nah, dass es fast unscharf wurde. Sie roch gut, aber nicht nach Parfum, es musste eine Creme sein, ein dezenter Duft, der zu ihr passte. Er spürte ihren Atem auf seiner Haut und stellte sich vor, der Duft wäre speziell für sie zusammengestellt worden. Sie küsste ihn, erst leicht, ihre Zungenspitzen berührten sich kaum, dann wurden ihre Küsse gieriger. Sie schmeckte gut, aber ihre Zungen bewegten sich nicht im gleichen Rhythmus. Das war nicht gut. Wenn schon beim Küssen die Harmonie fehlte, war das der Anfang vom Ende. »Schlechte Küsser waren indiskutabel«, das hatte eine Kollegin einmal gesagt, und wahrscheinlich hatte sie recht. Er durfte nicht so viel denken, dachte er, während sich Leonies Zunge viel zu schnell in seinem Mund bewegte. Er musste es zulassen, sich fallen lassen. Er spürte ihre Brüste, die fest waren und sich größer anfühlten, als er erwartet hatte. Er bekam eine Erektion. Leonie löste sich von ihm, ihr Gesicht hatte sich verändert. Ihre kontrollierten Züge hatten sich gelöst, was ihn noch stärker erregte.

»Lass uns rübergehen«, sagte sie.

»Ja«, sagte er.

Sie griff seine Hand und zog ihn ins Schlafzimmer. Dort zogen sie sich aus, erst langsam, dann immer schneller, immer leidenschaftlicher, immer fordernder.

»Nicht die Augen schließen«, flüsterte sie, als er in sie eindrang. »Sieh mich an.«

»Ja«, sagte er leise.

Sie lösten sich voneinander und fielen erschöpft aufs Bett. Er war vollkommen außer Atem. Sein Herz raste. Für einen Nichtraucher rauchte er wohl doch ziemlich viel, dachte er.

Leonie legte ihren Kopf auf seine Brust. Er spürte ihren gleichmäßigen Atem auf seiner Haut, einen weichen, warmen Luftzug. Die Bilder der letzten Stunde zogen in einer endlosen Wiederholung durch seinen Kopf. Seine Hand glitt durch ihr Haar, kam zur Ruhe und fast wäre er eingeschlafen, so schön war dieser Moment. Er zuckte, als er merkte, dass er in den Schlaf abglitt, und zwang sich, wach zu bleiben.

Leonie richtete sich auf.

»Alles okay?« fragte sie und strich mit der Hand über seinen Oberarm.

Er schnarchte manchmal, und mit diesem Geräusch wollte er diesen Moment nicht kaputtmachen, aber das konnte er ihr natürlich nicht sagen.

»Sag mal, hast du verhütet?«, fragte er stattdessen.

»Klar«, sagte sie, »mit der App.«

Er überlegte kurz, wie sicher die App-Methode war. Klang irgendwie unseriös, nach einer hohen Fehlerquote. Aber sie war die Frau, sie kannte ihren Körper am besten. Sein Blick glitt über ihr Haar, ihr Gesicht und ihre Brüste. Ihr Körper war perfekt. Verglichen mit seinem Körper auf jeden Fall. Er durfte gar nicht daran denken. Wenn er morgens nach dem Duschen vor dem Spiegel stand, fiel ihm immer dieser Satz aus *American Beauty* ein, mit dem Kevin Spacey begründete, endlich wieder Sport machen zu müssen. »Ich möchte nackt gut aussehen«, hatte er gesagt, und Christoph verstand ihn, gerade jetzt, wenn er an sich hinunterblickte, seinen Körper mit dem von Leonie verglich.

»Willst du was trinken?«, fragte er, auch um diesen beunruhigenden Gedanken wegzuschieben.

»Oh ja«, sagte sie. »Leitungswasser reicht mir, die Gläser sind in dem Schrank über der Spüle.«

»Gut«, sagte er, setzte sich aufs Bett und zog vorsichtshalber seine Shorts an, bevor auch Leonie das Problem auffiel, das Kevin Spacey und er teilten.

Er füllte zwei große Gläser mit Leitungswasser und kehrte ins Schlafzimmer zurück. Leonie saß auf dem Bett und sah in dem flackernden

Kerzenlicht verletzlich, zerbrechlich und vor allem wunderschön aus. Er gab ihr ein Glas und betrachtete sie, während sie daraus trank.

»Du bist wirklich eine schöne Frau«, sagte er von sich selbst überrascht, weil er das eigentlich gar nicht hatte sagen wollen. Er meinte das wirklich so, aber ausgesprochen klang es so austauschbar und unehrlich wie eine oft bemühte Floskel.

»Das sagst du nur«, sagte sie mit einer Verlegenheit, die eigentlich gar nicht zu ihr passte.

»Tja«, sagte er, und dachte kurz nach, bevor er mit einem Lächeln hinzufügte: »Manchmal tut die Wahrheit weh, und manchmal eben nicht.«

Sie lächelte, als sie seinen Blick erwiderte, und gab ihm das Glas, das er auf ihrem Schreibtisch abstellte, bevor er sich wieder zu ihr ins Bett legte.

»Es ist schön, dich kennenzulernen«, sagte sie in die entstandene Stille.

»Ja«, sagte er. »Find ich auch.«

Als sie aneinandergeschmiegt in dem weißbezogenen Bett lagen, begann es zu regnen. Er hörte Leonies gleichmäßigen Atem, der ihn beruhigte, und er dachte, dass ihre Verlegenheit vielleicht sogar besser passte, als er angenommen hatte. Sie hatte recht, es war wirklich schön, sich kennenzulernen. Er lauschte, wie der Regen gegen die Fenster prasselte, und dachte an seine Kindheit. Dann verlor er sich in einem Traum, an den er sich später nicht mehr erinnerte, er wusste nur noch, dass es ein schöner Traum war.

»**Hast du viele Bücher**«, sagte Annelie mit anerkennendem Blick, als sie sein Wohnzimmer betraten. Sie stand vor dem Bücherregal, das die längste Wand des Raums einnahm, und glitt mit der Hand liebevoll über die Buchrücken. »Hast du die alle gelesen?«, fragte sie.

Es war eine Frage, die sie alle stellten, eine naive Frage, wie er fand. Er besaß viele Gesamtausgaben, und niemand las sich Gesamtausgaben durch.

»Nein«, sagte er. »Hier stehen die, die ich gelesen habe, hier die, ich für die Arbeit brauche, und hier die Gesamtausgaben.« Es gab noch eine Ecke, in der er die Bücher der Autorinnen aufbewahrte, mit denen er bereits geschlafen hatte, aber das erwähnte er dann doch nicht, vorsichtshalber. Er nahm den ersten Band einer Schiller-Ausgabe aus dem Regal und gab ihn Annelie, wie jeder Frau, die vor dem Regal stand, selbst den One-Night-Stands, mit denen er sich gelegentlich um acht Uhr morgens in seiner Wohnung wiederfand. Es war das älteste Buch, das er besaß, eine Ausgabe von 1836. Und sie wirkte.

»Wenn Goethe vier Jahre älter geworden wäre, hätte er sie in der Hand haben können«, sagte er, weil er das immer sagte.

Annelie blätterte vorsichtig in dem Buch, dann klappte sie es zu und stellte es ins Regal zurück. Sie machte das sehr behutsam, und das gefiel ihm. Er betrachtete Annelie, die gerade überhaupt nicht zu der Frau passte, mit der er die letzten Stunden verbracht hatte.

Sie hatten das Weekend verlassen, als der Regen nachließ, ein kurzer Sommerregen, der die nächtlichen Straßen glänzen ließ. Es war noch dunkel gewesen, als das Taxi in der trostlosen Straße gehalten hatte, in der sich der Suicide Circus befand. Die Revaler Straße war eine der der schrecklichsten Straßen von Friedrichshain, die Martin gern als Technostrich bezeichnete, und treffender konnte man die Gegend wohl auch nicht zusammenfassen. Die Revaler war eine Querstraße der Warschauer Straße und lag direkt am RAW-Gelände, einem Gelände der Bahn, auf dem sich die Clubs aneinanderreihten. Es gab viele Dealer, viele Diebe und viele Touristen. Sie galt als eine der kriminellsten Straßen der Stadt. Das RAW-Gelände war vor allem für Leute interessant, die Drogen schlechtester Qualität kaufen oder unbedingt mal ausgeraubt werden wollten. Irgendwann hatte ihm Martin erzählt, dass die Kriminalität so hoch war, weil die Gegend noch nicht zwischen den Hells Angels und irgendeiner anderen Rockerbande aufgeteilt worden war. Sie war praktisch Niemandsland, die Leute konnten machen, was sie wollten, weil keiner die Kontrolle hatte. Es war schon merkwürdig, dass auch die Hells Angels eine Berechtigung im gesellschaftlichen Gefüge hatten.

Die Schlange vor dem Club war fast neunzig Meter lang, was in Andreas eine Panikattacke auslöste, aber glücklicherweise kannte

Annelie zwei der Türsteher, die ihm sympathischer waren als die Gesichter in der Schlange.

Um sieben Uhr morgens zog sein Blick über die tanzende Menge, über die Menschen, die auf die gleiche verwahrloste Art gleich aussahen. Sie wirkten interessant, auf eine originell unattraktive Weise. Das war die Tragik der Menschen, die jede Mode gedankenlos aufgriffen, sie konnten nicht mehr beurteilen, ob die Kleidung an ihnen gut aussah. Irritierend war, dass sogar die Drinks in ihren Händen aufeinander abgestimmt zu sein schienen, Club-Mate-Flaschen, die abgetrunken und mit Wodka aufgefüllt wurden. Hier trank kaum jemand Bier, hier wurde nur harter Alkohol getrunken. Saufen war ihre Philosophie, zumindest ließ der Zustand ihrer Haut darauf schließen. Sie führten kein gesundes Leben, und man sah es ihnen an, schon jetzt. Er schätzte die meisten auf Anfang zwanzig.

Annelie stellte ihm einen Mann mit weit aufgerissenen Augen vor, der ihm von einer Party erzählte, auf der sie das Kissen für die Einlassstempel in LSD getunkt hatten. Der Mann erzählte das ohne moralische Bedenken, er war sicherlich dankbar gewesen. Er bot ihm Ketamin an, aber Andreas lehnte dankend ab. Früher, vor zehn Jahren, in der kurzen Phase, in der er noch Drogen genommen hatte, wusste man ja noch, was man für sein Geld bekam. Heute knallten sie sich alles rein, Tierbetäubungsmittel, Liquid Ecstasy, Speed, Crystal Meth, die billigste Chemie, auf der Straße gekauft und mit Substanzen verschnitten, die noch gefährlicher waren. Man konnte auf die Langzeitschäden gespannt sein.

Sie verloren einen Teil ihrer selbst, hatte er gedacht, vielleicht den, der am wichtigsten war, während er beeindruckt die Pupillen des jungen Mannes betrachtete, die die ganze Iris ausfüllten, er kam sich vor wie in einem Zombie-Film. Es war ein Bild, das passte. Sie waren verlorene Seelen. Sie hatten keine Haltungen, sie waren wie die Musik, die sie hörten. Diese elektronische Musik ohne Aussage, ohne Attitüde. Sie hatten resigniert, und mit ihrem Musikgeschmack gestanden sie es sich ein. Der Inhalt eines Barry-White-Songs war gehaltvoller, obwohl es sogar unfair war, diese gesichtslose Musik mit Barry White in einen Zusammenhang zu setzen, dessen übergeordnete Philosophie seiner Texte ja tatsächlich der Schlüssel für eine bessere Welt war. So kitschig es auch klang, Barry hatte die Lösung: Liebe war tatsächlich der Schlüssel. Aber die Leute hier waren sich ihrer Liebesunfähigkeit nicht bewusst, dazu kannten sie sich zu wenig, und wenn sie so weiter machten, würden sie sich in ihrem Leben nie kennenlernen, wenn dann vielleicht in einer Therapie, und er war sich sicher, dass sie alle eine Therapie nötig hatten. Ihr Unterbewusstsein schien ihre uneingestandene Liebesunfähigkeit allerdings registriert zu haben, sonst würden sie sich ja nicht so abfüllen. Aber wenn er jetzt so darüber nachdachte, war das Berliner Nachtleben wie eine Gruppentherapie in der geschlossenen Psychiatrie, alle haben einen Schuss, und sie nahmen ihre Medikamente, das war die Gemeinsamkeit, die Verbindung – allerdings war die erste Regel, die man jemandem mitgab, wenn er in die geschlossene eingewiesen wurde, keine Freundschaften zu schließen.

Er saß auf dem Innenhof des Suicide Circus und blickte in die aufgehende Sonne. Die Gefahr, hier Freundschaften zu schließen, bestand schon mal nicht. Dann dachte er noch ein bisschen an die Menschen da draußen, außerhalb des Suicide Circus, für die bereits ein neuer Tag begonnen hatte. Er befand sich in einer verschobenen Realität, dachte er und sah die Frau an, die mit einem offenen Lächeln vor ihm stand, obwohl er sie noch nie gesehen hatte.

»Hi«, sagte sie.

»Hi«, sagte er.

»Ich bin ja grad total verliebt«, sagte sie.

»Ah, schön«, sagte er. »In wen denn?«

»Raffael heißt der. Total süß.« Sie hielt ihr Handy in seine Richtung. »Guck mal, was er mir Süßes geschrieben hat.«

Er las die Nachricht mit einem skeptischen Blick.

»Er ist offenbar Legastheniker«, sagte er und gab ihr das Handy zurück.

»Was?«

»Das ›weiß‹ in ›Ich weiß‹ wird zum Beispiel mit Eszett geschrieben.«

»Als ob mir das auffallen würde«, lachte sie.

Nicht schlecht, dachte er und lächelte. Selbstironie war der beste Weg, sich auf charmante Weise unangreifbar zu machen. Zumindest das hatte sie verstanden.

»Sag mal, hast du Lust auf Koks?«, fragte die Frau so unvermittelt, in einem so selbstverständlichen Tonfall, als würde sie ihn nach einer Zigarette fragen, dass er die Frage beinahe bejahte.

»Nicht wirklich«, sagte er, und dachte: Was um Gottes willen war das für eine Party? Ständig bot ihm jemand Drogen an.

»Okay«, sagte sie, erhob sich und verschwand auf der Toilette, um nicht wiederzukehren.

Er sah noch einmal zu den Tanzenden. Er beobachtete einige Gesichter und stellte sich vor, was sie beruflich machten oder was sie studierten, was ihre Idee vom Leben war. Sie wirkten nicht unbedingt, als gäbe es viele Ideen in ihrem Leben, die über das Feiern hinausgingen. Sie sahen auf eine benommene Art glücklich aus, selige Gesichter, mit sich selbst beschäftigt, und erst jetzt fiel ihm auf, dass alle denselben Tanzstil hatten.

Es war ein unechtes Glück, das sich hier vor ihm ausbreitete. Sie wollten feiern. Sie brauchten Alkohol, nüchtern war ihre Realität kaum auszuhalten. Sie schrieben bei Facebook, wie sehr sie sich aufs Wochenende freuten, feierten und soffen, gaben Geld aus, um irgendwie auszubrechen, nicht zu funktionieren. Sie wollten spüren, dass sie am Leben waren, sie hatten nur nicht verstanden, dass es ein Ignorieren des Lebens war. Sie versicherten sich jeden Freitag in sozialen Netzwerken, wie sehr sie sich auf das Wochenende freuten, und betrauerten am Sonntag, dass es viel zu kurz gewesen war, dass ihnen ein Tag zwischen Samstag und Sonntag fehlte oder dass sie noch gar nicht fertig damit waren zu feiern. Es war wie mit der Vernunft. Ein Leben, in dem man sich auf das Wochenende freute, war es eigentlich nicht wert, gelebt zu werden. Nach einem Blick auf sein Handy stellte er fest, dass es nicht sieben, sondern bereits elf Uhr war, er driftete durch die Zeit, ohne Zeitgefühl, wie die Menschen hier durch ihr Leben.

Als ein junger Mann mit tellergroßen Pupillen ihm mit verzweifeltem Lachen versicherte, dass er seit zwei Stunden Geräusche sehen konnte, begriff er endgültig, dass er nicht hierhergehörte. Er wollte weg, und als er Annelie am Rand der Tanzfläche entdeckte, versuchte er ihren Blick zu fangen. Es war kaum zu glauben, dass sie noch so frisch wirkte, obwohl sie jetzt schon seit zwölf Stunden Alkohol trank, mindestens. Annelie winkte ihm zu, sagte etwas zu den beiden

Frauen, mit denen sie gerade sprach, umarmte sie und ging in seine Richtung.

»Wie geht's dir?«, fragte Annelie, als sie vor ihm stand. Das Gegenlicht ließ die Konturen ihres langen Haares leuchten.

»Mir geht's gut, ich bin betrunken«, erwiderte er.

Annelie lachte und zeigte zu den Frauen, mit denen sie gerade gesprochen hatte. »Wir wollten noch ins Berghain, kommst du mit?«

»Da hab ich Hausverbot«, log er. »Ich werd aber auch langsam abhauen. Ich muss nach Hause.«

Sie hatte ihn mit einem Blick angesehen, den er nicht einordnen konnte, und dann bestimmt gesagt: »Ich komm mit.«

Annelie stand jetzt an seinem Wohnzimmerfenster und sah hinaus. Er stellte sich hinter sie und umfasste ihre Hüften. Sie drehte sich zu ihm. Als sie sich küssten, rieb sie ihren Schritt rhythmisch an seinem Oberschenkel und stöhnte schon jetzt ziemlich laut, wie er fand. Er griff ihre Hand und führte sie ins Schlafzimmer, wo er ihr aus dem Trenchcoat half, den sie immer noch trug. Er legte sich aufs Bett und betrachtete sie, während sie sich langsam auszog. Als sie nackt war, zog er sie zu sich aufs Bett. Sie küssten sich wie vorhin im Wohnzimmer, erst ganz behutsam, dann immer leidenschaftlicher. Sie war wie zu erwarten sehr laut beim Sex, schrie Obszönitäten, als wollte sie sich ihre Ekstase selbst beweisen, sich vergewissern, wie sehr sie sich hingab. Als hätte sie einen Pornofilm auswendig gelernt – es war so professionell. Sie spielte die Rolle einer willigen, gierigen und sexbesessenen Frau, dachte er. Er hatte teilweise wirklich den Eindruck, sie würden Sequenzen eines Pornofilms nachspielen. Sie kommentierte jeden Stellungswechsel, als würde sie den Sex moderieren. Aber sie kündigte an, dass sie kam, was ihn dann doch ziemlich erregte. Doch fallen lassen konnte er sich nicht, und er war froh, als es vorbei war. Er dachte an Leonie, der Sex mit ihr war anders gewesen, leidenschaftlicher, sinnlicher, als würde er auf mehreren Ebenen stattfinden, es ging nicht darum, sich selbst oder dem anderen etwas zu beweisen.

»Geht's dir gut?«, fragte er, als sie schwer atmend nebeneinander lagen, weil »Geht's dir gut?« eine elegantere Art war, als »Wie war ich?« zu fragen.

»Sehr gut sogar«, flüsterte sie.

»Du kommst ja ziemlich schnell«, stellte er fest, während er ihren Bauch streichelte, der fest und warm war.

»Eigentlich komme ich gar nicht so schnell«, flüsterte sie. »Bei dir komm ich schnell.«

Er sah ihr in die Augen und war sich ziemlich sicher, dass das eine Lüge war, aber er glaubte ihr, weil es zu seiner Stimmung passte. Sie hatte viele Sommersprossen, was ihm erst jetzt auffiel, obwohl er Sommersprossen mochte. Und Annelies Sommersprossen erinnerten ihn an ein Mädchen, in das er zu Schulzeiten verliebt gewesen war. Er betrachtete sie mit einem sehnsuchtsvollen, nostalgischen Blick und dachte an eine Zeit, die gerade so weit entfernt war, als wäre sie aus einem anderen Leben.

Am nächsten Morgen, der eigentlich ein früher Nachmittag war, saßen sie in der Küche und frühstückten. Sie sprachen nicht viel, und Christoph fiel zum ersten Mal auf, dass Leonie grüne Augen hatte. Es war ein dunkles Grün, eine eigenartige Farbe, in der man sich verlieren konnte, wenn man in der richtigen Stimmung war. Und jetzt war er in der richtigen Stimmung. Im Licht des vergangenen Abends hatten ihre Augen braun gewirkt. Nachdenklich betrachtete er sie. Er hatte noch nicht geraucht und gerade auch kein Verlangen danach. Das war ein gutes Zeichen.

Dann fragte Leonie: »Hast du noch eine Zigarette?«

»Ja, klar«, sagte er.

»Eigentlich rauch ich gar nicht so früh am Morgen«, sagte sie, nahm einen Aschenbecher vom Küchenbüffet und stellte ihn auf den Tisch.

»Der ist ja schön«, sagte Christoph und wog ihn behutsam in der Hand.

Sie nickte und erzählte, dass sie ihn in einem Club geklaut hatte, den ihr alle empfohlen hatten und den sie schrecklich fand, um wenigsten etwas, was ihr gefiel, aus diesem Abend mitzunehmen. Sie lachte und Christoph überlegte, wie viele Dinge es in seiner Wohnung gab, die er mit einer Geschichte verband. Allzu viele waren es nicht. Die meisten Möbel hatten sie neu gekauft. Mehr war da nicht. Die Geschichte war, dass sie nicht billig waren, und das war ja eigentlich keine Geschichte.

Er legte die Zigarettenschachtel auf den Tisch, die ein bisschen zerdrückt war. Leonie nahm sich eine Zigarette und zündete sie an. Sie ging zum Fenster und sah schweigend hinaus, als würde sie zum ersten Mal aus diesem Fenster sehen. Hin und wieder zog sie an ihrer Zigarette.

Es war merkwürdig, dachte er, er saß hier in einer ihm fremden Wohnung, in der er noch vor einigen Stunden mit ihr geschlafen hatte, und er hatte keine Gewissensbisse. Julia war weit weg. Ausgeblendet. Er hatte seit gestern nicht mehr an sie gedacht, erst der Zigarettenrauch hatte sie ihm wieder in Erinnerung gerufen. Er fühlte sich, als wäre er aus einem anderen Leben mal kurz zu Besuch. Für einen Moment überlegte er, mit Leonie in dieses andere Leben zu verschwinden, wenn sie aufgeraucht hatte. Die Vergangenheit zu löschen, nichts zurückzulassen, ein neues Leben zu beginnen.

»Hier hat man einen schönen Ausblick«, sagte Leonie, mehr zu sich selbst als zu ihm.

Er hob seinen Blick und sah, wie sie mit dem Rücken zu ihm am Fenster stand und hin und wieder an ihrer Zigarette zog, als wäre er gar nicht mehr da.

Es wirkte wie die Szene aus einem Film. Christoph musste immer wieder hinsehen.

»**Und was machst du heute noch?**«, fragte Annelie drei Stunden später. Sie war voller Energie, wieder oder immer noch, jedenfalls war es verblüffend. Nur am Alkohol konnte es nicht liegen. Er war sich nicht sicher, ob sie Drogen nahm. Ihre Art wirkte generell, als wäre sie auf Koks.

»Nichts«, sagte er. »Ich werd erstmal auskatern und mir dann ein paar Filme angucken.«

Es überraschte ihn selbst, dass er den Begriff »auskatern« benutzte, als wäre es eine Art Hobby. Und genau genommen war es das ja auch, wenn er zusammenrechnete, wie viel Zeit er in den letzten Jahren damit verbracht hatte.

Annelie blickte auf ihr Handy. »Ich geh schnell nach Hause, duschen, um vier bin ich mit den Mädels auf dem Helmholtzplatz verabredet. Sektfrühstüüüück.« Sie lachte und er stimmte ein, obwohl er es schon bemerkenswert fand, dass sie jetzt schon wieder Alkohol trinken konnte. Es war das Alter, ein paar Jahre konnte sie noch so weitermachen, dann würde ihr Körper sie einholen.

»Aber das bleibt unser kleines Geheimnis«, sagte Annelie und gab ihm zum Abschied einen Kuss, mit dem sich Freunde voneinander verabschiedeten. Es war die richtige Geste, der Trieb der Nacht war vorbei, ihre Rollen hatten sich bereits geändert, sie waren schon wieder in ihrem eigentlichen Leben, in dem der andere nicht vorkam. Dann drehte sie ihm den Rücken zu und verließ wortlos das Zimmer.

Er fühlte sich befreit, als die Wohnungstür hinter Annelie ins Schloss fiel. Er war einfach froh, dass sie weg war.

Dann dachte er noch an Leonie. Ein wenig.

VIERTER TEIL

DIE IDEE

SCHONUNGSLOSE WAHRHEITEN

Wie betäubt machte Andreas einen langen Spaziergang durch die Stadt. Die schmerzhafte, puckernde Taubheit lag auf seinem Magen und durchströmte seinen Körper. Um sich abzulenken, war er stundenlang durch Prenzlauer Berg, Mitte und Friedrichshain gelaufen. Seitdem er einen Blick für Fassaden hatte, lief er abends gern durch die Straßen, sah zu den erleuchteten Fenstern der Häuser, zu den Flügeltüren, dem Stuck an den Decken, um sich vorzustellen, wie sie eingerichtet waren und wie er sie einrichten würde. Ein Spiel mit den Möglichkeiten, das eigentlich immer funktionierte. Diesmal funktionierte es nicht. Seine Gedanken umkreisen den Anruf von Christoph, sie hatten sich in ihm verbissen und machten ihn so gegenwärtig, als hätte er gerade aufgelegt, obwohl inzwischen zwei Tage vergangen waren.

Annelie hatte schon seit einigen Stunden die Wohnung verlassen, als Christoph anrief. Andreas hatte seine Rache, seine Genugtuung, gehabt, so schäbig und pubertär es auch war, aber er brauchte sie. Als er mit ihr geschlafen hatte, mit Leonies bester Freundin, war das erregendste und befriedigendste Gefühl gewesen, dass er Leonie im selben Bett gefickt hatte.

Er hatte unter der Dusche gesungen, diesen Song, den Christoph so erstaunlich gut auf der Dachterrasse präsentiert hatte, war durch die Wohnung getanzt, die in das warme Licht eines Sommernachmittags getaucht war, alles hatte gepasst. Merkwürdig, was über die Gefühle entschied, er hatte sich befreit gefühlt, im doppelten Sinne befreit, von Annelie, hinter der gerade die Tür ins Schloss gefallen war, und von den unerfüllten Gefühlen für Leonie. Annelie war gelungen, was die unzähligen Frauen, mit denen er in den letzten Jahren geschlafen hatte, nicht geschafft hatten. Er hatte den Sex mit ihr gebraucht, um mit Leonie abzuschließen, mit den letzten zwei Jahren, in denen die Gedanken an sie und ihre Ablehnung an ihm genagt hatten. Er hatte gespürt, dass er jetzt frei war. Als dann das Telefon geklingelt und Christophs Name auf dem Display geleuchtet hatte, hatte er sich gefreut, mit ihm den gemeinsamen Abend auszuwerten, der so befriedigend geendet hatte.

»Hey«, sagte er gut gelaunt. »Er lebt wieder.«

»Hey«, erwiderte Christoph, dessen Stimme allerdings belegt klang, und auch ein bisschen rau. »Tut mir leid, dass ich einfach so abgehauen bin.«

»Kein Problem«, sagte Andreas.

»Aber du warst irgendwann weg, ich hab dich nicht mehr gefunden.«

»Vielleicht war ich ja auch schon weg, ich bin so gegen vier nach Hause gefahren.«

»Okay«, sagte Christoph und zögerte, als müsste er sich erst einmal an den Gedanken gewöhnen, dass Andreas nicht sauer auf ihn war.

»Alles in Ordnung?«, fragte Andreas.

»Na ja«, wand sich Christoph, bevor er nach kurzem Schweigen entschieden weitersprach: »Alter, ich hab Scheiße gebaut ... ziemliche Scheiße sogar.«

»Da zeichnet sich offensichtlich ein Muster ab«, sagte Andreas mit einem Lachen, während er in die Küche ging, um sich einen Kaffee zu machen. »Sowas kommt bei dir ja in letzter Zeit öfter mal vor.« Er nahm eine Tasse aus dem Küchenbuffet.

»Was ist denn passiert?«, fragte er.

Christoph zögerte. »Da waren doch diese Frauen«, sagte er.

»Welche?« Als Christoph nicht antwortete, als sich sein immer längeres Schweigen mit immer mehr Bedeutung füllte, spürte er eine Ahnung, eine unangenehme Ahnung, in der sich die gute Laune, die Unbeschwertheit des vergangenen Tages, auflöste. »Welche Frauen denn?« wiederholte er ein bisschen zu scharf.

»Diese Annelie und ...«

»Leonie«, unterbrach ihn Andreas schnell.

»Genau.«

»Okay? Und?«

»Ich bin dann noch mit Leonie weitergezogen.«

»Und?« Er spürte, wie sehr er sich zwingen musste, seiner Stimme einen ruhigen, ausgeglichenen Klang zu geben, während Christoph einige unerträgliche Sekunden schwieg.

Dann sagte Christoph: »Ich hab mit ihr geschlafen.«

Der Schlag traf ihn unvermittelt. Andreas spürte, dass er noch lächelte, aber es war eine erstarrte Geste.

»Das hätte nicht passieren dürfen, ich weiß«, erwiderte Christoph.

Andreas ließ Christoph reden, aber seine Stimme verschwamm, sie kam nicht mehr an. Der Druck, der auf seinem Magen gelegen hatte, wurde zu einem Brennen. Er hörte Christoph von dessen Gesprächen mit Leonie erzählen und davon, wie sie auf dem Dach ihres Hauses gesessen hatten, und dann in der Wohnung, wie stimmig alles gewesen war, wie selbstverständlich alles ineinander gegriffen hatte. Christoph wollte eine Bestätigung, er wollte einen Satz, der alles relativierte, der ihm wieder ein gutes Gefühl gab, er suchte offensichtlich Halt bei ihm. Er konnte nicht ahnen, dass er nicht der richtige Ansprechpartner war. Während Christoph sprach, war Andreas aufgestanden und durch die Wohnung gegangen. Er erschrak, als er sein Gesicht im Flurspiegel sah. Er dachte daran, wie er sich in den Wochen nach Leonies WhatsApp-Trennung immer wieder gesagt hatte, dass es ihm doch auch gut ging, bevor sie in sein Leben getreten war. Er hatte sich gewünscht, die Zeit um zwei Monate zurückdrehen zu können. Zwei Monate, die genügt hatten, ihn zwei Jahre aus der Bahn zu werfen.

»Was soll ich denn jetzt machen?«, fragte Christoph.

Das war die falsche Frage, dachte Andreas, der plötzlich voller Hass war. Die vollkommen falsche Frage.

»Du, ich hab grad einen Anruf, da muss ich rangehen«, log er, während er sich zwang, ruhig zu bleiben. »Kann aber ein wenig länger dauern. Ich meld mich nachher noch mal, ja?«

Er hörte Christophs Antwort nicht mehr, als er die Verbindung trennte. Er stellte das Handy auf Flugmodus, warf es achtlos auf den Küchentisch und setzte sich. Zwanzig Minuten später saß er immer noch da, einfach nur da und starrte auf das Küchenbuffet. Es war ihm unmöglich, einen klaren Gedanken zu fassen. Er konnte nur an den Blick seiner Mutter denken, als sie das Buffet zum ersten Mal gesehen hatte. Wie sie einen langen Moment wie erstarrt in der Küchentür gestanden hatte, mit einem Ausdruck in den Augen, als würde sie mit den Tränen kämpfen. Dann hatte sie sich ihm zugewandt, war gefasster, und gesagt, dass sie das gleiche Buffet gehabt hatten, als sie ein Kind war. »Es ist genau das Gleiche«, und sie hatte das Buffet berührt, wie er es manchmal tat – wie ein Kleinod. Ihr Blick war voller Nostalgie, voller melancholischer Sehnsucht nach einer unerreichbaren Vergangenheit gewesen.

Er musste hier raus, hatte er dann plötzlich gedacht und sich resolut erhoben, die Wohnung verlassen und seitdem einen langen Spaziergang durch die Stadt gemacht. Das schmerzhafte Gefühl in seiner Magengegend hatte ihn seit dem Anruf nicht mehr verlassen. Er ahnte nicht, dass er an der Danziger Straße kurzentschlossen das Willy Bresch betreten würde, eine Altberliner Kneipe, die ihm vorher noch nie aufgefallen war, obwohl sie sich an der vielbefahrenen Kreuzung befand, an der die Danziger die Greifswalder kreuzte, die er so oft überquerte. Er ahnte außerdem nicht, dass er dort Werner Meyhöfer kennenlernen würde, und noch viel weniger, dass diese Begegnung seinem Leben eine neue Richtung geben würde.

FUNKSTILLE

Christoph betrachtete Anne Wills ernsthaftes, attraktives Gesicht, während sie sich mit einer Gruppe von Politikern, Journalisten und Experten unterhielt, deren Gesichter er erst Namen und Berufe zuordnen konnte, nachdem sie am unteren Bildschirmrand eingeblendet worden waren. Er kannte viele derzeit gesellschaftlich Wichtige nicht, was auch daran liegen konnte, dass er schon vor ungefähr zwei Jahren festgestellt hatte, nach zehn Minuten bereits innerlich auszusteigen, wenn er die Leute in politischen Talkshows reden hörte. Die Debatten waren purer Selbstzweck, dachte er. In den Talkshows ging es nicht um ein wirkliches Gespräch, man näherte sich nicht an, hörte dem anderen nicht zu, man redete gezielt aneinander vorbei, weil es nur darum ging, seine Meinung zur Schau zu stellen. Es ging nicht um

Ideen oder Visionen, sondern nur noch um Meinungen. Er dachte daran, was Andreas einmal gesagt hatte: »Die heutige Debattenkultur ist die Kultur der Einfallslosen.« Und er hatte recht.

Gelegentlich besaß es noch einen gewissen Unterhaltungswert, sich dieses ziellose Diskutieren mit Julia gemeinsam anzusehen und zu kommentieren. Aus ähnlichen Gründen sahen sich andere *Bauer sucht Frau* an. Das Prinzip war das gleiche. So gesehen waren *Anne Will*, *Maischberger* oder *Hart aber fair* ihr *Dschungelcamp*. Er wünschte sich, Julia würde jetzt neben ihm sitzen. Sie könnten schlecht über diese schrecklichen Leute sprechen, die redeten, als hätten sie alles verstanden, wobei es ihnen um nichts ging – es würde so sein, wie es sein sollte. Aber Julia war gerade nicht da, und auch sonst hatte sich wohl einiges verändert. In den letzten Stunden verfestigte sich das Gefühl in ihm, dass es nie wieder wie früher sein würde. Seitdem er darauf wartete, dass ihn Andreas zurückrief.

Sein Blick ruhte auf seinem Handy, das auf dem Couchtisch lag und inzwischen seit zweiunddreißig Stunden schwieg. Er spürte die nervöse Ungeduld, die seit dem viel zu kurzen Gespräch mit Andreas in ihm wuchs und inzwischen kaum noch auszuhalten war. Er überprüfte zum dritten Mal in den letzten zwanzig Minuten, ob es auch auf laut gestellt war. Dann überprüfte er die Lautstärke des Klingeltons, die immer noch auf die höchste Stufe gestellt war. Er hatte sich gezwungen, Andreas nicht noch mal anzurufen, er wollte ihn nicht nerven, aber er brauchte jetzt jemanden, mit dem er reden konnte. Und er konnte nur mit Andreas reden, nur er war eingeweiht. Er spürte den Kater der vorletzten Nacht immer noch ein wenig, und auch das Schlafdefizit. Er hatte versucht, einen verspäteten Mittagsschlaf zu machen, aber seine Gedanken kamen nicht zur Ruhe. Vielleicht sollte er joggen gehen, dachte er, den Alkohol ausschwitzen, die Gedanken ausblenden, aber er wusste, dass er sich schon entschieden hatte zu warten, das Handy im Blick.

Das war ihm noch nie passiert, dachte er. Er war in jeder seiner Beziehungen treu gewesen. Er hatte Männer nie verstanden, die, obwohl sie in einer Beziehung waren, das Aussehen anderer Frauen auswerteten, als wären sie Singles. Wenn er sich für eine Frau entschieden hatte, war er gegen die Schönheit anderer Frauen immun, er konnte sie objektiv beurteilen, aber in ihm wuchs kein Impuls, mit ihnen zu schlafen. Damit war er eine Ausnahme, bisher zumindest, das wusste er.

Er dachte an Mia, die Frau, mit der er vor Julia zusammen gewesen war, und dann an den Anlass, sich von ihr zu trennen. Er war damals mit Malte im Café am Neuen See gewesen, um ein paar Bier zu trinken, wo er durch ihn ein Paar kennengelernt hatte. Er unterhielt sich länger mit der Frau, die eigentlich gar nicht sein Typ war, aber ihre Art zu reden und sich zu geben, hatte eine Wirkung auf ihn, die ihn benommen machte. Er spürte, dass er nicht wie sonst immun war. Zwei Monate später trennte er sich von Mia. Zu diesem Zeitpunkt war die Beziehung mit ihr schon voller Sprünge und Risse. Die Begegnung mit dieser Frau war nur der letzte Impuls gewesen. Allerdings hatte er mit ihr nur geredet, dachte er, mit Leonie hatte er geschlafen. Es war sicher alles nur passiert, weil er durch das, was er auf dem Mitschnitt gehört hatte, so verunsichert war. Aber er wollte sich von Julia nicht trennen. Er wollte mit ihr zusammen sein.

Es war ein schöner Abend gewesen, obwohl der Sex ihn angestrengt hatte, so betrunken, wie er war. Aber der nächste Morgen, mit Leonie im Sonnenlicht verkatert in der Küche einen Kaffee zu trinken, das hatte ihn an früher erinnert. An die Berliner Nachmittage, wenn sie um acht aus dem Club kamen und noch nicht nach Hause wollten und dann in einer Wohnung bis in den Abend tranken, rauchten und redeten. Es war, als wäre er noch einmal für ein paar Stunden in seine Vergangenheit eingetaucht. Aber als er die Wohnung verließ, die Straße betrat, die vielen Familien sah und das Lachen der Kinder auf dem Helmholtzplatz hörte, verschwand der Zauber und wurde durch das schale Gefühl, mit dem er nach seinen wenigen One-Night-Stands die Wohnungen der Frauen verlassen hatte, ersetzt. Er war einfach kein Typ für so etwas. Er war ein Beziehungstyp. Sex mit Frauen, die er nicht kannte und auch nicht kennenlernen wollte, gab ihm nichts. Er brauchte Vertrautheit, wenn er mit einer Frau schlief, eine Herzlichkeit, die nur in einer Beziehung entstand.

Je weiter er sich von ihrer scheuen Verabschiedung an Leonies Wohnungstür entfernte, desto unangenehmer wurde ihm der Gedanke daran. Er hätte die Erinnerung am liebsten gelöscht. Er mochte Leonie ja, er fand sie interessant, aber sie war zu kompliziert und eigentlich zu depressiv für seinen Geschmack. Er wollte das, was er mit Julia hatte, nicht durch einen Fehler zerstören. Hauke kam ihm in den Sinn, und wie unerträglich seine Beziehung durch seinen Ausrutscher geworden war. Julia durfte es nie erfahren, er wollte sie nicht verlieren. Er wollte das Leben, das sie führten, nicht aufgeben. Sie war sein Fundament, er musste sich kümmern, die Beziehung verbessern, so wie Andreas es schon gesagt hatte. Jetzt hatte er richtig Scheiße gebaut und musste damit umgehen. Auf jeden Fall würde er Leonie nie wiedersehen.

Er wandte hektisch den Kopf, als sein Handy vibrierte, aber das Display leuchtete nicht. Es war ein Phantomgeräusch, das Vibrieren klang ihm nur in den Ohren, zum vierten Mal an diesem Tag. Sein Handy schwieg. Er verstand nicht, warum Andreas sich nicht zurückmeldete.

DIE GUTEN LÜGEN

Das Willy Bresch war hell erleuchtet, ein kaltes, entstellendes und ungemütliches Licht, das harte, unvorteilhafte Schatten in die Gesichter zeichnete. Frauen wie Annelie hätten es frauenfeindlich genannt, aber das war nicht das Problem, hier waren schließlich keine Frauen anwesend, und es war nicht davon auszugehen, dass das Willy Bresch – falls überhaupt – jemals von Frauen besucht wurde, bei denen es noch darauf ankam. Es gab keine Musik, was die Ungemütlichkeit noch verstärkte, dafür viel Rauch, keine Gespräche und erloschene Blicke. Hier wollte sich zumindest niemand verkaufen oder etwas darstellen, dachte Andreas, darüber war man im Willy Bresch hinaus. Hier waren sie schon weiter.

Obwohl es erst kurz nach neun war, herrschte eine Stimmung wie kurz vor Ladenschluss. Die Luft war rauchgeschwängert, was auf irritierende Art beeindruckend war, weil es nur sieben Menschen waren, die an den vereinzelten Tischen des großen Raums saßen. Sie waren gekleidet, als wären sie Anfang der Neunzigerjahre irgendwie hier gelandet, um nicht mehr zurückzufinden. Als wäre das Willy

Bresch eine Zeitschleife, in der sie seitdem immer wieder denselben Tag erlebten.

Er war der siebente Gast, der erste, der ein Jackett trug, und so sahen sie ihn auch an, wie einen Touristen. Er fragte sich, wer Willy Bresch war oder gewesen war. Es war ein harter Name, ein Name, der zum Licht passte, was dann auch wieder konsequent war. Der Bauch von Berlin, dachte er. So hatte Heiner Müller die Kneipen hier genannt, hier traf man auf das echte Leben, ungeschönt, reich mit Schicksalen ausgestattet. Hier fand man die wirklich interessanten Geschichten, nicht in der Blase, in der er sich bewegte.

Er setzte sich an die Theke und bestellte ein Bier. Der Wirt gab sich so selbstverständlich, dass er nicht verwundert gewesen wäre, wenn er ihn mit Vornamen angesprochen hätte, stellte eine bauchige Biertulpe auf den Tresen und nickte ihm zu. Andreas hielt das Glas einen Moment lang in der Hand, bevor er den ersten Schluck trank. Er hatte seit Jahren nicht mehr aus Gläsern wie diesem getrunken, es passte zum Prenzlauer Berg, wie er früher einmal war. Ein Arbeiterbezirk, den es jetzt nicht mehr gab. Es hatte ein Vierteljahrhundert gedauert, die Bevölkerung auszutauschen. Zehn Prozent lebten angeblich nur noch hier. Die anderen waren weggezogen oder tot. Und hier, im Willy Bresch, trafen sich offensichtlich die paar Übriggebliebenen, die Eingeborenen sozusagen, die im Aussterben waren, um mit Bier, Schnaps und drei Schachteln Zigaretten am Tag daran zu arbeiten, es den Vorhergegangenen nachzumachen. Mit ihnen verschwand nach und nach auch die Seele der Gegend, die genauso aus den Pastellfarben gestrichenen Mietskasernen heraussaniert worden war. Mittlerweile war sie von glatten Menschen bevölkert, die sich als die Zukunft des Landes sahen. Der Bezirk war zu einer Gegend geworden, die sich ein Immobilienmakler ausgedacht haben könnte. Eine schöne Illusion, in der Akademiker entgegen aller Klischees mit Ende dreißig über das dritte oder vierte Kind nachdachten. Eine Illusion, die nur existieren konnte, weil die Eltern die Wohnungen gekauft hatten, in denen die Jungen lebten, subventioniert von altem Geld. Sie waren die Erbengeneration. Sie hatten die Gegend übernommen, Prenzlauer Berg kolonisiert. Im Willy Bresch saßen ihre Vorgänger, wenn man so wollte, die Generation mit den DDR-Mietverträgen. Die Generation derjenigen, die nichts zu vererben hatten.

Das Willy Bresch war von den letzten fünfundzwanzig Jahren unangetastet geblieben. Umspült von den Ereignissen, Entwicklungen und daraus resultierenden Überzeugungen, die alle für so wichtig hielten, war es ein Ort, wo das nichts zu bedeuten schien.

Andreas wandte sich um, als Nummer acht das Lokal betrat. In der Tür stand der zweite Mann des Abends, der ein Jackett trug. Es war verschossen, ausgebeult und auch ein bisschen zu klein. Der Mann war in der Breite herausgewachsen. Es hatte ihm sicherlich gepasst, als er es vor fünfzehn Jahren gekauft hatte. An irgendjemanden fühlte sich Andreas durch ihn erinnert, er wusste aber nicht, an wen. Er stand in der geöffneten Tür wie in einer Schleuse, hinter ihm die vorbeieilenden Passanten, der Verkehr, Lichter, eine andere Realität, in der die Zeit schneller ablief als hier.

Ihre Blicke trafen sich, und nach einem kurzen Nicken schien der Mann die Entscheidung getroffen zu haben, das Lokal zu betreten. Die Tür schlug hinter ihm ins Schloss, dann setzte er sich auf den Barhocker neben Andreas.

»Werner«, sagte der Wirt wieder mit dieser Selbstverständlichkeit. Als hätte er ihn erwartet. Es gab, so wie es aussah, keine Überraschungen mehr in seinem Leben, er schien darüber hinaus zu sein.

»Wolfgang. Tach, Tach«, antwortete Werner, der aus irgendeinem Grund gehetzt wirkte.

»Wie immer?«, fragte der Wirt, obwohl er schon die Schnapsflasche in der Hand hatte. Werner nickte, der Wirt stellte ein bis zum Rand gefülltes Glas Schnaps auf den Tresen und dann ein Bier. Ihre Blicke trafen sich, und nach einem kurzen Nicken und einem Blick auf Andreas' Revers kippte Werner den Schnaps. Jetzt fiel Andreas auch ein, an wen ihn der Mann erinnerte. Er war auf eine Art sympathisch, wie der Schauspieler Jürgen Tarrach sympathisch war. Eigentlich sah er ihm sogar ein bisschen ähnlich, obwohl es nicht vorteilhaft war, wie Jürgen Tarrach auszusehen, wenn man nicht Jürgen Tarrach war. Er hatte das Aussehen und die Hautfarbe eines Menschen, der mit Problemen umging, indem er gegen sie antrank, und er schien momentan viele Probleme zu haben. Aus den Augenwinkeln sah Andreas, wie der Blick des Mannes auf ihm ruhte, als wolle er an ein Gespräch anknüpfen.

Bitte nicht, dachte er. Bitte nicht jetzt.

»Verzeihen Sie. Ich will nicht aufdringlich sein ...«

Zu spät, dachte Andreas und wandte sich zu ihm, mit einem Blick, der sagte, dass das kein Problem sei. Er wollte sich keine Feinde machen, er wollte einfach nur in Ruhe ein paar Bier trinken.

»Darf ich mir erlauben, Ihnen eine Frage zu stellen?«

Andreas nickte, obwohl er sich nicht sicher war, ob er bereit war, hier Fragen zu beantworten, aber dieser Typ hatte eine altmodische Würde in der Stimme, eine elegante Förmlichkeit. Als wäre er aus der Zeit gefallen. So wurden in den Sechzigerjahren amerikanische Filme synchronisiert.

Er beugte sich zu Andreas, obwohl ihre Hocker schon ziemlich eng nebeneinanderstanden, wie Andreas fand, und sagte: »Sie kommen mir bekannt vor. Ich habe Ihr Gesicht schon einmal gesehen, und ich vergesse niemals ein Gesicht. Darf ich Sie fragen – wie gesagt, ohne aufdringlich sein zu wollen – woher ich Sie kennen könnte?«

»Das passiert mir ständig«, wich Andreas mit seiner Standardantwort aus, wenn er von Leuten erkannt wurde, von denen er nicht erkannt werden wollte. »Ich hab ja dieses Allerweltsgesicht.«

»Darf ich Sie trotzdem nach Ihrem Nachnamen fragen?«

»Landwehr«, sagte er mit einem Zögern.

»Landwehr.« Sein Gegenüber überlegte, dann schlug er mit der Faust auf den Tresen. »Andreas Landwehr. Der Schriftsteller. Wusst ich's doch, mein Lieber. Natürlich kenne ich Sie.« Er hob sein Bierglas in seine Richtung, um mit ihm anzustoßen.

»Mein Name ist übrigens Werner Meyhöfer. Ich bin Journalist.«

»Dann sind wir ja praktisch Kollegen.« Andreas lächelte höflich.

»So weit würde ich nicht gehen«, erwiderte Werner, der jetzt sogar ein wenig verlegen wirkte. »Aber Ihr Buch, wissen Sie, Ihr Buch, das hat mir sehr gefallen. Es war«, er überlegte einen Augenblick, »es war ... voller Wahrheit.«

»Danke«, sagte Andreas, aber es klang nicht aufrichtig, vielleicht weil es ihm unangenehm war, das Thema zu berühren. Es war merkwürdig, ihn überraschte es immer wieder, wenn Menschen seinen Roman lobten. Er hatte sich immer noch nicht daran gewöhnt, welche Dinge sie hineininterpretierten, auf die er selbst nie gekommen wäre, aber vielleicht lag es einfach nur daran, dass er mit Komplimenten nicht umgehen konnte.

»Ich hab ja auch gerade einen Text beendet«, sagte Werner. »Vor einer Stunde hab ich ihn rübergeschickt. Ist ja immer ein großartiges Gefühl. Der Höhepunkt meines Tages – ach, was sag ich – des letzten Monats. Der letzten Monate! Na ja, vielleicht nicht ganz.« Er lachte bitter, bevor er fortfuhr: »Erscheint übermorgen. In der Wochenendausgabe.«

»Wo?«, fragte Andreas.

»Berliner Zeitung.«

»Aha«, sagte Andreas mit einer gewissen Skepsis. Er las diese Zeitung seit Jahren nicht mehr, obwohl die Berliner vor Jahren die einzige Tageszeitung gewesen war, in der er sich zu Hause fühlte. Er hatte Alexander Osang gemocht, der in den Neunzigern so etwas wie der Star der Zeitung gewesen war, bevor er zum *Spiegel* ging.

»Aufmacher!«, sagte Werner schnell, als er merkte, dass seine Worte nicht den Eindruck gemacht hatten, den er sich wohl erhofft hatte. »Mein Name auf der Titelseite. Vielleicht das Beste, was ich bisher geschrieben habe.«

»Verstehe«, sagte Andreas und versuchte, ihn so beeindruckt wie möglich anzusehen, was Werner zu beruhigen schien, der sich jetzt vertrauensvoll zu ihm beugte.

»Hab ich wieder mal auf den letzten Drücker geschrieben. Das ist bei mir immer so. Drei Wochen Recherchen und noch zwei für den Text selbst, und wissen Sie, was ich in der meisten Zeit mache? Nicht viel, kann ich Ihnen sagen, wirklich nicht viel, da lass ich mich gehen, das geb' ich zu. Aber das ist bei mir schon immer so. Ich bring nur unter Druck was Vernünftiges zustande.

»Das kenn ich«, sagte Andreas. »Sogar ziemlich gut.«

»Sehen Sie!« Werner leerte sein Bier und bestellte mit einem Blick zu Wolfgang ein neues, bevor er Andreas ansah. »Da geht's mir wie dem Dostojewski.« Er zündete sich eine Zigarette an.

»Da sind wir ja in guter Gesellschaft«, sagte Andreas mit einem Lächeln.

»Der konnte auch nur unter Druck schreiben. Die großen Romane – alle unter Druck entstanden, natürlich aus anderen Gründen als bei mir, der Mann war ja hochverschuldet, sein Leben lang. Hoffnungslos verschwenderisch! Mit Geld konnte der nicht umgehen. Wenn er mal welches hatte, hat er's rausgeschleudert. Und überhaupt: Dostojewski – privat war der Mann ein äußerst unangenehmer Mensch.« Werner war ein wenig außer Atem, seine Augen glänzten, aber dann stockte er und sagte unwirsch: »Aber warten Sie mal – was rede ich denn hier die ganze Zeit von Dostojewski? Das müssen Sie entschuldigen. Das passiert mir ständig, das ist so eine Neigung.« Er suchte nach den passenden Worten. »So eine unglückselige Neigung zur – wie soll ich sagen – zur Plauderei. Immer weiche ich ab. Ständig verliere ich den Faden.« Werner trank aus seinem Glas, bevor er unwillig sagte: »Sie müssen mich darauf hinweisen. Wenn so etwas passiert, müssen Sie mich darauf hinweisen, tun Sie mir den Gefallen. Ich wär froh, aber den Gefallen tut einem keiner. Verständlicherweise. Aus Höflichkeit. Das ist wie mit Schweißflecken unter den Armen. Oder Mundgeruch. Oder wenn man sich in die falsche Frau verliebt hat, da sagt auch keiner was. Obwohl's besser wäre.«

»Mach ich«, sagte Andreas.

»Gut. Danke.« Werner schwieg eine Minute, mit einem abwesenden Blick. Dann sagte er, als verrate er mehr, als er hier eigentlich sagen konnte: »Und jetzt mal unter uns: Ich kenne Leute – also Männer – ganz tragische Figuren – die leiden unter ihrer Ehe. Seit Jahren! Und die denken, das ist normal, dieses Leiden. Das gehört dazu. Und niemand sagt ihnen was. Aus falscher Höflichkeit. Also ... ich habe über diese Problematik nachgedacht ... und ich hab da eine Theorie, also: Die sollten mal ihren Freunden erzählen oder ihrer Familie, also Menschen, denen sie etwas bedeuten – denen sollten sie mal erzählen, dass sie sich von ihrer Frau getrennt haben ... Damit sie mal eine ehrliche Meinung hören. Also als sich meine Frau damals von mir getrennt hat ...« Werner zögerte, bevor er entschieden weitersprach: »Nein! Darüber will ich jetzt wirklich nicht reden, oder nachdenken. Aber wenn ich Bier trinke, nach dem dritten Glas – da komm ich immer in diese Stimmung – da denk ich dann auch wieder viel zu viel drüber nach.« Er verstummte einen Augenblick und überlegte, bevor er entschlossen weitersprach: »Ich hab zu viel gearbeitet damals, müssen Sie wissen, viel geschrieben hab ich. Sehr viel, vielleicht auch zu viel. Daran ist meine Ehe kaputtgegangen. Aber vielleicht war's auch besser so. Wenn ich mit meiner Frau so viel Zeit verbracht hätte wie mit meinen Kollegen, hätten wir gar nicht erst geheiratet.« Er sah Andreas an, der lachte. »Das ist ja in vielen Beziehungen so. Darf man eigentlich gar nicht drüber nachdenken. Jetzt ist sie mit einem Kinderarzt zusammen. Das sagt doch schon alles. Kinderarzt aus Spandau. Spandau klingt ja schon wie ... egal ... Sie wissen, was ich meine. Sie haben zwei Kinder ...« Er nahm einen hastigen Schluck, bevor er fortfuhr: »Aber über meine Ex-Frau – und diese Dinge – möchte ich jetzt wirklich nicht ... aber wissen Sie was: Morgen auf den Tag genau vor acht Jahren, da hat sie mich verlassen, also meine Frau. Das Datum hab ich im Kopf. Eingebrannt hat es sich.« Er verstummte wieder, mit gesenktem Kopf, als versuche er sich an etwas zu erinnern. Er hob langsam den gesenkten Kopf und sagte: »Aber wenn man das jetzt mal weiterdenkt ... dann haben wir morgen Jahrestag. Also gewissermaßen ... Sie verstehen, was ich meine.«

Andreas verstand. Ganz offensichtlich war der Mann nicht glücklich, aber das war ja schon klar gewesen, als er ihn vorhin in der Tür hatte stehen sehen. Er musste zugeben, er mochte Werner.

»Und vielleicht feiere ich ihn heute«, sagte Werner trotzig. »So! Eine stille Feier. Mit einer teuren Flasche Whiskey. Und zwei Schachteln Zigaretten.« Er schlug entschlossen mit der Faust auf den Tisch. »Ist ja auch ein angemessener Anlass, sich wieder mal zu betrinken. Anfangs noch kultiviert, mit einer – wie soll ich sagen – mit einer gewissen Würde, später dann hemmungslos, bis zum bitteren Ende. Eine Reise durch die Niveau-Stufen. Oder – anders formuliert, na ja – ein Fall. Den Aufschlag würd ich dann nicht mehr mitbekommen, da wär ich dann schon zu besoffen. Aber ... ich hab ja auch keinen Whiskey da. Nur noch Wein. Ist auch besser so. Man muss sich ja nicht so gehen lassen.« Er lachte ein kurzes, verzweifeltes Lachen.

»Wenn Sie fallen werden, dann nur durch eine Frau«, sagte Andreas.

»Wie bitte?«

»Ist aus einem Film. *Last Man Standing* heißt der.«

»Kenn ich nicht.« Werner sah ihn verständnislos an.

»Mit Bruce Willis.«

»Bruce Willis?« Werner sah ihn noch irritierter an, als hätte er diesen Schauspieler unter keinen Umständen mit Andreas in Verbindung gebracht. »Na ja, das ist nicht so ganz mein Genre. Ich kann mir schon vorstellen, wie so ein Film aussieht. *Stirb langsam* hab ich gesehen, irgendeinen Teil, den dritten, glaub ich. Der kam mal nachts im Fernsehen, als ich nicht schlafen konnte. Da hab ich mir den halt angeguckt. Schrecklich! Wie hemmungslos da die Leute niedergemetzelt werden. Also dieses maßlose Töten zu Unterhaltungszwecken, das lehne ich ab. Reine Zeitverschwendung.« Werner hielt inne, um sich an der aufgerauchten Zigarette eine neue anzuzünden. »Verzeihen Sie. Das ist so eine Angewohnheit. Ich hab auch schon ein paar Mal versucht, es aufzugeben. Hat nie geklappt. Vierzehn Tage habe ich mal durchgehalten. Für mich gehören Schreiben und Rauchen einfach zusammen.« »Verstehe«, sagte Andreas und sah auf die Zigarette in seiner eigenen Hand.

Je betrunkener Werner wurde, desto mehr sprach er. Die Sätze sprudelten aus ihm heraus, ihm schien schon lange niemand mehr zugehört zu haben. Er führte Monologe in Spielfilmlänge. Eigentlich mochte Andreas keine Menschen, die Gespräche führten, um sich selbst reden zu hören. Die niemanden gebrauchen konnten, der sie unterbrach, sondern Zuhörer, Stichwortgeber, um über sich reden zu können. Über Sätzen wie »Genauso ist das auch bei mir« oder »Das habe ich auch schon erlebt« schwebte das ewige Verlangen, den Inhalt jeder Unterhaltung an sich zu reißen, alles in den Zusammenhang zu dem einen großen Thema zu setzen, was jedem am wichtigsten war: zu sich selbst. Aber bei Werner störte ihn das nicht, er genoss es sogar, ihm zuzuhören. Er hatte eine Art zu reden, die ihm gefiel, auch wenn ihm immer mal wieder auffiel, dass er immer betrunkener wurde. Er strahlte auf eine sympathische Art etwas Konservatives aus, was sicherlich auch an der Eigenart lag, ihn zu siezen, obwohl er ihn mit Vornamen ansprach. Vielleicht war es ein Zeichen, seine Wertschätzung auszudrücken, ein Code, um herauszuheben, dass sie sich von den anderen hier unterschieden, dass das Gespräch mit ihm etwas Besonderes war. Den Wirt duzte er, auch die anderen Gäste, mit ihm schien er sich in einer kultivierten Blase zu befinden, herausgehoben aus den Umständen, und nicht im Willy Bresch.

Normalerweise störte es ihn, gesiezt zu werden, weil ein Siezen ja nicht nur ein Siezen war. Es war eine Beschimpfung. Das erzählten die Gesichter der Frauen aus dieser Gegend, wenn man sie siezte. Wenn man jemanden siezte, sprach man von dessen Jugend in der Vergangenheit. Das Siezen, einmal Zeichen respektvoller Distanz, war in der jugendbesessenen Gegenwart eine der grausamsten Kränkungen geworden, die man jemandem antun konnte. Wenn man jemanden siezte, sagte man eigentlich, dass – pathetisch formuliert – dessen Körper nicht mehr zum Selbstverständnis seiner ewig jungen Seele passte. Das war der Preis dafür, sich jünger zu geben als man war: die Tragik, sich mit der Unvereinbarkeit eines alternden Körpers und mit seiner jugendlichen Seele der Lächerlichkeit preiszugeben. Er dachte an Susanna, die ihm einmal gesagt hatte, dass sie ab Mitte dreißig einen Psychologen aufsuchen würde, wenn sie ihre Probleme mit dem Altern nicht mehr beherrschen könnte. Vielleicht machte sie ja inzwischen die Therapie, und vielleicht half sie ihr sogar. Andreas wusste es nicht, er hatte sie seit dem Tag ihres Auszugs nicht mehr gesehen. Drei Jahre, dachte er, die Zeit war schnell vergangen. Andreas hob seinen Blick.

»Darf ich fragen, wie alt Sie sind?«, hatte Werner gefragt.

Andreas zögerte, bevor er antwortete.

»Achtunddreißig.«

Werner winkte müde ab. »Das ist doch kein Alter! Gerade als Schriftsteller. Vor allem als Schriftsteller ist das kein Alter.« Er trank von seinem Bier, bevor er fortfuhr: »Wissen Sie, ich werde bald achtundvierzig.«

Oh, dachte Andreas, der Werner auf Mitte fünfzig geschätzt hätte. Mindestens. Er hoffte, dass man ihm seine Überraschung nicht ansah. Werner sah ihn an. » Als Schriftsteller gilt man ja noch mit Mitte vierzig als Nachwuchsautor. Mit Mitte vierzig! Das muss man sich mal vorstellen!« Er dachte einen kurzen Moment lang nach. »Aber stimmt schon: Man kann ja erst mit Mitte dreißig einen Roman schreiben. Vorher hat man einfach zu wenig erlebt. Is so. Is einfach so. Als Schriftsteller kann man in Würde altern.« Werner umfasste Andreas' Handgelenke, »Schriftsteller sind ja *Künstler*.« Das Wort Künstler sprach er sehr theatralisch aus, allerdings auf eine spöttische Art. »Und als Künstler ... da kann man sich alles erlauben. Alles! Als Schriftsteller oder Schauspieler oder Maler oder Musiker, da kann man auch mal – also jetzt mal drastisch formuliert – bei einem Empfang besoffen auf den Tisch kacken. Ja! Und wie würden die anderen Gäste reagieren? ›Oho‹, würden die sagen. ›Diese Künstler‹, würden die sagen, ›so sind sie.‹ Ja! Künstler dürfen das. Wenn man das als Journalist macht, ist die Karriere am Ende. Bei Schriftstellern fängt die Karriere dann erst richtig an.«

»Noch einen?«, fragte Wolfgang. Werner nickte für sie beide, er hatte die Kontrolle übernommen. Andreas sah in Werners gerötetes Gesicht. Er wollte gar nicht an den Kater denken, der sich morgen auf ihn legen würde.

»Also wo war ich?«, sagte Werner. »Ach ja, genau. Also ich kenne Kollegen, politische Journalisten, die sich tagtäglich stundenlang die Beine in den Bauch stehen, um irgendwann nach einer dieser Sitzungen einen O-Ton vom Ministerpräsidenten zu kriegen. Da wird man zwangsweise zum Alkoholiker.« Er verstummte, als Wolfgang wie aufs Stichwort die beiden großen Gläser Bier auf die feuchte Tischplatte stellte. Sie stießen an, bevor Werner weitersprach: »Erich Kästner beispielsweise – das wussten Sie wahrscheinlich – der war ja auch Alkoholiker. Journalist und Alkoholiker. Daran ist er dann auch gestorben. Letztlich. An Speiseröhrenkrebs, falls Sie das interessiert. Viele Leute interessieren ja solche Dinge, Krankheiten oder das Essen. Sie können stundenlang darüber reden. Ich nicht. Für mich sind das Rentnerthemen. Aber gut, das nur nebenbei. Das gehört ja auch gar nicht hierher. Aber worauf ich eigentlich hinauswollte: Schriftsteller trinken. Das ist eine Wahrheit. Darauf wollte ich hinaus. Goethe hat ja auch gesoffen wie ein Loch. Und *stolz* ist er drauf gewesen!« Werner machte eine wegwerfende Handbewegung, bevor er mit leiser Stimme fortfuhr. »Im Übrigen, *ich* bin kein Alkoholiker. Ich trinke Wein, gut, manchmal zwei Flaschen am Abend. Man muss die Arbeitstage ja irgendwie hinter sich lassen. Ich kenne Kollegen, die trinken eine Flasche Whiskey am Abend. Aber die sind auch schon Mitte fünfzig. Ist ja auch kein Wunder, dass so viele Journalisten ein Alkoholproblem haben, bei dem Mist, den sie so schreiben müssen. So. Bin gleich wieder da.« Als er sich erhob, stützte er sich schwer mit den Händen auf den Tresen. Andreas sah ihm nach, wie er leicht taumelnd in Richtung Toilette lief.

Eine Stunde darauf saßen sie nicht mehr an der Theke, sondern an einem Tisch am Fenster, der ein wenig abseits stand. Zwischen ihnen stand eine Flasche Wein, die inzwischen fast leer war. Der Wein schmeckte scheußlich, aber sie waren ja beide in einem Zustand, in dem es darauf nicht mehr ankam.

»Ich muss Ihnen ein Geständnis machen, Andreas, ganz im Vertrauen muss ich Ihnen ein Geständnis machen«, sagte Werner gerade.

Andreas nickte, während Werner ihnen Wein nachschenkte, obwohl die Gläser noch gar nicht leer waren, aber wahrscheinlich kam es darauf inzwischen auch nicht mehr an.

»Cathrin Berger«, sagte Werner mit einer eigenartigen Betonung, »ist Ihnen doch ein Begriff? Der Name ist Ihnen doch ein Begriff.«

»Die Schlagersängerin«, sagte Andreas.

»Genau, die Schlagersängerin.«

»Die diesen Autounfall hatte.«

»Genau, im März war das«, sagte Werner. »Ende März, am achtundzwanzigsten, um genau zu sein.«

In Andreas tauchte das Bild einer blonden Frau auf, die eigentlich sein Typ war, wenn ihr die Musik, die sie machte, nicht jegliche sexuelle Attraktivität genommen hätte. Cathrin Berger war nicht so sein Genre, wie Werner es wohl formulieren würde. Schlagermusik generell war etwas, dessen Erfolg er nicht verstand, wahrscheinlich weil sich unterbewusst etwas in ihm sträubte, ihn verstehen zu wollen. Die Todesmeldung hatte er registriert, sie hatte ihn nicht berührt. Aber eine Woche darauf, als er den Tod der Sängerin schon wieder vergessen hatte, wurde er mit ihrem Namen praktisch bombardiert. Es begann mit diesen Motivationssprüchbildern, die plötzlich überall auftauchten, sobald er Facebook oder Instagram öffnete. Die sozialen Netzwerke waren ja voll von diesen Bildern, in denen zu lesen war, wie man sein Leben leben sollte. Sprüche, die man für gewöhnlich mit einem Like bestätigte, mit dem kurzen, guten Gefühl, dass es noch Spielraum gab, seinem Leben eine andere Richtung zu geben, um dann weiterzuscrollen und den Satz zu vergessen. Normalerweise standen unter den Sprüchen die Namen von Philosophen, Schriftstellern oder Politikern, aber seit April hatte immer nur Cathrin Berger darunter gestanden. Es waren gute Sätze, kurze, elegante Sätze, das wusste er noch, teilweise sogar Sätze, die er selbst gern geschrieben hätte. Bei zwei oder drei davon hatte er sogar einen leichten Neid gespürt. Anfangs hatte er angenommen, es wären Zeilen aus ihren Liedern, aber das konnte nicht sein. Er konnte der Frau keinen Song zuordnen, aber soweit er wusste, setzten sich die Texte aus Banalitäten zusammen, die ironisch klangen, obwohl sie ernst gemeint waren, und dann waren sie auch noch unterlegt mit dieser schrecklichen Musik. Irgendwann hatte er herausgefunden, dass es Zitate aus einem Interview waren, das sie nur ein paar Tage vor ihrem Tod gegeben hatte und das bei Facebook so oft geteilt worden war, dass er das Gesicht der Frau früher oder später nicht mehr sehen konnte. Es war ein Hype. Es gab Artikel, Essays, Kolumnen, Reportagen in der *Zeit*, in der *FAZ*. *Der Spiegel* machte sogar eine Titelgeschichte. Cathrin Berger wurde in Politikerreden zitiert. Es war ihm irgendwann zu viel. Wie eine Kampagne für ein neues Album, und letztlich war es das ja auch. Der Tod war das beste Verkaufsargument. Posthum war dann auch ein Best-Of-Album erschienen, das vom Label allerdings als *Werkschau* bezeichnet wurde, mit dem Untertitel *Eine Retrospektive*. Begriffe, die jetzt offensichtlich besser zu ihr passten. Man hätte es für Realsatire halten können, wenn es dieses Interview nicht gegeben hätte.

»Ich hab das Interview damals gelesen, oder zumindest überflogen«, sagte er vorsichtig.

»Aha?« Werner sah ihn aufmerksam an, er schien sogar ein bisschen beleidigt zu sein.

»Also dieser Hype, na ja, das war alles ein bisschen surreal«, sagte Andreas. »Ich meine, die Frau war eine Schlagersängerin.«

»Ja, das war sie, aber jetzt ist sie *die* Schlagersängerin«, sagte Werner nicht ohne Stolz, was jetzt auch etwas surreal auf Andreas wirkte, Werner hätte er nun wirklich nicht als Schlagerfan eingeschätzt.

»Wissen Sie …« Werner sah ihn an, er zögerte, bevor er fortfuhr: »Oder anders: Sagt Ihnen der Name Tom Kummer was?«

»Nicht wirklich«, sagte Andreas und schüttelte den Kopf.

»Schweizer Journalist. Der hat für die Süddeutsche Interviews gemacht. Stundenlange Interviews mit Nicolas Cage, Sharon Stone, Brad Pitt, Sean Penn und was weiß ich mit wem noch. Erstaunliche Interviews waren das, da haben sich die Prominenten von ihrer empfindsamsten und intellektuellsten Seite gezeigt. Sehr gute Interviews, das können Sie mir glauben. Das haben Kollegen dann mal nachrecherchiert, und wissen Sie, was sie herausgefunden haben? Die hat sich der Kummer ausgedacht, teilweise komplett ausgedacht. Aber diese Redaktionen, in ihrer Geilheit auf Hollywoodstars, haben das nie hinterfragt. Weil sie dachten, wir haben da unseren Mann, der sitzt mit den Stars am Swimmingpool in Los Angeles. Der trinkt mit denen ein paar Cocktails und philosophiert mit ihnen über den Sinn des Lebens. Und der Kummer hat dieses Bedürfnis jahrelang befriedigt. Irgendwann flog das dann auf. Weil es dann Reporter vom *Stern* und vom *Focus* gab, die wurden dann von ihren Chefredaktionen gefragt: ›Warum hat der Kummer immer die Geschichten, warum habt ihr sie nicht, was seid ihr denn für Schlafmützen?‹ Und die haben dann hinterher recherchiert und festgestellt, dass die teilweise gar nicht stattgefunden haben. Tja! Sie können sich vorstellen, was da los war. Kummer hat es den Kopf gekostet. Seinen Chefredakteur natürlich auch. Aber wissen Sie was? Jetzt sag ich Ihnen mal was … ganz offen: Ich habe damit kein Problem, was der Kummer da gemacht hat. Ich find's sogar gut. Es ist doch besser, wenn sich Prominente intelligent äußern, auch wenn's ausgedacht ist. Mich hat's gefreut, als ich das damals gelesen habe. In seinem Interview mit Sharon Stone lerne ich mehr übers Leben als in allen Leitartikeln, die der Chefredakteur vom Focus je geschrieben hat. Von mir aus hätte der Kummer noch jahrelang so weitermachen können. Jahrelang. Aber irgendwann ist's aufgeflogen. Und jetzt – na ja – jetzt kriegt der Mann natürlich keinen Fuß mehr auf den Boden.«

Werner verstummte und sah Andreas aufmerksam an, als müsste er einen inneren Widerstand überwinden, um weiterzusprechen. Es war derselbe Ausdruck, mit dem er vorhin in der Tür gestanden hatte, bevor er das Willy Bresch betrat.

»Aber was ich eigentlich sagen will, worauf ich hier eigentlich hinauswill – also letztlich – in der Essenz.« Werner näherte sich mit einem Blick, als vertraue er Andreas jetzt mehr an, als er eigentlich sagen konnte. Dann sagt er mit gesenkter, beinahe feierlicher Stimme: »*Ich habe dieses Interview gemacht.*«

»Wie bitte?«, sagte Andreas fassungslos, der das Gefühl hatte, dass sich gerade etwas verschob. »Sie?« Werner nickte. »Mit dieser Cathrin Berger?« Andreas lachte ein ungläubiges Lachen. »Sie verarschen mich.«

Werner sah ihn zornig an, fuhr aber fort: »Ich hab mich wirklich nicht darum gerissen, das kann ich Ihnen sagen. Ich hab abgelehnt, so was zu machen. Das ist unter meinem Niveau, aber sie haben mir die Pistole auf die Brust gesetzt.« Andreas spürte, wie er sich auf die Vorstellung einließ, obwohl der Mann sicherlich log. Wie jemand, der mittags an einem Imbissstand im violetten Trainingsanzug zwischen zwei Fläschchen Landskron vor den anderen verlorenen Gestalten mit erfundenen Geschichten prahlte, um hervorzuheben, dass er sich von Ihnen unterschied.

»Ich hab mir dann einige Interviews mit ihr durchgelesen«, sagte Werner. »In irgendwelchen Boulevard-Magazinen. Na ja. Achte-Klasse-Abschluss würd ich sagen. Höchstens. Aber vielleicht lag's an den Fragen. Also was manche Journalisten für Fragen stellen – gerade im Boulevard – eine Unzumutbarkeit ist das ... da kommt man gar nicht dran vorbei, sich dümmlich zu äußern. Und dann hab ich mir gesagt: Gut, hab ich mir gesagt, ich mach ein Interview mit ihr. Aber anders! Nicht so was! Mit Tiefe mach ich das. Was Intimes. Ich hab dann die Fragen vorbereitet, und das waren wirklich gute Fragen, das können Sie mir glauben, aber – na ja – als ich das Interview dann gemacht habe, war klar, dass das der Tiefpunkt meiner Karriere war. Ganz schlimm, kann ich Ihnen sagen, ganz schlimm. Da kamen nur Worthülsen. Die war eine einzige Maske, die hat nur Dinge gesagt ... wie soll ich's sagen ... jeder Satz sollte es jedem recht machen, da saß kein Mensch, da saß ein ... ich weiß auch nicht, was da saß ... etwas Gesichtsloses, eine leere Hülle, irgendwas Entmenschlichtes. Und diese Unzulänglichkeit, diese – wie drückt man etwas höflich aus, das man gar nicht höflich ausdrücken kann? – diese intellektuelle Insuffizienz.« Werner ließ seinen Zigarettenstummel achtlos auf den Boden fallen, um sich Wein nachzuschenken, er schien tatsächlich unter dem Thema zu leiden. »Aber egal, jedenfalls saß ich dann, warten Sie, genau, drei Tage später, an meinem Rechner vor dem fertigen Text. Hab ihn mir immer wieder durchgelesen und war verzweifelt, ich war richtiggehend verzweifelt, das können Sie mir glauben. Und dann hat mein Ressortleiter angerufen, die wollten das Interview haben. So schnell wie möglich. Der hat mir von dem Unfall erzählt, dass sie gestorben ist und ihr Manager, von der Band haben zwei überlebt. Das wollten sie dann gleich als Aufmacher nutzen, als hätte ich einen Nachruf geschrieben. Da musste ich plötzlich an den Kummer denken.« Er sah Andreas an. »Und jetzt mal unter uns: Das hatte ich schon überlegt, bevor ich die Frau getroffen habe. Und wenn sie sich dümmlich äußert … hab ich gedacht, dann mach ich das wie der Tom Kummer. Hab ich wirklich gedacht. Dann schreib ich was dazu. Was Intelligentes, mit Tiefe.« Werner leerte sein Glas und stellte es entschlossen auf den Tisch. »Und darum – und jetzt passen Sie auf: Ich hab denen gesagt, dass der Text noch nicht fertig ist. Ich hab sie einfach auf den nächsten Tag vertröstet. Was sollten Sie dagegen machen? Genau! Sie konnten nichts dagegen machen. Das war ein schönes Gefühl, kann ich Ihnen sagen. So ein Gefühl, nicht ersetzbar zu sein.« Die letzten Sätze sprach er langsam aus, sogar gefühlvoll. »Natürlich wollte ich sie nicht zerstören.« Werner sah ihn lange an, sehr aufmerksam, bevor er eindringlich fortfuhr. »Ich werd sie verbessern, hab ich gedacht, ich werd sie zu einer Intellektuellen inszenieren. Ich werde sie als Vehikel benutzen. Wenn man prominent ist, interessieren sich die Leute dafür, was man denkt. Dann sollte man sich auch nicht so beschränkt äußern. Und dann hab ich begriffen, dass die Frau meine Chance war, der Welt etwas hinzuzufügen. Eine Schlagersängerin! Der Manager war ja auch tot, der bei dem Interview dabei war, es gab keine Zeugen mehr.«

Er hielt inne und sprach dann schwärmerisch weiter. »Ich hab mir dann 'ne Flasche Wein aufgemacht und meine Fragen selbst beantwortet, wie der Tom Kummer, alles frei erfunden! Die ganze Nacht hab ich durchgeschrieben, wie im Rausch hab ich ihr Worte in den Mund gelegt, ein Wahnsinn war das. Und wissen Sie was: Wenn ich mir das heute noch mal durchlese, überrascht es mich selbst, was ich da teilweise geschrieben habe – also manche Formulierungen, Assoziationen und Bilder. Und wissen Sie, woran das liegt? Es liegt daran, dass der Text intelligenter ist als ich. Klingt merkwürdig, is aber so. Ich bin ja Schreiber geworden, weil das Schreiben gewissermaßen meine Art ist, die Welt zu begreifen. Ich verstehe viele Dinge erst, während ich schreibe. Und in dieser Nacht, da war ich Literat, in gewisser Weise war ich da schon Literat. Das ist ja kein Interview im klassischen Sinn, was ich da geschrieben habe, das hab ich begriffen, das war ... ich weiß das auch nicht, was das war – aber ich wusste, das war gut. Das Beste, was ich je geschrieben habe.«

Als Werner verstummte, sah er sehr erschöpft aus, sein rotes Gesicht glänzte, auf seiner Stirn sammelten sich Schweißtropfen. Andreas hatte ihm gespannt zugehört, er wollte ihm glauben, aber er war immer noch nicht sicher, ob Werner nicht die Fantasien eines hoffnungslosen Trinkers vor ihm ausbreitete. Der Mann sprach schließlich über Schriftsteller, als wäre er letzte Woche mit ihnen einen saufen gewesen. Vielleicht hatte er auch nur seine Medikamente abgesetzt.

»Jetzt rennen die mir natürlich die Bude ein, Journalisten, das ganze Pack, unerträglich, kann ich Ihnen sagen, ich lass mich inzwischen verleugnen in der Redaktion. Aber es nützt nichts. Ich bin zu alt für sowas. Manchmal hab ich das Gefühl, ich hab nur hier meine Ruhe.« Werner zog ein letztes Mal genussvoll an seiner Zigarette, bevor er sie energisch ausdrückte. »Aber jetzt krieg ich endlich auch die guten Geschichten, hab ich vorhin rübergeschickt. Über unseren Bürgermeister. Ist ein guter Text geworden, aber richtig gut wär er natürlich, wenn der Mann bei einen Flugzeugabsturz gestorben wär.« Werner lachte ein bitteres Lachen, bevor er sich erhob, um die Rechnung zu bestellen. Als er mit Wolfgang ein paar Worte wechselte, googelte Andreas den Text, und da stand tatsächlich *Werner Meyhöfer*. Vorsichtshalber suchte er noch einmal nach dem Namen, und tatsächlich fand er drei Bilder in der Google-Bildersuche. Werner war darauf jünger, zumindest schlanker und sah gesünder aus, aber er war es tatsächlich. Es war unglaublich. Es war nicht die Lüge eines Trinkers, der sich wichtigmachen wollte. Werners Geschichte, so fantastisch sie auch klang, war wahr.

Er blickte zu Werner und Wolfgang hinüber. Es hatte funktioniert, dachte er. Werners Plan hatte funktioniert. Es war der größte Erfolg seines Lebens, und er konnte ihn niemandem mitteilen, was für Werner unerträglich sein musste, soweit konnte Andreas ihn inzwischen einschätzen. Diese Regel hatte er heute Nacht gebrochen. Aber Andreas würde sein Geheimnis bewahren.

Als Werner wieder an den Tisch trat, sagte er, dass Andreas eingeladen war.
»Danke«, sagte Andreas.
»Kein Problem, die Preise sind hier ja nicht so hoch.«
»Dann bin ich aber beim nächsten Mal dran.«
»Klar«, sagte Werner, der ihn allerdings ansah, als wäre es eine Floskel. Vielleicht klang es auch nur so, obwohl es nicht so gemeint war.
Als sie sich von Wolfgang verabschiedet hatten, der ihnen noch einen Wegschnaps ausgegeben hatte, verließen sie das Willy Bresch. Sie traten in die klare Nachtluft hinaus, Andreas sog sie mit einem tiefen, befreienden Atemzug ein. Werner sah gerade sehr traurig aus. Vielleicht dachte er an seine Ex-Frau in Spandau, an ihre beiden Kinder, an die Version eines Lebens, das sein Leben hätte sein können, wenn er nicht zu sehr mit seiner Arbeit und sich selbst beschäftigt gewesen wäre.
»War jut jewesen«, sagte Werner.
»Und sehr aufschlussreich«, lachte Andreas.
»Aber ...«
»Ich erzähl's niemandem. Keine Angst.« Werner schien ihm zu glauben. Er hatte ja auch keine Wahl, er musste ihm vertrauen.
»So, ich muss nach Hause«, sagte Werner.
Man sah es ihm auch an, dachte Andreas und sagte: »Ich aber auch. Bin total fertig.« Als sie sich die Hand gaben, mit einem festen Händedruck, hätte er Werner beinahe noch einen schönen Jahrestag gewünscht, aber das erschien ihm dann doch zu hart.
Er nahm sich vor, Werner wiederzusehen. Er nahm es sich fest vor, denn er spürte, dass dieser Abend, dieses Geständnis, etwas in Gang gesetzt hatte. Er wusste, dass die vergangenen Stunden etwas Besonderes waren, und ahnte, dass Werners Lüge und dessen Konsequenzen sich zu einem Argument formierten für die vagen Gedankengänge in ihm, die nun aus der Unschärfe traten, Konturen bekamen und immer klarer wurden. Werners Lüge war eine *gute* Lüge, eine Lüge, die etwas in den Menschen auslöste, die ihr Innerstes berührte und den Blick auf ihr eigenes Leben veränderte. Und darum ging es doch.
Das war die Aufgabe des Intellektuellen, dachte Andreas, sich nicht zu entziehen, sondern Einfluss zu nehmen. Man musste Grenzen überschreiten, um etwas Bedeutendes zu schaffen.

Er winkte ein Taxi heran. Nachdem er dem Fahrer die Adresse genannt hatte, blickte er zurückgelehnt aus dem Fenster, an dem die Fassaden der Danziger Straße vorbeiglitten.

Sein Leben würde sich ändern, dachte Andreas, das wusste er jetzt.

DIE KUNST DES ROMANS

Andreas setzte die Sonnenbrille auf, als er den Märchenbrunnen passierte, der die grelle Nachmittagssonne in einem für die Augen schmerzhaften Licht reflektierte. Auf einer der Bänke saß ein junges Mädchen und las seinen Roman. Er verlangsamte seine Schritte und betrachtete die Szene. Es sah aus wie ein Gemälde, inszeniert, fast unwirklich, als hätte ihr jemand Anweisungen gegeben, wie sie sich mit dem Buch zu setzen hätte, um die größtmögliche Wirkung zu erzielen. Und plötzlich hatte er das unwirkliche Gefühl, dass das hier alles arrangiert worden war, die Passanten, die Mädchen auf dem Brunnenrändern, das bräunliche, undurchsichtige Wasser, der schmutzig gelbe Schaum. Ihm war, als würde er die Kulisse einer Filmszene betreten, in der Statisten ihre Rolle spielten. Es war kein unangenehmes Gefühl, eher als würde er in einen perfekten Augenblick eintauchen. Er betrachtete die junge Frau. Sie war ungewöhnlich attraktiv und er überlegte einen Moment lang, sie anzusprechen. Eine Unterhaltung hätte die Stimmung zerstört, die sich gerade behutsam in ihm ausbreitete, ein fragiles und viel zu seltenes Gefühl, das er lieber möglichst lange in sich halten wollte.

Er warf noch einen letzten Blick auf die Szenerie, dann betrat er den Volkspark Friedrichshain wie eine andere Welt. Das war es, was er an dem Park so mochte, man befand sich mitten in der Stadt, aber man merkte es nicht. Der Lärm, das Geschäftige, die Hektik wurden von den Bäumen verborgen, der Alltag war ausgeschlossen. Das Bild vom Märchenbrunnen passte, dachte er, während er den asphaltierten Weg hinunterging, der sich durch die Rasenflächen zog und zum Schoenbrunn führte. Das Schoenbrunn war ein elegantes Restaurant, das von einer Terrasse und dem angrenzenden Biergarten umschlossen wurde, von dem man den schönsten Blick des Parks hatte. Man saß hier wie in einem Tal von zwei begrünten Trümmerbergen umschlossen. Hier hatte er oft das Gefühl, zur richtigen Zeit am richtigen Ort zu sein.

Als er am Schoenbrunn eintraf, begann sich der Biergarten bereits zu füllen, obwohl es früher Mittwochnachmittag war. Im hinteren Teil, fast am Ende des Biergartens, nahe der Tischtennisplatten, fand er einen Tisch, der ihm gefiel. Hier saß er praktisch in der ersten Reihe, weil die Stühle wie in einem Kinosaal angeordnet waren. Die asphaltierte Promenade war die Leinwand, die Passanten spielten ihre Rolle, und man selbst war der Zuschauer, ein unbeteiligter Beobachter, ihre Leben berührten sich nicht einmal.

Er setzte sich, legte Zigaretten und Feuerzeug auf den Tisch, bevor er der Kellnerin ein Zeichen gab, um ein Glas Weizen zu bestellen. Weizen war sein Biergartengetränk. Während er wartete, zündete er sich eine Zigarette an und dachte an die junge Frau am Märchenbrunnen. Er stellte sich vor, dass er sie angesprochen hätte. Sie hätte ihm die Fragen gestellt, die ihm alle stellten, als hätten sich seine Leser hinter seinem Rücken abgesprochen. Es waren die immer gleichen Fragen, nur die Gesichter änderten sich, was schon etwas Kafkaeskes hatte oder einfach nur aussagte, wie wenig sich die Menschen voneinander unterschieden. Wahrscheinlich hätte er mit der Frau aus dem »Gemälde« schlafen können, dachte er, wenn er ihre Fragen beantwortet und noch ein bisschen mit ihr geplaudert hätte. Sie hätten die richtige Basis gehabt, denn die notwendigen Gemeinsamkeiten hätte sie in jedem Satz seines Buches entdeckt, den sie mochte. Er nahm sich vor nachzusehen, ob sie noch da saß, wenn er aufbrach, und schreckte auf, als er einen dumpfen Aufprall an seinem Bein spürte. Es war ein gelber Ball, der einem der spielenden Kinder gehörte, einem vielleicht siebenjährigen Mädchen, das einige Meter von ihm entfernt stehen geblieben war und mit der verlegenen Andeutung eines Lächelns zu ihm hinüberblickte.

Die Ausstrahlung von Kindern faszinierte ihn immer mehr. Vielleicht signalisierte ihm sein Unterbewusstsein mit diesem Gefühl, dass es Zeit war, selbst Vater zu werden. Er mochte Kinder, sie waren noch unverstellt, sie mussten niemanden täuschen, niemandem etwas beweisen. Sie genossen das Leben auf eine Art, die man mit den Jahren verlernte. Sie brauchten keine Hilfe, um das Leben zu genießen, keinen Alkohol, keine Drogen, keinen Sex. Sie brauchten keine Fluchtmöglichkeiten vor dem Leben. Sie brauchten keine Hilfsmittel, um das Leben zu ignorieren. Sie genossen es, vielleicht weil sie keine Angst vor der Zukunft haben mussten, weil ihre Eltern sich um sie kümmerten, ihnen Sicherheit gaben. Sie mussten keine Entscheidungen treffen. Sie waren losgelöst von der Zukunft, das nannte man wohl Glück. Den unbezahlbaren Luxus, im Moment leben zu können. Er dachte zu viel an die Zukunft. Er war nicht frei, und das war es wohl letztlich, wonach er sich sehnte. Nach der berauschenden Berührung der Freiheit, obwohl Freiheit für ihn etwas Abstraktes war, ein Begriff, der nicht zu fassen war, denn letztlich war er es selbst, der sich beschränkte, der sich selbst im Weg stand. Er war sein eigenes Gefängnis, er musste die Tür nur öffnen und hindurchgehen, sie war nicht verriegelt, aber er öffnete sie nur hin und wieder und blickte hinaus, die Schwelle überschritt er nie. Seit Leonie. Für Leonie hatte er die Schwelle überschritten, er hatte alle Regeln, die er im Laufe der Jahre aufgestellt hatte, über Bord geworfen. Er hatte gewagt, in die Freiheit hinauszutreten, die plötzlich viel weniger abstrakt war, viel greifbarer. Als sie ihre Affäre beendete, hatte sie ihm den Boden unter den Füßen weggezogen.

Im Schoenbrunn nahm Andreas lächelnd den Ball und rollte ihn zu dem Mädchen hinüber. Sie hob ihn auf, wandte sich ab und lief jauchzend zu einer Gruppe gleichaltriger Jungen, die die Szene aus größerer Entfernung beobachtet hatten. Das Mädchen hielt den gelben Ball wie eine Trophäe, jetzt lachten auch die Jungen, und Andreas sah ihnen ein wenig beim Spielen zu. Ihm fiel auf, dass er lächelte. Dann musste er an Werner denken, und dann noch einmal an die Frau am Märchenbrunnen.

Hätte er sie angesprochen und sie hätten sich nach einer kurzen Unterhaltung verabschiedet, würde sie ihren Freunden davon erzählen und er hätte ihrem Leben eine Anekdote hinzugefügt, die schnell verblassen würde. Ihre Leben hätten sich einen Moment lang berührt, nichts Nachhaltiges. Würde er aber mit ihr schlafen und sich nach einigen Wochen unvermittelt und ohne Angabe von Gründen nicht mehr bei ihr melden, würde er sie verletzen, damit wäre die Berührung nachhaltiger. Würde er mit ihr zusammenkommen, eine Beziehung führen, sich von ihr trennen, mit all dem Schmutz, den es mit sich brachte, wenn Menschen sich trennten, hätte er in einen Abschnitt ihres Lebens eingegriffen, der sie auf jeden Fall prägen würde, wie die zwei Jahre mit Susanna ihn geprägt hatten oder die zwei Monate mit Leonie. So war es immer, wenn sich Leben berührten, jede Begegnung war ein Eingriff in das Leben eines anderen, ein Auslöser, der eine Reihe von Ereignissen in Gang setzte, die die Geschichte des anderen ändern würde, manchmal war es ein unbedeutender Hauch, manchmal zerstörte er ein Leben. Es kam darauf an, wie sehr man eingriff. Die Frau vom Märchenbrunnen nur anzusprechen, würde schon ihre Geschichte ändern, dachte er. Ihm fiel auf, dass er lächelte, eine ungewohnte Regung in seinem Gefühlszustand, aber er spürte ja schon seit der Begegnung mit Werner, eigentlich schon seit dem Telefonat mit Christoph, dass etwas in ihm wuchs. Eine Ahnung, die begonnen hatte Gestalt anzunehmen, die immer greifbarer wurde. Er spürte, dass er kurz davor war, sie klar vor sich zu sehen, er musste sich nur seinen Gedankengängen hingeben, sich treiben lassen, sie zulassen.

Er dachte an das kleine Mädchen mit dem Ball, daran, was es für Auswirkungen gehabt hätte, wenn er unfreundlich oder sogar aggressiv gewesen wäre, wenn er den Ball behalten hätte, bis der Vater des Mädchens ihn mit unsicherem oder ruhigem oder forderndem Ton um den Ball gebeten hätte, und Andreas ihm dann eine reingeschlagen, ihn blutig geprügelt hätte, während das Mädchen zugesehen hätte. Ein Bild, das sich in ihr eingebrannt, sie vielleicht sogar traumatisiert hätte, unauslöschlich würde es sie ihr Leben lang begleiten, ihren Blick auf fremde Männer für immer verändern. Er hätte ihn geändert.

Zwischen den Hügeln und dem vielen Grün des Parks wehte ein leichter Wind. Er betrachtete die Wipfel der Bäume, die sich leicht bogen, und dann die immer neuen Menschen, die auf der Promenade flanierten. Zu jedem von ihnen gehörte ein Leben, dachte er, jedes Gesicht war mit einem Schicksal verbunden, einem Leben, das mit anderen Menschen zusammenhing, alles war mit allem verbunden.

Die Bekanntenkreise berührten und überschnitten sich. Vermeintlich Fremde waren vielleicht nur eine Person von einem entfernt, sie konnten mit einem Menschen, mit dem man durch gemeinsame Erlebnisse verbunden war, ebenfalls durch gemeinsame Erlebnisse verbunden sein. Es war ein reizvoller Gedanke. Die Verbindungen zwischen den Menschen, dieses unsichtbare Netz, das sich ungeahnt zwischen ihnen spannte. Er sah zu den Gästen des Biergartens, dann zu den flanierenden Passanten auf der naheliegenden Promenade und stellte sich vor, dieses Netz wäre sichtbar. Wie in diesem Programm, Touchgraph hieß es, wenn er sich richtig erinnerte, das alle Kontakte auf Facebook in einen grafischen Zusammenhang setzte, die Verbindungen sichtbar machte. Es war faszinierend, wie die unzähligen Leben miteinander verwoben waren, die vielen Verbindungen und Verknüpfungen, die aus der Perspektive des jeweiligen Lebens vollkommen andere Bedeutungen haben konnten. Alles war miteinander verbunden, ständig wurden Kausalketten erschaffen, die Welt war voller Ursachen und Wirkungen, eine ewige Kausalkette miteinander verbundener Handlungen und Ereignisse. Eine Begegnung war etwas, das im Leben des einen gar nichts bedeuten und für den anderen ein Wendepunkt sein konnte. Mit jeder Begegnung manipulierte man das Leben von anderen, ungewollt. Aber was wäre, wenn man beginnen würde, es bewusst zu beeinflussen? Was wäre, wenn man es selbst in die Hand nähme und versuchen würde, es zu beherrschen?

Er dachte an Christoph, an diesen lose hingeworfenen Satz, einen im Suff formulierten Gedanken. Eine Saat, die in Christoph auf fruchtbaren Boden gefallen war, Wurzeln geschlagen hatte und gediehen war und ihn zu einer Handlung angestiftet hatte, die nun ihre eigenen Triebe und Verästelungen entwickelte, sodass Christoph sie nicht mehr rausreißen konnte und davon vereinnahmt wurde. Andreas setzte sich auf. Hastig zündete er sich eine Zigarette an. Die Ahnung begann klare Formen anzunehmen, endlich. Er begriff, dass er gerade ein Mittel gefunden hatte, seine Schreibblockade zu überwinden. Er musste unwillkürlich lächeln.

Sein schriftstellerisches Material war das Leben, aus dem er den erzählenswerten Teil herausfilterte. Das hatte er in den letzten Jahren gemacht, in den unzähligen Fragmenten, die sich auf seinem Rechner sammelten, ihm fehlte jedoch das Talent, eine in sich schlüssige Geschichte zu konstruieren. Bei seinem ersten Roman hatte es noch geklappt, aber er wusste, dass die eigentliche Herausforderung eines Autors nicht sein Debüt war, sondern sein zweites Buch. Daran scheiterten die meisten, und bis eben hatte er, auch ohne es sich einzugestehen, angenommen, dass er ebenfalls daran scheitern würde. Aber in diesen wenigen Minuten hatte sich etwas geändert, nein, alles hatte sich geändert. Er brauchte ein Hilfsmittel, und gerade hatte er es gefunden.

Er spielte es in Gedanken noch einmal durch.

Schon bei ihrer ersten Begegnung hatte er sich vorgestellt, inwieweit Christoph in einem Text verwertbar war, das machte er schon rein instinktiv. Aber er war zu dem Schluss gekommen, dass, wenn Christoph eine Romanfigur wäre, er nichts zu erzählen hätte, sein Leben wäre eine Aneinanderreihung von Alltäglichem, Austauschbarem, die ewige Wiederholung, die einen mürbe machte. Er war ein typischer Vertreter der heutigen Gesellschaft, der ein mittelmäßiges Leben führte, es ergäbe ein Drama der Mittelmäßigkeit sozusagen. Ein von sich selbst gelangweilter Prototyp. Niemand, der in der Masse sichtbar wurde, einer, der sein Leben lebte, ohne Aufsehen zu erregen, eigentlich unbrauchbar für seinen Roman, in dem die Figuren etwas Originelles, eine Besonderheit haben sollten, um das Interesse des Lesers zu wecken und auch zu halten. Eine Figur wie Christoph würde niemanden interessieren. Die Grundkonstellation seines Lebens barg keinerlei innere Dramatik, das hatte er zumindest gedacht, als er ihn zum ersten Mal traf. Andreas fand Christoph eigentlich vollkommen uninteressant, er hatte nichts Außergewöhnliches, er lebte ein Leben ohne Überraschungen, und das stärkste Gefühl, zu dem Christoph fähig zu sein schien, war Selbstmitleid. Das schien ihm nicht erzählenswert, weil der Leser doch bereit sein müsse, sich für seine Figuren zu interessieren. Der größte Fehler schien ihm bisher, eine langweilige Figur als die tragende einer Handlung anzulegen. Nun gut, Thomas Mann hat das in einigen Romanen gemacht, aber Thomas Mann war Thomas Mann, und ganz abgesehen davon kannte er auch niemanden, nicht einen, der den *Zauberberg* ausgelesen hatte.

Wenn er aber jetzt darüber nachdachte, schien Christoph sogar die perfekte Figur zu sein. Er arbeitete Lebensziele ab, die andere vorgegeben hatten, und wunderte sich, warum ihn sein Leben nicht erfüllte.

Deutscher ging es nicht. Er hatte keine Kanten, das Leben umspülte ihn, glättete ihn. Er führte kein aufsehenerregendes Leben, er wäre eine Figur, auf die sich die meisten einigen könnten, weil er wie die meisten war, so konnte man es auch sehen. Sie würden sich in ihm wiederfinden. Jetzt musste er nur noch leiden, denn es war ein einfaches Prinzip. Wenn Figuren litten, weckten sie die Sympathien des Publikums, es schenkte ihnen sein Mitgefühl. Christophs Leben musste zerfallen, die Geschichte eines Niedergangs, und das war jetzt seine Aufgabe.

Es war ein Experiment, und genau genommen hatte es schon begonnen, in dieser Bar im Frühling, als er unbewusst in Christophs Leben eingegriffen hatte. Was ein beiläufig fallengelassener Satz, der ihm nichts bedeutete, in Christoph auslösen konnte. Es war der erste Dominostein gewesen, der gefallen war und eine Folge von Ereignissen ins Rollen gebrachte hatte, die ihn jetzt hierher geführt hatten. Der scheinbar unbedeutendste Satz konnte eine große kausale Kraft in sich bergen, das kleinste Wort konnte die Welt in Brand stecken.

Er hatte sich Christophs Mittschnitt noch nicht angehört, aber was wäre, wenn er, egal was darauf zu hören war, die Vermutung äußerte, dass Julia ihn betrog? Und jetzt war ja auch noch Leonie in Christophs Geschichte getreten. Sie würden seine Marionetten sein.

Wenn er seine Idee mit aller Konsequenz umsetzen wollte, musste er die anderen Figuren kennenlernen, so authentisch und lebensecht wie möglich, er musste zu ihrem Vertrauten werden, und zwar so sehr, wie Christoph ihm vertraute. Die Fäden des Gewebes mussten bei ihm zusammenlaufen. Das war die Herausforderung. Er würde die Konflikte schaffen, beobachten, wie sich dadurch eine Geschichte entwickelte, und alles aufschreiben. Er würde eingreifen, inszenieren, als wäre er ein Regisseur, nein, besser, als wäre er Gott. Ihm wurde fast schlecht vor Aufregung.

Er drückte seine Zigarette aus und zündete sich sofort eine neue an, während er an Christoph, an Werner und dann an Leonie dachte, und begriff, dass diese Begegnungen, die zunächst nichts miteinander zu tun zu haben schienen, in einen Zusammenhang gebracht, zu einem der entscheidendsten Ereignisse seines Lebens geworden waren.

In Andreas löste sich alles an diesem kleinen Tisch inmitten des Trubels, während die Idee in seinem Kopf langsam Gestalt annahm. Er wurde ganz ruhig, während sich die Geräusche des Biergartens hinter ihm vermischten und einander wie wogende Wellen ablösten, – ein Gemisch aus dem begeisterten Kreischen der spielenden Kinder, den Gesprächsfetzen ihrer Eltern, die zu ihrem Latte macchiato Sonnenbrillen trugen, und denen, die ihren Kaffee bereits durch Bier ersetzt hatten, ein Gemisch aus den Gesprächen der Jungen, der Alten, der Schönen und Hässlichen, die sich alle so viel ähnlicher waren, als sie vermuteten, alles untermalt von dem Rauschen der Bäume, den Geräuschen des sprudelnden Wassers des naheliegenden Brunnens und des Vogelgezwitschers. Eine Kellnerin lief vorbei und lächelte ihm zu, wahrscheinlich sah er gerade sehr glücklich aus. Und das war er auch, wenn man die tiefe Genugtuung, die er gerade empfand, als Glück bezeichnen wollte. Endlich spürte er wieder diese wunderbare Aufbruchstimmung, die er so vermisst hatte.

Er fing den Blick der Kellnerin, winkte sie heran und gab ihr ein großzügiges Trinkgeld, als er zahlte. Sie lächelte überrascht und bedankte sich herzlich, nach einer abwehrenden Geste verabschiedete er sich schnell.

Er hatte einen Plan gefasst, er hatte ein Ziel. Die nächsten Schritte waren klar. Nachdem er sich den Mittschnitt angehört hätte, würde er Julia kennenlernen müssen.

FÜNFTER TEIL

DIE INTRIGEN

DER MITSCHNITT

»**Ganz ehrlich,** ich kann gar nicht so richtig sagen, wann wir zum letzten Mal Sex hatten«, sagte Franzi und schwieg einige Sekunden, bevor sie fortfuhr. »Wir haben jetzt – warte Mal – oh Gott – wir haben jetzt schon vier Monate nicht mehr miteinander geschlafen.«
»Vier Monate?«, fragte Julia.
»Also knappe vier Monate«, sagte Franzi schnell.
»Na dann«, lachte Carina.
»Und ihr?«, fragte Franzi.
»Wir haben's auf unseren Urlaub verschoben«, sagte Carina.
»Dann habt ihr ja noch einen knappen Monat«, sagte Julia, und man hörte, dass sie es mit einem Lächeln sagte.

Andreas musste unvermittelt auflachen und drückte die Pausentaste. Die Zeitanzeige zeigte 56 Minuten. Es war der erste Teil des Gesprächs, der einen gewissen Unterhaltungswert besaß. Die Gesamtlänge lag bei zwei Stunden und 56 Minuten. Zwei Drittel hatte er noch, dabei war schon die vergangene Stunde eine Qual gewesen. Es war ein belangloses Gespräch, das dadurch, dass er die Namen der erwähnten Personen nicht kannte, teilweise sogar unerträglich langweilig wurde. Wenn er sich vorstellte, er müsste mit solchen Leuten einen Abend verbringen, würde er schon nach 20 Minuten verzweifelt nach einer plausiblen Ausrede suchen, um schnell verschwinden zu können.

Ihre Themen überraschten ihn nicht, Christoph hatte ihn ja schon darauf vorbereitet. Es ging um saubere Ernährung, Fitness, Urlaubsorte und Hautpflegeprodukte. Er kannte solche Typen. Sie lebten *so* bewusst. Sie rauchten nicht, sie aßen kein Fleisch, sie machten alle Moden mit. Sie hatten keine Fragen mehr, die Magazine, die sie lasen, gaben sie vor, und die Antworten gleich mit dazu. Es war eine merkwürdige Welt, in der sie sich bewegten, dachte er, in der jede Haltung zu einem Trend geworden war und die Haltungen von Themen bestimmt wurden, mit denen man sich beschäftigte, wenn das Leben nur noch aus sexloser Langeweile bestand.

Er hoffte, dass die gelegentlichen Geräusche des Einschenkens und der klirrenden Gläser zu Sektgläsern gehörten und die Frauen dadurch ein bisschen lockerer wurden.

Es gab allerdings dann doch hin und wieder kurze Passagen, die er ohne eine Änderung in seinen Roman aufnehmen konnte. Wie das Gespräch, das ihre sexarmen und wahrscheinlich reizlosen Beziehungen offenbarte. Er skippte eine Minute zurück und schrieb die Passage in das Word-Dokument, das seit einer Stunde auf seinem Rechner geöffnet war und in das es bisher erst ein kurzer Dialog geschafft hatte, der ganz am Anfang des Treffens, kurz nach der Begrüßung geführt worden war.

»Und, wie war dein Woche?«, fragte Julia.

»Lang«, sagte Carina.

»Siehst auch ein bisschen müde aus«, sagte Franzi.

»Danke«, erwiderte Carina mit einer leichten Schärfe in der Stimme.

»Du arbeitest einfach zu viel«, überging Julia ihren Unterton. »Du brauchst mal wieder Urlaub.«

»Ich geh ins Fitnessstudio«, sagte Carina. »Ich hab momentan keine Zeit für Urlaub. Und bei dir? Jetlag vorbei?«

»Ja«, sagte Franzi. »Aber die Woche kommt mir inzwischen vor, als ob das irgendwie ein Film gewesen wär, oder so, als ob ich einen Traum gehabt hätte.«

»Is ja immer so«, sagte Julia. »Eine Woche reicht einfach nicht, um runterzukommen.«

»Drei Wochen braucht man«, sagte Franzi. »Mindestens.«

Es hatte Andreas anfangs gewisse Schwierigkeiten bereitet, die Stimmen den jeweiligen Personen zuzuordnen. Er ahnte jedenfalls schon im Schoenbrunn, wie schwer es werden würde, Julias Vertrauen zu gewinnen. Natürlich wusste er, dass sie durch Christophs Blick verzerrt wurde, aber selbst wenn man das herausfilterte, müsste man es mit einer von Komplexen zerfressenen, ihren Kontrollzwang erlegenen Frau zu tun haben, die ihren Freund nicht kannte und offensichtlich auch nicht kennenlernen wollte.

Christoph hatte ihm von seinem Geburtstag erzählt. Von den Geschenken, mit denen er nichts anfangen konnte. Es schien, als wollte sie ihn erziehen, ihn ihrem Leben anpassen, ihm die Kanten abschleifen, um ihn nahtlos in die Vorstellung ihres Lebens einzupassen.

Allerdings überraschte Andreas schon die Stimme der Frau, die auf dem Mitschnitt zu hören war. Er hatte eine verspanntere Stimme erwartet, aber sie war die ruhigste der Frauen, ihre Art zu reden war ihm sogar sympathisch, und er mochte auch die Dinge, die sie erzählte. Er mochte ihren Humor. Sie war sowieso die einzige in der Runde, die Humor besaß. Carinas Stimme war eigentlich die Stimme, die er Julia zugeordnet hätte. Sie sprach schnell, ihre Worte überschlugen sich, sie schien jeden Gedanken, der sich in ihr bildete, umgehend auszusprechen. Es gab kein Abwägen, kein Innehalten, kein Überlegen, es gab nur Tempo.

Ihm fiel auf, dass es ein Thema gab, das die Gespräche immer wieder berührten, als wäre es das Zentrum, aus dem sich alle weiteren Themen ergaben. Es war die Beziehung zwischen Melanie und Hauke, der sie im Suff betrogen hatte. Betrunkener Sex im Hauseingang und peinlicherweise von der Polizei gestellt. Wenn man Melanie über ihren Freund reden hörte, schien sie mit einem Monster zusammen zu sein. Sie beschrieb einen rücksichtslosen, asozialen Typen, aber die besänftigenden Stimmen der anderen Frauen hielten sie immer wieder zurück, wenn sie zu ausfallend wurde. Melanie hatte sich nicht getrennt, als es herauskam, so sehr es sie auch noch immer beschäftigte. Andreas verstand, wenn er sie über die Nacht reden hörte, dass dieser Sex das Beste war, was Melanie hatte passieren können. In Beziehungen ging es ja auch um gemeinsame Erlebnisse, und jetzt hatte sie endlich ihr ewiges gemeinsames Erlebnis, mit nie versiegendem Gesprächsstoff. Das war die tragische Variante einer Bindung. Andreas fragte sich nur, warum Hauke sich nicht von der Frau trennte, er litt schließlich am meisten unter ihr. Vielleicht verstand er es als verdiente Strafe, sein kleines, privates Martyrium, in dem er sich wälzen konnte. Auf jeden Topf passte ein Deckel.

Wirklich interessant wurden die Gesprächsteile, wenn eine der Frauen den Raum verließ, um auf die Toilette zu gehen. Wenn die anderen ungestört waren.

»Du kannst Erik nicht besonders gut leiden«, sagte Franzi, als Carina den Raum verlassen hatte.

»Ich kann ihn gar nicht leiden«, erwiderte Julia. »Aber wenn er sie glücklich macht ...«

»Tja«, sagte Franzi. »Mit manchen Menschen muss man sich verstehen, obwohl man keine Gemeinsamkeiten hat.«

Als Franzi ungefähr eine halbe Stunde später die Küche verließ, um zu telefonieren, fragte Julia Carina in die entstandene Stille, ob sie Erik lieben würde.

»Ich liebe ihn«, erwiderte Carina nachdenklich. »Sogar sehr.«

»Und er, liebt er dich?«

»Ich denke schon. Auf seine Art liebt er mich.«

»Na, Gott sei Dank«, sagte Andreas bitter, als würde er neben ihnen sitzen.

Was für ein Leben, dachte er. Allerdings waren alle Frauen länger mit ihrem Freund zusammen, als er es jemals mit einer seiner Ex-Freundinnen geschafft hatte, was natürlich keine Kunst war, seine längste Beziehung hatte schließlich nur drei Jahre gehalten.

Zwei Stunden später hatten sich zwei Seiten des Word-Dokuments gefüllt. Es gab ein paar verwertbare Dialoge und auch einige nützliche Informationen. Er wusste jetzt, dass Julia in der John-Lennon-Schule unterrichtete, wo sie mittwochs früh Feierabend hatte. Die Mittwochnachmittage waren ihre freie Zeit. Ein Fenster, das er nutzen konnte.

Er verbrachte den ganzen Tag mit den Stimmen der Frauen. Er hörte sich die drei Stunden zwei Mal an, einige missverständliche Passagen sogar bis zu zehn Mal, aber er fand keinen Anhaltspunkt für eine eventuelle Affäre, und die beiden anderen Frauen schienen Julias engste Freundinnen zu sein. Er wusste schließlich, wie offen Frauen untereinander waren, wenn es um Details ihrer intimsten Gedanken und Erlebnisse ging. Wenn er versuchte, sich den Mitschnitt so unvoreingenommen wie möglich anzuhören und Christophs Erzählungen auszublenden, waren sie die einzigen, deren Beziehung eine Chance hatte. Bei ihren Freundinnen sah das anders aus.

Er legte einen Ordner an, den er »Julia« nannte, und sicherte das Dokument darin. Dann nahm er sein Handy, um Christoph anzurufen.

Als Christoph das Gespräch annahm, klang seine Stimme hektisch, im Hintergrund waren Stimmen zu hören.

»Hey«, sagte Christoph. »Ist gerade ein wenig ungünstig. Wir essen gerade.«

»Kein Problem. Ich wollte nur sagen, ich hab mir den Mitschnitt gerade angehört.«

»Warte mal kurz«, erwiderte Christoph hektisch. »Hier ist es zu unruhig, ich geh auf die Terrasse.« Er hörte, wie Christoph mit entschuldigender Stimme in die Essensrunde sagte: »Es ist das Büro, dauert nicht lange.«

Er stellte sich vor, wer da gerade saß: Franzi, Melanie, Carina, ihre Freunde sicherlich ebenfalls und natürlich Julia. Er spürte eine leichte Erregung, weil sie keine Ahnung davon hatten, wie gut er, ein Unbekannter, sich in ihren Beziehungen auskannte.

»Hey«, hörte er Christophs gesenkte Stimme, der jetzt offenbar auf der Terrasse stand.

»Tut mir leid, dass ich mich die letzten zwei Tage nicht gemeldet habe. Ich musste ganz spontan nach Hamburg. Aber auf dem Rückweg bin ich endlich dazu gekommen, in die Aufnahme reinzuhören.«

»Und?« Christoph klang nervös.

»Tja«, sagte er. »Das würd ich ungern am Telefon sagen, ist ja auch gerade ungünstig bei dir.«

»Aber?«

»Nee, am besten, wir treffen uns. Ist wirklich besser, glaub ich.«

»Wann hast du denn Zeit?«

»Immer ab 14 Uhr, morgens schreib ich doch immer.«

»Okay.« Christoph schwieg. »Dann morgen, 14 Uhr. Und wo?«

»Blaues Band? Wie letztes Mal?«

»Okay.«

»Na dann, bis morgen.«

»Okay, tschüss, tschüss, tschüss.« Andreas lauschte in den Hörer und vernahm noch ein geflüstertes »Scheiße«, dessen letzter Buchstabe aber abgeschnitten wurde, als Christoph auflegte. Es hatte verzweifelt geklungen, und genau das wollte er erreichen. Bis zum nächsten Nachmittag würde Christoph Hypothesen aufstellen, warum er sich nicht am Telefon dazu äußern wollte, er würde darüber nachdenken, Gedanken immer und immer wieder hin und her wälzen, zu immer hoffnungsloseren Schlüssen kommen, um morgen Nachmittag in der mentalen Verfassung zu sein, in der Andreas ihn brauchte. Er würde offen für schlechte Nachrichten sein, er würde sie praktisch erwarten.

Andreas legte sein Handy behutsam auf das Sideboard seines Wohnzimmers, dann richtete er es sehr sorgfältig an der Seitenkante aus. Er hatte schon wieder Lust, sich einen Kaffee zu machen, um die nächste Zigarette zu rechtfertigen.

Es hatte begonnen, dachte er aufgeregt, als er das Wohnzimmer verließ. Es hatte begonnen.

MANIPULATIONEN

Die strahlende Mittagssonne tauchte die Alte Schönhauser Straße in gleißendes Licht. Sie brannte mit gnadenloser Schönheit, sie forderte praktisch, dass man gut gelaunt war. Wenn er jetzt stehen bleiben und die Augen schließen würde, würden die Verkehrsgeräusche diesmal sicherlich zu einem Meeresrauschen werden. Christoph probierte es nicht aus, er beschleunigte seine Schritte, denn zu der Stimmung, die sich seit dem gestrigen Telefonat auf ihn gelegt hatte, passte eher ein trüber, regnerischer Herbstabend. Das kurze Gespräch mit Andreas war jetzt 18 Stunden her. 18 Stunden, durch die er sich gequält hatte, die nicht vergangen waren, auch weil er in der Nacht kaum Schlaf gefunden hatte. Es war ihm viel Zeit geblieben, um nachzudenken.

Er ahnte natürlich, was Andreas ihm gleich sagen würde, eigentlich wusste er es sogar. Wäre alles in Ordnung gewesen, hätte er ihn schließlich gestern bereits beruhigt. Er sah ihn schon aus der Ferne an einem der Tische, die sie vor dem Restaurant aufgestellt hatten, in einer Zeitung blättern. Die Markise, in dessen Schatten er saß, sah wie ein Segel aus, was ihn wieder ans Meer erinnerte. Ganz kurz flackerte in ihm der Gedanke auf, dass sich gleich alles in Wohlgefallen auflösen könnte, dass Andreas ihm die gute Nachricht überbringen und mit Beweisen untermauern würde, wozu ihr kurzes Telefonat der falsche Rahmen gewesen wäre, aber der Gedanke erlosch so schnell, wie er entstanden war.

»Hey«, sagte er, als er an den Tisch trat.

»Hey«, erwiderte Andreas und erhob sich, um ihn zu umarmen.

Er hat diesen Blick, dachte Christoph. Ein Blick, in dem sich Mitgefühl und Betroffenheit mischten. Er spürte, wie ein unangenehmes Gefühl durch seinen Körper zuckte. Die Kellnerin erschien und Andreas bestellte ein Englisches Frühstück.

»Was isst du?«, fragte sie.

»Nein, nichts, ich nehm einen großen Grapefruitsaft. Und einen Milchkaffee.«

Die Kellnerin notierte es auf ihrem Block, dann verschwand sie endlich und Christoph sah Andreas angespannt an.

»Und?«, fragte er.

»Ich fürchte, ich hab keine guten Nachrichten«, erwiderte Andreas.

»Scheiße«, sagte Christoph mit Panik in der Stimme, die plötzlich brüchig war. »Ich hab's geahnt. Scheiße!«

»Ich hab's mir auch ein paar Mal angehört, um sicher zu sein. Es gibt einen anderen. Sie hat es nicht direkt gesagt. Ihren Freundinnen scheint sie sich nicht anvertraut zu haben, aber der Subtext war eindeutig.«

Andreas begann zu reden, zu erklären, welchen Sätzen zu entnehmen war, dass Julia ihn betrog, aber die Worte drangen nicht mehr zu ihm durch. Die Dinge passierten immer zusammen, dachte er. Zuerst die dumme Idee mit dem Diktiergerät, dann die Nacht mit Leonie und jetzt die Affäre von Julia. Alles brandete innerhalb weniger Tage auf ihn ein.

»Sie sagt, dass man als Single in unserem Alter nur eine Chance auf eine glückliche Beziehung hat, indem man eine andere zerstört«, hörte er Andreas sagen.

»Stimmt«, sagte Christoph. »Das passt gar nicht zu ihr.«

»Das ist ja auch kein Satz, den eine Frau sagt, die in einer langjährigen Beziehung ist«, sagte Andreas und machte eine bestätigende Geste. »Solche Sätze sagt ein Mann, der mit einer Frau zusammenkommen will, die in einer langjährigen Beziehung ist.«

»Also hat sie *ihn* zitiert, sie zitiert ihren Liebhaber vor ihren besten Freundinnen.«

»Oder sie hat's irgendwo gelesen.«

»Nein, nein, nein. Das war der Typ!«, rief Christoph aufgebracht, denn plötzlich fielen ihm die Anzeichen auf, die er bisher übersehen hatte, obwohl sie ja unmissverständlich waren. Die Anrufe, bei denen Julia den Raum verließ und wie auffallend oft sie sich in den letzten Monaten mit vermeintlichen Freundinnen traf. Wie oft sie nicht ans Handy ging, , wenn er versuchte, sie an solchen Abenden zu erreichen, und dass es teilweise eine Stunde dauerte, bis sie zurückrief. Jetzt, im Licht dieser Erkenntnis, ergab das alles Sinn. Er war so naiv gewesen.

»Ich muss mit ihr darüber reden«, sagte er mit Panik in der Stimme und erhob sich. »Ich muss das klären.«

»Warte mal.« Andreas legte die Hand auf Christophs Unterarm. »Du bist zu nah dran, dir fehlt der Abstand. Wenn man zu nah dran ist, wenn einem der Überblick fehlt, handelt man meistens falsch. Ich sag dir eins: Wenn du sie jetzt darauf ansprichst, wirst du eure Beziehung zerstören.«

»Warum?«, rief Christoph und zog seinen Arm zurück.

»Solche Gespräche sind immer ein Katalysator«, fuhr Andreas entschieden fort. »Denk doch mal nach. Natürlich ist es gut, miteinander zu sprechen, aber dafür ist das jetzt einfach der falsche Zeitpunkt. Ihr habt – das muss ich jetzt mal so hart sagen – die Chance gehabt, miteinander zu reden, monatelang, und ihr habt sie verpasst. Und jetzt, in dieser speziellen Situation, jetzt geht es nicht mehr um Worte, jetzt geht's um Taten. Du musst ihr beweisen, dass eine Beziehung mit dir wertvoller ist als eine Perspektive mit diesem Typen. Ihr habt doch seit Monaten, wahrscheinlich sogar seit Jahren, ernsthafte Kommunikationsprobleme. Wenn ihr das jetzt alles, was sich seitdem aufgestaut hat, auf den Tisch packt, ist es vorbei.«

Christoph setzte sich wieder und fühlte sich gerade sehr erschöpft. Er begriff, dass er das Leben mit Julia nie für Leonie aufgeben würde. Das

Leben, das ihm plötzlich so wertvoll erschien, war in Gefahr. Er wollte es nicht aufgeben, nein, Andreas hatte recht, er musste es verbessern, pflegen. Die Angst, dass sein Leben zerbrechen könnte, wurde immer stärker, alles, was sie sich in den vier Jahren aufgebaut hatten und was er nicht geschätzt hatte, weil er sich daran gewöhnt hatte. Man lernte die Dinge erst schätzen, wenn sie in Gefahr waren, dachte er.

»Und was mach ich jetzt?«, fragte er.

»Also erst einmal musst du dir darüber klar werden, was du wirklich willst. Willst du mit ihr zusammen sein?«

»Natürlich.«

»Okay. Ich meine, du hast sie ja auch betrogen. Und auch wenn's brutal klingt, jetzt seid ihr sozusagen quitt.«

»Ja, aber das war ein Ausrutscher, eine Nacht, das ist was anderes als eine Affäre.«

»Aber vielleicht hat sie ja auch noch gar nicht mit ihm geschlafen, vielleicht ist er nur eine Option, jemand, der ihr etwas gibt, was sie in der Beziehung mir dir vermisst. Und jetzt mal ganz ehrlich: Du hast die Frau betrogen, du hast die Gespräche heimlich mit einem Diktiergerät mitgeschnitten. Wenn sie das wüsste, wär's sofort vorbei.«

»Okay«, sagte Christoph matt.

»Aber das ist jetzt egal. Was ich meine: Es geht darum, wie du das im Kopf behandeln sollst, so schwierig das auch ist. Wisch das alles weg, versuch wenigstens, das zu vergessen. Sieh das Ganze als Chance.«

»Als Chance?«, rief Christoph und war selbst überrascht, wie viel Verzweiflung in seiner Stimme lag.

»Ihr seid quitt, das ist die beste Position für einen Neustart«, sagte Andreas und verstummte, als die Kellnerin das Essen servierte. Sie fragte ihn, ob er doch noch etwas bestellen wolle, und Christoph zwang sich zu einem Lächeln, obwohl seine Hände zitterten und das taube Pochen in seinem Magen immer stärker wurde.

»Nein, danke«, sagte er.

»Eigentlich musst du es jetzt so sehen, als wärt ihr noch gar nicht zusammen«, fuhr Andreas fort, als sie außer Hörweite war. »Wenn du in eine Frau verliebt bist, um die sich auch ein anderer bemüht, ist es das Kontraproduktivste, den anderen schlecht zu machen. Du darfst keinen Druck ausüben, keinen Zwang, sie muss die Entscheidung selbst treffen. Wenn du mit ihr zusammen sein willst, wenn du um sie kämpfen willst, musst du *indirekt* um sie kämpfen.«

»Wie ... ?«

»Du musst ihr zeigen, wie schön es ist, mit dir zusammen zu sein. Frauen treffen Entscheidungen emotional, wenn du mit ihr einen schönen Abend verbringst, wird sie dich immer mit diesem Abend verbinden. Wenn du anfängst, mit ihr stundenlange Diskussionen zu führen – und die werden über Wochen gehen –, wird sie dich immer mit diesen Diskussionen verbinden, mit Belastung. Und das ist der Anfang vom Ende.«

Andreas zerteilte sorgfältig, fast behutsam, ein Würstchen seines Englischen Frühstücks. Christoph schaute sehnsüchtig auf den Teller und dachte, dass er sich so nie ernähren könnte. Er würde die Kontrolle über sein Gewicht verlieren, durch die Arbeitstage quälte er sich mit einem Apfel oder einer Banane. Andreas konnte offenbar alles essen. Manche Menschen hatten einfach Glück, dachte er, und dann fragte er sich, warum er jetzt über solche Dinge nachdachte. Er betrachtete noch einmal Andreas' Englisches Frühstück, bevor er entschlossen nach seinem Grapefruitsaft griff und das Glas in einem Zug leerte.

»Und erst dann, wenn die Atmosphäre wieder stimmt, wenn sie sich für dich entschieden hat, könnt ihr die Dinge besprechen«, sagte Andreas.

Julia war weg, dachte Christoph, noch zehn Tage. Zehn Tage, in denen er nicht handeln konnte, er würde ihr schreiben, aber stellte sich vor, dass sie tatsächlich nicht mit ihren Freundinnen, sondern mit diesem namen- und gesichtslosen Geliebten verreist war. In 14 Tagen konnte viel passieren. Der Gedanke war unerträglich. Aber er musste jetzt cool bleiben, Andreas hatte recht.

»Du kannst natürlich machen, was du willst«, sagte Andreas. »Ratschläge nimmt man ja meistens nur an, wenn sie bestätigen, was man selbst hören will. Und genau genommen ist es ja auch so: Wenn man Ratschläge verteilt, meint man meistens sich selbst. Wenn ich das damals mit Susanna so gemacht hätte, wenn ich nicht nur geredet, sondern gehandelt hätte, wenn ich die Dinge, die falsch gelaufen sind, geändert hätte, dann wär ich noch mit ihr zusammen. Aber die Chance hab ich verpasst.«

Christoph wurde ganz unerwartet von einer Euphorie gepackt. Es war erstaunlich, dass Andreas in der Lage war, ihm in dieser hoffnungslosen Situation noch Hoffnung zu geben. Er war plötzlich voller Energie.

»Ich muss jetzt leider los«, sagte er nach einem Blick auf die Uhr, »aber ich ruf dich in den nächsten Tagen bestimmt noch öfter mal an.«

»Kein Problem«, winkte Andreas ab. »Wenn du jemand zum Reden brauchst, melde dich einfach.«

Christoph gab ihm, nachdem er ihn umarmt hatte, noch einmal die Hand, mit einem festen, dankbaren Händedruck, bevor er die Alte Schönhauser Straße in Richtung Rosa-Luxemburg-Platz überquerte. Auf der anderen Straßenseite drehte er sich noch einmal um und hob die Hand. Andreas winkte zurück. Das war Freundschaft, dachte Christoph, und das Winken war das richtige Bild dafür. Er kannte fast ausschließlich Leute, die sich nach der Verabschiedung umdrehten und mit entschlossenem Schritt weggingen, ohne noch einmal zurückzublicken, als würden sie in ihrer eigenen Blase verschwinden, die Gedanken an den anderen nicht mehr zulassend. Das Zurückblicken starb aus, wie wahre Freundschaften auszusterben schienen. Aber ab und zu, in Momenten, in denen man auf einen anderen angewiesen war, blitzten beide noch einmal auf. Er brauchte einen Halt, er brauchte einen Rat, und Andreas war der einzige, mit dem er darüber reden konnte, weil er der Einzige war, der eingeweiht war. Und er war wirklich froh, dass es Andreas war. Er war sich sicher, dass er wusste, wie er sich jetzt zu verhalten hatte. Er war der richtige Ratgeber.

Er brauchte einen Freund, dachte er voller Dankbarkeit. Und den hatte er jetzt.

LEBEN AUF LEINWAND

Wie im Rausch hasteten Andreas' Finger über die Tasten seines Laptops, während er den Duft des frischgebrühten Kaffees einsog, der vom Couchtisch herüberzog. Er war wieder auf Recherche. Er war ein Agent, ein Detektiv, und mit Zugriff auf die Suchmaschinen, die sozialen Netzwerke und die Foren besaß er Werkzeuge, von denen die Stasi nur hätte träumen können. Er fand es immer wieder erstaunlich, wie viel man über einen Menschen herausfinden konnte, wenn man im Internet nach ihm suchte. Er beschäftigte sich jetzt seit knappen zwei Stunden mit Julia, zwei Stunden, in denen er vier große Tassen Kaffee getrunken hatte.

Anfangs schien es schwierig zu werden. Die Sicherheitseinstellungen ihres Facebook-Profils waren ein Hindernis, sie waren sehr reglementiert, man konnte ihr nicht einmal eine Freundschaftsanfrage schicken, nur Nachrichten. Ihr Profilfoto und das Titelbild waren die einzigen Bilder, die er sehen konnte. Allerdings war die Liste ihrer Freunde vollständig einsehbar. Nacheinander öffnete er die Profile der 89 Personen, die ihr Profilbild mit »Gefällt mir« markiert hatten, klickte sich durch ihre Fotos und fand auch ein paar Bilder, auf denen Julia verlinkt war. Es waren ausschließlich Aufnahmen von in die Kamera lachenden Menschen, die an langen, gedeckten Tischen in Altbauwohnungen oder Restaurants zu sehen waren. Auf einem Bild war auch Christoph. Er lachte ebenfalls, aber seine Augen lachten nicht. Julia hatte ein herzliches Lachen, sie wirkte auf den Fotos, als würde sie viel und gern lachen, was nicht zu dem verspannten Bild passte, das Christoph von ihr gezeichnet hatte. Aber es war sicherlich nur die Pose, die ihm so herzlich erschien. Wenn man sich durch die Fotos auf Instagram suchte, fand man ja ausschließlich zwei Gesichtsausdrücke: aufdringlich herzlich lachende Gesichter, als hätten die Leute beschlossen, ihre Medikation abzusetzen, und Bilder, auf denen sie versuchten, ihr Lippen so voluminös wie möglich wirken zu lassen. Ohne dass es ihnen auffiel, uniformierten sie sich mit ihren immer gleichen Gesichtsausdrücken. Die Physiognomie des Schmollmundes beherrschte die sozialen Netzwerke, die Pose war die Konstante, nur die Gesichter änderten sich, sie waren die Variable, sie verschwammen zu einer erschreckenden Austauschbarkeit. Drei der Bilder speicherte er in dem »Julia«-Ordner, den er auf seinem Desktop angelegt hatte.

Ihr Instagram-Profil hatte 1600 Einträge, was er viel fand, auch weil es erst vor drei Jahren angelegt worden war. Jeden Tag circa. anderthalb Fotos, er hatte es ausgerechnet. Anfangs nahm er an, es wäre ausschließlich ein Food-Blog. So war es ja bei den meisten; wenn man von Instagram auf die Wirklichkeit schloss, schien sich die Bevölkerung ausschließlich aus Models, Mode-, Beauty-, Fitness- oder Food-Bloggern zusammenzusetzen, vor allem natürlich aus Models. Julias war aber tatsächlich ein Privatprofil. Ihr Gesicht sah man selten, wenn, dann lachte sie, man sah viel Zahnfleisch, sie hatte wunderschöne Zähne, und wieder dieses herzliche, aufrichtige Lachen, zumindest wirkte es so auf den vereinzelten Porträtfotos, die man zwischen den vielen Gerichten fast übersah. Sie war im Gegensatz zu Andreas ein Mensch, den ein ausgelassenes Lachen nicht entstellte, sondern schöner machte. Wenn er auf Fotos oder durch einen unvorbereiteten Blick in einen Spiegel seine von einem Lachen verzerrten Züge sah, war es ihm unverständlich, wie sich seine Ex-Freundinnen in ihn hatten verlieben können.

Interessanterweise wies Julias Online-Identität keine Spur zu Christoph, aber vielleicht wollte sie ihr Privatleben schützen. Wenn man ihre Bilder genau betrachtete, waren die Umgebungen der Motive nicht oder nur sehr verschwommen erkennbar. Es fiel auf, dass Julia darauf achtete, nicht zu viel preiszugeben, sie war sich der Öffentlichkeit bewusst, was für sie sprach, wenn er im Gegenzug dazu an diese schrecklichen Eltern dachte, die ständig Fotos ihrer Babys oder Kinder posteten, ohne sich bewusst zu sein, dass jeder auf diese Bilder Zugriff hatte.

Den Leuten war offensichtlich selten klar, dass gerade die Hintergründe der Porträtbilder die wahren Geschichten über diejenigen erzählten, die auf den Fotos zu sehen waren, zumindest wenn sie in ihrer Wohnung aufgenommen worden waren. Der Einrichtungsstil, die Form der Spiegel, ihr Verständnis »moderner« Möbel, all das waren Details, die Geschichten erzählten.

Er googelte ihren Instagram-Namen »Eisprinzessin« und entdeckte noch einige Kommentare, die sie in Foren für Katzenbesitzer geschrieben hatte. Wenn sie so redete wie sie schrieb, würde sie ihm sympathisch sein. Sie passte eher zu der Stimme auf der Aufnahme als zu Christophs Erzählungen.

Bei StayFriends recherchierte er, dass sie Pankow aufgewachsen war und dort zweimal die Schule gewechselt hatte. Ihr Abitur hatte sie am John-Lennon-Gymnasium gemacht, wo, wie er bei Wikipedia herausfand, auch Sarah Kuttner, Nora Tschirner und die Sängerin der Band Mia zur Schule gegangen waren. Sie vernachlässigte ein Twitter-Profil und erstellte Playlists auf Spotify, die voller Bands waren, deren Namen ihm nichts sagten. Allerdings mochte er die Songs.

Auch auf Pinterest war sie sehr aktiv, einer Seite, die er nur aus Erzählungen eines Bekannten kannte, der sich einmal darüber beschwert hatte, dass seit Pinterest alle Cafés der westlichen Welt gleich aussahen. Er bewegte sich nie auf dieser Plattform, aber jetzt durch die Fotos zu scrollen, in diese liebevoll inszenierten Welten aus liebevoll angerichtetem Essen und liebevoll, ästhetisch und stilvoll eingerichteten Wohnungen einzutauchen, diese vielen Details und Feinheiten, die er immer wieder entdeckte, all das löste in ihm eine ungewohnte Sehnsucht aus, ein warmes, verführerisches Gefühl. Er verlor sich in der Schönheit der Bilder und den Melodien der Songs, die er nebenher laufen ließ. Als würde er eine andere Welt betreten, in der sich in den verschwommenen Bildern langsam klare Konturen abzeichneten, greifbarer wurden. Es war eine Welt, in der Schönheit das Erstrebenswerte war, ihr war alles untergeordnet, aus der Harmonie von Farben, Formen und Gedanken ergab sich alles. Das schien das Leben zu einem wirklichen Leben zu machen. Eine Welt, in der man sich für attraktive Frauen interessierte, um mit ihr schöne Kinder zu haben.

Er hob den Blick von der modernen Pinterest-Märchenwelt und ließ ihn durch sein sparsam möbliertes Wohnzimmer streifen, das trotz des großen Bücherregals und der nussbaumfarbenen Möbel wirkte, als wäre er erst Anfang des Monats hier eingezogen, obwohl er schon seit vier Jahren hier lebte. Es fehlte Leben, dachte er nicht zum ersten Mal, ohne Leben gab es nur kühle Eleganz, in der keine Gemütlichkeit existierte, nur die unverbindliche, flüchtige Atmosphäre, auf dem Sprung zu sein. Es war die Einrichtung eines Menschen, der sich nicht festgelegt hatte, der noch nicht angekommen war.

Nach Einbruch der Dunkelheit befanden sich 237 Fotos im Julia-Ordner. Er sah sich die Auswahl noch einmal an. Die Ästhetik von Julias virtuellem Lebens gefiel ihm. Sie war ihm sympathischer, als er erwartet hatte.

Er spürte eine Vertrautheit mit Julia, die ihn verwirrte. Stundenlang hatte er sich jetzt mit ihr beschäftigt, zumindest damit, was sie von ihrem Leben preisgab, eine komplexe Fassade, die sich aus ihren Vorlieben und ihrer Art, Kommentare unter Artikel zu schreiben, zusammenfügte. Doch der Mensch schimmerte immer mal wieder durch, damit war es mehr als eine Fassade. Er kam sich ein bisschen wie bei einem Date vor, bei dem man jemandem begegnete, der auf eine angenehme Art den Erwartungen nicht entsprach. Als hätte sie nichts mit der Frau zu tun, die Christoph beschrieben hatte. Aber er hatte ja noch keinen Blick hinter die Fassade geworfen. Er hatte schon oft den Fehler begangen, sich von den Profilen der Frauen beeinflussen zu lassen, bevor er sich mit ihnen traf. Der Gegensatz zwischen virtueller Identität und der Wirklichkeit konnte grausam sein.

Christoph hatte ihm von seinem Geburtstag erzählt. Das klang übergriffig und erzieherisch. Sie wollte ihn in vielen kleinen Schritten passend machen, darum war es Christoph kaum aufgefallen. Der klammerte sich an die Fragmente seiner Beziehung. Er hatte gesagt, sie wären ein Team, aber es klang für Andreas eher so, als hätte die wesentlichen Entscheidungen ihres Teams immer seine Freundin getroffen. Die Rollen waren verteilt. Irgendwann würde ihm Julia die Kleidung herauslegen, die er tragen sollte.

Julia war offenbar sowieso ein Kontrollfreak. Sie buchte Reisen Monate im Voraus. Sie war nicht spontan, sie plante die Dinge akribisch, sie ging immer auf Nummer sicher. Es schien schon etwas Zwanghaftes zu haben. Aber das passte, eine ehemalige Liebschaft, die ebenfalls Lehrerin war, hatte ihm erzählt, dass sie ihre Karriere in Zehnjahresrhythmen plante. Ein Beruf, der einem das Gefühl gab, seine Zukunft auswendig zu kennen. Er fragte sich nur, was das über Christoph aussagte, warum sie gerade mit ihm zusammen war, irgendwie schien er ja in dieses Muster zu passen. Offensichtlich war er jemand, mit dem gut zu planen war. Ein Mann ohne Überraschungen.

Das bestätigte auch das Bild, das Andreas von Christoph hatte, als er ihm zum ersten Mal begegnet war.

Egal, dachte Andreas und klappte mit einer resoluten Bewegung den Rechner zu. Bald würde sich diese Beziehung, die voller Risse und Sprünge war, neuen Herausforderungen stellen müssen. Den Konflikten, die er erarbeitet hatte. An ihnen würde sich die Qualität dieser Beziehung zeigen.

Wir werden sehen, dachte Andreas.

DIE ILLUSION DES ZUFALLS

Während Julia darauf wartete, dass die U-Bahn endlich anfuhr, um sie vom Alexanderplatz zur Samariterstraße zu bringen, glitt ihr Blick über die anderen Fahrgäste im Abteil. Man müsste das eigentlich fotografieren, dachte sie. Auf den Sitzbänken drängten sich Menschen, deren Aufmerksamkeit auf den Displays ihrer Handys festgetackert zu sein schienen. Sie chatteten, lasen E-Mails, spielten Spiele oder hörten Musik. Es war ihre Art zu warten, dass die Zeit verging. Früher hatte man sich gegenübergesessen und sich bemüht, aneinander vorbeizusehen, dachte sie. Die Frage war, was besser war.

Sie dachte daran, wie harmlos der Alexanderplatz auf der nächtlichen Taxifahrt im Frühling durch die getönten Scheiben gewirkt hatte, obwohl er in den letzten Jahren immer bedrohlicher geworden war, eine Art Bürgerkriegsschauplatz. Wenn sie hier umsteigen musste, hastete sie mit gesenktem Blick von Bahnsteig zu Bahnsteig, die Hand an der Brieftasche. Erst in der U5 löste sich die Verspannung, dann konnte sie sich an den Zeilen eines Buches festhalten. Literatur war die angenehmste Art, das Leben zu ignorieren, das hatte Hauke mal zu ihr gesagt. Dieser Satz war von einem Schriftsteller, dessen Name ihr entfallen war, und erst in der U5 verstand sie ihn wirklich. Hier hatte man schließlich keine andere Wahl.

Sie fühlte das Buch in ihrer Tasche, das Hauke ihr gegeben hatte. Er empfahl ihr eigentlich alle Bücher, die sie las. Schade, dass er seit der Sache letzten Sommer so still war, sie hätte sich gern mal in Ruhe mit ihm unterhalten, aber sie sahen sich ja nicht so oft, und wenn sie sich sahen, war Erik ja ebenfalls da, der das Gespräch sofort an sich riss. Sie hatte sich sogar schon einige Male gewünscht, sie würden rauchen, dann hätten sie sich auf die Terrasse zurückziehen können wie Christoph, wenn er ungestört sein wollte. Sie empfand es immer ein bisschen als Verrat, wenn er das machte, vor allem wenn sie Gäste hatten, darum war sie dann oft so schnippisch zu ihm, wenn er das Wohnzimmer betrat. Der aufdringliche Geruch des Zigarettenqualms, der ihn dann umgab, war ja eine Steilvorlage in einem Raum voller Nichtraucher. Ein neues Gesprächsthema, auch wenn es auf seine Kosten war, aber er redete ja schon seit ihrem Einzug davon, das Rauchen aufzugeben, und das war inzwischen knappe anderthalb Jahre her.

Sie wandte den Blick von den Handyabhängigen, die sie jetzt wirklich gern fotografiert hätte, ab, und schlug das Buch auf. Die Bücher, die ihr Hauke empfahl, waren keine dicken Bücher, zwei-, allerhöchstens dreihundert Seiten lang, die Schrift groß, die Seiten dick, aber jeder Satz wirkte. In ihr breitete sich ein angenehmes Gefühl aus, wenn sie die Seiten las, sie genoss es und spürte, auch wenn das vielleicht merkwürdig klang, ein irgendwie erhabenes Gefühl von Kultur. Bei den meisten Leuten hatte sie den Eindruck, sie kauften Bücher nach Gewicht, je dicker, desto besser, man wollte für sein Geld schließlich etwas haben. Eine Discounterhaltung, sie war in den Deutschen verwurzelt, darum empfand es auch niemand als falsch, dass Tomaten inzwischen teurer waren als Fleisch.

Das aufgeschlagene Buch in ihrem Schoß hieß *Erklärt Pereira*, war von einem Italiener geschrieben und spielte in Portugal. Sie versuchte, das Buch so langsam wie möglich zu lesen, immer nur zwei, höchstens vier Kapitel am Tag, weil sie die Sprache so mochte, die klar, einfach und doch elegant war. Sie kam in eine angenehme Stimmung, wenn sie es las, und manchmal stellte sie sich vor, die Menschen würden in der Realität so miteinander reden wie die Figuren in dem Buch. Das war der Moment, in dem der Zug endlich anfuhr, um sie nach Hause zu bringen.

Sie hob das Buch an ihr Gesicht und atmete den Duft der Seiten ein. Sie liebte den Geruch des unberührten, frischbedruckten Papiers.

Leute, die E-Books lasen, verstand sie nicht. Der Geruch, das Umblättern oder das Knirschen, wenn man ein Buch zum ersten Mal aufschlug, wenn all das fehlte, nahm es der Lektüre irgendwie den Wert. Vielleicht war das die Metapher, die alles umfasste, was man durch die Digitalisierung verlor, dachte sie. Es fehlte das Sinnliche.

Sie las ein Kapitel des Buches, und als sie den Blick hob, weil die Bahn in den Bahnhof Weberwiese einfuhr, hatte sie für den Bruchteil einer Sekunde ein merkwürdiges Gefühl, ähnlich einem Déjà-vu, bevor sie begriff, dass es keine scheinbare Wiederholung eines Ereignisses war, sondern eine Art Dopplung, denn der Mann, der ihr jetzt gegenübersaß, las in dem gleichen Buch wie sie, mit der Andeutung eines Lächelns auf seinen Lippen. Der aufgeregte Schauer, der sie plötzlich durchflutete, verursachte ihr tatsächlich eine Gänsehaut.

Das war ihr noch nie passiert, vielleicht machte es deshalb einen so starken Eindruck auf sie. Sie betrachtete die Züge des Mannes. Irgendwas in ihr erwartete, dass er jetzt ebenfalls den Blick hob, als müsse er spüren, dass ihn durch die Lektüre etwas mit der Frau ihm gegenüber verband. Aber der Mann achtete nicht auf sie, er achtete auf niemanden. Er war Brillenträger, trug ein dunkelgraues Jackett zu einem schwarzen Hemd und war in die Handlung des Buches versunken. Sie fragte sich, ob sie beim Lesen eines Buches auch so wirkte wie er, mit diesem interessierten und nachdenklichen Blick. Ihr fiel auf, dass er das Buch mit einem Gesichtsausdruck las, als höre er jemandem aufmerksam zu. Wahrscheinlich sprach dieser Mann tatsächlich so, wie sie es sich gewünscht hatte, als der Zug vorhin angefahren war.

Sie versuchte anhand der Anzahl der bereits gelesenen Seiten auszumachen, welches Kapitel er las, und wünschte sich, er würde die Szene lesen, die sie gerade gelesen hatte. Die, in der Pereira eine elegante Frau im Zugabteil anspricht, weil sie ein Buch von Thomas Mann liest. Dieses Gespräch schien ihr der Wendepunkt des Romans zu sein, das Ende des Kapitels klang, als wäre es der Auslöser für Pereira, über sich selbst hinauszuwachsen. Aber sie sah aus dieser Entfernung, dass das Kapitel erst später kam, es war ein merkwürdiges Gefühl, dass sie mehr wusste als er.

Es wäre eine Art doppelter Dopplung, wenn der Mann jetzt den Kopf heben und sein Blick auf das Buch in ihrem Schoß fallen würde.

Sie stellte sich die kurze Irritation in seinem Blick vor, das erkennende Erstaunen, das sich in die Andeutung eines Lächelns verwandeln würde, noch bevor sich ihre Blicke trafen. Zwei Menschen im Abteil eines Zuges, die das gleiche Buch lasen, in dem zwei Menschen in einem Zugabteil über ein Buch ins Gespräch kamen, das alles änderte. Sie wünschte sich, dass auch dieser Mann ihr gegenüber das alles registrierte, aber er schien niemanden wahrzunehmen.

Am Bahnhof Frankfurter Tor, eine Station, bevor sie aussteigen musste, war sie kurz davor, ihn darauf hinzuweisen, dass hier zwei Geistesverwandte saßen, nicht einmal zwei Meter voneinander entfernt, aber sie konnte sich nicht überwinden. Eine Station später stieg sie mit dem Gefühl einer verpassten Gelegenheit aus. Als sie die Treppen am U-Bahnhof Samariterstraße hinaufstieg, dachte sie darüber nach, wie stark dieser Eindruck gewesen war, und dann dachte sie darüber nach, dass die Menschen einander kaum wahrnahmen, sie glitten aneinander vorbei, ohne aufeinander zu achten, und das verstärkte das Gefühl einer verpassten Gelegenheit, denn jetzt verstand sie mit einer endgültigen Klarheit, dass sie den Mann an die Stadt verloren hatte und nie wiedersehen würde.

Als sie die Samariterstraße Richtung Bänschstraße hinunterging, beschäftigte sie der Mann oder das Buch oder die verpasste Gelegenheit schon nicht mehr. Sie überquerte die Rigaer Straße und spürte, wie sehr sie sich auf Christoph freute, der sich in den Wochen nach ihrem Urlaub so verändert hatte. Er war zuvorkommender und umsichtiger geworden, ein Mensch, der sie im Blick hatte und dem an ihrer Beziehung lag. Sie musste lächeln.

Andreas betrachtete die Frau auf der Terrasse des Cafés, mit der er in den letzten Wochen so viel Zeit verbracht hatte, mit einem merkwürdigen Gefühl. Vielleicht lag es an diesem Gefühl, dass er unvorsichtig wurde, denn einen kurzen Moment lang trafen sich ihre Blicke, einen kurzen Moment lang sah sie ihn direkt an. Ertappt wandte er sich ein bisschen zu schnell ab, zu auffällig. Einen erschrockenen Augenblick lang war er überzeugt davon, aufgeflogen zu sein, der Psychopath auf der anderen Straßenseite, der Stalker. Als er kurz darauf wie zufällig zu ihr hinübersah, ruhte ihr Blick immer noch auf ihm. Aber es war ein Blick, der nach innen ging, ein abwesender, der die Dinge verschwinden ließ. Es war der Blick einer in ihre Gedanken versunkenen Frau. Er war praktisch gar nicht da, nicht vorhanden. Andreas atmete auf.

Er folgte ihr jetzt seit einem Monat unbemerkt durch ihren Alltag. Es war ein aufregendes Gefühl, Berlin durch die Gewohnheiten eines anderen noch einmal neu kennenzulernen. Als würde er die Stadt durch Julias Augen sehen. Als würde er Orte, die er bereits kannte, aus einem anderen Blickwinkel betrachten. Es erinnerte ihn an eine Spreefahrt, die er einmal mit Susanna durch die Innenstadt gemacht hatte, ganz am Anfang, als sein Blick bei ihren Spaziergängen in den Spiegelungen der Schaufenster auf ein Paar gefallen war, dessen Verliebtheit man angesehen hatte, dass alles möglich war. Auf dem Schiff hatte sich die Stadt verwandelt, er hatte zum ersten Mal Gebäude, die er kannte, vom Fluss aus gesehen. Er hatte die Perspektive gewechselt. Auch damals war es so gewesen, als hätte er die Stadt neu entdeckt, Vertrautes in einem anderen Licht gesehen, um zu begreifen, wie viel es noch zu entdecken gab.

Er hatte sich für ihre gemeinsamen Spaziergänge ebenfalls verwandelt. Er trug jetzt eine Brille mit Fensterglas, die er bei Funk gekauft hatte, der Brillenfirma, auf deren Sommerfest er damals Leonie zum ersten Mal begegnet war. Martin Carstensen hatte für ihn in einer einstündigen Beratung eine Brille gefunden, die so ideal mit seinem Gesicht harmonierte, dass seine Mutter ihm begeistert empfahl, ausschließlich Brille zu tragen, weil er mit ihr so erwachsen aussehen würde. Er hatte sich einen Dreitagebart wachsen lassen und trug jetzt statt T-Shirts Hemden zum Jackett. Es waren nur Kleinigkeiten, aber würde es ihm gelingen, Julia in ein Gespräch zu verwickeln, und würde sie ihn jemandem beschreiben, wäre er nicht zu erkennen. Er war präpariert.

Trotz der Hinweise auf dem Mittschnitt war es anfangs schwer, eine Struktur zu erkennen, aber schon in der zweiten Woche wurde das Muster überschaubar, ein festgelegter Ablauf von Gewohnheiten, aus denen sich ihr Alltag zusammensetzte. Er kannte ihre Laufwege, und er wusste jetzt auch, wo er sich mit Christoph treffen konnte, ohne von ihr zufällig entdeckt zu werden.

Sie mochte lange Spaziergänge. Am Dienstag und Donnerstag ging sie ins Fitnessstudio an der Backfabrik, das sie nach anderthalb

Stunden wieder verließ. Sie traf sich unregelmäßig mit Freundinnen. Mal machten sie einen Schaufensterbummel auf der Torstraße, mal gingen sie zu Dussmann, dem Kulturkaufhaus in der Friedrichstraße, oder saßen am Spreeufer. Sie liefen dann oft die Torstraße hinunter, bogen in die Kastanienallee, die sie an der Kreuzung am U-Bahnhof Eberswalder Straße überquerten, um die Danziger Straße Richtung Friedrichshain hinunterzulaufen, bis Julia dann an einer der Tramhaltestellen die M10 nahm, es war immer eine andere. Am Bersarinplatz stieg sie aus und ging den Weidenweg hinunter, der irgendwann zur Bänschstraße wurde, wo sie wohnte.

Der Mittwoch interessierte ihn am meisten. Es war der Tag, an dem sie die längste Zeit in einem kleinen Café im Bötzowviertel verbrachte, im Sommerhaus und, was viel wichtiger war, ihr Handy ausschaltete. Dort war sie immer allein, als wäre es ihr Rückzugsort. Nach zwei, manchmal sogar drei Stunden verließ sie es wieder. Am Mittwoch würden sie ungestört sein.

Und heute war Mittwoch.

Vier Mal hatte er sie jetzt in diesem Café sitzen sehen. Sie aß nie. Sie trank immer einen großen Latte macchiato und stilles Wasser mit einer Limonenscheibe, während sie ein Buch las. Es waren zwei Bücher in den drei Wochen. Er hatte sie schon früher ansprechen wollen, aber als er den Titel des ersten Buches erkannte, versetzte es ihm einen Stich. Sie las *Generation Beziehungsunfähig*, das letzte Buch, das Nast geschrieben hatte. Andreas empfand es schon als aussagekräftig, dass sie ausgerechnet dieses Buch las, obwohl sie in einer Beziehung war. Allein das Cover musste Christoph wie ein Vorwurf erscheinen, aber der hatte es nie erwähnt. Glücklicherweise lasen sich Nasts Bücher schnell weg, in zwei Tagen hatte man diese Art Literatur durch, wenn man solch ein Produkt der Popkultur überhaupt als Literatur bezeichnen konnte.

Glücklicherweise hatte sie das zweite Buch vor einer Woche begonnen. Einen Roman von Antonio Tabucchi, den er im Gegensatz zu den Texten, die Nast fabrizierte, sehr schätzte. *Erklärt Pereira* gehörte zu seinen wenigen Lieblingsromanen. Tabucchi und Nast, das waren zwei völlig verschiedene, entgegengesetzte, genau genommen sogar sich gegenseitig ausschließende Genres. Es war eine seltsame Mischung, beide zu lesen, eine Mischung allerdings, die noch

Überraschungen zuließ. Er hoffte, dass sie Nast nicht ausgelesen hatte, dass sie das Buch weggeworfen hatte, zerrissen, verbrannt, in der effizientesten Form vernichtet. Wenn er nur an Nast dachte, nagte an ihm eine Empfindung, von der er immer gemeint hatte, dass sie ihm fremd sei: Neid. Der Neid auf den Erfolg seines letzten Buch, das sich besser verkauft hatte als Andreas' Roman. In Gegenwart dieses Buches oder dieses Autors wollte er Julia nicht kennen lernen. Es erschien ihm als kein gutes Omen. Als er dann sie am vergangenen Mittwoch in *Erklärt Pereira* hatte blättern sehen, hatte er gespürt, dass die Phase der Vorrecherche vorbei war. Die Zeit für die nächste Stufe war gekommen.

Er sah zu Julia hinüber. Vor ihr lag ein aufgeschlagenes Buch, er hoffte, dass es immer noch Tabucchis Roman war, den sie vorgestern in der U-Bahn gelesen hatte und von dem sich auch ein Exemplar in der Tasche seines Jacketts befand. Um sicherzugehen, dass es ihr auffiel, hatte er sich sogar die gleiche Ausgabe besorgt, die Julia besaß. Es ging immer um Verbindungen, wenn man Menschen kennenlernte, es ging immer um die Schnittmenge zweier Leben. Er hatte sich gezwungen, nicht aufzusehen, darum war er nicht sicher, ob es ihr aufgefallen war. Dasselbe Buch zu lesen war der beste Weg, eine Verbindung herzustellen, auf unverbindliche und doch nachhaltige Art.

Als sie das Buch in ihre Tasche legte, strich er sein Revers glatt, bevor er wie zufällig die Straße überquerte, um das Café zu betreten.

Er bewegte sich langsam.

Nur zwei Tage nachdem sie den Mann in der U-Bahn gesehen hatte, der das gleiche Buch las, das auch jetzt in ihrer Tasche lag, sah Julia ihn wieder. Ausgerechnet in ihrem Lieblingscafé, dem Sommerhaus in der Hufelandstraße. Hier traf sie sich nach der Arbeit gelegentlich mit Freundinnen, inzwischen aber war sie meist allein, um das Alleinsein zu genießen und die den Stammgästen vorbehaltene Freundlichkeit der Kellner. Sie genoss es, ihren Blick den vorbeiflanierenden Passanten folgen zu lassen. In der Hufelandstraße schien niemand in Eile oder gehetzt zu sein, es war eine Kleinstadtstimmung mitten in Berlin. Die Straße war aus der Zeit gefallen, eine parallele Welt. Hier verschwanden die tagtäglichen Hiobsbotschaften, sie waren ausgeblendet, kaum noch wahrnehmbar. Es war hier lediglich ein bisschen kompliziert, einen Kaffee zu bestellen, weil es eines der Cafés war, wo Kaffee in komplexen, unüberschaubaren Variationsmöglichkeiten angeboten wurde, eine Eigenschaft, die in der gesamten Gegend Einzug gehalten hatte. Ursprünglich hatte hier mal eine Szene der Aufbegehrenden hinter den damals grauen Fassaden gelebt, deren verfallene, rissige Mauern erzählt hatten, dass es noch einiges zu tun gab. Inzwischen reihten sich in den Straßenzügen perfekte, liebevoll sanierte Gründerzeitfassaden aneinander, die aussagten, dass das alles fertig war. Ihr fiel Hauke ein, der diesen Umstand wahrscheinlich mit der Frage kommentiert hätte, was es aus den Menschen machte, wenn sie in einer Welt aufwuchsen und lebten, in der es nichts mehr zu tun gab. Der negative der möglichen Ansätze. Julia sah das allerdings anders. Der Szenebezirk Prenzlauer Berg hatte in den letzten zwanzig Jahren eine Therapie gemacht, und das war dabei herausgekommen, eine Kleinstadt mit einer Kleinstadtstimmung, ein Vorort, in dem man sich ausruhen, zu sich finden und die Welt ausblenden konnte. Die Gegend war eine Art Meditation, sie war totale Entschleunigung. Julia war allerdings aufgefallen, dass die Frauen hier ausschließlich praktische Kleidung trugen, was sie nicht gerade als guten Stil empfand.

Der Mann am Nebentisch achtete allerdings auf seine Kleidung, das war ihr letzte Woche in der U-Bahn schon aufgefallen, vielleicht war er ja auch nur ein Gast aus einer anderen Welt wie sie selbst. Er blätterte in der *Süddeutschen Zeitung*, was irgendwie gut zur Gegend passte, sie hatte ja auch was Süddeutsches. Sie fragte sich, ob man sich verstand, wenn einem dasselbe Buch gefiel, und nahm den fast ausgelesenen Roman aus der Tasche, um ihn mit dem Titel nach oben auf den kleinen Tisch zu legen. Dann ging sie auf die Toilette, wusch sich die Hände und überprüfte, wie ihr Haar saß, bevor sie wieder zu ihrem Platz zurückkehrte.

Als sie sich setzte und noch einen Espresso bestellte, lag vor dem Mann ebenfalls das Buch. Er betrachte sie aufmerksam, jedenfalls sah es aus den Augenwinkeln so aus. Als die Kellnerin verschwand, tat Julia so, als würde ihr Blick zufällig auf seinen Tisch fallen, während der Ausdruck ihrer Augen von einem erkennenden in einen überraschten Blick überging, was ihr ziemlich gut gelang, wie sie fand. Es fühlte sich ganz natürlich an. Sie hob den Kopf und sah dem Mann direkt in die Augen, mit einem Ausdruck, der sich aus einem vorsichtigen Interesse und einem anerkennenden Begutachten mischte, was ihr übrigens ebenfalls gut gelang, wie sie, sogar ein wenig beeindruckt von sich selbst, bemerkte.

Der Mann erwiderte ihren Blick, dem er ein sympathisches Lächeln hinzufügte, bevor er das Schweigen brach.

»Gutes Buch«, sagte er, und wies mit einer leichten Handbewegung auf ihre Ausgabe.

»Dito«, erwiderte sie ein bisschen zu deutlich und auch zu schnell, als sie auf das Buch vor ihm zeigte.

Dito?, dachte sie. Was redete sie da? Wer sagte denn heute noch dito? Dito sagten verspannte Singlefrauen über 30, um anderen zu zeigen, wie entspannt sie waren. Sie fragte sich, warum sie über so etwas überhaupt nachdachte, es waren Date-Gedanken, und das war ja kein Date. Sie musste sich eingestehen, dass sie verwirrt war. Eigentlich war sie gegenüber anderen Männern immun. Aber vielleicht war es nach vier Jahren, nein, inzwischen sogar schon beinahe fünf Jahren in einer Beziehung vollkommen normal, ein kurzes gutes Gefühl der Bestätigung zu spüren, wenn man das Interesse anderer Männer auf sich zog.

»Darf ich mal?«, fragte der Mann, der wahrscheinlich umgehend die Rechnung bestellt hätte, um zu flüchten, wenn er Julias Gedanken der letzten Sekundenbruchteile verfolgt hätte. Sie musste aufhören, immer alles zu analysieren.

»Klar«, sagte sie und nickte, während er nach ihrer Ausgabe griff, um darin zu blättern.

»Das ist schon ein Zufall, oder?«

»Auf jeden Fall, antwortete er, »und beides Hardcover. Ich wollte gerade nach der Auflage gucken, ob es vielleicht dieselbe ist, aber Hanser schreibt sie inzwischen nicht mehr immer rein. Ich find's ja interessant, wie viele Zufälle zusammenkommen können, um zu einer Begegnung zu führen.«

Sie sah ihn an. »Nicht nur wegen des Buches«, ergänzte er, schlug es zu und legte es auf ihren Tisch. »Auch generell. Vielleicht kennen wir ja dieselben Menschen, Berlin ist ja ein Dorf, jeder kennt jeden, oder wir waren am gleichen Abend im selben Club. Die Verbindungen zwischen den Leuten, die nicht sofort ersichtlich sind, die sich langsam, mit der Zeit freilegen, das find ich immer interessant.«

Julia warf ihm einen nachdenklichen Blick zu, es war ein Gedanke, der ihr gefiel.

»Ich bin übrigens Julia«, sagte sie.

»Michael«, sagte er.

Sie mussten lachen, als sie registrierten wie förmlich sie sich die Hand reichten. Zwei Mütter, die gerade mit ihren Kinderwagen das Sommerhaus passierten, sahen Julia, als sie sie erblickten, zuerst resigniert, dann skeptisch und schließlich feindselig an. In genau dieser Reihenfolge. Julia sah ihnen einen Moment lang mit ungläubigem Blick nach. Wie sollte man sich das erklären?

»Aber wenn wir schon mal bei Zufällen sind«, überging sie den Umstand und wandte sich wieder zu Michael, »ich hab dich Anfang der Woche schon mal gesehen.«

»Aha«, sagte er.

»Ja, in der U5, Richtung Hönow.« Er sah sie ein wenig ratlos an. »Am Montag war das. Ich hab dir genau gegenübergesessen.«

»Ach ja, stimmt, da bin ich zu meinen Eltern gefahren.«

»Ja, du hast das Buch gelesen, und ich auch.«

»Das Buch?« Er legte die Hand auf seine Ausgabe.

»Genau«, sagte sie. »Ich musste aussteigen, hab das Buch zugemacht, das ich gerade gelesen habe, und dann sitzt mir gegenüber ein Mann, der das gleiche Buch liest. Das war ganz seltsam.«

»Tja«, sagte er, und dann nach einigen Sekunden: »Und jetzt sitzen wir hier.«

»Tja«, sagte sie und lachte.

»Es war das Buch, durch das wir einander aufgefallen sind«, sagte er. »Wer weiß, wie oft wir schon aneinander vorbeigelaufen sind, ohne uns zu sehen.«

Wer weiß, dachte sie und nickte, denn auch das war ein Gedanke, der ihr gefiel.

DIE UNANSEHNLICHEN STELLEN

»**Ick hatte letztens mal wieda** ein Bewerbungsjespräch«, sagte Mario und entfernte einen imaginären Schmutzfleck von seinem Knorkator-T-Shirt, unter dem sich sein mächtiger Bauch wölbte.

»Cool«, sagte Andreas. »Wo?«

»Auf'm Bau, also Tiefbau. Als Hilfsarbeiter, ick bin ja tendenziell eher unjelernt.«

»Also arbeitest du jetzt wieder?«, fragte Steffen.

»Nee. Ick hab den Job nicht bekommen. Na ja, eigentlich wollte er mich ja nehmen, aber dann hat er jefragt, ob ick Montag anfangen kann. Ick hab jesagt, dit dit nicht jeht.«

Es überraschte Andreas immer wieder, wie stark die beiden berlinerten. Es war ihm früher nie aufgefallen, wahrscheinlich hatte er damals in Köpenick ähnlich geklungen. Ein Gedanke, der in ihm ein peinliches Gefühl auslöste. Jedenfalls waren aus Mario und Steffen keine Snobs geworden, dachte er.

»Und warum ging's nicht?«

»Na, jetzt ist doch erst mal EM.«

»Wie bitte?« Andreas musste unvermittelt lachen. »Das haste ihm aber nicht gesagt?«

»Klar hab ick dit jesagt.«

»Verstehe.« Andreas lachte immer noch. »Man muss Prioritäten setzen.« Mario nickte und kippte sein drittes Bier, Andreas sah auf sein eigenes Glas, das noch halbvoll war, es war sein zweites. So gesehen hatte Mario Vorsprung, und Steffen auch. Aber das war ganz natürlich, Steffen hatte Familie, er kam nicht so oft raus, und Freiräume musste man bekanntlich nutzen.

Andreas dachte kurz an die so zufriedenstellende Begegnung mit Julia, während er in die selbstzufriedenen Gesichter seiner Tischnachbarn blickte. Unvermittelt fiel ihm auf, dass sie glücklicher wirkten als er. Wahrscheinlich waren sie es auch. Er fragte sich, warum er sich das antat, warum er nicht abgesagt hatte. Aber sie waren zusammen zur Schule gegangen, die zwei waren die Verbindung zu seiner Vergangenheit. Sie waren seine Möglichkeit, mit einem warmen Gefühl über die alten Zeiten zu reden.

Er blickte zu Martin hinüber, der gerade mit großer Geste einen Drink mischte. Auf Martins fragenden Blick hin, als er in Begleitung der beiden die Bar betreten hatte, hatte er sich schnell gerechtfertigt, sie wären alte Schulfreunde. Er entschuldigte sich für seine Freunde und damit wohl auch für seine Vergangenheit, dachte er jetzt, es gab inzwischen einfach mehr, was sie trennte, als sie verband.

Für einen kurzen Moment ließ er den Gedanken zu, sich die beiden auf einer Party vorzustellen, auf der auch Stephan und Mirko waren. Er sah schon vor sich, wie sich Mario mit Mirko unterhielt, mit seiner naiven »Wer-mich-duzt-tut-mir-nicht-weh«-Attitüde. Und obwohl ihm die Vorstellung eine Gänsehaut verursachte, tat ihm Mario auch ein bisschen leid, weil er für Leute wie Mirko nicht für mehr als eine Anekdote gut wäre, die man auf dem nächsten gesellschaftlichem Anlass erzählen konnte.

Sie saßen jetzt seit einer knappen Stunde an dem langen Tresen. Fünfzig Minuten, in denen Mario den größten Redeanteil für sich beanspruchte, was daran liegen konnte, dass er einerseits immer Redebedarf hatte und andererseits von ihnen wohl am meisten erlebte, was Andreas durchaus bemerkenswert fand. Immerhin war er Hartz-IV-Empfänger. Doch Mario hatte immer zu tun, er schien ausgebucht zu sein, von einem Termin zum nächsten zu hetzen. Er redete über sein Leben in Köpenick, als würde es in New York City spielen.

Sie trafen sich ein oder zwei Mal im Jahr, es war eine unregelmäßige Tradition. Man wandte sich für einige Monate ab, wieder mit sich selbst und seinem Leben beschäftigt, um beim nächsten Treffen festzustellen, dass sich nichts verändert hatte. Eine Begegnung mit der Vergangenheit, ein nostalgischer Blick zurück. Seitdem er siebzehn war, hatte er aus Köpenick weggewollt, er hatte gespürt, wie sehr die Innenstadt an ihm zog, Mitte, Friedrichshain oder Prenzlauer Berg, das waren die Kulissen eines Lebens, wie er es sich wünschte. Mario und Steffen hatten nie darüber nachgedacht, Köpenick zu verlassen, sie waren geblieben und sie würden dort bleiben. Es war ein Leben, das in einem Umkreis von fünf Kilometern stattfand. Eine Vorstellung, die ihm Angst machte. Bei ihren gelegentlichen Besuchen in der Innenstadt behandelte er seine Köpenicker Freunde wie Besucher vom Land, und wahrscheinlich fühlten sie sich auch so. Er war der Großstädter, der Besuch aus der Provinz hatte. Sie verabredeten sich in von ihm vorgeschlagenen Bars, in die man gerade ging, als wäre er ihr Reiseführer, und sprachen über die Vergangenheit, das einzige, was sie noch zu verbinden schien. Wenn sie die alten Geschichten erzählten, stellte er fest, dass der Andreas Landwehr, den sie beschrieben, eine andere Person war als die, die ihnen gerade gegenübersaß. Sie redeten von jemandem, den es nicht mehr gab, doch ihnen schien das nicht aufgefallen zu sein. Steffen trug seine dünnen, langen Haare zu einem Zopf, was seinen Haaransatz unvorteilhaft betonte. Er hatte sich offensichtlich nie Gedanken über Haaransätze gemacht, und bei seinem Gewicht kam es darauf wohl auch nicht mehr an. Er kultivierte die Neunzigerjahre, nicht weil er sie modebewusst zitierte, sondern weil er sie nie wirklich verlassen hatte. Eine Frisur, die eigentlich nicht zu seinem Beruf passte, in dem man doch eine gewisse Seriosität ausstrahlen sollte, um erfolgreich zu sein. Steffen war Versicherungsvertreter und befand sich ständig auf Akquise, und wenn er betrunken war, also in dem Zustand, an dem er gerade arbeitete, sogar auf kompromissloser Kaltakquise. Zu zwei Versicherungen hatte er Andreas schon überredet, einer Haftpflicht- und einer Hausratsversicherung, wegen der Möbel. Er hoffte, dass er Martin in kein Verkaufsgespräch verwickeln würde, oder irgendwelche Gäste, die zufällig in der Nähe saßen. Das hatte er auch schon einige Male erlebt. Er sah unauffällig auf die Uhr. Es war kurz nach neun, gegen elf würden sie aufbrechen, sie waren mit den Öffentlichen da und mussten noch zurück nach Köpenick, zurück aufs Land.

Das war von ihrer Freundschaft übrig geblieben, dachte er. Sie kultivierten die Reste. Sie trafen sich alle halbe Jahre, um einen zu saufen. Er war nie in den Wohnungen der beiden gewesen, er hatte Steffens Kinder nur auf Fotos gesehen. Steffen hatte sich in eine kleine, überschaubare Welt zurückgezogen, in der seine Frau, zwei Kinder, alle halbe Jahre Andreas und alle drei Monate Sex vorkamen, wie Steffen bei ihrem letzten Treffen verzweifelt gestanden hatte. Sex in Quartalsabständen, auch ein Gedanke, der ihn beunruhigte. Mario hatte er seit

Jahren von keiner Freundin mehr reden hören. Die letzte hatte er nie kennengelernt, er wusste nur, dass sie Ameisenbär genannt wurde, ein Spitzname, der erzählte, dass er sie wohl nicht unbedingt kennenlernen musste.

Er fragte sich, warum er sich überhaupt noch mit ihnen traf. Es mussten wohl ähnliche Gründe sein wie die, warum er nach Frauen googelte, in die er als Teenager verliebt gewesen war und die ihn abgelehnt hatten. Es war die Genugtuung, die er empfand, wenn er in die satten Familienfotogesichter sah, die sie auf Facebook gepostet hatten, wie alt sie inzwischen aussahen, wie welk. Wenn er Mario und Steffen sah, wurde ihm sein eigenes Alter erst wieder bewusst, also wirklich bewusst. Er verspürte oft eine gewisse Fassungslosigkeit, in welche Richtung sich zum Beispiel Steffen verändert hatte, der wie ein älterer, fetter, verlebter Bruder des Steffens von früher wirkte, wie eine Karikatur seiner selbst sozusagen. Wenn der Mann die Haare anders tragen würde, würde sein Gesicht wie das einer älteren Dame wirken. Das war schon erschreckend. Vielleicht wäre es vorteilhaft, er würde sich einen Bart wachsen lassen.

Er verstand nicht, wie man sich so gehen lassen konnte. Er trainierte mindestens zwei Mal in der Woche, trank zumindest tagsüber keinen Alkohol, nur wenn er abends ausging. Das war das Problem, wenn man Familie hatte, man achtete nicht mehr auf sich, man ließ sich gehen.

»Wie geht's eigentlich Silke?«, fiel ihm ein.

»Jut, schätz ich mal.«

Andreas warf ihm einen erstaunten Blick zu. »Seid ihr nicht mehr zusammen?«

Die ältere Dame, zu der Steffen beinahe geworden war, strich sich verlegen über den Bauch und sagte: »Ick sag mal so: Weeß ick nich.«

Ich sag mal so, dachte Andreas. Irgendwann fängt man an, seine Sätze mit »Ich sag mal so« zu beginnen, und mit »Meine Meinung« zu beenden. So weit durfte es bei ihm nie kommen.

»Wir sind ja jetzt och schon fast 23 Jahre zusammen«, sagte Steffen.

Andreas nickte und dachte: Gott, so alt sind die Frauen, mit denen ich schlafe. Er versicherte sich kurz in den Blicken der beiden, dass er es wirklich nur gedacht hatte. Er hatte sich ja auch vorgenommen, mit keiner Frau etwas anzufangen, die in den Neunzigern geboren wurde.

»23 Jahre«, sagte er beeindruckt.

»Lange Zeit. Da gibt's ooch mal Tiefen, aber da muss man durch«, sagte Steffen.

»Verstehe«, sagte Andreas und hakte nicht weiter nach.

Inzwischen hatte ihr Gespräch die Mieten in Berlin erreicht, die in den letzten Jahren so eklatant nach oben geschnellt waren.

»Ick zahl 250 Euro im Monat. Für 70 Quadratmeter. Warm«, sagte Mario gerade, als Andreas an den Tisch trat. »Dit is'n Quadratmeterpreis von drei dreindreißich.« Mario lebte, seitdem er vor elf Jahren bei seinen Eltern ausgezogen war, in einer Friedrichshagener Altbauwohnung, die praktisch noch in DDR-Zustand war. Er hatte ihm einmal erzählt, dass er seit drei Jahren kein fließendes warmes Wasser mehr hatte. »Im Sommer jeht's ja noch«, hatte er gesagt. »Aber im Winter – Alter – da isses eijentlich unmöglich zu duschen. Meen Badezimmerfenster is ja ooch schon seit drei Jahren kaputt.« Dieser eher unvorteilhafte Umstand brachte Mario allerdings in die originelle Situation, den »Duschtourismus« zu erfinden. Ein Neologismus, dessen Bedeutung Andreas nur vage ein Begriff war. Mario erläuterte ihm, dass er sich gerade in den kühleren Jahreszeiten häufig bei Freunden zum Essen einlud, um danach noch mal schnell bei ihnen zu duschen. Er verband das Angenehme mit dem Nützlichen. Im Winter machte er das wohl wöchentlich. Er brachte dabei nie Essen mit, vielmehr ließ er sich einladen.

Gerade erzählte Mario, dass er vor einiger Zeit Risse an der seitlichen Brüstung seines Balkons entdeckt hatte. Er schien sich abzusenken. Er hatte sich mit seiner Hausverwaltung in Verbindung gesetzt und sich auf umfangreiche Rekonstruktionsarbeiten in seinem Wohnzimmer eingestellt. Erst einige Monate später hatten sie einen Handwerker vorbei geschickt. Einen Maler. Er hatte den Balkon eingehend begutachtet und neu gestrichen. Das Problem schien für ihn und die Hausverwaltung damit gelöst gewesen zu sein. Heute Morgen hatte Mario erneut Risse in der Farbe entdeckt. Es war wohl Zeit für eine neue Eingabe. Die Hausverwaltung würde mit der Antwort auf sich warten lassen.

Er hob den Kopf, als Steffen seinen Arm berührte.

»Beziehtsichditschonmehrtendenzielluff ...«, sagte Steffen und vergaß wohl, während er den begonnenen Halbsatz aussprach, worauf sich das »tendenziell« bezog. Leider verstand man ihn kaum noch, wenn er betrunken war. Seine Sätze, eigentlich sogar ganze Absätze verschmolzen zu langen Worten, ein undefinierbares Nuscheln. Man verstand nur das »Oder was?« am Ende jedes zweiten Satzes, das er inflationär benutzte, wenn er in diesem Zustand war. Heute Abend mussten sie den Absprung schaffen, bevor Steffen in die Kaltakquise startete. Wenn er in diesem Zustand versuchte, Frauen am Nebentisch von den Vorteilen einer Lebensversicherung zu überzeugen, würde Martin ihn garantiert rauswerfen, auch wenn er einer seiner Freunde war. Und Andreas würde ihn nicht aufhalten.

Als er eine halbe Stunde später gerade von der Toilette zurückkehrte, redete Steffen eindringlich auf die beiden Frauen ein, deren hilfesuchende Blicke in Richtung Bar Martin baten, einzugreifen.

Andreas fiel auf, dass er Steffen mit starrem Blick fixierte. Sein Mund lachte, seine Augen hofften, dass hier jetzt nichts entgleise.

Dann pisste sich Steffen in die Hose. Anfangs fiel Andreas der dunkle Fleck, der in Steffens Schritt immer größer wurde, gar nicht auf, erst als er sich über seinen rechten Oberschenkel zog.

Als Steffen die warme Feuchtigkeit bemerkte, verstummte er und sah ratlos an sich herab. Dann hob er seinen Blick und machte einen unsicheren Schritt auf die Frauen zu, deren Gesichtszüge jetzt entgleisten. Martin stürzte auf Steffen zu und führte ihn mit angespanntem Gesicht hinaus. Es war so unwürdig, dachte Andreas. Er brauchte ein Bier, aber erst einmal folgte er Mario vor die Bar. Dort winkte er ein Taxi heran.

»Passt auf, Jungs, fahrt mal mit dem Taxi, ich lad euch ein.«

»Nichnötich«, lallte Steffen.

»Cool, danke«, sagte Mario, der zum Vernünftigen der beiden geworden war. Eine ungewohnte Rolle, in der er Andreas gefiel.

Er schob die Tür des Großraumtaxis hinter ihnen zu, die Scheiben waren abgedunkelt, dahinter waren sie nicht mehr auszumachen.

Es war dieses Treffen, bei dem er endgültig begriff, dass er sich von einem Leben gelöst hatte, ohne in einem neuen angekommen zu sein.

Er hing zwischen zwei Leben, in einem Übergang von seiner Vergangenheit, mit der ihn nichts mehr verband, zu einem Leben, wie er es sich wünschte. Er spürte die unbestimmte Sehnsucht nach einem Leben, das noch kommen sollte. Ein ähnliches Gefühl empfand er, wenn er Freunde besuchte, die in schönen Wohnungen lebten oder Kinder hatten, die ihm sympathisch waren, deren Leben der Vorstellung eines Lebens glichen, dessen Skizzen er in melancholischen Augenblicken in Gedanken zeichnete.

Andreas blieb am Straßenrand stehen und sah dem Wagen nach, weil er begriff, dass das eine Verabschiedung war. Er hatte mit seiner Vergangenheit abgeschlossen, es gab keinen Grund, die beiden wiederzusehen. Er hoffte, dass die 50 Euro für die Taxifahrt eine angemessene Entschuldigung dafür waren, dass er sich nie wieder melden würde.

Zumindest hatten ihm die beiden geholfen, die Zeit zu überbrücken, bis er ins Ritter Butzke fahren konnte, dachte er nach einem Blick auf die Uhr. Er hatte schließlich noch eine Verabredung.

ENGTANZ

Das Ritter Butzke war brechend voll. Wie immer. Es war das Prinzip der Party, sie ließen mehr Gäste hinein, als es die Räumlichkeiten eigentlich zuließen. Darum hieß die Partyreihe auch Engtanz. Obwohl es erst ein Uhr war, schien hier jeder betrunken zu sein. Die Gäste drängten sich so nah aneinander, dass man eine halbe Stunde brauchte, um sich zur Bar durchzukämpfen. Ein Mekka für Frotteure, dachte Leonie. Aber jetzt war sie im Hof, hier ging es.

Weil Annelie ein Date hatte, war sie allein gekommen. Sie hatte zwar gesagt, dass sie noch nachkommen würde, falls es schlecht lief, allerdings lief es nach dem dritten Moscow Mule bei ihr nie schlecht. Eigentlich ging Leonie ungern allein auf Partys, aber hier traf sie normalerweise immer jemanden, den sie kannte. Sie war jedes Mal hier, schließlich stand sie auf der Gästeliste, weil sie einen der Veranstalter kannte und sich inzwischen auch mit den Türstehern gut verstand.

Sie hatte ein paar Leute begrüßt, war ein paar Blicken ausgewichen und hatte auch schon am Einlass nachgesehen, ob einer der Türsteher die Ruhe für ein kurzes Gespräch hatte. Aber die Schlange vorm Butzke war mindestens 90 Meter lang, und am Einlass waren sie damit beschäftigt, die Betrunkenen auszusortieren. Jetzt stand sie in dem Innenhof und bemühte sich, mit keinem der Männer Blickkontakt zu halten. Sie hatte einfach zu wenig getrunken. Es gab Clubs, in die man nur angetrunken gehen konnte. Betrat man sie nüchtern, war es beängstigend: die gierigen Blicke der Männer, die unterschwellige Aggressivität, die den Raum füllte. Man fühlte sich wie ein potenzielles Vergewaltigungsopfer. Und sie war allein, ihr fehlte der Schutz der Gruppe. Vielleicht sollte sie jetzt gehen, denn sie hatte keine Lust, gegen diese Gefühle anzutrinken. Wenn ihr Bier leer war, würde sie sich auf den Heimweg machen.

Ihr fiel ein Mann auf, vor allem weil er kein T-Shirt trug und sein schwammiger Körper dafür vollkommen ungeeignet war, der gerade wankend den Hof betrat. Er könnte einen BH tragen, dachte sie, seine Brüste waren größer als ihre. Auf sein Bauch war ein Tribal tätowiert, was wohl der Grund für ihn war, sein T-Shirt auszuziehen. Sie musste immer wieder hinsehen, ein Fremdschamimpuls. Er schwitzte, trank Wodka Red Bull und löste eine unangenehme Erinnerung aus. Vor ein paar Jahren war, sie im Sommer auf einen Grillabend bei Raphaels Eltern eingeladen gewesen. Sie hatte den Garten betreten und gesehen, dass alle Gäste nackt waren, selbst Raphaels Vater stand nackt am Grill und wendete das Fleisch, ein Anblick, der in ihr einen starken Ekel auslöste, aber ihren Blick immer wieder anzog. Es war widerlich, sein Geschlecht unter seinem sich wölbenden Bauch nur wenige Zentimeter von den brutzelnden Fleischstücken hin und her wippen zu sehen. Er gehörte außerdem zu einer Generation, die sich nicht rasierte, was ihren Ekel noch verstärkte. Sein kleiner Schwanz schien aus dem vollen Schamhaar heraus auf die Fleischstücke zu zeigen, und einen Moment lang hatte sie tatsächlich den Eindruck, dass er ihr damit irgendetwas sagen wollte – eine surreale Szene.

Sie und Raphael waren die einzigen Gäste, die nicht nackt waren. Leonie fühlte sich wie ein Tourist in einem Swingerclub, denn genau so stellte sie sich die Besucher solcher Clubs vor. Menschen mittleren

Alters mit Körpern, die ihre Form verloren hatten oder dabei waren, sie zu verlieren. Ganz kurz war sie davon überzeugt, dass demnächst mit einer Orgie zu rechnen sein würde. Sie spürte einen kurzen, unangenehmen Schauer durch ihren Körper ziehen, unter dem sie einen Moment lang zitterte.

»Ich zieh mich aber nicht aus«, flüsterte sie und überprüfte aus den Augenwinkeln, dass es nur Raphael gehört hatte. »Warum hast du denn nichts gesagt? Wusstest du, dass hier alle nackt sind?«

Raphael machte eine beruhigende Handbewegung: »Klar. Ist doch normal.«

»Nein«, sagte sie deutlich. »Das ist nicht normal.«

»Du musst dich auch nicht ausziehen.«

Sie wandte sich um, als sie eine Stimme ihren Namen rufen hörte. Es war die Stimme von Raphaels Vater, der mit herzlichem Lachen auf sie zutrat, um sie zu begrüßen. Sie zwang sich zu einem Lächeln, während sie versuchte, nicht auf seinen wippenden Schwanz zu sehen. Es war so würdelos, dachte sie hilflos, bevor sie Raphaels Vater in die Arme schloss.

Als sie dann schweigend auf einer der Bierbänke saß, die sie im Garten aufgestellt hatten, hatte sie sich wie eine Aussätzige gefühlt. Während sie versuchte, mit ihrem Blick den nackten Körpern auszuweichen, von denen sie umzingelt war, waren ihr dieselbe Fragen wie am Strand oder im Freibad durch den Kopf gegangen: Warum stellten ausschließlich die Menschen, die es sich eigentlich nicht leisten konnten, ihre nackten Körper so ostentativ zur Schau? Warum gingen sie mit ihrer Nacktheit so selbstverständlich um? Weil es darauf nicht mehr ankam? Weil ihnen die Hässlichkeit und der beginnende Verfall ihrer Körper nicht bewusst waren? Weil ihnen die Meinung anderer egal war? Weil sie nicht mehr in der Lage waren, Rücksicht auf andere zu nehmen? Weil sie die Unterschiede in der Uniformität ihrer Nacktheit ausradieren wollten? Und dann hatte sie sich gefragt, warum Frauen ihres Alters, Menschen, die es sich leisten könnten, deren Körper begehrenswert waren, sich an den Stränden und in den Freibädern nicht auszogen. Weil sie ihre Körper nicht mochten, weil sie unzufrieden mit ihnen waren, voller Komplexe, weil sie den idealisierten und damit unerreichbaren Ansprüchen nicht genügten, die in den Filmen, Hochglanzmagazinen und Instagram-Profilen vorgegeben waren. Weil sie nicht frei waren. Sie waren in ihrem eigenen Perfektionsdenken gefangen, dachte sie. Sie waren im goldenen Verließ ihres Strebens nach Perfektion gefangen. Die anderen waren darüber hinaus, weil es darauf nicht ankam oder nicht mehr ... Sie waren frei.

Wenn Leonie nach dem Sex mit einem Mann aufstand, um ins Bad zu gehen, verließ sie das Zimmer immer möglichst schnell. Sie mochte ihren Hintern nicht, sie empfand ihn als zu dick, beim Sex hielt sie ihre Brüste bedeckt, die sie zu klein fand und deren Form sie nicht mochte. Kein Mann, mit dem sie schlief, sah sie vollständig nackt. Sie erlaubte ihm nur die Details zu sehen, die sie an sich mochte. Leonie hatte sich oft vorgestellt, ihren Körper selbst entwerfen zu dürfen. Vor allem ihre Brüste, unter deren Aussehen sie litt, die sie nur im Schutz der Dunkelheit entblößte und dann mit dieser wie zufällig wirkenden Geste mit den Armen verdeckte, die über die Jahre immer natürlicher geworden war. Die Menschen waren nicht an der Seele der Dinge interessiert, dachte sie, nur an den Äußerlichkeiten. Darum hatte alles mit dem Körper zu tun. Er bestimmte ihr Ich und er war der Grund aller Komplexe und Unsicherheiten. Um nichts anderes ging es.

Sie schreckte zurück, als sie unsanft angerempelt wurde. Vor ihr stand der schwammige, schwitzende Mann, dessen Züge bereits entgleist waren, und sah sie mit dem stumpfen Blick eines Betrunkenen an. Sein Körper glänzte, und der Gedanke, dass er sie damit gerade berührt hatte, ekelte sie an, was man ihr wohl auch ansah.

»Was bist'n du für eine?«, lallte der Mann und zog mit seinem Blick ungeniert über ihre Brüste, ihren Hintern und dann wieder zu ihrem Gesicht.

Gott, dachte sie. Es sollte offensichtlich ein Annäherungsversuch sein.

»Ich bin eine, bei der du dich entschuldigen darfst, bevor du dich ganz schnell verziehst«, sagte sie entschieden.

Der Schwammige starrte sie an, als versuche er erfolglos, den Satz zu verarbeiten, dann sagte er laut: »Aber ungebumst gehst du doch heute auch nich nach Hause.«

Allein dieser Satz war ein Grund, rausgeschmissen zu werden. Sie spürte Angst in sich aufflackern. Es wurde gefährlich. Da registrierte sie auch schon eine Bewegung aus den Augenwinkeln und wandte sich um. Vor ihnen stand Frank, einer der Türsteher, der sie beide überragte.

»Alter, wie redest du denn mit Frauen?«, sagte Frank deutlich.

Plötzlich stand noch ein zweiter Türsteher vor ihnen, dessen Namen sie nicht kannte. »Gibt's hier ein Problem?«, fragte der.

»Hier gibt's nur ein Problem«, lallte der Typ und tippte mit dem Finger in Leonies Richtung. »Und das steht da.«

»So, die Party ist vorbei«, sagte Frank ruhig und nickte Leonie zu, bevor er den Schwammigen hinausführte. Sie spürte ein genugtuendes Gefühl der Macht.

Frank kehrte einige Minuten später mit einem Beck's in der Hand zurück. »Hier«, sagte er, »als kleine Entschuldigung. Geht's dir gut?«

»Alles gut«, sagte sie und trank einen Schluck Bier, das angenehm kalt war.

Sie mochte Frank. Er war fünfzig, aber das sah man nicht, darum war er wohl ständig in Magazinen zu sehen, als Beweis von Artikeln, die zeigen sollten, wie jung man aussehen konnte, wenn man sich nicht gehen ließ. Er hatte perfekte Zähne, verbrachte seine Urlaube in Indien und meditierte jeden Tag. In der Rolle des unbarmherzigen Türstehers in der Castingshow *The Voice* hatte er es zu einiger Berühmtheit gebracht. Und ganz Berlin war gerade mit seinem lachenden Gesicht für die Kampagne einer Biermarke plakatiert.

»Wir müssen hier wirklich mal an der Türpolitik arbeiten«, sagte Frank deutlich. »Das geht einfach gar nicht, dass hier solche Leute reingelassen werden. Ist einfach peinlich.«

Leonie nickte. Sie redeten noch ein bisschen, bevor Frank nach einem Blick zum Einlass sagte: »So, ich muss wieder, aber ich hab ein Auge auf den Hof.«

»Cool, danke«, sagte sie, obwohl ihr lieber gewesen wäre, sie hätten sich noch unterhalten, bis ihr Bier alle war und sie verschwinden würde. Dann sah sie, wie Frank einen Mann begrüßte, der gerade den Hof betrat. Andreas. Sie hatten sich drei Jahre nicht gesehen, und jetzt sahen sie sich innerhalb von drei Wochen zum zweiten Mal. Andreas und Frank schienen sich zu kennen, sie umarmten sich und redeten kurz miteinander. Sie konnte Franks Gesicht nicht sehen, aber von hinten sah es aus, als würde er lachen. Sie fragte sich, was Andreas hier machte, sie hatte ihn noch nie hier gesehen. Es erstaunte sie, dass sie ruhig blieb, dass sie sich sogar ein bisschen freute, ihn zu sehen. Sie war froh, dass er, als sie sich im Weekend begegnet waren, so locker gewesen war. Endlich konnten sie wieder normal miteinander umgehen. Gerade in der Zeit nach ihrem WhatsApp-Chat, der, das hatte sie sich schon am nächsten Morgen eingestehen müssen, wirklich nicht der passende Rahmen für eine Trennung war, hatte sie in den Bars und Clubs, von denen sie ihm erzählt hatte, immer mal wieder ängstlich nach ihm Ausschau gehalten. Mit anderen Männern hatte sie das schließlich oft genug erlebt, dass sie ihr nach der Trennung in die Clubs, in die sie ging, gefolgt waren oder dort auf sie gewartet hatten, um sie Diskussionen auszusetzen, die voller Vorwürfe waren.

Frank wandte sich zu ihr und zeigte in ihre Richtung. Andreas nickte ihr zu und hob den Arm, sprach noch kurz mit Frank und lief dann langsam in ihre Richtung.

»Hey«, sagte sie.

»Na.«

»Was machst du denn hier?«

»Hör bloß auf«, sagte er und rollte mit den Augen. »Einer der DJs ist ein Kumpel von mir, El Mano, Manuel, kennst du den? Wir haben uns schon 'ne Weile nicht mehr gesehen, darum meinte er, ich soll mal vorbeikommen.«

Dann erzählte er, dass er Frank von einer seiner Lesungen kannte, bei der er an dem Abend die Tür gemacht hatte, dass seine Eltern zurzeit eine Schiffsreise in Norwegen machten und dass er gerade am Nachmittag über Leonie gesprochen hatte.

»Aha«, sagte sie und spürte wie sie sich verspannte. »Mit wem denn?«

Sie hoffte, dass sie sich in ihm nicht getäuscht hatte und es doch ein anstrengender Abend werden würde. Das konnte sie gerade heute nicht gebrauchen.

»Mit Christoph«, sagte er. »Wir waren heute Mittag essen.«

»Aha«, sagte sie noch einmal.

»Ja. Du glaubst nicht, wie oft ich in letzter Zeit mit ihm über dich gesprochen habe. Aber ich sag jetzt erstmal Mano Hallo. Bist du noch 'ne Weile hier? Dann können wir nachher noch ein bisschen quatschen.«

»Bin ich«, sagte sie, obwohl ihr Bier fast leer war. »Eine Stunde bestimmt noch.« Sie spürte, wie aufgeregt sie war.

»Okay«, sagte er. »Dann vielleicht bis gleich.«

Leonie sah Andreas nach und fragte sich, was die Aufregung in ihr ausgelöst hatte, obwohl sie es natürlich wusste. Christoph. Sie fragte sich, was die beiden über sie gesprochen hatten. Sie hatten nur eine kurze Nacht miteinander verbracht, aber so kurz sie auch gewesen war, schien sie immer noch ein wiederkehrendes Gesprächsthema zu sein. Vielleicht hatte Andreas ihm von ihrer gemeinsamen Zeit erzählt. Vielleicht hatten sie über den Sex mit ihr gesprochen, dachte sie in einer Schrecksekunde. Mit Annelie hatte sie das auch getan. Als Annelie ihr von dem weiteren Verlauf ihres Abends erzählt hatte, tauschten sie sich aus und stellten fest, wie sehr ihr Sex mit Andreas sich glich. Er benutzte dieselben Sätze und er flüsterte sie im selben Ton in ihre Ohren. Sie hatten gelacht, mit Tränen in den Augen hatten sie ihn parodiert. Und jetzt hatte sie die Szene vor Augen, wie Christoph und Andreas so über sie sprachen. Schnell schob sie den Gedanken weg. Nein, das passte nicht zu Christoph.

Sie dachte an den Abend im Weekend. Diesen schrecklichen Abend, der zu einem schönen geworden war, als sie Christoph auf der Bühne gesehen hatte, und der in einen wundervollen Morgen übergegangen war, bis er ihre Wohnung verlassen hatte. Sie hatte bereits kapiert, dass die Dinge, die wirklich zählten, nur in Momenten existierten. Als sie sich nach dem Sex an Christoph geschmiegt hatte, hatte sie begriff sie, dass das einer dieser wunderschönen, flüchtigen und viel zu vergänglichen Momente war. Sie hatte noch einige Minuten mit geschlossenen Augen neben ihm gelegen. Als sie sie dann öffnete, war der Moment vorbei gewesen.

Sie hatten keine Nummern getauscht, auch bei Facebook oder Instagram hatte sie ihn nicht gefunden, bei Google gab es ein paar Suchergebnisse, in denen sein Name auftauchte, Pressemitteilungen einer

Werbeagentur in Mitte, aber keine Fotos. Jetzt fiel ihr auch ein, dass er den ganzen Abend nicht auf sein Handy gesehen hatte. Andreas hatte es in ihrem kurzen Gespräch eben die ganze Zeit in der Hand gehabt. Christoph schien sich lieber auf die Wirklichkeit zu konzentrieren, auf das wahre Leben. Daran lag es wohl, dass sie die Stunden mit ihm so genossen hatte.

Christoph war ein Lichtblick, wenn sie ihn mit den Männern der letzten Jahre verglich. Selbst die zehn Monate mit ihrem Ex-Freund Raphael waren ein vergeudetes Jahr gewesen. Ihr erster Urlaub hatte ihre Beziehung ja gewissermaßen vorweggenommen, dachte sie später. Raphael hatte vorgeschlagen, ein verlängertes Wochenende in Paris zu verbringen, um den ersten Monat ihrer Beziehung zu feiern. Sie hatte sich gefreut, aber schon im Flugzeug spürte sie, dass sie krank wurde. Am Abend lag sie vollkommen erschöpft im Bett ihres Hotelzimmers.

Raphael saß am Rand des Bettes und surfte auf seinem Laptop, sie wärmte ihre Füße an seinem Rücken. Ab und zu drehte er sich zu ihr, sah sie an und streichelte ihre Beine. Es war ein schöner Moment, obwohl es ihr so schlecht ging. Sie fühlte sich umsorgt und glitt sanft in einen Traum, in dem auch Raphael vorkam. Sie wusste nicht, wie viel Zeit vergangen war, als sie wieder erwachte, nur, dass sie durch ein Geräusch erwachte, das nicht hierhergehörte. Sie schlug die Augen auf, Raphael saß noch immer bei ihr. Aber sie hörte eine Frauenstimme und spürte rhythmische Bewegungen. Plötzlich war sie hellwach, setzte sich auf und starrte auf das Bild, das sich ihr bot: Raphael saß mit dem Rücken zu ihr, sein aufgeklappter Laptop stand auf einem Sessel direkt vor ihm. Auf dem Bildschirm war eine nackte Frau zu sehen, die masturbierte und Raphael direkt ansprach, mit seinem Namen. Es war ein Sex-Livechat, und Raphael onanierte in immer schnellerem Rhythmus auf diese billige Person, die ihn mit weit gespreizten Beinen praktisch in ihr Inneres sehen ließ – während Leonie schlief. Während sie ihre Füße an seinem Rücken wärmte, während sich ihre Körper berührten, holte er sich auf eine andere Frau einen runter, und das auch noch ohne Kopfhörer. In Leonie hielt sich einige Sekunden eine Art Schockstarre, dann sprang sie trotz ihres Zustands auf und schrie ihn an. Er klappte den Laptop zu und versuchte, seinen

Schwanz noch irgendwie in seine Hose zu kriegen. Dann stand er vor ihr, mit seiner von der Erektion ausgebeulten Hose, es war widerlich und unwürdig.

Dieser erste Streit war ihr schlimmster, die Beziehung hatte noch neun Monate gehalten, obwohl man die letzten fünf Monate wohl nicht mehr zählen konnte. Fünf Monate, an denen sie wieder einmal feststellen konnte, dass Festhalten wesentlich leichter war als Loslassen. Sie fragte sich, was das über sie aussagte. Sie war schon zu verliebt in ihn gewesen. Wenn sie sich verliebte, hielt sie viel Leid aus, bis es irgendwann zu viel und zu spät war. Als sie sich von ihm getrennt hatte, hatte er begonnen, um sie zu kämpfen, wieder einer, der seine Würde verloren hatte. Sie kämpften immer erst, wenn es zu spät war. Die Aussichtslosigkeit ihres Kampfes nahm ihnen jede sexuelle Attraktivität, sie waren Bettler und begriffen nicht, dass es nur noch um ihr Ego ging, dass ihre Liebe ein Missverständnis war, auf das man nicht bauen konnte.

Obwohl sie nur eine Nacht und einen Morgen miteinander verbracht hatten, spürte Leonie, dass Christoph ein Argument war, das sie ihren restlichen Erfahrungen mit Männern entgegenstellen konnte. Er fühlte sich richtig an. Sie hatte viel an ihn gedacht in den letzten Wochen.

Sie hätten Nummern austauschen sollen, dachte sie. Dann entdeckte sie Andreas, der gerade mit zwei Bierflaschen auf den Hof zurückkehrte und sich suchend umsah.

»Aber bevor wir hier sprechen, muss eins klar sein, Christoph darf von dem Gespräch nichts wissen«, sagte Andreas mit einem Ernst in der Stimme, den sie bisher nicht von ihm kannte. »Wir sind wirklich gute Freunde, und das setz ich hier gerade aufs Spiel.«

»Klar«, sagte Leonie.

»Aber schon krass«, fuhr er fort, »wir haben gerade heute Nachmittag von dir gesprochen, und heute Abend treff ich dich. Es ist manchmal schon merkwürdig mit den Zufällen.«

»Was habt ihr eigentlich über mich gesprochen?«, fragte Leonie so beiläufig wie möglich, während sie ihn aufmerksam ansah.

»Wenn wir sprechen, kommen wir irgendwann immer auf dich. Du scheinst ihn jedenfalls ziemlich beeindruckt zu haben. Kann ich nachvollziehen, war ich ja auch mal«, lachte er.

Sie stimmte etwas gezwungen in sein Lachen ein. Über ihre gemeinsame Zeit wollte sie jetzt wirklich nicht reden. »Aber warum machst du's dann eigentlich, mit mir drüber reden?«, fragte sie schnell, um wieder auf Christoph zu kommen.

»Vielleicht weil ich einfach das Gefühl habe, dass er zu seinem Glück gezwungen werden muss. Ich seh einfach, dass ihm Julia nicht guttut.«

»Julia?« Leonie setzte sich auf.

»Seine Freundin.«

»Er hat eine Freundin?«

»Hat er das nicht erzählt?«

»Nein, hat er nicht«, sagte sie mit vorwurfsvollem Unterton.

»Okay«, sagte er gedehnt und schwieg einen Moment, bevor er weitersprach. »Das passt eigentlich nicht zu ihm. Aber ich hab ja gesehen, wie er dich angesehen hat, so hat er Julia schon lange nicht mehr angesehen, oder wie er über dich spricht. Er braucht Zeit, gerade er. Christoph ist zu sehr in dieser Beziehung drin, sie sind ja erst letztes Jahr in die Wohnung gezogen.«

»Ach, sie wohnen auch noch zusammen.«

Das wird ja immer besser, dachte sie empört und musste sich dazu zwingen, es nicht auszusprechen.

»Na ja, das ist keine Beziehung, das ist eher eine WG, die sie Beziehung nennen. Habt ihr eigentlich Nummern ausgetauscht?«

»Nein.«

»Ach stimmt, das hat er ja auch gesagt. Aber dann ist es doch okay. Ich glaub, er hat's an dem Abend auch nicht so gesehen. Er hat sich einfach drauf eingelassen, hat sich von seinen Gefühlen leiten lassen und endlich mal den Kopf ausgeschaltet. Hatte er auch mal nötig, offen gesagt. Und er war ja auch ziemlich betrunken.«

»Waren wir alle«, sagte sie und warf ihm einen wissenden Blick zu.

»Erinnere mich bloß nicht daran, ich hab zwei Tage gebraucht, um wieder klarzukommen.« Er dachte kurz nach. »Es geht doch auch immer um richtige Zeitpunkte. Ganz ehrlich: Du willst doch nicht mit einem Mann zusammenkommen, der noch in einer Beziehung ist. Es ist doch besser, wenn ihr euch wiederseht, wenn er es endlich mal geschafft hat, sich aus der Beziehung zu lösen. Erstmal ist er im Kopf frei, und – das hab ich übrigens auch schon erlebt – wenn du mit jemandem zusammenkommst, der seine Freundin mit dir betrügt, wenn es mit einem Vertrauensbruch beginnt, weißt du schon, wie es enden kann, falls ihr zusammen kommen solltet. Er muss das sauber beenden, bevor er sich mit dir trifft. Das hab ich ihm gesagt. Ich hab ihm gesagt, er soll es als Zeichen sehen, dass ihr euch kennengelernt habt. Er ist nicht mehr immun. Und wenn du bis dahin jemand anders kennengelernt hast, hat er eben Pech gehabt.«

»Wer sagt denn eigentlich, dass ich mit ihm zusammenkommen will?«

»Ich hab wohl zu sehr im Kopf, wie er über dich redet, tut mir leid«, sagte er mit einem Lächeln. »Und offen gestanden geht's mir auch gar nicht darum, dass ihr zusammenkommt. Mir geht's um ihn, dass er endlich mal aufwacht. Und du scheinst der Auslöser gewesen zu sein. Das find ich ganz schlimm bei Christoph. Er hat sein Leben einem Plan untergeordnet, und das würde alles zerfallen, wenn er die Beziehung aufgeben würde, in Wirklichkeit ist es eine Beziehung nach dem Motto ›Entweder wir trennen uns oder wir machen ein Kind‹. Eine ganz tragische Geschichte, eigentlich, für alle Beteiligten. Nicht nur für ihn, ich sehe halt vor allem ihn, mit seiner Freundin hab ich ja nicht viel zu tun. Sie halten nur noch die Fassade aufrecht, vor allem voreinander, manchmal würd ich ihn gern retten, ihm klarmachen, was er da so über die Jahre kultiviert hat, aber das würde nichts bringen. Er muss allein drauf kommen, dass seine Beziehung nur noch aus den Resten einer Beziehung besteht, erst dann kann er sich daraus lösen. Und materiell gesehen würde er ja auch viel aufgeben.«

»Wie romantisch«, sagte sie.

»Das darf man nicht unterschätzen, er lebt ein Leben, das ihn nicht glücklich macht, aber er ist es gewohnt, er kennt sich darin aus. Festhalten ist einfacher als Loslassen. So geht es den meisten.«

»Ja«, sagte sie bitter, dachte an Raphael und fühlte sich ertappt.

»Und sieh mal, du bist jetzt wie alt? Fünfundzwanzig?« Sie nickte. »Darüber haben wir auch gesprochen. Also Christoph ist sechsunddreißig, zehn Jahre Altersunterschied, eigentlich bist du viel zu jung für ihn.«

Leonie spürte einen leichten Ärger. »Ob man sich versteht, hat doch nichts mit dem Alter zu tun«, sagte sie.

»Ja, das denkst du, weil du die Jüngere bist, aber es geht ja nicht nur darum, ob man sich versteht, es geht auch darum, ob man an einer ähnlichen Stelle im Leben steht, Christoph ist in 'nem Alter, in dem er danach geht, ob er mit der Frau, mit der er zusammenkommt, auch Kinder haben möchte.«

»Kinder«, wiederholte sie und sah sich auf Andreas' Balkon sitzen, als sie überzeugt davon gewesen war, schwanger zu sein. Sie hatte es nur erzählt, um gemeinsam eine Abtreibung zu beschließen, wenn sich ihre Vermutung als wahr herausstellen sollte, aber er hatte sich gefreut. In diesem Moment hatte sie diesen Druck gespürt. Vielleicht war das der erste Sprung zwischen ihnen gewesen.

»Weiß er eigentlich von uns?«, fragte sie, obwohl es ihr unangenehm war, das Thema anzuschneiden.

»Wenn du's ihm nicht erzählt hast, nicht«, sagte er entschieden. »Das muss er auch nicht wissen.« Er dachte kurz nach. »Eigentlich krass, dass wir hier gerade so ein Gespräch führen«, lachte er.

»Inwiefern?«, fragte sie vorsichtig. Das Thema wurde ihr immer unangenehmer, zumindest einen kurzen Moment lang fürchtete sie, Andreas würde jetzt noch einmal ihre gemeinsame Zeit auswerten, ihre Trennung, die Liebeserklärung, die er ihr einen Monat später geschrieben hatte, sein Leiden nach der Trennung. Sie kannte solche Gespräche, man traf sich, um noch einmal alles durchzudiskutieren, obwohl alles gesagt war. Es ging darum, dem anderen Vorwürfe zu machen, um sich letztlich besser zu fühlen.

Aber Andreas sagte nur: »So bin ich auch noch nie mit einer Ablehnung umgegangen. Ich hab zum ersten Mal mein Ego aus der Sache rausgenommen. Du glaubst nicht, wie gekränkt und verletzt mein Ego früher normalerweise nach einem Korb war. Ich hab das immer viel zu persönlich genommen. Aber bei dir war das anders. Vielleicht lag's auch einfach nur daran, dass ich deine Argumente vollkommen nachvollziehen konnte. Keine Ahnung. Jedenfalls war das alles sehr wertvoll für mich, also rückblickend gesehen. Da hab ich auch eine Menge über mich gelernt. Sonst würden wir ja auch nicht dieses Gespräch hier führen.«

Leonie nickte. Das war tatsächlich außergewöhnlich. Soweit sie das damals schon hatte einschätzen können, hatte Andreas deutlich narzisstische Symptome gezeigt.« »Überhöhter Narzissmus mit Sahnehäubchen«, wie sie ihn Annelie einmal beschrieben hatte.

»Es gibt nichts Schlimmeres als verpasste Gelegenheiten«, sagte Andreas, nachdem er einige Sekunden geschwiegen hatte. »Ich weiß noch ganz genau, zu Schulzeiten, da war ich in eine Frau verliebt, aber ich hab sie nie angesprochen, und dann Jahre später hat mir eine Freundin erzählt, dass sie auch auf mich gestanden hat. Ich hätte sie nur ansprechen müssen, aber ich war einfach zu unsicher. Und dann stellt man sich vor, man hätte gewusst, was sich in ihrem Kopf abgespielt hat, wie die letzten Jahre vergangen wären, wenn man mit ihr zusammen gekommen wäre.« Er trank einen Schluck von seinem Bier. »Ich hab früher auch nie verstanden, wenn mir auf der Straße wunderschöne Frauen mit irgendwelchen Idioten entgegenkamen«, fuhr er fort. »Ich hab mich immer gefragt, wie so ein Typ so eine Frau kriegen konnte. Ich wollte es verstehen. Anfangs hab ich gedacht, dass er ein wertvoller Mensch sein muss, dass er nicht mit seinem Aussehen, sondern gewissermaßen mit dem Charme seiner Persönlichkeit die Frau überzeugt hat. Aber dann hab ich mitbekommen, dass diese Typen wirklich Idioten waren. Sie haben einfach nicht nachgedacht, das war ihr Vorteil, die haben das Denken ausgeschaltet und haben's dann einfach gemacht. Nur darum waren sie mit der Frau zusammen.« Er stellte die Bierflasche auf den Boden, bevor er mehr zu sich selbst als zu ihr hinzufügte: »Aber man denkt zu viel nach, das ist ja auch generell das Problem der Leute heute. Wir denken zu viel nach. Alles wird analysiert, abgewogen und interpretiert – und die meisten Interpretationen sind Fehlinterpretationen.«

»Das Leben setzt sich aus Missverständnissen zusammen«, sagte Leonie.

»So sieht's wohl aus. Okay, pass auf«, sagte er, als habe er gerade eine Entscheidung getroffen. »Wir können's ja so machen. Ich geb ihm einfach deine Handynummer, er soll sich dann einfach melden, wenn er soweit ist. Der muss einfach aus dieser Beziehung raus. Und du bist ja 'ne coole Frau, und davon gibt's nicht so viele.«

»Danke«, sagte sie verlegen, weil sie mit Komplimenten nicht umgehen konnte.

»Und er ist ein cooler Typ, und davon gibt's auch nicht so viele. Ich glaub, ihr wärt wirklich ein cooles Paar. Ihr würdet viel besser zueinander passen als er und diese Julia.« Leonie fiel auf, dass sie unmerklich lächelte. »Hier«, Andreas hielt ihr sein Handy hin, »schreib mal deine Nummer rein.«

»Hast du sie nicht mehr?«

»Nee, mir haben sie letztes Jahr das Handy geklaut, dann waren alle Nummern weg.«

»Ich hab deine noch, ich klingel dich einfach an.«

Als das Handy in seiner Hand vibrierte, legte sie wieder auf.

»Okay«, sagte er und speicherte ihre Nummer.

Okay, dachte sie.

Als Andreas von der Ritterstraße in die Prinzenstraße bog und in Richtung Moritzplatz hinunterging, liefen die letzten Stunden noch einmal vor ihm ab. Schon vor einer halben Stunde hatte sich Leonie von ihm verabschiedet, mit einer Umarmung. Sie hatte Vertrauen gefasst, er stellte keine Gefahr mehr da, ihr Leben durcheinanderzubringen. Er hatte die Rollen gewechselt und war kein abgelehnter Liebhaber mehr, dessen Verhalten unberechenbar schien, weil er die Trennung noch nicht verarbeitet hatte. Jetzt war er ein Freund, ein Vertrauter, der ihr Halt gab. Das war der Plan gewesen. Er hätte allerdings nicht erwartet, dass es so einfach sein würde. Die Leute glaubten einfach, was man ihnen sagte, wenn es ihnen ins Konzept passte, dachte er, daran lag es wohl.

Als er vorhin durch die Nacht zum Ritter Butzke gelaufen war, war er nicht sicher, was er empfinden würde, wenn er Leonie begegnete. Einen Moment lang hatte er sogar gehofft, sie würde nicht dort sein. Ihre letzte Begegnung hatte einfach zu viel in ihm aufgerissen.

Er war noch nie auf einer dieser Engtanz-Partys gewesen, kannte sie nur aus Erzählungen von Leonie, Rebecca, Mia und drei oder vier anderen Frauen, mit denen er geschlafen hatte und deren Namen ihm inzwischen entfallen waren. Er hatte einfach mit zu vielen Frauen geschlafen, die dort Stammgäste waren, und wollte unangenehmen Begegnungen aus dem Weg gehen. Am meisten verband er die Party jedoch mit Leonie, die ihm als erste davon erzählt hatte. Durch sie hatte es etwas Besonderes, aber schon als er die Leute in der Schlange sah, war ihm klar, was für eine Prollveranstaltung das war. Das Mittelmaß amüsierte sich, dachte er.

Er hatte vierzig Minuten angestanden. Als er kurz vor dem Einlass war, führten zwei Türsteher einen übergewichtigen Mann mit freiem Oberkörper, der aussah, als würde er in Brandenburg leben, unsanft hinaus auf die Straße. Der Brandenburger wehrte sich schimpfend und stieß sie plötzlich unvermittelt zur Seite, um wieder in den Club zu rennen. Als sie ihn zurückhielten, versuchte er, dem Muskulöseren der beiden ins Gesicht zu schlagen. Das war ein Fehler. Ein Schlag genügte. Der Türsteher benutzte nicht mal die Faust, er schlug mit der flachen Hand zu, an das Geräusch konnte er sich jetzt noch erinnern. Der präzise ausgeführte Schlag hatte etwas Ästhetisches. Er war gewissermaßen formvollendet, dachte Andreas beeindruckt. Und er konnte das einschätzen. Er war immerhin einige Jahre mit Andy zum Boxtraining gegangen, aber so meisterhaft konnte er das nicht, das musste er sich eingestehen. Der Brandenburger prallte zurück und brach wie in Zeitlupe zusammen, er schien tatsächlich einen Moment lang bewusstlos zu sein.

Andreas fiel auf, dass sechs Leute in der Schlange ihre Handys herausgeholt und bereits lachend begonnen hatten, die Prügelszene zu filmen. Sie würden sie posten, dachte er, sie waren Voyeure und die sozialen Medien gaben ihnen die Möglichkeit, durch ihren Voyeurismus im Licht zu stehen, in diesem gnadenlosen Kampf um Aufmerksamkeit, in dem sich alle befanden. Voyeurismus war das Fundament ihrer 15 Minuten Ruhm. Es war widerlich, die Gaffer zu beobachteten.

Als er dann den Hof endlich betrat, von dem die Tanzflächen abgingen, sah er Leonie sofort. Sie stand allein vor der Kulisse, von der sie ihm damals gelegentlich berichtet hatte. Alles Besondere fiel in diesem Moment von ihr ab, als hätte er sie seit ihrer ersten Begegnung falsch eingeschätzt. Ihr Geschmack beschmutzte sie, mehr noch, er spürte unvermittelt sein Interesse an ihr auf das Interesse als Material schrumpfen. Als dramaturgisches Mittel, um Konflikte zu schaffen. Er würde Leonie in Christophs Schicksal aufnehmen, darum war er hier, alles andere musste ihn nicht mehr berühren.

Als er Leonie begrüßte, spielten sie gerade »Westerland« von den Ärzten, es hörte sich an, als ob der gesamte Saal mitsingen würde, was gar nicht schlecht klang, wie bei einem Konzert. Die Ärzte wurden dann nahtlos durch Helene Fischers »Atemlos durch die Nacht« ersetzt, wahrscheinlich passten die Songs nach Ansicht des DJs zueinander, weil beide Lieder deutsche Texte hatten. Aus dem Singen war ein Grölen geworden, es vermittelte ein Reichsparteitagsgefühl, Masse und Macht, sie fühlten sich gut in der Masse, wie bei Fußballspielen. Es war eine Großraumdisco-Resteficken-Atmosphäre, Provinz, die sich in einen Berliner Szeneclub gepresst hatte. Sie redeten sich ein, es ironisch zu meinen, zu dieser schrecklichen Musik zu tanzen und zu singen, um zu verbergen, wie sehr sie es genossen. Es war einfach nur peinlich. Leonie war peinlich. Sie hatte verdient, was auf sie zukam.

Während ihrer Unterhaltung brillierte er. Anfangs konnte er nicht sicher sein, wie sie Christoph wahrgenommen hatte, aber jetzt war klar, dass sie sich ernsthaft für ihn interessierte. Dass ihr eine Perspektive möglich schien. Sie sagte es nicht direkt, aber er sah es in ihrem Blick, und auch in Reaktionen auf bestimmte Sätze. Es war unglaublich, dass sie diesen Typen ihm vorzog. Er hörte ihr zu, sah das Leuchten in ihren Augen, wenn sie von Christoph sprach, die Hoffnung in ihrem Blick, unzählige kleine Stiche, zu denen er lächelte. Umso leichter fiel ihm das Lügen. Es sprudelte ganz natürlich aus ihm heraus, bis er in Leonies Blick sah, dass er zu einem Vertrauten geworden war.

Er hatte das Ritter Butzke eine halbe Stunde nach ihr verlassen. Am Moritzplatz war er stehen geblieben, hatte sich nach einem Taxi umgesehen und nach einem Blick auf sein Handy entschieden, die U-Bahn zu nehmen.

Es war jetzt zwei Uhr morgens, am Wochenende fuhren sie die Nacht durch. Er ahnte zwar, dass es eine deprimierende Fahrt sein würde, aber er wollte jetzt nicht reden, und Taxifahrer redeten immer. Er hatte das Bedürfnis seine Gedanken treiben zu lassen.

Leonie, Julia und Christoph, es war eine klassische Dreierkonstellation. Ein Paar und eine Geliebte, eine häufig benutzte Konstellation. Das Fundament war gelegt, jetzt ging es darum, Konflikte zu schaffen.

Er konnte beginnen, die Details auszuarbeiten.

NACHDENKEN ÜBER MICHAEL

Julia versuchte den zweiten verständnisvollen Blick des Tages. Einen dieser verständnisvollen Blicke, in den sich auch Zustimmung mischte. Ein angemessener Blick. Ein Blick, den sie eigentlich beherrschte. Sie war schließlich seit zwei Jahren Lehrerin. Zwei Jahre, in denen sie bereits unzählige Einzelgespräche mit ehrgeizigen Eltern geführt hatte. Sie war im Training. Sie hatte ihre Gesichtszüge unter Kontrolle, und auch ihren Blick. Trotzdem hätte sie ihn jetzt gern in einem Spiegel überprüft. Sie war sich nämlich gerade nicht so sicher, inwieweit ihre Züge eben gerade ins Fassungslose entglitten waren. Vorsichtshalber senkte sie ihren Blick und betrachtete aufmerksam ihre Hände. Das war die nachdenkliche Geste. Die beste Geste, um Zeit zu schinden. Sie hob den Blick und sah in die Gesichter von Ariane und Frank Affeldt. Sie waren die Eltern von Jonas, einem ihrer Problemschüler. Und sie waren sehr ehrgeizige Eltern.

Frank Affeldt hatte ihr gerade eindringlich diagnostiziert, dass die Probleme seines Sohnes nur einen Grund hätten. Der Junge war hochbegabt, hatte er gesagt.

Was sollte man dazu sagen? Dass der Junge nicht hochbegabt, sondern seine Eltern eher sehr, sehr dumm waren, wohl nicht. Aber sie waren ja nicht allein. Inzwischen schien das halbe Land von Hochbegabten bevölkert zu sein, von Genies und deren daraus resultierenden sozialen Unzulänglichkeiten. »Mein Kind ist hochbegabt« klang einfach besser als »Mein Kind ist schlecht in der Schule«.

Sie überlegte, sich mit diesem Ansatz in die Unterhaltung einzubringen, entschied sich jedoch dagegen. Obwohl sie es dem Mann jetzt gern ins Gesicht geschrien hätte. Die Affeldts überschätzten ihren Sohn, und sie erwarteten zu viel von ihr. Julia war eine Unterstufenlehrerin und keine Psychologin. Sie hatten die Verantwortung abgegeben und wälzten sic auf die Lehrer ab, um jemandem die Schuld geben zu können, wenn die Entwicklung ihrer Kinder nicht nach ihren Vorstellungen lief. Vermutlich lag es auch daran, dass sie so jung wirkte. Zu jung, um als Pädagogin vertrauenswürdig zu erscheinen. Sie las es in ihren Blicken. Sie nahmen Julia nicht ernst. Vermutlich erwarteten sie deshalb so viel von ihr. Sie sollte sich beweisen, um angenommen zu werden.

Frank Affeldt redete, aber seine Worte flossen durch sie hindurch. Ihre Gedanken waren bereits eine Stunde weiter, in der Hufelandstraße, wo sie, wie jeden Mittwoch, Milchkaffee trinken, ein Buch lesen und die Freiheit des Alleinseins genießen würde. Sie spürte eine Vorfreude, für die sie sich auch schämte, aber das Gefühl, etwas zu tun, was sich nicht richtig anfühlte, würde verfliegen, wenn sie im Sommerhaus saß. Vielleicht war er da, dachte sie. Sie hoffte es und fürchtete sich gleichzeitig davor. Es war Mittwoch, am Mittwoch war er immer da. Es waren Verabredungen, die eigentlich keine Verabredungen waren, sie blieben unausgesprochen. Sie warf einen unauffälligen Blick auf die Uhr über dem Türrahmen, noch eine knappe halbe Stunde.

Es war ihre fünfte zufällige Verabredung, immer am Mittwochnachmittag, immer von 15 bis 18 Uhr. Sie stellte sich ihren Handywecker immer auf 18 Uhr, weil die Zeit verflog, wenn sie sich unterhielten. Jedes Mal war sie überrascht, wie schnell drei Stunden vergehen konnten.

Anfangs verbarg sich Michael hinter diesem merkwürdigen Humor, an den sie sich erst gewöhnen musste. Er wirkte immer belustigt. Seine Scherze wirkten, als würde er sein Gegenüber nicht wirklich ernst nehmen, jedoch nicht auf hämische Art. Es schien mehr ein Ausweichen zu sein, ein Schutz, eine Distanz, die er hielt, um Menschen nicht zu nah an sich herankommen zu lassen. Aber er wurde ernst, wenn er über Literatur sprach. Das waren die Momente, in denen er ganz er selbst zu sein schien. Und trotz der anfänglichen Distanz hatte sie aus irgendeinem Grund das Gefühl, sich in ihren Gesprächen fallen lassen zu können, sich so geben zu können, wie sie wirklich war. Niemanden beeindrucken zu müssen. Es war ein merkwürdiges Gefühl, womöglich weil es ungewohnt war.

Michael stellte die richtigen Fragen, daran lag es wohl, er hakte nach, fragte nach Details und er bat sie um Ratschläge. Er schien sich wirklich für ihre Gedanken zu interessierten. Das lag sicherlich daran, dass seine Beziehung in einer ähnlichen Situation war wie ihre noch vor ihrem Urlaub. Die Dinge konnten sich schnell ändern, wenn man sich bemühte, aber sie hatte immer häufiger den Eindruck, dass sich die Leute eben nicht umeinander bemühten. Da hatte Michael schon recht, als er sagte, dass die meisten in ihrer Egozentrik gefangen waren. Das wäre auch sein Problem, hatte er gesagt, zumindest teilweise. Er suchte nach Wegen aus der Krise, seine Freundin, die Susanna hieß, schien ihm viel zu bedeuten. Julia war aufgefallen, dass dieser Namen ihr inzwischen mit einer Selbstverständlichkeit über die Lippen ging, als wäre sie eine gemeinsame Freundin. Es war dieselbe Selbstverständlichkeit, mit der Michael auch über Christoph sprach. Als wären sie hinter Glas, das nur auf einer Seite durchlässig war, durch das sie in ihre jeweiligen Leben blicken konnten, ohne selbst gesehen zu werden.

Sie war selbst teilweise von ihrer Offenheit überrascht, sie erzählte ihm Dinge, die sie selbst Franzi noch nicht erzählt hatte.

Während sie tat, als würde sie Frank Affeldt zuhören, trieb sie durch die Gespräche mit Michael. Er schien viel Zeit damit zu verbringen, über die Welt nachzudenken. Bei ihrem zweiten Treffen hatte er erzählt, dass er sich sozialen Netzwerken völlig entzogen hatte.

»Das ist ja die Ironie – nein –, eigentlich sogar das Groteske sozialer Netzwerke, sie wurden von sehr unsozialen Menschen entworfen. Das sind Coder, Nerds, Programmierer, die haben keine Ahnung vom Zwischenmenschlichen. Guck dir Mark Zuckerberg doch nur mal an. Solchen Leuten fehlt jegliche Sozialkompetenz, und wir legen unser Leben in ihre Hände«, hatte er gesagt, und dann hinzugefügt: »Die Frage ist nur, was das aus uns macht.«

Sie würden sich der gnadenlosen Diktatur der Ablenkung hingeben. Sie wären abhängig von banalsten Informationen, süchtig nach jeder Nachricht, die auf dem Display aufleuchtet. Ihre Leben würden um Likes, Follower und darum kreisen, die richtige Kameraperspektive und den richtigen Filter zu finden, der ihren Fotos die Anmutungen von Filmszenen gab. Und darum würde es gehen, ihr Leben wie einen Film zu inszenieren, woran sie nur scheitern könnten, denn Filme produzierten künstliche Gefühle, Nachahmungen von Gefühlen, und genauso würden ihre Leben auch aussehen, die Leere unerfüllter Hoffnungen und überzogener Erwartungen.

»Wir leben in einer Kultur des Rollenzwangs«, hatte er gesagt. »Und dieser Rollenzwang isoliert die Menschen von ihren wahren Gefühlen.

Ein Bild tritt an die Stelle wirklicher Gefühle, etwas Künstliches. Eigentlich brauchen wir alle mal eine Therapie. Spätestens ab dreißig braucht jeder, der in dieser Gesellschaft aufgewachsen ist, eine.«

Julia hatte gelacht, mit einer abwehrenden Handbewegung, aber trotzdem gingen ihr diese Sätze seitdem immer wieder und wieder durch den Kopf. Seitdem sie sich mit Michael traf, fiel ihr immer mal wieder auf, dass sie an Dinge dachte, die ihr nie zuvor eingefallen waren.

Erst bei ihrem dritten Treffen hatte sie festgestellt, dass sie noch nicht darüber gesprochen hatten, was sie beruflich machten. Michael hatte gesagt, dass vielleicht gerade das die Besonderheit ihrer Treffen ausmache, dass sie sich außerhalb der Umstände kennenlernten. Ohne das Wissen um ihre Berufe begegnete man sich unvoreingenommen, als Menschen. Hätten sie sich mit ihren Berufen vorgestellt, hätte das alles geändert. Sie hatten feierlich beschlossen, diese Informationen auch in Zukunft auszuklammern.

Susanna arbeitete sehr viel, hatte Michael erzählt, wie er ja auch. Ihre Arbeitszeiten waren zu unterschiedlich, sie hatten einen anderen Rhythmus. Ihr Zusammensein war auf das gemeinsame Aufwachen, das kurze Frühstück und einige wenige gemeinsame Abendstunden reduziert.

»Auf Gewohnheiten«, fasste Michael es zusammen. »Ein aus Gewohnheiten zusammengesetztes Leben.« Dann fügte er hinzu: »Ich hab irgendwo mal gelesen, dass unsere Existenz nur erträglich ist, wenn wir uns unseren Gewohnheiten widmen. Vielleicht haben Gewohnheitsbeziehungen deshalb am ehesten Bestand.«

Julia hatte plötzlich das Gefühl, er würde über sie reden, über sie und über Christoph, ein Gedanke, der ein schales Gefühl hinterließ, während Michael weitersprach.

»Na ja. Ich kann das schon irgendwie verstehen«, sagte er. »Man hat sich alles so schön zurechtgelegt, einen Lebensplan, den man dann über die Jahre abarbeitet. Aber irgendwann stellt man fest, dass einen dieser Plan nicht glücklich macht. Uns wird ein Muster vorgegeben, wir leben unser Leben nach fremden Vorgaben. Es ist ja ein vorgegebener Plan, ein vorgegebenes Glück, nach dem wir uns alle so sehnen. Aber dieses organisierte und festgelegte Glück ist der große

Kompromiss, auf den sich alle einigen sollen. Was denkst du, warum heutzutage so viele depressiv sind. Die Leute wollen keine Vision, sie wollen ihre Altbauwohnung, schöne Möbel – man ist auf dem Weg, sich ein Leben zusammenzukaufen.« Er dachte kurz nach. »Hast du *La Dolce Vita* gesehen, von Fellini?« Sie schüttelte den Kopf. »Marcello Mastroianni spielt da die Hauptrolle. Da sagt dieser Freund von ihm einen krassen Satz, ich weiß gar nicht mehr, wie der heißt, er hat irgendeinen deutschen Namen. Jedenfalls sagt der: ›Das erbärmlichste Leben in Freiheit ist besser als eine in dieser Gesellschaftsordnung verankerte Existenz.‹« Michael dachte kurz nach, bevor er hinzufügte: »›Ein Leben, in dem alles organisiert und festgelegt ist.‹ Krass, dass ich das auswendig kann.« Als Julia ihn schweigend ansah, sagte er: »Ach so, Mastroianni hat übrigens auch in der Verfilmung von *Erklärt Pereira* die Hauptrolle gespielt.«

»Da fügt sich doch alles zusammen«, erwiderte sie mit einem Lachen, dankbar, dass er das schwere Thema mit etwas, das sie verband, aufgelöst hatte.

Bei ihrem vierten Treffen hatte Michael erzählt, dass er mit seiner Freundin seit Monaten nicht mehr geschlafen hatte. Julia sah ihm an, wie sehr er sich zu dieser Offenheit überwinden musste. Wenn es dazu kam, ergänzte er, habe er das Gefühl, der gelegentliche Sex imitiere Geborgenheit, Zuwendung und Zärtlichkeit. Eine Imitation, eine schale Kopie von der Leidenschaft, mit der sie sich am Anfang immer wieder neu entdeckt hatten.

Michael sagte, dass ihm aufgefallen war, dass in den meisten Menschen, denen er begegne, keine Leidenschaft mehr brannte, sie war ihnen abhandengekommen. Sie konnten sich nicht fallenlassen. Das einzige Mittel war der Sex.

»Aber wir sind eine Generation, die von dem unbegrenzten Zugriff auf Pornografie sozialisiert wurde. Und wir sehen uns Pornos an, als wären sie eine Gebrauchsanweisung für Leidenschaft, um dann Gefühle darzustellen, die wir nicht empfinden. Was wir für Leidenschaft halten, ist nichts anderes als Sportficken.«

Julia nickte, obwohl sie bei dem Begriff »Sportficken« innerlich zusammengezuckt war, es war ein Wort, das eigentlich nicht zu Michael passte.

Die Leidenschaft hätte keine Chance, fügte Michael hinzu, in den routinierten Bewegungen, hinter dieser Darstellung der Lust, diesem Schauspiel, das für Leidenschaft gehalten wurde. Dabei ginge es nicht um Leidenschaft, sondern um Lust, in der man sich selbst am nächsten war.

Nach solchen Sätzen erstaunlich analytischer Offenheit war Julia nicht imstande gewesen, die Wahrheit zu sagen, und hatte gelogen, dass sie zwei Mal in der Woche miteinander schlafen würden, vor allem in letzter Zeit, nach einer etwas schwierigeren Phase, und fehlende Leidenschaft bei ihr mit Christoph noch nie ein Problem gewesen sei.

Michael hatte beeindruckt genickt, mit einem aufmerksamen Blick, sein leichtes Lächeln hatte sie allerdings ein wenig verunsichert, es hatte nicht zum Ausdruck seiner Augen gepasst und beinahe gewirkt, als hätte er sie durchschaut. Aber das war nur ein kurzes Aufblitzen, eine Irritation gewesen, die seine nächste Frage wieder aufgelöst hatte.

Sie spürte, wie sehr sie sich auf ihre Begegnung freute. Das verwirrte sie. Ihre widersprüchlichen Gefühle verwirrten sie. Konnte es sein, dass sie trotz ihrer Liebe zu Christoph diese Zuneigung für Michael empfand? Natürlich konnte es sein, genau genommen war sie sogar folgerichtig. Michael war Teil der Insel der absoluten Freiheit, die sie sich an ihren Mittwochnachmittagen geschaffen hatte, losgelöst von ihrem Alltag, sogar von ihrem Leben. Eine Welt, in der sie auf niemanden Rücksicht nehmen musste und die in gewisser Weise unwirklich war, weil es eine Welt war, die sie von ihrem wirklichen Leben, ihrem Alltag in der Wirklichkeit fernhielt. Sie genoss es, sich mit Michael über Dinge zu unterhalten, über die sie mit Christoph nicht reden konnte, weil er nichts damit anzufangen wusste. Christoph war Teil ihrer beständigen Welt, Michael eher ein Gedankenspiel, ihre Begegnungen Ausschnitte aus einer möglichen Variation ihres Lebens. Ein Blick in ein Leben, wie es sein könnte. Mit diesem Blick verband sie kein wehmütiges Gefühl, es war nur eine schöne Ergänzung. Sie war ja glücklich, sie hatten es hinbekommen, nur musste sie die Dinge unter Kontrolle halten.

»Machen wir uns doch nichts vor, der Junge ist hochbegabt«, wiederholte sich Frank Affeldt gerade zum sechsten Mal, als wäre es sein Mantra des Jahres. »Der Jonas muss dahingehend gefördert werden.«

Julia schwieg, betrachtete ihre Hände und dachte an Michael und die Dinge, die sie beschäftigten, weil sie ihn beschäftigten. Dann hob sie ihren Blick und sagte: »Nun ja.«

Nun ja. Was für ein Einstieg. Beruhigender ging es nicht.

Der Mann, der schon jetzt als Vater und Mensch versagt hatte, sah Julia abwartend an. Allerdings mischte sich jetzt auch eine Spur Unsicherheit in seinen Blick.

Nun ja. Sie fragte sich, ob er seine Frau liebte. Oder sie ihn. Oder ob sie noch miteinander schliefen. Nachgeahmte Gefühle, dachte sie, sie schienen sie auch für ihren Sohn zu empfinden, den sie zu einer besseren Version ihrer selbst formen wollten. Ein hoffnungsloses Langzeitprojekt.

Julia sammelte sich. Jetzt musste sie etwas sagen. Sie musste jetzt auf sie eingehen. Diese Farce schnell beenden. Es war nicht mehr so viel Zeit. Das wurde jetzt schon alles viel zu knapp. Eigentlich müsste sie schon auf dem Weg nach Hause sein. Sie wusste noch nicht einmal, was sie anziehen sollte. Es musste einfach nur schnell gehen. Wenn sie sich zusammenriss, war sie hier in einer Viertelstunde durch.

Julia begann zu reden. Sie war ganz ruhig, hatte ihre Routine wieder, war wieder in ihrer Rolle. Sie brauchte ungefähr drei Minuten, bis der Schimmer Unsicherheit aus Frank Affeldts Blick verschwand. Als Ariane Affeldt ihr dann einen dankbaren Blick zuwarf, hatte Julia endgültig das Gefühl, aufgegeben zu haben. Jonas' persönliches Glück war näherliegenden Problemen gewichen – ihrem Feierabend. Zwanzig Minuten später verabschiedete sie sich von Martina und Frank Affeldt. Sie wirkten zufrieden. Mehr konnte Julia nicht für sie tun. Sie hatte sich beeilt. Im Weggehen wandte sich noch einmal um und winkte den beiden fröhlich zu. Wir kriegen das schon hin, sagte dieses Winken. Wir kriegen das schon hin.

DER RETTER

Er sickerte in ihre Beziehung. Die beiden vertrauten ihm in den Gesprächen mit ihm an, was sie wirklich voneinander dachten. In den letzten Wochen mit ihnen begriff Andreas eigentlich zum ersten Mal in seinem Leben, wieviel Unausgesprochenes es in einer Beziehung gab. Manchmal hatte er das Gefühl, sich in ihrer Beziehung besser auszukennen als sie selbst. Er kannte sie von innen.

Aber Julia hatte ihn überrascht. Angenehm überrascht. Christoph hatte in seinen Erzählungen das verzerrte Bild einer Frau gezeichnet, die mit Julia nichts zu tun hatte. Er war davon ausgegangen, dass es eine Herausforderung sein würde, zu ihr durchzudringen, ihr Vertrauen zu gewinnen. Er hatte sich auf quälende, nervtötende Gespräche eingestellt. Aber als er Julia begegnete war, sie in den vergangenen Wochen kennengelernt hatte, war er auf einen Menschen getroffen, der mit Christophs Beschreibungen nichts zu tun hatte. Allerdings entsprachen Julias Schilderungen ihres Beziehungsalltags auch nicht dem Menschen, für den er Christoph gehalten hatte.

Es gehöre nicht zu Christophs Stärken, Gefühle zu zeigen, hatte sie erzählt. Er habe ihr nie gesagt, dass er sie liebe. Wenn er über seine Gefühle zu ihr spreche, klinge es, als würde er über die Gefühle eines gemeinsamen Bekannten reden, über einen Menschen, mit dem sie mehr verband als er. Einen Menschen, den er nicht einschätzen konnte. Aber sie verstünden sich ja gut, hatte sie gesagt, sie wolle ihn als Mensch nicht verlieren, und sie fürchte sich vor den Vorhaltungen ihrer Familie, dass wieder mal eine ihrer Beziehungen nicht funktioniert habe.

Wenn Andreas Christoph auch als emotionaleren Menschen kennengelernt hatte als Julia ihn beschrieb, so hatte Andreas dennoch verstanden, dass er einer war, der nicht auszubrechen schien. Seine Rebellion hatte keine klar umrissenen Züge, sie war etwas Unbestimmtes. Ein Aufbäumen, das sich selbst genügte und ohne Konsequenzen blieb. Es fiel in sich zusammen, weil er keine Ideen hatte, was er in einem neuen Leben tun könnte. Christoph befand sich in dem Zwiespalt, sich von seinem Leben befreien zu wollen, sich aber kein anderes vorstellen zu können. In seinen unerfüllten Wünschen zu schwelgen war seine Gewohnheit, um sich von der Langeweile seines Lebens abzulenken, es gab gar nicht die wirkliche Absicht, etwas zu ändern. Vielleicht fehlte ihm auch die Energie, einen neuen Lebensweg einzuschlagen, und vielleicht nahm er auch einfach nur an, keine gleichwertige Frau mehr abzubekommen, in seinem Alter – obwohl er noch gar nicht so alt war. Seine Freundin brauchte er wohl nur, um sich von sich abzulenken, wenn sie wegfiele, würde er ins Nichts fallen, in die Bedeutungslosigkeit. Das war Christophs großes tragisches Dilemma, er war im Beruf gescheitert und projizierte das auf seine Beziehung.

Eins hatte Andreas in den letzten Wochen verstanden: Christoph kannte Julia kaum. Er glaubte, sie zu kennen, aber das tat er nicht. Und so ging es vielen. Beziehungen übersät mit Rissen und Sprüngen, ein groteskes Sozialexperiment voll von Unausgesprochenem. Die glücklichsten Beziehungen beruhten auf gegenseitigem Missverständnis, so war es doch. In dieser Beziehung bestand das Missverständnis in der Gleichsetzung von Glück und Bestand, was den beiden natürlich nicht klar war. Es ging darum, dass auf den anderen Verlass war, was eine Sicherheit zu bieten schien, mit der man arbeiten konnte, um eine gemeinsame Nische zu schaffen, eine Insel, umgeben vom unberechenbaren Weltgeschehen. Es ging darum, keine Überraschungen zulassen zu müssen. Die dröge Sicherheit, um sich ungehindert mit sich selbst beschäftigen zu können. Gleichzeitig war jeder Satz, den die beiden ihm gegenüber äußerten, eine ungewollte, verschlüsselte Kritik an ihrem eigenen Leben, an dessen Zustand, aber ihr Unterbewusstsein hatte irgendwann beschlossen, es zu ignorieren. Was er Leonie gegenüber als Argument für eine Trennung genannt hatte, dass es eine »Entweder-wir-trennen-uns-oder-wir-machen-ein-Kind«-Beziehung war, war wahrscheinlich in Wirklichkeit die Denkweise, die eine Trennung nicht zuließ.

Julia war gefangen in ihrer comfort zone, in der vernünftigen Sicherheit, die träge machte und alles, worauf es eigentlich ankam, unter sich begrub. Genau genommen lief das lebenswerte Leben parallel, glitt an ihr vorbei und wurde immer unschärfer. Er musste sie retten. Vor diesem Mann, vor dieser Beziehung, vor diesem Leben. Sie war gefangen in einer aus Gewohnheiten zusammengesetzten Illusion eines Lebens. Wenn man sich langweilte, war man bemüht, Gewohnheiten anzunehmen. So ähnlich hatte es Camus in *Die Pest* geschrieben. Und:

»Sobald man Gewohnheiten angenommen hat, verbringt man seine Tage mühelos.« Das war ein Satz, den er sich gemerkt hatte.

Er wusste, dass da mehr war. Sie hatte dieses Leben nicht verdient.

Er hatte auch bemerkt, dass er sich in Michaels Rolle zunehmend wohlfühlte, wohler als in seinem eigenen Leben. Und ihm wurde klar, dass er gerade beschlossen hatte, für Julia seine Idee zu verwerfen. Es war nicht die Arbeit, worauf es im Leben ankam, es war die Familie, Kinder, Freunde, Menschen, die einem etwas bedeuteten und denen man wichtig war.

Er würde Julia retten, dachte Andreas. Er würde sie retten, damit sie ihn retten konnte.

DER MEISTER DES SMALLTALKS

Julia hatte gerade ein Bad genommen. Nach dem Abtrocknen betrachtete sie sich nackt im Spiegel. Obwohl sie keine unattraktive Frau war, mochte sie ihr Aussehen nicht besonders. Sie fand ihre Arme zu dick, und vor allem mochte sie ihre Oberschenkel nicht. Sie ging zwei Mal in der Woche ins Fitnessstudio, manchmal sogar vier Mal, wenn es ihre Zeit zuließ, aber auch das half nicht, um sie in die Form zu bringen, die sie sich wünschte. Die Männer, mit denen sie zusammen war, hatte das nie gestört, aber so war es ja immer. Anderen fielen die Fehler kaum auf, die einen selbst am meisten an sich störten.

Als sie Markus kennengelernt hatte, den Mann, mit dem sie vor Christoph zusammen gewesen war, hatte er sie jedem noch so entfernten Bekannten vorgestellt, was sie damals gar nicht hinterfragt hatte. Erst Michael hatte sie darauf gebracht, worauf ihre Beziehung eigentlich beruht hatte.

»Markus war stolz auf deine Attraktivität«, hatte Michael gesagt. »Vielleicht hat er das für Liebe gehalten.« Er schien sie eher als dekoratives Element verstanden zu haben, sagte er, »eine Art lebendes Accessoire«.

Erst im Licht der Gespräche mit Michael konnte sie sich eingestehen, dass Markus ihrer Eitelkeit geschmeichelt hatte, was wohl der eigentliche Grund für das anfängliche Gefühl war, dass sie sich gut ergänzen würden. Allerdings ahnte sie wahrscheinlich damals schon, ihn überschätzt zu haben, zumindest sah es rückblickend so aus. Leider wollte sie das erst spät wahrhaben. Als sie dann Christoph kennenlernte, war das wie ein Aufatmen, bis dahin war ihr gar nicht so klar gewesen, wie sehr sie sich in dieser Beziehung selbst im Weg gestanden und verstellt hatte, um die Frau zu sein, die in die Beziehung mit Markus und das Leben mit ihm passte. So gesehen war die Begegnung mit Christoph ihre Rettung gewesen, auch ein Gedanke, den Michael wie nebenher fallen gelassen hatte und der ihr klar machte, wie wertvoll Christoph für sie war.

Es war erstaunlich, wie offen sie mit Michael über ihre innersten Gedanken und Gefühle sprechen konnte, was ihr meistens erst auf dem Heimweg auffiel oder wenn sie im Fitnessstudio auf dem Laufband ihre Gedanken treiben ließ. Sie öffnete sich nicht einmal Christoph so sehr, oder Melanie, nicht einmal Franzi, die schließlich ihre beste Freundin war. Er wusste inzwischen so viel von ihr, dass es ausgeschlossen war, ihn einem ihrer Freunde oder sogar Christoph vorzustellen. Er würde niemanden von ihnen unvoreingenommen kennenlernen können, nach allem, was er von ihr über sie erfahren hatte. Wenn sie sich vorstellte, sie würde Michael zufällig in einem Restaurant begegnen, in dem sie gerade mit Christoph saß, spürte sie ein unangenehmes Gefühl. Das durfte nicht passieren, das würde nicht passieren. Ihre Begegnungen mussten sich auf die Zeitfenster ihrer gemeinsamen Parallelwelt beschränken. Ihre Leben durften sich nur in ihrer Blase außerhalb ihrer Alltagswelt überschneiden.

Umgekehrt war es aber genauso. Michael sprach so offen über sein Seelenleben, gerade in Bezug auf seine Beziehung, dass sie seiner Freundin eigentlich nicht beggnen durfte. Es war ein bisschen, als würden sie sich gegenseitig therapieren, endlich die Dinge aussprechen, die sie im Innersten beschäftigten.

Sie führten eine vernünftige Beziehung, hatte Michael mit einem bitteren Unterton in der Stimme über seine Beziehung gesagt, und so würden sie sich wohl auch trennen, in einem vernünftigen Gespräch. Er fürchtete sich vor diesem Gespräch. Er fürchtete sich vor der Möglichkeit, dass sie ihm einfach zustimmen würde. Dass sie nicht um ihre Beziehung kämpfen würde. Dass sie ihn mit diesem verständnisvollen Blick ansehen würde, den sie auch bei ihren Klienten anwandte, um ihnen ein gutes Gefühl zu geben. Der nachsichtige Blick einer Anwältin, der zunächst abwägend war, dann verständnisvoll und zuletzt berechnend. Ein Blick wie eine Kosten-Nutzen-Rechnung, hatte er gesagt. Es war ein Beruf, in dem man gelernt habe, einen angemessenen Abstand zu Schicksalen zu wahren. Manchmal habe er den Eindruck gehabt, sie nutze ihre Beziehung als ein brauchbares Training für die Gespräche mit ihren Klienten. Julia hatte ihn schockiert angesehen. So beschrieb man keine Beziehung, dachte sie, so beschrieb man die Reste einer Beziehung. Sie wünschte sich, er würde einer Frau begegnen so wie sie damals Christoph begegnet war, eine zufällige Begegnung, aus der sich mehr entwickelte, die wie ein Aufatmen sein würde. Er hatte es verdient.

Michael war letzten Mittwoch nicht im Sommerhaus gewesen. Sie hatte zwei Stunden gewartet, in der *SZ* gelesen, ohne sich auf die Artikel konzentrieren zu können, und war dann enttäuscht nach Hause gelaufen. Sie waren ja nicht verabredet gewesen, das waren sie nie, aber trotzdem hatte sie sich versetzt gefühlt. Sie war sogar noch ungehalten gewesen, als sie die Wohnung betreten hatte.

In Gedanken daran öffnete sie den Kleiderschrank und überlegte, welches Kleid am ehesten zu dem bevorstehenden Abend passte. Sie griff nach einem, das sie sich erst letzte Woche gekauft hatte. Es war vielleicht etwas gewagt. Zu körperbetont. Zu elegant. Das passte nicht. Es hätte zu einem Treffen mit Michael gepasst, der ausschließlich gutgeschnittene Jacketts zu schwarzen Hemden trug und erzählt hatte, dass er Frauen mochte, die eine schlichte Eleganz ihres Kleidungsstils bevorzugten. Ganz kurz flackerte der Gedanke in ihr auf, dass sie sich dieses Kleid nie gekauft hätte, wenn sie Michael nicht kennengelernt hätte, und jetzt fiel ihr auf, dass sie vergessen hatte, das Wasser aus der Wanne zu lassen, was gar nicht zu ihr passte.

Eigentlich würde sie das Kleid gern anziehen, aber Franzi feierte in der Jägerklause, einer Bar, in der Totenköpfe an den Wänden hingen und ausschließlich Heavy Metal gespielt wurde. Sie zog es trotzdem an und betrachtete sich im Spiegel. In diesem Kleid gefiel sie sich. Sie machte ein paar verträumte Gesten, die gut zu der Frau im Spiegel passten, bevor sie es wieder auszog und sorgfältig in den Kleiderschrank zurückhängte. Dann wählte sie ein Kleid, das ihr angemessener erschien. Es war eins dieser Kleider, das sie in Gedanken schon aussortiert hatte. Es passte nicht mehr zu ihr. Aber soweit sie das einschätzen konnte, passte es zu einem Abend in der Jägerklause.

Nachdem sie das Wasser aus der Wanne gelassen und sich geschminkt hatte, begutachtete sie sich noch einmal im Flurspiegel. Hier war das Licht anders als im Bad. Es war greller, aufdringlicher. Es war, wenn man so wollte, frauenfeindlicher. So wie die Beleuchtung in den Berliner U-Bahnen. Sie fuhr sich durchs Haar. Sie gefiel sich. Sogar in diesem Licht. Sogar in diesem Kleid, über das sie hinaus war.

Als Franzi vor drei Jahren geheiratet hatte, schien das ein Auslöser gewesen zu sein, denn jetzt fingen sie alle an zu heiraten und Kinder zu bekommen. Julia war in den letzten anderthalb Jahren auf acht Hochzeiten gewesen. Hochzeiten, die sie an Klassentreffen erinnerten. Mit den Hochzeitspaaren war sie zur Schule gegangen, die meisten waren seitdem zusammen. Bald würde sie die einzige sein, die noch nicht Mutter war.

Sie zog ihre Schuhe an, griff nach ihrem Handy und warf einen letzten prüfenden Blick in den Spiegel. Als sie die Wohnung verließ und die Bänschstraße zur Samariterstraße hinunterging, dachte sie an Franzi und begriff, dass sie noch nicht bereit für Kinder war. Noch lange nicht. Sie war neunundzwanzig Jahre alt. Sie hörte die Uhr noch nicht ticken. Die Zeit drängte noch nicht.

Die Jägerklause erinnerte Andreas an das Willy Bresch. Er trat durch die schwere Eingangstür wie durch eine Zeitschleuse, als würde er ein Berlin betreten, wie er es von früher kannte. Ein Berlin, von dem er sich entfernt hatte, so weit, dass es kaum noch vorstellbar war, dass es überhaupt noch existieren würde. Er spürte praktisch, wie er aus der Zeit fiel, als er den Gang hinunterging, der in den Barbereich führte. Es gab nur noch wenige Orte, die ihm dieses Gefühl gaben, der Schokoladen in Mitte oder der Feuermelder am Boxhagener Platz vielleicht.

Die gar nicht so unattraktive Bedienung musterte ihn wie jemanden, mit dem sie sich auf keinen Fall Sex vorstellen konnte, schon aus philosophischen Gründen nicht, er war schließlich der einzige Gast, der ein Jackett trug.

»Wat willste?«, rief die Frau hinter der Bar und sah ihn an, als erwarte sie, dass er gleich eine Flasche Moët & Chandon bestellte. Er entschied sich für ein großes Bier vom Fass und einen Schnaps, den er sofort kippte, obwohl er eigentlich keine Shots mochte. Normalerweise trank er alles – Wein, Bier und sogar Shots – nur in Schlückchen, er war ein Weintrinker unter Biertrinkern, dachte er. Er mochte die Überraschung, die sich in den Blick von Leuten mischte, die ihn bereits festgelegt hatten, wenn sie feststellten, dass sie sich geirrt hatten.

Er suchte unter den Gesichtern nach Julia. Er hatte sich vorgestern gezwungen, nicht ins Sommerhaus zu gehen, aber er wollte in Julia eine Emotion auslösen, sie sollte ihn vermissen. Er drängte sich durch die Menge und entdeckte eine unscheinbare Tür, die eine junge Frau gerade geöffnet hatte. Er betrat den dahinter liegenden Raum. Es war der Raucherbereich. Er lag praktisch im Nebel. Unwillkürlich blickte er zu den Fenstern, die verschlossen waren.

Und jetzt entdeckte er Julia. Lächelnd, irgendwie abwartend, stand sie gegenüber einer blonden, tätowierten Frau, die auf sie einredete. Sie musste ihn entdecken, dachte er, er durfte sie nicht ansprechen, das würde es natürlicher machen, ungezwungener. Er ging auf den Hof, wo sich ein kleiner Biergarten befand, und setzte sich auf eine der Bänke. Sein Blick wanderte über die Gesichter, es gab viele Berliner, das hörte man nicht nur, ihr Berlinern sah man sogar.

Er nahm sich eine Zigarette aus der Schachtel. Als er sich eine halbe Stunde später die vierte anzünden wollte, berührte ihn jemand an der Schulter.

»Michael«, hörte er Julias Stimme überrascht sagen.

Er wandte sich zu ihr und nahm die unangezündete Zigarette aus dem Mund. »Hey«, sagte er erstaunt.

»Das ist ja ein Zufall«, sagte sie und umarmte ihn, nachdem sie sich prüfend umgesehen hatte. »Was machst du denn hier?«

»Ich wohn doch hier um die Ecke.«

»Ach, stimmt ja.«

»Ich geh gleich auf 'nen Geburtstag und trink hier noch ein Bier, bevor ich hingehe.« Er hob das Bier in ihre Richtung. »Und du?«

»Na ja, eine Freundin, also Franzi«, sie zeigte auf die Blonde, die eben noch auf sie eingeredet hatte und die inzwischen ebenso intensiv mit einem Mann sprach, »die feiert hier Geburtstag, ist 'ne ganz alte Freundin, ich kenn sie schon seit der fünften Klasse.«

»Ja, von der hast du erzählt«, sagte er und dachte an den Mittschnitt.

»Wirklich? Du merkst dir wirklich alles.«

»Und wer ist der Typ?«

»Das ist ihr Mann. Rico.«

»Rico.«

»Er kann gut mit Computern umgehen.«

Das sieht man, dachte er und lächelte, als die beiden auf sie zutraten.

»Ich bin Franzi«, sagte Franzi.

»Ich weiß«, sagte er. »Ich hab ja schon 'ne Menge von dir gehört.«

»Ach ja?« Franzi lächelte, während Rico ihn überrascht ansah.

»Das ist Michael«, sagte Julia mit einem Unterton, den er nicht wirklich einschätzen konnte.

Julia schwieg und betrachtete die beiden mit einem merkwürdigen Gefühl: Franzi, die sonst immer eher verschlossen gegenüber Fremden war, und Michael, den sie zum ersten Mal in einem gesellschaftlichen Rahmen erlebte. Sie sah zu Rico, dessen Blick nach innen ging, und sah dann wieder zu Franzi und Michael. Obwohl sie sich seit zwanzig Minuten unterhielten, wäre ein unbeteiligter Beobachter davon ausgegangen, dass sie sich schon seit Ewigkeiten kannten.

Als sie vorhin an der Bar neues Bier holen wollte und ihn erkannte, war es eine unangenehme Schrecksekunde gewesen. Er gehörte nicht hierher, nicht in diese Welt, nicht zu ihren Freunden. Es fühlte sich nicht richtig an, dass er hier war, auch weil Christoph noch nachkommen wollte. Das Gefühl löste sich erst auf, als er Franzi und Rico mit einem Selbstverständnis begrüßt hatte, als wären sie diese Art Freunde, die sich zwei Monate nicht gesehen hatten und nahtlos an das damalige Gespräch anknüpfen konnten. Er konnte das gut. Es wirkte. Franzi ging sicher davon aus, sie wären auf einer Wellenlänge, wie sie selbst es ja auch tat. Michael verstand sich offensichtlich mit jedem, dachte sie, und unvermittelt fühlte sie sich austauschbar.

Genauso wie Julia hatte Rico in den letzten 15 Minuten kein Wort gesagt, aber so funktionierte ihre Beziehung. Rico war der Schweigsame, Franzi übernahm die Kontrolle, nicht nur beim Reden, an ihr richtete sich ihr gemeinsames Leben aus. Eigentlich passten die beiden nicht zusammen, dachte sie, aber wahrscheinlich passten sie wegen ihrer Unterschiede gerade doch zueinander. Sie ergänzten sich. Auf jeden Topf passte ein Deckel. Sie waren inzwischen auch schon seit acht Jahren zusammen. Aber als sie Franzi und Andreas begeistert aufeinander einreden sah, hatte sie kurz das unvermeidliche Gefühl, Franzis Beziehung könnte in Gefahr sein. Dass da jemand war, bei dem sie auf einmal merken könnte, dass er ihr womöglich mehr gab als Rico. Acht Jahre standen gegen einen Abend, sie hatte Franzi noch nie so viel lachen sehen.

Gleichzeitig begriff sie, dass durch diese Szene mit Franzi alles Besondere von ihren Gesprächen mit Michael im Sommerhaus abfiel.

Es war interessant zu beobachten, wie Michael das machte. Bei der Begrüßung hatte er ihr ein Kompliment für ihr Kleid gemacht, sie entdeckten schon in den ersten Minuten Gemeinsamkeiten, sie mochten die gleichen Bands, sie hassten die gleichen Dinge. Obwohl ihr Freund ja daneben saß, hatte es fast Date-Charakter, als hätten sie sich allein in dieser Bar getroffen, um in einer beunruhigenden Vertrautheit alle um sich herum auszuklammern. Sie ertappte sich dabei, das Gespräch zu analysieren, und jetzt, eine halbe Stunde später, glaubte sie ein Muster zu erkennen.

Andreas war ein Meister des Smalltalks. Weil er seinen Smalltalk in eine aufrichtige Verbindlichkeit kleidete, in aufrichtiges Interesse an seinem Gegenüber, fiel es niemandem auf, wahrscheinlich nicht einmal ihm selbst. Auch sie hatte es noch nicht bemerkt, erst jetzt, während sie ihn im Gespräch mit ihren Freunden beobachtete. Er stellte die richtigen Fragen, er berührte die richtigen Themen, er ging auf sie ein, setzte konkrete Dinge, die Franzi in ihrem Alltag beschäftigten, in universellere Zusammenhänge. Er bestätigte sie, bevor er die Dinge infrage stellte. Er stellte die Sinnfrage, dachte sie, auf subtile Art stellte er die Sinnfrage und machte die Möglichkeiten der aufgegebenen Träume sichtbar, was für ein Leben sie hätte führen können. Sein Hochdeutsch fiel manchmal ins Berlinern und öffnete damit eine zusätzliche vertraut kumpelhafte Ebene.

Ganz kurz hatte sie das Gefühl, dass das alles ein Spiel für ihn war. Es ging ihm nicht um die Menschen, es ging ihm um die Wirkung seiner Sätze auf sie, um das, was die Dinge, die er sagte, in ihnen auslösten. Er bewegte sich im Unverbindlichen, obwohl es niemandem auffiel, weil er gleichzeitig auf sie einging. Mit jeder Pointe, jedem Scherz löste er die seltenen tiefergehenden Fragen auf, die ihn betrafen, und bewahrte sich seine Distanz. Es funktionierte, man rutschte ab. Man vertraute ihm, öffnete sich. Er gab einem das Gefühl, etwas Besonderes zu sein.

Sie fragte sich, wie es wohl mit Christoph wäre, und stellte sich vor, er würde die Bar betreten, Michael kennenlernen und sich genauso gut mit ihm verstehen wie Franzi. Das würde sich ganz und gar nicht richtig anfühlen. Es hatte einen schalen Beigeschmack von Falschheit. Instinktiv warf sie einen Blick auf ihr Handy. Auf dem Display leuchtete eine Nachricht von Christoph. »Sind doch früher fertig geworden. Bin gleich da.« Er hatte sie vor zwölf Minuten abgeschickt. Sie spürte einen Moment lang, wie sie panisch wurde.

»Alles okay?«, fragte Franzi und sah sie mit einem merkwürdigen Blick an.

»Christoph kommt doch noch«, sagte sie.

»Hat er es doch noch geschafft.«

»Scheiße«, sagte Michael, der nicht zugehört hatte, weil er ebenfalls sein Handy in der Hand hielt. »Ich muss los, ich wollte schon vor einer Stunde da sein.«

»Schade«, sagte Franzi und umarmte ihn sehr herzlich zum Abschied. Als er Julia gespielt förmlich die Hand gab, was Franzi mit einem Lachen kommentierte, fiel ihr auf, dass sein Lächeln wirkte, als wolle er etwas dahinter verbergen. Sie sah ihm nach und dachte an das emotionale Durcheinander, das er in ihr ausgelöst hatte, aber jetzt begriff sie, dass sie nie mit jemandem wie ihm zusammen sein könnte. Bei einem Menschen wie ihm wusste man nie, wer er wirklich war.

Plötzlich stand Christoph vor ihr. Sie stellte sich vor, wie die beiden gerade aneinander vorbeigegangen waren, und spürte einen unangenehmen Schauer.

»Schön, dass du's doch noch geschafft hast«, sagte sie und umarmte ihn.

Sie durfte Michael nicht mehr sehen, dachte sie, als sie sich von Christoph löste. Sie musste es beenden, bevor es angefangen hatte.

Franzi sah sie, wie sie bemerkte, währenddessen mit einem Blick an, der schwer einzuordnen war.

DER GUTE MENSCH VON FRIEDRICHSHAIN

Andreas sah sich noch einmal verstohlen um, bevor er die Brille absetzte und mit schnellen Schritten die Grünberger Richtung Warschauer Straße hinunterlief.

Das war knapp, dachte er, immer noch überrascht, dass Christoph seinen Rat ignoriert hatte und doch auf Franzis Geburtstag gegangen war. Als Julia Christophs Nachricht erhalten hatte, war er kurz panisch geworden und hatte sich hastig verabschiedet. Christophs Gesicht hatte sich bereits in die sich öffnende Tür geschoben, gerade als er den Vorraum betrat. Schnell war er nach links in Richtung der Toiletten abgebogen, wo er kurz gewartet hatte und dann schnell verschwunden war. Vielleicht war es sogar gut, dass sie beide so ansatzlos ausgetauscht worden waren. Vielleicht war es ein angemessener Abschluss seines Auftritts, Julia konnte ihn praktisch direkt mit Christoph vergleichen. Und wer diesen Vergleich gewinnen würde, war klar. Er hatte definitiv einen hervorragenden Eindruck hinterlassen.

In Gedanken ging er die vergangene Stunde noch einmal durch. Nach den ersten gewechselten Sätzen hatte er begriffen, wer Franzi war. Er kannte sie. Natürlich kannte er sie, schon allein durch Christophs Mitschnitt wusste er über ihr Leben Bescheid, und ihre Einfältigkeit war sowieso leicht zu durchschauen. Er war auf sie eingegangen, hatte Gedanken, die sie schon auf dem Mittschnitt gesagt hatte, umformuliert, um ein Einverständnis zwischen ihnen herzustellen und ihr Vertrauen zu gewinnen. Die Gespräche hatten ineinandergegriffen, er hatte sogar das eine oder andere Zitat so gut platziert, dass sie wie eigene spontan kreierte Gedanken wirkten. Franzi hatte ihn wie einen Seelenverwandten angenommen. Er wusste ja, wo ihre Probleme lagen, wie kompliziert ihr Leben war. Er hatte das Leuchten in ihren Augen gesehen. Franzi hatte keine Chance, sich ihm zu entziehen.

Und Julia? Sie hatte ihr Gespräch beobachtet und geschwiegen.

Dieses scheinbare, zeitweilige Desinteresse gegenüber Julia würde mehr Gedanken in ihr in Gang setzen, als wenn er sich die ganze Zeit ihr zugewandt hätte. Sie beschäftigte sich mit ihm, stellte sich Fragen, versuchte ihn zu entschlüsseln, das sah er ihr an, wenn er wie zufällig zu ihr hinüberblickte. Außerdem war Franzi Julias beste Freundin, und er wusste nur zu genau, was für einen Einfluss beste Freundinnen hatten. Leonie hatte auf ihre Freundinnen gehört und sich gegen ihn entschieden. Franzi war auf seiner Seite.

Es war merkwürdig, dachte er, Michael schien eine stärkere Wirkung auf Frauen zu haben als er selbst. An dem Abend hatte er das Gefühl gehabt, sich in Michael aufzulösen, ein angenehmes Gefühl. Michael war eine andere Existenz. Er fühlte sich in dem konstruierten Leben, das er in dieser Rolle entworfen hatte, wohler als in seinem eigenen. So mussten sich Leute wie Annelie fühlen, deren Selbstwert von ihren Instagram-Accounts bestimmt wurde, aber an Annelie wollte er jetzt wirklich nicht denken.

An der Ampel, wo die Grünberger Straße die Warschauer kreuzt, entschied er sich, nach Hause zu gehen. Der Abend war bereits perfekt. Wenn er jetzt noch in eine Bar oder einen Club ging, wenn er jetzt noch Alkohol trank, konnte er den berauschenden Nachhall, den er hinterlassen hatte, nur verderben.

Als er auf dem Weg nach Hause an dem verheißungsvoll leuchtenden M der McDonald's-Filiale vorbei musste, stellte er fest, wie hungrig er war. Seit einem Jahr war er nicht mehr bei McDonald's gewesen, und als er beim letzten Mal einen Cheeseburger gekauft hatte, hatte der ihm so schwer in seinem McDonald's-entwöhnten Magen gelegen, dass er sich vorgenommen hatte, nie wieder hinzugehen. Aber er war betrunken und hungrig, eine Kombination, in der er sich nie an Vorsätze hielt.

Der hell erleuchtete Raum war leer, bis auf zwei junge Männer am Tresen, deren Bestellung gerade von der Bedienung aufgenommen wurde, einer korpulenten Frau mittleren Alters mit ungepflegtem Haar. Als er neben ihnen stand, bestellte einer der beiden gerade ein Big-Mac-Maxi-Menü mit Cola, zwei Mal große Pommes, fünf Packungen Ketchup und eine Zwanzigerpackung Chicken McNuggets.

Gott, dachte Andreas und warf ihnen einen entgeisterten Seitenblick zu.

Jetzt fiel ihm auf, dass die Frau ungewöhnlich sprach, abgehackt, zu emotional, und dann begriff er, dass sie geistig eingeschränkt war. Man sah es ihr nicht an, nur wenn sie sprach, hörte man es. Ein Kind im Körper einer Mittvierzigerin. Er betrachtete sie mit einer Mischung aus Mitgefühl und Sympathie. Den Männern neben ihm war es wohl ebenfalls aufgefallen. Sie lachten. Sie lachten sie aus. Es zerriss ihn fast, aber nicht vor Mitleid, sondern vor Anteilnahme für einen Menschen, dem nicht auffiel, dass man über ihn lachte.

Als die Frau die Packungen auf den Tresen legte, sagte einer der Männer grinsend: »Moment mal, ick hab 'nen Hamburger bestellt. Und zu den Pommes Mayo.«

Die Frau sah ihn hilflos an, sie wirkte verloren, man sah in ihren Augen, wie es in ihr arbeitete. Sie hatte seine Bestellung aufgenommen und eingegeben, nach Plan gehandelt. Die Liste auf dem Display ihrer Kasse war ihr Halt. Wenn etwas von dem Plan abwich, musste sie die Gedanken in ihrem Kopf mühevoll neu justieren, sich kompliziert darauf einstellen.

»Aber Sie hatten ein ›Big-Mac-Menü‹«, sagte sie verunsichert.

»Da musste dich vertippt haben«, duzte sie der Mann, während sein Kumpel lachte.

Andreas machte das wütend. Er verachtete Taktlosigkeit, fehlendes Niveau, Dummheit, und die beiden standen für alles. Sie nahmen wohl an, einen guten Scherz zu machen, eine Geschichte, die sie ihren Freunden erzählen konnten, Gesprächsstoff für einen

Abend. Andreas spürte, wie sich seine Züge verhärteten, er spürte den Hass, der in ihm aufstieg, und den Wunsch, dem Typen, der gerade lachte, unvermittelt ins Gesicht zu schlagen, eine ungewohnt aggressive Gefühlsregung, die ihn überraschte.

Als sich die beiden dann endlich an einen der Fenstertische gesetzt hatten, blickte er in das Gesicht der offensichtlich noch emotional mitgenommenen Bedienung.

»Was bekommen Sie?«, fragte sie.

Er bestellte freundlich einen Chickenburger ohne Chilisauce, weil er wusste, dass der Burger durch den Sonderwunsch frisch zubereitet werden würde.

»Und, wie lange müssen Sie noch?«, fragte er dann, als der Chickenburger zwischen ihnen lag.

»Noch 'ne Weile., Hab erst um vier Schluss«, sagte sie und schien sich wirklich über das kurze persönliche Gespräch zu freuen.

»Oh«, sagte er.

Sie hatte die Schicht von 22 bis vier Uhr, die Schicht für die unangenehmste Klientel, besoffen und dumm, die auf jeden eintrat, der schwächer war als sie. Er spürte den Impuls, diesen Typen Gesprächsstoff für die nächsten Monate zu geben, sie zusammenzuschlagen, zusammenzuprügeln, zusammenzutreten, bis sie sich wimmernd und Blut spuckend auf dem Pflaster wanden und um Gnade bettelten. Sie hätten es verdient, im Dreck zu liegen. Er verachtete solche Typen, Berlin war voll davon, und es wurden immer mehr, als hätten sie sich in den letzten Jahren abgesprochen, aus ihren Löchern zu kriechen.

»Na dann«, sagte er mit einem Lächeln, als sie ihm das Wechselgeld gab, und versuchte, so viel Sympathie wie möglich in die beiden Worte zu legen, auch um sich für die beiden Typen zu entschuldigen, die an einem der Fensterplätze saßen und sich durch die Verpackungen fraßen, die sich auf dem kleinen Tisch zwischen ihnen stapelten.

»Tschüssi«, rief sie ihm nach. Er wandte sich noch einmal um und hob mit einem Lächeln die Hand.

Er aß den Chickenburger auf dem Mittelstreifen der Warschauer und beobachtete die beiden, wie sie tatsächlich alles aufaßen. Ein Kilo Nahrung, dachte er, es war unglaublich. Er würde ihnen eine Lektion erteilen, dachte er, ihnen in den Magen schlagen, bis sie alles wieder auskotzten.

Er wischte sich Mund und Hände mit der Serviette ab und ließ sie achtlos zu Boden fallen, als sie das Fast-Food-Restaurant verließen. Er folgte ihnen unauffällig bis zur Kreuzung Simon-Dach-, Ecke Boxhagener Straße, bevor er seinen Plan verwarf und ein Taxi heranwinkte, das gerade vorüberfuhr, obwohl es nur zehn Minuten Fußweg nach Hause waren.

Am Frankfurter Tor stieg er aus und zündete sich eine Zigarette an, während er die breite, von Linden gesäumte Promenade hinunterlief, die zu seinem Hauseingang führte. Auf seinem Balkon rauchte er noch eine Zigarette und ließ Maria Callas aus seinem Wohnzimmer in voller Lautstärke »O Mio Babbino Caro« für sich singen. Während ihn die Melodie umspülte, dachte er an die Bedienung und dann an die jungen Männer, wie sehr sie verdient hätten, was er ihnen in seiner Vorstellung angetan hatte. Und plötzlich spürte er erneut eine ungewohnte, überwältigende Gefühlsregung. Er spürte den Wunsch, etwas wahrhaftig Gutes tun zu können. Um des Guten willen. Er spürte den tiefen Wunsch, ein guter Mensch zu sein.

DAS PRINZIP NAST

Ich war erstaunt und auch unangenehm berührt, als ich Andreas' Aufzeichnungen las, die mich betrafen. Über unsere Begegnung, die ich im Prolog dieses Buches bereits erwähnt habe. Die Beschreibungen unseres kurzen Wiedersehens aus seiner Sicht, und das Bild von mir, das sich in ihm in den vier Jahren, in denen wir uns nicht gesehen haben, gebildet hatte. Ich weiß natürlich, dass Außenwirkung und Selbstbild selten Hand in Hand gehen und ich sicherlich nicht der Mensch bin, für den ich mich halte. Allerdings war mir die Person, die er in mir gesehen hat, so fremd, dass es schon wieder interessant war. Es schien mir, als hätte er in seinen Beschreibungen von mir ein Bild von sich selbst gezeichnet. Vieles, das er meinem Charakter oder meiner Art aufzutreten zuordnete, hatte vielmehr mit ihm zu tun. Nicht nur von außen, sondern auch von innen betrachtet.

Tagebuchartige, selbstreflexive Texte, die mir vorliegen, zeigen das. Ich scheine ihm eine Projektionsfläche gewesen zu sein für all das, was er an sich nicht mochte.

Es gibt in James Salters Erinnerungen *Verbrannte Tage* eine schöne und wahrscheinlich sehr wahre Passage, die mich förmlich dazu zwingt, Andreas' Beschreibung meiner Person doch ernst zu nehmen und in irgendeiner Form gelten zu lassen. »Es gibt das eigene Leben, wie man es selbst kennt, und dann jenes, wie es andere kennen (...), schreibt Salter. Es fällt schwer, sich klar zu machen, dass man immer von mehreren Seiten betrachtet wird, und dass diese zusammen genommen Gültigkeit besitzen.« Und darum geht es: diese Gültigkeit zu sehen und zu berücksichtigen. Deswegen habe ich versucht ebenso aufrichtig, wie bisher Andreas Aufzeichnungen zu folgen und ein Szenen- und Gedankenbild daraus zu entwerfen, das der wahren Geschichte soweit wie möglich entspricht.

Als Andreas mit Christoph den grünen Aufsteller mit der Aufschrift »Biergarten offen« passierte und den Weg hinunterging, der zum Pratergarten führte, hörte Andreas ein Geräusch, das er anfangs nicht zuordnen konnte, eine sehr spezielles Rauschen, das immer stärker anschwoll, bis er bemerkte, dass es die Stimmen der Gäste waren, unzählige Gespräche, die sich überlagerten, verschmolzen, ein angenehmes, weltstädtisches Geräusch, wie er fand.

Er sah zu Christoph, der nach freien Plätzen suchte.

»Lass mich erst mal ein Bier holen«, sagte Andreas. »Ich mach die erste Runde. Guck du mal, ob irgendwo ein Platz frei ist.«

Als er in der Schlange stand, die sich vor dem Ausschank gebildet hatte, dachte er daran, wie nervös Christoph auf dem kurzen Weg vom U-Bahnhof Eberswalder Straße von dem Brillenträger erzählt hatte, mit dem sich Julia und Franzi auf ihrem Geburtstag unterhalten und den er nur knapp verpasst hatte. Rico hatte ihm erzählt, dass er Michael hieß und ein Bekannter von Julia war. Keine der Frauen hatte ihn Christoph gegenüber erwähnt. Dass er noch nie von ihm gehört hatte, verstärkte sein Misstrauen noch. Es war merkwürdig, ein schizophrenes Gefühl, Christoph über sein Alter Ego reden zu hören oder aus zweiter Hand zu erfahren, was der schweigsame Rico von ihm hielt. Rico war voreingenommen, er hatte seine Felle davonschwimmen sehen, als er sah, wie gut er sich mit Franzi verstand. Wahrscheinlich hatte er an diesem Abend mehr mit ihr gesprochen als Rico in einem Monat.

Andreas war es gelungen, Christoph in nicht einmal fünf Minuten zu beruhigen. »Klingt, als hätte er sich vor allem mit Franzi unterhalten«, hatte er gesagt.

»Aber Julia hat ihn nicht erwähnt, noch nie.«

»Weil er nicht erwähnenswert ist. Franzi doch auch nicht. Dieser Rico war einfach nur eifersüchtig. Das sind so Leute, die brauchen einen Leidensgenossen, damit sie das Gefühl haben, mit ihrer Eifersucht nicht allein zu sein.«

»Wat bekommste?«, fragte die Bedienung mit dem schönen Gesicht, als Andreas am Ausschank stand. Sie war ihm schon letztes Jahr aufgefallen, aber ihre Attraktivität hielt sich nur, bis sie begann, in ihrem Brachialberlinerisch zu reden.

»Ich nehm zwei Bier«, sagte er, ohne die Sonnenbrille abzunehmen.

Als er zurückkehrte, stand Christoph immer noch unschlüssig an der Stelle, an der er ihn vor zehn Minuten verlassen hatte.

»Und?«, fragte Andreas, obwohl er die Antwort kannte.

»Aussichtslos, ich hab nichts gefunden.«

»Wir finden schon was«, sagte Andreas, gab ihm ein Bier und ging voran.

Dann sah er Nast.

Andreas versicherte sich noch einmal, ob er sich nicht getäuscht hatte. Mit der Sonnenbrille hätte er Nast fast nicht erkannt. Er saß mit einem Mann, der trotz der Hitze einen Anzug trug und auf ihn einredete, an einem der Biertische. Er überlegte, schnell weiterzugehen, um einem befangenen Gespräch voller Floskeln und Allgemeinplätzen aus dem Weg zu gehen. Ein ähnliches Gefühl empfand er, wenn er Leuten aus dem Nachtleben, mit denen er sich um drei Uhr morgens nach dem sechsten Gin Tonic prächtig verstand, an einem Nachmittag zufällig auf der Straße begegnete. Es waren quälende Begegnungen, weil er sich mit diesen Leuten nur im nächtlichen

Kosmos verstand. Der Alkohol verband sie, in seinem Alltag fiel jede Gemeinsamkeit ab.

Sie hatten sich seit Jahren nicht gesehen. Natürlich hatte er Nasts Karriere aber verfolgt, gerade in diesem Jahr kam man an ihm ja nicht vorbei. Sein Buch war im Februar erschienen, das Buch, das Julia auch gelesen hatte und das so leicht zu verreißen war, dass er sich wunderte, warum das Feuilleton relativ einhellig, wenn auch nicht immer Gutes, so doch einvernehmlich interessiert darüber schrieb. Wie gerne hätte Andreas eine vernichtende Besprechung gelesen. Nast war ständig auf Tour, das heute-journal hatte sogar über ihn berichtet. Manchmal googelte er nach ihm, las Artikel über ihn oder sah sich bei YouTube Interviews mit ihm an.

So wie er das einschätzte, hatte Nast den Erfolg nicht besonders gut verkraftet. Er hatte kürzlich Nicole getroffen, eine gemeinsame Bekannte aus Köpenick, die ihm immer mal wieder zufällig begegnete. Sie hatte erzählt, wie sehr Nast sich seit seinem Erfolg verändert hatte. »Besoffen von der eigenen vermeintlichen Bedeutung«, hatte sie gesagt.

Andreas war stehengeblieben und tat, als würde er versuchen, einen freien Platz zu entdecken. Wie zufällig blickte er in seine Richtung. Aus den Augenwinkeln nahm er wahr, dass Nast ebenfalls zu ihm hinübersah. Andreas wandte sich zu ihm und Nast hob mit einem erkennenden Lächeln seine Hand. Er begrüßte ihn, als hätten sie sich gestern zum letzten Mal gesehen, und nicht vor drei Jahren. Es war seltsam, er hätte eigentlich einen Menschen erwartet, der tat, als würde er ihn nicht erkennen, und dann beschlösse, ihn zu ignorieren, aber das er sich aufrichtig zu freuen schien, ihn zu sehen, hätte er nie erwartet. Er hatte eine arrogantere, selbstherrlichere, sich selbst überschätzende Version des Nast seiner Vergangenheit erwartet. Die Meinungen, Anekdoten und Gerüchte, die ihm zu Ohren gekommen waren, hatten seine Erfahrungen schon längst unter sich begraben.

»Andreas«, sagte Nast und erhob sich, um ihn zu umarmen. Als dessen Tischnachbar sich zu ihnen umdrehte, erkannte Andreas erst, dass es Stephan war.

»Mein Lieber«, sagte er. Es war seltsam, Stephan, den er alle paar Wochen zum Essen traf, hier mit Nast zu sehen.

»Wie lange ist das jetzt her?«, fragte Nast.

»Drei Jahre bestimmt.«

»Krass, Stephan erzählt ja manchmal was. Wie läuft's mit deinem Roman?«

»Gut, sehr gut sogar.«

»Wir haben gerade darüber gesprochen, dass es keine Zuvorkommenheit mehr gibt«, sagte Stephan, der sich wieder gesetzt hatte.

»Inwiefern?« Andreas warf ihm einen fragenden Blick zu.

»Bei Dates zum Beispiel.«

»Stimmt«, bestätigte Andreas. »Wenn man heutzutage einer Frau bei 'nem Date die Tür aufhält, hat man sie praktisch schon im Bett.«

Alle lachten zustimmend, nur Christoph lächelte gezwungen, wahrscheinlich, weil Andreas ihn noch nicht vorgestellt hatte.

»Das ist Christoph«, holte er das Versäumnis nach, bevor er mit einer Handbewegung auf die zwei am Tisch verwies. »Michael, Stephan.«

»Sag mal, bist du eigentlich bei Tinder?«, fragte Nast unvermittelt, nachdem er Christoph ein wenig nachlässig die Hand gegeben hatte.

»Schon seit der Trennung von Susanna nicht mehr«, erwiderte Andreas. »Tinder ist doch nur was für Leute, die nach einer Trennung den Kopf wieder freikriegen wollen.«

»Stimmt«, sagte Stephan, »Tinder ist die perfekte App für die Post-Trennungsphase.«

»Dann haben sich aber offensichtlich die meisten in dieser Phase verfangen«, sagte Nast mit einem skeptischen Lächeln.

»Dating-Apps haben sowieso einen Denkfehler«, sagte Stephan. »Sie sind nach einem Effizienzprinzip entwickelt worden.«

»Gefühle sind ineffizient. Und Effizienz und Liebe gehören nicht in einen Satz«, übernahm Nast gleich wieder das Wort. »Wir sind es gewohnt, dass alles sofort verfügbar sein muss, und das wenden wir auch auf das Zwischenmenschliche an. Ich bin davon ja auch total sozialisiert. Daran liegt's wohl, dass ich nicht damit klarkomme, wenn eine Frau mal zwei Tage nicht auf die Nachricht antwortet, die ich ihr geschrieben habe. Aber wenn es dann wieder zu einfach wird, ist die Frau auch schnell uninteressant.«

»Der sofortige Zugriff nimmt den Dingen ihren Wert«, sagte Andreas, um Nast das Spielfeld nicht allein zu überlassen.

»Stimmt«, sagte Stephan, »Dinge von Wert brauchen Zeit. Eine Beziehung wird mit den Jahren immer wertvoller.«

»Wenn alles gut läuft«, lachte Christoph schüchtern.

»Wenn alles gut läuft«, sagte Nast mit einem Nicken. »Aber so weit kommen die meisten gar nicht. Die Leute haben sich in den Anfängen verfangen. Sie geben jedem Impuls nach, jede attraktive Frau, die einem angezeigt wird, kann die Richtige sein. Aber wenn man jedem Impuls nachgeht, bleibt man an der Oberfläche. Man erfährt kein tiefes Gefühl, das fortwirkt.«

Gott, dachte Andreas. Ein tiefes Gefühl, das fortwirkt? Wer redete denn so? Nast war offensichtlich im Interviewmodus. So routiniert, wie er die letzten Sätze aussprach, hatte er sie in den letzten Monaten schon unzählige Male ausgesprochen. Sie hatten diesen Rhythmus.

»Michael hat *Generation Beziehungsunfähig* geschrieben«, sagte er zu Christoph und hoffte, dass Nast den dezenten Seitenhieb verstand.

»Klar, kenn ich«, sagte Christoph, jetzt wieder mit demselben Ausdruck in den Augen, als er ihm gesagt hatte, dass Mirko die Ärzte produzierte. »Meine Freundin hat's gelesen«, fügte er hinzu.

»Grüße bitte«, sagte Nast mit einem Lächeln.

»Werd ich ausrichten«, sagte Christoph ein wenig verlegen, der den tieferen Sinn des Satzes natürlich nicht verstand. Nast hatte die Redewendung schon vor Jahren von Harald Schmidt übernommen, der internationalen Gästen seiner Show anderen internationale Stars, die ihn sicherlich nicht kannten, ironischerweise gerne Grüße ausrichten ließ. Es war Nasts Art von Humor, er fand so etwas lustig.

»Hat sie's sich selbst gekauft?«, fragte Nast wieder mit diesem Lächeln.

»Sie hat's von einer Freundin geschenkt bekommen.«

»Denk mal drüber nach«, lachte Nast.

»›Das Sprachrohr seiner Generation‹«, sagte Stephan.

»Na ja«, wand sich Nast. »›Der Pierre Vogel der Singles‹. ›Der Mario Barth der Akademiker‹. Die Analogien überschlagen sich gerade.«

»›Der Pierre Vogel der Singles‹?«, lachte Andreas. »Oh Gott.«

»Sympathisch, oder? Das schreibt *Die Zeit*«, sagte Nast. »Die Überschrift des Artikels lautete ›Zu viel Sex?‹.«

»Passt ja«, lachte Andreas. »Und wie sieht's sonst aus? Wie läuft's mit den Frauen?«

»Sagen wir's mal so …« Nast zögerte, bevor er fortfuhr: »Ich warte noch auf die Richtige, ich hoffe, sie war noch nicht dabei.«

Andreas sah ihn an. »Wie bitte?«

»War ein Scherz«, sagte Nast.

»Ist aber ein charmanter Gedanke«, lachte Stephan.

»Ja, charmant in seiner Tragik«, sagte Andreas.

»Aber letztens warst du doch mal wieder verliebt«, warf Stephan ein.

»Letztens?«

»Die Frau, die der Meinung war, ihr würdet so gut zueinanderpassen, weil du auf deine Art genauso gestört bist wie sie.«

»Ach ja«, sagte Nast und verzog schmerzvoll das Gesicht.

»Du warst doch ganz begeistert.« Stephan sah ihn an. »›Wir hassen dieselben Dinge‹, hast du gesagt, ›es ist wunderbar.‹«

»Wie bitte?« Andreas warf ihm einen skeptischen Blick zu.

»Das ist auch 'ne Gemeinsamkeit«, sagte Nast, »vielleicht sogar die wichtigste.«

»Du bist eben ein unverbesserlicher Romantiker.«

»Sozusagen«, sagte Stephan.

»Aber ich hab tatsächlich gerade jemanden kennengelernt«, sagte Nast. »Sie ist richtig süß. Ich bin mir aber noch nicht ganz sicher, wo der Schaden ist.«

»Verstehe«, lachte Andreas.

»Du findest auch ständig irgendwelche Ausschlusskriterien, hat dir das schon mal jemand gesagt?«, sagte Stephan. »Du musst dich einfach mal wieder auf jemanden einlassen.«

»Manche Leute haben ihre Schwierigkeiten mit sozialer Kompatibilität«, sagte Nast.

»Ja, vor allem Leute, die Begriffe wie ›soziale Kompatibilität‹ benutzen«, grinste Stephan. »Wer etwas will, findet Wege. Wer etwas nicht will, sucht Gründe.«

»Darum bin ich wahrscheinlich noch Single«, sagte Nast.

»Unter anderem«, lachte Stephan.

Was für ein Gespräch, dachte Andreas. Sie warfen sich die Bälle zu, tauschten polierte Formulierungen, aber wirklich in die Tiefe gingen sie nicht. Jeder Satz, der bisher gefallen war, war letztlich nur eine Metapher ihrer Selbstdarstellung und zu nichts gut als ihrer Selbstdarstellung. Die große Show.

An einem der Tische im vorderen Teil des Pratergartens erhob sich gerade ein Paar.

»Da wird einer frei«, sagte Andreas schnell.

»Lass uns aber wirklich mal wieder ein Bier trinken gehen«, verabschiedete sich Nast von ihm.

Die Scheinheiligkeit war wieder da, dachte Andreas, sie wussten beide, dass sich keiner melden würde.

»Auf jeden Fall«, gab er zurück und wies zu dem freien Tisch, bevor er sich schnell mit Christoph, der sich nur mit einem Nicken verabschiedete, entfernte.

»Ich hab ja diesen Artikel in der *W&V* über ihn gelesen«, sagte Christoph, als sie sich gesetzt hatten. »Oder überflogen. Das waren bestimmt zehn Seiten.«

»*W&V*?« Andreas sah ihn fragend an. »Was ist das?«

»*Werben & Verkaufen* heißt das, das Branchenblatt der Werber sozusagen. Die kriegen wir immer in der Agentur.«

»Stimmt, Nast hat ja früher in der Werbung gearbeitet.«

»Genau, stand da auch drin. In dem Artikel hat er gesagt, dass er Schriftsteller geworden ist, weil er sich gefragt hat, ob man als Art Director in Würde altern kann.«

»Kommt immer gut, so was in einem Werber-Branchenblatt zu sagen«, lachte Andreas.

»Wie alt ist der eigentlich?«

»Auch schon über vierzig.«

»Sieht man gar nicht.«

»Beeindruckend für jemanden, der sich jahrelang durch Berlin gesoffen hat«, lachte Andreas, »und gevögelt.«

Nast war ein Berufsjugendlicher, dachte er. Mit legerer Kleidung, bewusster Ernährung und Fitnessstudiobesuchen kämpfte er dagegen an, in den nächsten Lebensabschnitt einzutreten. Wie ein alternder Rockstar, der nicht aufhören konnte. Der nicht begriff, wie man in Würde alterte. Nast war eigentlich auch kein Typ für eine Beziehung, das hatte er damals schon festgestellt. Er brach schnell mit Menschen. Er war einfach zu nachtragend, er merkte sich alles, ein Talent, das er gut in seiner Arbeit einsetzen konnte. Für Beziehungen war es tödlich. Er hatte Andreas einmal erzählt, dass er sich nicht mit Menschen umgab, die ihm nicht guttaten, die Unruhe in sein Leben brachten. Das klang schlüssig, war aber so gemeint, dass er keine tieferen Beziehungen zu anderen aufbaute, damit sie ihn nicht hinterfragen konnten. Das war das Prinzip Nast oder – viele Bekannte, keine Freunde, als würden zu seinem Leben eher Bekannte passen. Er ließ niemanden an sich heran.

Es war ein merkwürdiger Zufall, dass sie Nast gerade heute trafen, dachte er. Vor dem Gespräch, das Andreas gleich mit Christoph führen würde. Andreas war sich bewusst, dass es gewisse Parallelen zwischen ihm und Nast gab, dass vieles, was er über ihn dachte, auch auf ihn zutraf. Aber er war auf dem direkten Weg, es zu ändern. *Manchmal hat man nur die Chance auf eine glückliche Beziehung, indem man eine andere zerstört.* Dieser Satz, so oder so ähnlich, den Julia so beunruhigend für Christoph in dem Mitschnitt formuliert hat, war aus dem Nast-Buch. Er wusste es, weil er darauf gestoßen war, als er einmal in einem Kaufhaus in der Friedrichstraße darin geblättert hatte. Es war ein Satz, den er sich gemerkt hatte, obwohl Nasts Texte – vorsichtig formuliert – nicht unbedingt sein Genre waren. Jetzt wurde der Satz Wirklichkeit, als hätte ihn Nast für Andreas geschrieben. Und er hatte ja recht. Seit der Trennung von Susanna hatte er sich nur mit Singlefrauen getroffen, die Probleme hatten, mal vorsichtig formuliert. Vielleicht zog er solche Frauen an, aus welchen Gründen auch immer, vielleicht strahlte er da irgendetwas aus. Bei den ersten Treffen wurde meist schon klar, dass eine gesunde Beziehung keine mögliche Perspektive war, Beziehungen mit diesen Frauen würden zu Therapien werden. Offensichtlich waren die guten, die gesunden Frauen in Beziehungen zu finden. Die anderen waren zu verspannt, zu hektisch, zu verzweifelt.. Viele Frauen waren außerdem zu lange in ihrer Freiheit gefangen, um dann, wenn die innere Uhr immer lauter zu ticken begann, immer panischer und verkrampfter nach einem Vater ihres Kindes zu suchen. Eine hatte ihm bei einem Date erzählt, dass es in ihrer nächsten Beziehung weniger um den Mann als vor allem um das Kind ginge, sie wolle schwanger werden. Warum zur Hölle erzählte man das seinem Date, welcher Mann wollte sowas hören?

»Ich brauch mal deinen Rat«, sagte Andreas schließlich.

»Klar«, sagte Christoph. »Gern.«

»Es geht um eine Frau.«

»Okay ...?«

»Ich hab sie vor drei Wochen kennengelernt. Das ist total krass, wir verstehen uns wunderbar, das hab ich selten so erlebt, eigentlich gar nicht«, sagte er.

»Klingt doch gut.«

»Aber sie ist liiert. Und sie wohnt mit ihrem Freund zusammen.«

»Scheiße.«

»Ja, ich weiß, aber die Frau ist wirklich cool. Und diese Beziehung, die ist voller Risse und Sprünge. Das ist eigentlich keine Beziehung mehr, das ist eher eine Trennungsphase.«

»Sonst würde sie sich ja nicht mit dir treffen«, sagte Christoph, und dann, nach einer Pause: »Klingt kompliziert. Klingt nach einem Langzeitprojekt.«

Andreas dachte an Julia und stellte wieder einmal fest, wie überwältigt er von den Gefühlen war, die er für sie empfand. Endlich war da eine Frau, die seine Gefühle andauern lassen, mit der sich seine Liebe vertiefen konnte, statt in viel zu kurzer Zeit wieder zu verblassen.

»Aber so, wie du über sie sprichst, scheint sie es ja wirklich wert zu sein«, unterbrach Christoph seine Gedanken.

»Sie ist es wert«, sagte Andreas mit Nachdruck. »Das ist eine dieser Frauen, um die es sich zu kämpfen lohnt. Und davon gibt's nicht viele.«

Christoph nickte, als wüsste er genau, was er meinte.

Andreas konnte sich nicht genau beantworten, ob er so etwas wie eine Absolution bei Christoph suchte. Er hatte keine moralischen Bedenken, nicht bei Christoph, der selbst am Zustand seiner Beziehung schuld war. Aber seit einiger Zeit achtete er darauf, was sich richtig anfühlte und was nicht. Er würde Christoph die Entscheidung überlassen. Mehr konnte er nicht für ihn tun. Es konnte auch sein, dachte er, dass er den Gedanken so anziehend fand, den Freund der Frau, an der er interessiert war, um eine objektive Meinung zu seinen Handlungsspielräumen zu bitten.

»Dann mach das«, sagte Christoph eine halbe Stunde später entschlossen und hob sein Glas, um mit Andreas anzustoßen.

»Okay«, erwiderte er.

Er hatte die Freigabe, Unruhe in ihre Beziehung zu bringen, dachte er. Die Freigabe, sie endgültig zu destabilisieren.

DAS VORZEIGEPAAR

Christoph ließ die Wohnungstür hinter sich ins Schloss fallen, stellte seine Tasche ab und streckte sich. Julia war noch nicht da, sie hatte heute Elterngespräche, die gingen meistens bis zwanzig Uhr. Er war erschöpft und wollte den Tag einfach hinter sich lassen, in der Agentur war er heute drei Mal laut geworden, was eigentlich gar nicht zu ihm passte. Seine Nerven lagen blank. Die letzten Wochen waren nicht leicht gewesen. Sie wurden von einem scheinheiligen Gefühl begleitet, einer falschen Freundlichkeit, zu der er sich zwingen musste. Er hatte das Bedürfnis, mit Julia zu reden, sich mit ihr auszusprechen, aber Andreas hatte recht, er musste sich an den Plan halten, Gespräche würden zu Diskussionen führen, die dann in Streitigkeiten mündeten. Er hatte es in Gedanken schon unzählige Male durchgespielt. Aber das Misstrauen machte ihm zu schaffen, die Hypothesen und Interpretationen, die ihn pausenlos beschäftigten, jedes Wort, jeder Unterton, jede Geste, die ihm auffiel, zu analysieren, auszuwerten und zu deuten. Die Gedanken an den anderen, der in ihrem Leben eine Rolle spielte, waren immer da. Nur gelegentlich lösten sie sich kurz auf, wenn es gut lief, bei einem Abendessen in einem der Restaurants, die Andreas im empfohlen hatte.

Wenn er es kaum noch aushielt, rief er Andreas an. Sie telefonierten inzwischen täglich, manchmal nur fünf Minuten, manchmal auch eine knappe Stunde. Er schüttete ihm sein Herz aus, seine Ängste, die Belastung, aber Andreas war zuversichtlich, es würde nur seine Zeit brauchen, wenn sie ihm wichtig war, wenn sie ihm wirklich etwas bedeutete, musste er das aushalten. Jedes Telefonat endete mit einem guten Gefühl, ihm war nicht klar, wie Andreas das schaffte, aber er war ihm dankbar, dass er ihn durch diese harte Zeit begleitete, dass er da war, ihm Halt gab. Sie kämpften gemeinsam, um Julia und seine Beziehung. So definierte man Freundschaft, dachte er, auf Freunde konnte man sich in schweren Zeiten verlassen.

»Kleine Schritte«, hatte Andreas gesagt. »Kleine Schritte sind der Schlüssel.«

Jedes Abendessen war einer dieser kleinen Schritte, die ihm seinem Ziel näherbrachten. Sie gingen viel essen in letzter Zeit.

Von außen betrachtet führten sie die perfekte Beziehung, er sah es an den Blicken von Carina, Melanie und Franzi, wenn sie sich unbeobachtet fühlten. Ein warmer Blick von Franzi, ein neidischer von Carina, ein wehmütiger von Melanie, so unterschiedlich die Emotionen waren, sie meinten dasselbe. Sie waren ein Vorzeigepaar, endlich wieder.

»Dinge zerbrechen, wenn man nicht auf sie achtgibt«, hatte Andreas gesagt, und er hatte ja recht. Auch wenn Christoph die letzten Wochen schwergefallen waren, alle Ratschläge, die Andreas ihm gab, waren so schlüssig, sie ergaben einen Sinn.

Und er genoss es ja auch, sich wieder Mühe zu geben, in die Beziehung zu investieren, sie nicht als gegeben hinzunehmen, die Dinge zu machen, die sie ganz am Anfang gemacht hatten, ihren Frühling zu wiederholen. Das schafften die wenigsten Paare. Aber wenn er allein war, in der Stille, entstanden die Gedanken, die kaum auszuhalten waren, weil er die Angst nicht loswurde, gegen einen unsichtbaren Riesen zu kämpfen, gegen den er nicht gewinnen konnte. Und jetzt war er allein.

Er schreckte auf, als die Stille von dem schrillen Ton ihrer Türklingel unterbrochen wurde. Die verdammte Klingel, er musste unbedingt den Hausmeister anrufen, um sich zu erkundigen, ob man sie austauschen konnte. Solche Klingeln konnten Herzinfarkte auslösen, noch nicht in seinem Alter, aber mit achtzig. Vielleicht hatten sie sie ja eingebaut, um so die Altmieter schneller rauszubekommen. Andreas hatte ihm erzählt, dass sie in der Karl-Marx-Allee die Fahrstühle monatelang ausfallen ließen, die alten Leute mussten sich in die siebente oder achte Etage kämpfen. Hier setzten sie Todesklingeln ein.

»Ja, bitte?«, rief er in die Gegensprechanlage.

»Paket«, hörte er eine Stimme in gebrochenem Deutsch sagen.

»Okay, sechster Stock, ja?« Er drückte auf den Summer und öffnete die Wohnungstür. Die Haustür schlug sechs Stockwerke unter ihm ins Schloss, Schritte, ein verhaltenes Fluchen, weil es keinen Fahrstuhl gab, aber das konnte er sich auch einbilden. Beim nächsten Mal würde der Paketbote gar nicht erst klingeln, sondern gleich einen Zettel an die Haustür kleben, dass er niemanden angetroffen habe, sie das Paket aber in der Post am Platz der Vereinten Nationen abholen könnten. Das war schon vier Mal vorgekommen, zu Fuß brauchte man zwanzig Minuten, obwohl die Filiale in der Frankfurter nur fünf entfernt war. Zwei Mal war er umsonst gegangen, weil er vergessen hatte, seinen Ausweis einzustecken. Er hatte dem Angestellten den Paketschein immer wieder hingehalten, aber es hatte nichts genützt.

»Nein, Hermes, der Kiosk drei Kilometer weiter, ist nicht ›Einer meiner Nachbarn‹«, das war der Betreff einer langen E-Mail, in der sich Carina bei dem Paketdienst beschwert hatte. Er hatte die Mail voller Genugtuung gelesen, aber schreiben können hätte er sowas nie. Dafür war er nicht der Typ.

Er ließ die Tür offen stehen und ging in die Küche, um die Zeit zu überbrücken. Als er in den Flur zurückkehrte, stand ein schwer atmender Mann in der Wohnungstür. Neben sich hatte er ein Paket an den Türrahmen gelehnt, das sehr groß war.

»Ich hab hier ein Paket für Julia Schlehbusch«, sagte er.

»Das ist meine Freundin«, sagte Christoph.

»Ist okay«, sagte der Bote, musterte ihn kurz, dann reichte er ihm ein Gerät. »Hier unterschreiben.«

Er mochte seine Unterschrift eigentlich, aber auf den Displays dieser Geräte sah sie immer verunglückt aus.

»Na dann, schönen Tag noch«, sagte der Bote und sah ihn an, als wäre er an allem schuld. Es war ein Scheißjob, fast wäre Christoph bereit gewesen, den unzuverlässigen Paketzustellern, die seinen Freundeskreis quälten, zu verzeihen.

»Ja, danke, gleichfalls«, sagte Christoph, und versuchte, so viel Wärme wie möglich in seine Stimme zu legen. »Und schönen Feierabend.«

»Ja, ist nicht mehr lange«, sagte der Bote und lächelte tatsächlich. Er hob noch einmal seine Hand zum Abschied, wie es Andreas machte, und schloss lächelnd die Tür.

Das Paket war für seine Größe ungewöhnlich leicht. Er legte es auf den Küchentisch, setzte sich auf einen der Stühle und betrachtete es. Nach einigen Minuten fiel ihm auf, dass er es eher beobachtete, wie einen Feind.

Es waren offensichtlich Blumen. Es passte nicht zu Julia, sich selbst Blumen zu bestellen, das hatte sie noch nie gemacht. Sie bestellte auch ungern im Internet, sie wollte die Dinge berühren und in der Hand halten, bevor sie sie kaufte.

Er durfte das Paket nicht öffnen, dachte er. Auf keinen Fall durfte er das Paket öffnen, so groß der Drang auch war. Er griff nach seinem Handy, um Andreas anzurufen. Während sich die Verbindung aufbaute, beendete er den Anruf abrupt und riss den Karton auf. Es waren Rosen, langstielige rote Rosen, kitschiger ging es nicht. Er nahm sie heraus, legte sie auf den Tisch und durchsuchte das Paket. Dann fand er die beigelegte Karte, die in einem unbeschriebenen Umschlag lag. Auf der Karte stand nur ein Wort: »Danke.«

»Danke?«, rief Christoph wütend. »Danke?«

Er drehte die Karte um, aber die Rückseite war leer. Kein Name, keine Anhaltspunkte. Vor ihm tauchte das unscharfe Bild eines Mannes mit Brille auf. Wütend zerriss er die Karte, in immer kleinere Stücke, bis es nicht mehr ging.

Er musste sie zur Rede stellen. Unbedingt. Aber dann würde alles Unterschwellige, das sich über Wochen in ihm angesammelt hatte, aufbrechen. Andreas hatte recht, wenn er es zu einem Streit kommen lassen würde, würde er sie verlieren. Er musste ihn irgendwie vermeiden. Er legte die Blumen in das Paket, verschloss es wieder. Anschließend griff er, immer noch voller Wut, kurzentschlossen nach dem Paket und warf es sechs Stockwerke tiefer in eine der Mülltonnen auf dem Hof.

Zurück in der Wohnung nahm er sein Handy und rief Andreas an.

»Er hat ihr Blumen geschickt«, rief er mit versagender Stimme.

»Wer?«

»Er. Dieser Brillenträger«, rief Christoph. »Hast du Zeit, können wir uns kurz treffen, ich muss hier raus.«

»Klar«, sagte Andreas. »Aber ich kann nur bis acht, ich treff mich nachher mit Werner.«

»Das reicht«, sagte Christoph nach einem hektischen Blick auf die Uhr. »Wo treffen wir uns?«

BRANDBESCHLEUNIGER

Sie saßen auf einer der Bänke des Schendelparks. Während Christoph auf ihn einredete, betrachtete Andreas die einem Segel nachempfundene Markise, die sich über dem Bürgersteig vor dem Blauen Band auf der gegenüberliegenden Straßenseite spannte. Sein Blick suchte den Tisch, an dem sie im Sommer gesessen hatten, aber er konnte ihrer damaligen Begegnung keinen Tisch mehr zuordnen, was vielleicht auch daran lag, dass das Bild ständig von Passanten gestört wurde, die, aus der Münzstraße kommend, die Alte Schönhauser Straße hinunterliefen. Sein Blick zog über ihre Gesichter, über die vollgepackten Papiertüten, die sie ausnahmslos trugen und die mit Logos und Schriftzügen teurer Marken bedruckt waren. Er registrierte die aufwendigen Frisuren, vor allem die der Männer, die Stunden vor dem Spiegel verbracht haben mussten, um sich darauf vorzubereiten, in der Münzstraße einkaufen zu gehen in ihren viel zu engen, unvorteilhaft geschnittenen Jeans. Es waren Menschen, die »Shoppen« angeben würden, wenn man sie nach ihren Hobbys gefragt hätte, dachte er, und plötzlich kam er zu der Annahme, dass sie es als soziale Verantwortung verstanden, einzukaufen. Als ihren Beitrag, um die Wirtschaft wachsen zu lassen, denn wenn sie nicht wuchs, hätten sie alle ein Problem. Zumindest wurde ihnen das wahrscheinlich so eingeredet. Ewiges Wachstum, dachte er, und jetzt fiel ihm ein Zitat ein, das er vor einiger Zeit auf einem dieser Monitore gelesen hatte, die inzwischen überall in den Berliner U-Bahnen angebracht waren: »Wachstum um des Wachstums willen ist die Ideologie der Krebszelle.« Wer immer das gesagt hatte, er hatte recht, aber niemandem schien es aufzufallen. In diesen endgültigen Gedanken brachen die abschließenden Sätze von Christophs Schilderungen. Die Sätze seines zehnminütigen Monologs, um die es Andreas eigentlich ging, auf die er lauernd gewartet hatte.

»Ich kann das nicht mehr!«, rief Christoph. »Das ist doch kein Zustand. Ich will Klarheit. Auch wenn sie sich von mir trennt.«

Die Blumen waren eine gute Idee gewesen, dachte Andreas, eigentlich hätten sie die Konfrontation sofort auslösen können, so hysterisch wie Christoph immer noch war. Nur hatte das Timing leider nicht gepasst. Er hatte angenommen, dass sie beide an einem Freitagabend zu Hause sein würden. Darum hatte er auch achtzehn Uhr als Liefertermin angegeben, aber Julia hatte wohl noch irgendwelche Termine in der Schule. Jetzt lag zwischen der Blumenlieferung und ihrer Begegnung das Treffen mit Andreas, als Puffer gewissermaßen, und Christophs Kraft würde wahrscheinlich für einen alles infrage stellenden Streit nicht mehr ausreichen, so gut kannte er ihn inzwischen.

Er spürte wieder den Zorn, der seit zwei Tagen in ihm wuchs, sobald er nur an Christoph dachte. Seitdem er durch Julias Erzählungen wusste, wie er über ihn sprach.

»Ich mach mir Sorgen um seinen Umgang«, hatte Julia am Mittwoch gesagt. »Er verbringt zu viel Zeit mit diesem Andreas.« Eine Schrecksekunde lang spürte er eine starke Panik, als sie seinen Namen sehr akzentuiert betonte. Eine Panik, die sich in Wut verwandelte, als Julia begann, von dem Menschen zu erzählen, der er war, wenn er nicht Michael war. Sie zeichnete das Bild einer tragischen Figur, die mit Frauen rücksichtslos umging, zu viel rauchte und deren exzessiver Alkoholkonsum nicht weit von einer Leberzirrhose entfernt war. Jemand, der mit dem Leben nicht klarkam. Während er zuhörte, wie sie ihn bewertete, hatte er das Gefühl, sich in einem Zerrspiegel zu betrachten. Er sah sich durch die Augen von Julia, die ihn aus den Beschreibungen Christophs kannte. Es war nur ein Mensch zwischen ihnen, und das entstellte ihn zu jemandem, in dem er sich, wenn überhaupt, nur schemenhaft erkennen konnte. Und Julia war, während sie über ihn redete, vollkommen ahnungslos, dass sie über den Mann sprach, der ihr gerade gegenübersaß. Er wusste nicht, was Christoph über ihn erzählt hatte, eigentlich nahm er nicht an, dass er schlecht über ihn sprach. Er sah Andreas als seinen Vertrauten, aber irgendwie musste diese ablehnende Haltung ja entstanden sein. Also *musste* Christoph in irgendeiner Form schlecht über ihn geredet haben, bewusst oder unbewusst. Er wollte es nicht aufklären, dachte er plötzlich, er wollte nur, dass sich die beiden endlich trennten. Christoph sollte ihm nicht mehr im Weg stehen, nur darum ging es, und dass er schlecht über ihn sprach, half ihm dabei. Er sah Christoph an, der darauf wartete, dass er etwas sagte.

»Vielleicht hast du recht«, sagte er, obwohl Christophs Blick ihn bat, zu widersprechen. »Ihr solltet euch endlich mal aussprechen.«

»Aber ich hab die Blumen in den Müll geworfen«, sagte Christoph. »Wie soll ich das erklären?«

»Vergiss jetzt mal die Blumen. Mein Gott, das darfst du nicht überbewerten, vielleicht ist es ja der letzte Versuch eines abgelehnten Verehrers« erwiderte Andreas. »Der aussichtslose Versuch eines verzweifelten Mannes, der nicht begreift, dass er sie verloren hat, dass er es mit jedem Versuch nur schlimmer macht. Sag ihr einfach, wie's in dir aussieht. Es ist doch Unsinn, diese Scheinheiligkeit, gerade in einer Beziehung. Sei ehrlich. Sag ihr einfach, wie du dich fühlst.«

»Soll ich sie auch auf *ihn* ansprechen?«, fragte Christoph.

Andreas seufzte. »Es geht doch nicht um den Typen.«

»Er heißt Michael.«

Andreas spürte einen Stich. »Wer?«

»Der Brillenträger, von dem mir Rico erzählt hat.«

»Wie auch immer«, sagte Andreas unwirsch, »ist doch auch egal, wie der heißt.« Er spürte, dass er kurz davor war, von der Klippe zu springen. »Soll ich mal ganz ehrlich sein?«, fragte er. »Auch wenn's weh tut?«

»Klar«, sagte Christoph mit einem Zögern.

»Manchmal hab ich wirklich das Gefühl, es geht bei euch nicht darum, Probleme zu lösen, sondern nur darum, sie zu pflegen. Und weißt du was? Ihr habt doch keine Probleme, ihr habt Luxusprobleme. Und wenn man seine Luxusprobleme zu sehr pflegt, können sie schnell in Realsatire abdriften. Und das, was ich hier seit Monaten höre, ist Realsatire deluxe.« Er machte eine kurze Pause, bevor er eindringlich fortfuhr. »Alter, du führst ein Leben, das würden sich die meisten wünschen. Ihr habt keine finanziellen Sorgen, ihr habt 'ne wirklich coole Wohnung, ihr habt keine existenziellen Probleme. Bei euch läuft's doch gut.«

»Ja, von außen betrachtet läuft's gut«, sagte Christoph, ein Satz, der von Andreas selbst stammte, wie er mit einer gewissen Genugtuung feststellte. Er war Mephisto, dachte er, auch wenn Christoph natürlich kein Faust war.

»Okay. Wenn ich dich über deine Beziehung reden höre, frag ich mich wirklich, warum du mit der Frau überhaupt noch zusammen bist.

So wie das klingt, geht es doch immer nur um sie und ihre Probleme. Das nennt man problemorientiertes Erleben. Ich kenn das, ich hatte mal 'ne Ex-Freundin, die genauso getickt hat. Die brauchte das, um sich lebendig zu fühlen. Überleg mal, du kennst jede Kleinigkeit aus ihrem Arbeitsalltag, diese unmöglichen Helikoptereltern, die verzogenen Kinder, die Kollegen, die eigentlich mal 'ne Therapie brauchen. Aber was weiß sie denn von deinen Problemen? Weiß sie denn, wie sehr dich dein Job belastet? Weiß sie, dass du am liebsten kündigen würdest?«

»Sie fragt auch nie nach«, sagte Christoph.

Jetzt hatte er ihn, dachte Andreas und sagte: »Weil es sie nicht interessiert. Du bist ein Werber, das reicht ihr. Es passt zu ihrem Lebensentwurf, mit einem Werber zusammen zu sein, sie will gar nicht tiefer blicken. Es reicht ihr, ein Klischee zu leben. Es geht ihr um die Fassade, wenn die stimmt, ist alles okay.« Christoph sah ihn hilflos an, aber er nickte.

»Du musst etwas ändern«, fügte Andreas eindringlich hinzu. »Ich hab dir das nie gesagt, weil ich dich nicht verletzen wollte. Aber ich muss das jetzt so hart sagen: Du brauchst eine radikale Veränderung. Eigentlich musst du dich von der Frau trennen, und du musst kündigen, und du musst aufhören, dich ständig zu bemitleiden. Selbstmitleid ist unattraktiv, vielleicht hat sie sich deshalb mit diesem Michael getroffen.«

Christoph sah ihn verzweifelt an. Es war völlig aus der Luft gegriffen, was er da erzählte, dachte Andreas, aber die Leute glaubten, was man ihnen sagte. Christoph war das beste Beispiel. Es war ein Spiel, und Christoph war so erbärmlich.

»Und diese Leute, die ihr Freunde nennt – was verbindet dich denn mit ihnen? Nichts. Julia ist die einzige Verbindung. Sie ist eure Gemeinsamkeit sozusagen. Was ist denn mit deinen alten Freunden? Du hast keinen in eure Beziehung eingebracht. Wann hast du denn zum letzten Mal was mit deinen alten Leuten unternommen? Dein soziales Leben besteht aus deinen Kollegen in einer Firma, die du hasst, und dem Bekanntenkreis von Julia, zu dem du keinen Zugang hast. Da bleibt einem eigentlich nur, die Fassade aufrechtzuerhalten.« Er sah auf die Uhr. »Mist, ich muss los, ich bin jetzt schon zu spät.«

Andreas erhob sich und klopfte Christoph beruhigend auf die Schulter. »Ihr müsst wirklich mal miteinander reden«, sagte er mit besänftigender Stimme. »Ihr müsst zum Kern vordringen.«

»Du hast recht«, sagte Christoph mit einer Entschlossenheit in seinem Blick, die Andreas mit noch mehr Genugtuung erfüllte. Es würde eskalieren, dachte er. Heute würde es eskalieren. Er war schon gespannt, wie ihm beide später den Streit aus ihren verschiedenen Perspektiven erzählen würden.

Als sie sich verabschiedet hatten, wandte sich Andreas ab und lief die Alte Schönhauser Straße zur Torstraße hinunter, ohne sich noch einmal umzusehen. Wochenlang hatte er darauf geachtet, dass der schwelende Herd in Christoph nicht verlosch, dachte er mit einen euphorischen Gefühl, und soeben hatte er einen Brandbeschleuniger hineingegossen.

DER STREIT

Als Julia hörte, wie die Wohnungstür aufgeschlossen wurde, strich sie behutsam, fast beiläufig, über die Arbeitsplatte, auf der sie gerade die Tüte mit dem Ciabatta gelegt hatte. Die Berührung der Holzfläche machte ihr wieder bewusst, dass es die schönste Wohnung ihres bisherigen Lebens war. Sie spürte, wie wertvoll sie ihr war. Es war ein Glücksgriff gewesen, als sie sie nach neun Monaten endlich gefunden und dann auch noch bekommen hatten. Es waren damals 32 Bewerber im Rennen gewesen. Bei der Schlüsselübergabe hatte sie das Gefühl gehabt, endlich angekommen zu sein. Sie hatte mit ihren Eltern in zweieinhalb Zimmern gelebt, sie hatte ihre Jugend auf neun Quadratmetern verbracht. Ihr kleinstes Zimmer hier war doppelt so groß. Sie hörte, wie Christoph die Tasche im Flur ablegte, sein Jackett aufhängte und die Schuhe auszog, vertraute Geräusche, die sie mochte. Sie lächelte, als er die Küche betrat.

»Hallo Schatz«, sagte Christoph.

»Wie war dein Tag?«

»Wie immer«, sagte er und gab ihr einen flüchtigen Kuss auf die Wange.

»Wie immer?«

»Wie immer, ja, war okay.«

»Schön!«

»Was essen wir heute?«, fragte er.

»Ciabatta, oder? Heute ist doch Freitag«, antwortete Julia.

Freitag war Ciabatta-Tag. Sie hatten den Wochentagen Mahlzeiten zugeordnet. Manche mochten das lächerlich finden, ihnen half es, ihren Alltag zu bewältigen. Immerhin arbeiteten sie beide viel.

»Ach ja«, sagte Christoph in die entstandene Stille hinein, »ich hab mich vorhin noch kurz mit Andreas getroffen.«

»Andreas?«, fragte sie und spürte, wie sie sich verspannte.

Sie hatte sich ja gewünscht, dass Christoph seine Freundschaften nicht vernachlässigte, aber jetzt pflegte er sie ausgerechnet mit diesem Typen, der alle Frauen wie Dreck behandelte. Seine Beziehungen endeten, bevor sie begannen, weil er immer verlassen wurde. Wird einen Grund geben. Sie hatte ihn glücklicherweise nie kennengelernt. Plötzlich war dieser Name aufgetaucht, irgendwann Anfang des Jahres. Sie verstand auch nicht, warum sich Christoph überhaupt mit ihm traf. Dieser Andreas war eindeutig ein schlechter Einfluss, den sie Christoph aber nicht ausreden konnte. Für sie war es immer mit einem unguten Gefühl verbunden, wenn die beiden sich trafen. Abende, nach denen Christoph um sechs oder sieben Uhr morgens betrunken nach Hause kam und nach Rauch roch, obwohl er versicherte, dass er aufgehört hatte zu rauchen. Es waren Abende, die für ihn im Gästezimmer endeten. Sie hatte auch Michael von diesem Andreas erzählt, dass sie sich Sorgen um Christophs Umgang machte. Sie hatte sich richtig hineingesteigert und aus ihm einen unberechenbaren Soziopathen gemacht, bis Michael die Hand gehoben hatte, um sie zu stoppen.

Christoph sprach nie schlecht über Andreas, aber zwischen den Sätzen verbargen sich die Details, die unausgesprochenen Sätze waren wie ein Code, aus dem sich schließen ließ, wie dieser Mensch wirklich einzuschätzen war.

»Ist der immer noch von seiner Ex-Freundin besessen?«, fragte sie. »Seitdem sie ihn verlassen hat, hat der doch ein gestörtes Verhältnis zu Frauen.«

»Na ja«, Christoph machte eine beruhigende Geste, die allerdings müde wirkte und auswendig gelernt, was sie nun wirklich ärgerte. »So kann man das jetzt auch nicht sagen.«

»Kann man nicht?«, fragte sie. »Wie würdest du's denn sagen?«

»Warum bist du denn so gereizt?«

»Ich bin nicht gereizt«, sagte sie, und jetzt klang sie wirklich gereizt. Sie fragte sich, was mit ihr los war. Mit Christoph lief es doch besser denn je, als versuchte er, die letzten beiden Jahre auszugleichen. Vielleicht war die Veränderung zu abrupt, sie hätte sie miterleben, gemeinsam erleben wollen, und nicht vor vollendete Tatsachen gestellt werden, als hätte er sich in ihrer Abwesenheit einer Gehirnwäsche unterzogen. Er umsorgte sie zu sehr. Manchmal hatte sie sogar das Gefühl, er nehme ihr die Luft zum Atmen, er wollte sie morgens in die Schule fahren und hatte ihr angeboten, seine Mittagspause auf sechzehn Uhr zu verschieben, um sie auch abholen. Es war zu viel des Guten. Genauso wie dieses »Schatz«, dass Christoph seit ihrem Urlaub so inflationär benutzte, dass das Wort jedes Gewicht verlor. Sie fragte sich, warum sie zweifelte, genau das hatte sie sich doch gewünscht. Eigentlich wusste sie natürlich, woran es lag, oder an wem, aber sie wusste auch, dass sie nicht bereit war, sich auf diesen Gedanken einzulassen.

»Wie war denn *dein* Tag?«, fragte er mit einem besonderen Unterton. Er hielt sein Lächeln, aber man sah, dass er sich dazu zwang.

»Lang«, sagte sie mit einem Unterton, der zu verstehen gab, dass er nicht weiter nachhaken sollte.

Als sie den Kühlschrank öffnete um den Pesto herauszuholen, sagte Christoph: »Er ist ja gerade verliebt.«

»Wer?«

»Andreas.«

»Schön für ihn«, sagte sie. »Wurde ja auch langsam Zeit, dass der endlich mal aufwacht.«

»Na ja«, sagte er und machte wieder diese besänftigende Handbewegung. Das gehörte auch zu den Dingen, die sie nicht verstand. Christoph entschuldigte ständig den Lebenswandel dieses Typen. Warum auch immer. Vermutlich war das so ein Männerding.

»In wen ist er denn verliebt?«, fragte sie.

»Na ja, es ist ein bisschen kompliziert.«

»Ist er in einen Manfred verliebt?«

»Nein«, sagte er und musste lachen.

»Okay, und warum ist es dann so kompliziert?«

»Sie ist in einer Beziehung.«

Aha, na, das passt zu ihm, dachte sie, und dann sagte sie es auch.

»Du kennst ihn doch gar nicht«, sagte Christoph.

»Ist mir ehrlich gesagt auch lieber so. Was du so erzählt hast, reicht mir eigentlich schon. Die Frau tut mir jetzt schon leid.«

»Ja, aber was er so erzählt hat, scheint sie kurz vor einer Trennung zu sein.«

»Klar«, sagte sie. »Der soll sich mal nicht verarschen lassen. Wie lange ist sie mit ihrem Freund zusammen?«

»Vier Jahre, glaub ich.«

Wie wir, dachte sie, und dann sagte sie: »Er ist doch nur ein Sprunghelfer.«

»Ein Sprunghelfer?«

»Sie will nicht mit ihm zusammenkommen. Sie braucht nur eine Hilfe, um sich aus ihrer Beziehung zu lösen. Die wartet doch nur auf den Absprung. Die spielt nur mit ihm und sucht einfach nur nach Selbstbestätigung. Sie fühlt sich geschmeichelt, und das braucht sie. Frauen sind so.«

»Glaubst du?«

»Das glaub ich nicht, das weiß ich.«

»Ach?«

»Ja. Ich bin nämlich eine«, sagte sie. »Ich weiß, wie wir ticken. Am besten, er vergisst sie. Bevor es anfängt wehzutun.«

Christoph öffnete den Kühlschrank, um sich ein Bier zu nehmen.

»Warte mal«, sagte sie, bevor er die Kühlschranktür schloss, nahm Rucola und die Schale mit den getrockneten Tomaten heraus und legte sie zu dem Ciabatta, das Christoph auf den Küchentisch gelegt hatte.

»Essen wir auf der Terrasse?«, fragte Christoph, nachdem er einen Schluck getrunken hatte, aber bevor sie etwas erwiderte, sagte er entschieden: »Ich muss etwas ändern.«

»Ändern?«, sieh sah ihn an.

»Ja, ich brauch eine Veränderung!«, rief er, und in seinem Blick war plötzlich eine Aggressivität, die sie erschreckte. »Nichts stimmt in meinem Leben. In meinem Scheißleben, da stimmt etwas nicht. Da stimmt eigentlich gar nichts.«

»Dir ist schon klar, dass du damit auch über mich sprichst«, sagte sie, es sollte besänftigend klingen, beruhigend, aber es klang scharf.

»Ich verachte das hier«, sagte er. Er machte eine verächtliche Geste, die die Küche umfasste. »Das ist doch kein Leben. Das ist ...« Er suchte nach den richtigen Worten. »Das ist die Karikatur eines Lebens.«

»Christoph«, sagte sie schwach, »hörst du dir eigentlich gerade zu, das ist bösartig.« Sie spürte das Ziehen, wenn Tränen in die Augen schossen.

»Aber es ist doch wahr!«, rief er eindringlich. »Das sind doch alles Klischees, wir leben hier ein Klischee. Mein Gott, verstehst du das nicht, ich hasse meinen Job, ich denke jeden Tag darüber nach zu kündigen, wusstest du das? Und mit den Leuten, die du unsere Freunde nennst, kann ich nichts anfangen, sie interessieren mich nicht.« Er schwieg einige Sekunden, bevor er mit fester Stimme hinzufügte. »Ich würde lieber sterben, als dieses stumpfsinnige Leben weiterzuführen.«

»Was?«, fragte sie, ihre Stimme versagte ihr fast. Sie hat keine Ahnung gehabt, nichts in ihr hatte das kommen sehen, was da gerade aus Christoph herausbrach.

»Ja«, sagte er, sein Blick wirkte glasig, als würden sich auch seine Augen mit Tränen füllen.

»Das sind die Dinge, die mich beschäftigen, jeden Tag, und ich kann nicht mal mit dir darüber reden, weil ich nicht einmal weiß, ob du das überhaupt verstehst.«

Er sprach mit ihr wie mit einem Feind, dachte sie verzweifelt, und dann, nach einem kurzen Moment des Schweigens, sagte sie es auch.

»Und das überrascht dich?«, rief er. »Hast du denn eine Ahnung, wie unsere Beziehung wirklich aussieht? Es geht immer nur um dich, du hast irgendwie ein sehr problemorientiertes Erleben, alles wird zu einem Problem, wenn wir Probleme besprechen, sind es deine Probleme. Sie überlagern alles, die liegen wie ein Schatten auf meinem Leben, wenn ich jetzt auch noch mit meinen Problemen – also mit wirklichen Problemen – anfangen würde, würden wir nur noch über Probleme reden. Ich will mich hier erholen, ich will runterkommen, ich hab genug Stress im Büro, und du quatschst mich mit banalsten Dingen zu, die für dich Probleme sind, da fass ich mir an den Kopf.«

Sie gab keine Antwort. Ein Zittern zog sich durch ihren Körper, das sie nicht kontrollieren konnte. Sie wusste, dass es keinen Sinn hatte, jetzt auch nur irgendetwas zu sagen, alles würde ihn noch mehr in Rage bringen. Sie hatten einmal die Regel eingeführt, dass man bei einem Streit den Raum verlässt, um wieder runterzukommen, und dann zehn Minuten später zurückkehrt, um in Ruhe weiterzudiskutieren, aber dieser Vorschlag hätte hier keinen Sinn gehabt, sie sah es in seinem Blick, hier ging es um andere Dinge, solche, die man nicht in wenigen Minuten sortieren und dann ruhig verhandeln konnte.

»Ich kann nicht mehr«, sagte Christoph. Er sah matt aus, ausgelaugt, vielleicht wurde ihm langsam bewusst, was er gerade gesagt hatte. »Ich muss hier raus.«

Er verließ die Küche und dann die Wohnung, sie stand einfach nur da, sie zitterte. Da hatte gerade ein Fremder gestanden, dachte sie, ein Mensch, den sie nicht kannte. Als die Wohnungstür ins Schloss fiel, sackte alles zusammen, sie stützte sich auf der Tischplatte ab. Dann fiel ihr Blick auf die Arbeitsplatte, und sie griff wie betäubt nach dem Messer.

Ciabatta, dachte sie, während die Klinge durch das weiche Brot glitt. Es gab Ciabatta, denn heute war Freitag.

Sie unterbrach sich, als sie Geräusche an der Tür hörte, die jetzt wieder aufgeschlossen wurde. Sie hob ihren Kopf und wartete, bis Christophs entschlossene, aber auch seltsam belegte Stimme aus dem Flur rief: »Wir müssen reden. Unbedingt. Und dann kannst du mir auch gleich mal erzählen, wer Michael ist.«

Sie spürte den Adrenalinstoß, als sie den Namen aus Christophs Mund hörte, aber bevor sie irgendwie reagieren konnte, schlug die Tür hinter ihm ins Schloss.

DIE NACHMITTAGSFRAU

»**Sie müssen wissen,** ich hab schon lange nicht mehr mit einer Frau geschlafen«, sagte Werner, während seine Finger das leere Bierglas umspielten. »Mir geht's ja nicht einmal um den Akt an sich. Mir geht's um die Zärtlichkeiten, das Streicheln, die Küsse. Ja, das vermisse ich schon sehr. In schwachen Momenten habe ich auch schon mit dem Gedanken gespielt, zu einer Prostituierten zu geben – das geb ich auch ganz offen zu. Aber ich bin irgendwie nicht der Typ für solche Dinge. Andere haben damit weniger Probleme. Brecht war ja in seiner Jugend oft in Bordellen, und der Schiller ja auch – hemmungslos hat der's doch mit allem getrieben, was nicht bei drei auf den Bäumen war. Und Heine sowieso. Heine ist sein ganzes Leben lang zu Huren gegangen – der ist ja auch dran gestorben, also letztlich. An den Spätfolgen einer Syphilis.«

Es war kurz nach zwölf, sie saßen jetzt seit zwei Stunden im Willy Bresch. Wie schon bei ihrer ersten Begegnung waren die Rollen klar verteilt: Werner sprach, Andreas war der Zuhörer. Es hatte etwas Surreales, Werner dabei zuzuhören, wie er über Schriftsteller sprach. Teilweise hatte er den Eindruck, Werner würde in einer Scheinwelt leben, in der er die eigenen Unzulänglichkeiten mit den menschlichen Schwächen großer Autoren rechtfertigte. Vielleicht wurde er ja auch verrückt.

»Verstehe«, sagte Andreas abwesend, obwohl ihm klar war, dass er eigentlich einfühlsamer auf Werners Offenheit reagieren müsste, aber der Grund für seine Abwesenheit war die Nachricht auf seinem Handy. Eine Nachricht von Julia. Er hatte es nur aus Routine aus der Tasche geholt, mit dem Gedanken, dass er es seit einer Stunde vergessen hatte. Mindestens. Das waren die besten Abende, hatte er gedacht, die kostbaren, an denen man vergaß, auf sein Handy zu sehen. Wenn man vergaß, dass es existierte. Es gab unzählige unbeantwortete Anrufe von Christoph, zwischen denen sich eine Nachricht von Julia befand, die er fast übersehen hatte. Als er sie gelesen hatte, war er sofort unruhig geworden.

»Wo bist du, was machst du?«, hatte Julia geschrieben, mehr nicht.

Es war ungewöhnlich, dass sie ihm abends schrieb, die Nachmittage waren ihre Zeit. Es musste etwas vorgefallen sein. Vielleicht hatte es funktioniert, dachte er, vielleicht hatte es endlich den großen Streit mit

Christoph gegeben. Vielleicht hatte sie beschlossen, sich von ihm zu trennen, und brauchte jemanden, um darüber zu reden. Sie hatte die Nachricht vor zwei Stunden geschrieben, es war eine Nachricht aus der Vergangenheit. Wahrscheinlich schlief sie inzwischen schon oder hatte jemand anderen erreicht. Er hatte einen Moment lang nachgedacht, bevor er zurückschrieb: »Bin im Willy Bresch, Danziger Ecke Greifswalder. Komm vorbei!« Dann hatte er das Handy in die Jacketttasche geschoben und wartete seither ungeduldig. Er blickte alle paar Minuten darauf, obwohl sie sicherlich nicht mehr zurückschreiben würde.

Werner war gerade auf der Toilette, als Julia zwanzig Minuten später mit zweifelndem Blick den kargen Raum betrat. Sie wirkte wie eine Schauspielerin, die sich in die falsche Kulisse verirrt hatte. Sie trug ein schwarzes Kleid mit Spaghettiträgern zu einer schwarzgerahmten Brille, die ihr ein bisschen zu groß war. Sie sah fantastisch aus, dachte Andreas, als hätte Tom Ford sie sich ausgedacht. Er spürte, wie dankbar er war, dass sie jetzt hier war.

»Heute ohne Brille?«, sagte sie, nachdem sie Andreas umarmt hatte.

»Ja, manchmal trag ich auch Kontaktlinsen.«

»Mit Brille gefällst du mir besser«, sagte sie, bevor sie sich an Wolfgang wandte, der abwartend hinter dem Tresen stand. »Haben Sie Wein da?«

»Rot oda weiß, trocken oda lieblich«, sagte der Wirt entschieden, und es klang wie: »Hier wird nur Bier oder Schnaps jetrunken, vastehste?«

»Dann nehm ich ein Bier«, sagte sie. Sie hatte offensichtlich verstanden.

»Was ist denn das hier?«, flüsterte sie mit einem skeptischen Lächeln, als Wolfgang außer Hörweite war.

»Dit is Berlin«, sagte er mit einem Lächeln.

»Aber nicht mein Berlin«, sagte sie.

»Ich weiß«, sagte er. »Ich hab vorhin zufällig einen Freund getroffen, und dann sind wir irgendwie hier gelandet. Er ist gerade auf der Toilette.«

»Dann lern ich also endlich mal jemanden von deinen Freunden kennen«, sagte sie.

»Sozusagen«, sagte Andreas.

»Wie heißt der denn?«

»Werner Meyhöfer«, sagte Werners Stimme, der plötzlich neben ihnen stand.

»Julia«, sagte sie, als Werner ihr mit einer förmlichen Verbeugung die Hand gab. »Julia Schlehbusch.«

Scheiße, dachte Andreas, der plötzlich begriff, dass er einen Fehler gemacht hatte. Für Julia war er ja Michael. Werner musste ihn nur einmal Andreas nennen und alles würde auffliegen. Er musste Werner briefen, aber er bräuchte eine plausible Geschichte. Die Wahrheit würde Werner nicht verstehen, er würde sie nicht verstehen wollen. Er entschuldigte sich und ging schnell auf die Toilette. Als er zurückkehrte, glaubte er, eine schlüssige Erklärung gefunden zu haben, die Werner ihm abnehmen würde, aber er musste einen Moment abpassen, in dem sie ungestört waren. Werner redete auf Julia ein, ihr Gesicht hatte sich nicht verändert, sie hatten also noch nicht von ihm gesprochen.

Werner drückte entschlossen seine Zigarette aus, als Andreas zu ihnen trat.

»Wie viel rauchen Sie eigentlich?«, fragte Julia.

Werner überlegte: »Achtzig Zigaretten am Tag.«

»Wie bitte? Wie viele Schachteln sind das denn?«

»Vier«, sagte Andreas, bevor Werner antworten konnte. Julia sah Werner fassungslos an.

Wie kriegte man das denn logistisch hin?, dachte er. Wenn man sechzehn Stunden wach wäre, wäre das alle zwölf Minuten eine Zigarette, dachte Andreas.

»Aber wir haben gerade über das Schreiben gesprochen«, wechselte Werner das Thema und wandte sich wieder an Julia. »Ich bin ja Journalist, hatte ich das erwähnt?«

»Nur zwei Mal«, lächelte Julia.

»Das müssen Sie entschuldigen, meine Liebe, das ist so eine Neigung.«

»Zur Plauderei«, ergänzte Andreas.

»Genau, daran muss ich arbeiten, aber vielleicht ist's inzwischen auch zu spät, um daran zu arbeiten.«

»Ich hör Ihnen gern zu«, sagte Julia.

Werner nahm ihren Arm und deutete einen Handkuss an. »Wissen Sie, ich mag Sie, Julia Schlehbusch«, sagte er mit einer besonderen Betonung.

Andreas registrierte nur nebenbei, dass Julia damit auch ihm ein Kompliment gemacht hatte. Man konnte am besten auf einen Menschen schließen, wenn man die Leute kennenlernte, mit denen er sich umgab. Aber der Gedanke, Werner könnte ihn jeden Moment mit seinem Namen ansprechen, hämmerte permanent in seinem Kopf.

»Wussten Sie, dass Journalisten im Allgemeinen als verhinderte Schriftsteller gelten?«, sagte Werner und wies zerstreut auf Andreas, was Julia glücklicherweise nicht aufzufallen schien. Andreas spürte die Hitze, die sich in seinen Körper ausbreitete, Werner durfte jetzt keinen Fehler machen, aber er hoffte, sich auf dessen Ichbezogenheit verlassen zu können.

»Is so!«, fuhr Werner entschieden fort. »Is einfach so. Viele versuchen es … Aber … na ja, man hört den Dienstleister raus. Leider! Da wird nur beschrieben, hemmungslos werden da die Beschreibungen aneinandergereiht, mit ein bisschen Meinung zwischendrin. Das wird dann eine dreihundertseitige literarische Reportage. Wenn man Glück hat, sind's nur dreihundert Seiten. Wenn man Glück hat! Alles eins zu eins. Da gibt's keine Metaebene. Nein, nach einer Metaebene sucht man da erfolglos. Also in der Literatur – in der richtigen, in der ernstzunehmender Literatur –, da geht's doch gerade um die Dinge, die hinter dem liegen, was eigentlich zu erzählen ist, das ist ja allgemein bekannt. Dass zwischen den Sätzen die Geschichten erzählt werden. Und das kriegt man als Journalist einfach nicht hin. Dafür ist es dann schon zu spät. Das steckt in uns drin. Das ist der Arbeitsalltag. Das Schreiben fürs Tagesgeschäft, das Abliefern auf Knopfdruck. Das ist tödlich für den Schreibstil, das versaut einem jede Schreibe. Können Sie gern mal nachprüfen, wenn Sie für so was überhaupt Zeit finden. Am besten in einem ruhigen Moment, an einem regnerischen Tag vielleicht, an dem nichts weiter als absolute Ereignislosigkeit zu erwarten ist, dann können Sie gern mal bei einem dieser Kollegen nachlesen. Und ich kann Ihnen eins versprechen: Sie werden nichts auch nur metaebenenähnliches finden, nicht einmal den Hauch einer Andeutung von Metaebene. Niemals.«

Werner blickte einen Augenblick lang gedankenverloren auf sein Glas. Als er den Blick wieder hob, sah er Julia mit einem »Was-mach-ich-hier-eigentlich-in-diesem-scheiß-Willy-Bresch?«-Gesichtsausdruck an. Bevor er fortfuhr, schien es, als müsste er einen inneren Widerstand überwinden. »Und ich bin ja auch einer von denen«, sagte er. »Ich bin auch einer dieser … verhinderten Schriftsteller. Ich bin ein Klischee. Ein wandelndes Reporterklischee. Ich hab's doch auch schon versucht. Einen Roman hab ich geschrieben.«

»Wusste ich gar nicht«, sagte Andreas.

»Kein Wunder, ist auch nie veröffentlicht worden.« Werner sah Andreas an, als wäre er daran schuld, eigentlich sah er ihn sogar an, als wäre er an allem schuld. »Abgelehnt«, fügte er hinzu. »Von zwanzig Verlagen wurde der abgelehnt, wenn sie überhaupt geantwortet haben. Da beginnt man schon, an sich zu zweifeln.« Werner dachte kurz nach, mit einem schmerzvollen Zug um die Mundwinkel. Er machte eine Pause, als hätte er den Faden verloren. Er schien sich zusammenreißen zu müssen, bevor er entschieden weitersprach.

Mit einer zerstreuten Geste wies Werner auf sein Glas, das Wolfgang gerade auf den Tresen gestellt hatte. Es war sein sechstes, wenn Andreas richtig mitgezählt hatte. Es stand drei zu sechs, Werner hatte Vorsprung, aber den hatte er ja immer.

»Vielleicht ist die Form des Romans auch gar nichts für mich. Die meisten Schriftsteller sind doch Kurzgeschichtenautoren. Momentaufnahmenautoren, wenn man so will. Wenn die Romane schreiben, sind das nichts anderes als lange Kurzgeschichten. Aber das ist egal, da werden hemmungslos die Seiten vollgeschrieben. 200 Seiten reichen ja schon. Hauptsache, man kann Roman drauf schreiben.«

Werner ließ seine aufgerauchte Zigarette achtlos auf den Boden fallen und trank nach einem Seitenblick zu Wolfgang einen Schluck Bier.

»Diese Verlagsidioten!«, fuhr er unwillig fort. »Die hätten meinen Roman nehmen sollen. Auch wenn er nicht gut ist. Bei dem Dreck, der jedes Jahr auf den Markt geworfen wird, wär's doch egal gewesen. Auf Qualität kommt's doch heutzutage sowieso nicht mehr an. Und in Sachen Qualität – da hab ich selbst zu den Großen ein gespaltenes Verhältnis. Literatur ist doch dazu da, mit Vergnügen gelesen werden.

Wenn ein Roman nicht unterhält, ist er für den Leser wertlos. Is so. Is einfach so. Fontane beispielsweise, der hat ja erst mit 70 seinen ersten Roman geschrieben. Das ist ja bekannt. Da war er schon seit 45 Jahren Journalist. Das gibt einem schon Hoffnung. Also als Journalist. Seine Romane gelten als das Beste, was in der Zeit geschrieben worden ist. Mir persönlich ist er zu langweilig. Nach fünf Seiten Fontane steig ich aus. Wenn ich abends nicht einschlafen kann, les ich ein paar Seiten Fontane. Besser als jede Schlaftablette. Aber Weltliteratur! Ich werd hier schon wieder zu emotional. Viel zu emotional werd ich wieder.« Werner hielt inne, um sich zu beruhigen. »Aber unter uns, meine Liebe: Schriftsteller sind keine angenehmen Menschen – also charakterlich teilweise das Allerletzte. Vielleicht ist's bei ihm anders, das kann ich nicht einschätzen.«

Gott, dachte Andreas, aber wieder schien Julia nicht aufzufallen, wen Werner mit »ihm« meinte.

»Aber generell ist das so« sagte Werner. »Muss man so sagen. Und da frag ich mich – will ich das? Will ich so eitel sein? Wie der Brecht zum Beispiel. Also, als der sich nicht sicher war, ob er eine seiner Werkausgaben unter dem Namen Bert oder Bertolt veröffentlichen sollte, hat er sich für Bertolt entschieden, weil ihm jemand gesagt hat, dass Shakespeare seine Werke ja auch nicht unter dem Namen Willi erscheinen ließ. Das hat Brecht dann überzeugt. Muss man sich mal vorstellen! Unglaublich – größenwahnsinnig sind sie alle gewesen!«, schrie es plötzlich unkontrolliert aus Werner heraus. »GRÖS-SEN-WAHN-SIN-NIG!« Köpfe drehten sich zu ihnen um, Julia war sogar einige Schritte zurückgewichen. »Entschuldigen Sie«, sagte Werner und machte eine beschwichtigende Geste. »Ich bin schon wieder zu laut geworden bin. Eigentlich ist das nicht meine Art. Das liegt am Wein. Rotwein macht mich immer so ... emotional. Wissen Sie, was Marcel Reich-Ranicki einmal gesagt hat?«, sagte Werner und sah Julia an. »›Schriftsteller sind schauderhafte, schreckliche Menschen. Alle! Es gibt natürlich auch liebe, freundliche Schriftsteller, aber deren Bücher taugen überhaupt nichts.‹ Hat er gesagt, und wahrscheinlich hat der Mann sogar recht. Vielleicht ist das die eigentliche Tragik meines Lebens, nicht kaputt genug zu sein, um ein großer Schriftsteller zu werden.«

Als Julia sich entschuldigte, um endlich auf die Toilette zu gehen, sah Werner ihr nach.

»Gott, ist Ihre Freundin schön«, sagte er.

»Sie ist nicht meine Freundin.«

Werner warf ihm einen erstaunten Blick zu. »Warum nicht?«

Gute Frage, dachte Andreas.

»Es ist kompliziert«, sagte er, wie sie es in den Filmen sagten, wenn sie eigentlich nicht darüber reden wollten.

»Aber jetzt mal unter uns«, sagte Werner. »Die Liebe, die ist nicht kompliziert, die Menschen sind es«, sagte Werner, und nach kurzem Überlegen fügte er hinzu: »Aber: Um kompliziert zu sein, muss man was im Kopf haben.«

»Hat alles seine Vor- und Nachteile«, lachte Andreas und griff Werners Arm. »Aber ich muss Ihnen etwas sagen.«

»Was denn?«

»Julia weiß nicht, dass ich Andreas Landwehr bin.«

»Aha.« Werner warf ihm einen skeptischen Blick zu.

»Sie denkt, ich heiße Michael.«

»Aha«, sagte Werner noch einmal und sah ihn mit einem merkwürdigen Gesichtsausdruck an.

Andreas fuhr schnell fort: »Das mach ich immer so, wenn ich Frauen kennenlerne, die mir etwas bedeuten könnten. Also wirklich bedeuten. Wir reden nicht über unsere Berufe, lernen uns als Menschen kennen, unvoreingenommen. Ich hab's einfach zu oft gehabt, dass die Frauen an Andreas Landwehr interessiert sind.«

»Und nicht an dem Menschen. Verstehe«, beendete Werner den Satz mit einem Lächeln. »Sie wären übrigens ein schönes Paar, lieber Michael. Wenn sie Kinder hätten, wären das sicherlich schöne Kinder.«

Als Julia zurückkehrte, machte Wolfgang die Musik lauter. Es war Schlagermusik, aber darauf kam es auch nicht mehr an.

»Darf ich bitten?«, fragte Werner plötzlich an Julia gewandt. Julia ergriff Werners ausgestreckte Hand mit einem Lächeln und ließ sich von ihm in die Mitte des Raumes führen, um sie in eine Tanzfläche zu verwandeln. Julia wirkte dabei ganz entspannt, als wäre es vollkommen selbstverständlich, mit einem übergewichtigen, verlebt wirkenden Mann, der ihr Vater sein könnte, in einer verrauchten Altberliner Kneipe zu Schlagermusik zu tanzen. Und Werner tanzte, auf eine elegante, eloquente Art, die Andreas so nicht erwartet hatte und die eigentlich auch nicht zu dieser schrecklichen Musik passte. Das war der Moment, in dem sich Werner verwandelte, das ganze schlaffe Fleisch, die fahle, teigige Haut, all das fiel von ihm ab. Er war wieder ein junger Mann, der sich mit einer beiläufigen Bewegung eine Strähne seines immer noch dichten dunklen Haares aus der Stirn strich, nach dem sich die Frauen umdrehten und dessen Leben noch verheißungsvoll vor ihm lag. Er war wie ein Mann aus einer anderen, einer stilvolleren Zeit. Hätte Andreas die Szene als Unbeteiligter beobachtet, aus der Ferne, hätte er sie belächelt, aber er war kein Unbeteiligter, er gehörte dazu, er war Teil davon, aus der Zeit und den Umständen gefallen, und er war gerührt.

In die ausdruckslosen, erloschenen Blicke der übriggebliebenen Bewohner von Prenzlauer Berg begann sich Leben zu mischen, ihre Köpfe wippten. Sie lächelten auf eine Weise, der man ansah, dass sie lange nicht mehr gelächelt hatten.

Wenn er später daran zurückdachte, war das ein Moment gewesen, in dem das Willy Bresch leuchtete, als wäre es in ein Licht getaucht, das nur er sehen konnte, während er einen Mann beobachtete, dem man ansah, dass er alles vergessen hatte, sein Alter, wo er sich gerade befand, der für einen Abend in seiner Jugend versank und in dessen Blick man sah, dass alles möglich war, weil er mit einer schönen Frau in einem schwarzen Kleid tanzte.

Vielleicht ging es ja nur darum, jemanden zu finden, mit dem man sich gemeinsame Erinnerungen wünschte, dachte er, während er Julia mit einem warmen Gefühl betrachtete. Und dann dachte er, wie sehr ihm inzwischen das Interesse für One-Night-Stands fehlte, er hatte oft genug unverbindlichen Sex mit Frauen gehabt, die ihm nichts bedeuteten. Sex mit ihnen wurde zu einer ewigen Wiederholung. Einer Nachahmung von Gefühlen. Er wusste, dass es ihm nichts Neues mehr geben würde, und er wusste, dass er sich nach etwas Neuem sehnte, nach etwas Tieferem, dass ihm nur eine Frau geben konnte, die ihm etwas bedeutete.

Andreas betrachtete die beiden. Er war bereit, sich fallen zu lassen. Es überkam ihn ein besonderes, unerwartetes Gefühl. Es war wie der Balkonmoment mit Leonie. Ein Moment absoluter Klarheit, als würde er alles überblicken, das Wesentliche, das Unwesentliche, sein Leben. Und plötzlich spürte er es, einen Affekt, den in den letzten Jahren nur Filme hatten auslösen können. Die großen Emotionen in seinem Leben hatten sonst nichts mit Menschen zu tun und waren portionierbar. Aber das hatte sich gerade geändert. Er betrachtete diese Frau, die die Filme der vergangenen Jahre ersetzt hatte. Sie brachte ihn zum Lachen. Sie war die Nachmittagsfrau. Mit ihr zusammen zu sein wäre seine Chance, ein besserer Mensch zu werden. Zu wachsen, sich zu verändern und zu versuchen, mehr zu sein, als er war.

Das war es, worum es ging, dachte er. Julia blickte lächelnd zu ihm. Sie schien zustimmend zu nicken.

DER MORGEN DANACH

Andreas wachte auf und dachte, sie wäre hier. Er atmete den dezenten Duft ihres Parfums ein, eine Ahnung nur. Er öffnete die Augen, griff neben sich, auf die andere Seite des Bettes, doch er griff ins Leere. Sie war gegangen, ohne sich zu verabschieden, wie er es so oft nach One-Night-Stands gemacht hatte, wenn er mit einem schalen Gefühl die Wohnung verlassen hatte, weil ihm klar gewesen war, dass der Morgen danach unangenehm geworden wäre.

Der Wind bewegte die halbgeöffneten Vorhänge. Er vergrub sein Gesicht in der Bettwäsche und atmete den flüchtigen Geruch ihres Körpers ein, den Duft ihres Halses. Es gab kaum etwas Schöneres als diesen Geruch, dachte er. Es waren diese Dinge, auf die es ankam. Die schönen Kleinigkeiten, die alles ausmachten und die man viel zu oft überging, darin lagen die Momente, in denen man sein belastendes Ich vergaß, das man durch die Welt trug und das einen an nichts anderes als an sich selbst denken ließ. In diesen Momenten konnte man zur Ruhe kommen, und er wollte zur Ruhe kommen. Sie hatten nicht miteinander geschlafen, sie hatten sich nicht einmal geküsst, sie waren zusammen eingeschlafen. Es war sein intimster Moment der letzten Jahre. Er hatte die Augen geschlossen und gespürt, dass er angekommen war, in einem Leben, in dem er bleiben wollte. Er stellte sich vor, wie sie am Samstag auf den Markt am Kollwitzplatz liefen und er in Julias Blick sah, dass sie bald über Kinder reden würden, er hätte es daran bemerkt, wie sie die Kinder ansah, die hier überall herumliefen. Dann würde er mit dem Rauchen aufhören. Er hatte immer nach den richtigen Anlässen gesucht, dann würde es einen Grund geben.

Als er Geräusche aus dem Bad hörte, atmete auf. Er begriff, dass es Julia war.

Er könnte jetzt alles aufdecken, dachte er, ihr sagen, dass er Christoph kannte, dass Christoph sie betrogen hatte, er müsste erklären, wer er wirklich war, dass er dieser Andreas war, von dem sie so wenig hielt. Er könnte das Geflecht von Lügen aufdecken. Aber es würde womöglich alles zerbrechen. Er könnte behaupten, ein Detektiv zu sein, den Christoph engagiert hatte, um herauszufinden, ob sie ihn betrog, und dass er sich dann in sie verliebt hatte, aber das erschien ihm zu konstruiert, ein Lügengebilde, zu offensichtlich von Hollywood inspiriert, dass durch einen Satz von Christoph in sich zusammenbrechen würde. Er überlegte, noch einen anderen Weg zu gehen, den Weg der Halbwahrheit, er könnte sagen, dass er sie aus Christophs Erzählungen kannte und ihr dann zufällig in dem Café begegnet war und aus einem Impuls der Panik einen falschen Namen angegeben hatte, er konnte ja nicht ahnen, wie gut sie sich verstehen würden, dass das der Beginn einer Liebesgeschichte sein würde.

Nein, dachte er, seine Taktik musste subtiler sein. Er durfte nicht der direkte Auslöser sein, er durfte nur als Freund in Erscheinung treten, der ihr zuhörte, der ihr Halt gab. Der Mann, der für sie da war, wenn es ihr schlecht ging.

Ihm fiel ein, dass sich Christoph ständig nach irgendwelchen Restaurants bei ihm erkundigte, weil er Julia zwei Mal in der Woche zum Essen ausführte, um gemeinsame Erlebnisse zu schaffen. Er musste ihm nur ein Restaurant empfehlen, ein kleines, übersichtliches Restaurant mit acht Tischen, um sich, wenn er wusste, wann er mit Julia dort sein würde, für eine halbe Stunde mit Leonie zu verabreden und nicht hinzugehen. Diese Zufallskonstruktion konnte schon alles auflösen. Letztlich blieb nur das Problem, dass er einen falschen Namen genannt hatte, eine falsche Identität. Das aufzulösen, ohne ihr Vertrauen zu verlieren, erschien ihm noch unlösbar. Er musste darüber nachdenken. Er dachte an Christoph, mit dem er in nicht einmal einer Stunde im Prater verabredet war.

Als er die Augen öffnete, stand Julia im Türrahmen und betrachtete ihn nachdenklich. Er lächelte. Es war einer dieser Momente, in denen er vergaß, dass er gar nicht liiert war, in denen er seine Rolle glaubte. Mit den Gefühlen für Julia wurde die Wirklichkeit von Michael wirklicher als die von Andreas. Sie waren zwei Menschen, die unter ihrer Beziehung litten, dachte er, zwei Leidende, die sich Trost spendeten und miteinander ihre Fantasien auslebten. Zwei unglücklich Verliebte, die ein Doppelleben führten, die sich ein zweites Leben schufen, um ihr eigentliches Leben erträglicher zu machen.

Dann brach das Vibrieren ihres Handys in seine angenehme Stimmung. Julia war zusammengezuckt und suchte mit hastigen Bewegungen nach dem Handy in ihrer Tasche. Als sie auf das Display sah, veränderte sich etwas in ihrem Blick.

»Dein Freund?« fragte er, obwohl er die Antwort bereits wusste. Sie nickte. »Mist«, sagte sie. »Ich ruf ihn mal zurück.«

Sie ging ins Wohnzimmer und schloss die Tür hinter sich. Er hörte ihre gedämpfte Stimme und versuchte zu verstehen, was sie sagte. Er verstand nichts, außer Franzis Namen, aber er traute sich auch nicht, in den Flur zu gehen. Er spürte, dass sie schon dabei war, dahin zurückzukehren, wo er nicht vorkam.

Als Julia wieder ins Schlafzimmer kam, hatte sich nicht nur ihr Blick verändert. Die Grenze war wieder da. »Ich muss los«, sagte sie.

Als die Ampel am Frankfurter Tor endlich auf Grün schaltete, überquerte Julia die Kreuzung mit hastigen Schritten und gesenktem Blick. Die vergangene Nacht hatte in ihr ein ungutes Gefühl hinterlassen, und sie wollte jetzt niemandem begegnen, den sie kannte.

Das hätte nicht passieren dürfen, dachte sie. Mit jemandem einzuschlafen konnte mehr bedeuten, als mit jemanden Sex zu haben.

Auch wenn Christoph sie verletzt hatte. Seine ganze Ablehnung ihres gemeinsamen Lebens – wie sollte sie es anders verstehen, als dass er auch sie für eine Farce hielt, oder ihre Beziehung zumindest. Die Sätze, die er gesagt hatte, passten in ihrem Bild eigentlich gar nicht zu ihm, aber all das schien sich in ihm aufgestaut zu haben, obwohl sich ihre Beziehung in den letzten Monaten so verbessert hatte. Sie hatte seine Probleme falsch eingeschätzt, das hatte sie gedacht, als er wutentbrannt die Wohnung verlassen hatte, und sich gefragt, warum er nie etwas gesagt hatte. Sie mussten tatsächlich reden.

Sie wusste selbst nicht genau, warum sie Michael geschrieben hatte, vielleicht weil sie mit jemandem darüber hatte sprechen müssen, sie einen unvoreingenommenen Blick gebraucht hatte. Als Michael nicht antwortete, hatte sie versucht, Christoph zu erreichen, aber sein Handy klingelte nicht einmal, sie wurde sofort auf die Mailbox geleitet. Sie wartete auf seinen Rückruf und zog aus irgendeinem Grund das Kleid an, das nicht in die Jägerklause gepasst hatte. Beim Betrachten im Spiegel sah sie eine Frau, deren Anblick nicht zu den unangenehmen Gefühlen in ihr passte. Als ihr Handy vibrierte, hoffte sie, dass es Christoph wäre, aber es war eine Nachricht von Michael.

Sie konnte in diesem Moment nicht allein sein, das war ihr klar, deshalb rief sie sofort ein Taxi. Die Kneipe, in die Michael sie gelotst hatte, war eine ihr so unbekannte Welt, dass sie beim Betreten fast ein Kulturschock bekam, was ihr wieder einmal zeigte, dass sie in einer Blase lebte. Einer Blase, in der sich ihre Wohnung und die Restaurants, in denen sie gelegentlich aß, befanden. Einer Blase, in der man den Eindruck hatte, dass es viele Menschen geben musste, die so lebten wie sie. Die Nachrichten, dass sich die Schere zwischen Armen und Reichen immer weiter öffnete oder dass Drogendealer die Gegend um die Warschauer Brücke übernommen hatten, erreichten sie wie Ereignisse aus einem Krisengebiet, das nur mit Flugzeugen zu erreichen war. Sie waren unwirklich und weit entfernt, obwohl sie ja nur fünfzehn Minuten zu Fuß benötigte, um sich in der Revaler Straße davon zu überzeugen. Und auch die Welt des Willy Bresch befand sich außerhalb ihrer Blase.

Sie erwähnte letztlich weder den Streit noch Christoph, auch weil Werner da war, ein Fremder, vor dem sie nicht so offen darüber reden wollte. Und dann ist es ein so schöner Abend geworden, was sie gar nicht erwartet hatte, als sie die schäbige Kneipe betrat. Vielleicht lag es auch an Werner – seiner Art. Er wirkte wie einer dieser gescheiterten, aber liebenswerten Helden, die die Bücher bevölkerten, die sie las. Es war irgendwie die richtige Atmosphäre. Sie hatte ja auch ziemlich viel getrunken.

Werner zuzuhören gefiel ihr, eine Auszeit zu nehmen, und dann, als er sie aufforderte, zu dieser unmöglichen Schlagermusik mit ihm zu tanzen, hatte sie endgültig das Gefühl, weit weg von allem zu sein. Sie hatte fünf Bier getrunken und auch zwei Kurze, vielleicht lag es daran, dass sie irgendwann in der richtigen Stimmung war, um Michaels Vorschlag, in seiner Wohnung noch einen Absacker zu trinken, zuzustimmen. Sie konnte sich nur verschwommen daran erinnern, was dort geschehen war. Es war nicht viel, sie war plötzlich sehr müde, und obwohl Michael ihr angeboten hatte, auf dem Sofa zu schlafen, lagen sie irgendwann zusammen in seinem Bett. Es war nichts passiert, sie hatten sich nicht einmal geküsst, soweit hatte sie die Kontrolle. Sie lagen nur sehr eng nebeneinander, dann war sie schnell eingeschlafen, mit dem vagen Gedanken daran, wo wohl seine Freundin war. Aber er hatte ja nie erwähnt, dass sie zusammen wohnten, Julia war vermutlich nur davon ausgegangen. Als sie vorhin die Augen aufgeschlagen hatte, wollte sie so schnell wie möglich weg.

Glücklicherweise rief Christoph an, obwohl es ein seltsames Gefühl war, mit ihm zu telefonieren, während sie in Michaels Wohnzimmer stand. Der Anruf rettete sie. In dem kurzen Telefonat entschuldigte Christoph sich, sie mussten darüber reden, sagte er, und er hatte recht. Sie behauptete, die Nacht bei Franzi verbracht zu haben.

Als sie die Verbindung getrennt hatte, hatte sie verstanden, wie wichtig die Erfahrung der letzten Nacht gewesen war. Sie brauchte dieses unmittelbare Erlebnis, um sich über ihre Gefühle klar zu werden. Und jetzt wusste sie, was sie in der Verwirrung und Unklarheit ihrer Emotionen der letzten Wochen nur geahnt hatte: Ihre Gefühle reichten nicht aus. Michael war aus der Rolle des Freundes herausgetreten. Es fühlte sich nicht mehr richtig an. Sie wollte weg, raus aus dieser Wohnung, weg von Michael, der ihr zu nah gekommen war. Eine Nähe, die sie so nicht wollte. Sie wollte bei Christoph sein.

Auch wenn sie sich von der letzten Nacht beschmutzt fühlte und ein schlechtes Gewissen hatte, trieb es sie die Promenade hinunter zu Christoph hin. Allein das zeigte doch, wie wertvoll Christoph für sie war. Sie spürte den Drang zu duschen, die vergangene Nacht abzuwaschen, sich wieder sauber fühlen, aber das würde wohl warten müssen, erst mussten sie miteinander reden. Sie mussten Lösungen finden, gemeinsam, und sie würden sie finden, sonst war ihre Beziehung zum Scheitern verurteilt. Und das wollte sie nicht.

Als sie in die Proskauer einbog, fiel ihr Blick auf einen kleinen Buchladen, der gerade erst eröffnet worden sein musste. Unforgotten Books. Ein schöner Name für eine Buchhandlung, dachte sie, überquerte die Straße und stand einen Moment lang vor dem Schaufenster, in dem sie sich zwischen all den Büchern spiegelte. Sie rief Franzi an, um sie zu instruieren, dass sie die Nacht bei ihr verbracht hätte, bevor sie sich zurechtlegte, was sie sagen würde, falls Christoph sie erneut auf Michael ansprach.

Dann ging sie mit schnellen Schritten weiter nach Hause.

Christoph kam nicht zur Ruhe. Ihr viel zu kurzes Telefonat war jetzt zwanzig Minuten her. Julia hatte gesagt, dass sie auf dem Heimweg sei, und er wurde immer ungeduldiger. Er hatte versucht, auf dem Sofa zu sitzen, aber er konnte jetzt nicht sitzen. Sein Herz hämmerte. Er erhob sich und ging in die Küche, dann ins Schlafzimmer und dann wieder ins Wohnzimmer, bevor sein Blick im Flur auf sein Spiegelbild fiel. Er erschrak, als er sein Gesicht sah. Es war grau, seine Augenringe wirkten tätowiert, er hatte ja auch kaum geschlafen.

Weil er hoffte, Andreas, den er nicht erreicht hatte, dort zu treffen, war er in der Bar in der Grünberger gewesen. Er hatte drei Gin Tonic getrunken und ein wenig mit Martin gesprochen, während er einen Mann beobachtete, der nur einige Barhocker weiter am Tresen saß. Ein stiller Trinker, der tapfer einen Cuba Libre nach dem anderen trank, als warte er auf etwas, das nicht geschehen würde. Christoph stellte sich vor, welche Entscheidungen seines Lebens ihn letztlich hierhergeführt hatten – welche Fehlentscheidungen–, und seine Überzeugung wuchs, dass der Stille sein Leben spiegelte, wenn Julia sich von ihm trennen würde. Ein übergewichtiger Mann, der seine Nächte allein in einer Bar verbrachte, weil zu Hause niemand auf ihn wartete. So durfte es nicht enden, hatte er gedacht.

Er ging ins Badezimmer und nahm sich eine von Julias Tagescremes. Sie roch angenehm und er spürte sofort die Wirkung, nachdem er sie aufgetragen hatte. Es war klar, dass sie gleich das entscheidendste Gespräch ihrer Beziehung führen würden. Nervös begann er wieder, durch die Räume zu gehen. Als er gerade im Wohnzimmer vor der Terrassentür stand, hörte er, wie die Wohnungstür geöffnet wurde. Er setzte sich schnell aufs Sofa, erhob sich aber sofort wieder, als Julia in der Tür stand.

»Hey«, sagte er, und stellte fest, wie fremd seine Stimme klang.

»Hey«, sagte sie. Sie sah besser aus als er, und sie klang auch besser. Sie trug ein Kleid, das er noch nie an ihr gesehen hatte, elegant, als wäre sie in der Oper gewesen. Vielleicht war sie mit Franzi aus gewesen. Sie war schön, er hatte ihre Schönheit schon viel zu lange nicht mehr gesehen. Es lag am Kleid, es betonte ihre Attraktivität, und dann fiel ihm ein, dass es in ihrem Leben kaum noch Anlässe gab, eigentlich gar keine, um solche Kleider zu tragen.

Wenn sie nach dem Gespräch noch ein Paar sein sollten, mussten sie Gelegenheiten schaffen, sich so zu kleiden, früher waren sie doch auch öfter in die Volksbühne gegangen oder ins Gorki. Er sah an sich hinab, ausgewaschenes T-Shirt, Jogginghose, in der linken Socke entdeckte er sogar ein Loch. In Julias Gegenwart sah er aus wie ihr Diener, dachte er, wie jemand, der ihr den Garten pflegt. Er nahm sich vor, ab sofort auch zu Hause Kleidung zu tragen, in der er auch auf die Straße gehen konnte. Man durfte sich nicht so gehen lassen. Das war wahrscheinlich der generelle Schlüssel zu seinen Problemen, dachte er, er hatte sich zu sehr gehen lassen.

»Was ich gestern gesagt habe, tut mir leid«, sagte er.

»Ich frag mich nur, warum hast du's nicht schon früher gesagt?«

»Ich weiß auch nicht, was mit mir los war.«

»Ich weiß es schon«, sagte sie mit einem leichten Vorwurf in der Stimme. »Du hast ja ziemlich deutlich gesagt, was mit dir los ist.« Er nickte stumm. »Aber Christoph, schrei mich nie wieder so an. Ich hatte richtig Angst vor dir.«

»Nein«, sagte er entschieden. »Werde ich auch nicht. Das hätte nicht passieren dürfen.«

Nach langem Überlegen sagte sie traurig: »Wir haben verlernt miteinander zu reden, oder?« Er nickte wieder, und beinahe hätte er gesagt, dass Kommunikation alles sei, aber das erschien ihm wie eine Floskel, obwohl es ja wahr war. »Wenn dich etwas stört, sag es sofort«, fuhr sie bestimmt fort. »Ich weiß, du machst deine Probleme lieber mit dir selbst aus. Aber wir sind zusammen, deine Probleme sind auch meine Probleme. Wir müssen darüber reden. Wenn sich das wieder aufstaut ...« Sie suchte nach den richtigen Worten. »Du warst mir richtig fremd. Noch so einen Ausbruch ertrag ich nicht. Dann ist es vorbei.«

Er sah sie wortlos an, er wusste nicht, was er sagen sollte. Und was sollte er auch sagen? Es war ja klar, dass sie es in der Hand hatte, ob sie noch mit ihm zusammen sein wollte. Und gerade hatte sie es entschieden. Es war ihre zweite Chance.

»Ich brauch jetzt einen Kaffee«, sagte sie, und nur dieser Satz löste die unangenehme Spannung des Gesprächs. »Willst du auch einen?«

»Ja«, sagte er dankbar. Er folgte ihr in die Küche, und während der Kaffeeduft langsam den Raum füllte, besprachen sie alles, was ihn beschäftigte. Sie wiederholten praktisch ihr gestriges Gespräch, diesmal jedoch ruhig und konstruktiv.

Julia sagte, wenn sein Job ihn unglücklich mache, sollte er mit Karnowski reden und ihm sagen, was ihn störe. Und wenn Karnowski es nicht verstünde, sollte er kündigen.

»So einfach ist das nicht«, sagte er panisch, als er das Wort »Kündigung« aus ihrem Mund hörte.

»Doch«, erwiderte sie. »So einfach ist das.«

Sie würden das finanziell hinkriegen. Er hätte ja ein Jahr Zeit, darüber nachzudenken, was er eigentlich beruflich wolle. »Und bei deinem Gehalt kriegst du ja auch nicht wenig Arbeitslosengeld«, sagte sie, ein Satz, den er nie von ihr erwartet hätte. Jetzt erst verstand er, wie sehr sie ihm die Kraft geben konnte, die er brauchte.

»Ich sprech erst mal mit Karnowski«, sagte er. »Anfang des Monats hab ich sowieso Mitarbeitergespräch.«

»Na, das passt doch«, sagte sie.

Sie sprachen auch über seine Freundschaften, dass er sie pflegen müsse. Ihr sei an seinem Geburtstag auch klar gewesen, dass nur Leute da gewesen waren, die sie in die Beziehung eingebracht hatte.

»Und mit deinem Andreas können wir uns auch mal treffen«, sagte sie.

»Er ist wirklich cool. Du hast da irgendwie einen falschen Eindruck«, versicherte er ihr.

»Ich kenn ihn ja auch nicht«, sagte sie, bevor sie lächelnd hinzufügte: »Noch nicht.«

Sie verabredeten einen Tag im Monat, an dem sie – ohne zu streiten – über alles sprechen wollten, was den einen am anderen störte. Er fragte sie, warum sie das nie vorher gemacht hätten. Ein klärendes Gespräch wie jetzt hatte tatsächlich etwas Reinigendes, das Gefühl eines Neuanfangs. Aber es gab noch Unausgesprochenes, was sie beide umschifften, das war ihm bewusst. Die Frage, wer dieser Michael war. Er fürchtete sie, weil er sich vor der Antwort fürchtete. Doch er zögerte sie nur hinaus, schließlich wusste er, dass er sie stellen musste. Als sie zum ersten Mal lachen mussten, fragte er:

»Wer ist denn eigentlich Michael?«

Sie sah ihn an. »Ein Bekannter, der Freund einer Kollegin«, sagte sie beiläufig, und er atmete auf.

»Wie kommst du denn auf Michael?«

»Rico hat mir von ihm erzählt.«

»Ach stimmt ja. Als Franzi Geburtstag hatte, war er auch da, zufällig, und er hat sich sehr lange mit Franzi unterhalten. Die haben sich super verstanden.«

»Da hat er bei Rico nicht viele Sympathien gewonnen«, lachte Christoph erleichtert. »So klang er auch.«

»Ach Christoph«, sagte sie liebevoll, trat auf ihn zu und berührte seine Hand. »Du bist eifersüchtig?«

»Klar«, sagte er.

»Zum ersten Mal, seitdem wir zusammen sind«, sagte sie. »Ehrlich gesagt, das hab ich immer ein wenig vermisst, dass du nie eifersüchtig warst.«

Er nahm sie in die Arme und war dankbar, dass er keinen Widerstand spürte. Er wollte Ruhe, er wollte mit ihr zusammen sein. Es fühlte sich so gut mit ihr an, dachte er, als könnte alles anders werden, es war ihm wert, daran zu arbeiten. Ihre Gesichter berührten sich, ihr Mund suchte seine Lippen. Ihre Zungen trafen sich sanft, aber plötzlich entzog sie sich seinen Armen. »Warte«, flüsterte sie und sah ihn an. »Ich geh jetzt erst mal duschen.«

»Ja«, sagte er und verwarf die Frage nach den Rosen.

Denn es war wie am Anfang, dachte er. Fast wie am Anfang.

UND LIEBE WIRD ZU HASS

»Ich hab mich von meiner Freundin getrennt«, sagte Michael, nachdem sie den Wein bestellt hatten.

»Wann?« Julia blickte erschrocken der Kellnerin nach, sich vergewissernd, dass sie es nicht gehört hatte, bevor sie ihn wieder ansah.

»Vorgestern.«

»Warum?«

Er zögerte, bevor er die Frage erwiderte. »Deinetwegen«, sagte er und sah sie an.

Sie spürte, wie sich die Stimmung veränderte. Nur durch ein Wort. Als Michael ihre Hand berührte, zwang sie sich, sie nicht wegzuziehen.

Scheiße, dachte sie und sah auf die Karte, die aufgeschlagen vor ihr lag. Sie las die Tagesgerichte und vergaß sie sofort wieder. Sowieso würde sie nichts mehr essen, das Thema des Gesprächs verlangte nach Getränken, und die hatten sie ja schon bestellt.

Es hatte gute Gründe gegeben, warum sie sich mit Michael getroffen und die Zeit mit ihm so genossen hatte. Die Gespräche mit ihm gaben ihr das Gefühl, sichtbar zu sein, so merkwürdig das auch klang, die Facetten der Frau zum Vorschein zu bringen, die sie mit Christoph oder auch mit Franzi, Melanie oder Carina nicht sein konnte. Aber er war auch der Grund für die Unruhe in ihrem Leben, für die verzerrten, verschachtelten Gefühle in ihr. Es war kompliziert. Und durch Michaels Trennung wurde es noch komplizierter. Dass sie beide in einer Beziehung waren, hatte eine Grenze gezogen, jetzt war er Single und die Barriere fiel weg. Sie spürte den Druck, der durch seine Entscheidung, sich von seiner Freundin zu trennen, auf ihr lag. Sie fühlte sich eingeengt. Wenn Michael ihr jetzt erzählen würde, er hätte sich in eine Frau verliebt, was würde sie dann empfinden, fragte sie sich. Sie würde sich freuen, wusste sie die Antwort, für ihn und auch für sich selbst, denn dann würde nichts mehr zwischen ihnen stehen.

Sie mochte ihn, dachte sie, ohne den Blick von der Karte zu heben, deren Inhalt sie nicht verstand. Sie mochte ihn wirklich. Aber sie konnte sich keine Zukunft mit ihm vorstellen. Durch das Gespräch hatte ihre Beziehung mit Christoph dafür eine neue Ebene erreicht, das spürte sie. Ein Fundament, auf dem sie aufbauen konnten. Und dann dachte sie daran, wie sehr sie die Beziehung jetzt wieder genoss.

Sie wusste, dass sie Michael nicht wiedersehen durfte. Aber ein letztes Gespräch war sie ihm schuldig, sie wollte es erklären. Dieses Geständnis legte sich allerdings unangenehm auf ihr Treffen. Jetzt hatte sie nur noch das Bedürfnis, es schnell hinter sich zu bringen.

»Ich empfinde was für dich«, sagte Michael. »Ich hab versucht, was dagegen zu tun, aber es hat nicht funktioniert.«

Eigentlich musste sie Michael dankbar sein, dachte sie, während sie den Blick immer noch auf die Karte gerichtet hielt. Ohne es zu wollen, hatte er mit seinem Geständnis die Entscheidung für sie beide getroffen. Es würde ihm wehtun, natürlich, aber lieber der kurze, plötzliche Schmerz einer Ablehnung als ein anhaltender, immer unerträglicher werdender Schwebezustand, der ihn zerfressen würde. Sie dachte an Christoph und spürte, dass Michael sie gerade ansah. Julia löste den Blick von der Karte und blickte zu ihm auf.

»Weißt du, ich mag dich auch«, sagte sie. »Aber – wenn ich Single wäre ...«

»Ja«, unterbrach er sie schnell, während sich sein Blick veränderte.

»Es kommt oft auch einfach auf den richtigen Zeitpunkt an«, fuhr sie fort. »Und ich müsste auch ein halbes Jahr erstmal allein sein, mindestens.«

»Wahrscheinlich«, sagte er.

»Ich kann einfach nicht wegen einem Monat die vier Jahre mit Christoph aufgeben.«

»Ja, klar, ich kann das schon verstehen«, sagte er. »Was ist ein Monat gegen vier Jahre?«

Sie hörte ihn sagen, dass sie seine Hilfe war, sich aus der Beziehung, unter der er gelitten hatte, zu lösen. Sich aus der drückenden Stimmung zu befreien, die er so lange ausgehalten hatte, weil er sie gewohnt war. Und dann, wie sehr er die Momente mit ihr genossen hatte.

Sie lächelte, nickte und ließ ihn reden. »Ich hab die Momente auch sehr genossen«, sagte sie und abschließend: »Vielleicht sollten wir unsere Erinnerungen nicht kaputt machen, indem wir uns wiedersehen. Ich weiß, dass du die Richtige finden wirst«, fügte sie hinzu. »Ich wünsch dir das so sehr, du kannst einer Frau so viel geben. Aber *ich* bin nicht die Richtige.«

Er nickte. Er war verständnisvoll, dachte sie, er war viel zu verständnisvoll. Sie war ihm dankbar, aber es ärgerte sie auch, weil sie verstand, dass er nie um sie kämpfen würde.

»Mir wird's fehlen, mit dir zu reden«, sagte er, als sie sich siebzehn unerträgliche Minuten später verabschiedeten.

»Ja«, sagte sie mit einem scheinheiligen Gefühl, und dann, nach einer Pause. »Mir auch.«

Wie benommen lief Andreas die Oranienstraße hinunter. In der Ferne leuchteten verschwommen die Ampeln am Kreisverkehr des Moritzplatzes, während sich in seinen Gedanken Bilder der vergangenen Stunde ablösten, in einer ewigen, gnadenlosen Wiederholung. Er blieb stehen, er brauchte jetzt eine Zigarette. Mit einem tiefen, gierigen Zug inhalierte er den Rauch. Das Nikotin wirkte, er wurde ruhiger.

Das war also ihr letztes Gespräch, dachte er, eine Aneinanderreihung unerträglicher Plattitüden, Allgemeinplätze und Floskeln. Es erinnerte an die Szenen eines drittklassigen, schlecht synchronisierten Liebesfilms, an schlecht gespielte Emotionen, eine fade Kopie. Leere Worthülsen, die Julia, und das war die wirkliche Tragik ihrer Unterhaltung, ernst gemeint hatte.

Und dieses verkopfte Planen. Sie müsste nach der Trennung ein halbes Jahr Single sein. Er lachte bitter. Gefühle erforderten keine

Planung, Gefühle waren die Umkehrung von Vernunft. Er hatte sich zusammenreißen müssen, nicht aus der Rolle zu fallen. Er hatte verständnisvoll gelächelt, an den richtigen Stellen genickt, während es in ihm brodelte. Er hatte sich gezwungen, dieses unerträgliche Gespräch zu Ende zu spielen.

Dabei war er sich so sicher gewesen. Auf dem Weg zu ihrem Treffen hatte er begriffen, dass er, beinahe ohne es zu registrieren, in einen neuen Lebensabschnitt eingetreten war. Er hatte schon Bilder ihrer gemeinsamen Zukunft im Kopf gehabt. Er hatte sogar von ihr geträumt, als hätte sich sein Unterbewusstsein auf ihre gemeinsame Zukunft eingestellt.

Er hatte die Besorgnis in ihrem Blick gesehen, als sie gesagt hatte, dass sie sich nicht mehr sehen durften. Sie befürchtete, er könnte ansatzlos die Fassung verlieren und sich in einen Menschen verwandeln, der ihre schönen Momente der letzten Monate unter sich begrub. Er hatte selbst oft genug erlebt, wie Frauen in Trennungsgesprächen ihre Würde verloren. Wie die hilflose, verzweifelte Seite der Person die Kontrolle übernahm. Aber das würde ihm nicht passieren, die Genugtuung, ihn zu bemitleiden, wollte er ihr nicht geben. Am Schlimmsten war dann aber ihr Blick, als sie sich sicher fühlte, ihm den Verständnisvollen abnahm. Mit diesem gutgemeinten Blick hatte sie, ohne es zu wollen, alles, was sie trennte, hervorgehoben, mit diesem beruhigenden »Kopf hoch«, das durch jede ihrer Gesten schimmerte. In Begleitung solcher Gesten erfuhr man sonst, dass man Krebs hatte.

Er hatte ihr bei der Verabschiedung angesehen, wie froh sie war, dass es endlich vorbei war. Sie hatte sich danach abgewandt, als könne sie jetzt endlich wieder befreit durchatmen, und sie war weg gegangen, als wäre er nicht mehr vorhanden. Es war die Endgültigkeit dieses Abwendens gewesen, die ihm gezeigt hatte, dass er schon jetzt dabei war, in Vergessenheit geraten zu sein. Sie würde sich nicht mehr umdrehen, dass hatte er gewusst. Es war ein Schnitt. Er hatte sich einer Illusion beraubt gefühlt. Seine Funktion in ihrem Leben war nur die einer Ablenkung gewesen. Als ginge man am Wochenende einen saufen, um seine Existenz ertragen zu können.

Er war kurz davor gewesen, seine Idee für sie aufzugeben, dachte er. Die gesammelten Dateien und Ordner auf seinem Rechner hatten durch sie keinen Sinn mehr ergeben. Die Idee war hinter ihr Bild getreten. Sie war immer mehr hinter seinen Gefühlen für diese Frau verschwommen, bis sie sich irgendwann förmlich aufgelöst hatte, wie eine pervertierte Idee, die das Besondere, was Julia und er hatten, beschmutzt hätte. Er hätte die Mitschnitte und Textdateien vernichtet, weil es ihm das Wichtigste schien, jemanden zu lieben und wiedergeliebt zu werden. All der Ehrgeiz für seine großen Ideen waren auf einmal bedeutungslos gegenüber der Liebe.

Doch wenn man sich öffnete, zogen sie sich verschreckt zurück, dachte er, das war bei Leonie so gewesen und hatte sich bei Julia wiederholt, die einzigen Frauen, die ihm in den letzten vier Jahren etwas bedeutet hatten. Wer seine Gefühle zeigte, war der Verlierer, dachte er. Ein Satz, der zusammenfasste, wie die Menschen miteinander umgingen.

Ein verwaschenes Bild tauchte vor ihm auf. Ein Brief, den er in der siebenten Klasse geschrieben hatte und den seine Eltern ihm zu seinem letzten Geburtstag geschenkt hatten, weil sie so stolz waren auf die Reife seiner Formulierungen. Es war der Brief eines stillen, introvertierten Kindes, das viel las und nicht viel sprach. Der Brief eines Anderen.

Er hatte Jahre gebraucht, um seine gesellschaftliche Rolle zu kultivieren, anfangs noch unbewusst, aber später, als er die Wirkungen kannte, setzte er sie immer bewusster ein. Er modellierte sie wie ein Kunstwerk, sie war eine Meisterleistung überzeichneter Wirklichkeit. Die Rolle half ihm, sich mühelos in dieser Welt zu bewegen. Sie machte ihn unangreifbarer, sie war sein Schutz. Ein Panzer, der seine Verletzlichkeit umgab. Wirklich wichtig war, wie ihn andere wahrnahmen. *Du bist nicht, wer du bist. Du bist, wer du für die anderen zu sein scheinst.* Das war die wichtigste Regel. Es ging nie um die Wahrheit, es ging ausschließlich um die Wirkung. Sie war wichtiger als die Wahrheit. Jedes Mädchen, das auf Instagram Fotos von sich postete, wusste das.

Aber hinter dieser Fassade war er immer noch der schüchterne, sensible Junge, den seine Selbstzweifel quälten und der sich nach dem Alleinsein sehnte, sich darin aber gleichzeitig furchtbar einsam fühlte. Es waren Eigenschaften, die ihn noch heute bestimmten, wenn man durch die dicke, scheinbar schon mit seinem Ich verschmolzene Fassade drang. Vor allem wenn es um Frauen ging, offenbarten sie sich. Die Angst vor

Zurückweisung bestimmte seine Gefühle. Eine Ablehnung erschütterte sein Selbstvertrauen tief, er empfand sie als Angriff, als abgrundtiefe Beleidigung. Er hatte in seinem Leben genau fünf Frauen angesprochen, nur einmal hatte es funktioniert, irritierenderweise mit dem Satz: »Leider bin ich zu betrunken, um dich jetzt noch cool anzumachen.«

Er war schüchtern, unsicher, sein Ego war viel zu leicht angreifbar. Er war ein klassischer Narzisst, was für ihn keine Beleidigung war – wenn man ihn als arrogant bezeichnete, ging es ihm ähnlich. Wahrscheinlich hatte Susanna recht, er sollte mal mit einem Therapeuten sprechen. Er dachte an den Satz auf einer Postkarte, die ihm in einem dieser Souvenirläden am Helmholtzplatz aufgefallen war: »Mein Therapeut hält dich für eine gute Idee.« Wahrscheinlich war es dieser Satz, der seine Traumfrau am besten beschrieb.

Seine größte Angst war der Verlust. Und unerwiderte Leidenschaft war der Verlust dessen, was man nie besessen hatte, das Scheitern, eine Idee in die Wirklichkeit umzusetzen. Bei Leonie hatte er sich geöffnet und war gescheitert, und jetzt war Julia zu einem weiteren Argument geworden, niemanden mehr an sich ranzulassen, seine Gefühle zurückzuhalten.

Dieses unerträgliche Gespräch bewies, wie sehr er sich in Julia getäuscht hatte, wie sehr er sie überschätzt hatte, dass sie ihn nicht wert war. Wieder war es eine Illusion gewesen, nur ein trügerisches Bild, in das er sich verliebt hatte. Sie hatte nichts Besseres als Christoph verdient, und dieses Leben, das sie führten, das eigentlich kein Leben war, sondern nur das Abziehbild eines gelungenen Lebens.

Sie hatte Leid, den Untergang ihrer kleinen, mittelmäßigen Altbauwohnungswelt verdient. Er wollte sie demütigen. Und jetzt wusste er, dass er seine Idee wieder vorantreiben musste. Er war froh, dass die Wut sein Leiden ersetzt hatte, so schnell. Sie würde ihm die Kraft und die Ausdauer geben, das jetzt auch wirklich durchzuziehen. So gesehen musste er Julia dankbar sein. Mit seinen Gefühlen für sie hatte er das große Ganze aus den Augen verloren. Dass er einen Schuss hatte, das war ihm auch klar, aber den brauchte man schließlich auch, um ein nachhaltiges Werk zu schaffen, man durfte keine Skrupel haben, sonst flachte man alles ab, feilte die Kanten ins Bedeutungslose, dann brauchte man gar nicht erst anfangen zu schreiben. Erfolgreiche Schreiber zeigten Symptome von Soziopathen, er hatte das recherchiert.

Als er den Eingang zum U-Bahnhof erreichte, trat er gegen eine halbvolle Bierflasche, die klirrend an einer der Seitenwände zerbarst. Er brauchte ein Ventil, aber die verstreuten Scherben auf der Treppe reichten nicht.

Es war erstaunlich, dachte er, wie fragil die großen Gefühle waren, wie schnell sie in Hass umschlagen konnten. Aber so war es mit der Liebe, sie war eine Schwester des Hasses.

Voller Wut ging er die Stufen hinunter, die zum Bahnsteig führten.

Als Andreas auf dem Bahnsteig des U-Bahnhofs Moritzplatz stand, leuchtete auf der Anzeigetafel eine 14. 14 Minuten noch, dachte er ungeduldig. Es gab nichts Deprimierenderes, als um diese Uhrzeit auf einem Bahnsteig der U8 auf einen Zug zu warten. Ein Gedanke, zu dem das kalte, irgendwie unbarmherzige Licht passte, das über dem menschenleeren Bahnhof lag, als hätten die Architekten es als Beweis für Andreas' Gedanken angebracht. Auf dem Bahnsteig standen vereinzelt Menschen, die aussahen, als wären sie gerade im Prince Charles gewesen.

Er setzte sich auf eine der Bänke und dachte daran, wie er gelegentlich mit der U-Bahn Richtung Hönow fuhr, wenn er seine Eltern besuchte. Mit dem Blick auf sein Handy durchquerte er dann drei Bezirke, bevor er am Elsterwerdaer Platz in den 108er Bus umsteigen musste. Friedrichshain, Lichtenberg und Hellersdorf. Wenn er dann von seinem Handy aufsah, stellte er fest, dass mit den Bezirken, durch die er fuhr, auch die Fahrgäste ausgetauscht wurden. Ihr Aussehen passte sich der Gegend an, was er erstaunlich fand. Ihre Kleidung und auch die Gesichter veränderten sich, als gäbe es einen Lichtenberg- oder Hellersdorf-Look, den er bisher nicht als Look verstanden hatte. Eine Art Gesamtkonzept aus Kleidung, Frisur, Gesichtsausdruck und wahrscheinlich sogar Vor- und Zunamen. Es war schon erstaunlich, wie sehr sich die Klischees bestätigten, dachte er. Er hob zum zehnten Mal in den letzten sechs Minuten seinen Blick zur Anzeigetafel. Noch neun Minuten.

Er hörte den Schrei, bevor er die Frau fallen sah. Sie stürzte wie in Zeitlupe die Treppe hinunter, schlug mit einem dumpfen Laut auf dem Boden des Bahnsteigs auf und blieb wie leblos liegen. Ein Mädchen, das am Fuß der Treppe gestanden hatte, stürzte zu ihr. Andreas sprang auf, rannte dazu und beugte sich zu ihr hinunter.

»Alles in Ordnung?«, fragte er.

Sie gab einen benommenen Laut von sich, ihr Gesicht war verschrammt und blutig. Hinter sich hörte er Schritte und ungläubige Laute.

»Der Typ hat sie die Treppe runtergetreten«, rief das junge Mädchen fassungslos und zeigte nach oben. »Der hat ihr einfach in den Rücken getreten.«

Von oben hörte er ein Lachen, dann sah er die Männer. Sie waren zu dritt und gafften zu ihnen hinunter. Sie gaben sich ein High five, bevor sie sich abwandten und langsam weggingen, als wäre nichts passiert.

»Wir müssen einen Krankenwagen rufen«, sagte er bestimmt, selbst überrascht, wie ruhig er war.

Als das Mädchen hektisch und mit Tränen in den Augen die Notrufnummer wählte, konnte er nicht anders. Er erhob sich und ging langsam die Stufen hinauf.

Sie waren nicht einmal hundert Meter entfernt, als er aus dem U-Bahnhof ins Freie trat. Drei schlaksige Schatten, die die menschenleere Oranienstraße Richtung Westen hinunterliefen. Zwei hatten Bierflaschen in der Hand, einer ein halbvolles Bierglas, das er aus einer Bar mitgenommen haben musste. Sie waren vielleicht Anfang zwanzig. Sie sahen harmlos aus, dachte er, so harmlos wie die Jungs, die es vor Jahren aufs Titelbild des *Spiegel* geschafft hatten, als sie um vier Uhr morgens einen Mann am Bahnhof Friedrichstraße zusammengeschlagen und dann immer wieder ins Gesicht getreten hatten, als er schon bewusstlos am Boden gelegen hatte. Man durfte sich nicht von ihrem Aussehen täuschen lassen. Die Flaschen in ihren Händen waren Waffen.

Er fragte sich, was passiert war, warum Menschen so wurden, wie sie waren, ohne Moral oder Gewissen. Sie waren Konsumenten im Endstadium, dachte er, vielleicht war es das. In ihren Leben gab es keine Haltungen mehr. Sie betranken sich in Bars, nahmen Drogen und feierten die Wochenenden durch, um sich lebendig zu fühlen. Sie waren in Apathie verfallen. Sie verbrachten ein Drittel ihres Lebens damit, sich die unzähligen Staffeln amerikanischer Serien anzusehen, oder die Hälfte ihres Lebens, um in Computerspielen Helden zu spielen, um sich vom wirklichen Leben abzulenken. Das universelle Unerfülltsein war die große Gemeinsamkeit vieler von ihnen. Sie befanden sich in einem Krieg. In der Schlacht gegen die Langweile. Jeder Ausbruch war nichts anderes als der aussichtslose Kampf gegen die Langeweile. Sie kannten keine Moral, die das Erlebnis trüben konnte. Sie prügelten Menschen zusammen genauso wie sie feiern gingen. Er verachtete sie.

»Hey!«, brüllte er und spürte das Adrenalin pumpen, bevor sich die drei zu ihm umdrehten.

»Hey Dicka, was willst du?«, rief der eine mit dem Bierglas.

»Was war denn das für 'ne Scheiße gerade?«

Sie lachten. Er spürte die zähe Hitze, die langsam in ihm aufstieg.

»Wer von euch war das gerade?«, rief er. Sie lachten immer noch.

»Ich«, sagte der Mittlere von ihnen und zog ein Messer. »Verzieh dich, du Spast, bist du schwul oder was? Zeig mal 'n bisschen Respekt.«

Die Klinge blitzte, als sie das Licht einer Straßenlaterne reflektierte.

»Respekt?« Andreas lachte bitter. »Typen wie du, die benutzen das Wort in jedem zweiten Satz, und du hast keine Ahnung, was das bedeutet. Respekt heißt Achtung. Wer von Respekt redet, tritt keine Frauen die Treppe runter. Euer Begriff von Respekt ist ein Missverständnis. Ihr verwechselt Respekt mit falschem, überhöhtem Stolz. Und«, er zeigte in Richtung Moritzplatz, »ihr vergesst, dass in den U-Bahnhöfen überall Kameras sind, dass die ganze Scheiße, die ihr hier abzieht, gefilmt wird.«

»Willst du mich beleidigen oder was?« Der Wortführer hob das Messer in seine Richtung.

»Ich beleidige euch die ganze Zeit«, rief Andreas und fragte sich, noch während er den Satz beendete, was er hier eigentlich machte. Er wusste nicht, was genau er von ihnen wollte, als er ihnen gefolgt war. Er hatte kein ruhiges, vernünftiges Gespräch erwartet, dazu waren sie zu dumm. Er hatte eher mit einer vagen Deeskalationsstrategie versucht, sie zur Verantwortung zu ziehen, aber so wie es aussah, war er gerade dabei, diesen unausgearbeiteten Plan zu verwerfen. Er spürte die Spannung in seinem Körper, wie kurz vor dem Kampf, wenn er mit Andy zum Boxtraining ging.

»Du Hurensohn, was hast du für ein Problem?«, brüllte der Wortführer, ließ seine Bierflasche zu Boden fallen und trat mit erhobenem Messer auf ihn zu. »Ich schlag dir eine rein!«

»Hey, ich will keinen Stress«, erwiderte Andreas besänftigend, wich einen Schritt zurück und versuchte, so viel Angst wie möglich in seine Stimme zu legen. Es funktionierte. Er registrierte, wie sich der Blick seines Angreifers veränderte, in dem Unsicherheit zu der vermeintlichen Sicherheit wurde, die Dinge in der Hand zu haben. Das war der Moment seiner Schwäche. Die nächsten Ereignisse liefen in Sekundenbruchteilen ab. Andreas dachte nicht mehr nach, er führte jede Bewegung instinktiv aus und schlug dem Kerl unvermittelt mit äußerster Brutalität ins Gesicht. Er hörte nicht, wie seine Faust aufschlug, er spürte nur, wie etwas in dessen Gesicht brach. Er war bewusstlos, bevor er mit einem dumpfen Geräusch auf dem Boden aufschlug.

Andreas drehte sich zu den anderen um, die verwirrt und fassungslos auf das blutverschmierte Gesicht ihres Freundes starrten und noch dabei waren zu verarbeiten, was hier gerade geschah. Als Andreas einen Schritt in ihre Richtung ging, wichen sie zurück. Sie waren Feiglinge, sie würden nicht versuchen, ihrem Freund beizustehen.

»Ich hasse es, so was machen zu müssen«, rief Andreas, während er mit einer Handbewegung über sein Jackett strich, damit es wieder richtig fiel. »Gott! Ich bin Schriftsteller.«

Er trat dem rechten der beiden zwischen die Beine. Der ging zu Boden und ließ das Bierglas fallen. Andreas hob es auf und wog es in der Hand, während der junge Mann wie ein Kind wimmernd vor ihm kniete. Der andere flüchtete die Oranienstraße hinunter. Er sah ihm kurz nach und senkte seinen Blick zu dem am Boden, der angsterfüllt zu Andreas hochsah.

»Ihr seid so erbärmlich«, sagte er deutlich. »Ihr haltet euch für Figuren aus *4 Blocks* oder irgendeinem Bushido-Song. Eure Helden sind dumm. Eure Vorbilder sind bemitleidenswerte Idioten. Ihr seid gelangweilt von euch selbst, ihr habt keinerlei moralisches Bewusstsein. Ihr habt genau das hier verdient. Und diese Sprache! Diese peinliche »Sechste-Klasse-Abschluss-ich-hätte-gern-Migrationshintergrund«-Rhetorik. Und diese Rapper, eure Helden, die sind nicht cool, das sind Prolls. Jeder Satz strotzt vor Dummheit. Ihr haltet euch für Straßenjungen oder Gangster oder was weiß ich. Ihr seid armselige Arschlöcher, die sich in ihrem Leben nie kennenlernen werden.«

»Alter, ich mach dich kalt«, hörte er eine schrille Stimme hinter sich und registrierte den Angreifer erst, als er durch die Wucht eines Schlages nach vorne prallte. Der Typ hatte ihm seine Bierflasche hinterrücks auf den Kopf geschlagen, aber der Schlag war zu schwach, die Flasche rutschte weg, ihm war nicht einmal schwindelig. Andreas hörte ein klirrendes Geräusch, und drehte sich um. Der Angreifer hatte die Bierflasche auf dem Betonsockel des Zaunes zerschlagen und stand nun in geduckter Haltung vor ihm, den gezackten, scharfkantigen Hals in der Hand, doch er war offensichtlich noch benommen und brauchte zu lange, um anzugreifen. Sein Fehler war sein unfreiwilliges Zögern, drei Sekunden, in denen sich Andreas auf ihn einstellen konnte. Als er dann endlich versuchte, den zackigen Flaschenhals in Andreas' Hals zu rammen, packte er ihn am Handgelenk und drehte es, bis er ein Knacken hörte. Die Flasche fiel zu Boden, er registrierte noch, wie sie aufschlug, bevor er das Bierglas mit routinierten, immer schneller werdenden Bewegungen in das Gesicht seines Angreifers schlug. Er war wie in einem Rausch, er nahm nichts mehr wahr, nur noch das schmerzverzerrte, zerschnittene, tränen- und blutverschmierte Gesicht, in das er einprügelte. Er begriff erst, was er hier gerade tat, als der Körper wie tot vor ihm zusammensackte.

Er stand zwischen den zwei reglosen Körpern, die auf dem Boden lagen, und spürte eine Genugtuung wie selten in seinem Leben. Seine Faust umklammerte immer noch den blutigen Henkel des Bierglases. Sein T-Shirt war zerrissen. Zu Hause würde er noch mal online gehen, um bei Sunspel ein neues zu bestellen, dachte er wie in Trance. In drei Tagen würde es da sein.

Er trat noch einmal auf einen der reglosen Körper am Boden ein, bevor er dem Flüchtenden folgte, mit ruhigen, kontrollierten Bewegungen und einem klaren, reinen Geist. Es fühlte sich richtig an. Er spürte eine ungewohnte und euphorische Empfindung, die ihn vereinnahmte, in Wellen seinen Körper durchströmte, auf- und abebbend.

Es war das pulsierende, erregende Gefühl zu leben.

Christoph war noch wach, als Julia die Wohnung betrat. Er saß im Wohnzimmer, seinen Laptop auf den Knien, der Fernseher lief.

»Hey«, sagte er.

»Hey«, sagte sie.

»Wie war's?«

»Gut«, sagte sie, zog ihre Schuhe aus und strich ihm über das Haar, bevor sie sich zu ihm setzte. Es war dieses Gefühl, das sie vermisst hatte, das warme, unschuldige Gefühl, nach Hause zu kommen. Christoph gab ihr einen Kuss, den sie zaghaft erwiderte. Sie wollte allein sein, im Kerzenlicht auf dem Sofa liegen und ihre Gedanken treiben lassen. Christoph erhob sich und verließ das Wohnzimmer. Sie schloss die Augen. Als sie hörte, wie er in der Küche eine Flasche Wein entkorkte, musste sie unvermittelt seufzen. Er betrat mit der Flasche und zwei leeren Gläsern den Raum. Sie setzte sich auf und nahm das Glas, das er ihr reichte und einschenkte.

»Vielleicht fahren wir am nächsten Wochenende mal raus«, sagte Christoph. »An die Ostsee oder so? Haben wir ja schon eine Weile nicht mehr gemacht.«

»Gute Idee. Ich glaub, ich brauch jetzt aber erstmal einfach ein bisschen Schlaf. Ich hab morgen noch so viel zu tun. Ich weiß gar nicht, wo ich anfangen soll. Meine nächste Woche ist mit Elternabend und Gesamtkonferenz wirklich voll. Und drei Elterngespräche muss ich auch noch vorbereiten. Ich muss auch mal vernünftig sein.«

»Die Vernunft ist feige«, sagte Christoph plötzlich, und Julia sah ihn mit einem seltsamen Gefühl an. Es war beinahe, als hätte Michael eine Spur hinterlassen. Und plötzlich begriff sie, dass sie diesen Satz immer mit ihm verbinden würde, wer immer ihn auch fallen lassen würde. Eine Nachricht aus ihrer gemeinsamen Zeit.

»Na gut«, sagte er, »ich geh dann mal ins Bad.«

»Ich bleib noch ein bisschen hier liegen.«

Er nickte, beugte sich zu ihr hinab und küsste sie auf die Wange.

»Gute Nacht.«

»Ja«, sagte sie mit einem Lächeln.

Sie hörte ihn den Flur hinuntergehen. Als er die Schlafzimmertür schloss, ließ sie sich hintenüberfallen, lehnte sich zurück und versuchte sich zu entspannen. Sie sah zum geöffneten Fenster hinüber. Auf der Straße fuhr gerade ein Wagen vorbei. Auf dem Tisch stand die Rotweinflasche. Sie war in Reichweite. Ein Glas würde sie jetzt noch trinken.

Dann nahm sie ihr Handy, öffnete die Telefonliste und betrachtete einige Minuten lang die Nummer von Michael. Sie drückte die Optionen-Taste. Es gab nicht viele Möglichkeiten. »Anrufen«, »Bearbeiten«, »Mitteilung verfassen«, »Blockieren«, »Löschen«.

Sie wählte den Punkt »Blockieren« und öffnete WhatsApp, um ihn dort ebenfalls zu blockieren.

Dann öffnete sie noch einmal seinen Kontakt und wählte »Löschen«. Sie ahnte, dass ein Anruf eine Gelegenheit wäre, ihr Leben zu verlassen. Eine Chance. Ein Knopfdruck, der über ihr Leben entschied.

»Michael löschen?« stand jetzt auf dem Display, und darunter »Ja« oder »Nein«. Eine letzte Entscheidung, vor die sie die Technik stellte. Sie drückte die »Ja«-Taste und entfernte ihn aus ihrem Leben. Es überraschte sie ein wenig, dass sie es in diesem Moment, in dem sie es tat, als befreiend empfand. Ein wenig, aber nicht allzu sehr. In der Küche goss sie sich noch ein Glas Wein ein und ging auf die Terrasse. Sie trank einen Schluck und dachte noch einmal an Michael. Ein paar Minuten, ein paar letzte Gedanken, bevor er endgültig aus ihrem Leben verschwinden würde.

SECHSTER TEIL

OBSESSIONEN

EINE LIEBE HINTER GLAS

Leonie war sofort wach, als ihr Smartphone auf dem Dielenboden neben ihrem Bett mit zwei kurzen gut gelaunten Geräuschen vibrierte. Das war das schönste Erwachen, dachte sie. Sie setzte sich auf und sah die Nachricht auf dem erleuchteten Display. Von hier aus konnte sie nicht erkennen, von wem sie war, aber sie wusste es natürlich. Sie überließ sich noch ein paar Sekunden dem vorfreudigen Kribbeln in ihrem Magen, das sie in den letzten Tagen so oft genoss. Es war zu einem kleinen Ritual geworden, das kurze Warten, bevor sie das Telefon in die Hand nahm, die Vorfreude, bevor sie las, was er ihr geschrieben hatte, um sie noch wertvoller zu machen. Als das Display erlosch, beugte sie sich vor, nahm das Handy wie einen Schatz und las die Nachricht.

»Guten Morgen«, schrieb Christoph. »Du warst mein letzter Gedanke vorm Einschlafen und der erste, als ich meine Augen wieder geöffnet habe. Was machst du mit mir?«

Leonie lehnte sich lächelnd zurück und las die Sätze noch ein paar Mal, bevor sie sie beantwortete.

»Genau das, was du mit mir machst!«, schrieb sie. »Guten Morgen.«

Sie verließ das Bett, obwohl es noch nicht einmal sieben war, eine Uhrzeit, zu der sie noch vor einer Woche erst drei oder vier Stunden geschlafen hatte. Normalerweise stand sie gegen zehn auf, wenn alles gut lief. In den letzten Monaten war es ihr immer schwerer gefallen, das Bett zu verlassen. Sie war morgens zu müde und abends zu wach, sie war nie vor drei oder vier ins Bett gekommen. Jetzt stand sie um sieben in der Küche und dachte darüber nach, was sie frühstücken würde. Es war verrückt, dachte sie, als ihr Blick im Vorbeigehen auf ihr unbewusst lächelndes Gesicht im Flurspiegel fiel. Als sie vor ihrem geöffneten Kühlschrank stand, dachte sie daran, wie unwirklich das alles war. Wie viel Energie sie seit einer Woche hatte, und wie sehr sie ihr lächelndes Gesicht mochte, wie sehr sie sich gefiel. Es war eine Woche, nur eine Woche. Jahrelang war nichts passiert, und jetzt geschah alles innerhalb einer Woche. Als würde das Leben ihre vergeudeten Jahre innerhalb kürzester Zeit nachholen wollen.

Sie dachte an Christophs erste Nachricht, die er ihr vor drei Wochen geschickt hatte, ein unschuldiger Gruß aus der Ferne, den sie mit einer seltsamen Mischung aus Unwillen und Freude gelesen hatte. Dass er ihr im Sommer seine Freundin verschwiegen hatte, lag ihr da immer noch im Magen. Ihre erste Begegnung war mit einer Lüge verbunden gewesen, und dass er mit ihr seine Freundin betrogen hatte, war eigentlich ein Ausschlusskriterium. Sie hatte Andreas zwar im Ritter Butzke ihre Nummer gegeben, aber schon auf dem Heimweg war sie sicher gewesen, dass sie es nicht erwidern würde, sollte sich Christoph melden. Sie hatte drei Tage gebraucht, um seine Nachricht zu beantworten, eine kurze, unverbindliche Nachricht, in einem Ton, mit dem sie Freunden von Freunden schrieb.

Er hatte sofort zurück geschrieben: »Seit dem Abend mit dir habe ich über ein paar Dinge nachgedacht, was in meinem Denken und Verhalten in den letzten Jahren so schief gelaufen ist. Und auch wenn du verständlicherweise keine Lust haben solltest, dass wir Kontakt haben, wollte ich dir nur sagen, dass mir mein Verhalten von damals leid tut.«

Auch für die Antwort auf diese Nachricht hatte sie sich Zeit gelassen, erst eine Woche darauf geantwortet.

»So ... Ist schon eine Weile her. Aber ich habe irgendwie nie die Zeit oder passende Antwort auf deine Nachricht gefunden. Wollte dir aber trotzdem sagen, dass ich sie gut fand! Denn letztendlich kann sich ja niemand davon freisprechen, mal einen Fehler gemacht zu haben ... Somit: Schwamm drüber!«

Das war jetzt eine Woche her. Seitdem schrieben sie jeden Tag, manchmal sogar stundenlang. Sie wusste jetzt, dass in seiner Beziehung noch vor einem Jahr alles in Ordnung erschienen war, aber seitdem sich ihre Leben berührt hatten, seitdem Leonie in sein Leben getreten war, verstünde er, dass er das letzte Jahr nur ertragen hatte und dass er es weiterhin ertragen würde, wären sie sich nicht begegnet. Sie sei ein Impuls, schrieb er. Sie zeige ihm, dass es noch etwas anderes gäbe, etwas Besseres. Durch sie denke er jeden Tag über sich und sein Leben nach. Er versuche, Lösungen zu finden, und ihm war wichtig, sie unabhängig von Leonie zu treffen. Er schrieb, dass er sich erst mit ihr treffen könne, wenn er in seinem Leben alles geklärt hätte. »Das sind meine Gedanken«, schrieb er. »Jeden Tag.«

Aber dann, wenn sie abends ausgingen und angetrunken waren, brach alles auf. Der Alkohol blendete die Umstände aus. Sie vergaßen ihre Vereinbarung und schrieben sich euphorische Nachrichten, die mit jeder vergangenen Stunde des Abends immer euphorischer wurden.

»Ich genieß das alles sehr mit dir«, schrieb er.

»Ich auch«, antwortete sie.

»Was ist denn da los?«

»Ich kann es dir nicht sagen, aber wir müssen aufhören. Wir gehen zu weit.«

»Stimmt«, schrieb sie. »Aber dieses Zuweitgehen fühlt sich so gut an. Es ist eine Sucht. Aufhören geht nicht mehr so einfach, wenn man sich einmal darauf eingelassen hat.«

Sie schickte die Nachricht ab und wartete gespannt. Unter ihrer Nachricht bewegten sich die drei Punkte, die anzeigten, dass er gerade schrieb, und sie wurde immer ungeduldiger. Sie spürte die Spannung, auch weil sie sich mit ihrer Nachricht zu weit vorgewagt und plötzlich das Gefühl hatte, dass von seiner Antwort alles abhing. Ihr Handy vibrierte.

»Jetzt sind wir also süchtig«, schrieb er.

Gott, dachte sie mit einem Lächeln und wurde noch aufgeregter. Damit hatten sie eine Grenze überschritten, die sie eigentlich nicht überschreiten wollten. Sie hatten eine neue Ebene erreicht. Sie überlegte nur einige Sekunden, bevor ihre Finger hastig die Antwort tippten. »Und das ganze Schreiben intensiviert das alles noch«, schrieb sie. »Weißt du eigentlich, dass du seit Tagen mein großes Kopfkino bist? Gefühle kann man eben nicht planen, und jetzt stecken wir richtig tief drin.«

Nach einigen Sekunden begannen sich die drei Punkte wieder zu bewegen. Wenn sie später daran zurückdachte, war es diese Nachricht, durch die sie sich endgültig fallen ließ. Christoph schrieb: »Es ist so krass, ich bin in Gedanken nur bei dir. Ich betrüge meine Freundin im Kopf längst mit dir. Das ist alles nicht richtig und fühlt sich doch so perfekt an.«

Er stünde morgens gut gelaunt auf, schrieb er, und er habe abends wieder das Gefühl, sich auf den nächsten Tag freuen zu können. Er schrieb, dass er mehr mit ihr schreibe, als er mit seiner Freundin spreche. Er würde von Freunden und Kollegen angesprochen, weil er ständig lächle, weil er strahle, seitdem sie sich schrieben. Sobald er sein Handy nur ansehe, strahle er. Er warte auf ihre Nachrichten, bei jeder Gelegenheit schaue er auf sein Handy, ob sie geschrieben habe.

Seitdem lag auf ihren Tagen eine erregende Spannung. Sie hätte so gerne mehr zu ihm im Internet gefunden, aber wusste ja bereits, dass er weder auf Facebook noch auf Instagram war. So gesehen existierte er für Menschen wie Annelie praktisch nicht. Ein Gedanke, der ihr gefiel. Nach langer Suche fand sie bei Flickr eine Bildergalerie der Werbeagentur Karnowski & Partner, für die er als Art Director arbeitete, und entdeckte schließlich ein Foto, auf dem Christoph zu sehen war. Es war auf einem Sommerfest der Firma vor zwei Jahren aufgenommen worden. Er stand mit gezwungenem Lächeln neben einem breit lachenden Mann mittleren Alters, der ein weißes Hemd trug, dessen oberste vier Knöpfe geöffnet waren und den Blick auf eine stark behaarte Männerbrust freigaben, auf der nur noch eine Goldkette zu fehlen schien. Christoph wirkte neben diesem Mann fast zerbrechlich. Aber jetzt hatte sie wenigstens ein Foto von ihm, das sie auf ihrem Handy speichern konnte.

Sie schrieben sich unzählige Nachrichten, die Christoph, wie er sagte, sofort wieder löschte. Er erzählte von den Vorsichtsmaßnahmen, die er traf, von den Möglichkeiten, die WhatsApp bot, um ihre Nachrichten unentdeckt zu lassen. Er führte ein Doppelleben. Wenn er ihr schrieb, dass er ihre Nachrichten gerade nicht beantworten könne, weil Julia neben ihm saß. Er blieb länger in der Agentur, damit sie schreiben konnten.

»Ich darf nicht einmal lächeln, wenn ich auf dieses blöde Telefon starre«, schrieb er. »Und ich sitze hier gerade am linken Ende des Sofas und meine Freundin am rechten.«

Leonie stellte sich die bedrückende Szenerie vor, wie die beiden, jeder sein Handy in der Hand, nebeneinanderher lebten, zwei parallele Leben, die sich nicht berührten. Sie waren zusammen und doch allein, dachte sie und musste sich eingestehen, wie sehr sie sich darüber freute.

Als Julia eines Abends mit ihm schlafen wollte, habe er gesagte, dass ihm schlecht sei. Er könne das nicht mehr, schrieb er, jede Berührung, jede zärtliche Geste erschiene ihm unangemessen vertraut. Er entferne sich immer weiter von Julia. Einmal schrieb er, dass er, wenn er sie küsse, das Gefühl habe, Leonie zu betrügen. Und er spüre immer mehr, wie sehr er sie begehre, wie gern er mit ihr zusammen wäre, wie sehr er sich eine Zukunft mit ihr wünsche.

»Ich vermisse dich, Leonie! Ich kann versuchen, was ich will, momentan sehe ich nur dich, und das sagt viel, vielleicht sogar alles über meine Beziehung aus«, schrieb er. »Du bringst mich zum Lachen. Jeden Tag. Ich warte auf dich, auf deine Nachrichten. Ich will nicht, dass das mit dir endet, ich will, dass es noch intensiver wird. Ich will mehr.«

Sie fragte sich, wie nur durch das Schreiben eine solche Intensität und Vertrautheit entstehen konnte, das hatte sie vorher noch nie erlebt. Es konnte nur an ihrer Nacht im Sommer liegen.

Sie nahm ihr Handy und wählte Andreas' Nummer, um ihm die Neuigkeiten zu erzählen.

»Hier«, sagte Leonie mit einem seltsamen Glänzen in den Augen, als sie Andreas ihr Handy gab. »Ich versteh nicht, was er mir damit sagen will.«

Er las die Nachrichten, die er ihr in Christophs Namen in den letzten Tagen geschrieben hatte, er las ihre Antworten, die er schon kannte, und überlegte, während er Leonies erwartungsvollen Blick auf sich spürte, wie er die Nachrichten auswerten sollte. Kurz überkam ihn das Gefühl, das ihn in den letzten Wochen immer mal wieder ergriff. Ihm hätte sie so schreiben sollen, solche Nachrichten, damals, als sie sich gegen ihn entschied. Es war ein schales Gefühl und vertiefte die Genugtuung einer Rache, die ihm die Energie gab, sich immer neue, euphorische Nachrichten auszudenken.

Er schrieb jetzt seit zwei Wochen mit Leonie. Er hatte sich schnell daran gewöhnt, die Identitäten zu wechseln. Das schizophrene Gefühl verschwand schneller, als er angenommen hatte, obwohl er ständig ein anderer war. Er sprang zwischen drei Rollen: der Rolle des vermeintlichen Christoph, der Leonie seine Liebe gestand, der Rolle des Vertrauten, der versuchte, mit konstruktiven Ratschlägen Christophs Beziehung zu retten, und der Rolle, Leonies Halt in ihrer unerfüllten Liebe zu Christoph zu sein. Mit Julia hatte er seit ihrer Ablehnung keinen Kontakt mehr, aber der Gedanke, dass durch Christoph eine Verbindung bestand, dass er durch ihn Zugriff auf ihr Leben hatte, genügte ihm. Manchmal fragte er sich, warum er sich so schnell daran gewöhnt hatte, vor jedem ein anderer zu sein, aber dann fiel ihm auf, dass es ganz natürlich war. Nichts anderes machte er, machten sie alle ja schon ein Leben lang. Sie waren im Training. Er war nur einen Schritt weitergegangen. Voller Energie schrieb er die Nächte durch, notierte Reflexionen, machte Abschriften der Mitschnitte und legte alles systematisch in Ordnern ab.

Er musste niemandem mehr folgen wie noch vor zwei Monaten Julia, jetzt kamen sie zu ihm. Er war der Angelpunkt, das Zentrum. Er genoss die erregende Spannung, wenn sich die Rollen berührten. Wenn Christoph versuchte ihn anzurufen, während er gerade mit Leonie in einem Café saß und über ihn sprach. Oder wenn das Prepaid-Handy, mit dem er Leonie als Christoph schrieb, in seiner Hosentasche vibrierte und eine Nachricht von ihr anzeigte, während er gerade mit Christoph telefonierte und über seine Beziehung sprach.

Es war so einfach, dachte er, während er ihnen mit ergriffenem Ausdruck zuhörte, wie sie ihm ihr Innerstes offenbarten. Wie sie sich so selbstverständlich in seine Pläne fügten, wie sie an seinen Lippen hingen, weil sie Ratschläge verlangten, die sie nur bestätigen sollten, und nicht überblickten, wohin sie das alles führen konnte. Es war leicht, mit den Hoffnungen von Menschen zu spielen, wenn sie am verletzbarsten waren, dachte er. Er hatte selbst keine Ahnung, wohin das alles führen würde, und auch das erregte ihn. Es war verlockend, nicht zu wissen, was als nächstes kam. Es hielt alles in einer fortwährenden Spannung, wie eine gespannte Saite, die jeden Moment kurz davor war zu reißen. Irgendwann würde sie reißen, und dann würde es wirklich interessant werden. Er musste sich dann nur zurücklehnen und ihnen dabei zusehen.

»Wann hast du eigentlich zum letzten Mal mit ihm gesprochen?«, fragte Leonie.

»Mit Christoph?« Er tat, als würde er nachdenken. »Letzte Woche irgendwann«, log er.

»Und hat er was gesagt? Also meinetwegen?«

»Na ja, er ist ja gerade in diesem Schwebezustand, der ihn ziemlich belastet. Seine Beziehung, sein Job. Er hat gesagt, was er dir ja auch schreibt. Er muss sein Leben neu sortieren, er will dich nicht benutzen, um sich aus der Beziehung zu lösen. Er will die Dinge sortiert haben, bevor er sich mit dir trifft, du bist ihm einfach zu wichtig. Er hat auch gesagt, dass er verstehen kann, wenn du das nicht mehr mitmachen willst, aber es ist schon so, dass ihm der Kontakt mit dir die Kraft gibt, das durchzustehen.«

Bevor er ihr das Handy zurückgab, vibrierte das Handy in seiner Tasche. Es war eine Nachricht von Christoph, der ihn um einen Rückruf bat. Als er den Namen las, spürte er dieses kurze, aufgeregte Gefühl, dass er so sehr genoss. Als wäre er kurz davor, ertappt zu werden. Es war das dritte Mal in dieser Woche, dass die zwei Welten sich berührten, dachte er, die zwei Wirklichkeiten seines Doppellebens.

Christoph hatte in einigen Tagen sein Mitarbeitergespräch, das war das bestimmende Thema der letzten Tage, es hing ja auch viel davon für ihn ab. Andreas hatte ihm geraten zu kündigen, und es war davon auszugehen, dass Christoph Ende der Woche arbeitslos sein würde, wenn er diesen Karnowski richtig einschätzte. Christophs Arbeitslosigkeit würde den Druck erhöhen und seine Beziehung belasten, im besten Fall würde sie sogar zerbrechen.

Er hob seinen Blick zu der ahnungslosen Leonie, die ihn abwartend ansah. Er musste den Druck auch bei ihr erhöhen, dachte er. Trotz ihrer Begeisterung war ihm aufgefallen, dass die Ungeduld an ihr nagte, sie sehnte sich nach einer Entwicklung, die nicht stattfand. Das war vielleicht der seltsame Glanz in ihren Augen, der ihm vorhin schon aufgefallen war. Er würde aufhören, ihr als Christoph zu schreiben, dachte er, nur eine Zeit lang, vielleicht eine Woche oder auch zwei. Und in der ersten Woche würde er auch als Andreas nicht mehr erreichbar sein. Es könnte interessant sein zu beobachten, was das aus ihr machte. Aber bevor er das tat, musste er ihr jetzt noch einmal Hoffnung geben.

»Also ganz ehrlich«, sagte er, legte das Handy auf den Tisch und schob es zu ihr hinüber. »Das ist der Vater deiner Kinder.«

»Mach mir jetzt keine Hoffnung«, sagte Leonie, aber ihr Blick sagte, wie dankbar sie ihm dafür war.

Er lächelte und dachte an Kevin Spacey, der sich in einer Folge der Serie *House of Cards* direkt an den Zuschauer wandte und mit vertrauensvoller Stimme sagte: »Wissen Sie, was ich an den Menschen mag? Sie sind so leicht zu manipulieren.« Er hatte sich die Szene auf Netflix in den letzten Wochen immer mal wieder angeschaut, in Spaceys Augen gesehen, mit dem verführerischen Gefühl, der Schauspieler hätte diesen Satz an ihn gerichtet. Als wäre der Satz nur für ihn bestimmt.

Dann begann er Leonie zu erläutern, warum Christophs Nachrichten bewiesen, dass er mit Leonie, wenn sie sich noch ein wenig gedulete, einer strahlenden Zukunft entgegen sah.

»**Und, was hat er geschrieben?**«, fragte Annelie, und stellte die Flasche Weißwein zurück, mit der sie gerade ihre Gläser gefüllt hatte.

Leonie zeigte ihr das Display ihres Handys. »Der Typ ist so süß«, rief Annelie, nahm das Handy und scrollte hoch, um mit gierigem Blick die Nachrichten der vergangenen Stunden zu lesen. Sie hatte Annelie in den vergangenen zwei Wochen schon oft Screenshots ihrer Chats geschickt, um mit ihr eventuelle Antworten zu besprechen.

Wenn sie seine Nachrichten las, wünschte sie sich, ihr würde ein Mann solche Nachrichten schreiben, hatte Annelie gesagt, aber die Männer, die sie bisher kennengelernt hatte, waren in solchen Dingen nicht begabt, und es sah nicht so aus, als würde sich das bei zukünftigen Männern in ihrem Leben ändern. »Das sind alles emotionale Analphabeten«, hatte sie gesagt.

Leonies Blick fiel auf die Weißweinflasche vor ihnen, die jetzt leer war.

»Habt ihr inzwischen eigentlich mal telefoniert?«, fragte Annelie.

»Der Wein ist alle.«

»Das war jetzt aber die Antwort auf eine andere Frage, oder?« Annelie lachte. »Du weichst mir aus.«

»Nein«, erwiderte Leonie, »ich antworte einfach nicht.« Sie mussten lachen, bevor sie hinzufügte: »Wir haben gesagt, wir müssen einen Gang runterschalten. Das geht alles viel zu schnell bei uns, das ist jetzt schon so intensiv, nur allein durchs Schreiben. Er will sich unabhängig von mir von Julia trennen.«

»Und *wann* will er sich unabhängig von dir von ihr trennen?«, fragte Annelie.

»Wir wollen nichts überstürzen.«

»Wir?« Annelie lachte ein bisschen zu bitter. »Also ganz ehrlich, das ist ja wirklich alles total süß, was er so schreibt, aber ganz ehrlich, das klingt für mich nach Breadcrumbing.«

»Breadcrumbing?«

»Wenn er dich nur hinhält, wenn er in der Distanz bleibt und nur Nachrichten schreibt, dir Brocken hinwirft, damit mit du dran bleibst. Solchen Leuten geht es gar nicht um ein Treffen, denen geht's nur darum, ihr Ego zu polieren.«

»Aha.« Leonie sah sie skeptisch an.

»Hab ich gelesen.«

»Du liest zu viele Frauenmagazine«, sagte Leonie.

»Ich weiß, ich kann ja auch nicht den ganzen Tag intellektuell sein.«

»Verstehe«, lachte Leonie verhalten, stand auf und kehrte eine Minute darauf mit einer neuen Weinflasche zurück.

Als sie ihnen nachgoss, dachte sie daran, wie plausibel Andreas ihr am Nachmittag erläutert hatte, dass Christoph und sie auf dem richtigen Weg waren. »Das ist der Vater deiner Kinder«, hatte er gesagt, und dann hinzugefügt: »Dinge von Wert brauchen Zeit.« Wie schon am Nachmittag spürte sie wieder die Euphorie in sich wachsen, wenn sie nur an diese Sätze dachte. Und Andreas kannte Christoph, er konnte die Situation einschätzen. Sie sah zu Annelie, die schon wieder mit ihrem Handy beschäftigt war. Ihr war es jetzt auch zu umständlich,

Anni alles zu erklären, auch weil sie sich nicht sicher war, ob sie es verstehen würde. Sie war nicht mehr ihre Ansprechpartnerin hierfür. Sie musste die Dinge ab sofort mit Andreas besprechen, dachte sie. Und zwar ausschließlich mit ihm.

Als Annelie zwei Stunden später auf dem Sofa lag und der Rhythmus ihres Atems verriet, dass sie eingeschlafen war, nahm Leonie ihr Handy und las sich noch einmal Christophs Nachrichten der letzten Tage durch. Sie lasen sich, als wären sie zwei Verliebte, die sich jeden Tag sähen und die die unerträgliche Zeit, in der sie sich nicht sahen, mit Nachrichten füllten. Sie nahm das Handy mit auf den Balkon und setzte sich auf einen der Liegestühle. Die Nacht war mild. Der Sommer war ganz schrecklich gewesen, aber dafür zog er sich tief in den Herbst hinein. Sie überlegte, ob sie noch eine Jacke brauchte, aber es war wirklich noch warm.

Als sie noch einmal einige von Christophs Nachrichten mit einem sehnsüchtigen Gefühl überflog, vibrierte plötzlich das Handy und am oberen Rand des Bildschirms schob sich eine Nachricht ins Bild. Sie war von Christoph.

»Ich wünsch dir schöne Träume«, schrieb er. »Ich hoffe, ich träume von dir.«

Sie las den kurzen Text drei Mal, dann fiel ihr Blick auf das »Online«, das herausfordernd unter Christophs Namen glomm. Sie vergewisserte sich noch einmal, dass Annelie auch wirklich schlief, und dachte einen Moment lang nach, bevor sie schrieb: »Ich stell mir gerade vor, wie ich hinter dir stehe … und mit meiner Hand in deine Boxershorts gleite …«

Trotz ihrer Erregung spürte sie einen leichten inneren Widerstand, bevor sie auf »Senden« drückte.

Scheiße, dachte sie, das hätte sie nicht tun sollen. Eine leichte Panik stieg in ihr auf und sie leerte ihr Glas Wein, um sich zu beruhigen, während sich die Gedankenketten in ihr überschlugen. Sie stellte sich vor, wie er mit seiner Julia in seiner Wohnung saß, beide auf dem Sofa, sie auf der rechten Seite, er auf der linken, beide ihre Handys in der Hand, während der Fernseher lief. Ein langweiliges Bild aus einem langweiligen Leben, das in das Bild überging, in dem die beiden im Bett lagen, sie auf der Seite, die näher am Fenster war, er an der Wand. Sie stellte sich vor, dass er vor dem Einschlafen noch einmal überprüfte, ob Leonie seinen Gute-Nacht-Gruß erwidert hatte, und er dann diesen Satz sah, sie stellte sich vor, wie sehr es ihn erregen würde, wie geil er plötzlich sein würde, während seine Freundin ahnungslos neben ihm lag, mit der er seit Wochen, nein, seit Monaten, keinen Sex mehr gehabt hatte. Allein der Gedanke erregte sie so sehr, dass sie sich vornahm, zu diesem Bild zu masturbieren, nachher, wenn sie im Bett war.

Die Sekunden verrannen. Sie spürte ihren Herzschlag. Das »Online« unter seinem Namen war verschwunden. Er würde nicht mehr zurückschreiben. Sie ging ins Bett, um sich abzuschminken, zu duschen und sich die Zähne zu putzen. Als sie im Bademantel auf den Balkon zurückkehrte, um die Gläser noch in den Geschirrspüler zu stellen, leuchtete das Display auf. Wieder spürte sie die Erregung, als sie es in die Hand nahm.

Christoph hatte geschrieben, es war nur eine kurze Nachricht: »Ich stell mir vor, wie du ihn anfasst und er immer härter wird ...«

Ein Halbsatz, der verlangte, dass sie ihn weiterführte. Sie musste ins Bett, dachte sie erregt, sie musste eine Tür hinter sich verschließen, im Halbdunkel liegen, ungestört sein. Sie löschte das Licht, ging schnell in ihr Zimmer, als sie die Tür hinter sich abschloss, spürte sie das Vibrieren. Im Bett legte sie ihre Kissen zurecht, so wie sie es immer machte, wenn sie masturbierte, und erst als sie mit geöffnetem Bademantel auf dem Bett lag, während sie sich vorstellte, wie sich ihre Hand um seinen Schwanz immer schneller, immer fester, immer fordernder bewegte, schrieb sie die Antwort.

»Und ihn streichle ... immer schneller und fester ...«

Nur Sekunden darauf kam die Antwort: »Und dann drehe ich mich um ... und presse dich an die Wand ... und du atmest immer heftiger ...«

»Und ich spüre deinen harten Schwanz an meinem Körper«, schrieb sie, während sie immer erregter wurde. »Und das macht mich immer geiler ... Christoph, ich will, dass du mich fickst ...«

»Und dann schiebe ich deinen Slip zur Seite ...«

»Und dringst in mich ein ... Gott, du machst mich so an ...«

»Er ist gerade so hart, das glaubst du nicht ...«

»Nimm ihn in die Hand, und stell dir vor, es wär meine ...«

»Ich stell es mir vor ...«

»Ich würd dich so gerne dabei sehen. Wie du immer erregter wirst, und ihn in den Mund nehmen ... und dir dabei in die Augen sehen ... ich will wissen wie du schmeckst ...«

»Wo ist deine Hand gerade?«, schrieb er.

»Da wo sie sein sollte ... zwischen meinen Oberschenkeln ... ich stelle mir gerade vor, wie du es mir machst ...«

»Ich will dich jetzt stöhnen hören, es wäre jetzt so erregend, dich dabei zu hören.«

»So geht's mir ständig, wenn ich an dich denken muss.«

»Ich will sehen wie du's dir machst.«

»Du glaubst nicht, wie unglaublich feucht ich gerade deinetwegen bin ...«

Ihre Finger hasteten immer schneller über die Tasten: »Wenn du jetzt sehen könntest, wie ich's mir mache und mich dabei überall anfasse«, schrieb sie. »Ich will kommen, Christoph. Ich will deinetwegen kommen. Gott, ich dreh gleich durch. Allein der Gedanke, deinen Schwanz in mir zu spüren.«

»Ich bin kurz davor ... beschreib, wie du es dir machst.«

»Ich verlier gleich die Kontrolle ... drei Finger ... und ich stell mir vor es wären deine ... und ich streichle meinen Kitzler ... erst langsam ... dann schneller ... Christoph ...«

»Fass deine Brüste an ... stell dir vor, es wären meine Hände.«

»Ich spiele mit meinen Brustwarzen ...«

»Sind sie hart?«

»Sind sie ... sehr hart ... nimm mich von hinten! Fick mich ... ich will die Kontrolle verlieren und deinen Namen schreien ... Gott ...«

»Ich fick dich immer schneller.«

»Und härter ...stoß immer schneller und härter zu ... bitte ... Mach's dir ... mach's dir schneller ... denk an mein Stöhnen ... stell es dir vor ...«

»Ich komm gleich, wenn du so weitermachst ... Leonie ...«

»Denk an das Stöhnen ... denk daran, wie feucht ich gerade bin, und dass es nur deinetwegen ist ... immer schneller ... und tiefer ...

Gott … nimm mich von hinten … ich will dich spüren, Christoph, wie im Sommer …«

Leonie ließ das Handy aufs Laken fallen, sie war kurz davor.

»Danke«, schrieb Christoph zwei Minuten später. Nichts weiter, nur »Danke.«

Er war offenbar gekommen. Leonie lag erschöpft auf dem Bett und umspielte mit der rechten Hand sanft ihre Schamlippen. Sie war feucht, sehr feucht sogar, wie sie es geschrieben hatte, aber sie war nicht gekommen. Es lag am Alkohol, wenn sie zu viel trank, fiel es ihr schwer, zum Orgasmus zu kommen.

»Gern … Gute Nacht«, schrieb sie nach einigem Überlegen, und dann: »Ich freu mich schon darauf, das alles ›richtig‹ mit dir zu machen.«

»Okay«, schrieb er fünf Minuten später. »So machen wir's. Schlaf gut.«

Sie schickte ihm noch einen Kuss-Smiley und beendete WhatsApp. Dann zog sie den Bademantel aus und legte sich nackt ins Bett, öffnete WhatsApp wieder und las sich den Chat der letzten halben Stunde noch einmal durch, sie spürte, wie sie feucht wurde, als sie die ersten Zeilen las, ihre Finger bewegten sich immer schneller, mit jeder Zeile kamen immer neue, immer erregendere Bilder hinzu, überlagerten die vorhergehenden, sie musste sich zwingen, ihr Stöhnen unter Kontrolle zu halten, und dann kam sie, es war ein guter Orgasmus, viel besser als die Orgasmen, wenn sie sich Pornofilme ansah. Sie lag noch einige Minuten da, ganz still, und genoss den Nachhall. Plötzlich wurde sie sehr müde.

EIN NEUES KAPITEL

Christoph las nun schon zum dritten Mal denselben Absatz, ohne ihn zu verstehen. Immer wenn er umblättern wollte, fiel es ihm auf. Es kam nichts bei ihm an. Er konnte sich nicht konzentrieren, wie immer vor den Mitarbeitergesprächen, die einmal im Jahr stattfanden. Und diesmal war es das folgenschwerste Gespräch. Von ihm hing alles ab. Er schlug das Magazin zu, atmete tief ein und lehnte sich zurück. Die Rollen seines Bürostuhls knirschten auf dem Boden.

Er war vor Aufregung in der letzten halben Stunde drei Mal pinkeln gewesen. Wie immer, wenn er aufgeregt war. Er sah auf die Uhr. Zehn Minuten hatte er noch. Vielleicht sollte er eine rauchen gehen. Das würde ihn runterholen. Aber dann würde er nach Rauch stinken, was ihm unpassend erschien, wenn er gleich mit dem Mann, der über die nächsten Monate, vielleicht sogar Jahre seines Lebens entschied, seine unmittelbare Zukunft besprechen sollte. Er spürte, wie Panik in ihm aufstieg, das gleiche Gefühl, als ihm Andreas geraten hatte zu kündigen. Es war ein Gedanke, der ihn erschreckte, aber Andreas hatte recht: Er brauchte eine Aufgabe, er brauchte den Halt, sich wieder nützlich zu fühlen. Denn das war das eigentliche Problem, seine Tage mit dem Gefühl zu beenden, nichts geleistet zu haben.

Christoph dachte an den Streit mit Julia und hielt seine Hand vors Gesicht, die leicht zitterte. Er sah sich immer noch vor ihr stehen wie einen Fremden, dessen Sätze eher von Andreas stammen könnten als von ihm. Er hatte begriffen, wie fragil die Harmonie in ihm war, wie schnell sie aufbrach und die aufgestaute, mühsam zurückgehaltene Wut zum Vorschein kam. Und wie verführerisch der Gedanke war, sich dieser Wut hinzugeben, es rauszulassen. Aber seit ihrem langen Gespräch am Tag nach dem Streit hatte sich etwas geändert. Er spielte nicht mehr die Rolle des gutgelaunten Freundes, er war er selbst, mit seinen Ängsten und Zweifeln. Auch Julia war in dem Gespräch zu Andreas' Schluss gekommen. »Dann kündige doch«, hatte sie gesagt, und er hatte sie angesehen wie einen Engel. Er war ihr unendlich dankbar dafür. Andere Frauen hätten sich nach diesem Ausbruch getrennt, dachte er, aber sie hatte es einander näher gebracht. Es war ihr Neuanfang. Er spürte seine Blase, er musste unbedingt noch einmal auf die Toilette, bevor er gleich Karnowski gegenübersaß. Er hatte noch sechs Minuten.

Sie würden zu viert sein. Sein Creative Director, Karnowski, die schweigend protokollierende Pia Bergemann aus der Personalabteilung – und er. Drei gegen einen. Er war in der Defensive. Das Gespräch würde Karnowski führen, und heute war nicht sein sozialer Freitag. Allerdings wurden nur die Mitarbeitergespräche auf Freitage gelegt, in denen jemand gekündigt wurde.

Und er galt ja als jemand, der sich mit Karnowski gut verstand. Wenn andere Mitarbeiter ihm auf dem Gang begegneten, grüßte Karnowski selten zurück, und wenn, dann war es eher ein unwilliger Laut als eine Begrüßung. Als eine Azubine einmal an einem Freitag Christophs Büro passierte und Karnowskis Lachen von dort in den Gang dröhnte, gestand sie Christoph einige Tage darauf, dass es die erste menschliche Regung war, die sie an Karnowski wahrgenommen hatte. »Ich hab ihn zum ersten Mal lachen hören«, hatte sie mit einem irritierten Ausdruck in den Augen gesagt. Und jetzt, bei dem Gedanken an das hastige Gespräch, spürte Christoph wieder die Panik.

Er hob den Kopf, als Pia Bergemann sein Büro betrat. »Kommst du?«, sagte sie.

»Klar«, rief er ein bisschen zu euphorisch und schnellte aus seinem Stuhl.

Karnowski sah ihn an, mit einem Blick, den er nicht einordnen konnte. Als er den großen Raum betrat, in dem sie auf ihn warteten, spürte er, wie es an ihm zerrte, ihm ins Gesicht zu sagen, dass für ihn nur noch eine Kündigung in Frage kam, wie unerträglich die letzten Jahre gewesen waren. Er durfte jetzt keinen Fehler machen, dachte er, aber wenn die Angst, Fehler zu machen, zu groß war, dann machte man sie erst recht. Nachdem er sich gesetzt hatte und sie den üblichen Smalltalk hinter sich gebracht hatten, der ihn tatsächlich beruhigte, fragte Karnowski unvermittelt, wie er das vergangene Jahr seit seinem letzten Mitarbeitergespräch empfunden habe.

Christoph begann zu reden, mit dem Gefühl von jemandem, der zu weit hinausgeschwommen war, dessen Kräfte nicht mehr ausreichen würden, um das Ufer wieder zu erreichen, und darum weiterschwamm, immer weiter, egal, was auf ihn zukam, er würde nicht mehr umkehren.

Es sprudelte aus ihm heraus, während er das Gefühl hatte, neben sich zu stehen und sich dabei zu beobachten. Er sagte, dass er die Arbeit mochte, dass er das Gefühl hatte, in die Agentur zu gehören, aber dass er eine Veränderung brauche, dass er wie auf Schienen liefe. Er wolle neue Aufgaben, die ihn forderten, er wolle neue Herausforderungen, und dann sagte er es tatsächlich: Er sagte, dass er, so gern er hier auch arbeite, schon über eine Kündigung nachgedacht habe.

»Okay«, sagte Karnowski, als Christoph seine kleine, emotionale Rede beendet hatte. Okay. Mehr nicht, und er produzierte mit diesem Wort eine Stille, die unerträglich war. Alle drei sahen Christoph an, er war umzingelt, er war völlig in der Defensive und spürte wieder die Existenzangst. Er wollte schon etwas Entschuldigendes oder zumindest etwas Abschwächendes erwidern, aber Karnowski machte eine Handbewegung, die ihn zurückhielt.

»Du weißt ja selbst, wie talentiert du bist. Du bist einer unserer besten Designer, der Designer in der Agentur, der am ehesten Künstler ist. Aber die Seniorenresidenzen sind natürlich wichtig für die Agency.« Er machte eine Pause. »Was ich dir anbieten kann: Du bleibst für die Seniorenresidenzen verantwortlich, aber in administrativer Funktion. Du bekommst ein Team, du delegierst die Jobs, und gerade ist ja dieser Pitch für die FDP reingekommen. Es geht um die Kampagne für die Bundestagswahl. Da hatte ich sowieso an dich gedacht.«

Christoph nickte hilflos, weil die FDP nun wirklich kein Projekt war, mit dem er sich identifizieren konnte, eine angestaubte Partei, über die sich die *heute-show* immer lustig gemacht hatte, bevor die AfD auf der Bildfläche erschienen war. Aus irgendeinem Grund standen für ihn Leute, die FDP wählten, auf einer Stufe mit Menschen, die auch mal irgendwelche Nazi-Bands hörten, weil ihnen die Musik einfach gefiel. Das Gesicht von Christian Lindner tauchte vor ihm auf. Er musste es wertfrei betrachten, auf einer ästhetischen Ebene, man musste die Leute von den Inhalten der Partei ablenken, indem man den Mann inszenierte. Lindners Haartransplantation war eine gute Entscheidung gewesen, jetzt musste er sich noch einen Dreitagebart wachsen lassen und Anzüge tragen, die gutgeschnitten waren. Er sah die Schwarzweißfotos schon vor sich. Er würde aus ihm einen Popstar machen, eine Oberfläche entwerfen, die von dem Inhalt ablenkte, ansonsten hätte die Partei keine

Chance. Es ging um Oberflächen, dachte er, sie entschieden über alles. Er spürte, wie es in ihm ratterte, schon jetzt.

»Wann war die letzte Gehaltsanpassung?«, sagte Karnowski gerade, der ungeduldig zu Pia blickte, die nervös in ihren Unterlagen blätterte. »Ich warte«, fügte er ansatzlos hinzu.

»Vor zwei Jahren«, sagte sie endlich.

»Verstehe.« Karnowski dachte kurz nach. »Okay, fünfhundert Euro kann ich dir anbieten, durch das neue Level.«

»Achthundert«, entgegnete Christoph, den sein Mut selbst überraschte. »Die letzte ist ja schon zwei Jahre her.«

Karnowski erwiderte seinen Blick, dann sagte er: »Okay.«

»Und buch ihm ein Führungskräfteseminar. Das in Hamburg«, sagte er zu Pia, die eifrig nickte und etwas in ihrem Block notierte.

»Na dann«, sagte Karnowski und erhob sich, »auf unser neues Kompetenzteam.«

Er gab Christoph, der sich ebenfalls erhoben hatte, die Hand. Es war der feste Griff eines Mannes, der ihn schätzte, auch wenn es nur seine Arbeit war.

Christoph verließ den Konferenzraum voller Euphorie und mit einem unendlichen Gefühl der Befreiung. Er konnte es kaum erwarten, Julia davon zu erzählen.

DIENSTAGSSAUFEN

Die Fußgänger der Oranienstraße blickten skeptisch, wenn sie das Coretex passierten, dann misstrauisch und zuletzt ängstlich, in genau dieser Reihenfolge. Auf der Bank vor dem Plattenladen saßen sechs Männer, die Sonnenbrillen trugen und Bierflaschen in der Hand hielten. Aus dem Geschäft dröhnte Hardcore-Punk, ein aggressives Grundrauschen, das durch die geöffnete Tür des Plattenladens auf die Straße floss und die Atmosphäre änderte, als würde man in dem Umkreis, in dem die Musik zu hören war, einen Teil Kreuzbergs betreten, den man besser schnell durchquerte. Es gab eine ironisch gemeinte Liste inoffizieller »Überlebensregeln« für die Oranienstraße. Der zehnte Punkt lautete, dass man die Männer, die vor dem Coretex Bier tranken, unter keinen Umständen ansprechen sollte.

Jede Woche trafen sie sich hier um fünfzehn Uhr zum Dienstagssaufen, eine Tradition, bei der es viel Berliner Kindl, viele Muskeln, noch mehr Tätowierungen und keine Frauen gab, zumindest keine, die so aussahen. Das war der Nachteil dieser Szene, dachte Andreas, die Frauen sahen eigentlich wie die Männer aus, nur kleiner und dicker.

Er war der Einzige, der stand, vielleicht auch weil er der Einzige war, der ein Jackett trug. Wenn er das Coretex betrat, genoss er die irritierten Blicke der Kunden, die ihn nicht kannten und die dem Umstand, dass hier ein Mann im Jackett so herzlich aufgenommen wurde, vollkommen verständnislos gegenüberstanden.

Er sah zum Eingang, als Andy die Straße betrat, der einer der Inhaber des Plattenladens war und auch so aussah. Andreas hatte ihn über Nast kennengelernt, der nach seinem Zivildienst ein Jahr im Coretex gearbeitet hatte. Als Nast im Sommer 2000 für fünf Jahre nach Köln gezogen und aus ihren Leben verschwunden war, hatten Andreas und Andy Kontakt gehalten. Damals hatte er begonnen, mit Andy zum Boxen zu gehen. Inzwischen ging er kaum noch zum Training, aber an diesem Nachmittag hatten sie es endlich mal wieder geschafft. Als er danach erschöpft unter der Dusche gestanden und die Spannung genossen hatte, die sich durch seinen Körper zog, begriff er erst, wie sehr er es vermisst hatte. Bei manchen Dingen spürte man das eben erst, wenn man sie mal wieder machte, dachte er.

Als er nach dem Training bei einem kurzen Zwischenstopp in Andys Wohnung in dessen Gästebad stand und die brüchigen, braunroten Streifen in seinem Gesicht begutachtete, die Zeugen der Schlägerei, gestand er sich ein, dass es noch einen anderen Grund gegeben hatte, mal wieder zum Training zu gehen. Er wollte das Gefühl der Nacht zurückholen. Das Gefühl des Rächers, der die zivilisatorischen Zwänge verließ, um die Schwachen zu schützen. Anders funktionierte das Psychogramm von Bruce Wayne auch nicht, dachte er. Diese Typen hatten es verdient. Es gab keine Moral in ihrem Denken. Das gab seinem Handeln etwas Edles. Er hatte sich auf die Toilette gesetzt, um den Raum auf sich wirken zu lassen. Der Ausblick passte, denn Andys Gästebad war ein Motto-Gästebad. Ein *Der-Pate*-Motto-Gästebad. Der Raum war mit schwarzen Fliesen ausgelegt, in denen man sich spiegelte. Wenn man das Licht anmachte, begann die getragene Titelmelodie des Paten zu spielen, an der Decke hing ein goldfarbener Lüster, an der Wand eine Maschinenpistole und Schwarzweißaufnahmen, die Szenen des Films zeigten, und auf der Ablage, die sich über der Toilette die Wand entlang zog, lag zwischen schwarzen, sorgfältig zusammengelegten Handtüchern ein aufgeschlagener Bildband, der von Al Capone handelte. Er war immer ein bisschen benommen, wenn er die Gästetoilette verließ. Andys Sanitäranlagen machten sein Selbstverständnis ebenso sichtbar wie die Tatsache, dass er seinen Sohn nach Vito Corleone benannt hat.

Jeder, dem Andreas seit der Nacht begegnet war, sprach ihn auf die Wunden an. Er hatte sich einen Sturz mit dem Fahrrad ausgedacht, aber alle, denen er davon erzählte, wollten Details. Als wären sie hungrig nach den Leiden anderer. Er musste sich ständig neue Einzelheiten ausdenken. Es war seltsam, sobald das Thema Unfälle berührt wurde, wollten alle plötzlich alles ganz genau wissen. Die Fahrradunfallgeschichte hatte er inzwischen so oft erzählt, dass er beinahe selbst daran glaubte. Sein Jackett hatte er weggeworfen, es war zwar nur an den Nähten gerissen, aber es erschien ihm zu umständlich und auch zu gefährlich, die Blutflecke zu erklären. Ein zerrissenes Sakko voller Blut erzählte einfach keine »Ich bin mit dem Fahrrad gestürzt«-Geschichte.

Die Schlägerei war jetzt zwei Wochen her. In den Tagen darauf hatte er jeden Tag in der Google-News-Suche nach einer Meldung darüber geschaut, aber nichts gefunden. Das war ungewöhnlich.

»So«, sagte Andy deutlich, der sich vor dem Coretex neben Andreas gestellt hatte, »Feieraaaabend.«

Der Hinweis war für die Männer auf der Bank bestimmt, die verstimmte Laute von sich gaben. Andreas sah auf die Uhr, es war kurz vor acht. Er war jetzt seit zwei Stunden hier, die Männer auf der Bank hatten das erste Bier um dreizehn Uhr aufgemacht, und so sahen sie auch aus. Gerötete Gesichter, lallende Sätze, deren Enden wegrutschten. Boris, der am weitesten war, begann immer wieder Sätze, vergaß aber nach dem dritten Wort, was er eigentlich sagen wollte, und schwieg hilflos in sich hinein. Gott, dachte Andreas, wie konnte man sich nur so gehen lassen. Aber vielleicht war es ja in ihrer Welt eine plausible Taktik, so früh zu trinken, man kam früh ins Bett und fand genug Schlaf, die meisten hier mussten ja um fünf oder sechs aufstehen.

Die Gespräche waren durch die üblichen Kreuzberger Themen getrieben, es gab zu viele Touristen, das Coretex wurde vom BKA beobachtet, weil sie wegen der vielen Leute, die in Kreuzberg schwarze T-Shirts mit dem Logo des Plattenladens trugen, davon ausgingen, sie wären eine kriminelle Vereinigung. Je betrunkener sie wurden, desto häufiger blickte Andy belustigt zu Andreas.

»Und was machen wa jetzt?«, fragte Boris, der wieder nüchterner zu sein schien, aber die Frage bestand ja auch nur aus fünf Worten.

»Ich bin heute lieber diszipliniert«, sagte Andreas.

»Klar«, sagte Andy. »Schön, dass wir uns mal wieder gesehen haben. Grüß den Nast, wenn du ihn siehst.«

»Mach ich«, erwiderte er.

Plötzlich musste er an Leonie denken, an ihren Sex. Ein passender Abschluss. Seitdem hatte er sich nicht mehr gemeldet. Er hatte sich den Chatverlauf in den letzten Tagen oft durchgelesen. Es erregte ihn, zwei Mal hatte er dazu schon onaniert. Er spürte, wie ihn nur der Gedanke daran erregte. Andreas strich sich über das Jackett, als würde er die Gedanken wegwischen, er passte nicht hierher, und in Gegenwart der Besoffenen wollte er nicht an Sex denken. Dann wandte er sich ab und ging mit gesenktem Blick die Oranienstraße Richtung Skalitzer hinunter.

EINE VERHÄNGNISVOLLE WHATSAPP-AFFÄRE

Als Leonie nach dem Duschen aus dem Bad kam, drückte sie mit einer Bewegung, die inzwischen Routine geworden war, auf die Home-Taste ihres iPhones, das auf der Flurkommode lag, um zu überprüfen, ob Christoph geschrieben hatte. Auf dem Display leuchtete die Uhrzeit, mehr nicht. Sie spürte die leichte, dumpfe Enttäuschung eines Menschen, der sich an Enttäuschungen gewöhnt hatte, sie war fünfzehn, vielleicht sogar zwanzig Minuten im Bad gewesen, eine Zeitspanne, in der normalerweise etwas passiert sein musste, in der jemand an sie gedacht oder zumindest jemand etwas in eine der WhatsApp-Gruppen gepostet haben musste, in denen sie Mitglied war. Aber selbst wenn ihr eine ihrer Freundinnen geschrieben hätte, wäre sie enttäuscht gewesen, weil die Nachricht nicht von ihm gewesen wäre.

Sie setzte sich auf das Sofa und legte das Handy in Griffweite auf den Couchtisch. Dann nahm sie sich eine Zigarette aus der Schachtel, die neben dem Handy lag, und zündete sie an. Sie betrachtete den Rauch, der sich von der brennenden Spitze der Zigarette löste, mit stumpfem Blick. Es war ihre vorletzte, sie würde neue holen müssen, aber ihr fehlte die Kraft, jetzt die Wohnung zu verlassen. Sie hatte ihm heute Morgen eine Nachricht geschrieben, die er noch nicht beantwortet hatte. So wie die drei Nachrichten, die sie ihm gestern geschrieben hatte. Seit einer Woche hatte sie nichts von ihm gehört, kein Lebenszeichen. Mit jedem neuen Versuch waren ihre Nachrichten länger geworden. Zweimal hatte sie ihn sogar angerufen, obwohl sie wusste, dass sie damit eine Grenze überschritt, aber er war nicht rangegangen. Sie wollte erklären, wie es in ihr aussah. Sie wollte, dass er sie verstand, sie wollte ihn verstehen. Und sie wollte, dass er ihr Hoffnung gab, jede Nachricht würde ein Hoffnungsschimmer sein.

Sie überlegte, wie oft sie tagtäglich die Home-Taste drückte, sie hatte sogar mal versucht mitzuzählen, dann aber aufgegeben oder vergessen weiterzuzählen. Die letzte Zahl, an die sie sich erinnerte, war die Achtundsiebzig, an einem Nachmittag; so gesehen befand sie sich im dreistelligen Bereich, was aber nicht beunruhigend war, weil sie von vierundzwanzig Stunden nur sechzehn wach war – sie sah also im Schnitt nur alle zehn Minuten auf ihr Handy. Sie überprüfte zum dritten Mal an diesem Tag, ob das Klingeln auf laut gestellt war, und ging dann in ihr Zimmer, um sich etwas anderes anzuziehen.

Noch vor zwei Wochen hatten sie sich jeden Tag unzählige, verliebte Nachrichten geschrieben. Tage, die sich aus Euphorie, wenn er schrieb, und der immer schwerer zu ertragenden Ungeduld, sobald sie eine Nachricht abgeschickt hatte und auf eine Antwort wartete, zusammensetzen. Alles andere war in den Hintergrund getreten, ihre Freunde, die Freunde ihrer Freunde, sogar ihre Familie befriedigte ihre anhaltende Ungeduld nicht, es war ein unangenehmes Gefühl, sich das einzugestehen, aber so war es nun mal. Hinter Christoph verschwand alles. Aber dann waren die Nachrichten plötzlich weniger geworden, schon das war unerträglich gewesen.

Ihr letzter Kontakt war der Sex, dachte sie. Vielleicht war es ein Fehler, vielleicht hatten sie sich zu weit vorgewagt. Sie dachte an Annelies skeptisches Gesicht, als sie ihr einige der Nachrichten vorgelesen hatte, als noch alles in Ordnung gewesen war.

»Wir schreiben doch nur«, hatte sie gesagt.

»Ihr schreibt nicht nur – das ist 'ne WhatsApp-Affäre«, hatte Annelie erwidert. »Willst du 'ne Affäre sein?« Leonie hatte geschwiegen. »Er belügt seine Freundin«, war Annelie bedeutungsschwanger fortgefahren. »Da frag ich mich, wen er sonst noch so belügt.«

Leonie hatte sie angesehen und verstanden, dass es ein Fehler gewesen war, trotz ihres Vorsatzes noch einmal mit ihr darüber zu sprechen. Annelies Reaktion hatte ihr wieder einmal gezeigt, dass sie nicht mehr mit ihr über Christoph reden konnte, weil sie es einfach nicht verstand und wahrscheinlich nie verstehen würde.

Als sie ins Wohnzimmer zurückkehrte, öffnete sie WhatsApp, scrollte nach oben, fast bis zum Anfang, und las sich noch einmal einige Nachrichten von ihm durch.

»Unser Kontakt ist unglaublich und einfach nur einmalig«, hatte er geschrieben. »Ich glaube nicht, dass mir das jemals wieder passiert. Hey, wir reden hier von einer Woche?! Ich kann das nicht fassen. Ich begreife es nicht. Alles, was für mich Sinn gehabt hat, ist völlig sinnlos geworden und ich will noch nicht einmal etwas daran ändern. Ich habe mich innerhalb einer Woche komplett verändert. Es war eine Woche, verdammt.«

»Jetzt hab ich Sehnsucht nach dir«, hatte sie geantwortet.

»Meine Sehnsucht nach dir ist schon ein Dauerzustand geworden«, hatte er geschrieben. »Ich mag dich ganz schön gern. So schnell so intensiv wie mit dir hab ich das bisher wirklich noch nicht erlebt, alles greift so natürlich ineinander bei uns. «

»Ich weiß«, hatte sie erwidert. »Und genau aus diesem Grund kann ich es einfach nicht sein lassen.«

Gott, dachte Leonie, sie hielt die Ungeduld kaum aus. Sie musste mit jemandem reden, unbedingt. Sie wählte erneut die Nummer des Einzigen, mit dem sie das konnte. Aber Andreas ging auch seit einer Woche nicht mehr ans Telefon.

Irgendetwas musste sie unternehmen, dachte sie plötzlich. Der Schlüssel war, sich aus ihrer Erstarrung zu lösen, aus ihrer Unfähigkeit zu handeln. In ihrem Abwarten war sie ausgeliefert. Sie musste etwas tun, um nicht alles zu verlieren. Und jetzt wusste sie auch, wie. Sie hatte einen Plan.

DIE FRAGE NACH DEM SINN

Andreas warf einen irritierten Blick in den hohen Raum, der in das Licht unzähliger Kerzen getaucht war. Er griff nach seinem Handy, um sich zu vergewissern, dass er sich nicht in der Adresse geirrt hatte, aber da sah er Werner, der an einem Fenstertisch saß und konzentriert auf seinem Laptop schrieb. Es war überraschend, dass Werner diesen eleganten Ort vorgeschlagen hatte. Es durfte nicht geraucht werden, und vor ihm stand auch kein Bierglas, sondern ein Glas Wasser neben einer Tasse Espresso. Vielleicht lag es daran, dass es, wie er am Telefon gesagt hatte, etwas zu feiern gab.

Es war neunzehn Uhr, es gab nur vereinzelte Gäste. Ein Kellner trat auf Andreas zu und fragte, auf welchen Namen er reserviert habe.

»Nein, ich bin verabredet«, erwiderte er und wies hinüber zu Werner.

»Natürlich«, sagte der Kellner, als hätte er diese Antwort erwartet und führte ihn zu Werners Tisch.

Werner, immer noch vertieft in seine Arbeit, wandte sich ihnen zu, als sie an den Tisch traten.

»Ah«, sagte er und erhob sich, »Andreas, schön, Sie zu sehen.«

Der Kellner stand abwartend neben ihnen.

»Was wollen Sie trinken? Wein? Wein. Robert, wir nehmen eine Karaffe von diesem wunderbaren Rotwein, den ich am Montag hatte.«

»Wissen Sie noch, wie er hieß?«, fragte der Kellner.

»Nein, aber der steht auch nicht auf der Karte. Frag am besten Johannes, der weiß Bescheid.«

Der Kellner nickte und entfernte sich.

»Schöner Anzug«, sagte Andreas.

»Ja, danke. Ich hab mir mal ein paar neue Anzüge geleistet, man muss sich ja nicht so gehen lassen. Die Leute lassen sich viel zu sehr gehen, ist es Ihnen schon einmal aufgefallen? Mir fällt das in letzter Zeit immer häufiger auf. Bei manchen ist es möglicherweise eine Stilfrage, aber es ist wohl aussichtslos, das zu hinterfragen.«

»Eigentlich muss man da gar nicht so viel hinterfragen. Wer nach der Mode geht, hat keinen Stil«, sagte Andreas.

»Manchen Leuten müsste man auch mal raten, einen Blick in den Spiegel zu werfen, bevor sie die Wohnung verlassen«, sagte Werner.

»Das sehen die gar nicht.«

»Wahrscheinlich haben Sie recht,« stimmte Werner zu und erklärte, nachdem sie sich gesetzt hatten und er Andreas' Blick gefolgt war, der auf seinem Rechner ruhte: »Das ist mein Büro, sozusagen. Ich bin hier gleich fertig. Geben Sie mir einen Augenblick.«

Werner vertiefte sich wieder in seine Arbeit. Andreas lehnte sich zurück und ließ diesen Ort auf sich wirken. Es gab eine Harmonie zwischen den Dingen, und seitdem es ihm aufgefallen war, trat diese Harmonie immer offensichtlicher hervor. Sogar die Gäste passten in dieses Bild. Die Anzüge der Männer, die Kleider der Frauen, alles abgestimmt auf die komplexen Farbnuancen. Als ob sie für diese Bar gecastet und eingekleidet worden wären. Selbst die gedämpfte Musik passte. Alles war perfekt, alles ergänzte sich auf eine ästhetische

Art. Sogar Werners Laptop fügte sich seltsamerweise nahtlos in die Harmonie der Bar ein, genauso wie Werner selbst. Werner trug einen Anzug, dem man ansah, dass er teuer gewesen war, dazu ein weißes Hemd und eine schmale, anthrazitfarbene, leicht gelockerte Krawatte. Er sah wie eine Figur aus einem Tarantino-Film aus.

Sie hatten sich lange nicht gesehen, seit der Sommernacht, in der Werner mit Julia getanzt hatte und seitdem er offensichtlich zu einem anderen Menschen geworden war. Ihm kam der Gedanke, dass diese Nacht ein Auslöser gewesen sein könnte, die aus Werner den elegant gekleideten Darsteller eines Tarantino-Films gemacht hatte, der ihm hier gegenübersaß. Ganz kurz hatte er sogar die Vorstellung, dass das Restaurant um den neuen Stil von Werner herumgebaut worden war.

In diesem Augenblick erstarben die beruhigenden Geräusche von Werners tippenden Fingern. Werner lehnte sich zurück, blickte einen Moment lang zufrieden auf den Bildschirm und warf Andreas einen triumphierenden Blick zu, bevor er den Laptop mit großer Geste zuklappte.

»So!«, sagte Werner. »Das war's! Der Höhepunkt meines Tages – ach, was sag ich – des letzten Monats. Der letzten Monate!« Andreas lächelte und sah auf, als Robert den Wein servierte. »Ist ja immer ein großartiges Gefühl, einen Text zu beenden. Wissen Sie ja selbst«, sagte Werner, als sie anstießen. »Vor allem *so* einen Text. Erscheint in der Wochenendausgabe. Aufmacher. Mein Name auf der Titelseite. Zwanzigtausend Zeichen – das sind zwei Zeitungsseiten. Drei Wochen Recherchen. Vielleicht das Beste, was ich je geschrieben habe. Wir trinken jetzt noch die Flasche aus, dann ruft die Redaktion an und ich schick ihn rüber. Wenn ich einen Text fertig hab, mach ich das immer so. Ist so ein Ritual. Ein Moment der Ruhe, der Selbstreflexion ... verbunden mit dem Gefühl, nicht ersetzbar zu sein. Ich genieß solche Momente. Kommen ja auch nicht so oft vor.« Er nahm einen großen Schluck, setzte das Glas ab und blickte Andreas zufrieden an. »Also, mein Artikel hier, ja – der ist über unseren Außenminister«, fuhr er mit gesenkter Stimme fort. »Ja ... über *unseren* Außenminister. Erscheint in der Wochenendausgabe. Jetzt ist es acht, Redaktionsschluss ist um zehn. Hab ich wieder mal auf den letzten Drücker geschrieben. Aber was red ich denn hier die ganze Zeit von meinem Artikel. Jetzt mal zu Ihnen, das mit meinem Artikel kann ich Ihnen später noch erzählen. Erzählen Sie. Wie geht's Ihnen? Und wie geht's Ihrer wunderbaren Freundin?«

»Na ja«, sagte Andreas. »Sagen wir's so, sie ist immer noch nicht meine Freundin. Ich hab sie seit dem Sommer nicht mehr gesehen. Sie war in einer Beziehung, das wär alles zu kompliziert geworden.«

»Verstehe. Schade.«

»Ich weiß.«

»Aber was mich interessieren würde«, hörte er Werner sagen, »warum haben Sie sich eigentlich Michael genannt?«

Andreas sah auf seine Hände, die auf der mattglänzenden Fläche des quadratischen Tisches lagen.

»Wär's okay, wenn ich nicht darüber sprechen möchte?«

»Natürlich, natürlich.«

»Erzählen Sie mir lieber von Ihrem Artikel.«

»Mein Artikel. Ja! Über unseren Außenminister. Also, da wird es einigen Wirbel geben. Stürzen wird es ihn nicht. Nein, das nicht. Das ist ja der Traum vieler Journalisten: mit einer Reportage Präsidenten zu stürzen. Eigentlich tragisch, wenn man mal drüber nachdenkt. Aber zu denen gehöre ich nicht. Nein. Aber der wird jetzt am Montag auch nicht in der Redaktion anrufen und sagen: ›War jut jewesen, Herr Meyhöfer, was Sie da über mich geschrieben haben.‹ Das bestimmt nicht. Und anrufen würde *der* sowieso nicht. So funktioniert das nicht. Wäre ja auch nicht professionell. Und eigentlich ist's mir auch nicht so wichtig. Also, ob dem das gefällt, was ich über ihn schreibe.«

»Klar«, sagte Andreas und griff nach der Karaffe, um ihnen nachzuschenken. Der Wein war wirklich ausgezeichnet.

Werner beugte sich zu Andreas: »So! Warum ist dieser Text was Besonderes? Ganz einfach: Also Prominente – gerade Politiker – vor allem Politiker! Vor allem unser Herr Außenminister! –, die entwickeln ja eine Technik, wie sie in der Öffentlichkeit auftreten. Die spielen eine Rolle. Also die Rolle, die von ihnen erwartet wird. Und – natürlich, das ist ganz klar – hat diese öffentliche Selbstdarstellung nichts mit der Person zu tun, die sie wirklich sind. Da ist es wie im wirklichen Leben.« Werner verstummte und schien einen Moment lang nachzudenken, bevor er fortfuhr: »Aber selbst jemand, der schon lange dabei ist – und ich bin schon lange dabei –, macht manchmal den Fehler, sich einzubilden, dass man berühmten Menschen mehr entlocken könne als alle anderen Reporter vorher. Selbst *ich* bilde mir das ein. Und die Prominenten tun ja auch so, als sei man der erste, dem sie das erzählen. Wissen Sie, dazu kann ich nur eins sagen: alles Quatsch! Je berühmter die Leute sind, desto mehr Reportern haben sie ihre Geschichten schon erzählt. Is so! Is einfach so! Aber was ich eigentlich sagen will, worauf ich hier eigentlich hinauswill – also letztlich – in der Essenz: *Ich* beschäftige mich lieber mit den Namenlosen als mit den Berühmtheiten. Mit den sogenannten kleinen Leuten. Die sind viel öfter sie selbst. Die brauchen sich keine Figur auszudenken, um sich vor der Welt zu schützen. Oder sie zu beeindrucken. Oder was weiß ich. Zu denen kriegt man doch eher einen Zugang, die lassen einen viel näher an sich ran ... – Ich hab heute so einen trockenen Mund, kennen Sie das, ein ganz unangenehmer Zustand.« Andreas nickte, Werner leerte sein Glas, schenkte sich sofort wieder nach und trank hastig.

»Aber gut. Wo war ich?«, sagte er ein wenig ratlos, nachdem er die Mundwinkel mit einer gestärkten Serviette abgetupft hatte. »Genau. Bei meinem Artikel. Wollen wir erstmal eine rauchen?«

»Klar«, sagte Andreas, dem erst jetzt, während sie darüber sprachen, auffiel, dass jedes ihrer Gespräche einem Interview ähnelte, nur dass er keine Fragen stellte. Eigentlich brauchte ihn Werner gar nicht, er führte ein Interview mit sich selbst. So gesehen war Andreas ein Zuschauer. Er dachte an Julia und Leonie und Christoph und spürte wieder dieses leichte Unwohlsein, das in ihm wuchs. Als sie vor dem Restaurant standen, begann es zu regnen. Eigentlich war es gar kein Regen, nur ein leichtes Nieseln, das vereinzelt sein Gesicht traf.

Werner inhalierte genussvoll den Rauch seiner Zigarette, bevor er sich wieder Andreas zuwandte.

»Als ich meinen Artikel hier über unseren Außenminister recherchiert habe, hab ich den Mann nie getroffen«, sagte er. »Nie! Nicht einmal! Hätte ja auch nichts gebracht, Da wären doch nur Worthülsen gekommen. Da wird in einem Halbsatz eine Aussage getroffen und im nächsten Halbsatz wieder aufgehoben. Am Ende weiß man gar nicht, was der Mann da gerade erzählt hat. Nur dass man es hundertprozentig unterschreiben kann, das weiß man. So ist das leider. Und wenn ein Politiker in einem Interview dann doch mal einen Fehler macht, wenn er mal was sagt, was mich interessiert, diese Kanten, die einen als Reporter interessieren, was passiert dann? Das wird dann rausgestrichen, wahrscheinlich nicht einmal von ihm selbst, von irgendeinem seiner Mitarbeiter, von irgendeinem seiner dressierten Lakaien aus der Presseabteilung.« Er blickte verächtlich einem Wagen nach, der gerade das Restaurant passierte. »Und darum, mein Lieber«, Werner hob seine rechte Hand und formte mit Daumen und Zeigefinger ein O, »darum hab ich das ganz anders gemacht. Ich hab mich mit seiner Familie getroffen – mit seinen Eltern und auch mit anderen Verwandten, mit Mitschülern, Lehrern, Kollegen und Weggefährten, mit Freunden und Feinden. Ich hab mich sogar mit zwei ehemaligen Geliebten getroffen. Das war ergiebig. Ich will mich ja hier nicht selbst loben, aber das war wirklich nicht die schlechteste Idee. Da muss man natürlich differenzieren, bei dem, was die Leute so erzählt haben. Man glaubt nicht, wie viel verletzter Stolz, Verbitterung und Neid – ja, vor allem Neid – da hochgeschwappt ist. Das war teilweise unerträglich. Aber das nur am Rande.«

Andreas musste bei dem letzten Satz lächeln, weil ihn die Formulierung an eine Freundin erinnerte, die einige Jahre in San Francisco gelebt hatte und seitdem »Aber das nur an der Seite« sagte, weil sie vom Englischen auf das Deutsche schloss. Es klang irgendwie süß, ein Fehler, der sie sympathisch machte.

»Also zusammenfassend«, sagte Werner, »mein Artikel – also letztlich: Das sind viele kleine Porträts, viele kleine Puzzleteile, die sich dann zusammenfügen, zu einem großen Ganzen. Ich hab sie in einen größeren, einen tieferen Zusammenhang gesetzt – da ist ein Gesellschaftsporträt entstanden, eine Comédie humaine, wenn man so will. Ja, das kann man schon so sagen. Und das auf zwanzigtausend Zeichen. Das ist bemerkenswert. Wie gesagt, vielleicht das Beste, was ich bisher geschrieben habe.«

Er hielt erschöpft inne und zog an der Zigarette, nachdem er das Weinglas geleert hatte. Er schien nachzudenken.

Plötzlich, vollkommen unvermittelt, rief er: »Alles Scheiße!«
Andreas sah ihn an. »Alles in Ordnung?«
»Nichts ist in Ordnung«, sagte Werner und sah ihn eindringlich an. »Wissen Sie, eins kann ich Ihnen sagen: Je länger ich das mache, diesen Beruf, begreife ich, wie vermessen das ist, was wir da eigentlich machen.« Er drückte, während er weitersprach, verächtlich seine Zigarette aus. »Wir rennen immer hinter Leuten her, wir beschreiben die dann, zerren sie ins Licht der Öffentlichkeit – und legen sie fest – die haben ein ganzes Leben, was dagegen steht, gegen meine zwei Zeitungsseiten.«

Er gab dem Kellner durch die Scheibe hindurch ein Zeichen. Andreas war sich nicht sicher, was Werner damit sagen wollte, aber kurz darauf erschien der Kellner mit einer neuen Flasche Wein und zwei sauberen Gläsern und stellte sie auf den kleinen Tisch neben ihnen. Er füllte die Gläser und entfernte sich.

»Danke«, sagte Werner, der sich gerade eine neue Zigarette angezündet hatte. Er schien tatsächlich Stammgast zu sein.

»So.« Werner sah Andreas direkt in die Augen. »Jetzt erkläre ich Ihnen mal meinen Beruf, also das Menschliche in meinem Beruf, wie das funktioniert. Stellen sie sich vor, es gibt wieder eine dieser großen Geschichten. Zuerst berichtet die *Bild*-Zeitung, dann die ernstzunehmenden Zeitschriften und dann ganz am Ende, wenn eigentlich alles schon berichtet ist, kommen Leute wie ich. Um noch einmal nachzutreten. Um die Reste zu nehmen und sie – bildlich gesprochen – noch einmal in Grund und Boden zu stampfen, praktisch zu zerfetzen und auszulöschen.« Er machte eine theatralische Geste. »Und sehen Sie mich an. Das sieht man mir nicht an. Ich wirke ja nicht unsympathisch, hoffe ich zumindest. Nein, unsympathisch wirke ich wirklich nicht. Und wissen Sie, was jemand wie ich macht, auf Recherche, wenn er höflich lächelnd an ihrem Wohnzimmertisch sitzt, harmlose Fragen stellt und noch einen Kaffee nimmt? Wissen Sie, was ich innerlich mache? Das kann ich Ihnen sagen: Ich wetze innerlich die Messer. An diesem Wohnzimmertisch habe ich genau die richtige Betriebstemperatur – aus Arroganz und Paranoia, Vernichtungslust und Nervosität –, die einen guten Journalisten auszeichnet.«

Andreas sah ihn an und hatte plötzlich das Gefühl, dass Werner über ihn sprach.

»Eins kann ich Ihnen sagen«, fügte Werner hinzu, als hätte er seine Gedanken erraten, »die Leute, die ich beschreibe, sind Opfer. Immer schon. Wenn sie es nicht schon vorher waren, sind sie es danach. Und in meinem Artikel da, über unseren Außenminister, wissen Sie, wer in meinem Artikel die Opfer sind? Doch nicht unser Außenminister, das können Sie mir glauben. Die kleinen Leute sind es, die sich mir geöffnet haben, die mich in ihr Privatestes gelassen haben. *Die* sagen morgen: ›Das war doch ein so höflicher und sympathischer Mann. Warum schreibt er denn solche Dinge über mich?‹ Da ist man wie ein Vampir, das kann ich Ihnen sagen. Man ernährt sich vom Blut anderer, vernichtet sie – und dann zieht man weiter. Da fragt man sich schon manchmal: Was machst du hier eigentlich? Wie bescheuert bist du? Morgen hörst du damit auf. Du wirst Deutschlehrer, oder was weiß ich was, irgendwas in der Art, irgendwas Sinnvolles. Schauen Sie sich doch mal unter den großen Reportern um. Alles Verrückte. Alles kaputte Charaktere. Schizophrene, Multiple, Paranoide, Bekloppte – alles Wahnsinnige. Sonst könnten sie doch nicht so witzige, blasphemische, sentimentale und niederträchtige Texte schreiben. Sonst geht das einfach nicht. Is so. Is einfach so. Bemitleidenswert ist das. Und glauben Sie mir das? Ich will das nicht mehr. Ich kann das nicht mehr. – Ich brauch jetzt was zu trinken.« Er setzte die Flasche an und trank.

»Wissen Sie was,« sagte Werner entschlossen, als er die Flasche absetzte, »lassen sie uns reingehen.«

Ein interessantes Phänomen, dachte Andreas, nüchtern war Werner in einer abgeklärten, souveränen Selbstlüge gefangen und nur betrunken brach die Lüge auf und er konfrontierte sich selbst seinen Dämonen. So gesehen war der Alkohol seine Chance und sein Untergang. Als wüsste er erst betrunken, wer er wirklich war. Das Trinken war seine Therapie, sein Mittel, um den Blick auf sein Leben zu ändern und sich gleichzeitig dabei selbst den Boden unter den Füßen wegzuziehen, indem er seine Arbeit und das, was er konnte, infrage stellte. Andreas war gerührt, er spürte den Impuls, ihm das Du anzubieten, obwohl er der Jüngere war.

»So! Und jetzt passt mal auf«, sagte Werner mit glänzenden Augen, als sie wieder am Tisch saßen. Er zog den Rechner zu sich heran. »Jetzt passt mal ganz genau auf! Jetzt werden Zeichen gesetzt.« Er klappte den Laptop auf und tippte konzentriert, bis er mit großer Geste die letzte Taste drückte.

»So!«, sagte er. »Löschen!«

»Moment«, rief Andreas, der ahnte, was Werner da gerade vorhatte.

»Nein, nein, nein, lassen Sie mich!«, rief Werner wie ein trotziges Kind. »Und ... – Papierkorb entleeren. So! Das war's. Hier wird heute gar nichts mehr rübergeschickt.«

Werner hatte den Artikel gelöscht, die Arbeit der letzten drei Wochen einfach vernichtet. Sein Blick ruhte einige endlose Sekunden auf dem Monitor.

»Ich brauch jetzt was zu trinken.«

Er füllte das Glas bis zum Rand und leerte es in einem Zug.

»Das war ...«, setze Andreas an.

»Das war nötig«, unterbrach ihn Werner. »Das war wichtig.« Er überlegte einen Moment, während Andreas fassungslos sein gerötetes Gesicht betrachtete. Und plötzlich sah er in Werners Augen, dass er dieselbe Empfindung hatte, die Andreas damals am Moritzplatz gespürt hatte. Das Gefühl, zu leben.

»Morgen gibt's eine Aussprache«, sagte Werner. »Mit meinem Ressortleiter, dem Arsch. Der wird mir die Leviten lesen, denkt er. So richtig. Aber der hat keine Ahnung, was auf ihn zukommt. Der wird sein blaues Wunder erleben. Morgen kündige ich. Bestimmt! Und das mach ich mit großer Geste. Da werden die noch in vier Jahren drüber sprechen, wie der Meyhöfer gekündigt hat. E-Mail ich mir nachher zu Hause überlegen, wie ich's genau mache. Und wenn ich morgen kündige, mach ich das am besten auf Restalkohol. Dazu brauch ich jetzt noch ein Glas Rotwein, besser eine Flasche. Mindestens. Und ich hab nichts mehr daheim.«

Er gab dem Kellner ein Zeichnen, um die Rechnung zu bestellen. Als sie zahlten, stellte Robert eine elegante Papiertüte, in der sich zwei Flaschen Wein befanden, auf den Tisch. Als sich der Kellner wortreich verabschiedet hatte, begann Werners Handy, das zwischen ihnen auf dem Tisch lag, zu klingeln. Werner ignorierte es nach einem achtlosen Seitenblick und zog seinen Mantel an.

»Die Redaktion«, sagte er mit einem Lächeln, das ihm in seinem Zustand fast entglitt.

Andreas setzte ihn noch in ein Taxi, das vor dem Restaurant wartete, und sah dem Wagen mit einem merkwürdigen Gefühl nach. Der Abend hatte etwas mit ihm gemacht, er musste darüber nachdenken.

ZIEMLICH BESTE FREUNDINNEN

Es war schon tragisch, wenn die Menschen vergaßen, dass sie Menschen waren, dachte Julia, während die betroffene Stimme der Moderatorin fassungslos über die Brutalität der Tat sprach. Drei junge Männer hatten eine Frau, die gerade die Treppe zum Bahnsteig des U-Bahnhofs Moritzplatz hinuntergegangen war, unvermittelt und ohne ersichtlichen Grund in den Rücken getreten. Ihr Arm war gebrochen, ihr Gesicht von Schürfwunden übersät. Dieselben Männer gerieten kurz darauf in eine Schlägerei, die zwei von ihnen nicht überlebten. Es wurde angenommen mit jemandem, der ein Zeuge der Tat gewesen war. Einer wurde nach einer kurzen Flucht von dem unbekannten Täter in eine Schaufensterscheibe gestoßen. Der Blutverlust war so stark, dass er es nicht überlebte. Die Tat war jetzt schon zwei Monate her, aber erst jetzt wurden die Bilder der Kameras, die inzwischen überall in den U-Bahnhöfen der Stadt installiert waren, veröffentlicht, weil die Ermittlungen nicht vorankamen.

Es war eine Gesprächsrunde von drei Menschen, der Moderatorin, einem Experten und einem Zeugen der Tat, der sich in der Nacht auf dem U-Bahnhof aufgehalten hatte.

»Das ist Selbstjustiz«, sagte der Experte.

»Das ist Zivilcourage«, sagte der Zeuge.

Julia betrachtete die RBB-Moderatorin auf dem Flachbildschirm schräg über ihr, zu der die fassungslose Stimme gehörte, und fragte sich, was sie wirklich dachte, ob sie hinter all dem Make-up und der sorgfältig ausgearbeiteten Mimik nur Entsetzen oder auch Genugtuung empfand, weil die Männer, die eine wehrlose Frau aus Spaß eine Treppe hinuntergetreten hatten, bestraft worden waren, während sie mit professionellem Interesse dem Experten zuhörte, der von der Schwere der Tat sprach. Vielleicht wünschte sie sich ja insgeheim, dass der Täter nie gefunden wurde.

Sie spürte den Schweiß auf der Stirn, sie lief jetzt seit vierzig Minuten. Ihr Blick glitt über die anderen Bildschirme, die in einer langen Reihe vor den Laufbändern installiert worden waren, auf jedem lief ein anderer Sender, es gab Werbung, Serien, und drei Bildschirme zeigten die Bilder der Tat, auf denen die Gesichter der Opfer klar zu erkennen waren. Das Gesicht des Mannes, der ihnen kurz darauf folgte, war nur ein Schatten, seine Statur wies nicht auf einen Schläger hin, irgendetwas in seinen Bewegungen erschien ihr vertraut, aber sie konnte sich auch täuschen. Die Videos waren am Tag zuvor veröffentlicht worden, es war das Thema des Tages und es würde mindestens eine Woche anhalten: Gesprächsrunden, Debatten, Sondersendungen, Grundsatzfragen, die gestellt wurden. Unter ihren Kollegen war es das Hauptgesprächsthema gewesen.

Als sie Leonie sah, hob sie den Arm und gab ihr ein Zeichen. Leonies Blick erhellte sich und sie trat an ihr Laufband. Julia nahm einen der Kopfhörer heraus.

»Na du«, rief sie ein wenig außer Atem.

»Hey«, sagte Leonie.

»Ich bin in 'ner guten halben Stunde durch.«

»Cool, ich auch.«

Julia mochte sie. Sie kannten sich noch gar nicht so lange. Anfang des Monats waren sie in der Umkleide zufällig ins Gespräch gekommen, und seitdem redeten sie so viel miteinander, dass sie ihr Training vernachlässigten. Sie nahmen sich nach jeder ihrer Unterhaltungen vor, beim nächsten Mal disziplinierter zu sein, aber sie verstanden sich so gut, dass sie den Vorsatz beinahe jedes Mal verwarfen.

»Ich geh jetzt mal duschen«, sagte Leonie. »Trinken wir danach noch einen Shake?«

»Von mir aus auch gern einen Wein, oder hast du nachher schon was vor?«

»Ja, mit dir einen Wein trinken«, lachte Leonie.

»Okay«, sagte Julia, bevor sie den Kopfhörer wieder ins Ohr steckte. »Dann haben wir jetzt ein Date. Bis gleich.«

Als Julia im Restaurant eine Karaffe Wein bestellen wollte, lehnte Leonie dankend ab.

»Weißt du, ich trink gerade gar nicht mehr«, sagte sie.

»Wirklich?« Julia warf ihr einen anerkennenden Blick zu. »Detox, find ich gut. Seit wann machst du's denn?«

»Seit zwei Wochen«, erwiderte Leonie nach einer kurzen Pause. »Ja, gute zwei Wochen sind's jetzt.«

»Detox«, sagte Julia, »sollte ich auch mal machen. Man denkt ja immer, man trinkt gar nicht so viel, aber wenn man's dann mal zusammenrechnet ... Wir machen schon alle zwei Tage 'ne Flasche Wein auf.« Bei dem letzten Satz schien sich Leonies Blick zu verändern, aber sie konnte sich auch täuschen.

»Und was machst du?«, fragte Julia. »Fastest du oder entschlackst du?«

»Na ja, weder noch.« Leonie zögerte, bevor sie tapfer hinzufügte: »Ich bin schwanger.«

»Wie bitte?« Julia sah auf, und jetzt sah sie die unendliche Traurigkeit in Leonies Blick. »Aber nicht von ihm!«, fügte sie eine Spur zu scharf hinzu. Als Leonie die Frage mit einem Nicken erwiderte, spürte sie, wie sie sich verspannte.

Das arme Mädchen, dachte sie. Sie war so hübsch, und sie war noch so jung. Sie hatte es gar nicht nötig, so einem Arschloch verfallen zu sein. Der Mann war vergeudete Zeit, sie litt umsonst. Aber sie wusste ja auch, dass das Argumente waren, die nicht zählten. Leonie hatte ihr erzählt, dass sie ihn im Sommer über einen gemeinsamen Freund kennengelernt hatte, auf einer Party über den Dächern der Stadt. »Kennst du das?«, hatte Leonie gesagt, als sie ihr zum ersten Mal von dem Abend erzählte. »Wenn du jemandem zum ersten Mal begegnest und sofort spürst, eigentlich sogar sofort weißt, dass da ein Einverständnis ist, eine Verbindung.«

»Liebe auf den ersten Blick«, hatte Julia unvorsichtigerweise Weise erwidert, weil sie ja noch nicht das Ende der Geschichte kannte oder besser den aktuellen Stand, denn ein Ende schien noch nicht in Sicht zu sein. Erst später, als sie daran zurückdachte, realisierte sie das seltsame Leuchten in Leonies Augen, als sie die fünf Worte gesagt hatte. Sie hätten sich auf Anhieb verstanden, erzählte Leonie, und die Party zu zweit verlassen, ohne sich von ihren Freunden zu verabschieden. Sie verbrachten eine wundervolle Nacht miteinander.

»Alles war perfekt«, sagte sie. »Der ideale Anfang einer Liebesgeschichte.« Aber dann sagte Leonie etwas, was Julia ihre »Liebe auf den ersten Blick«-Bemerkung bereuen ließ: »Er hat eine Freundin. Sie leben in einer gemeinsamen Wohnung, wir sehen uns nur selten, weil wir beschlossen haben, dass er sich unabhängig von mir von seiner Freundin trennen muss.«

Gott, der Klassiker. Dieser Arsch nutzte das Mädchen nur aus. Ein Feigling ohne Gewissen, der keine Verhältnismäßigkeit kannte, für nichts und niemanden Empathie empfand, keinerlei Schuldbewusstsein besaß und nicht in der Lage war, die Konsequenzen seiner Taten einzuschätzen, – das waren Julias Gedanken.

»Es geht ja auch immer um richtige Zeitpunkte. Er muss das erst mal für sich abschließen«, sagte Leonie noch.

Julia hatte ihr geraten, ihn nicht mehr zu sehen und den Kontakt abzubrechen, bis er sich von seiner Freundin trennte. Sie hatte das Gefühl, dass Leonie ihn immer entschuldigte, dabei ging sein Verhalten gar nicht.

»Weiß er denn, dass du schwanger bist?«

»Noch nicht«, sagte sie, bevor sie nach kurzem Nachdenken entschieden hinzufügte: »Ich werd's ihm auch nicht erzählen.«

»Das ist doch Quatsch.«

»Ich will nicht, dass er sie *deswegen* verlässt.«

»Darum geht's doch nicht. Der muss Unterhalt zahlen.«

Ihre Eltern lebten in einer anderen Stadt, fiel Julia ein, irgendwo in der Nähe von Bremen. Sie telefonierten inzwischen nur noch ein oder zwei Mal im Monat, weil Leonie keine Lust hatte, sie anzulügen, sich ständig neue Lügen auf ihre Fragen nach dem Studium auszudenken. Sie war seit Monaten nicht mehr in der Uni gewesen, und ihre Eltern überwiesen ihr ja immer noch das Geld. Es ging ihr wirklich nicht gut, dachte Julia, sie musste mal raus und auf andere Gedanken kommen. Sie brauchte eine Aufmunterung.

»Sag mal«, sagte sie, »was machst du eigentlich am Samstag?«

»Keine Ahnung«, antwortete Leonie. »Soweit plan ich eigentlich nie voraus.«

»Also hast du Zeit?«, sagte Julia.

»Was ist denn am Samstag?«

»Ich hab Geburtstag.«

»Ach so?«

»Ja, ich mach 'ne kleine Party. Nichts Großes. So fünfzehn, vielleicht zwanzig Gäste. Wirklich nette Leute, bis auf Erik vielleicht.« Sie lachte. »Wenn du Lust hast, komm vorbei.« Leonie sah sie wortlos an, mit einem seltsamen Blick, bevor sie ihr halbleeres Glas mit Wasser füllte.

»Ich würd mich wirklich freuen, wenn du kommst,« bestärkte Julia sie.

»Klingt gut«, sagte Leonie abwesend, bevor sie ihren Blick hob und bestimmt sagte: »Gut, ich komm.«

»Schön«, sagte Julia und sah Leonie mit einem warmen Blick an. Ihre Empfindung war, sie in den Arm nehmen zu wollen, um sie vor der Welt zu beschützen. Wie die jüngere Schwester, die sie nie gehabt hatte. Sie hoben ihre Gläser und stießen an, mit diesem klingendem Geräusch, das sie so mochte.

ZIEMLICH BESTE FREUNDE

»**Klingt doch alles sehr gut**«, sagte Andreas, dem nur ein verunglücktes, unaufrichtiges Lächeln gelang. Er musste sich zusammenreißen, dachte er.

»Ja«, sagte Christoph. »Es ist krass, fast wie am Anfang.«

Christoph sah glücklich aus, dachte Andreas. Er sah viel zu glücklich aus. Das lief alles nicht so, wie es laufen sollte.

Andreas hatte ihn falsch eingeschätzt. Es hätte eskalieren müssen, er hatte so viele Fallen gelegt, die die Beziehung nicht hätte überleben dürfen. Die Rosen, der Streit mit Julia oder das Kündigungsgespräch – nichts hatte funktioniert.

»Aber es war auch wirklich wichtig, mit Karnowski mal Klartext zu sprechen«, sagte Christoph. »Ich bin echt mit dem Gefühl in das Gespräch gegangen, danach keinen Job mehr zu haben.«

»Ist doch gut«, erwiderte Andreas und dachte an den Tag des Mitarbeitergesprächs von Christoph, an dem er voller Ungeduld auf dessen Anruf gewartet und sich auf seine Verzweiflung, keinen Job mehr zu haben, vorbereitet hatte. Aber Christoph hatte sich erst am nächsten Tag gemeldet, um ihm freudig von dem Gespräch zu berichten. Er war so überzeugt davon gewesen, dass Christoph gekündigt würde, aber auch dieser Karnowski hatte seine Erwartungen enttäuscht. Nicht einmal auf sonst so berechenbare Egomanen war mehr Verlass.

Er dachte an Leonie, mit der er jetzt auch schon seit einer Woche nicht mehr gesprochen hatte. Sie war seine letzte greifbare Chance. Er musste herausfinden, wann und wo Christoph mit Julia in den kommenden Tagen Essen gehen würde, und sich als Christoph ebenfalls dort mit Leonie verabreden. Das würde das Blatt wenden. Konfrontation war der Schlüssel, und Leonies emotionalen Zustand schätzte er definitiv nicht falsch ein. Aber in beiden Szenarien bestand die Gefahr, dass Leonie seinen Namen erwähnte und seine Rolle offenbarte. Sie war unberechenbar wie ein in die Enge gedrängtes Tier, sie würde um sich schlagen und alle Mittel einsetzen, um ihr Ziel zu erreichen. Er musste sich doch etwas anderes ausdenken.

»Aber jetzt mal ehrlich«, sagte Christoph und sah ihn ernst an, »ich wollte dir noch mal danken. Ohne dich hätte ich das nicht durchgestanden.«

»Ja, du warst einfach zu nah dran« erwiderte Andreas. »Da hilft immer ein objektiver Blick aus der Distanz. Aber das hätte auch jeder getan.«

»Das hätte *nicht* jeder getan«, sagte Christoph entschieden. »Ich muss dich schon ziemlich genervt haben.«

Andreas machte eine abwehrende Handbewegung, sagte dann aber mit einem leichten Lächeln: »Na ja, sagen wir mal so: ein bisschen.«

Christoph lachte gelöst. »Weißt du was? Ich finde, ihr solltet euch mal kennenlernen.«

»Wer?«

»Julia und du.«

»Ist das 'ne gute Idee? Sie hält ja nicht allzu viel von mir«, sagte Andreas und dachte: Scheiße. Er hatte einen Fehler gemacht. Dass Julia ihn nicht mochte, konnte er eigentlich nicht wissen. Julia hatte es Michael gegenüber erwähnt, aber Christoph hatte das nie in seiner Gegenwart angesprochen. Er versicherte sich, ob es Christoph aufgefallen war, aber dessen Blick veränderte sich nicht.

»Sie hält nicht viel von dir, weil ihr euch noch nicht kennengelernt habt«, sagte Christoph. »Julia hat am Samstag Geburtstag, ihr dreißigster, wir machen da eine kleine Party, wär cool, wenn du auch kommen würdest.«

»Am Wochenende ...« Andreas tat, als würde er nachdenken. »Mist! Ich bin da gar nicht in Berlin. Ich fahr schon am Donnerstag nach Hamburg und komm erst am Dienstag zurück.«

»Kannst du das nicht verschieben?«

»Nee, ist beruflich.«

»Schade«, sagte Christoph. »Aber dann danach. Ich meine, ich mach mir da gar nichts vor, eigentlich hast du ja unsere Beziehung gerettet.«

»Nee, nee. Die habt ihr ganz allein gerettet.«

»Auf jeden Fall noch mal Danke.«

»Kein Problem«, sagte Andreas mit einer leichten Verlegenheit, die ihm sogar ziemlich gut gelang, wie er fand.

DIE GÄSTELISTE

»**Hier, hör mal**«, sagte Malte und wartete einen Moment, bis Christoph den Blick hob. Dann rezitierte er von seinem Monitor: »›Viele Frauen sehen Blumen auch dann als Liebesbeweis, wenn sie bar jeder Spontanität nach einem Kalenderdatum gekauft werden.‹«

»Schreibt der deutsche Floristenverband?«, fragte Christoph.

»Nee, *das* schreibt die *Welt*.«

»Na ja, irgendwas müssen sie sich ja einfallen lassen«, sagte Christoph und Malte lachte.

Seitdem Malte zu Christophs Team gehörte, teilten sich die beiden ein Büro. Der Texter und der Art Director. Ihr erstes gemeinsames Projekt war die FDP-Kampagne, eine Partei, zu der Malte ähnlich stand wie Christoph. Auch über die Neuerfindung der Partei waren sie sich einig. Es war ein ästhetisches Problem. »Du musst die Partei über eine Person emotionalisieren«, hatte Malte gesagt. »Eine übermächtige Figur, hinter der die Partei verschwindet. Das ist ihre einzige Chance. Die Leute wählen Parteien nicht wegen ihres Programms, das liest sich sowieso niemand durch. Sie wählen Menschen, die ihnen sympathisch sind. Lindner muss *der* Sympathieträger werden.«

Das war eine Herausforderung, dachte Christoph. Lindner war ihm nie sympathisch gewesen, der sich offenbar als eine Art Leonardo DiCaprio in *The Wolf of Wallstreet* sah, obwohl er nur den Charme eines Gebrauchtwagenhändlers besaß. Die Meetings mit den FDP-Ansprechpartnern hatten ihn dann vollständig desillusioniert. Es waren Worte wie »Wählermarkt« gefallen. Ein Begriff, der ihr Selbstverständnis zeigte und nichts damit zu tun hatte, das Leben der Menschen besser zu machen. Es überraschte ihn selbst, wie schnell er sich an den Gedanken gewöhnte, für eine Partei, mit der ihn nichts verband, zu arbeiten. Es hatte Zeiten gegeben, in denen Agenturen, die etwas auf sich hielten, jede Zusammenarbeit mit einer Partei wie der FDP abgelehnt hatten, vor allem Kreativagenturen. Maltes Freundin, die bei der Agentur Heimat als Texterin arbeitete, hatte ihm im Vertrauen erzählt, dass auch sie zum Pitch eingeladen worden waren, und Heimat galt als eine *der* Kreativagenturen des Landes.

Es war Freitag, kurz vor halb sieben. Morgen hatte Julia Geburtstag, und in einer halben Stunde war er mit ihr verabredet, um für das Vier-Gänge-Menü einzukaufen, das sie für zwanzig Personen kochen wollten. Er hoffte, dass Malte ihn jetzt nicht noch in ein Gespräch verwickelte. In solchen Dingen war er sehr begabt.

Der morgige Abend war wieder einer dieser Anfänge, das spürte er. Das wollte er nicht versauen. Er empfand ihn als Neuauflage seiner Geburtstagsparty, alles, was damals falsch gelaufen war, würde jetzt besser laufen. Er öffnete noch einmal das Word-Dokument in seiner Cloud, auf das er auch von seinem Handy und dem Laptop zu Hause aus zugreifen konnte, und sah sich noch ein bisschen die Gästeliste an. Obwohl es Julias Geburtstag war, hatte er die Gästeliste schon vor Wochen an sich gerissen. Er öffnete sie praktisch jeden Tag, änderte und verbesserte sie. Jetzt hatte er endlich das Gefühl, sie ausgearbeitet zu haben. Er hatte gar nicht erwartet, dass es so ein komplexer Prozess sein würde. Sein Blick glitt über die Namen, die in den vergangenen Wochen immer weniger geworden waren und die er nach einem Punktesystem ordnete. Die Liste war zu seinem Hobby geworden. Es war schon fast ein Casting. Es gab so viel zu berücksichtigen.

Das Ausmaß der Aufgabe war ihm zum ersten Mal klar geworden, als er die Telefonliste seines Handys durchgegangen war und alle markiert hatte, die ihm passend erschienen. Er hatte 247 Kontakte, am Ende blieben drei übrig, was ihn wunderte, weil er irgendwie den Eindruck gehabt hatte, mehr Namen markiert zu haben. Aber wahrscheinlich lag es daran, dass er bei einigen Namen zu lange abgewogen hatte.

Ihm war klar, dass die Liste nicht perfekt sein würde, aber sie war ein guter Ansatz, ein Symbol. Für ein Leben. Für ein richtiges Leben. Als sie dann endlich Gestalt angenommen hatte, hatte er zwei Stunden gebraucht, um die Einladungs-E-Mail zu formulieren.

Während sein Blick noch einmal über die Namen glitt, stellte er fest, dass er lächelte. Es war die richtige Mischung. Journalisten und Werber, Architekten, Anwälte, Lehrer – und Julia. Das klang gut. Das klang nach angemessenen Gästen für einen dreißigsten Geburtstag. Gäste, die zu dem Essen passten, das sie morgen Abend zubereiten würden. Und zu dem Leben, in dem er sich endlich wieder zu bewegen begann. Es war schade, dass Andreas nicht in Hamburg war, er hätte ihn gern dabeigehabt. Wenn Julia ihn kennenlernen würde, würde sie ihn mögen, da war er sich sicher. Er war schließlich der Grund, warum sie zusammen waren.

Morgen Abend würden aus den Namen Gesichter werden, dachte er. Er hatte sogar begonnen, die Musik zusammenzustellen, was ebenfalls sehr zeitaufwendig war. Es war fast so, als würde er Julias Geburtstag wie eine mehrstündige Filmszene inszenieren, um sicher zu gehen, dass alles perfekt wurde.

Julia hatte noch eine Freundin eingeladen, die sie aus ihrem Fitnessstudio kannte. Leonie. Als sie den Namen vor drei Wochen zum ersten Mal erwähnt hatte war er innerlich zusammengezuckt. Er fühlte sich ertappt, Erinnerungen, die er verdrängt hatte, kamen zum Vorschein und hinterließen ein flaues, heuchlerisches Gefühl, als er sie anlächelte. Das konnte nicht die Leonie aus dem Weekend sein, dachte er, das war zu unwahrscheinlich. Und als ihm Julia die Geschichte des armen Mädchens erzählte, schien es ihm ausgeschlossen. Leonie war in einen Mann verliebt, der in einer Beziehung war und ihr seit einem halben Jahr versprach, sich zu trennen. Julia hatte die Geschichte mit ihm genau besprochen und ausgewertet. Letzte Woche hatte sie erzählt, dass sie auch noch schwanger war. Er schämte sich ein bisschen für den Gedanken, dass er hoffte, das tragische Schicksal des Mädchens würde sich nicht auf die Stimmung der Party legen, aber sie war ja da, um sich davon abzulenken.

Er wandte den Kopf zur Tür, als er ein Geräusch hörte. In der geöffneten Tür stand Karnowski.

Freitag, dachte Christoph hilflos, verdammt noch mal, es war Freitag. Er hoffte, dass ihm die freitägliche Sozialanwandlungen von Karnowski erspart blieben.

»Ich hab gar nicht so viel Zeit«, sagte Karnowski. »Ich wollte nur wissen, wann geht's morgen Abend eigentlich los?«

Scheiße, dachte Christoph und versuchte einen ahnungslosen Blick, obwohl ja klar war, dass es schon zu spät war, um ahnungslos zu tun.

Karnowski sah ihn an. Wie kam er da jetzt wieder raus? Ausladen konnte er ihn nicht, ihm fiel auch keine Ausrede ein, außer dass er ihn ja nie eingeladen hatte. Das konnte er nicht sagen. Karnowski und seine Geschichten passten nicht in diese Runde, Karnowski würde Druck erzeugen, und er wollte Leichtigkeit. Der Abend wäre schon vor dem Essen zerstört. Er musste ihm absagen, dachte er, er musste ihm unbedingt absagen. Dann sagte er: »So gegen acht.«

»Ich hoffe, die Nutten sind schon bestellt?«, lachte Karnowski und unterstrich Christophs Vermutung, dass seine Anwesenheit ein Fehler sein würde. Aber man konnte Fehler ja auch zum Stil umdefinieren. Wenn alles gut lief, würde seine Anwesenheit als originell durchgehen, aber auch mit diesem Argument fand er die Vorstellung von Karnowski auf Julias Geburtstag schon ziemlich bedrohlich.

»Klar«, sagte er und lächelte hilflos.

»Gut, dann bis morgen«, rief Karnowski und verließ das Büro.

»Karnowski kommt also auch«, stellte Malte fest, nachdem sie einige erschrockene Sekunden geschwiegen hatten. »Warum hast du den denn eingeladen? Willst du jetzt Partner werden oder was?«

»Ich hab ihn gar nicht eingeladen. *Er* hat sich eingeladen. Gerade eben.«

»Ich hasse diesen Typen.«

»Was soll ich denn machen? Ihn ausladen?«

»Ja«, sagte Malte.

Er schwieg, weil er nun wirklich nicht wusste, was er darauf entgegnen sollte, aber Maltes Gedanken waren offensichtlich schon weiter, er las konzentriert irgendetwas auf dem Monitor. Christoph gab das Hoffnung, dass Karnowskis Anwesenheit morgen Abend doch nicht so tragisch war. Nur Julia musste er das noch irgendwie beibringen und hoffte, dass sie es entspannt aufnehmen würde.

Christoph schaltete den Rechner aus und zog sein Jackett an.

»Na dann bis morgen«, sagte Malte, als Christoph in der Tür stand. »Um acht?«

»Genau.«

»Gut. Ich freu mich!«

»Und ich mich erst«, sagte er und verließ mit einem Grinsen das Büro.

Mit schnellen Schritten lief er den Gang hinunter und warf der Auszubildenden am Empfang ein gut gelauntes »Schönes Wochenende« zu, ohne eine Antwort abzuwarten. Im Foyer des Gebäudes sprang er die Stufen der Freitreppe hinab. Er tanzte fast.

DIE PARTY

Auf der nächtlichen Bänschstraße lag das Licht der Laternen, als wäre sie verwunschen. Eine perfekte Welt, in der es keine Probleme zu geben schien, hatte Leonie gedacht, während sie die Straße hinuntergegangen war und nach der Hausnummer gesucht hatte. Jetzt gab es nur noch Chaos in ihrem Kopf. Sie stand unentschlossen im Hauseingang, inzwischen schon seit knapp zehn Minuten, und las immer wieder die Namen, die beiden Namen auf dem polierten, goldglänzenden Klingelschild. Schlehbusch/Schwarz, Schlehbusch/Schwarz, Schlehbusch/Schwarz. Sie verhakte sich in den Worten, während ihre Gedanken in ihrem Kopf wirbelten. Ihr fehlte die Kraft zu klingeln. Sie stellte sich die Menschen in der Wohnung vor, lächelnde Gesichter, Jacketts, Weingläser, nette Musik. Wenn sie jetzt klingelte, würde sie dieses perfekte Bild zerspringen lassen.

Sie fragte sich, warum sie sich das antat. Warum sie hier war.

Als sie durch einen Nebensatz von Andreas erfahren hatte, dass Julia in dieses Fitnessstudio an der Backfabrik ging, hatte sich innerlich eine Tür geöffnet. Sie wollte ihrer Feindin begegnen. Der Gedanke zerrte an ihr, die Frau kennenzulernen, von der Christoph sich nicht lösen konnte. Sie wollte ihn verstehen, seine Beteuerungen, seine Liebesschwüre, sie wollte erfahren, warum er sich so plötzlich nicht mehr gemeldet hatte. Zwei Tage nachdem sie sich angemeldet hatte, stand der Grund plötzlich vor ihr. Es war ein seltsames Gefühl, Julias Gesicht, dass sie nur aus dem Internet kannte, nun vor sich zu haben und ihre Stimme zu hören, als sie ins Gespräch kamen.

Sie hatte sich vorgenommen, Julia zu hassen, ein Spiel mit ihr zu spielen, aber Julia war ihr sympathisch. Sie verstanden sich so gut, dass sie das Training vernachlässigten, weil sie einfach so viel zu besprechen hatten. Sie mochte Julias Art, ihre Haltungen und Gedanken. Sie entdeckten ständig neue Gemeinsamkeiten. Leonie wünschte sich, sie hätten sich unter anderen Umständen kennengelernt, Julia hätte die Freundin sein können, die sie sich so gewünscht hatte. Ihre beste Freundin. Sie meldete sich nicht einmal mehr bei Andreas. Ihre Probleme mit Julia zu besprechen, gab ihr mehr. Julia gab ihr das Gefühl, verstanden zu werden. Sie konnte jetzt auch nachvollziehen, was

Christoph an Julia band, und doch kapierte er offensichtlich nicht, was er an ihr hatte. Leonie spürte ihre Wut auf Christoph, der mit seinem Doppelleben eine Frau wie Julia verarscht.

Sie erzählte Julia ihre Geschichte, weil sie ihre Meinung zu Christophs Verhalten hören wollte. Je mehr sie erzählte, desto wütender wurde Julia. Julia riet ihr energisch von ihm ab, sie versicherte ihr, dass er sie nicht wert war, dass er ein Arsch war, ohne zu ahnen, dass sie über den Mann sprach, mit dem sie zusammenlebte und den sie liebte.

Julia erzählte ihr, dass es mit ihrem Freund auch Probleme gegeben hatte, aber jetzt waren sie glücklicher als je zuvor, sie schwärmte von Christoph. Jedes Kompliment war ein Stich für Leonie. Die Phase, in der sich ihre Beziehung erholt zu haben schien, war genau die Zeit, in der ihr Christoph täglich zahlreiche Nachrichten geschrieben hatte. Es war unglaublich, wie er mit Menschen umging. Und dass er ohne Gewissensbisse wieder ein harmonisches Leben mit Julia führen konnte. Es ging Leonie mittlerweile nicht mehr um Christoph, es ging ihr um Julia. Sie musste erfahren, wem sie da ihre Gefühle schenkte. Er war Julia nicht wert, das hatte sie verstanden. Mit Rache hatte das nichts zu tun, sie wollte Julia nur sein wahres Gesicht zeigen. Sie wollte Julia vor ihm beschützen. Es war nicht sie, die Julias Geburtstag verdarb, es war die Wahrheit. Auf dem Weg hierher war ihr Wunsch, Christoph Vorwürfe zu machen, alles aufzudecken, allerdings geschrumpft. Es war doch Julias Geburtstag, sie hatte nicht verdient, dass ihr Fest so zerstört wurde.

Und sicherlich war auch Andreas eingeladen. Sie hatte ihm nichts von ihrem Plan erzählt, weil sie wusste, dass er ihr abraten würde. Durch ihre Anwesenheit auf der Party würde er erfahren, dass sie sein Vertrauen missbraucht hatte. Sie konnte das nicht, dachte sie.

Als sie sich von dem Klingelschild losriss und den Hauseingang verlassen wollte, stieß sie fast mit einem Mann zusammen. Er war in Christophs Alter und trug trotz der Kälte ein leichtes Jackett.

»Willst du auch zu der Party?«, fragte der Mann. »Bei Schwarz?« Sie nickte. »Ich bin Malte«, sagte er und drückte auf die Klingel.

»Leonie«, sagte sie und lächelte ein Lächeln, das nicht zu ihr passte, und das bemerkte sie wohl.

Sie bemerkte aber auch, wie sie die Kontrolle abgab, sich treiben ließ, als hätte sie die Entscheidung diesem Malte überlassen, oder etwas

Übergeordnetem, dessen Werkzeug Malte war, vielleicht sollte es genau so sein, vielleicht lief alles darauf hinaus. Als Malte zum zweiten Mal klingelte, hörten sie endlich das Rauschen der Gegensprechanlage und dann den Summer. Er hielt ihr die schwere, verzierte Tür auf, bevor sie wie betäubt die hohe Vorhalle betrat. Die Wohnungstür im fünften Stock war angelehnt. Aus der Wohnung drangen Gespräche. Malte hielt ihr die Tür auf und sie betraten einen großen quadratischen Flur, von dem alle Zimmer abgingen. Zwei große nebeneinanderliegende Flügeltüren nahmen die Stirnseite des Raumes ein. Sie waren weit geöffnet. Es spielte leise Musik und es roch leicht nach Essen.

Leonie entdeckte Julia sofort. Sie unterhielt sich mit zwei Frauen, die in das Bild passten, das sie vorhin in Gedanken von dem Abend gezeichnet hatte. Als Julia zu ihnen hinübersah, hellte sich ihr Gesicht auf. In Leonie wuchs ein Unbehagen, das sich wie Nebel über ihre Wahrnehmung legte. Wahrscheinlich war es eine dumpfe Furcht vor dem, was auf sie zukam.

»Leonie!«, rief sie und umarmte sie. Die beiden Frauen sahen zu ihr hinüber und nickten Leonie zu, als wäre sie endlich da. Sie nickte ebenfalls.

»Herzlichen Glückwunsch«, sagte Leonie, nachdem sie sich aus der Umarmung gelöst hatten, und gab ihr ein Päckchen.

»Dankeschön!«

»Sag mal«, flüsterte Leonie, »wo ist denn die Toilette?«

»Das ist die Tür da«, sagte Julia.

»Okay, bis gleich.«

»Herzlichen Glückwunsch«, sagte Malte in ihrem Rücken.

Als sie die Badezimmertür hinter sich schloss, sah sie, wie Julia Malte die Hand gab.

Es war *sein* Abend, dachte Christoph mit einem Lächeln, während sein Blick über die Gesichter der bisher eingetroffenen Gäste zog. Hin und wieder erreichten ihn Gesprächsfetzen der langsam kreisenden Unterhaltungen, dezent unterlegt von der Playlist, die er für den Abend zusammengestellt hatte. Sein Blick fiel in den langgezogenen Spiegel, der quer über dem Sofa hing. Er sah gut aus. Zufrieden. Der richtige Mann in der richtigen Kulisse, umgeben von den richtigen Leuten. Alles passte. Das Spiegelbild zeigte das Leben, in dem er sich sehen wollte. Er war auf dem Weg, dachte er, auf dem Weg in ein richtiges Leben, während er den dezenten Geruch der beiden Duftkerzen einsog, die ihn zwanzig Euro gekostet hatten.

Er blickte zu Karnowski, der der erste Gast gewesen war und sich jetzt angeregt mit Erik unterhielt. Julia hat die Ankündigung von Karnowskis Kommen mit der entspannten Gelassenheit entgegengenommen, die sie in letzter Zeit generell an sich hatte und die ihr sehr gut stand. Karnowski war auf die Sekunde genau gekommen. Christoph hatte gerade zufällig auf sein Handy gesehen, als es genau in der Sekunde klingelte, in der die Zeit auf seinem Display auf zwanzig Uhr umsprang. Als hätte Karnowski mit dem Blick auf seiner Breitling im Hauseingang gestanden und darauf gewartet, dass der Sekundenzeiger die Zwölf erreichte. Ein Gedanke, der ihn ein wenig beunruhigte. Nachdem Karnowski sein Geschenk übergeben hatte und Julia in der Küche verschwunden war, standen sie sich einige Sekunden ratlos gegenüber, als wären ihnen mit der Begrüßung die Themen ausgegangen. Christoph war eingefallen, dass heute Samstag war und damit wahrscheinlich einer von Karnowskis sechs unsozialen Wochentagen. Ganz kurz wünschte er sich, dass heute Freitag wäre, während sich der Raum mit dem Duft von Karnowskis Parfum füllte. Diesmal war es Cool Water von Davidoff, das sich, wenn er sich richtig erinnerte, in den Herrenparfum-Verkaufscharts noch vor Boss Bottled rangierte. Karnowski schien Parfum zu kaufen wie andere Bücher. Sie verließen sich auf die Bestsellerliste. Wenn nur ein weiterer Gast sein Parfum so maßlos verwendete wie sein Chef, würde die Wohnung wie eine Douglas-Filiale riechen. Er hoffte, dass sich Karnowskis olfaktorische Präsenz im Geruch der Duftkerzen verlor. Ohne abergläubisch zu sein, hatte Christoph kurz die Sorge überkommen, dass Karnowski ein Zeichen war und ihr gedrücktes Schweigen den Abend vorwegnahm. Aber jetzt stand Karnowski da, unterhielt sich mit Erik und sie schienen sich ausgezeichnet zu verstehen. Warum war er nicht schon früher darauf gekommen, dass die beiden auf einer Ebene waren, Seelenverwandte sozusagen. Erik war auch der erste Mensch, dem Karnowski in die Augen sah. Wenn sie noch ein bisschen tranken, dachte

Christoph, fingen sie vielleicht an rumzuknutschen, ein Gedanke, der ein kurzes, intensives Frösteln bei ihm auslöste. Aber dann gäbe es eine Anekdote, die diese Party in die Welt hinaustragen würde.

In Gedanken ging er seine Gäste nach ihren Berufen durch, ein Kriterium, nach dem er unter anderem die Liste der Gäste zusammengestellt hatte. Werber, Architekten, Lehrer. Es fehlte nur noch Andreas, dachte er, er hätte hierher gepasst. Als Freund. Und als Schriftsteller. Ihm war natürlich lieber, die Anekdote des Abends wäre, dass sie Andreas Landwehr kennengelernt hätten, als dass sein Chef mit dem Mann von Julias Freundin auf der Toilette erwischt werden würde. Er trank einen Schluck von dem Weißwein, um sich von diesem Gedanken abzulenken. Als er das Glas absetzte, spürte er, dass die anfängliche Nervosität endlich von ihm abgefallen war.

Die Gästeliste war die richtige Metapher, dachte er. Für ein Leben, ein richtiges Leben. Die Liste dieses Abends war natürlich noch nicht perfekt, er empfand sie als vorläufig, aber sie war ein guter Anfang. Im Frühling würde sie vollständiger sein. Passender. Für seinen Geburtstag würde er sie so lange modellieren, bis er sich in ihr wohl fühlte. Er hatte noch fünf Monate Zeit, um an ihr zu feilen, das war ein guter Zeitrahmen und er würde ihn nutzen.

»Schatz, kommst du mal?«, rief Julia, als hätte sie seine Gedanken erraten. Sie stand mit Malte, der offenbar gerade eingetroffen war, im Flur. Christoph hob die Hand und nickte ihr zu. Sie sah wunderschön aus.

Leonie betrachtete ihr Spiegelbild nun schon seit Minuten und empfand nichts. Als würde sie eine Fremde ansehen, die so aussah wie sie. Das passierte ihr manchmal, wenn sie ihr Gesicht länger im Spiegel ansah, warum auch immer. Vielleicht ging es ja jedem so. Und es lenkte sie von dem flauen Gefühl in ihrem Magen ab, dem pochenden Druck, der sich in rhythmischen Wellen in ihrem Körper ausbreitete, seitdem sie die Wohnung betreten hatte. Sie hätte gar nicht mit hochkommen sollen, dachte sie. Sie wollte Christoph nicht begegnen, sie wollte verschwinden, ganz schnell. In ihrem Kopf spielte sie ihre Begegnung jetzt schon zum achten, zehnten oder fünfzehnten Mal durch. Mit jedem Mal wurde die Vorstellung detailreicher, unangenehmer und unerträglicher. Sie wollte da nicht raus, dachte sie. Sie lauschte, hinter der Tür hörte sie gedämpfte Gespräche. Jemand lachte. Seitdem sie das Badezimmer betreten hatte, hatte es sechs Mal geklingelt. Die Wohnung füllte sich offenbar. Wenn sie noch ein wenig abwarten würde, könnte sie unbemerkt verschwinden. Es würde niemandem auffallen. Auf dem Heimweg würde sie Julia eine Nachricht schicken, dass sie sich nicht gut fühlte und sie den Abend genießen solle. Sie wartete noch ein weiteres Klingeln ab, warf einen letzten prüfenden Blick in den Spiegel und schlug sich leicht mit den Händen auf die Wangen. Dann ging sie langsam zur Badezimmertür. Als sie vorsichtig die Tür öffnete, stand Julia mit Christoph und Malte im Flur. Sie lachten. Leonie wollte die Tür schnell wieder zuziehen, aber Julia hatte sich schon umgewandt und wies in ihre Richtung.

»Leonie«, sagte sie mit einem warmen Lächeln.

Als Christoph sie sah, veränderte sich sein Blick. Er sah sie an wie eine Stalkerin, wie eine Psychopathin. Sein Blick verriet, dass er sich wohl gerade ziemlich gut einen Christoph-Schwarz-Altar in ihrem Schlafzimmer vorstellen konnte. Seine Gesichtszüge verhärteten sich für einen Moment, dann entspannten sie sich zu einem verbindlichen Lächeln.

»Leonie, das ist Christoph«, sagte Julia. »Christoph, das ist Leonie.«

»Hallo«, sagte Christoph, dessen Lächeln nicht zu seinen Augen passte. Man sah ihm an, wie es in ihm arbeitete, aber den anderen schien es nicht aufzufallen.

»Hallo«, lächelte sie ebenfalls. »Schön, dass wir uns endlich mal kennenlernen.«

»Ja« erwiderte Christoph. »Ich hab ja schon eine Menge von dir gehört.«

Dieses Arschloch, dachte sie und hielt ihr Lächeln tapfer, als hätte sie es jahrelang vor dem Spiegel geübt. Dieses verdammte Arschloch. Sie spürte den Impuls, diesem Wichser ins Gesicht zu schlagen, aber sie hatten ihre Rollen gefunden. Sie fragte sich, wie lange sie ihre Natürlichkeit halten konnte. Es war schrecklich, eine absurde, unerträgliche Situation, exakt so, wie sie sich diesen Moment vorgestellt hatte. Der Abend war unzählige Male in ihrem Kopf abgelaufen, jetzt wusste sie, dass sie das nicht konnte. Sie musste hier raus, aber dafür war es jetzt zu spät. Das Essen musste sie noch durchstehen.

Leonie war, als würde sie das alles durch eine Folie sehen. Als wäre sie hinter Glas. Sie suchte Christophs Blick, aber er vermied es, sie anzusehen. Er würde es den ganzen Abend vermeiden. Ihre Blicke würden sich nicht mehr treffen. Sie würde weiter lächeln, weiter lachen, weiter gutgelaunt sein, denn das war eine entspannte Party unter Freunden.

Es war ein Zufall, dachte Christoph. Es konnte nur Zufall sein. Ein dummer, beschissener Zufall. Berlin war ein Dorf. Jeder kannte jeden. Ständig ergaben sich Verbindungen. Genau genommen war es nicht einmal unwahrscheinlich, dass Julia und Leonie sich zufällig kennengelernt hatten, es gab ja nicht so viele Fitnessstudios in Berlin-Mitte, in die Frauen wie sie gehen würden. Der Zufall war die einzige Möglichkeit, sie waren schließlich keine Figuren eines Psychothrillers. Er dachte an den kurzen Schock, als er Leonies Namen zum ersten Mal aus Julias Mund gehört hatte, der Worst Case hatte sich heute Abend bewahrheitet, jetzt musste er das Beste daraus machen.

Er sah auf das Glas Wein in seiner Hand und dann zu Leonie, die ihm den Rücken zugewandt hatte. Seitdem sich der Tisch nach dem Essen aufgelöst und sich Gruppen gebildet hatten, unterhielt sie sich mit Malte.

Das angenehme Gefühl der Leichtigkeit war von ihm abgefallen. Etwas hatte an ihm gerissen, als er Leonie in der Tür des Gästebades stehen sah. Während des Essens hatte ein drückendes Gefühl auf seinem Magen gelegen. Er hatte keinen Appetit und es war ihm schwer gefallen, sich auf die Gespräche zu konzentrieren. Ein paar Mal hatte er wie zufällig zu Leonie gesehen, aber sie war seinem Blicken ausgewichen. Es musste für sie genauso unangenehm sein wie für ihn. Er spürte noch einmal den Schlag, der ihn getroffen hatte, als er Leonie so unerwartet in der Badezimmertür stehen gesehen hatte. Er hatte das Gefühl gehabt, sich nicht mehr bewegen zu können. Einen Moment lang war er überzeugt gewesen, der Abend werde eskalieren. Er hatte die Angst gespürt, die ihn verspannte, und als Julia so herzlich Leonies Namen gerufen hatte, hatte er sogar einen Moment lang angenommen, das Ziel einer Intrige zu sein. Als hätten sie sich gegen ihn verbündet. Einen Moment lang hatte er es ihnen zugetraut. Einen Moment lang hätte er ihnen alles zugetraut. Ganz kurz hatte er das Gefühl, Julia weniger zu kennen, als er dachte. Ihm fiel ein, wie leicht und gut gelaunt sie ans Telefon gehen konnte, wenn es während einer ihrer Streitigkeiten klingelte. Als würden sie gerade entspannt beim Brunch sitzen, in voller Harmonie miteinander. Aber es konnte nicht sein, er war nicht das Ziel einer Intrige, hatte er gedacht. Doch die Angst ließ ihn nicht los.

Während er sich zwang, trotz seiner Appetitlosigkeit zu essen, suchte er nach Argumenten, die dagegen sprachen, in eine Berliner Version des Films *Eine verhängnisvolle Affäre* geraten zu sein. Leonie war schließlich in einen anderen verliebt, das hatte Julia ihm schon vor Wochen erzählt. In diesen Mann, der in einer Beziehung war und ein Monster sein musste, wenn man Julia über ihn reden hörte. Das beruhigte ihn. Dahinter verblasste ihr One-Night-Stand, gerade jetzt, sie war schließlich schwanger von dem Mann. Leonie hatte eindeutig konkretere Probleme als ihn. Sie konnte kein Interesse daran haben, seine Beziehung zu zerstören. Und sie verstand sicherlich, dass sie alles zerstören würde, wenn Julia von ihrer gemeinsamen Nacht erfuhr. Leonie war ja klug, zerbrechlich, ein guter Mensch. Sie verstand es. Sie war nicht die Art Mensch, die alle Männer dafür verantwortlich machte, was ihr dieser Typ, der sie ausnutzte, antat. Auch für sie war es eine unbedeutende Nacht, vergessen und verblasst, für ihn wahrscheinlich sogar wichtiger als für sie, weil ihm diese Nacht gezeigt hatte, wie wichtig und gut das war, was ihn mit Julia verband. Man müsse am Abgrund stehen, um sich weiterzuentwickeln, hatte Andreas gesagt. Und er hatte ja recht. Die Gefahr, alles zu verlieren, hatte ihm gezeigt, was er wollte. Und der Druck, der auf seinem Körper lag und ihn verspannte, zeigte es ihm auch jetzt. Er hatte es verdient, dachte er, das Diktiergerät, der Sex mit Leonie, das Karma griff ein, um das Gleichgewicht wiederherzustellen.

Er hatte gelächelt, als sie sich begrüßt hatten. Was hätte er auch anderes machen sollen? Leonie hatte ja auch gelächelt. Das schien ihm auch beruhigend, wenn er so darüber nachdachte. Sie verstand, wie sensibel die Situation war, sie würden vernünftig miteinander reden können.

Er brauchte nur ein paar Minuten allein mit Leonie, dachte er, in der Küche oder auf der Terrasse. Das würde genügen, um die Dinge zu klären. In Gedanken hatte er das Gespräch schon einige Male durchgespielt. Was er sagen würde, was ein guter Einstieg wäre, was sie erwidern würde. In jeder neuen Variation tauchten neue Details ihres Gesprächs auf, und irgendwann war er sich sicher, dass es so oder so ähnlich stattfinden würde. Sie würden die Dinge besprechen, vielleicht sogar miteinander lachen, im Einverständnis miteinander. Sie würde es verstehen. Alles würde sich in Wohlgefallen auflösen.

Er leerte sein Weißweinglas und stellte sich zu Leonie und Malte.

»Ich geh mal eine rauchen«, sagte er und wies zur Terrassentür, während er Leonie ansah.

»Ich komm mit«, sagte sie. »Ich brauch ein bisschen frische Luft.«

Er sah sie dankbar an und tauschte einen kurzen, liebevollen Blick mit Julia, die mit Franzi am Esszimmertisch saß. Wir können es hinkriegen, dachte er und hatte den Eindruck, als würde Julia zustimmend nicken. Als er die Terrassentür aufschob, legte sich die Beklommenheit, die sich gehalten hatte, seitdem Leonie hier aufgetaucht war.

»**Das ist ja 'ne Überraschung**«, sagte Christoph mit einem Lächeln, nachdem er die Terrassentür geschlossen und sich eine Zigarette angezündet hatte. Sie konnte dieses Lächeln nicht ertragen, es war aufgesetzt und hinterließ in ihr einen schalen Geschmack von Falschheit. Aber jetzt sah man ihm endlich an, wie sehr er sich zwang, ruhig zu bleiben. Leonie schaute ihn wortlos an. Es war unglaublich, wie er sich verstellen konnte, dachte sie, wie selbstverständlich er sie begrüßt hatte, als hätte sie nie etwas verbunden, wie ruhig er geblieben war, war unglaublich, dachte sie.

»Das ist ja wirklich ein Zufall«, sprach Christoph mit einem gezwungenen Lächeln weiter. Ihr gnadenloses Schweigen schien ihn nervös zu machen. Er redete schnell und hastig. »Was machst du?«, »Wie geht's dir?«

Floskeln, dachte Leonie, immer nur Floskeln. Er unterschied sich nicht von den Pauls und Fredericks und Raphaels. Sie hatte sich etwas vorgemacht. Es war ihr ein Rätsel, wie sie auf ihn hatte hereinfallen können.

»Schön, dich endlich mal kennenzulernen«, zitierte sie ihn verächtlich.

Er suchte nach Worten, bevor er hilflos erwiderte: »Was hätte ich denn sagen sollen? Dass wir miteinander geschlafen haben?« Er versicherte sich mit einem Seitenblick zur Terrassentür, ob sie tatsächlich geschlossen war. »Das war 'ne schwierige Zeit. Wir, also Julia und ich, wir hatten Probleme. Das ist natürlich keine Entschuldigung. Es tut mir wirklich leid, ich hätte das gar nicht machen sollen. Es war ... es war ein Ausrutscher.«

»Ein Ausrutscher?«, rief sie. »Willst du mich verarschen? Überleg dir mal bitte, wie du mit Menschen umgehst, mir ging's richtig scheiße.«

»Und es wär cool«, schnitt er ihr eindringlich in den Satz, »es wär richtig cool, wenn Julia nichts davon erfährt.«

Gott, dachte sie. Alles, was er ihr in den letzten Monaten geschrieben hatte, alles, was sie ihm geglaubt hatte, alles war gelogen. Er hatte sie verarscht. Mit ihren Gefühlen gespielt. Er dachte nur an sich. Er war kein guter Mensch, das verstand sie jetzt. Julia musste erfahren, mit was für einem Scheusal sie zusammen war. Ihr Verstand füllte sich mit Vorwürfen, und sie spürte den Impuls, sie ihm ins Gesicht zu schreien. Einen Moment lang war sie kurz davor. In Sekundenbruchteilen zwang sie sich, ruhig zu bleiben, sich zu sammeln, bevor sie mit klarer Stimme sagte: »Christoph, ich bin deinetwegen hier.«

»Wie ...« Der Satz starb nach dem ersten Wort. Sie genoss den Schock in seinem Gesicht. Seine Züge entgleisten, während er begriff, dass ihre Anwesenheit kein Zufall war. »Meinetwegen?« Er zögerte, bevor er mit belegter Stimme hinzufügte, obwohl man ihm ansah, dass er die Antwort darauf nicht wissen wollte: »Inwiefern meinetwegen?«

»Warum hast du dich nicht mehr gemeldet?«, brach es aus ihr heraus. »Eine erklärende Nachricht hätte ich doch verdient gehabt.«

»Natürlich«, versuchte er so besänftigend wie möglich zu sagen, aber es klang zu schrill. Man sah ihm an, dass er nicht wusste, was er darauf antworten sollte. »Aber ganz ehrlich, es war doch nur eine Nacht.«

Sie sah ihn an und spürte plötzlich ihren Hass. Er leugnete alles. Alles, was sie verband.

»Nur eine Nacht?«, sagte sie deutlich und empfand plötzlich einen unerwarteten Rausch. Sie wollte ihn verletzen, sein Leben sollte auseinanderfallen. Der Gedanke, Julia zu schonen, existierte nicht mehr.

Christophs Augen waren glasig. »Das ist natürlich keine Entschuldigung«, wiederholte er hilflos.

»Christoph, ich bin schwanger«, sagte sie mit fester Stimme.

»Ja, ich weiß. Julia hat's mir erzählt«, sagte er mit einer wegwerfenden Handbewegung. Es klang wie: Was hat das auch nur ansatzweise mit meinem Problem zu tun?

Der Typ machte sie wahnsinnig, er hatte es wirklich nicht besser verdient, dachte sie. Sie spürte einen kurzen inneren Widerstand, bevor sie die Lüge aussprach: »Du hast es noch nicht verstanden: Ich bin von *dir* schwanger.«

Es war jetzt zehn Minuten her, dass Julia zu den Panoramascheiben, hinter denen sich die Umrisse von Leonie und Christoph abzeichneten, gesehen und sich gefragt hatte, worüber sie sprachen. Sie schienen sich zu verstehen. Sie waren jetzt schon zwanzig Minuten da draußen. Als Christoph die Terrassentür hinter sich schloss, hatte sie einen kurzen Blick mit ihm getauscht. Sie war froh, dass er sich um Leonie kümmerte, die so befangen wirkte, als würde sie sich unter so vielen fremden Gesichtern nicht wohlfühlen.

Sie sah in die Gesichter von Franzi, Hauke und Malte, die sich angeregt unterhielten. Es war ein wirklich schöner Abend, dachte sie, das Essen hatte allen geschmeckt, die Leute verstanden sich, es war die richtige Mischung. Sie war auch ganz froh, dass dieser Andreas nicht konnte. Christoph hätte ihn gern eingeladen, weil er überzeugt davon war, dass Julia sich mit ihm gut verstehen würde. Warum auch immer. Irgendwann würde es dazu kommen, und dann wäre es schon zu ertragen, er schien Christoph ja wichtig zu sein. Mit manchen Menschen musste man sich verstehen, auch wenn man keine Gemeinsamkeiten hatte. Aber auf ihrem Geburtstag hatte der Mann eigentlich nichts zu suchen. Es war schon schlimm genug, dass dieser Karnowski sich einfach eingeladen hatte. Glücklicherweise war er bei Erik gut aufgehoben. Es war schließlich ihr dreißigster Geburtstag, und er berührte sie doch stärker, als sie sich eingestehen wollte. So sehr Franzi, Melanie und sie selbst sich versichert hatten, dass die Dreißig nur eine Zahl war, war dieser Geburtstag für Julia mit einer gewissen Melancholie verbunden. Sie hatte wahrgenommen, wie sensibel sie war. Obwohl sie darauf geachtet hatte, es nicht zu zeigen, musste Christoph es gespürt haben, er hatte die Party schließlich wie eine Hochzeit geplant. Er wirkte fast ein wenig manisch bei den Vorbereitungen und den Gedanken, die er sich dafür gemacht hatte. Er war so süß, dachte sie, und dann, ganz unerwartet, musste sie an Michael denken, an seine Brille, den Dreitagebart, an sein Lächeln.

»Was ist denn mit Christoph los?«, fragte Franzi und nickte irritiert in Richtung Terrasse.

Julia folgte ihrem Blick. Christophs Bewegungen waren fahrig geworden, beinahe aggressiv, es wirkte wie ein Streit.

»Keine Ahnung«, sagte sie. »Komm, lass uns mal nachsehen, ob alles in Ordnung ist.«

Sie war eine Psychopathin, dachte er verzweifelt. Er musste sich zwingen, ruhig zu bleiben.

»Du bist nicht schwanger! Nicht von mir!«, rief er. »Dann müsste man es doch schon sehen.«

»Du bist so ein Arschloch«, sagte sie und schüttelte fassungslos den Kopf. »Weißt du, warum ich hier bin? Weil deine Freundin verdient hat, zu wissen, mit was für einem Arschloch sie zusammen ist.«

»Ich weiß nicht, was du für ein Problem hat, aber es sollte behandelt werden!«, schrie er, während die Gedanken in seinem Kopf tobten.

Das war alles geplant, dachte er, sie hatte gewusst, dass Julia seine Freundin war, als sie sie kennenlernte. Sie wollte sein Leben zerstören, weil er ihrer Ansicht nach ihr Leben zerstört hatte, weil er vor einem halben Jahr betrunken mit ihr Sex hatte. Die Frau war schwer gestört. Sie war eine Gefahr. Wahrscheinlich hatten sie in ihrer kaputten Wahrnehmung seit dieser Nacht eine Beziehung, die nur in ihrem Kopf existierte. Die Frau würde sein Leben zerstören. Er musste etwas unternehmen.

Wutentbrannt zischte er: »Jetzt pass mal auf. Das war *eine* Nacht, und die ist Monate her. Wir waren betrunken, es war ein One-Night-Stand – es hatte keine Bedeutung. Ich hab keine Ahnung, was du da reininterpretiert hast, und ganz ehrlich, wer so viel reininterpretiert, hat ernsthafte psychische Probleme. Ich will, dass du jetzt gehst, verlass die Wohnung, verlass mein Leben, ich will dich nie mehr wiedersehen.«

»Aber du hast gesagt, dass du mich liebst!«, rief sie. »Du hast gesagt, dass du Julia für mich verlassen wirst.«

Er konnte nichts mehr sagen, denn das war der Moment, in dem er begriff, dass sie alles kaputt machen würde. Dass er ihrer zutiefst gestörten Persönlichkeit hilflos ausgeliefert war. Er musste irgendetwas unternehmen, dachte er erneut in Panik, aber ihm fiel nichts ein. Er hörte ein unterdrücktes Schluchzen, wandte sich abrupt zur Terrassentür und sah in Julias verwirrtes, erschrockenes Gesicht. Alles brach gerade zusammen.

Julia starrte die beiden an, mit dem Gefühl, als wäre ihr etwas entglitten.

»Was?«, hörte sie sich mit brüchiger Stimme sagen.

Leonie drehte sich erschrocken um und sah sie einen Moment lang mit einer unendlichen Traurigkeit an, bevor sie entschlossen sagte: »Christoph ist der Mann.«

»Wie bitte? Welcher Mann?«

»Von dem ich dir erzählt habe, der Vater meines Kindes.«

»Das ist doch kranke Scheiße!«, rief Christoph.

»Hier«, rief Leonie, griff nach ihrem Handy und gab es Julia.

Es war ein WhatsApp-Chat, ihr Blick hastete über die Worte, die Liebeserklärungen, das Profilbild, das Christophs lachendes Gesicht zeigte. Sie scrollte nach oben, immer weiter, es waren unzählige Nachrichten, über Tage, Wochen, Monate.

»Ich denke nur an dich. Ich kann es nicht mehr lenken. Ich will mich dir einfach hingeben«, las sie mit versagender Stimme vor. »Ich will es und kann es nicht mehr verhindern. Ich brauche dich.« Sie hob ihren Blick, sah Christoph angewidert an und zuckte zusammen, als er ihr das Handy aus der Hand riss.

»Das hab ich nicht geschrieben!«, rief er panisch.

»Du bist so ein Arschloch!«, rief Leonie.

Irgendetwas in ihr war gerade für immer kaputt gegangen, dachte Julia, das spürte sie.

»Und du wusstest das?« Sie sah Leonie an. »Dass ich mit Christoph zusammen bin?«

Leonies Augen füllten sich mit Tränen, während sie hilflos schwieg. Das war dann wohl ein Ja.

»Das war ich nicht, das hab ich nicht geschrieben!«, rief Christoph.

»War das alles geplant?«, fragte sie und sah Leonie an, als wäre Christoph nicht mehr vorhanden. Leonie reagierte nicht, sie sah sie nur an. Es war unerträglich.

»Raus hier!«, schrie Julia mit schriller Stimme. »Raus!«

Leonie griff nach ihrem Handy und verließ die Terrasse durch die ihr ausweichende Menge. Als Christoph auf Julia zutrat und ihren Arm berühren wollte, schreckte sie zurück.

»Raus, hab ich gesagt!« schrie sie. »Alle beide! Ich ertrag diese kranke Scheiße nicht!«

Als Christoph schweigend an ihr vorüberging, presste sie sich mit dem Rücken an die Hauswand. Der Gedanke an eine Berührung verursachte ihr Ekel. Sie wollte so weit wie möglich von ihm entfernt sein. Sie spürte ihren Herzschlag, ein rhythmisches, unerbittliches Pochen, das sie kaum aushielt. Sie spürte die Blicke der anderen Gäste, die sich an der Terrassentür drängten. Sie fühlte sich nackt, beschmutzt und entwürdigt. Sie fühlte sich schutzlos. Sie wollte allein sein, dachte sie mit einem tauben Gefühl, niemanden sehen. Sie konnte sie alle nicht mehr ertragen.

Wie betäubt trat Leonie auf die Bänschstraße. Ein lebloses, dumpfes Gefühl, das alles verzerrte, zog an ihr, ein unangenehmer Schauer zuckte durch ihren Körper, als sie mit schnellen Schritten die Straße

Richtung Samariterkirche überquerte. Sie hatte sich so erniedrigt, sie hatte ihre Würde verloren, schrie es in ihr.

»Wie sie mich angesehen haben«, flüsterte sie kaum hörbar und dachte an die demütigenden Blicke der Gäste, die sich getränkt mit Ungläubigkeit, Fremdscham und Sensationslust in sie hineingebohrt hatten. Ganz unvermittelt war da das Gefühl, diese Blicke würden ihr wahres Wesen offenlegen. Ein peinlicher Mensch, der auch in eine dieser Realityformate auf RTL 2 passen würde. Auf der Terrasse hatte sie sich in einen Menschen verwandelt, den man abschätzig bewerten, auf den man herabblicken konnte, um sich einreden zu können, dass das eigene Leben doch nicht so mittelmäßig und austauschbar war, dass die vage Zufriedenheit doch einem annähernden Gefühl von Glück ähnelte. Eben war sie zu jemandem geworden, den es nur gab, damit andere sich besser fühlten.

Sie hätte nie erwartet, dass Christoph so falsch sein, dass er so authentisch lügen konnte, sie hätte es ihm selbst beinahe abgenommen, wenn sie es nicht besser gewusst hätte. In Gedanken kehrte sie zu dem Augenblick ihrer ersten Begegnung zurück. Sie erinnerte sich an die erste Nacht, an ihr Gespräch auf dem Dach, an den Ausblick. Zwei andere Menschen. Er war ihr sympathisch gewesen. Nach so langer Zeit war ihr endlich wieder einmal jemand sympathisch gewesen. Aber dieser Mensch existierte nicht, er hatte nie existiert. Er hatte ihr etwas vorgemacht. Er hatte mit ihr gespielt, sie benutzt.

Auf der Terrasse hatte sie sich wie ein in die Enge getriebenes Tier gefühlt. Sie wollte nur noch ausschlagen und hatte schon angesetzt, ihre letzten Waffe einzusetzen: Andreas. Er war der Zeuge, der alles bestätigen konnte. Er war ihr Zeuge. Sie war kurz davor gewesen, aber sie hatte ihn dann doch nicht erwähnt. Er war der einzige, der zu ihr gehalten hatte, ihr einziger Halt. Aber sie hatte sich zurückgehalten. Andreas hatte ihr vertraut, er hatte seine Freundschaft mit Christoph aufs Spiel gesetzt, und er war der Einzige, mit dem sie darüber reden konnte. Sie musste ihn anrufen, dachte sie und wählte die Nummer, aber es meldete sich nur eine unerträglich freundliche Frauenstimme. »Hallo«, sagte die Stimme. »Der gewünschte Gesprächspartner ist zurzeit nicht erreichbar, wird aber per SMS über Ihren Anruf informiert.«

Sie trennte die Verbindung und versuchte es sofort ein zweites Mal, aber sie erreichte ihn nicht.

Keiner der Gäste sagte ein Wort. Christoph traf ein eisiges, anklagendes Schweigen. Er sah in die ungläubigen Gesichter seiner Freunde, in deren Blicken er lesen konnte, dass sie keine Freunde mehr waren. *Er war gerade zu der Anekdote geworden, die man sich bei den nächsten gesellschaftlichen Anlässen erzählen würde, ungläubig, betroffen und doch belustigt, er sah es in Maltes Blick. Karnowski war der Einzige, der ihm eine Art anerkennenden Blick zuwarf, den er lieber nicht gesehen hätte. Er lief wortlos an ihnen allen vorbei, griff nach seinem Mantel, seinem Handy, seiner Brieftasche, verließ die Wohnung und stürzte die Treppen hinunter, um Leonie zur Rede zu stellen.

Die Gedanken wälzten sich in seinem Kopf, wieder und wieder, eine ewige Wiederholung. Was war hier gerade passiert? Die Schlampe war ein psychotischer, asozialer Freak. Was hatte er da in sein Leben gelassen? Die Frau war krank, und er war offensichtlich Teil ihrer Zwangsneurose geworden. Sie hatte sich ihre Liebesgeschichte ausgedacht, musste sich ein zweites Handy besorgt und wochenlang diese Nachrichten aufgeschrieben haben, wie bei einer Obsession, deren Opfer er geworden war. Bei diesem Gedanken überkam ihn ein unangenehmer Schauer. Die Frau brauchte Hilfe, sie war eine Gefahr für sich und andere. Oder sie war bösartig und hatte das alles geplant, was auch pathologisch war, sich diese Massen an Nachrichten auszudenken, nur um sein Leben zu zerstören. Sie war ein bösartiger Mensch. Es wäre sinnlos, aber er musste sie zur Rede stellen.

Als die Haustür hinter ihm ins Schloss schlug, blickte er ratlos die Bänschstraße hinunter. Leonie war nicht zu sehen. Er rannte zur nächsten Kreuzung, aber auch die Proskauer Straße war menschenleer. Er überlegte, noch einmal hochzugehen, die Wogen zu glätten, aber da oben waren alle gegen ihn. Es hatte keinen Sinn, jetzt würde er es nur noch schlimmer machen. Er nahm das Handy und rief Andreas an, aber der hatte sein Handy ausgeschaltet. Irgendwo musste er schlafen, dachte er, während er langsam die Straße hinunterlief. Er musste mit irgendjemandem reden. Aber außer Andreas fiel ihm niemand ein.

SIEBENTER TEIL

DIE KONSEQUENZEN

DIE TRENNUNG

»**Das ist alles so eine kranke Scheiße**«, sagte Christoph mit belegter Stimme. »Die hat sich da eine Scheinwelt zusammenkonstruiert. Die dachte ja wirklich, wir sind zusammen.«

»Sie war ja schon immer ein bisschen labil«, sagte Andreas. »Sie hat Probleme, seitdem sie nach Berlin gezogen ist.«

»Probleme?«, rief Christoph aufgebracht. »Das war eine ziemlich manipulative Scheiße. Die Frau ist schwer gestört. Die ist vollkommen wahnsinnig.«

Andreas machte eine beruhigende Geste, und jetzt spürte er, wie die Spannung langsam von ihm abfiel. Sie saßen jetzt seit knapp zwei Stunden hier, hatten eine Schachtel Zigaretten geraucht und gerade die dritte Flasche Wein geöffnet. Zwei Stunden, in denen er sich die Ereignisse, die Christophs Leben in nur einer Stunde verwüstet hatten, detailliert beschreiben ließ. Jeden Moment fürchtete er, dass auch dieses Gespräch eine plötzliche Wendung nehmen, dass sich Christophs ganzer Hass auf ihn entladen würde, weil Leonie ihn verraten hatte. Aber sie schien tatsächlich nichts gesagt zu haben, sein Name blieb unerwähnt. Bis jetzt, wo Christophs Geschichte in der Gegenwart angekommen war und er vorhin Andreas' Wohnung betreten hatte.

Heute war Dienstag, er war seit dem späten Nachmittag offiziell aus Hamburg zurück. Seit Julias Geburtstag waren drei Tage vergangen, und nun saßen sie hier.

»Was mach ich denn jetzt?« Christoph sah ihn verstört an.

Andreas zögerte, um die Wirkung der Antwort zu erhöhen. »Eigentlich kannst du gar nichts machen«, sagte er.

Und Christoph konnte wirklich nichts machen, dachte er zufrieden. Er stand vor den Trümmern der letzten vier Jahre. Seine Freundin nahm an, nein, sie war überzeugt zu wissen, dass er ein perfekt konstruiertes Doppelleben geführt hatte. Während sie das Gefühl hatte, ihre Beziehung würde immer besser laufen, hatte er einer anderen Frau monatelang seine Liebe beteuert und sie sogar geschwängert.

»Lass doch dann einen Vaterschaftstest machen.«

»Ich bin nicht der Vater. Noch dazu ändert das doch auch nichts mehr, du hättest sehen müssen, wie Julia mich angesehen hat. Da wusste ich, das war's. Erledigt.«

»Hat man denn was gesehen? Sie müsste ja dann im vierten Monat sein.«

»Hab ich auch gedacht, nichts hat man gesehen, aber ich hab's gegoogelt, man sieht wohl erst nach sechzehn Wochen was. Aber wahrscheinlich ist sie nicht mal schwanger. Und dass sie Julia gestalkt hat … Gott, wir haben uns einmal gesehen, damals, das ist jetzt vier Monate her, wenn nicht noch länger. Ich meine, das war *ein* Abend, seitdem gab's keinen Kontakt. Und daraus baut sie sich ein eingebildetes Leben.«

»Du hast sie offensichtlich sehr beeindruckt«, lächelte Andreas.

»Hör auf, das macht mir Angst.«

»Wo wohnst du eigentlich gerade?«

»Ich bin jetzt erstmal ins Hotel gezogen. Aber morgen treff ich mich mit Julia.«

»Wo?«

»Im Spreegold, sie wollte sich nicht zu Hause treffen.«

Andreas sah ihn an. »Das braucht richtig viel Zeit«, sagte er ernst.

»Wenn überhaupt«, sagte Christoph, dessen Blick nach innen ging.

Das war die Geschichte, dachte Andreas und schenkte Christoph einen so mitfühlenden Blick, wie es ihm möglich war. Endlich hatte sie die Eigendynamik entwickelt, die er sich gewünscht hatte, als er seinen Plan entworfen hatte. Er spürte eine wachsende Euphorie. Besser konnte man es sich nicht ausdenken. Aber es blieb das schale Gefühl, die Kontrolle abgegeben, die Dinge nicht mehr zu der Hand zu haben. Die Frau war außer Kontrolle. In dieser Verfassung grenzte es an ein Wunder, dass sein Name nicht gefallen war. Er musste unbedingt mit Leonie reden, und er musste das Diktiergerät laufen lassen. Wie er es jetzt bei Christoph gerade tat. Sie hatte ihn an dem Abend angerufen, mehrmals, aber er hatte wegen Christoph sein Handy bis Montagabend ausgeschaltet. Er hatte schon drei Mal versucht zurückzurufen, aber sie nahm nicht ab.

Er überlegte sogar, noch einmal als Michael Kontakt zu Julia aufzunehmen. Sie hatte jetzt sicherlich Redebedarf. Drei Perspektiven auf denselben Abend, das beste Mittel, um die Missverständnisse zwischen den Menschen sichtbar zu machen. Eine schöne, kleine Geschichte, eine *Verhängnisvolle Affäre* der WhatsApp-Generation.

Er blickte zu Christoph, der mit abwesendem Blick zum Fenster sah, vielleicht stellte er sich vor, Leonie würde sie mit einem Fernglas vom Dach des gegenüberliegenden Gebäudes beobachten. Andreas erhob sich und überprüfte mit einem Blick auf das Sideboard, ob das Diktiergerät lief. Dann fiel ihm etwas ein. Er ging ins Arbeitszimmer und nahm Christophs USB-Stick, mit dem alles begonnen hatte.

»Hier«, sagte er, als er ins Wohnzimmer zurückkehrte. »Den hab ich ja immer noch.«

»Ach ja«, Christoph nahm den Stick und schob ihn achtlos in die Innentasche seines Jacketts.

Andreas setzte sich aufs Sofa und schenkte Wein nach.

Dann sagte er: »Du kannst auch hier schlafen, wenn du willst.«

Julia löffelte den Schaum aus der Tasse, bevor sie mit langsamen Bewegungen ihren Milchkaffee umrührte, als erfordere das Umrühren sehr viel Sorgfalt und Sachverstand. Christoph war noch nicht da, aber sie war absichtlich früher gekommen, weil sie ihr Gespräch in Gedanken noch einmal durchspielen wollte, die Argumente, die sie sich zurechtgelegt hatte, um das alles nur schnell hinter sich zu bringen. Alles war in sich zusammengefallen, mehr noch, es war zerfetzt worden, in einer halben Stunde, in der ihr Freund zu einem Menschen geworden war, den sie nicht kannte. Am liebsten wäre sie jetzt sofort aufgestanden, um zu gehen und alles weitere telefonisch mit ihm zu besprechen. Oder es Franzi oder am besten Erik am Telefon mit ihm besprechen zu lassen.

Sie war so sehr mit ihren Gedanken beschäftigt, dass sie Christoph erst bemerkte, als er an den Tisch trat. Sie spürte, wie sich ihre Lippen angewidert verzogen, als er so plötzlich vor ihr stand. Sie hatte sich vorgenommen, ruhig zu bleiben, nicht unsachlich zu werden.

»Hey«, sagte er mit dem Anflug eines Lächelns. Er wollte testen, ob sie sein Lächeln erwiderte, dachte sie, er wollte die Situation einschätzen.

»Hallo«, sagte sie kühl.

Es war das erste Mal, dass sie sich begegneten seit diesem schrecklichen Abend, und auch seine Stimme hörte sie seitdem zum ersten Mal wieder. Sie hatte seine Nummer geblockt und erst gestern die Blockierung aufgehoben, um ihn per WhatsApp um dieses Treffen zu bitten. Christoph hatte nicht einmal eine Minute darauf zugesagt.

Er sah blass aus, irgendwie grau, was ihm seltsamerweise stand.

Sie schwiegen und Julia dachte an die Gespräche der letzten Tage, die ihr geholfen hatten, eine Entscheidung zu treffen. Sie hatte mit allen gesprochen. Die fassungslosen Blicke, die diese Gespräche begleiteten, blieben ihr unvergesslich. Nachdem sich die Party am Samstag mit einem betretenen, unangenehmen Gefühl, mit dem die wenigsten Gäste umgehen konnten, aufgelöst hatte, hatte sie noch bis zur Morgendämmerung mit Franzi und Carina in der Küche gesessen, um zu reden. Sie war ihnen dankbar, dass sie für sie da waren, und sie so lange wach hielten, bis sie zu müde war, um noch wach in ihrem Bett zu liegen und die Decke anzustarren. Als sie am frühen Sonntagmittag vollkommen gerädert erwachte, ging sie durch die unaufgeräumte Wohnung und begutachtete die leeren Gläser, die angebrochenen Bier- und Weinflaschen und das schmutzige Geschirr mit einem Gefühl der Beklommenheit. Sie hasste es, am kommenden Tag die Reste einer Party vorzufinden. Es war ein Bild, das nicht zu einem Morgen passte. Normalerweise räumte sie auf, nachdem die letzten Gäste gegangen waren, aber gestern hatte sie natürlich andere Dinge im Kopf gehabt. Sie lief durch die Wohnung, als würde sie durch die Reste ihrer Beziehung laufen, und griff schnell zum Telefon, um sich von diesem trostlosen Gedanken abzulenken.

Das Wort »Trennung« fiel in keinem der Gespräche, aber seltsamerweise sprach ausnahmslos jeder ihrer Freunde mit ihr, als hätte sie sich bereits von Christoph getrennt. Wie Julia selbst es schon nach den Trennungen ihrer Freundinnen gemacht hatte, sagten sie zum ersten

Mal, was sie wirklich von Christoph dachten, mit einer Offenheit, die teilweise erschreckend hart war. Sie wirkten gelöst, beinahe glücklich, so als könnten sie ihr endlich sagen, was sie so lange zurückgehalten hatten. Es brach aus ihnen heraus, als hätten sie nur darauf gewartet.

Er hätte ihr nicht gut getan, sagte Franzi, Julia hatte sich in seiner Gegenwart nie gegeben, wie sie wirklich war. Sie war nie gelöst, als wäre sie in einer von ihm aufgedrängten Rolle gefangen. Sie vermisste dann immer die Julia, die sie kannte, wenn er nicht dabei war. Er hielt sich für etwas Besseres und hat immer zuerst sich gesehen, sagte Carina. Er schien Probleme zu haben, sich auf ein Thema zu konzentrieren, das nichts mit ihm zu tun hatte. »Der muss auch mal zur Kenntnis nehmen, dass außer ihm noch andere existieren«, sagte sie. Sie hatten nie einen Zugang zu ihm gefunden, darin waren sich alle einig. Man wäre an ihm abgeglitten, er hatte niemanden an sich heran gelassen. Sie hätten Julia und ihn nie Hand in Hand gehen sehen. Es hätte keine Vertrautheit, keine Herzlichkeit gegeben. Er hätte sie runtergezogen, ein Klotz an ihrem Bein, ein Hindernis, von dem sie sich lösen musste. Und auch wenn es jetzt schmerzte, war es das Beste, was ihr passieren konnte.

In diesen Gesprächen hatte Julia den Eindruck, sie blicke aus einer neuen, ungewohnten Perspektive auf ihre Beziehung. Es war aufschlussreich, sogar fast ein bisschen zu aufschlussreich. Vielleicht hatte Hauke recht, der gesagt hatte, dass ihre Beziehung auf der Illusion einer Liebe aufgebaut gewesen war. »Du hast dich für die Illusion entschieden, und nicht für die Wahrheit«, hatte er es formuliert. »Aber so machen es ja die meisten.«

Im Sommer hat es einen Lichtblick gegeben, sagte Franzi. Julia war aufgeblüht, da war ein Leuchten in ihren Augen, das sie vermisst hatte. Sie hatten alle gehofft, dass Christoph sich geändert hatte. Ohne Julia darauf anzusprechen, haben sie angenommen, Christoph hätte eine Therapie begonnen, die ihn die Dinge sehen ließ, auf die es ankam. »Wann war das denn genau?«, hatte Julia mit einem ertappten Gefühl gefragt, obwohl sie wusste, dass es die Zeit gewesen war, in der sie sich mit Michael getroffen hatte.

Irritierend war auch, dass es niemanden zu überraschen schien, dass Christoph eine Affäre hatte. Sie hatten über die Zeichen gesprochen, die ihnen aufgefallen waren. Sie konnten sie aber jetzt, nachdem sein

Doppelleben herausgekommen war, richtig deuten. An einem betrunkenen Ausrutscher hätte man arbeiten können, da stimmten alle überein. Aber das hier ... selbst wenn sie eine Paartherapie machten, würde das noch Jahre in ihre Beziehung strahlen. Eine ständige latente Belastung, die immer wieder aufbrechen konnte. Diese bewusst geplante und komplex organisierte Affäre, dieses ständig Perfektionieren eines Lügengerüsts. Erik vermutete sogar, dass Christoph Andreas Landwehr gar nicht kannte, dass die Zeit mit ihm Teil seines Lügengerüsts war, die er eigentlich mit Leonie verbrachte. »Es würde zu seinem Psychogramm passen.«

Julia hatte drei Tage gebraucht, eine Entscheidung zu treffen. Tage, in denen sie viel telefoniert und häufig geweint hatte. Es schmerzte, plötzlich vor einem Trümmerhaufen zu stehen. Ihre Beziehung war nur eine Kulisse gewesen, hinter die sie nicht geblickt hatte. Als sie heute Morgen im Bett gelegen hatte, war ihr klar geworden, dass sie sich von Christoph trennen würde, dass nichts davon aufrechtzuerhalten war.

»Wie geht's dir?«, fragte Christoph.

»Ja«, sagte sie, und plötzlich spürte sie wieder dieses beklemmende Gefühl, das sie bereits am Sonntag hatte, als sie aufgestanden und durch die unaufgeräumte Wohnung gelaufen war, um die Reste des vergangenen Abends zu besichtigen.

Die Kellnerin kam an den Tisch und Christoph bestellte einen Espresso. Als sie verschwunden war, sprudelte es aus ihm heraus. Er versicherte, dass Leonie sich das alles ausgedacht hatte, dass sie eine Psychopathin war, die in einer Scheinwelt lebte.

Leonie, dachte Julia mit dem angewiderten Schauer, der sie bei jedem unvermittelten Gedanken an sie überkam. Sie fühlte sich schmutzig, wenn sie an Leonie dachte, an ihre Gespräche, an ihre Freundschaft, die jetzt etwas Verdorbenes hatte. Und immer, wenn sie Christoph sehen würde, müsste sie auch an Leonie denken, davon war sie überzeugt. Es war unerträglich.

»Aber woher kennst du sie denn«, fragte sie. »Ihr kennt euch doch. Das war doch nicht gelogen.«

»Ja, ich hab sie mal auf einer Party kennengelernt.«

»Nur kennengelernt?«

Christoph sackte in sich zusammen.

»Ja, okay, wir haben miteinander geschlafen, aber nur einmal, und seitdem hab ich sie nicht wiedergesehen.«

Dieses Geständnis berührte sie anders, als sie erwartete, irgendwie dumpfer. Seine Lippen bewegten sich, aber sie hörte nicht mehr zu.

»Du denkst, du kennst jemanden, und dann stellt sich das Gegenteil heraus«, unterbrach sie ihn bitter, als würde sie nicht mit ihm, sondern mit jemandem über ihn reden.

»Du bist die Frau meines Lebens«, rief Christoph plötzlich.

»Wie bitte?«, lachte sie ungläubig. Sie konnte es nicht fassen.

Ihr wurde auf einmal klar, dass sie mit vollkommen verschiedenen Ansätzen in dieses Gespräch gegangen waren. Er wollte etwas retten, sie wollte nur die logistischen Aspekte ihrer Trennung besprechen. Für sie war es eine unangenehme Notwendigkeit und durch sein Liebesgeständnis war das Treffen noch unerträglicher geworden. Sie konnte sich ihre Namen nicht mehr in einem Satz vorstellen, der mit dem Wort »Wir« begann. Ein »Wir« gab es nicht mehr. Sie wollte, dass es vorbei war, dass sie ihn nicht mehr sehen, seinen Anblick und alle mit ihm verbundenen Gefühle nicht mehr ertragen musste. Sie wollte sich von ihm befreien.

»Ich will eine Zukunft mit dir«, sagte Christoph.

Sie sah ihn verständnislos an, und plötzlich spürte sie, wie sich alle Wut in ihr verlor, um sich in eine dumpfe Gleichgültigkeit zu verwandeln. Sie begriff endgültig, wie egal ihr der Mann gegenüber war. Er war nichts weiter als eine traurige Erinnerung an etwas Missglücktes. Sie wollte nichts ausdiskutieren, es gab nichts mehr zu diskutieren, die Entscheidung war gefallen. Jetzt ging es nur noch darum, ihm alle Hoffnung zu nehmen.

»Wir haben keine Zukunft«, sagte sie mit klarer Stimme.

»Aber ...«

»Pass auf«, unterbrach sie ihn entschieden. »Ich ziehe jetzt erst mal zu Franzi. Du kannst in der Wohnung wohnen, bis du etwas Neues gefunden hast. Ich hab schon mit Erik gesprochen, der stellt gerade ein paar Angebote für dich zusammen, dann meldet er sich bei dir. Ich will, dass du zum zweiten Januar raus bist, du hast also drei Wochen. In der Zeit kannst du packen. Wenn ich die Wohnung betrete, will ich, dass nichts mehr von dir da ist, und du auch nicht.«

Als hätten ihn ihre Worte völlig erschöpft, saß Christoph zusammengesunken auf seinem Stuhl und sah mit dumpfem Blick auf den Milchkaffee, den sie vor seiner Ankunft so behutsam umgerührt hatte. Sein Gesicht war noch blasser geworden, er schien in den letzten Minuten gealtert zu sein.

Sie senkte den Blick und musste aus irgendeinem Grund daran denken, dass schon in zwei Wochen Weihnachten war. Sie würde die Feiertage bei ihren Eltern verbringen, in ihrem alten Kinderzimmer schlafen, sich verwöhnen lassen. Vielleicht würde es sogar wie früher sein. Sie hoffte es.

Sie gab der Kellnerin das Zeichen, die Rechnung zu bringen. Als sie ihren Kopf wieder zu Christoph wandte, sah er ihr mit verzweifeltem Blick direkt in die Augen. Es berührte sie nicht.

Christoph stand auf dem abendlichen Alexanderplatz und versuchte, die Musik zu vergessen, sie irgendwie auszublenden. Wenn es wenigstens Weihnachtsmusik gewesen wäre. Darum ging man doch auf Weihnachtsmärkte. Um in die richtige Stimmung zu kommen. In Weihnachtsstimmung. Eine Stimmung, die er gerade ziemlich nötig hatte.

Unglücklicherweise half ihm Florian Silbereisen nicht dabei, aber »Links a Madl, rechts a Madl« war auch eine Art Liebeslied, sozusagen auf silbereisensche Art. Und Weihnachten war ja das Fest der Liebe. Vielleicht hatte der Besitzer des Glühweinstands daran gedacht. Das erklärte allerdings nicht, warum er die Musik so laut laufen ließ. Aber womöglich musste man sich nur darauf einlassen. Christoph versuchte es. Es funktionierte nicht. Er kriegte Florian Silbereisen und Weihnachten einfach nicht zusammen.

In der Wohnung war ihm die Decke auf den Kopf gefallen, er war stundenlang durch die Stadt gelaufen, um auf andere Gedanken zu kommen, und jetzt war er auf diesem ominösen Weihnachtsmarkt auf dem Alexanderplatz gelandet. Eigentlich war es kein richtiger Weihnachtsmarkt. Weihnachtsmärkte schlossen vor Heiligabend, und Weihnachten war vorbei. Sie hatten ein paar Buden aufgestellt, von denen die meisten nicht gut besucht waren, nur vor dem Glühweinstand sammelten sich die Menschen. Menschen, für die Florian Silbereisen und Weihnachten zusammen offenbar nicht allzu problematisch waren. Sie waren viel zu laut und für seine Begriffe bei Liedern wie »Ich kam mit meiner Lederhosn auf d' Welt« oder »Dr. Amore« auch ein wenig zu textsicher. Sie waren ihm peinlich. Er schämte sich für diese Leute, als wäre er für sie verantwortlich. Fremdschämen nannte man das wohl.

Er leerte sein Glühweinglas. Er musste wohl schon länger hier sein, als er es empfand, es war sein drittes. Als die Bedienung ihm den vierten Becher über den Tresen schob, spürte er, wie betrunken er war. Scheiße, dachte er. Wenn er betrunken war, kam alles wieder hoch.

Julia war noch am Tag ihrer Aussprache zu Franzi gezogen. Sie würde die Wohnung erst wieder betreten, wenn er weg war, hatte sie gesagt. Am 2. Januar sollte er etwas Neues gefunden haben. In ihrem Blick hatte er gesehen, dass es keinen Sinn hatte, um sie zu kämpfen, jetzt konnte er alles nur noch schlimmer machen.

Er hatte oft versucht, Julia anzurufen, aber ihr Handy war aus. »The person you have called is temporarily not available«, diese Frauenstimme war die Stimme, die er in den letzten Tagen am meisten gehört hatte. Entweder hatte sie ihr Handy ausgeschaltet oder sie hatte ihn geblockt.

Aber Erik hatte ihn angerufen und ihm den Kontakt zu einem Makler vermittelt, der ihm tatsächlich innerhalb von zwei Wochen eine Wohnung besorgt hatte.

Als er im Wohnzimmer stand, um ihren Haushalt aufzuteilen, wusste er, dass es Tage dauern würde. Bald würde es keine Anhaltspunkte mehr geben, die darauf hinwiesen, dass er hier gelebt hatte, dachte er. Es würde nichts mehr geben, was an ihn erinnerte. Wahrscheinlich würde Julia erst einmal alles streichen lassen, um sicherzugehen.

Am Abend vor seinem Umzug saß er apathisch auf dem Sofa und hörte den Regen an die Fenster prasseln. Christoph erhob sich, öffnete das Panoramafenster und trat auf die Terrasse. Der Regen war stärker geworden. Es war ein Uhr morgens. Die erste Flasche Wein war fast leer. Er fror und beobachtete die Lichter der erleuchteten Fenster auf der anderen Straßenseite durch den aufsteigenden Rauch seiner Zigarette. Dann schnippte er die angerauchte Zigarette in die Nacht.

Eine Nacht und einen Tag hatte er noch, dachte er. Eine Nacht und einen Tag, um sich festzuhalten. An einem Leben, in das er nicht mehr zurückkonnte. Er ging noch einmal durch die Zimmer, nahm ein paar Dinge in die Hand, Bücher, die herumlagen, Fotos, die Julia und ihn zeigten. Er betrachtete sein lachendes Gesicht auf einem der Fotos mit einem wehmütigen Blick. Ein Gesicht, das vier Jahre seines Lebens verkörperte und nun aus einem anderen Leben war. Er hatte die Bilder schnell wieder an ihren Platz gestellt. Es war immer noch nicht ganz bei ihm angekommen. Allerdings ging es ihm dafür schon ziemlich schlecht, wie er fand. Das Gefühl war so gegenwärtig, dass man es fast berühren konnte. Schon jetzt.

Er erhob sich, ging in die Küche und öffnete die zweite Flasche Rotwein des Abends. Als er die erste Flasche geleert hatte, war er noch runter in den Spätkauf gegangen, um sich die nächste zu holen. Vorsichtshalber hatte er dann doch lieber zwei gekauft, und so wie es aussah, würde er heute Abend noch beide schaffen. Dieser Abend würde sein Abschied sein. Von Julia. Von seinem alten Leben, in das er nicht mehr zurückkonnte. Er hoffte, dass es kein langer Abschied sein würde, aber für einen kurzen Abschied hatte er wohl zu viel Wein gekauft.

Sie waren vier Jahre zusammen gewesen. Sie hätte wenigstens noch die Feiertage abwarten können. Das wäre fair gewesen. Die Weihnachtsfeiertage verbrachten sie eigentlich abwechselnd bei ihren oder seinen Eltern. Diesmal verbrachten seine Mutter und ihr Lebensgefährte die Feiertage auf Teneriffa. Sie waren Anfang der Woche abgereist und kehrten erst Mitte Januar zurück, wenn er sich richtig erinnerte. Er hatte ihnen noch nichts von der Trennung gesagt. Er wollte ihr den Urlaub nicht verderben. Abgesehen davon wäre seine Mutter wohl wieder mit ihrer »Mein Sohn ist nicht beziehungsfähig«-Theorie gekommen, und das wollte er sich nicht antun. Noch nicht. Die Wunde war noch zu frisch.

Er musste einen Weg finden, irgendwie mit der Sache umzugehen. Aber jetzt ging es wohl erst einmal darum, dass er selbst ankam, in einem Alltag, in dem er an sie in der Vergangenheit denken konnte. So lange konnte das ja nicht dauern. Es würde ihm ein paar Wochen lang schlecht gehen, oder ein paar Monate, irgendwann würde es aufhören, wenn es gut lief, von einem auf den anderen Tag.

Einen Tag darauf stand er in der Neunundzwanzig-Quadratmeter-Wohnung in der Pappelallee in Prenzlauer Berg, erstes

Obergeschoss, Hinterhof. Es war ein Rückschritt, aber vorübergehend zu seinen Eltern zu ziehen, erschien ihm würdelos. Er wäre mit dem Gefühl bei ihnen eingezogen, endgültig versagt zu haben.

Er war froh, überhaupt etwas Erschwingliches in der Gegend gefunden zu haben, die in den letzten Jahren praktisch unbezahlbar geworden war. So gesehen war die Wohnung ein Glücksfall. Für einen Übergang. Es war eine Wohnung, in die man *erst einmal* einzog. Sie befand sich im ersten Stock, über einem Hausdurchgang. Sie war dunkel, fußkalt und sehr hellhörig. Wenn eine Treppe tiefer die Haustür aufgeschlossen wurde, klang es, als würde sich jemand an seiner Wohnungstür zu schaffen machen. Die Küche fasste einen gefühlten Quadratmeter, das Bad war vom Flur durch eine Plastikschiebetür getrennt, die sich nicht richtig schließen ließ, und das Wohnzimmer war mit einem graurosafarbenen Teppich ausgelegt, dessen Muster ihn an die schrecklichen Bilder der Ausstellung erinnerte, bei der er mit Andreas gewesen war. Am Abend, als er Leonie kennengelernt hatte. Ein Muster, das ihn irgendwie daran hinderte, die Wohnung einzurichten. Es lag wohl daran, dass Möbel, die ihm gefielen, diesen Teppich nicht sinnvoll ergänzten. Und auch Christoph ergänzte ihn nicht sinnvoll.

Andreas besuchte ihn einmal. Sein Blick sagte alles, als er in der uneingerichteten Wohnung stand. Er verglich sie mit einer dieser Wohnungen, die sich Auftragskiller in amerikanischen Filmen mieteten, um sich auf einen Job vorzubereiten. Das war ein angemessenes Bild. Es skizzierte seine seelische Verfassung nach der Trennung von Julia sehr treffend, wie er fand. So gesehen hatte er alles richtig gemacht. Leider beschrieb das nicht nur seine Wohnung, sondern auch die Gegend, in der sie lag. Im Nachbarhaus befand sich eine Bar, vor der häufig Leute standen, die viel und laut lachten. Das war ein ebenso angemessenes Bild. Das Leben fand parallel statt. Er machte nicht mehr mit.

Er würde zwischen den Jahren allein sein. Er würde viel Zeit zum Nachdenken haben. Die Feiertage galten ja als Gelegenheit, sein Leben zu überdenken. Er war sich sicher, dass an Weihnachten die Selbstmordrate am höchsten war, weil die Feiertage den einsamen Menschen sicher bewusst machten, wie einsam sie wirklich waren. Er dachte an Julia, und es fiel ihm auf, dass bisher immer er verlassen worden war. Das war ihm so noch nie bewusst geworden. Möglicherweise hatten seine Eltern recht, sie kannten ihn ja am längsten, sie konnten ihn wohl am besten einschätzen.

Er würde die Freiheit des Alleinseins genießen können, sagte Andreas. Er hätte wieder Spielraum, die Chance, seinem Leben eine unerwartete Richtung zu geben. Und er war Mitte dreißig. Ein gutes Alter für Neuanfänge. Es waren Versuche, ihn aufzumuntern, aber sie erreichten Christoph nicht. Er hatte immer nach Symbolen gesucht, nach Anfängen, den richtigen Anlässen. Jetzt gab es plötzlich so viele, dass ihm fast schwindlig wurde. Er war wieder Single, er würde bald umziehen, und so wie es aussah, fing er auch gerade wieder an zu rauchen, auf Kettenraucherniveau. Er war Weihnachten noch nie allein gewesen.

Scheiße, hatte er gedacht. Scheiße, Scheiße, Scheiße.

Jetzt, drei Wochen darauf, zog sein Blick über den abendlichen Alexanderplatz, während Helene Fischer dieses unerträgliche »Atemlos durch die Nacht« sang. Es war ein Moment, in dem er gern geweint hätte. Er versuchte es. Ein paar Minuten lang versuchte er es. Dann gab er es auf.

Er musste mit jemandem reden, dachte er, nahm das Handy aus der Innentasche seines Jacketts und wählte Andreas' Nummer.

Julia betrat die Wohnung mit einem befreiten Gefühl. Wie jeden Abend, seitdem Christoph vor neun Tagen endlich ausgezogen war. Sie hatte es ihm überlassen, ihren Besitz auseinanderzusortieren. Als sie am Tag nach seinem Auszug durch die verwaiste Wohnung gelaufen war, war ihr aufgefallen, dass erstaunlich wenige Dinge fehlten. Christoph hatte anscheinend entschieden, dass er die meisten Dinge, die sie gemeinsam angeschafft hatten, Julia überlassen würde. Aber als sie jetzt mit prüfendem Blick durch die Räume ging, empfand sie sie als falsch eingerichtet, vielleicht weil sie zu viele der Möbel mit Christoph verband. Die Einrichtung passte nicht mehr zu ihr. Er hätte mehr mitnehmen können. Es war Zeit für einen Frühjahrsputz, dachte sie, sie brauchte etwas Reinigendes. Sie würde ihren Stil ändern, vielleicht ins Skandinavische. Reduziert, warme Holztöne, gedeckte, erdige Farben. Das passte.

Sie liebte die Wohnung, aber allein würde sie sie nicht halten können. Und der Kredit lief ja auch auf Christoph. Es kam nicht infrage, finanziell abhängig von ihm zu bleiben. Sie wollte alle Verbindungen kappen. Also musste sie die Wohnung verkaufen, Erik hörte sich schon nach eventuellen Interessenten um. Inzwischen suchte er auch schon nach einer kleineren Wohnung für Julia, in Prenzlauer Berg oder Mitte, obwohl die Mieten da eine Zumutung waren. Mit einem Umzug konnte man sich in Berlin momentan nicht verbessern. Aber Erik hatte ihr versichert, dass es auch preisgünstige Wohnungen gab, die nie auf den freien Markt kamen. Er hatte ihr sogar angeboten, das unter der Hand zu machen, ohne eine Provision zu verlangen. So uneigennützig kannte sie ihn gar nicht. Als hätten ihre Erlebnisse der letzten Wochen eine andere Seite an ihm sichtbar gemacht. Um ihr einen Gefallen zu tun, hatte er auch Christoph innerhalb kürzester Zeit eine Wohnung besorgt, in der Pappelallee, wenn sie sich richtig erinnerte. Bei ihm hatte er auf seine Provision bestanden. Das war die letzte Information, die sie aus Christophs Leben erreicht hatte, danach hatte sie nicht mehr nach ihm gefragt. Sie wollte Christoph nicht mehr sehen. Sie war nicht mehr wütend auf ihn, schon seit ihrem letzten Gespräch nicht mehr, in dem er so verzweifelt gewirkt hatte. Sie spürte einfach kein Bedürfnis mehr, etwas aus seinem Leben zu erfahren oder ihm etwas aus ihrem zu erzählen.

Sie hatte in letzter Zeit immer mal wieder daran denken müssen, wovon ihre Freunde gesprochen hatten. Das Leuchten in ihren Augen, als sie sich damals mit Michael getroffen hatte. Rückblickend musste sie sich eingestehen, die falsche Entscheidung getroffen zu haben, aber damals hatte sie auch noch angenommen, Christoph zu kennen. Sie hatte Michaels Nummer nicht mehr, und auch seinen Nachnamen hatte sie nie erfahren. Das war ja ihre Regel gewesen, keine Nachnamen, keine Berufe. Es gab keinen Anhaltspunkt, ihn ausfindig zu machen. Vielleicht würden sie sich irgendwann zufällig auf der Straße begegnen, dachte sie, oder im Sommerhaus, das sie seit ihrem Trennungsgespräch gemieden hatte. Seit zwei Wochen war sie wieder jeden Mittwoch da, aber Michael war nicht aufgetaucht.

Eigentlich brauchte sie einen generellen Neuanfang. Ohne einen Mann. Sie hatte momentan ohnehin kein Bedürfnis nach einer

Beziehung. Ob Christoph ihr Vertrauen in Männer so sehr erschüttert hatte, konnte sie nicht sagen. Aber sie wusste, dass sie jetzt erst einmal Single sein musste, um sich an das Alleinsein zu gewöhnen. Sie war seit ihrem sechzehnten Lebensjahr fast nahtlos von einer Liebesgeschichte in die nächste gesprungen. Insgesamt waren dazwischen nur wenige Wochen ohne einen Mann. Eine Beziehung hatte die andere abgelöst. Sie hatte auch schon darüber nachgedacht, ob es ihr eher um den Zustand ging, in einer Beziehung zu sein. Vielleicht hatten sie deswegen bisher nicht funktioniert. Bei ihrer nächsten Beziehung sollte es nicht um den Zustand gehen, sondern um den Menschen, dachte sie. Wieder ein Frühjahrsputzgedanke.

Sie betrat die Terrasse, die in das Licht der untergehenden Sonne getaucht war, das auch die Fassaden der umliegenden Häuser verwandelte. Sie nahm eine Zigarette aus der noch halbvollen Packung, die sie sich vor einem knappen Monat gekauft hatte. Sie war froh, sie nicht weggeworfen zu haben, denn es war ein Moment, zu dem eine Zigarette einfach passte. Als sie sie anzündete und den Rauch inhalierte, blickte sie zur Sonne, die gerade blutrot auf den Horizont stieß. Und plötzlich hatte sie das Gefühl, dass alles passte. Sie schaute nach vorn, und sie fühlte sich gut dabei. Und jetzt fiel ihr auf, dass sie lächelte.

NAZI GIRL

Das neue Jahr war jetzt sechzehn Tage alt. Die Frau, die Andreas gegenübersaß, war wunderschön, aber ihre Schönheit half nichts. Es war ihr erstes und Andreas' drittes Date in dem noch jungen Jahr. Die Treffen mit den Frauen in der vergangenen Woche waren Dates gewesen, bei denen schon in den ersten zehn Minuten klar gewesen war, dass es zu keinem zweiten kommen würde. Und auch das Date mit dieser Frau, die ihm gerade gegenübersaß, fügte sich nahtlos in das Muster.

Sie hieß Louise, und die zehn Minuten, die über eine mögliche Perspektive mit ihr entschieden, waren seit einer halben Stunde vorbei. Andreas' Blick ruhte auf ihrem Handy, das auf dem Tisch lag, seitdem sie sich gesetzt hatten. Seit einer Dreiviertelstunde leuchtete das Display in unregelmäßigen Abständen auf und unterbrach ihr Gespräch, weil es Louise offenbar sehr wichtig war, umgehend zu erfahren, wer ihr geschrieben, wer ihre Fotos geliket und kommentiert oder etwas in einer ihrer WhatsApp-Gruppen gepostet hatte. Offenbar hatte sie die Push-Mitteilungen für jede Eventualität aller Apps freigegeben. Es war penetrant, auch weil jedes Aufleuchten des Geräts von den unterschiedlichsten Geräuschen begleitet wurde, und das in einer ziemlich aufdringlichen Lautstärke. Louise schien sich nicht bewusst zu sein, dass ihr Handy auch die Funktion besaß, auf lautlos gestellt werden zu können. Oder sie war darüber hinaus. Das waren die ersten fehlenden Gemeinsamkeiten.

Andreas musste an einen Artikel denken, den er vor einiger Zeit gelesen hatte, in dem es um ein Experiment ging, das in einer amerikanischen Universität durchgeführt worden war. Personen wurden in einen leeren Raum gesetzt, in dem sich ein Stuhl vor einem Tisch befand, auf dem ein Gerät installiert war, mit dem man sich selbst Elektroschocks geben konnte. Die Probanden hatten die eigentlich ziemlich einfache Aufgabe, fünfzehn Minuten lang ruhig in diesem Raum zu sitzen, eine Viertelstunde lang mit sich allein zu sein. Aber sie hielten die Stille nicht aus. Sie hielten es nicht aus, mit ihren eigenen Gedanken allein zu sein. Um sich abzulenken, begannen sie tatsächlich, sich Stromstöße zu verabreichen. Wie Louise schienen sie darüber hinaus zu sein, sich mit sich selbst auseinandersetzen zu können oder zu wollen. Andreas stellte sich Louise in dieser Versuchsanordnung vor, die wahrscheinlich nach fünf Minuten ernstzunehmende Suizidgedanken entwickelt hätte. Ihr Zustand war schließlich schon fortgeschrittener, denn jetzt war sie nicht einmal allein. Sie hatte ein Date mit ihm. Trotzdem fielen ihre Seitenblicke pausenlos auf ihr Handy. Seine Gesellschaft reichte offensichtlich nicht aus, um ihr das Gefühl von Lebendigkeit zu geben, dachte er. Er war sich nur nicht sicher, ob das gegen ihn oder sie sprach.

Er ließ Louise reden und fragte sich, warum er sich das antat, obwohl er die Antwort kannte. Am Weihnachtsabend hatte er zufrieden auf dem Sofa seiner Eltern gesessen und an den Schatz auf seinem Rechner gedacht. Die Recherchen waren abgeschlossen, das Material zusammengetragen, er schätzte, er würde nicht mehr als ein Jahr benötigen, um daraus einen Roman zu schreiben. Er würde am 2. Januar mit der Arbeit beginnen, das nahm er sich vor. Als er am Silvesterabend um Mitternacht mit einer Packung Zigaretten und einem Glas Rotwein auf dem Dach seines Hauses stand, war er voller Euphorie. Die Neuanfangsstimmung der Nacht hatte zu dem Gefühl gepasst, übermorgen zu beginnen. Aber heute, vierzehn Tage später, hatte er immer noch nicht mit der Arbeit angefangen, als hätten die vergangenen Monate seine Kraft aufgebraucht. Er war nicht motiviert. Wenn er morgens erwachte, war er voller Energie, aber wenn er dann nach der ersten Zigarette des Tages an seinem Rechner saß, hatte sie sich verloren. Wahrscheinlich musste sich der Stoff erst einmal setzen, dachte er, er musste das Material wirken lassen und darüber nachdenken. Er brauchte einen gesunden zeitlichen Abstand, um mit der eigentlichen Arbeit beginnen zu können. Und er brauchte Ablenkung. Er reaktivierte seinen Tinder-Account. Die Dates würden helfen. Zumindest nahm er das an. Es war eine Fehleinschätzung gewesen. Vielleicht musste er einfach mal raus, seinen Alltag verlassen und einen Monat Urlaub machen.

Er sollte einen Schlussstrich ziehen und nur noch das Material verwalten. Den Kontakt zu Christoph, der sich immer noch täglich bei ihm meldete, müsste er abbrechen. Leonie hatte sich sowieso schon seit Julias Geburtstag nicht mehr bei ihm gemeldet, sonst müsste er auch sie blocken.

Während er ein Glas Rotwein nach dem anderen trank und Louise ihre Sachen erzählte oder auf ihrem Handy Nachrichten schrieb, trieben seine Gedanken durch die letzten Monate. Er dachte an Julia und Leonie und versuchte, sich seine Gefühle für sie zu vergegenwärtigen, sie zurückzuholen, sie einzuordnen, um dann doch wieder an den Punkt zu gelangen, der ihn am meisten beschäftigte: Warum sich diese Schlampen gegen ihn entschieden hatten.

Leonie hatte es als vernünftig empfunden, sich von ihm zu trennen, weil sie überzeugt davon gewesen war, mit ihm nicht glücklich zu werden, dachte er. Es war die Angst vor Verletzung, die es ihr nicht erlaubt hatte ihre Gefühle zuzulassen. Und Julia hatte sich nicht auf ihn eingelassen, weil sie es als vernünftig empfunden hatte, die vier Jahre mit Christoph nicht für die zwei Monate mit

Michael aufzugeben. Beide hatten gesagt, dass die Gefühle nicht ausgereicht hätten, aber das war nur eine Ausrede, die zu ihrer Wahrheit geworden war, weil sie sich nicht eingestehen wollten, dass sie die Gefühle unterdrückt hatten. Sie wollten ihre Komfortzone nicht verlassen. Sie trafen Kopfentscheidungen, wenn es um Gefühle ging. Sie zogen die Klugheit des Verstandes der Klugheit der Gefühle vor. Die Vernunft war feige, dachte er erneut abfällig. Vernunft war Einschränkung. Wenn Vernunft die Gefühle bestimmte, unterdrückte sie sie. Wer seinen Kopf über die Gefühle stellt, wird nie erfahren, was wirkliche Liebe ist. Beide hatten die falsche Entscheidung getroffen, weil sie nicht stark genug gewesen waren. Er wäre bei beiden bereit gewesen, alles was er bis dahin für richtig gehalten hatte, zu verwerfen und sich voll und ganz, gegen jede Regel, die er sich aufgestellt hatte, auf sie einzulassen. Sie hatten verdient, dass sein Roman ihnen den Spiegel vorhalten würde. Sie würden das Buch lesen und sie würden ihn hassen. Er freute sich schon jetzt auf den Schmerz, den er ihnen zufügen würde. Er hätte sich gern noch länger seiner wohltuenden Vorfreude hingegeben, wurde allerdings von Louise gestört, die gerade erzählte, dass ihr Vater Abgeordneter der AfD war.

Wie bitte?, dachte er und sah sie direkt an.

»Du musst dir unbedingt mal das Programm durchlesen«, sagte sie. »Da stehen teilweise echt vernünftige Sachen drin.«

Er sah sie wortlos an. Er wusste gar nicht, wie er darauf reagieren sollte, die Information überforderte ihn. Er nahm an, es wäre ihre Art von Ironie, ein schimmliger Humor, wenn man so wollte. Aber es war ihre Realität.

»Na ja«, sagte er.

Er hatte ja schon Probleme mit Frauen, die ihm erzählten, dass sie CDU wählten, aber das hier war schlimmer. Er hatte sich noch nie mit einer AfD-Sympathisantin getroffen. Menschen wie sie kannte er nur aus dem Fernsehen, sie kamen in seinem Leben nicht vor. Die Floskel »Das wird man ja wohl noch sagen dürfen« hatte inzwischen einen bitteren, unangenehmen Beigeschmack. Ihm fiel auf, dass die Rhetorik solcher Leute vor allem aus endlosen Aneinanderreihungen zusammengesetzter Substantive bestand,

Wortungetümen. So hatten auch Parteitagsreden der SED funktioniert, aber das schien niemandem aufzufallen. Es war wie eine Epidemie, die sich außerhalb der Blase, in der er lebte, ausbreitete und jetzt begann, ihn zu erreichen.

Allerdings war die AfD erst der Anfang. Louise sprach plötzlich von »hemmungslosester Geschichtsverfälschung« und von der »Lügenpresse«, ein Begriff, Nazijargon, dessen sich die NPD schon in den Neunzigern wieder bedient hatte. Eine Tatsache, die ebenfalls viele vergessen zu haben schienen. Er war kurz davor, sich mit diesem Gedanken in die Unterhaltung einzubringen, allerdings würde er noch eine halbe Flasche Rotwein trinken müssen, um von dieser Klippe zu springen.

»Man darf nicht mehr zwischen rechts und links unterscheiden«, sagte Louise. »Darüber sind wir doch inzwischen hinaus.«

Louise reden zu hören war, als würde man mit dem Finger durch eine mit Staub bedeckte Fettschicht gleiten, die sich in einer unsauberen Küche gebildet hatte, dachte er. In ihrer Gegenwart würde er nie eine Erektion bekommen. So gesehen war der einzige Antrieb, den Abend weiterhin zu ertragen, ausgehebelt.

Während sie sprach, versuchte er einige Male, etwas einzuwenden. Er setzte immer wieder an, ohne einen Punkt zu finden, an dem er einhaken konnte, was daran lag, dass ihre Argumentation innerhalb ihrer verzerrten Logik so schlüssig war, dass man keinen Anhaltspunkt fand, um sie aufzubrechen. Ein geschlossenes System, dass sich gewissermaßen selbst schützte, indem man an ihm abglitt. Es hatte keinen Sinn, sich auf ihre Gedankenwelt einzulassen.

Die Menschen wurden immer dümmer, dachte er, während Louise immer weiter redete. Er sah sie mit dem Gefühl an, ihr Aussehen, ihr Name und ihre Ansichten wären falsch zusammengesetzt worden. Er sollte sich nicht mehr mit Models treffen, dachte er hilflos. Sie hatten oft Anschauungen, die ihre Attraktivität aufhoben, und waren meistens scheiße im Bett. Es hatte genau zwei Frauen gegeben, die ihm beim Sex ins Ohr geflüstert hatten, dass er nun endlich kommen sollte. Eine Aufforderung, an der seine Erregung zerbrach. Beide waren Models gewesen. Genauso wie Louise.

Sein Blick fiel auf die Karaffe Rotwein, die zwischen ihnen stand. Sie war noch fast voll. Wenn er sich beeilte, wäre sie in zehn, spätestens fünfzehn Minuten geleert.

Als er zwölf Minuten später die Rechnung bestellte, fragte die Kellnerin: »Zusammen oder getrennt?«

»Getrennt«, sagte er schnell, obwohl die Frage rhetorisch klang. Die beiden Frauen sahen ihn irritiert an.

»Ich komm gleich noch mal wieder, ja«, sagte die Kellnerin mit bedeutungsschwangerem Blick und sah ihn an, als wäre er hier der Arsch.

»Ich hab gar kein Geld dabei«, sagte Louise, als die Kellnerin verschwunden war.

»Wie bitte?«

»Ich finde, bei einem Date sollte immer der Mann zahlen«, sagte Louise entschieden. »Da bin ich konservativ.«

»Ja, bei einem Date«, sagte er entschieden. »Aber das hier war kein Date.«

Ohne eine Antwort abzuwarten, warf er verächtlich einen Fünfzig-Euro-Schein auf den Tisch und verließ das Restaurant, ohne sich noch einmal umzusehen.

DER AUFSCHLAG

Es war ein Samstag im Januar, und es war einundzwanzig Uhr. Als Christoph die Wohnungstür öffnete und den Blick auf das Provisorium freigab, in dem er jetzt lebte, verlor sich die brüchige Kraft, die sich über den Tag gehalten hatte, weil er ihn in der Agentur verbracht hatte. Seine Arbeitstage endeten seit letztem Montag nicht vor Mitternacht. Sie hatten die Woche länger gearbeitet, um wenigstens am Sonntag freizuhaben, bevor sie am Montag ihre Kampagnenideen dem FDP-Vorstand präsentierten. Er freute sich auf den freien Tag und gleichzeitig fürchtete er sich davor. Die Arbeit war eine gute Ablenkung, und er war sich nicht sicher, ob er schon so weit war, mit seinen Gedanken an Julia und sein zerfallenes Leben allein zu sein. Er würde den Sonntag durchstehen, versuchen, die

Freizeit zu genießen, dachte er, nur durfte er heute Abend keinen Alkohol trinken, sonst brach alles auf. Es war schon ironisch, in den vergangenen Jahren hatte die Unzufriedenheit mit seiner Arbeit auf ihrer Beziehung gelegen, und jetzt lief in der Agentur alles so, wie er es sich wünschte, doch seine Beziehung gab es nicht mehr. Das Berufliche hatte das Private ersetzt, dachte er, als wäre das der Preis, den man zahlen musste.

Im Büro war es ruhig geworden. Malte scherzte weniger, wenn sie Worte wechselten, sprachen sie über die Arbeit. Ihr Verhältnis war professioneller geworden. Er wusste nicht, wieviel Malte oder Karnowski den Kollegen erzählt hatten, niemand sprach ihn darauf an, aber die Gespräche erstarben, wenn er einen Raum betrat. Er konnte nicht einordnen, ob sie ihn bemitleideten oder verachteten, ihre Blicke erzählten allerdings, dass er das bestimmende Gesprächsthema war. Ein Eindruck, der sich seitdem hielt.

Er ließ die Straßenschuhe an, nahm die angebrochene Flasche Wein aus dem Kühlschrank, griff nach dem ungewaschenen Glas, das noch vom gestrigen Abend auf der Spüle stand, und ging zurück ins Wohnzimmer. Ein Weg von einem Meter. Es war so unwürdig. Schon am Tag der Wohnungsbesichtigung waren ihm die unzähligen Klingelschilder am Hauseingang eingefallen. So viele Wohnungen hatte in dem Haus gar nicht erwartet, aber vielleicht gab es ja drei oder vier Hinterhöfe. Als er dann die Wohnung betreten hatte, hatte er die Anzahl der Schilder verstanden. Wenn man vom Schnitt seiner Wohnung ausging, hatten sie es offenbar fertiggebracht, die Anzahl der ursprünglichen Wohnungen zu verdoppeln, wenn nicht sogar zu verdreifachen. Würde in einer Wohnung ein Brand ausbrechen, wären sie alle verloren. Die Feuerwehr käme nicht einmal in den Hinterhof, so verschachtelt war hier alles geschnitten.

Trotz der wenigen Möbel wirkte die Wohnung zugestellt. Es gab viele Rigipswände, und wenn er sich nicht täuschte, war sogar eine der beiden Nachbarwohnungen nur durch eine Rigipswand abgetrennt. Es war nicht nur hellhörig, die Geräusche hinter der Wand klangen, als kämen sie aus seinem Zimmer. Das Paar hinter der Wand, das er noch nie gesehen hatte, hatte viel Sex. Praktisch jeden Abend hörte er das Stöhnen der Frau, während er apathisch in der Dunkelheit saß und an Julia dachte. Das war sein Heimkehrgefühl, das Gefühl, das er am meisten mit dieser Wohnung verband.

Er war Andreas wirklich dankbar, gerade in den letzten Wochen war er für ihn da gewesen, hatte ihm zugehört, aber auch eingelenkt, wenn er zu selbstmitleidig wurde. Es war seltsam, wenn er mit Andreas Zeit verbrachte, ging es ihm gut. Aber wenn er nach einem Besuch bei Andreas wieder die Wohnung betrat, wenn er wieder allein war, fühlte er sich wie auf Entzug. Am Tag seines Einzugs hatte er das schon festgestellt, am Tag darauf hatte er begonnen, mit diesem Problem umzugehen, indem er dagegen antrank.

Er goss Wein in das Glas und stellte sich ans Fenster. Er öffnete es und ließ die kalte, klare Luft und die Geräusche der Pappelallee hinein. Eine Straßenbahn fuhr vorbei. Als das Glas leer war, schloss er das Fenster wieder. Dabei fiel sein Blick auf den USB-Stick, der matt im Licht der Schreibtischlampe schimmerte. Mit ihm hatte sein Untergang begonnen, dachte er, er war der Auslöser gewesen, und das war gerade mal ein halbes Jahr her. Es war unglaublich, wie schnell ein Leben aus den Fugen geraten konnte. Er setzte sich an den Schreibtisch und schaltete seinen Rechner ein. Er musste das Ding vernichten. Seitdem er den Mittschnitt erstellt hatte, schwebte er wie ein Schatten über seinem Leben. Alles löschen und dann wegwerfen. Das war das Symbol, das er brauchte. Während der Rechner hochfuhr, öffnete er die zweite Flasche Wein und wusch das Glas ab, bevor er es wieder füllte. Man musste sich ja nicht so gehen lassen.

Er setzte sich an den Schreibtisch. Auf dem Bildschirm erschien das Symbol des USB-Sticks. Er klickte darauf. Als sich das Fenster geöffnet hatte, wollte er es sofort wieder schließen, weil er annahm, auf den falschen Ordner geklickt zu haben, aber dann sah er im Kopf des Fensters den richtigen Namen: SCHWARZ_8GB. Es war der richtige Ordner, aber es war der falsche Inhalt. In dem geöffneten Fenster befand sich nicht nur eine Datei, wie er angenommen hatte, sondern acht. Alles Audiodateien. Christoph leerte irritiert das Weinglas, bevor er die erste Datei mit einem Doppelklick öffnete.

Mit einem Gefühl der Beklemmung setzte Christoph die Kopfhörer ab. Seine Finger zitterten. Er hatte sich die Dateien nicht vollständig angehört, aber das, was er gehört hatte, reichte schon. Als ihm klar wurde, dass es seine Stimme war, die da zu hören war, sackte etwas in ihm zusammen. Es waren Mittschnitte von Gesprächen, die er mit Andreas geführt hatte. Er versuchte, es in einen Zusammenhang zu bringen, zu begreifen, warum Andreas ihre Unterhaltungen wohl mitgeschnitten hatte. Er verstand das nicht. Andreas war für ihn da gewesen, sie hatten sich so oft getroffen, er hatte ihm sein Herz ausgeschüttet, er hatte Andreas vertraut, und der hatte alles aufgezeichnet. Er ahnte, dass das erst die Spitze des Eisbergs war. Dass sich unter der Wasseroberfläche etwas Dunkles, schwer Einzuschätzendes befand. Als wäre der Halt, den Andreas ihm in den letzten Monaten gegeben hatte, eine Lüge gewesen. Warum um Gottes willen hatte Andreas ihre Gespräche aufgezeichnet?, dachte er. Er musste ihn treffen, mit ihm reden. Er wusste, dass Andreas nicht zu Hause war, das hatte er erzählt. Er war auf einem Date. Trotzdem versuchte er ihn zu erreichen, aber Andreas' Handy war ausgeschaltet. Er versuchte es noch sechs weitere Male, während er in dem trostlosen Zimmer auf und ab ging, und spürte, wie er langsam die Beherrschung verlor. Er schickte ihm zwei Voice-Messages, schrieb ihm drei WhatsApp-Nachrichten und überprüfte minütlich, ob aus dem einen Haken neben den Nachrichten zwei geworden waren. Sie veränderten sich nicht. Andreas' Handy blieb aus.

Seine Ungeduld verlor sich, als die zweite Flasche Wein des Abends fast geleert war. In diesem Zustand ergab er sich den Umständen. Andreas würde sich schon melden, dachte er verschwommen. Wenn er sein Handy einschaltete, würde er sich melden, dachte er. Alles würde sich auflösen, wenn er zurückrief.

Christoph ging wankend zu dem kleinen Radio auf seiner Fensterbank und schaltete es ein. Auf radioeins lief ein Talk, dem er in seinem Zustand gar nicht mehr richtig folgen konnte, aber darum ging es nicht. Es war beruhigend, die Stimmen zu hören, was immer sie auch sagten, wichtig war nur, dass sie da waren. Er schloss die Augen, hörte die Stimmen, und jetzt sah er sich an einem Sommertag mit Julia durch den Volkspark Friedrichshain gehen. Sie gingen Hand in Hand. Als er sich zu ihr wandte, um ihr Gesicht zu betrachten, musste er lächeln. Sie sah aus, als wäre sie glücklich.

LEONIE BESCHLIESST ZU STERBEN

Auf die Brüstung gestützt blickte Leonie zu der beleuchteten, durch die Reflexionen der Spree in ein atmosphärisches Flackern getauchte Fassade des Bodemuseums hinüber zur verwaisten Tanzfläche der Strandbar Mitte auf der anderen Seite des Flusses. Sie befand sich in einem dieser Bilder, die auf Berlin-Postkarten gedruckt wurden, dachte sie. Sie war Teil einer Ansichtskarte. Manchmal, wenn sie Gemälde betrachtete, stellte sie sich die Geschichten, die Schicksale der abgebildeten Personen vor, von denen in dieser Darstellung ja nur ein Sekundenbruchteil ihrer Leben umrissen war. Sie betrachtete ihren Atem, die sich in dem Gemälde auflösenden Wolken. Und plötzlich spürte sie wie bei Julias Geburtstag die unzähligen Blicke, die das Bild betrachteten, als würden sie sie analysieren, bewerten und von diesem festgehaltenen Bruchteil einer Sekunde auf ihr gesamtes Leben schließen. Es war beklemmend. Mit einer resoluten Bewegung richtete sie sich auf, um das Bild zu verlassen.

Die Weihnachtstage in Delmenhorst waren schrecklich gewesen. Sie war für drei Tage in die heile Welt ihrer Kindheit gefahren, um festzustellen, dass sie sich dort nur noch wie ein Fremdkörper fühlte. Am Tag ihrer Ankunft war sie durch das menschenleere Delmenhorst gelaufen wie durch die leere Kulisse ihrer Kindheit. Sie hatte immer wieder verstreute Anhaltspunkte ihrer Erinnerungen entdeckt, aber sie hatten nichts ausgelöst. Ihr war auch zum ersten Mal aufgefallen, wie wenig Altbauten es dort gab. Als sie vor dem Haus ihrer Eltern stand, versuchte sie, ihre Gefühle wiederzubeleben, aber es gelang ihr nicht, es gab keinen Widerhall, versackte nur in ihrem leeren Inneren.

Ihre Eltern waren so glücklich, sie nach einem halben Jahr endlich einmal wiederzusehen. Und sie waren so stolz darauf, wie gut sie in ihrem Studium vorankam. Sie hatte nicht die Kraft, ihnen die Wahrheit zu sagen, zu Weihnachten schon gar nicht. Mit einem Lächeln hatte sie die Rolle der perfekten Tochter gespielt.

Die heile Welt ihrer Eltern war nur einmal kurz aufgebrochen, als ihre Mutter erzählt hatte, dass sie auf den Silvesterfeiern keine Fotos mehr machten. »Es ist doch immer das Gleiche«, hatte sie gesagt. »Der einzige Unterschied ist, dass wir anders angezogen sind.« Auch ein

Satz, mit dem man ein Leben beschreiben konnte. So durfte es nicht enden, dachte sie, aber wahrscheinlich endete es immer so.

An den Vorweihnachtstagen war sie auf Facebook und Instagram mit dem Lächeln glücklicher Menschen in Weihnachtsstimmung überschüttet worden und hatte festgestellt, dass sie diese aufgesetzt lachenden Gesichter nicht mehr ertrug. Noch vor ihrer Heimreise hatte sie ihren Facebook-Account gelöscht, und auch auf Instagram und Snapchat war sie nicht mehr. Ihr fiel noch einmal Annelies Wahrheit ein, nach der man nicht mehr existierte, wenn man kein Instagram-Profil hatte, und von genau diesem Gefühl wurde sie sowieso seit Wochen beherrscht. Sie musste sich eingestehen, dass es kein unangenehmes Gefühl war, nicht mehr zu existieren, nicht mehr vorhanden zu sein. Ihr Leben, das sie seit fünfundzwanzig Jahren lebte, war ja letztlich doch nichts weiter als die Illusion eines Lebens, dachte sie, zusammengesetzt aus Wünschen, Erwartungen und Träumen der anderen, die sie für ihre eigenen gehalten hatte.

Als sie nach den Feiertagen endlich wieder in Berlin war, hatte sie lange, ziellose Spaziergänge durch das menschenleere Berlin gemacht und ihre Gedanken treiben lassen. Die meisten waren noch zu Hause, in der Provinz, und sie würden erst zu Silvester zurückkehren, um hier das neue Jahr zu begrüßen. Gerade mochte sie es – die Stille einer ausgestorbenen Stadt, als existiere sie nur, damit Leonie lange, ziellose Spaziergänge durch ihre nächtlichen Straßen machen konnte. Silvester hatte sie allein in ihrer Wohnung verbracht, ihr Handy ausgeschaltet, und war um zehn schlafen gegangen.

Obwohl es so kalt war, setzte sie sich auf eine der verwitterten Bänke der liebevoll sanierten Monbijoubrücke. Plötzlich verstand sie die Bedeutung dieses Spazierganges, er sollte sie davon überzeugen, dass sie etwas verpasste.

Als ein Mann auf sie zutrat, um mit bayrischem Dialekt nach dem Weg zu fragen, zuckte sie voller Abscheu zurück, sodass der Mann ebenfalls erschrocken zurückwich. Sie sprang auf und flüchtete wortlos in Richtung Oranienburger Straße. Seitdem Annelie für ein Auslandssemester nach San Francisco gezogen war, verschwammen die Tage ineinander. Sie verließ kaum noch die Wohnung, und wenn sie sie verließ, um notwendige Erledigungen zu machen, streifte ihr Blick die Menschen, die ihr auf der Straße begegneten, mit einem Widerwillen, über den sie selbst erschrak. Später, wenn sie wieder zurück in ihrer Wohnung war, fragte sie sich nach den Gründen für diese tief empfundene Abneigung. Sie konnte es sich allein damit erklären, dass sie nur noch selten unter Menschen war. Wenn man die Menschen mied, sah man erst gewisse Dinge an ihnen, die einem nicht auffielen, wenn man sich tagtäglich mit ihnen umgab. Sie fühlte sich unter ihnen wie damals auf der Nudisten-Grillparty. Die Grillparty war die Metapher, die ihr Verhältnis zu den Menschen beschrieb, die sie für jemanden hielten, der so war wie sie, dachte sie. Sie aber nahm die Hässlichkeit des *Normalen* wahr, die die anderen nicht sahen, weil sie bewusst oder unbewusst beschlossen hatten, sie zu ignorieren. Aber Leonie konnte sie nicht ausblenden, sie war ihr ausgeliefert. Man konnte in dieser Welt wohl nur existieren, wenn man ihre Verdorbenheit ignorierte, dachte sie. Sie wünschte sich, die Dinge ausblenden zu können, die ihr auffielen, die Dinge hinzunehmen und gleichgültig ihr Leben zu leben, ohne die belastenden Gedanken, die sich ständig in ihr bildeten und sie zerfraßen. Das wäre der einzige Weg, um sich einreden zu können, zumindest ansatzweise glücklich zu sein, dachte sie. Der einzige Weg wäre, die Hässlichkeit der Welt, ihre Armseligkeit und Stumpfsinnigkeit nicht zu beachten.

Als sie in die Oranienburger Straße bog, passierte ein Mann sie, der sie mit einem vertrauten Lächeln ansah. Sie erwiderte seinen Blick, weil sie annahm, sie würden sich kennen, aber dann begriff sie, dass es das unangemessen schamlose Lächeln eines Fremden war, eines Mannes, der auch Paul, Frederick oder Raphael heißen konnte. Die Stadt war voll von ihnen. Sie ging schnell weiter und ihre Gedanken landeten bei Christoph, den sie so falsch eingeschätzt hatte, obwohl Annelie ja mit ihren Zweifeln alles vorweggenommen hatte. Es ging ihm nur um die Befriedigung seiner Eitelkeit. Es war das gleiche Muster, das ihre Freundinnen so oft geschildert hatten. Männer, die um sie kämpften und schlagartig das Interesse verloren, sobald sich die Frauen für sie entschieden hatten. Es war alles nur ein Spiel, dachte sie, ein von dem Wunsch nach Selbstbestätigung angetriebenes Machtspiel, das immer wieder aufs Neue gespielt wurde. Sie hatte angenommen, Christoph wäre anders, aber das ging ja allen so, bevor sie fallengelassen wurden. Man konnte Männern nicht vertrauen, dachte sie, man konnte seine Gefühle nicht in ihre Hände legen. Es war ein Prinzip, das sich mit jedem Mann wiederholen würde, das war ihr jetzt klar. Sie dachte an ihre Ex-Freunde und verstand, dass jede ihrer Beziehungen nur eine Variante der vorhergehenden gewesen war. Als hätte eine übergeordnete Intelligenz beschlossen, dass sie ihrem Schicksal nicht entrinnen können dürfe, dass sie nirgendwo und mit niemandem glücklich werden sollte. Dass Glück nicht ihre Bestimmung wäre. Leonie blieb vor einem Schaufenster stehen und blickte hinein. Die Auslage nahm sie gar nicht wahr, sondern nur das Spiegelbild einer Frau mit seltsam glänzenden Augen. Sie wandte sich ab und ging weiter.

Es begann zu regnen, als sie die Hackeschen Höfe passierte. Leonie fiel auf, dass sie die Einzige war, die ihre Schritte nicht beschleunigte. Die Tropfen prasselten immer stärker auf den Asphalt und erinnerten sie an früher, als sie im Bett ihres Kinderzimmers gelegen und ihr das gleichmäßige Rauschen des Regens geholfen hatte, endlich einzuschlafen. Sie wünschte sich in ihr Kinderbett, sie wünschte sich, wieder ein Kind zu sein, in dieser unbeschwerten Zeit ganz am Anfang. Und plötzlich, ganz plötzlich, überflutete sie ein Weihnachtsgefühl oder die Sehnsucht nach diesem Gefühl, es ließ sich nicht ganz unterscheiden. Es hatte was von der Erregung der ungeduldigen Vorfreude eines Kindes, das sich auf seine Geschenke freute, auf den Duft von Gebäck, den sie jetzt gern eingeatmet hätte. Sie stellte sich in einen Hauseingang, zündete sich eine Zigarette an und betrachtete die mit hastigen Schritten vorbeieilenden Menschen. Manche fluchten und schimpften auf den Regen, als hätten sie vergessen, dass er auch sie mit ihrer Kindheit verband. Leonie betrachtete die vorbeifahrenden Autos, die Fassaden der Gebäude und jetzt wusste sie, dass das gerade ein Abschied war, dass sie diese Straße, die sie so oft hinuntergelaufen war, diese Kreuzung, die sie so oft überquert hatte, zum letzten Mal sehen würde. Sie ließ achtlos die Zigarette fallen und überquerte die vom Regen glänzende Kreuzung, ohne auf die vereinzelten Autos zu achten.

Als sie die Münzstraße überquerte und das blauleuchtende Schild am Eingang des U-Bahnhofs Weinmeisterstraße sah, entschied sie sich, nach Hause zu laufen. Sie wollte nicht mit der U-Bahn voller Menschen fahren, die aneinander vorbeisahen, wie sie es immer taten. Sie wollte sich dem Geruch der sich aneinanderdrängenden Menschen nicht aussetzen, die beim Einsteigen die Fahrgäste hinter sich ignorierten und direkt am Eingang stehen blieben, um den Nachfolgenden im Weg zu stehen, oder die sich beim Aussteigen ohne Rücksicht auf andere zu den Ausgängen drängten. Sie wollte nicht der aufdringlichen Art der Leute ausgesetzt sein, die mit erhobener Stimme telefonierten, als wären sie allein, oder der lauten Musik auf den Handys dümmlicher Teenager, die aus irgendeinem Grund annahmen, auf diese Weise cool zu wirken. Sie wollte keine der gelben, sich fettig anfühlenden Stangen berühren, um sich festzuhalten, weil sie sich vorstellte, wie viele und was für Menschen sie schon angefasst hatten. In der U-Bahn war die Stadt auf ihre niedere Essenz reduziert, dachte sie. Niemand achtete aufeinander, jeder war mit sich selbst beschäftigt, es gab keine Höflichkeit. Eine einzige Kraftprobe, in der es immer nur darum ging, sich durchzusetzen.

Leonie wollte niemandem begegnen, niemanden berühren, und der Wunsch in ihr wurde immer größer, dass alle Bewohner verschwunden wären und sie durch eine entvölkerte Stadt laufen und die menschenleeren Straßen genießen könnte. Jetzt spürte sie, wie sehr sie sich nach dem Alleinsein sehnte.

Sie hatte die Wohnung aufgeräumt, geduscht und stand jetzt schon seit einer Viertelstunde vor dem geöffneten Kleiderschrank, aber nichts schien ihr angemessen genug für diesen Anlass. Sie ging in Annelies verwaistes Zimmer und fand tatsächlich ein Kleid, das ihr gefiel. Sie hatte es noch nie an Annelie gesehen, es passte auch gar nicht zu ihrem Stil, und vielleicht gefiel es ihr deshalb so gut. Im Bad putzte sie sich die Zähne, bevor sie das Make-up auftrug, das zu dem Kleid passte. Nachdem sie es angezogen hatte, ging sie noch einmal durch die Wohnung, mit prüfendem Blick, rückte eine Vase in eine bessere Position. Wenn sie die Wohnung öffneten, wenn sie sie lange genug vermisst hatten, sollte alles perfekt aussehen. Die Wohnung sollte für die anderen ein Spiegel ihrer Seele sein, der Anhaltspunkt, wie sie sich an sie erinnern sollten.

Sie nahm das Glas Wein und hob es auf Augenhöhe. In dem gedämpften Licht wirkte der Wein fast schwarz. Sie konnte keinerlei Lichtreflexe ausmachen.

»Worauf wollen wir trinken?«, fragte sie leise in den Raum hinein.

Ihr fiel nichts ein, worauf es sich zu trinken lohnte. Es berührte sie anders, als sie erwartet hatte. Irgendwie dumpfer. Sie nahm die ersten drei Tabletten, prostete in den Raum hinein, setzte das Glas an und leerte es in einem Zug. Sie brauchte drei Gläser, um alle zwanzig Tabletten von der Tischplatte verschwinden zu lassen. Der Gedanke an ihren Tod hatte seine ursprüngliche Grausamkeit verloren. Der Abgrund zog an ihr, sie spürte eine wachsende Sehnsucht nach dem befreienden Fall. Der Tod war ihr Ausweg, das nahm ihm alle Grausamkeit.

Leonie erhob sich und warf noch einen letzten Blick in den Spiegel. Die Frau im Spiegel gefiel ihr. Im Schlafzimmer setzte sie sich aufs Bett und schrieb eine Abschiedsnachricht an Andreas, bevor sie sich ihre Kopfhörer aufsetzte und auf ihrem Handy »La Mer« von Charles Trenet auf Wiederholung laufen ließ. Es sollte die letzte Melodie sein, die sie hörte. Umgeben von Schönheit wollte sie sterben. Sie legte sich in ihr Bett, schloss die Augen, und mit dem wundervollen Gefühl, sich in der Schönheit der Harmonien aufzulösen, wartete sie auf den Tod.

DER LETZTE ABSCHIED

Der Regen hatte nachgelassen, als die Tür des Restaurants, das den schlichten Namen Lokal trug, hinter Andreas ins Schloss fiel. Er blieb kurz am Absatz der sechs Stufen stehen, die auf die Straße führten, und ließ den friedlichen Ausblick auf sich wirken. Die Linienstraße lag im Licht der dem Stil der Jahrhundertwende nachempfundenen Straßenlaternen. Das Straßenstück sah aus, wie die Stadt früher einmal ausgesehen haben musste, wie ein Berlin, das man nur von alten Schwarz-Weiß-Aufnahmen kannte. Wenn die Kriege nicht gewesen wären, wäre Berlin eine vollkommen andere Stadt, dachte er. Es gäbe keine Plattenbauten und auch keine Wohnungsprobleme, damals hatten sogar fast vier Millionen Menschen in der Stadt gelebt. Er nahm sich vor, *Sinfonie einer Großstadt* wieder mal anzusehen, den Stummfilm aus den Zwanzigern, in dem ein Tag in Berlin beschrieben wurde. Zu Beginn des Films flog der Blick der Kamera über die dicht bebaute Innenstadt. Andreas hatte sie kaum erkannt. Wenn er den Film stoppte und die Standbilder eingehender betrachtete, entdeckte er einige wenige Gebäude, an denen er sich orientieren konnte. Den Berliner Dom, Gendarmenmarkt, Marienkirche.

Vielleicht hätte er Louise sagen sollen, dass die Nazis und der schreckliche Krieg, den sie letztlich über das Land gebracht hatten, der Grund dafür waren, dass Berlin inzwischen so entstellt war, dachte er. Dass sie es zu einer Stadt gemacht hatten, in der es nicht mehr möglich war, zehn Minuten eine Straße entlangzugehen, in der man nur Altbauten sah. Vielleicht hätten ästhetische Argumente bei ihr gegriffen, sie war schließlich Model, aber er war sich ziemlich sicher, dass es keinen Sinn gehabt hätte. Louise sah sich natürlich nicht als Nazi. Sie hatte sich als »rechts-liberal« bezeichnet, was immer sie damit auch sagen wollte. Die Begriffe »rechts« und »liberal« schlossen sich genaugenommen eigentlich aus.

Er stieg die Stufen hinunter und spürte noch einmal den Ekel, der während der letzten halben Stunde in ihm gewachsen war. Mit solchen Menschen wollte er sich nicht auseinandersetzen. Obwohl, einen kurzen Moment lang hatte er doch noch überlegt, ob es ihn erregen würde, eine Faschistenschlampe zu ficken, die Faszination des Bösen zu spüren, oder des Dummen, beides hätte reizvoll sein können. Er müsste nur ein Kondom benutzen.

Als er die Ackerstraße an der Kreuzung, an der sie in die Torstraße schnitt, sein Handy herausholte, stellte er fest, dass der Flugmodus immer noch eingeschaltet war. Er hatte sich das bei Dates angewöhnt. Ihm fiel noch einmal Louise ein. Sie wollte immer mit der Welt verbunden sein. Sie wollte den Strom nie kappen. Ihr Handy auszuschalten war ein Konzept, das für sie nicht nachvollziehbar war. Ganz kurz stellte er sich vor, mit einer Frau zusammen zu sein, die ausschließlich mit ihrem Handy beschäftigt war. Der Gedanke an die Entzugserscheinungen, die sie haben könnte, wenn sie nur einige Stunden keinen Zugriff auf ihr Handy hätte, verursachte ihm eine Gänsehaut. Es gab inzwischen einfach zu wenige Frauen, die ihn erregten. Er musste trinken, um mit ihnen schlafen zu wollen. Der Alkohol half ihm, ihre mentalen und äußeren Unzulänglichkeiten mit einer gewissen Milde zu betrachten. Aber er brauchte wirklich mal wieder Sex, dachte er, er hatte seit beinahe einem Monat nicht mehr mit einer Frau geschlafen. Um sich von diesem befremdlichen Umstand abzulenken, sah er auf sein Handy, das, Sekundenbruchteile nachdem er den Flugmodus deaktiviert hatte, zu vibrieren begonnen hatte und damit nicht mehr aufhörte, weil sich plötzlich unzählige Push-Mitteilungen auf das Display schoben. Christoph hatte ihn acht Mal angerufen. Er hatte zwei Sprachnachrichten hinterlassen, aber Andreas hatte keine Lust, Christophs Stimme zu hören. Dann kamen etwas zeitverzögert Christophs Nachrichten. Er las sie drei Mal, bevor er den Flugmodus hastig wieder einschaltete.

Scheiße, dachte er. Verdammte Scheiße. Warum um Gottes willen hatte er vergessen, die Aufnahmen, die er auf Christophs USB-Stick zwischengelagert hatte, zu löschen? Warum hatte er ihn Christoph überhaupt zurückgegeben? Er spürte die Panik und das ohnmächtige Gefühl, dass es außer Kontrolle geriet. Vor ihm tauchte Christoph auf, der mit von Wut entstellten Zügen vor seiner Wohnungstür auf ihn wartete. Er konnte nicht nach Hause, dachte er und blickte die Torstraße hinunter. Der Rosenthaler Platz war nicht einmal hundert Meter entfernt. Er würde erst einmal ins Haus am See gehen, dachte er. Er hasste die Klientel, die sich dort aufhielt, aber er mochte Olaf, den Geschäftsführer. Vielleicht war er ja da. Er überquerte die Straße und lief mit schnellen Schritten zum Rosenthaler Platz.

Genau genommen war es doch auch egal, ob Christoph es herausfand, dachte er schließlich. Es änderte nichts. Eigentlich hatte er alles, was er brauchte, um das Buch zu schreiben. Christoph war eine Quelle, die nicht mehr nötig war. Es wäre sogar wohltuend, wenn er ihm die Freundschaft kündigte, diese täglichen Gespräche voller Verbitterung, Nostalgie und Selbstmitleid nervten eigentlich nur noch. Er konnte keinen Nutzen mehr daraus ziehen. Trotzdem hielt sich die Anspannung in ihm und er war froh, als er Olaf bei seiner Ankunft schon vor dem Haus am See stehen sah. Sie tranken ein Bier und dann zwei Gläser Gin Tonic. Der Alkohol, die langsam kreisenden Gespräche mit Olaf und seine Hündin Luna, die ihn schwanzwedelnd immer wieder aufs Neue begrüßte, beruhigten ihn. Von Olafs ungläubigem Kopfschütteln begleitet, beschrieb er detailliert das Treffen mit Louise, aber seine Gedanken glitten immer wieder ab. Als der zweite Gin Tonic geleert war, fühlte er sich bereit, sein Handy wieder einzuschalten. Es vibrierte. Aber Gott sei Dank war es keine Nachricht von Christoph. Leonie hatte geschrieben, vor einer knappen Stunde. Er lächelte. Sie hatte sich seit Wochen nicht zurückgemeldet, und jetzt schrieb sie ihm, genau in der Verfassung, in der er ein kurzes gutes Gefühl nötig hatte. Er klickte auf die Nachricht, und während er las, begann sein Lächeln zu bröckeln, es war noch irgendwie da, aber es wurde immer leerer, bis es nur noch eine erstarrte Fratze war.

Lieber Andreas,

du schläfst bestimmt schon, es ist ja ziemlich spät, und vielleicht ist es auch besser, wenn du das hier erst morgen liest. Ich wollte mich nur verabschieden. Auch wenn es merkwürdig klingt, fühle ich mich befreit, ich habe eine Entscheidung getroffen, und das kann sehr befreiend sein, in einer Welt, in der man Entscheidungen ausweicht. Ich mag nicht mehr nach Dingen suchen oder warten, dass sie passieren, von denen ich gar nicht weiß, ob es sie überhaupt gibt oder ob sie nur Illusionen sind. Und damit kann ich nicht leben. Und ich will es auch nicht mehr.

Die letzte Zeit war hart für mich, deswegen habe ich mich sehr zurückgezogen. Aber ich wollte mich noch mal dafür bedanken, dass du der Einzige warst, der mir in den letzten Monaten Halt gegeben hat. Du hast mir Kraft gegeben, du warst der Einzige, der für mich da war. Es hat nicht gereicht, aber dafür kannst du nichts.

Ich wünsch dir alles Gute, du hast es verdient. Wenn es mehr Menschen wie dich gäbe, würden wir in einer lebenswerteren Welt leben.

Danke. Und rauch nicht so viel. Leb wohl.
Deine Leonie

Andreas las die Nachricht noch zwei Mal, bis er endgültig begriff, dass das der Abschied einer Selbstmörderin war. Er spürte einen leichten Schwindel. Die Einschläge kamen näher, dachte er und spürte wieder die Panik. Es geriet außer Kontrolle. Er wusste nicht mehr, was er machen oder wo er hingehen sollte. Ein Satz riss ihn aus seinen Gedanken.

»Noch einen Drink?«, fragte Olaf.

»Nein«, erwiderte er zerstreut. »Nein danke.«

»Ist was passiert?« Olaf sah ihn an.

»Ja«, sagte er. »Ich glaub schon. Es ist etwas passiert.«

»Geht's dir gut?«, fragte Olaf nach einer kurzen Pause.

»Ja«, sagte er. »Alles gut.«

Er verabschiedete sich schnell und überquerte die Kreuzung am Rosenthaler Platz. Als er mit hastigen Schritten die Torstraße hinunterging, fiel ihm ein, dass sein Diktiergerät, mit dem er das Date mit Louise aufgezeichnet hatte, immer noch lief. Er nahm es aus der Tasche seines Jacketts und schaltete es aus.

DIE ILLUSION VOM HAPPY END

Hier brechen Andreas' Aufzeichnungen ab. Ich habe noch einmal die Festplatte durchsucht und auch seinen Rechner, aber die Aufnahme seines Diktiergeräts, die er am Abend des 16. Januars aufgezeichnet hatte, war tatsächlich die letzte.

Um den Abend so vollständig wie möglich rekonstruieren zu können, habe ich mit Louise gesprochen, deren Telefonnummer sich noch in Andreas' WhatsApp-Kontakten befand, und natürlich auch mit Olaf Burkhard, dem letzten, mit dem Andreas an dem Abend sprach, bevor er die Ampeln ignorierend die Kreuzung in Richtung Rosa-Luxemburg-Platz überquerte. Die Stunden bis zu seinem Tod liegen im Dunkeln, das nur von dem Abschiedsbrief an seine Eltern erhellt wird.

Ich habe mir noch einmal die letzten Aufnahmen angehört, die kurzen Selbstgespräche, die er auf dem Weg von dem Treffen mit Louise zum Haus Am See führte, und fand auch in seinen letzten Notizen Andeutungen, von denen ich annahm, Anhaltspunkte für seine Tat gefunden zu haben. Ich habe versucht, aus diesen

Eindrücken Andreas' letzten Stunden zu rekonstruieren, die Beweggründe herauszufiltern, seinem Leben so unerwartet ein Ende zu setzen.

Ich fand verschiedene Aspekte, die zusammenkamen und an dem Abend kulminierten. Das letzte Treffen mit Werner schien Gedanken in Andreas ausgelöst zu haben, die ihn aufgewühlt und seitdem an ihm gezerrt hatten. Verbunden mit den Nachrichten von Christoph, die ihn bedrängten, Leonies Ankündigung, sich umzubringen, und der nicht unbeträchtlichen Menge an Alkohol, die er im Laufe des Abends getrunken hatte, war ich irgendwann davon überzeugt, genügend Aufschluss darüber gewonnen zu haben, warum er sein Leben nicht einmal drei Stunden darauf beendete. Ich war sicher, die Geschehnisse bis zu seinem Tod nah an der Wirklichkeit beschreiben zu können. Aber es gab eine Wahrheit, die ich nicht bedacht hatte und die der österreichische Schriftsteller Thomas Glavinic einmal ziemlich gut zusammengefasst hat, als er in der Neuauflage des Literarischen Quartetts zu Gast war. »Wenn man sagt: ich werde die Fakten schreiben, ist das immer eine Lüge«, sagte Glavinic, »weil es nicht möglich ist, die Wahrheit zu schreiben, weil der Autor immer lügt, auch wenn er es selbst nicht merkt. Wir sind uns oft selbst nicht klar darüber, was wir denken oder woran wir uns erinnern wollen.« Damit sagt Glavinic etwas sehr Wahres, dass sich natürlich durch den ganzen Roman zieht, es gibt keine objektive Wahrheit, nur die Wahrheit der Perspektive. Jeder erzählende Text ist nur ein Versuch, sich der Wirklichkeit zu nähern. Obwohl ich durch meine Quellen, die Dokumente auf Andreas' Laptop und die vielen stundenlangen Gespräche mit den betroffenen Personen eine möglichst lückenlose Beschreibung der Ereignisse angestrebt habe, ist dieses Buch Fiktion, eingefärbt durch meine Sicht, verzerrt durch meinen Blick. Es ist Fiktion, die sich mit Leben mischt. Allein schon die Auswahl der dargestellten Ereignisse verzerrt die Wirklichkeit. So sehr ich mich auch um Objektivität bemüht habe, schimmere ich als Autor in den Gedanken jeder Figur immer wieder durch. Das hätte mir natürlich auch klar sein müssen, als ich das letzte Kapitel schrieb, weil gerade hier am deutlichsten wurde, wie wenig ich von dem wusste, was ich später noch erfahren sollte. Aber ich habe es ausgeblendet. Ich hätte wissen müssen, dass mir mit den folgenden Seiten nur ein Ende gelungen ist, wie ich es mir gesucht habe.

Die folgenden Seiten schildern also nur meinen Wunsch zu erfahren, wie Andreas zu der letzten Konsequenz gelangt war, freiwillig in den Tod zu gehen. Es ist ein moralisierendes Ende, das ich ihm zugeschrieben habe. Ich begriff das erst nach der Beendigung des Manuskripts, als ich die neu aufgetauchten Dokumente las, die die Geschichte vervollständigten und sie in einem vollkommen anderen Licht erscheinen ließen. Die Dokumente, die alles auflösten und aus dem folgenden letzten Kapitel nur die erste Version des letzten Kapitels machen sollten.

Andreas stand auf dem Dach seines Hauses, ein Glas Rotwein in der einen, eine Zigarette in der anderen Hand. Er sah über das nächtliche, mit Lichtpunkten übersäte Berlin, bevor er seinen Blick senkte und in die von den mächtigen Monumentalgebäuden eingefasste Karl-Marx-Allee hinuntersah wie in eine Schlucht. Er betrachtete die Häuser unter sich mit einem seltsamen Gefühl, als wäre etwas in ihm zerbrochen. Eigenartigerweise war es kein unangenehmes Gefühl.

Er sah auf die Uhr. Er brauchte Ruhe, hatte er gedacht, als er vor ziemlich genau drei Stunden das Haus am See verließ, um über die gegensätzlichen Impulse nachzudenken, die in ihm arbeiteten und miteinander konkurrierten. Jetzt, hier, über den Dächern der Stadt, fand er endlich die Ruhe, die er brauchte, um ungestört nachzudenken. Er besaß als einziger im gesamten Block einen Schlüssel zum Dach. Vor gut zwei Wochen, in der Silvesternacht, hatte er schon einmal hier oben gestanden. In einem anderen Leben, zumindest fühlte es sich so an. Silvester verbrachte er seit Jahren allein. Um Mitternacht hatte er wie auch jetzt mit einem Glas Rotwein und einer Zigarette auf dem Dach gestanden und das Feuerwerk genossen, das sich bis zum Horizont erstreckte. Es waren die besten Silvestermomente. Er wollte nicht von betrunkenen Fremden umarmt werden, sie sollten sich ihm nicht aufdrängen. Er wollte in aller Stille zurückblicken und dann in die Zukunft sehen. Das perfekte Silvestergefühl war eine Mischung aus nostalgischer Melancholie und Aufbruchstimmung, ein Abschied, der auch eine Begrüßung war, wenn sie sich ineinander schoben. Ein ähnliches Gefühl empfand er auch jetzt.

Auf der Promenade tief unter sich sah er einen Mann unschlüssig auf und ab gehen, von hier oben konnte er sein Gesicht nicht erkennen, aber er war sich sicher, dass es Christoph war, der ihn zur Rede stellen wollte. Er wurde verfolgt, dachte er, von allem, was er getan hatte und nicht mehr ungeschehen machen konnte. Und er hatte verdient, dass sie ihn jagten.

Die Dinge passierten immer zusammen, dachte er und spürte die Anspannung, die sich permanent in ihm hielt, seitdem die Polizei die Überwachungsvideos der U-Bahn-Station veröffentlicht hatte, in denen er viel zu gut zu erkennen war. Sie suchten nach ihm. Immer wenn es an seiner Wohnungstür klingelte, zuckte er zusammen, weil er annahm, die Polizei stünde vor der Tür. Die Bilder gingen ineinander über. Er sah innerlich Christoph vor sich sitzen, wie er sich vor einigen Stunden an seinem Laptop ungläubig die Gespräche anhörte, die Andreas heimlich mitgeschnitten hatte, während die Wut in ihm wuchs, weil sich plötzlich alles in ihm zusammenfügte. Und jetzt sah Andreas sich selbst seine Wohnungstür öffnen, vor der drei Polizisten standen und ihm mitteilten, er wäre verhaftet, weil sie beweisen könnten, dass er Leonie in den Selbstmord getrieben hatte. Die Dinge waren ihm entglitten, dachte er. Sie wandten sich gegen ihn und er hatte es verdient.

Er dachte an Leonie, Julia und Christoph. Er brachte den Menschen, deren Leben er berührte, kein Glück. Seinen Ex-Freundinnen, den Frauen, mit denen er schlief, um sich danach nie wieder bei ihnen zu melden, und den Frauen, von denen er angenommen hatte, sie zu lieben. Sie waren Opfer. Opfer seiner Egozentrik.

Er trank einen Schluck Wein und sah plötzlich Julia, wie sie im Willy Bresch getanzt hatte, wie der Sinn des Lebens kurz aufgeblitzt und plötzlich greifbar geworden war. Und jetzt fragte er sich, was er tatsächlich für Julia empfunden hatte oder was seine eigentlichen Gefühle für Leonie waren. Ob es Liebe war oder nur das, was er für die Liebe zu den beiden hielt. Irgendwie spürte er ein Defizit, er wusste eigentlich, dass er noch nie geliebt hatte. Aber was waren diese euphorischen Gefühle, die er für Julia und Leonie empfunden hatte? Jetzt glaubte er es zu verstehen. Er glich seine uneingestandene Liebesunfähigkeit damit aus, sich die Liebe vorzuspielen. Er liebte nicht, er war in die Vorstellung verliebt, verliebt zu sein. Wie ein Schauspieler, der während der Aufnahme einer Liebesszene in seiner Rolle aufgeht, sich in den Gefühlen verliert, sie für die Dauer der Szene sogar glaubt, sie lebt und sich selbst mit seinen großen Gefühlen beeindruckt. Doch diese großen Gefühle hatten sich verflüchtigt, nachdem Julia die Szene mit ihrer Ablehnung beendet hatte, und sie hatten sich in einen abgrundtiefen Hass verwandelt. Aber was war der Grund für diesen abgrundtiefen Hass?, fragte er sich. Für diese Sehnsucht nach Rache und Genugtuung? Es war seine Unfähigkeit, mit Hilflosigkeit umzugehen. Seine Gefühle machten Andreas hilflos, sie machten ihn verletzlich, und er musste sich an allem rächen, was seine Hilflosigkeit hervorrief.

Er lebte ein großes Missverständnis, dachte er, das war die Antwort, die er sich nie eingestanden hatte. Jetzt sah er es klar vor sich. Es war ihm nie darum gegangen zu lieben, er wollte geliebt werden. Es war ihm immer nur darum gegangen, selbst irgendwie glücklich zu sein, und nicht darum, jemanden anderen glücklich zu machen. Er war nie auf den Gedanken gekommen, dass gerade das der Schlüssel war. Seine Gefühle hatten immer nach einer Gegenleistung verlangt. Er war ein Konsument, auch im Zwischenmenschlichen. Er war ein emotionaler Analphabet. Ihm fehlte die Fähigkeit, sich in einen anderen Menschen hineinzuversetzen, seine Gefühle nachzuempfinden, auf ihn einzugehen. Er sah nur sich selbst, dachte er. Seine *Liebe* war von seinem Ego bestimmt.

Mit einem bitteren Lächeln musste er an den Satz denken, den er so oft benutzt hatte, an sein großes Argument für alles: »In der Liebe bin ich ein Alles-oder-nichts-Typ.« Er hatte ihn in unzähligen Gesprächen wie ein Mantra wiederholt. Ihn hatte immer das fade Gefühl des Kompromisses gehindert, Gefühle zuzulassen, wenn sich eine Frau nicht in das Ideal seiner Vorstellungen fügte. Er sah sich als Perfektionist. Vor allem in der Liebe wollte er solche Kompromisse nicht machen. Er wusste natürlich, dass Perfektion nicht in die Wirklichkeit übersetzt werden konnte, *vor allem* nicht in der Liebe. Aber er war in seinen

Idealvorstellungen gefangen. Er suchte nach Vollkommenheit, auch wenn es ein unerfüllbarer Wunsch war. Die Suche nach einem Ideal war nichts anderes als die narzisstische Suche nach Selbstbefriedigung, das verstand er jetzt. Wenn er über die Liebe zu der perfekten Frau sprach, hatte er immer nur über die Liebe zu sich selbst gesprochen.

Und wenn er sich jetzt fragte, welche Frauen die intensivsten Empfindungen bei ihm ausgelöst hatten, musste er sich eingestehen, dass es seine unerfüllten Lieben waren. Seine am tiefsten empfundene Liebe war die Liebe aus der Ferne, weil er nie in die Frau, sondern in seine Illusion von ihr verliebt war. Vielleicht liebte er deswegen die Frauen am meisten, die ihn abgelehnt hatten. Dann konnte er seine Liebe kultivieren – er brauchte ihre Gegenwart nicht, sie standen seinen Gefühlen eher im Weg. Sein Freund Martin hatte recht gehabt, seine unerfüllten Lieben waren Projektionsflächen, sie hatten mit den Frauen kaum etwas zu tun. Nur ihre Schönheit war der Träger seiner Gefühle. Darum empfand er die unerfüllte Liebe als tiefste Gefühlsregung, wenn sie auch jedes Mal eine narzisstische Kränkung bedeutete. Die Person selbst war schon ein Kompromiss.

Die Frauen, mit denen er schlief, ohne dass sie ihm etwas bedeuteten, kompensierten seine unerfüllten Lieben nur. Sie waren ein Mittel, um sich abzulenken und für die Dauer einer Nacht die Frauen zu vergessen, die ihn abgelehnt hatten. Die große Gemeinsamkeit dieser Frauen war, dass er sie alle verletzt hatte, dachte er. Sie waren seine Opfer. Wie die Menschen, die er in seinen Texten beschrieb.

Er sah Werner vor sich, wie er mit großer Geste von der Vermessenheit seines Berufes gesprochen hatte und davon, dass er die Menschen, über die er schrieb, nur ausnutzte. Aber was Andreas getan hatte, war schlimmer. Er hatte Menschen, die ihn für einen Freund hielten, manipuliert, gegen sie intrigiert, als wäre alles nur ein Spiel, als wären sie nichts wert. Sie waren bloßes Material, nur Quellen seiner Arbeit für ihn gewesen. Er hatte sich über Menschen erhoben, mit einer anmaßenden Arroganz, weil er sich für etwas Besseres hielt. Er kannte keine Moral jenseits seines Eigeninteresses, dachte er, das zog sich durch sein Leben.

Jetzt hatte er drei Leben zerstört. Und Leonie war gestorben, weil er sie in den Tod getrieben hatte. Erst jetzt sah er, wie anmaßend das alles war. Er hatte sich in einer Obsession verrannt. Und das alles für einen Roman, den er schreiben wollte, um seine Eitelkeit zu befriedigen.

Auf einmal, während er da am Rande des Daches stand und in die Häuserschlucht blickend endlich mal ehrliche, sich selbst gegenüber aufrichtige Gedanken fasste, wie er dachte, fiel seine Idee in sich zusammen. Sie hatte ihren Sinn verloren, wenn es je einen Sinn gegeben hatte. Sie war gescheitert, und damit auch der Roman. Das war ihm jetzt klar.

Das Bild von Leonie tauchte vor ihm auf, ihr kalter Körper, der regungslos in einer Wanne lag, mit geschlossenen Augen, das Wasser blutrot, so viel Blut, als würde sie in ihrem eigenen Blut baden. Sie sah wunderschön aus, umgeben von unbeweglich gewordener Zeit, als hätte sich ein tiefer Frieden in ihr ausgebreitet. Ihr Tod war der Preis seiner Idee.

Und plötzlich begriff er, dass der Strom von Gedanken in eine Erkenntnis mündete, die den Sommernachmittag im Schoenbrunn, den Nachmittag, an dem seine Idee entstanden war, in einen verhängnisvollen Moment verwandelte, nein, mehr noch, er sah jetzt das Verhalten und Denken des Menschen, den die Jahre aus ihm gemacht hatten, in einem völlig neuen Licht. Der Blick, mit dem er auf sein Leben sah, hatte sich verschoben und Dinge sichtbar gemacht, durch die er nun endgültig verstand, dass es nur eine Konsequenz gab, die er jetzt ziehen konnte. Die er ziehen musste.

Er leerte den Wein und stellte das Glas sorgfältig auf das Dachgesims, bevor er sich eine neue Zigarette anzündete. Während das Nikotin in seinen Körper schoss, empfand er ein Gefühl, das er aus seiner Teenagerzeit kannte, wenn er mit dem Bus gefahren war und manchmal aus dem Fenster geblickt und sich vorgestellt hatte, zu sterben. Die Vorstellung seines Todes hatte ihn nicht berührt. Sie hatte weder Angst noch Panik verursacht. Und genau dieses fast vergessene Gefühl spürte er auch jetzt.

Es wäre gut, wenn er nicht mehr da wäre, dachte er. Eine Welt ohne ihn konnte nur eine bessere Welt sein. Er schnippte die angerauchte Zigarette in die Nacht und zögerte einen Moment lang, bevor er sprang. Aber dann, als er sich von der Dachkante abstieß, durchdrang ihn eine klare, reinigende und befreiende Gewissheit: Er hatte zum ersten Mal in den letzten Jahren etwas Nützliches getan.

ODYSSEE

Ich stehe auf meinem Balkon und spüre den kalten Wind, der sich im Haar der Frau, die ich mag, verfängt. Während wir schweigen, betrachte ich ihr nachdenkliches Gesicht, ihre feinen Züge und vermisse die Grübchen, die sich auf ihren Wangen zeigen, wenn sie lächelt. Ihr gedankenvoller Blick schweift in die Ferne und ich begreife, dass das gerade einer dieser Momente ist, nach denen wir uns alle sehnen, nach diesem Bruchteil eines Augenblicks. Sie fährt sich mit einer langsamen Bewegung durchs Haar.

»Weißt du«, gleitet ihre Stimme in meine Gedanken, »es gibt diese Stadt in Dänemark. Da gibt es eine Glocke, die immer dann läutet, wenn ein Kind geboren wird. Die ganze Stadt kriegt's mit. Die Eltern lösen es nach der Geburt selbst aus, über ein iPad.«

»Schöne Idee«, sage ich, drücke meine Zigarette aus und stelle mir die Gesichter der Menschen auf den Straßen der dänischen Stadt vor, wenn die Glocke läutet.

»Ja«, sagt sie mit einem Lächeln, das ihre Grübchen zeigt, und ich muss plötzlich an Leonie denken, daran, dass Andreas nie erfahren hat, dass sie ihren Selbstmordversuch überlebt hatte.

Während wir schweigen, bewegen sich meine Gedanken durch die zwölf Monate, in denen ich dieses Buch schrieb. Zwölf Monate, die von Andreas bestimmt worden waren, aus dem Grab heraus. Manchmal habe ich das Gefühl, er hat sie mir gestohlen.

Ich bin froh, dass es vorbei ist.

Ich denke an die Monate der Sichtung, der Auswertung und des Schreibens, deren Anfang ich noch klar, aber deren Ende immer schemenhafter in meiner Erinnerung ist, als die Tage kaum noch unterscheidbar und immer unschärfer wurden.

Als ich die Festplatte mit Andreas' Aufzeichnungen fand, nahm ich sie zunächst mit nach Hause. Ich wollte einen Abstand wahren, die Dinge nicht zu nah an mich herankommen lassen, um mir meine Objektivität zu bewahren, aber in meinem Arbeitszimmer spürte ich mit jeder Woche, dass der Sog der Geschichte immer unnachgiebiger an mir zerrte. Ich fand mich immer häufiger in Andreas' Wohnung wieder, um über das Gelesene nachzudenken, bis ich irgendwann davon überzeugt war, das Buch nur dort, in seiner Wohnung, schreiben zu können. Ich musste ganz nah ran. Es war Anfang März und der Mietvertrag lief noch zwei Monate, als ich das verstand. In einem langen Gespräch überzeugte ich meinen Verleger, dass der Verlag die Miete übernehmen müsse, bis ich die Arbeit an dem Buch beendet hätte. Ich war fast täglich hier, und nach einiger Zeit stellte ich fest, dass ich praktisch in die Wohnung eingezogen war. Heute kann ich sagen, dass dieser Umzug ein Fehler war, ich weiß, dass mich die Zeit in Andreas' Wohnung verändert hat. Es war der erste Schritt hin zu einem Zustand, in der die Geschichte so gegenwärtig wurde, dass sie die Kontrolle über mein Leben übernahm.

Jeder Schriftsteller hat eine andere Tageszeit, zu der er am besten schreiben kann. In meinem Fall sind es die frühen Morgenstunden. Ich saß jeden Tag um sechs Uhr früh am Rechner. Meine Konzentration ließ nach vier oder fünf Stunden nach, also war mein Arbeitstag schon gegen Mittag zu Ende. Ich verließ die Wohnung meist nicht. Den Rest des Tages sah ich mir Filme und Serien an, die auch Andreas' gesehen hatte, rauchte auf seinem Balkon, stand vor seinem Bücherregal und blätterte in Büchern, die er in seinen Notizen erwähnte, kochte in seiner Küche und wartete auf die Dunkelheit, um ins Bett gehen zu können, damit ich am nächsten Morgen wieder so früh wie möglich aufstehen konnte. Ich saß mit meinem Laptop auf Andreas' Lounge Chair. Ich stellte meinen Rechner auf seinen Schreibtisch, um an seinem Arbeitsplatz zu arbeiten. Ich war ganz nah dran, rückblickend muss ich sagen, dass ich zu nah dran war.

Das habe ich damals natürlich nicht so empfunden, aber als der Sommer begann, gestand ich mir wenigstens ein, dass mich die vergangenen Monate zu einem Einsiedler gemacht hatten. Ich nahm mir vor, an den Nachmittagen endlich wieder Freunde zu treffen, um nicht endgültig aus meinem sozialen Gefüge zu rutschen. Aber ich traf mich nicht mit Freunden, sondern begann, allein ausgedehnte Spaziergänge durch die Stadt zu machen. Ich begab mich auf Andreas' Spuren, suchte die Orte auf, die ich aus seinen Textfragmenten und Mittschnitten kannte, lief dieselben Straßen entlang, als würde ich die Szenen des Romans nachstellen. Es war erregend, durch die Geschichte zu laufen, die sich aus den Dokumenten auf Andreas' Festplatte zusammenschob. Ich saß im Biergarten des Schoenbrunn an dem Tisch, von dem ich vermute, dass sich an ihm in Andreas die Idee gebildet hatte. Ich saß stundenlang im Blauen Band und war ein paar Mal im Willy Bresch. Ich hoffte, Werner würde plötzlich in der Tür stehen. Aber er kam nie, ich habe auch nie nach ihm gefragt. Andreas und mein Leben schoben sich ineinander. Ich lief das letzte Jahr von Andreas' Leben ab, ich schlüpfte hinein, mit einem in den letzten Monaten immer stärker werdenden schizophrenen Gefühl, das irgendwann ganz plötzlich verschwand und durch die Empfindung ersetzt wurde, unsere Leben hätten sich deckungsgleich übereinandergelegt.

In diesem Zustand entschied ich, Kontakt zu Christoph und zu Julia aufzunehmen. Ich sprach mit Annelie, Mirko, Stephan und Martin und dann, ganz am Ende, mit Leonie, nachdem sie aus der geschlossenen Psychiatrie entlassen worden war.

Obwohl ich mit Leonie, Julia und Christoph vereinbart habe, dass ich sie in dem Buch so stark entfremde, dass niemand Rückschlüsse auf ihre wahre Identität ziehen kann, möchte ich hier doch einige Fakten erzählen, die mir für den Abschluss der Geschichte wichtig erscheinen.

Wir trafen uns oft. Ich schilderte ihnen die Zusammenhänge und zeigte ihnen auch Andreas' Abschiedsbrief. Ich habe immer noch ihren fassungslosen Ausdruck vor Augen, als sie erfuhren, dass sie alle nur Figuren in Andreas' perfidem Plan waren. Sie hatten ihm ihr Innerstes offenbart, sie hatten ihm vertraut. Julias Blick, als sie erfuhr, dass Michael Andreas war, war erschütternd. Julia ist immer noch Single. »Es geht mir gut«, hat sie in einem unserer Gespräche gesagt. »Zumindest geht es mir gut genug.« Sie lebt in einer Zweizimmerwohnung am Arkonaplatz und hat mir erzählt, dass sie noch Zeit brauche, um Männern wieder vertrauen zu können. Sie traf sich mit Christoph, um über das Geschehene zu sprechen, aber als sie sich verabschiedeten, wusste sie, dass es ihr letztes Treffen war.

Christoph ist nach einem halben Jahr aus der deprimierenden Wohnung in der Pappelallee ausgezogen und lebt jetzt in der Auguststraße, die Miete für die 53 Quadratmeter verschlingt die Hälfte seines Gehalts, aber er liebt die Wohnung und auch die Gegend, in der er sich so wohlfühlt, dass das den Mietpreis für ihn rechtfertigt. Sie haben den FDP-Pitch gegen die Agentur Heimat verloren, was ihn nach der anfänglichen Enttäuschung sogar freute. Er habe schon die ganze Zeit über, während er mit Malte die Kampagne entworfen hatte, das Gefühl gehabt, sich zu verkaufen und eine moralische Grenze überschritten zu haben. Auch er ist noch Single. In ihm scheint sich die Hoffnung zu halten, doch noch wieder mit Julia zusammenzukommen. Immer noch. Ich habe nichts dazu gesagt.

Als Leonie entlassen wurde, wollte sie anfangs nicht mit mir reden. Sie befürchtete, alles würde wieder aufbrechen, aber irgendwann überzeugte ich sie, sich mit mir zu treffen. Wir sprachen nicht über das Buch oder Andreas, sondern einfach über das Leben, die Dinge, die sie beschäftigten, dann begann sie sich zu öffnen. Alle drei haben sich mir geöffnet. Ich stellte Fragen, hörte ihnen mit mitfühlenden Blicken zu und schnitt alle Gespräche mit, ausnahmslos, und wie Andreas habe ich es heimlich gemacht, weil ich weiß, wie befangen Menschen sein können, mit wie viel Bedacht sie plötzlich ihre Worte wählen, wenn ein Diktiergerät vor ihnen liegt.

Vielleicht haben sie sogar im Laufe der Monate angenommen, wir wären Freunde, und vielleicht habe ich das auch gedacht, aber erst heute, mit dem nötigen Abstand, kann ich sagen, dass ich wie Andreas nur an ihnen als Material interessiert war. An den verschiedenen Blickwinkeln auf Szenen, die Andreas beschrieben hatte, um die Missverständnisse zwischen ihnen zu erkennen und aufschreiben zu können.

Andreas' Welt verwandelte sich in meine Wirklichkeit. Ich sah die Dinge mit seinen Augen. Christoph hat mir sogar einmal gesagt, dass ihn meine Art zu reden an Andreas erinnere. Als wäre ich besessen von ihm, eine Obsession, die mich immer tiefer in seine Welt hineingezogen hat. Ich bin in sein Leben gesickert, und in manchen Momenten erschien mir seine Haltung, sein Ansatz so nachvollziehbar, so plausibel, als wäre mir das alles passiert, als wäre ich er. Manchmal hatte ich sogar das Gefühl, ich hätte ihn ersetzt. Als wäre ich zu seinem Doppelgänger geworden.

Nachdem alle Gespräche geführt waren, stürzte ich mich erst richtig in die Arbeit. Ich verließ die Wohnung nur noch, um mir Nahrungsmittel und Zigaretten zu kaufen, und wenn ich in dem kleinen Spar-Markt, der nur einige Meter von Andreas' Hauseingang entfernt ist, im Gespräch mit der Verkäuferin zum ersten Mal am Tag meine Stimme hörte, klang sie seltsam fremd. Die Tage verschwammen zu Wochen. Ich habe geschrieben, inzwischen nicht nur an den Vormittagen. Ich habe die Nächte durchgeschrieben, viel zu viel Kaffee getrunken und viel zu viele Zigaretten geraucht, um im Morgengrauen entkräftet, ausgelaugt und leer in seinem Bett in tiefen Schlaf zu fallen. Es war zu spät, um umzukehren. Ich hatte keinen Einfluss mehr. Die Möglichkeit gab es nicht mehr.

Aber jetzt, nachdem die Geschichte erzählt worden ist, ist dieser kräftezehrende Rausch verflogen. Ich habe mich inzwischen wieder mit Freunden getroffen, ich bin der Frau begegnet, die ich mag, die so sehr geholfen hat, wieder Abstand zu Andreas zu gewinnen, und jetzt stehen wir auf meinem Balkon und mein Blick ruht auf ihrem wunderschönen Gesicht.

Ich denke an das Intermezzo aus *Cavalleria rusticana*, und dann an Sizilien, wo die Oper spielt, obwohl ich Sizilien nur aus Filmen kenne, und plötzlich, als ich wie Andreas im ersten Kapitel dieses Buches das Gefühl habe, ich wäre gar nicht mehr in Berlin, sondern irgendwo anders, im Süden, vielleicht am Meer, spüre ich, dass sich eine Klammer schließt. Dass die erzählte Geschichte ja nur eine Geschichte inmitten unzähliger anderer Geschichten ist, die sich berühren, die verwoben sind, ein Gewebe bilden.

Und mir gefällt der Gedanke, dass sie zusammengenommen einen übergeordneten, universellen Sinn ergeben, dass jede dieser unzähligen Geschichten ein kleiner, aber wichtiger Teil ist, um das Gewebe zu vervollständigen.

Ich lehne mich an die Hauswand, blicke über die Stadt und begreife, dass ich eine symbolische Geste brauche, um das Projekt endlich abzuschließen.

»Ich muss noch einmal kurz weg«, sage ich und drücke meine Zigarette aus.

»Wo gehst du hin?«, fragt sie.

»Erzähl ich dir, wenn ich wieder da bin, dauert auch nur eine Stunde.«

Sie folgt mir in die Wohnung. »Vergiss deinen Schal nicht«, sagt sie, nachdem ich Schuhe und Mantel angezogen habe. »Na dann, bis gleich«, fügt sie hinzu und gibt mir einen sanften Kuss.

»Ja«, sage ich. »Bis gleich.«

Ich gehe die Treppen hinunter, und bevor ich das Haus verlasse, öffne ich meinen Briefkasten. Ein gefütterter Umschlag liegt darin. Er ist von Andreas' Eltern, mit denen ich erst vor einigen Tagen telefoniert hatte, um ihnen zu erzählen, dass ich das Manuskript fertig gestellt habe. Das Gefühl, dass es endlich vorbei ist, ist immer noch ganz lebendig in mir. Vielleicht wollen sie sich noch einmal bedanken, denke ich. Ich entschließe mich, ihn in Andreas' Wohnung zu öffnen, das erscheint mir angemessener, und schiebe den Umschlag in meine Tasche, nicht ahnend, was ich in nicht einmal einer halben Stunde erfahren werde. Nicht ahnend, dass es noch nicht vorbei ist.

Ich gehe durch die Räume von Andreas' Wohnung und setze mich an seinen Schreibtisch. Ich werde alle Dateien löschen, die Audio-Dateien, Word-Dokumente, alles. Erst leere ich den Papierkorb meines Rechners. Das mache ich nur sehr selten, aber es erscheint mir als ein Teil dieser großen symbolischen Geste, mit der ich endlich die vergangenen fünfzehn Monate abschließen möchte. Ich schließe die Festplatte an, öffne den Ordner, auf dem sich die Dokumente, von Andreas sorgfältig sortiert, in Unterordnern befinden, jeweils benannt mit den Namen der Personen. Ich wähle sie aus und verschiebe sie in den Papierkorb, ehe ich ihn mit der rechten Maustaste anklicke und in dem Fenster, das sich neben dem Cursor öffnet, auf »Papierkorb entleeren« drücke.

»Möchten Sie die Objekte im Papierkorb wirklich endgültig löschen?«, lese ich in dem Feld, das sich in der Mitte des Monitors geöffnet hat, und dann den Satz, der in kleinerer Schrift darunter steht: »Diese Aktion kann nicht widerrufen werden.« Ich lese den Text noch einmal ganz langsam, ich lese ihn laut vor, genieße den Moment, und als ich die Dateien lösche, endgültig lösche, ist es, als würde ich endlich loslassen. Ich bleibe noch kurz sitzen, bevor ich aufstehe und zum Fenster gehe. Es dämmert bereits, und jetzt fällt mit der Umschlag ein, der sich noch in meiner Tasche befindet. Ich öffne ihn. In der akkuraten, an Druckbuchstaben erinnernden Schrift von Andreas' Vater stehen nur ein paar Zeilen.

Lieber Michael,

Andreas hat uns in einem Brief, der uns zwei Tage nach seinem Ableben erreicht hat, gebeten, dass du als Dank den beiliegenden USB-Stick erhalten sollst, wenn eine Veröffentlichung seines Buches in Aussicht steht. Wir kennen den Inhalt nicht, er ist mit einem Passwort geschützt, aber Andreas schrieb, dass du es kennst. Wir waren nicht sicher, ob wir ihn dir nach den Dingen, die sich inzwischen herausgestellt haben, schicken sollten, aber wir haben uns dafür entschieden, es war immerhin sein letzter Wunsch.

Vielen Dank noch einmal für alles!
Ingrid und Helmut Landwehr

Ich lege den Brief zur Seite, fische den mattglänzenden Stick aus dem gefütterten Umschlag und stecke ihn in den USB-Port meines MacBooks. Als ich das Symbol anklicke, das den Namen EGOLAND trägt, öffnet sich das Feld, das mich nach einem

Passwort fragt. Ich habe keine Ahnung, wie es lauten könnte. Ich versuche es mit *landwehr, andreaslandwehr, landwehr1978*, aber nichts funktioniert. Zwei Stunden lang gehe ich durch die Wohnung, suche nach Anhaltspunkten, glaube immer wieder aufs Neue, das Passwort gefunden zu haben, aber nichts passt. Ich spüre wieder den Rausch der vergangenen Monate, von dem ich hoffte, mich gelöst zu haben. Und dann fällt mir etwas ein. Es ist so naheliegend, dass ich es gar nicht in Betracht gezogen hatte. Ich tippe *egoland* in das Eingabefeld, und tatsächlich öffnet sich das Fenster, in dem sich nur eine Datei befindet. Ein Textdokument, dass mit meinem Namen benannt ist: *NAST*, in Großbuchstaben.

Ich ziehe den Ordner auf den Desktop, öffne das zehnseitige Dokument mit einem Doppelklick und beginne zu lesen. Während mein Blick immer schneller über die Zeilen hastet, spüre ich, wie sich alles verschiebt. Die Geschichte, von der ich annahm, dass sie ausgearbeitet wäre, ändert und vervollständigt sich mit jedem neuen Detail, das ich lese, um am Ende den Blick auf etwas Unvorstellbares freizugeben. Ich verstehe, dass meine Arbeit noch nicht beendet, dass die Geschichte noch nicht bis zum Letzten erzählt worden ist. Dass ich sozusagen verdammt bin, das letzte Kapitel dieses Buches noch einmal zu schreiben. Das richtige letzte Kapitel, das alles auflöst.

Also, »bitte bringen Sie Ihre Sitzlehnen in eine aufrechte Position«, wie Edward Norton so eindringlich in dem Film *Fight Club* sagt.

Es ist notwendig.

DER PERFEKTE AUGENBLICK

»**Geht's dir gut?**«, hörte er Olaf im Haus am See fragen, bevor er von Leonies Nachricht aufsah und in dessen besorgtes Gesicht blickte.

»Ja«, sagte Andreas und zwang sich ein Lächeln zu unterdrücken. »Alles gut.«

Es war soweit, dachte er aufgeregt. Endlich war es soweit. Er hatte gerade den Abschiedsbrief einer Selbstmörderin gelesen. Damit hatte er schon gar nicht mehr gerechnet, dachte er. Genau genommen hatte er sich schon damit abgefunden, den Eklat auf Julias Geburtstag als dramatischen Höhepunkt anzunehmen. Er war eigentlich auch vollkommen ausreichend. Aber jetzt fühlte er, dass die Geschichte, wie sie noch bis vor wenigen Augenblicken zu erzählen war, nur die Pflicht war. Eine überzeugende, virtuose, beeindruckende Pflicht, aber Leonies Selbstmord lieferte ihr die Kür. Ihr Tod vervollkommnete sie und gab ihr einen angemessenen Abschluss, der letzte ideale Akkord, der eine glänzende Sinfonie perfekt machte. Er spürte eine tiefe Dankbarkeit für dieses wundervolle Geschenk, das ihm diese labile, kraftlose und innerlich zerrissene Frau gerade gemacht hatte, und jetzt war er nicht mehr imstande, ein Lächeln zurückzuhalten. Olaf sah ihn beruhigt an. Wie damals im Schoenbrunn, in diesem Moment, an dem sich seine Gedanken zu der Idee zusammengefügt hatten, lächelte Andreas wie ein glücklicher Mensch.

Trotzdem fühlte er, wie sich die euphorische Spannung in ihm mit einer leichten Enttäuschung mischte. Er war von sich selbst enttäuscht. Er verstand nicht mehr, wieso er einmal tiefere Gefühle für Leonie empfunden hatte. Die zwei Jahre, in denen sie seine Gedanken nicht losgelassen hatte, waren ihm peinlich. Aber so war es nun mal, dachte er, Gefühle beeinträchtigen das Urteilsvermögen. Man musste sie korrigieren, wenn sie fehlgeleitet waren, und das war das Schwerste. Verliebtheit war nichts anderes als die Entstehung einer Abhängigkeit. Der Entzug konnte grausam sein. Entzüge solcher Art hatten sein Leben geprägt. Er hatte immer zu viel erwartet, von der Liebe, seinen Beziehungen, dem Sex, sogar von seinem ersten Orgasmus. Die Welt ließ sich nicht mit amerikanischer Unterhaltungsfilmlogik erklären, das war es wohl. Er war schließlich keine Figur eines Hollywoodfilms. Happy Ends waren nur vorübergehende Zustände. Sein letztes Happy End war schon einige

Jahre her und inzwischen so unwirklich, dass er sich das damit verbundene Gefühl kaum noch vorstellen konnte, als hätte ihm jemand davon erzählt, an den er sich nur dunkel erinnerte. Aber darüber war er jetzt endlich hinaus.

Er leerte seinen Gin Tonic in einem Zug, bevor er sich von Olaf verabschiedete und mit ruhigen Schritten die Torstraße hinunterlief. Als er die Kreuzung überquerte, an der die Alte Schönhauser Straße zur Schönhauser Allee wurde, entschied er sich, nach Hause zu laufen. Dreißig Minuten, länger benötigte er nicht, um noch einmal alles durchzugehen, bevor er den schlüssigen letzten Schritt ging.

Er hatte die Lichter gelöscht und saß jetzt im beruhigenden Dunkel seiner Wohnung auf dem Eames Lounge Chair, den er sich von den Tantiemen seines letzten Romans gekauft hatte. Er betrachtete die diffusen Schatten, die das Licht der Straßenlaternen an die Wände zeichnete, und dachte an den Moment kurz nach Julias Geburtstag, als er ebenfalls genau hier gesessen und mit aller Klarheit erkannt hatte, worin der eigentliche Kern der Geschichte bestand, den er bis zu diesem Punkt selbst noch gar nicht verstanden hatte. Weder Christoph noch Leonie oder Julia waren das Zentrum der zu erzählenden Geschichte, sie waren nur Nebendarsteller, Staffage. Es war nicht ihre Geschichte, es war seine. Sie handelte von ihm, er war der Protagonist, um den die übrigen Figuren kreisten, sie waren Mittel zum Zweck, um *seine* Geschichte zu erzählen. Sie war die erzählenswerteste, die Geschichte, die aus drei farblosen, mittelmäßigen Leben etwas Besonderes, aus dem Gewöhnlichen das Außergewöhnliche machte.

Als er in der Küche eine Flasche Wein öffnete, sah er noch einmal Werner vor sich, wie er mit großer Geste seinen Artikel gelöscht hatte, weil er glaubte begriffen zu haben, wie sinnlos seine Arbeit für ihn geworden war. Seine Skrupel, sein Gewissen hatten ihn zu einer Entscheidung gezwungen, es hatte ihn schwach gemacht, dachte Andreas. Als Schreiber war man moralisch seiner Arbeit verpflichtet, und zwar ausschließlich, das hatte Werner in seiner Naivität nicht begriffen.

Es ging um die Geschichte, dachte er, es ging immer nur um die Geschichte. Selbst er war nur Mittel zum Zweck. Man musste die Dinge aus einem größeren Zusammenhang betrachten. Es ging um das Universelle des Projekts, in dem jeder seine Rolle hatte. Und er wusste natürlich, warum es ihm so schwer fiel, mit der Arbeit an dem Buch zu beginnen. Er hatte längst verstanden, dass auch er nur ein Teil des Gesamtkonzepts war, in dem jeder seine Aufgabe hatte. Seine Aufgabe war erfüllt. Er hatte den Bauplan geschaffen und das Material vorbereitet. Die Fertigstellung musste er einem anderen überlassen. Er war ein Architekt, der das fertiggestellte Gebäude nie sehen würde. Den Roman konnte nicht *er* schreiben, mehr noch, er durfte ihn nicht schreiben. Er musste mit einem unbefangenen, objektiven Blick geschrieben werden, mit einer Distanz, aus der man mehr sehen konnte als er. Denn auch ihm war die Geschichte zu nah, dass wusste er natürlich. Er war Teil der Geschichte, Teil der Recherche, er gehörte zum Material. Er war befangen und er war verstrickt, er war zu nah dran. Spätestens nach dem Tod der beiden U-Bahn-Schläger. Und vor allem durch Leonies Selbstmord ...

Aber letztlich hatte es idealistische Gründe. Ihm war schon seit einer Weile klar, dass er für seine Idee sterben musste. Der Tod war der Preis, den sie von ihm verlangte. Erst wenn man bis zum Äußersten ging, hatte man die Chance, etwas Bedeutendes zu schaffen. Die Bedeutung, die wirkliche Bedeutung eines Menschen formte sich daraus, wie viele sich an ihn erinnerten, und durch seinen Tod würden sie sich alle an ihn erinnern, an den Schöpfer eines Romans, der sie alle berührte.

Er hatte schon im November entschieden, dass Nast den Roman schreiben sollte, und nicht lange darüber nachdenken müssen. Sie hatten zwar keinen Kontakt mehr. Es verband sie nur noch eine Vergangenheit, an die er sich nur noch in verblassten Farben, schemenhaft und unwirklich erinnerte, eine Zeit, die irgendwann aufgehört hatte zu zählen, weil sie einfach zu weit weg war. Trotzdem war Nast der Richtige, um diesen Roman zu schreiben. Er wusste natürlich noch nichts davon. Das würde er erst nach Andreas' Beerdigung erfahren, und er hatte es so subtil in den Abschiedsbrief an seine Eltern eingefügt, dass Nast annehmen würde, es wäre seine Entscheidung gewesen. Er war berechenbar, und Andreas wusste, dass er sich auf dessen Berechenbarkeit verlassen konnte. Das Einzige, dessen er sich nicht sicher war, war, ob Nast die Begabung hatte, das Buch zu schreiben. Jedenfalls wusste Andreas, dass Nast immer Romane schreiben wollte, ehe ihm der Erfolg seiner Kolumnensammlungen dazwischengekommen war und ihn von seinen eigentlichen Zielen abgelenkt hatte. Der Glanz, nach dem Nast sich sehnte, war der des Schriftstellers. Das war Andreas' Chance. Wenn er jetzt darüber nachdachte, war es sogar eine Symbiose, denn er selbst war schließlich Nasts große Chance, sich neu zu erfinden, endlich seinem Ziel nahezukommen. Wenn man vom Erfolg seines letzten Buches ausging, würde allein der Umstand, dass *Michael Nast* auf dem Buchdeckel stand, mehr Leser erreichen, als Andreas bisher erreicht hatte. Und er würde eine gute Lektorin bekommen, die zusammen mit ihm den Stoff ausarbeiten und alle stilistischen Schwächen ausmerzen würde, um schließlich Andreas' Vermächtnis zu verwirklichen. Nast war eine gute Idee. Nast war die Antwort. Gemeinsam mit seiner Lektorin konnte man ihm vertrauen, den Stoff so umzusetzen, wie Andreas es sich wünschte. Und seinen Tod durfte man als Marketingmaßnahme auch nicht unterschätzen. Der Tod war das beste Verkaufsargument.

Andreas setzte sich an den Schreibtisch und klappte seinen Rechner auf. Sein Schreibprogramm war noch geöffnet. Auf dem Bildschirm leuchtete eine leere Seite, ein Anblick, vor dem er in den letzten Jahren unzählige Male verzweifelt war. Er schloss sie und öffnete den schon vor Wochen entworfenen Abschiedsbrief an seine Eltern, um ihn noch einmal durchzugehen und gegebenenfalls Korrekturen vorzunehmen. Er änderte nicht viel, nur einige Wörter, und fügte zwei kurze Absätze ein, die durch Leonies Tod notwendig geworden waren.

Er ging in die Küche, um sein Glas zu füllen. Dieser Moment enthielt eine Erhabenheit, zu dem ein Glas Rotwein passte, dachte er. Als er wieder an seinem Schreibtisch saß, zurückgelehnt, sich der Größe des Augenblicks bewusst, fühlte er sich, wie Sean Penn sich gefühlt haben muss, als er in diesem schrecklichen Ben-Stiller-Film, von dem er mit Martin und Christoph damals in der Bar gesprochen hatte, einen perfekten Moment erlebt. Er wollte noch ein bisschen verweilen, dachte Andreas, wie Sean Penn es gesagt hatte, den Moment genießen, sich nicht von ihm ablenken lassen. Er hob das Rotweinglas, trank einen Schluck und stellte es behutsam zurück, bevor er sich über seinen Rechner beugte, um den Brief noch einmal zu lesen. Dann nahm er ein leeres Blatt aus dem Drucker, schrieb den Text im fahlen Licht seines Monitors ab und unterschrieb ihn mit »Euer Andreas«.

Er legte das Blatt auf seinen Schreibtisch und ging in den Flur, um sein Jackett anzuziehen, holte das Rotweinglas und versicherte sich, ob er Zigaretten und Streichhölzer eingesteckt hatte. Bevor er die Wohnung verließ, überprüfte er, das Ohr an der Wohnungstür, dass im Hausflur kein Geräusch zu hören war, das darauf schließen ließ, dass ihn Christoph doch noch vor seiner Haustür erwartete. Da war nichts. Vorsichtshalber sah er noch einmal durch den Spion, um sich zu vergewissern, aber das Treppenhaus war dunkel.

Andreas öffnete behutsam die Tür. Aus einer der Nachbarwohnungen hörte er gedämpft eine Melodie, die er nicht kannte und die ihm in diesem Moment wunderschön erschien, weil sie ihn an Musik erinnerte, die die Szene eines Films untermalt, um sie perfekt zu machen. Und genauso fühlte er sich auch. Wie die Figur in einem Film. Er stieg die Stufen zum Dach sehr bewusst hinauf, so als würden die Augen Tausender Zuschauer auf ihm ruhen, die mit ihm fühlten, ihn verstanden, die ihn liebten. Er war der Sympathieträger, dachte er, und das war seine Szene. Sein perfekter Augenblick.

EPILOG

ALLES GUT

Es ist ein Abend Anfang Februar und ich stehe in Andreas' leerer Wohnung, mit dem bedrückenden Gefühl, das sich in mir hält, seitdem die Geschichte, in der ich mich zwölf Monate lang auszukennen glaubte, durch Andreas' letzte Botschaft entstellt wurde. Ich denke noch einmal darüber nach, worüber ich seitdem unzählige Male nachgedacht habe. Dass es nie meine Idee war, dieses Buch zu schreiben, dass auch ich eine Marionette war, an Fäden, die Andreas gehalten hat. Dass ich nie die Kontrolle hatte, dass er alles inszeniert, dass er auch mich manipuliert hat. Ein Jahr lang war ich ein Statist, dem nicht bewusst war, für eine Rolle abgestellt worden zu sein, die ein anderer entworfen hatte. Ich war der letzte Baustein, Andreas' letztes Opfer.

In beinahe zwei Monaten wird der Roman erscheinen, denke ich, während ich noch einmal durch die weißen, ohne die Einrichtung viel größer wirkenden Räume gehe und den Geruch von frischgestrichener Farbe einatme. Es ist der letzte Abschied. Bald, in nicht einmal drei Wochen, werden hier neue Mieter einziehen, die nicht ahnen, was hier geschehen ist. Sie werden die Wohnung mit einem anderen Leben füllen, die Geschehnisse überschreiben, und sicherlich ist das auch besser so. Womöglich werden diese neuen Mieter sogar dieses Buch lesen, und vermuten, die Ereignisse wären irgendwo hier in der Nachbarschaft geschehen, ohne zu ahnen, dass ihr Alltag jetzt in einer der Kulissen stattfindet.

Im Bad halte ich meine Hände unter das kalte, sprudelnde Wasser, beuge mich vor und benetze mein Gesicht, ehe ich meinen Blick hebe und mein Spiegelbild betrachte, das mich mit einem seltsamen Blick ansieht. Etwas in mir ist in den vergangenen Monaten gerissen, das spüre ich, und jetzt, in diesem

Augenblick, sehe ich es auch. Wie Andreas im ersten Kapitel dieses Buches verlasse ich schnell das Bad, um mich von diesem Gedanken abzulenken, und gehe auf den Balkon, auf dem auch Andreas am Anfang gestanden hat. Auf eine Mauer auf der anderen Straßenseite hat jemand in großen, zerfransten Buchstaben einen Satz gesprüht, der mich auf eine seltsame Art berührt. »Die Welt geht zugrunde und du zählst deine Likes«, steht da.

»Alles gut«, antworte ich aus irgendeinem Grund, obwohl der Satz ja keine Frage ist und ich die Redewendung hasse, die gerade jeder benutzt. Und erst jetzt fällt mir auf, dass auch jede der treibenden Figuren in diesem Buch sie benutzt hat. Alles gut, denke ich, während die vergangenen Monate noch einmal an mir vorbeiziehen. Es ist eine Floskel, mit der wir uns beruhigen, um der Person, zu der wir geworden sind, aus dem Weg zu gehen. Es ist eine Lüge, an die wir uns klammern, um unser Leben irgendwie erträglicher zu machen. *Alles gut.*

In einer Welt, in der sich durch Instagram oder Pinterest die Gesichter, Wohnungs- und Restauranteinrichtungen der Welt immer ähnlicher werden, haben wir die Individualität zu unserer großen Sehnsucht erhoben. Wir wollen uns unterscheiden und nehmen an, unser Ich durch die Auswahl der Dinge sichtbar zu machen, die wir kaufen. Wir glauben, uns durch die Originalität unseres Konsums selbst zu finden. Dabei ist es nur ein Modellieren unserer Oberflächen, das uns immer weiter von dem, was uns eigentlich ausmacht, entfernt. Aber wir sagen uns: *Alles gut.*

Wir hetzen durch unser Leben. Unser Alltag besteht aus einer Aneinanderreihung von Erledigungen, unsere Tage sind vollkommen durchgeplant. Alles, was wir tun, ist nichts weiter als vorgefertigte Routine, eine ständige, aus Gewohnheiten zusammengesetzte Wiederholung. Aber weil es immer etwas zu tun gibt, halten wir dieses durchorganisierte Leben für Lebendigkeit und sagen uns: *Alles gut.*

Wenn wir Probleme mit jemandem haben, ziehen wir es vor, *über* diesen Menschen zu reden statt *mit* ihm. Wir verlieren uns lieber in Deutungen, Hypothesen und Schlüssen, stellen Annahmen auf, die uns noch mehr spalten, aber wir sagen uns: *Alles gut.*

Unser Wohlstand kreiert ständig neue Luxusprobleme, mit denen wir uns von den entscheidenden Fragen ablenken um uns sagen zu können: *Alles gut.*

Wir halten uns für so politisch, aber wir sorgen uns nicht mehr um Bürgerrechte, es geht nur noch darum, dass unser Lebensstandard nicht eingeschränkt wird. Das Ideelle haben wir durch das Materielle ersetzt, aber wir sagen uns: *Alles gut.*

Alles Leid im Nahen Osten oder in den Krisengebieten Afrikas ist für uns abstraktes Leid. Wir konsumieren das Grauen abgestumpft in von Redakteuren vorgefertigten Häppchen. Es ist nichts Nachhaltiges, kein tiefer Eindruck, der bleibt, vielmehr ist es Teil einer unwirklichen Show. Wir sehen Nachrichten, wie wir einen Actionfilm ansehen, und sagen uns: *Alles gut.*

Wir bewerten uns ausschließlich anhand unserer Erfolge, unser Bedürfnis nach Anerkennung und Leistung bestimmt alles. Wir reden von Selbstverwirklichung und machen den Fehler, sie ausschließlich mit Arbeit gleichzusetzen. Das Streben nach beruflichem Erfolg hat die Suche nach privatem Glück ersetzt, aber wir reden uns ein: *Alles gut.*

Und besessen von unserem Jugendwahn schieben wir es immer weiter hinaus, Familien zu gründen. Wir wollen ja nichts verpassen, wir fühlen uns schließlich so jung. Dabei blenden wir aus, dass die Generation der Spätgebärenden gerade dabei ist, eine Generation der Risikoschwangerschaften zu werden, und so lange wir das ignorieren, sagen wir uns: *Alles gut.*

Und aus Angst vor Verletzung verweigern wir uns tiefen Emotionen. Wir halten uns im Ungefähren und ignorieren, dass Liebe und Verletzlichkeit zusammengehören. Unsere Gefühle sind so gefährlich für uns geworden, dass wir sie ausschalten müssen, und wir sagen uns: *Alles gut.*

Wir scheitern an unseren überzogenen Erwartungen. Hinter der Illusion dieser allumfassenden, idealen Liebe eines Kinofilms verbergen wir die Erkenntnis, noch nie wirklich geliebt zu haben. Wir warten ab, anstatt Entscheidungen zu treffen, und unser Liebesleben besteht daraus, ihnen auszuweichen, aber wir sagen uns: *Alles gut.*

Wir denken uns immer neue Namen für die Verletzungen aus, die wir einander zufügen. Ghosting, Breadcrumbing, Benching, Submarining, eine endlose Zahl von Kategorisierungen, mit denen wir uns rechtfertigen können, dass es nicht an uns liegt, dass unser Liebesleben degeneriert und unser Begriff von Liebe vollkommen verzerrt ist, sondern an der Gesellschaft, und wir sagen uns: *Alles gut.*

Wir ertragen es nicht mehr, uns selbst zu spüren, und flüchten vor dem, was uns eigentlich ausmacht. Wir haben uns in einer Diktatur der Ablenkung eingerichtet. Mit jeder Push-Mitteilung, jedem Like, jeder Netflix-Serie und jedem Gin Tonic ignorieren wir das Gefühl der Leere, das uns einhüllt, wenn wir allein sind, aber wir sagen uns: *Alles gut.*

Wir inszenieren uns auf Facebook, Instagram oder Snapchat. Auf dem großen Markt der Eitelkeiten, dem wir uns tagtäglich freiwillig ausliefern, sehnen wir uns nach den Blicken anderer, um für unseren zerbrechlichen Selbstwert mit jedem neuen Like ein Gefühl entstehen zu lassen, das ansatzweise Glück entspricht. Wir sind auf einem ewigen Promo-Termin, die großen Popstars unserer selbst, die an ihrer Rolle verzweifeln, weil sie davon besessen sind, ihr gerecht zu werden. Bis wir uns irgendwann in dieser Figur verlieren und glauben, die Person zu sein, für die wir gehalten werden wollen. Bis die Fassade zu unserem Leben geworden ist und wir uns sagen können: *Alles gut.*

Und am Ende erfindet man eine Geschichte, die man für sein Leben hält, bis man in einem Moment der Stille zurückblickt und feststellen muss, dass man all die Jahre das Leben eines Menschen gelebt hat, den man nicht einmal kannte. Und trotzdem sagt man sich: *Alles gut.*

Nein, denke ich, drehe mich um und verlasse den Balkon. Leonie hatte recht: Es ist niemals alles gut. Willkommen in Egoland.

Ich verschließe die Wohnung, werfe den Schlüssel in den Briefkasten und laufe langsam die einer märkischen Allee nachempfundene Promenade hinunter, die unter dem viel zu grellen Licht der Straßenlaternen unwirklich aussieht. Der Wind ist böig, die Gesichter der Passanten sehen angespannt aus. Ich bleibe stehen, stecke meine Kopfhörer in die Ohren und suche auf meinem iPhone nach einem Lied, das zu meiner Stimmung passt. Als der Song beginnt, spüre ich die Wirkung der Melodie. Ihre Kraft, eine Illusion entstehen zu lassen, die mich für die Dauer des Liedes mit allem versöhnt. Und als hätten die Harmonien ein Licht entzündet, das eine Hoffnung sichtbar macht, die mir bisher verborgen war, leuchten die Gesichter der Passanten, auf denen sich plötzlich eine ganze Welt abzeichnet. Es leuchten die Fenster in den Fassaden, hinter denen sich so viel Leben befindet. Wie eine gewaltige Woge brandet dieses Leuchten über das triste Berlin eines kalten Februartages und lässt es erscheinen, als wäre es eine andere Stadt.

Alles leuchtet. Wenigstens für einen kurzen, wundervollen Augenblick.